HEYNE <

Iris Kammerer

WOLF UND ADLER

Roman

Wilhelm Heyne Verlag
München

FSC
Mix
Produktgruppe aus vorbildlich bewirtschafteten Wäldern und anderen kontrollierten Herkünften

Zert.-Nr. SGS-COC-1940
www.fsc.org

Verlagsgruppe Random House
FSC-DEU-0100
Das für dieses Buch verwendete
FSC-zertifizierte Papier *München Super*
liefert Mochenwangen Papier

Vollständige Erstausgabe 03/2007

Printed in Germany 2007
Umschlagfoto: © Macduff Everton/Corbis
Umschlaggestaltung: Eisele Grafik-Design, München
Satz: KompetenzCenter, Mönchengladbach
Druck und Bindung: GGP Media GmbH, Pößneck
ISBN: 978-3-453-87362-9

www.heyne.de

SILENT ENIM LEGES INTER ARMA.

(Cicero, Pro Milone 4, 11)

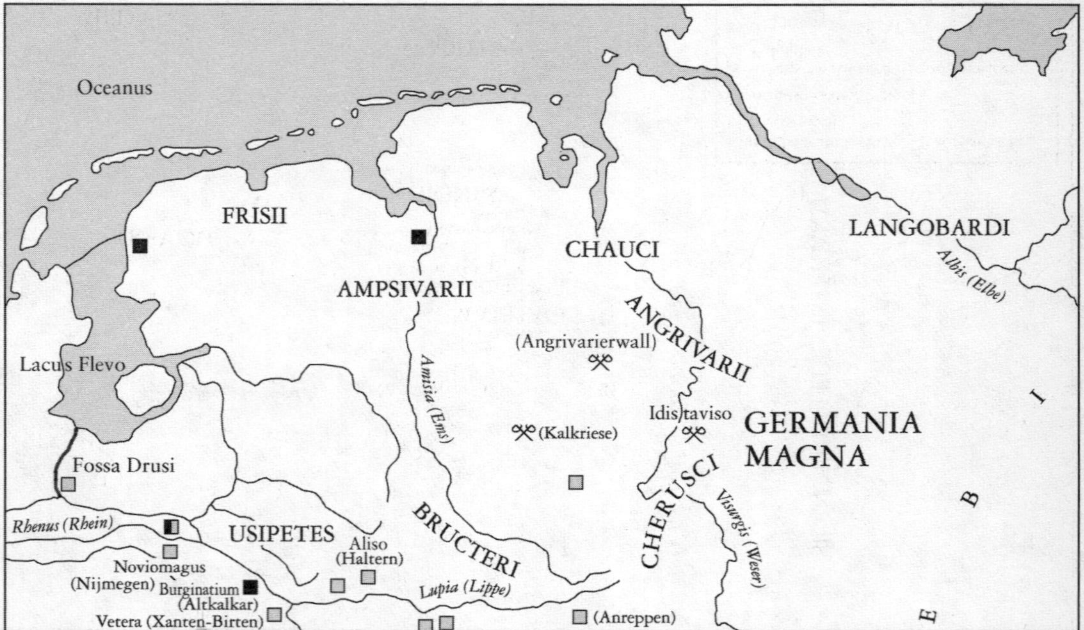

Oceanus
FRISII
AMPSIVARII
CHAUCI
LANGOBARDI
Albis (Elbe)
ANGRIVARII
(Angrivarierwall)
Lacus Flevo
Amisia (Ems)
Idistaviso
(Kalkriese)
GERMANIA
MAGNA
CHERUSCI
Visurgis (Weser)
Fossa Drusi
Rhenus (Rhein)
USIPETES
Aliso
(Haltern)
BRUCTERI
Noviomagus
(Nijmegen)
Burginatium
(Altkalkar)
Vetera (Xanten-Birten)
Lupia (Lippe)
(Anreppen)
I
B
E

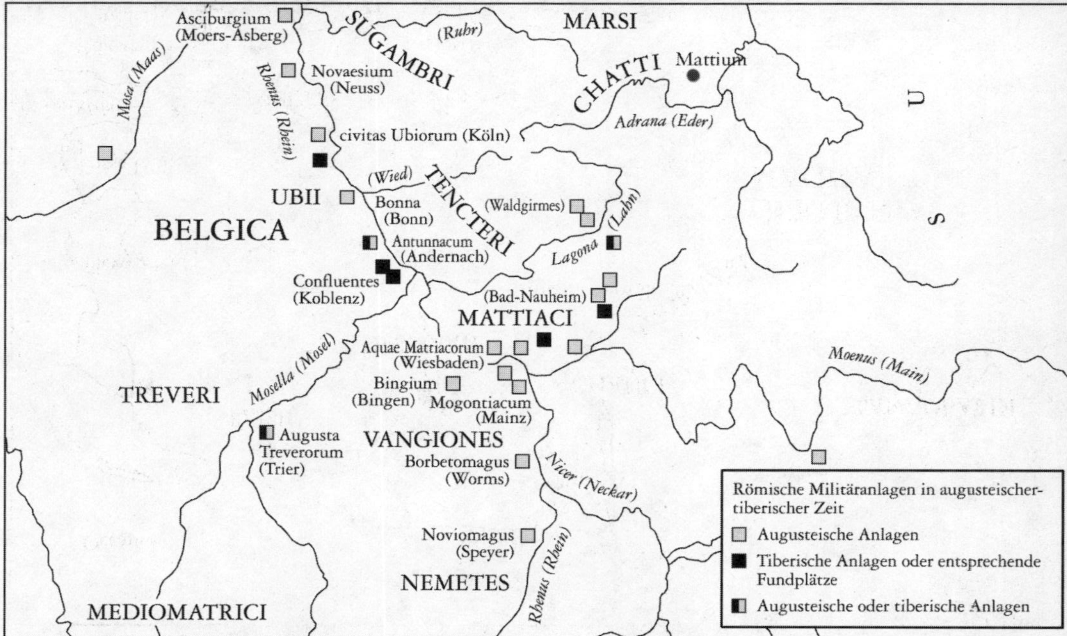

MARSI
SUGAMBRI
(Ruhr)
CHATTI
Mattium
Adrana (Eder)
Asciburgium
(Moers-Asberg)
Novaesium
(Neuss)
Mosa (Maas)
Rhenus (Rhein)
civitas Ubiorum (Köln)
(Wied)
TENCTERI
UBII
Bonna
(Bonn)
(Waldgirmes)
Lagona (Lahn)
BELGICA
Antunnacum
(Andernach)
Confluentes
(Koblenz)
(Bad-Nauheim)
MATTIACI
Aquae Mattiacorum
(Wiesbaden)
Moenus (Main)
Mosella (Mosel)
Bingium
(Bingen)
Mogontiacum
(Mainz)
TREVERI
Augusta
Treverorum
(Trier)
VANGIONES
Borbetomagus
(Worms)
Nicer (Neckar)
Noviomagus
(Speyer)
NEMETES
Rhenus (Rhein)
MEDIOMATRICI
Römische Militäranlagen in augusteischer-tiberischer Zeit
Augusteische Anlagen
Tiberische Anlagen oder entsprechende Fundplätze
Augusteische oder tiberische Anlagen

I

Gaius Cornelius Cinna näherte sich mit forschen Schritten dem Raum, zu dem ein hochnäsiger Tribun ihn geschickt hatte, nachdem er sich wie befohlen im Stabsgebäude des Legionslagers von Mogontiacum eingestellt hatte. Gedämpft drang eine helle Stimme auf den Gang, überschlug sich vor Zorn, als er die von zwei Wachtposten flankierte Tür erreichte. Einer der Soldaten öffnete ihm, Cinna trat ein, und der laute Redeschwall brach ab. Klirrend prallte etwas gegen die Wand dicht neben der Tür. Cinna zuckte zusammen, Tropfen sprühten ihm ins Gesicht. Scheppernd rollte ein zerbeulter Silberbecher vor seine Füße. Er blickte an sich herab, die weiße Tunica mit dem schmalen Purpurstreifen war gesprenkelt von gelblichen Spritzern, und ein dünner Geruch nach Wein stieg ihm in die Nase.

Erbost warf er den Kopf hoch, sah eine stattliche Anzahl hoher Offiziere rings um einen Tisch versammelt, hinter dem ein junger Mann stand, den Arm, der den Becher geschleudert hatte, noch immer erhoben. Alle waren verstummt, nur hier und da ertönte unterdrücktes Lachen. Cinna starrte in die funkelnden Augen des Germanicus Iulius Caesar, dem er den Spott verdankte, des Statthalters der Drei Gallien, des Enkels des jüngst verstorbenen Caesar Augustus und Neffe dessen Nachfolgers Tiberius. Dann kniff er kurz die Augen zu und atmete tief durch, um den auflodernden Zorn zu ersticken. In der lähmenden Stille, die eingetreten war, hörte er seinen Namen.

»... Praefect der Zweiten Asturischen Ala«, beendete der stämmige Mann, Legat Gaius Silius, die kurze Vorstellung.

Germanicus nickte schroff und hieß Cinna mit einem knappen Wink, sich in die Versammlung der Offiziere einzureihen. Unweit der Tür bemerkte Cinna einen breitschultrigen, langbeinigen Mann, der sich die kurzen, rotblonden Locken in die Schläfen gekämmt hatte und ihm mit dem rechten Auge zuzwinkerte – anstelle des anderen verzerrte eine faserige Narbe die Hälfte seines kantigen, aber ansonsten ebenmäßigen Gesichtes. In Cinnas Mundwinkel stahl sich ein Lächeln; sie gaben ein auffälliges Freundespaar ab, der hellhäutige Flavus und Cinna mit seinem schwarzen Haar und den ebenso schwarzen Augen, der sich neben dem Cherusker geradezu schmächtig dünkte.

Als Cinna neben Flavus gerückt war, drückte dieser ihm ein Tuch in die Hand und deutete auf die Flecken auf seiner Brust, doch Cinna schüttelte unwirsch den Kopf.

»Die Meuterer schreien nach Geld und Vergünstigungen«, fuhr Germanicus in seinen Ausführungen fort. »Sie jammern über den Drill und die Mühen – was würden sie erst jammern und schreien, wenn wir gegen den Feind ziehen, um ihn in der Schlacht zu stellen.«

Gaius Silius räusperte sich. »Caesar, wir haben im vergangenen Jahr mit einigen Widrigkeiten kämpfen müssen. Ihr wisst, dass die neuen Rekruten, die aus der Italia herangeführt wurden, nicht nur schlecht ausgebildet waren, sondern auch frech und undiszipliniert.«

»Dann hättet ihr sie Disziplin lehren müssen!«, blaffte Germanicus. »Wenn nötig mit harten Strafen!«

Er starrte den Legaten zornig an, bis dieser Haltung annahm.

»Das ist allerdings nur eine Seite der Münze«, brummte Flavus kaum hörbar zu Cinna. »Dass die Veteranen nicht entlassen wurden und die Soldaten keine rechte Aufgabe hatten, die andere.«

»Dass sich die Männer langweilen, ist kein Geheimnis«, erwiderte Cinna leise, verzichtete aber auf jedes weitere Wort, als die Umstehenden unwillig zischten.

Germanicus stemmte beide Hände auf den Tisch, der vor ihm stand, und blickte scharf in die Runde. »Vor drei Jahren befahl Tiberius Caesar euch, die Schwerter zu sein, die an diesem Feind seine Rache für Meineid, Verrat und Meuterei vollstrecken. Der Tag dieser Rache ist näher denn je, und heute fordere ich eure Treue. Denn Tiberius Caesar erwartet von mir, dass ich den Feind unterwerfe, die Toten bestatte und die geraubten und entweihten Adler zurückbringe. Ich werde diesen Auftrag ausführen, das habe ich mir geschworen! Doch bevor ich mich diesem Feind zuwende, muss ich erst die eitrige Wunde in unseren eigenen Reihen ausbrennen und die Meuterei der Legionen in der Niederen Germania beenden.«

Ein junger Mann trat vor und grüßte auffallend stramm, was Cinna schmunzeln machte, denn bei genauerer Betrachtung erwies sich dieser junge Mann, der Germanicus ein Bündel Wachstafeln reichte, als kaum der weißen Knabentoga entwachsen, sechzehn, vielleicht siebzehn Jahre alt, schmal mit dünnem, hellbraunem Haar.

»Wer hat diesem Jüngelchen bloß ein Schwert umgehängt!«, stöhnte Flavus. »Schon die erste Windböe bläst den vom Schlachtfeld.«

Germanicus hatte die Tafeln inzwischen an sich genommen, aufgeklappt und, nachdem er sie kurz überflogen hatte, auf den Tisch geworfen, wo sie klappernd liegen blieben.

»Morgen werden die vier Legionen der Oberen Germania sich vor dem Stabsgebäude versammeln, um Tiberius Caesar den Treueid zu schwören und mir als seinem Stellvertreter«, setzte Germanicus hinzu, dann wies er verächtlich auf die Wachstafeln.

»Was ist das?«, fragte er und machte eine lange Pause, in der er nach den Tafeln griff und sie hochhielt. »Erwartet wahrhaftig jemand von mir, dass ich eine Gesandtschaft aus der Germania empfangen soll, während ich noch um die Treue meiner eigenen Legionäre ringe?«

Sein Blick flog über die Köpfe der anwesenden Offiziere hinweg, bis er auf Cinnas Gesicht hängen blieb.

»Du«, rief er, »Gaius Cornelius, tritt vor!«

Cinna gehorchte, obwohl Argwohn ihn wachsam machte, und als die vor ihm stehenden Offiziere ihn durchgelassen hatten, übergab Germanicus die Tafeln einem Tribun, dem er wortlos befahl, das Dokument weiterzureichen.

»Das scheint eine Aufgabe für dich zu sein, Praefect«, fügte Germanicus kalt hinzu. »Du weißt ja, wie man mit den Barbaren umgeht, schließlich bist du selbst beinahe einer von ihnen.«

Als ringsum hämisches Glucksen aufklang, spürte Cinna den Zorn wie eine Flamme im Leib. Er reckte das Kinn und verschränkte die Arme vor der Brust, verweigerte die Annahme der Tafeln, die der Tribun ihm reichte.

»Immerhin trinken die Barbaren den Wein nicht vom Boden«, entgegnete er schroff. »Und wenn sie etwas werfen, dann treffen sie auch!«

Jeder Laut erstarb in dem großen Raum, während Germanicus Cinna anstarrte und von draußen gedämpft der Lärm marschierender Soldaten hereindrang. Je lauter die genagelten Sohlen die festgestampfte Erde dröhnen ließen, umso drückender wurde die Stille drinnen. Bis hinter Cinna ein einzelnes trockenes Lachen ertönte. In Germanicus harter Miene zuckte etwas, und plötzlich schüttelte er den Kopf und begann selbst zu lachen. Erst leise, abgehackt, dann prustete er vor Heiterkeit, in die nach kurzem Zögern die Umstehenden einstimmten, bis donnerndes Gelächter den Raum erfüllte.

Flavus ritt neben Cinna die belebte Lagerstraße zum Tor hinunter; ihre Pferde schritten am losen Zügel aus, reckten die Hälse.

»In Vetera geht es drunter und drüber«, knurrte Flavus. »Die Soldaten machen, was sie wollen. Sie haben viele Centurionen verprügelt, einige getötet, die meisten aus dem Lager geworfen. Germanicus wird hart durchgreifen müssen.«

Cinna schmunzelte. »Du wiederholst dich.«

»Wir sitzen hier im Warmen, während dort –«

»Flavus, du wiederholst dich!«

Ein tiefes Brummen war die Antwort, bevor die Pferde unter dem Wehrgang durch das Tor trotteten, wo der Hufschlag von der Holzbohlenverkleidung der Mauern widerhallte. Ein paar Frauen, nachlässig in dünne Umhänge gehüllt, spähten herüber, um sich gleich wieder abzuwenden. Die beiden Männer verabschiedeten sich wortlos, aber mit Handschlag voneinander, bevor jeder seinen Weg fortsetzte, Flavus Richtung Westen, während Cinna seinen Grauen gemächlich durch die Straßen des Lagerdorfes lenkte, vorbei an Baracken und zweistöckigen Häusern aus Fachwerk. In der zweiten Gasse schon wurde er von Nachbarn begrüßt, einige Kinder senkten artig die Köpfe. Eine Frau lächelte ihm unter grobem Manteltuch scheu zu, Reika, die Wirtschafterin, die seiner Frau Sunja zur Hand ging; er nickte ihr zu, dann schwang er das Bein über den Hals des Pferdes und sprang zu Boden, ehe er zur Hinterpforte seines Hauses ging. Die Sklavin hatte diese bereits für ihn geöffnet, um nach ihm und dem Pferd in den Hof zu schlüpfen, wo ein Winseln sie begrüßte.

Der Graue ließ sich willig im engen Stall anbinden. Den Umhang übergab Cinna der Sklavin, die zum Hinterhaus eilte, wo sie innehielt, den Mund öffnete, doch als er einen Finger auf die Lippen legte, nickte sie nur stumm und verschwand.

Geistesabwesend strich er der angeketteten Hündin über den Kopf, ehe er Reika ins Haus folgte. Er ließ die schmutzigen Schuhe am Eingang zurück und durchmaß den langen Gang. Als er leise auf den vorderen Innenhof trat, wo ihn der betörende Duft blühender Rosen umwehte, sah er Sunja. Sie saß in einem Korbsessel, eingehüllt in eine warme Decke, auf ihrem Schoß lag ein Bündel Wachstafeln, ein Brief. Ihr golden schimmerndes Haar war im Nacken lose zusammengefasst, dass es in weichem Schwung das beinahe vollkommene Oval ihres Gesichtes einrahmte. Sie lächelte, und ihr Blick verfolgte jeden seiner Schritte, während er näher trat, bis er schließlich neben ihr stehen blieb und einen Arm um ihre Schultern legte. Als sie ihre Wange an seine Brust schmiegte, hüllte ihn der Duft von Mandeln und Rosen ein. Er war zu Hause.

»Wo ist Saldir?«, fragte er leise.

»In deinem Arbeitsraum. Sie liest. Sie kämpft sich durch

jede Buchrolle, die sie nur finden kann. Sie braucht einen Lehrer.«

»Das weiß ich, aber ich weiß nicht, woher ich einen nehmen soll«, erwiderte er.

Sie hob den Kopf, sah ihn an. »Dann musst du sie verheiraten, damit es ein Ende nimmt.«

Langsam ließ er die Hände an ihren Armen hinabgleiten. Sonderbarerweise war eine Heirat das Letzte, was er für Sunjas halbwüchsige Schwester, für die er die Verantwortung übernommen hatte, plante, obwohl ihm hier an der Grenze zur Wildnis kaum eine andere Möglichkeit blieb. Als er Sunjas Hände in seine nahm, fielen die Täfelchen klappernd zu Boden; er bückte sich danach und erkannte die schwungvolle Schrift seiner Schwester.

»Was schreibt Lucilla?«

Sunja umkrampfte seine Finger, aber sie blieb stumm, bis ihr Griff sich nach einer Weile löste. »Ihr Mann wurde verwundet. Er liegt zu Hause, und sie hat einen Medicus bei sich untergebracht, der ihn wieder auf die Beine bringen soll.«

Cinna holte tief Luft, um einen Fluch zu unterdrücken. Die Meuterer bedrohten nun auch seine Angehörigen und Freunde. »Germanicus wird morgen aufbrechen«, erwiderte er mühsam. »Er wird zuerst die Legionen, die bei der Ubiersiedlung stehen, unter seinen Befehl zwingen und dann die von Vetera. In einigen Tagen ist die Gefahr vorüber.«

»Und du?«

»Meine und Flavus' Einheiten werden zusammen mit den hiesigen Legionen bis auf weiteres hier bleiben.«

»Will Germanicus den Aufstand nur mit Unterstützung der Hilfstruppen in der Unteren Germania niederschlagen?«

Er zog den Korbstuhl heran, den Reika ihm gebracht hatte, und ließ sich Sunja gegenüber nieder, hielt dabei ihre Hand fest. Sie saß aufrecht, und obwohl ihre grünen Augen auffallend groß wirkten in dem blassen Gesicht, strahlte sie Ruhe aus.

»Wie hast du den Tag zugebracht?«, fragte er vorsichtig.

Ein dünnes Lächeln erschien auf ihrem Gesicht, als sie den Kopf schüttelte. »Wenn du es wirklich wissen willst, werde ich es dir erzählen, nachdem wir die wichtigen Dinge besprochen haben.«

»Wichtig? Sunja, dies ist mein Zuhause, und es gibt hier nichts Wichtigeres als dich.«

Er strich mit dem Daumen über ihren Handrücken, und sie senkte einen Atemzug lang den Kopf, dann flog ihr Blick über seine Schulter hinweg und leuchtete auf. Mit leicht schlurfenden Schritten näherte sich die Sklavin, sie hielt ein fröhlich brabbelndes Kleinkind, bei dessen Anblick Cinna sich rasch erhob. Bereitwillig übergab Reika ihm seinen Sohn, der leise jauchzend die Arme nach ihm ausstreckte. Es gab etwas – jemanden, der ihm ebenso wichtig war wie Sunja. Vielleicht sogar wichtiger.

Die Händchen gruben sich in seine Tunica, als Cinna sich wieder setzte und das Kind sanft auf den Boden stellte; der Junge klammerte sich an sein Bein, wippte dann vor und zurück, während er vergnügte Laute von sich gab.

Sunjas Augen glänzten verräterisch. »Ich wollte, man könnte irgendetwas für Lucilla und Firmus tun …«

»Wir müssen Geduld haben, Liebste. Solange Lucillas Briefe uns erreichen, weiß ich, dass sie einen Weg findet, sich zu schützen – du kennst sie doch.«

»Sie beklagt sich über die herumstreunenden Meuterer. Sie schrieb, sie müsse den Arzt bitten, die Besorgungen zu übernehmen, weil sie sich nicht einmal in seiner Begleitung auf die Straße wagt.«

»Sie lebt, Sunja, sie ist unverletzt, und Firmus ist bei ihr. Es könnte schlimmer kommen.«

»Wie kannst du nur so ruhig sein?«, platzte sie heraus und zog das Kind auf ihren Schoß. »Stell dir vor, die Legionen von Mogontiacum hätten sich ebenfalls erhoben!«

»Sunja, die Meuterei kam nicht von ungefähr. Als Tiberius im vergangenen Herbst nach Rom ging, standen die Legionen fortan unter dem Kommando der Legaten. Seitdem Germanicus Statthalter ist, lässt er sich wie ein König durch die Drei Gallien fahren, um Huldigungen und Tributzahlungen entgegenzunehmen. Es hätte genügt, das auf dem Weg von Massilia hierher zu erledigen – stattdessen verbringt er den Sommer unter gallischen Edlen, während die Legaten die Legionen mit kleinen Märschen entlang der Linien beschäftigten. Die jungen Soldaten, die erst in den letzten Jahren requiriert wurden, stammen meist aus der städtischen Plebs. Sie sind faul und widerspenstig, und die Abwesenheit des Oberbefehlshabers hat sie darin nur bestärkt –«

»Gaius.« Sunjas Hand legte sich warm auf sein Knie. »Das alles erzählst du mir nicht zum ersten Mal.«

Hastig erhob er sich. »Mir ist nicht wohl bei der Sache. Einerseits ist Germanicus immerhin ein Enkel des Marcus Antonius, und seine Ehrungen hat er nicht nur dafür erhalten, dass er Siegesnachrichten nach Rom brachte. Da war die Sache mit den Dalmatern –«

»Willst du mich beruhigen?«, unterbrach Sunja ihn leise.

Er betrachtete die junge Frau, die ihre Arme um das Kind geschlungen hatte, Sunja, Tochter eines Cheruskerfürsten, die er am Tage ihrer Hochzeit mit einem ungeliebten

Mann geraubt hatte, die mit ihm durch die Wälder und Täler der Germania geflüchtet war, die er zu seiner rechtmäßigen Frau gemacht hatte. Ihre Mutter hatte ihm dereinst einen Schwur abgenommen, Sunja mit seinem Leben zu schützen, und doch hatte er in dieser Pflicht schon einmal gefährlich versagt.

Sie schmiegte die Wange an das feine Haar des Kindes und lächelte. Es war ein nachsichtiges Lächeln, die Hand, die sie nach ihm ausstreckte, eine Einladung.

»Musst du heute Abend zurück ins Lager?«

Er schüttelte den Kopf, zum Gastmahl des Statthalters war er nicht eingeladen. Aus dem Augenwinkel bemerkte er Reika, die aus dem Schatten des Ganges getreten war; sie trug einige Lagen Tuch auf den Armen, unter denen er seine liebste Tunica erkannte. Sunja hatte ihm das Bad vorbereiten lassen.

Er liebte sie für ihre Aufmerksamkeit, auch wenn er an ihrem Blick erkennen konnte, dass dies nicht völlig uneigennützig geschah; schließlich hatte er nach dem Dienst nicht das Badehaus aufgesucht, sondern war gleich heimgekehrt – sogar zu Pferd, sodass er den Geruch von Stall und Lagerdienst mit ins Haus brachte, was sie nicht leiden konnte. Rasch erhob er sich.

»Ich werde Lucius zu Bett bringen«, sagte sie leise. »Wo möchtest du essen?«

Sacht strich er seinem kleinen Sohn über die Wange. »Das ist mir eigentlich gleichgültig, solange du mir dabei Gesellschaft leistest.«

Er bemerkte das Aufblitzen unter ihren Wimpern, bevor er sich abwandte und Reika zu dem kleinen Baderaum im hinteren Teil des Hauses folgte.

Seine Finger glitten über den dünnen Stoff, der ihren Rücken bedeckte. Sie lag auf dem Bauch, das abgewandte Gesicht in den Armen geborgen, atmete langsam, wie nur Schlafende atmen. Er schob die Haarpracht, die im Licht eines einzelnen Öllichtes golden schimmerte, aus ihrem Nacken, legte die Hand darauf, um die weiche Haut zu spüren, den Fluss ihres Atems, ein kaum merkliches Echo des Herzschlags.

Einige Offizierskollegen hatten ihm geraten, sich von ihr zu trennen, nachdem sie, wenn auch nur für Stunden, in die Gewalt eines Centurios geraten war, den Hass in den Wahnsinn getrieben hatte. Weil der verwundete Täter auf der Flucht zu Tode gekommen war, hatte man die Angelegenheit nicht weiter untersucht, und auch Cinna hatte nie gefragt, wie es Sunja gelungen war, den Verbrecher so zuzurichten, dass sie ihm letztendlich entkommen konnte. Sie selbst hatte nie darüber gesprochen. In den ersten Monaten danach hatte sie häufig im Schlaf um sich geschlagen und sich kaum beruhigen lassen, wenn sie mit einem erstickten Schrei aufgeschreckt war. Aber nie hatte sie ihr Schweigen gebrochen.

Er beugte sich über sie, seine Lippen berührten ihren Nacken, gleich oberhalb des Halssaums ihres Hemdes, er zog sie an sich und schmiegte die Wange an ihre Schulter.

*

Die Körper der Legionäre bildeten eine feste Masse; in Rechtecke aufgeteilt füllten ihre dicht gedrängten Reihen den gesamten Platz des Hauptlagers von Mogontiacum. Wie Stacheln ragten die Pilen und Feldzeichen über ihnen auf und glänzten im Licht der Septembersonne. Vier Legionen hatten sich vor dem Stabsgebäude versammelt, mehr als zwanzigtausend Männer in voller Rüstung, die Kettenhemden und Segmentpanzer blank poliert. Von den Gürteln hingen die schimmernden Helme und Schwerter, und die Schilde erschienen wie frisch bemalt, so leuchteten die weißen Schwingen und goldenen Blitze auf dem Rot.

Cinna und Flavus hielten sich ebenso wie andere Offiziere der Hilfstruppen im Hintergrund der hölzernen Bühne, die eigens für diesen Anlass vor dem Stabsgebäude errichtet worden war. Der Tag gehörte Germanicus, dem Statthalter, dem Gaius Silius stolz die Stärke und Treue der Legionen der oberen Germania vorführte. Aus jeder der vier Legionen war ein Mann ausgewählt worden, einer, der sich durch Mut und Standhaftigkeit ausgezeichnet hatte. Und so standen vier Männer mit vernarbten Gliedern und vom Kampf gezeichneten Gesichtern, angetan mit den Armreifen und Halsringen als Beweisen ihrer kriegerischen Tugenden, vor dem Statthalter des Princeps über Senat und römisches Volk, um für alle Anwesenden den geforderten Eid zu leisten.

Mit ihnen hatten sich die Adlerträger der Legionen hinaufbegeben; von ihren Schultern hingen Bärenfelle, deren Fänge ihre Helme bedeckten, während die vor der Brust gekreuzten Vorderpranken der Bälge die Silberplaketten bedeckten, die diese Männer ehrenhalber trugen. Priester waren anwesend, um die feierliche Handlung mit einem Opfer zu weihen, die Auguren und Eingeweideschauer erst nach einigem Zögern als den Göttern wohlgefällig bezeichnet hatten. Doch Iuppiter lächelte von einem tiefblauen Himmel mit vereinzelten duftigen Wölkchen, was für Germanicus Grund genug war, die Bedenken der Weissager beiseitezuwischen. Nun stand er vorn an der

Rampe, vor Gaius Silius und den Tribunen, und ließ einen der vier ausgewählten Legionäre vortreten.

Der Mann hob die Hände zu dem mit Eichenlaub bekränzten Adler seiner Legion, der Zweiten, die den Beinamen Augusta trug, und sprach mit feierlich ernster Miene die Formel, die man von ihm erwartete. Als er verstummte, ertönte tausendfach wie mit einer Stimme der Ruf: »So auch ich!«

Cinna atmete tief durch, als die drei anderen Männer es dem ersten gleichtaten und die Soldaten ihrer jeweiligen Legion ebenso antworteten. Mit diesem Eid rückten die Legionen von Mogontiacum von den Meuterern in der Niederen Germania ab. Als Cinna Flavus einen Blick zuwarf, antwortete dieser mit einem knappen Nicken, das seine Erleichterung deutlich zum Ausdruck brachte.

Indessen drückte Germanicus den Soldaten, die den Eid vorgesprochen hatten, die Hände, bevor er sich an die Versammelten wandte, ihre Treue lobte und ihre Stärke pries. Als er ihnen im Namen des Imperators Tiberius Caesar gewaltige Kriegsbeute als Lohn verhieß, erhob sich Jubel aus zahllosen Kehlen. Mit den gezückten Schwertern schlugen sie gegen die Schilde, stampften mit den Füßen auf, machten einen Lärm, der anschwoll zu dröhnendem Getöse, das man weithin hören konnte – vielleicht bis zu den Stellungen des Feindes.

Stirnrunzelnd ging Cinna die erste Reihe der Soldaten ab, die seine Decurionen auf dem Forum des Lagers hatten aufmarschieren lassen, zwölf Turmen, nahezu fünfhundert Mann mit ihren Pferden, die unter seinem Befehl standen. Feiner Nieselregen bildete winzige Perlchen auf den Umhängen und färbte das Fell der Pferde dunkel. Den

Appell hatte Silius angeordnet, der sich auf dem Weg zu ihnen befand, um diese asturische Ala in Augenschein zu nehmen.

Cinna wandte sich um und streckte die Hand nach den Tafeln aus, die sein Schreiber unter den Arm geklemmt hatte. Der junge Mann straffte sich, reichte Cinna die gewünschten Unterlagen und verharrte reglos auf der Stelle, während der Wind ihm einige dünne Strähnen in die Stirn blies. Aufmerksam musterte Cinna das spitze Gesicht; Beneficarius Sosius Valens spreizte seine kleinen Hände über den Oberschenkeln und blinzelte kaum merklich.

Dumpfer Hufschlag tönte vom Haupttor herüber, der Legat erschien, begleitet von einer Wachmannschaft und einem Fremden, den der purpurverbrämte Umhang als Senator auswies. Als Gaius Silius vom Pferd sprang, trafen seine Füße auf der harten Erde auf, als hätte jemand einen Sack voller Steine zu Boden geworfen. Mit schweren Schritten trat er näher, neigte kaum merklich den Kopf, als er an Cinna, der ihn respektvoll grüßte, vorbeiging, um die vorderste Reihe der Soldaten zu mustern. Missmutig folgte Cinna, während Silius immer wieder stehen blieb, den Soldaten ins Gesicht starrte, Pferde beim Zaumzeug nahm, um den Sitz des Gebisses, des Sattels, des Schweifriemens zu prüfen. Kaum war er in der Mitte der Reihe angelangt, als er innehielt und sich zwischen zwei Pferden den Weg zu den hinteren Reihen bahnte; er zerrte hier, klopfte da und begutachtete die Männer, deren Blicke ihm folgten, soweit das möglich war, ohne den Kopf zu bewegen.

»Ich will die Ställe und Stuben der fünften und dreizehnten Turma sehen«, rief er schließlich.

Ein Raunen breitete sich wie Wellenringe über den Köpfen der Soldaten aus. Am linken Flügel und im hinteren Teil der Aufstellung kam Unruhe auf. Fronto, der zu Cinna getreten war, setzte sich in Bewegung, doch Cinna hielt ihn zurück, legte einen Finger auf die Lippen, als der Decurio der dreizehnten Turma den Mund öffnete.

»Langsam«, sagte Cinna. »Lass ihn doch unter den Betten stöbern – wir gehen gemeinsam, und wir haben keine Eile.«

Er winkte den Decurio der fünften Turma, einen drahtigen Asturer, zu sich, und zu dritt machten sie sich auf den Weg zur Baracke der ausgewählten Mannschaften. Als sie in die Gasse zwischen Stallungen und Wohnbaracke, in der auch Frontos Ubier einquartiert waren, einbogen, verließ Silius gerade die mittlere Stube, tippte mit dem Fuß gegen zwei Besen, die unter dem Vordach an der Wand lehnten, aber nicht umfielen. Cinna blieb gelassen, da er selbst gelegentlich ohne Vorankündigung einzelne Unterkünfte inspizierte, und folgte Silius' Wink ohne Umschweife in die den Wohnquartieren gegenüberliegenden Stallungen.

Die Pferde drängten sich in den Verschlägen, ihre Köpfe wippten ruhelos, und leises Wiehern durchzitterte die Baracke. Weil aufständische Soldaten die Tiere hätten von den Weiden stehlen können, verbrachten sie die meiste Zeit im Stall, was sie nervös machte. Cinna strich begütigend über einige weiche Pferdenasen, während er Silius durch den Seitengang folgte, bis dieser abrupt stehen blieb und sich umdrehte. Sie waren allein.

»Da draußen steht mein ehemaliger Amtskollege, Consular Lucius Munatius Plancus, der dem Germanicus den Senatsbeschluss über die uneingeschränkte Befehlsgewalt über die Legionen auf dem Gebiet der Drei Gallien und der Germania bringen soll.« Silius räusperte sich vernehmlich, rieb seine Nase mit Daumen und Zeigefinger, und seine hellbraunen Augen funkelten. »Ich frage mich, was den Mann veranlasst, ausdrücklich diese Asturische Ala als Geleit anzufordern.«

Schnaubend streckte ein Pferd in der Box neben ihnen den Kopf über die Trennwand und bleckte die Zähne.

»Ich hätte die Truppe nicht begutachten müssen – das weißt du selbst«, fuhr Silius fort. »Du hast den Befehl über diese Ala auf Geheiß des Tiberius Caesar. Ich gebe zu, dass ich Bedenken hatte, nachdem ich die Berichte des letzten Jahres gelesen hatte, aber du hast diese Bedenken zerstreut. Diese Ala gehört sicherlich zu denjenigen Einheiten, in denen die Disziplin gewahrt wird – was man von den berühmten römischen Legionen derzeit nicht behaupten kann.« Er zog ein Gesicht, als hätte er in eine unreife Frucht gebissen. »Vielleicht ist es auch nur das Wissen darum, wie du um dein väterliches Erbe gebracht wurdest. Auch wenn das unumgänglich war.«

Cinna fuhr auf, doch er verbiss sich die Worte, die ihm schon auf der Zunge lagen.

»Es war unumgänglich«, bekräftigte Silius streng. »Und nun bist du hier. Und du wirst mit deinen Reitern morgen aufbrechen, um Lucius Munatius Plancus zu Germanicus zu begleiten.«

Die Vorbereitungen hatten Cinna keine Zeit gelassen, sich daheim zu verabschieden, kaum mehr als einen hingekritzelten Brief hatte er Sunja zukommen lassen können. Vorräte mussten beschafft, Ersatzpferde und Tragtiere bestimmt werden; zudem erforderte eine Gesandtschaft des Senats besondere Vorkehrungen, ihre Autorität in angemessener Weise zu würdigen, was keine leichte Aufgabe war.

Plancus, mit dem im vergangenen Jahr zunächst Silius,

dann Caecina den Consulat bekleidet hatten, war beim Aufbruch zu Cinnas Überraschung mit leichter Reisekleidung und einem kräftigen Soldatenpferd am Zügel erschienen. Sein Gepäck bestand aus zwei geräumigen Taschen, die er eigenhändig am Sattel seines Reittieres befestigt hatte, bevor er hinaufsprang, ohne die Hilfe eines Reitburschen in Anspruch zu nehmen.

Sie kamen nur langsam voran, denn die Soldaten mussten Rücksicht nehmen auf die Würde der Senatoren, ungeachtet des lächerlichen Anblicks, den fünf wundgerittene alte Herren boten. Plancus blieb eine Ausnahme. Er hielt sich nicht nur tapfer, sondern erwies sich als erfahrener Reiter, dem auch eine längere Strecke im Sattel keine Mühe machte. Als wollte er seinem berühmten Vater Ehre machen.

Als Cinna wieder einmal zur Spitze des Reiterzuges aufschloss, wandte Plancus sich um und nickte ihm zu. Sie wechselten einige höfliche Worte, Plancus lobte das angenehme Reisewetter und den Braunen, den Cinna selbst für ihn ausgewählt hatte, ehe er hinzufügte, Germanicus habe gut daran getan, ihm eine Ala zu unterstellen – er habe ebenso viel Pferdeverstand wie sein Bruder.

Scharf zügelte Cinna seinen grauen Hengst, dass er Plancus' Pferd den Weg versperrte. Die Lippen des Gesandten umspielte ein feines Lächeln, während er Cinna musterte. Sein Begleiter war stehen geblieben, doch als Plancus ihm zunickte, setzte er seinen Weg fort.

»Ich war Legat im Illyricum, als deine Brüder nacheinander dort in den Stabsdienst traten. Mit Lucius Cinna hatte ich häufig zu tun, ein ruhiger, dienstbeflissener junger Mann – beide gerieten nach ihrer Mutter, eine der klügsten Frauen, die ich je kennen lernte. Und was dich anbelangt …«

Obwohl Cinna einen scharfen Blick in seine Augen bohrte, tätschelte Plancus seinem Braunen den Hals und schwieg bedeutsam.

»Ich habe weder Vater noch Brüder«, entgegnete Cinna rau.

Ohne eine Miene zu verziehen, ließ Plancus mehrere Atemzüge verstreichen, eine durchschaubare Finte, während einige Reihen Berittener in leichtem Trott an ihnen vorüberzogen. Cinna sah sich argwöhnisch um und bemerkte in einiger Entfernung einen seiner Leibwächter, Ahtala, der sich niemals weiter als unbedingt nötig von ihm entfernte. Obwohl der junge Cherusker sie nicht zu beachten schien, wusste Cinna, dass ihm nichts entging.

»Vor dem Gesetz magst du recht haben«, sagte Plancus, »aber die Götter sehen das vielleicht anders.«

»Lass die Götter aus dem Spiel, Lucius Munatius.«

Das Lächeln grub sich tiefer in Plancus' Mundwinkel. »Dein Vater wäre jedenfalls stolz auf dich.«

»Darauf, dass sein letzter verbliebener Sohn es zum Praefecten einer Ala gebracht hat?« Mit einem verächtlichen Zischen ließ Cinna den Atem entweichen, was er sogleich bereute, weil Bitterkeit darin unüberhörbar mitschwang.

»Nicht ohne Grund habe ich dich ausgewählt, als Gaius Silius mir die Offiziere nannte, die für meine Begleitung geeignet seien.«

»Und was ist der Grund?«

»Tiberius Iulius Caesar nannte mir deinen Namen.«

Cinna zog missmutig die Brauen zusammen. »Falls du es darauf anlegst, Eindruck zu schinden –«

»O nein, Gaius Cinna, ich bin nicht darauf aus, dich glauben zu machen, du seist Wunder wie bekannt im Hause des Princeps. Du bist auch nicht der Einzige, dessen Dienste er in Anspruch zu nehmen gedenkt.«

»Meine Dienste?« Cinna kniff die Augen zusammen, dann quälte er sich ein spöttisches Grinsen ab. »Will er mich etwa zu den Praetorianercohorten abstellen?«

»Sicherlich nicht«, entgegnete Plancus. »Tiberius Caesar ist sehr daran gelegen, dass du in der näheren Umgebung des Germanicus bleibst.«

»Als Spitzel?«

Plancus zog eine Braue hoch, nur ein wenig, aber genug, dass Cinna es bemerkte. »Tiberius Caesar wünscht über alle Vorgänge in Gallia und Germania unterrichtet zu werden. Jetzt mehr denn je.«

»Du bringst den Beschluss über die Verleihung der Befehlsgewalt an Germanicus!«, rief Cinna. »Wie geht das zusammen?«

»Besser als du denkst, junger Freund.«

Mit einer raschen Bewegung lenkte Plancus seinen Braunen beiseite und ließ ihn antraben; ein leichtes Nicken war das Letzte, was Cinna für eine Weile von ihm sah.

Strömender Regen hatte die Gesandtschaft und ihr Geleit am sechsten Tag ihrer Reise in Bonna festgehalten, obwohl Plancus fluchend auf Abmarsch drängte. Doch was sie über die Zustände bei den Truppen erfuhren, bedrückte Cinna: Germanicus bewohnte seit seiner Rückkehr aus Mogontiacum das Stabsgebäude des Legionslagers bei der Ubierstadt, umzingelt von aufständischen Einheiten und nur von seinen Praetorianern geschützt. Als Cinna vorschlug, eine weitere Nacht abzuwarten, lehnte Plancus brüsk ab, er werde sich nicht daran hindern lassen, zu Germanicus zu stoßen, um ihm mit den Grüßen des Tiberius

Caesar und des Senats die Verleihung der Vollmachten eines Consuls zu überbringen. Schließlich hatten sie sich auf Anraten des Lagerpraefecten von Bonna zu einem der Castelle in der Umgebung der Ubierstadt aufgemacht, wo die Reiter untergebracht wurden. Plancus hatte allerdings darauf bestanden, noch an diesem Abend Germanicus aufzusuchen, selbst auf die Gefahr hin, herumstreunenden Meuterern in die Hände zu fallen.

Sie erreichten die Siedlung der Ubier am folgenden Abend. Nassschwer hing der Mantel von Cinnas Schultern, und ein scharfer Geruch umhüllte ihn hartnäckig, während sie an einigen geduckten Höfen vorüberritten. Die Straße wirkte wie ausgestorben, nur einige Hunde kreuzten kläffend ihren Weg.

Bevor sie die ersten Baracken des südlichen Lagerdorfes erreichten, wehte ihnen der Lärm der billigen Tabernen entgegen. Aus dem Dunst torkelten einige grölende Männer; einer schwenkte eine Laterne, in der Hand eines anderen blitzte Eisen, und zwei weitere zerrten eine abgerissene Gestalt mit sich, deren fliegende Haarsträhnen sie als Frau auswiesen. Als die Reiter näher kamen, verschwanden sie hastig in eine Gasse.

Cinna wischte das Kinn am Schal ab, während er mit Plancus an der Spitze der Gesandtschaft durch das Lagerdorf ritt, doch das Gemisch aus Wasser und Schweiß rann unaufhörlich nach. Nur der Helm schützte ihn noch vor der Nässe, während sich unter dem Kettenhemd und der durchweichten Kleidung die Tropfen zu kalten Rinnsalen sammelten. Grimmig beobachtete er den Gesandten, der neben ihm mit versteinertem Gesicht auf dem Braunen saß und die Hände um die Zügel krampfte. Ahtala hielt sich dicht neben der Kruppe von Cinnas Pferd, ein weiterer

Leibwächter deckte Plancus' ungeschützte Seite. Aus den Tabernen, die sich neben der Straße reihten, drang das Lärmen später Zecher, und fahle Lichtstreifen kreuzten den Morast unter den Hufen der Pferde.

Vor ihnen tauchten Wall und Palisade aus dem Regenschleier auf, ein Tor, über dem sich zwei Türme erhoben. Cinna legte den Kopf zurück, um besser sehen zu können, doch weder auf dem Wehrgang und den Türmen noch vor dem Tor waren Wachtposten auszumachen, nur große Vögel, Krähen, die auf den hölzernen Brüstungen im Schutz der Türme hockten und ihr Gefieder putzten. Vor dem Graben, unter den Vordächern der Werkstätten und Läden lungerten einige halbwüchsige Jungen herum.

Die Reiter brachten ihre Pferde zum Stehen und warteten auf weitere Befehle. Aus dem Lager dröhnte gedämpft Stimmengewirr und Gelächter, der gleiche Lärm, der sie aus den Tabernen begrüßt hatte. Die Gesandten tuschelten, bis Cinna sie durch eine schnelle Handbewegung schweigen hieß.

»Diese Frechheit wirst du bereuen!«, fauchte einer von ihnen.

»Willst du wirklich da hinein?«, wandte sich Cinna an Plancus, der mit verengten Augen den Wehrgang absuchte.

Der Führer der Gesandtschaft straffte sich, atmete tief durch. »Ich bin auf dem römischen Forum durch aufgebrachte Volkshaufen geschritten«, erwiderte er scharf. »Wir werden nicht umkehren, sondern unseren Auftrag erfüllen, dann werden die Meuterer auch von ihrer Raserei ablassen.«

Ein Ruf tönte vom Wehrgang über dem Tor herunter. »Wer seid ihr? Was treibt ihr da?«

Hinter der Brüstung lehnte ein Mann sich lässig an sein Pilum, ein Legionär, der Wache schob.

»Lucius Munatius Plancus bin ich, einer der Consuln des vergangenen Jahres. Ich bringe ein Dokument des Senats für den Statthalter des Princeps, Germanicus Iulius Caesar. Nenne mir deinen Namen und deine Einheit!«

»Ein Dokument des Senats?«, plärrte der Soldat. »Einen Befehl dieses Haufens lächerlicher Greise, die anstelle des tüchtigen Germanicus den alten Trottel Tiberius als Princeps anerkannt haben?« Er spie hörbar aus.

Plancus schnappte nach Luft, zerrte an den Zügeln, sodass sein Brauner zu tänzeln begann. Indessen tauchten weitere Männer auf dem Wehrgang auf, einige lehnten sich auf die Brüstung, Rufe ertönten, Gelächter.

»Nenne mir deinen Namen und deine Einheit!«, schrie Plancus. »Für diese Dreistigkeit wirst du gemaßregelt werden!«

»Wir sollten uns hier nicht lange aufhalten«, sagte Cinna leise, und wandte sich zu den übrigen Gesandten um, die sich hinter ihnen gesammelt hatten, so dicht, dass die Leiber ihrer Pferde einander berührten und die Tiere unruhig schnaubend die Köpfe warfen.

»Die Legionen da drinnen sind im Ausstand«, fuhr er fort. »Germanicus sitzt im Stabsgebäude als ein Gefangener seiner eigenen Soldaten, und zwischen dem Tor und diesem Gebäude stehen etliche Baracken, in denen die Soldaten der meuternden Legionen sitzen. Wenn ihr zu ihm wollt, müssen wir durch deren Reihen.« Er hielt inne, fing einen funkelnden Blick des Plancus ein. »Väter, ihr solltet euch jetzt entscheiden, ob wir umkehren und in das Reiterlager zurückkehren, oder ob wir uns zu Germanicus begeben.«

Die formelle Anrede, die Cinna gegenüber den Senatoren verwendet hatte, zeigte Wirkung, die eingeschüchterten Gesandten reckten die Köpfe in die Luft.

»Wir werden so kurz vor dem Ziel nicht klein begeben – jetzt, wo Germanicus Caesar unsere Nachricht dringender benötigt denn je«, dröhnte Plancus, und die anderen nickten oder murmelten Beifall.

Entschlossen nahm Cinna die Zügel auf und lenkte sein Pferd einige Schritte auf Graben und Mauer zu. »Öffnet das Tor!«

Dünnes Gelächter war die Antwort. »Was willst du denn, du Anführer einer Rotte … was sehe ich? Barbaren! Dahergelaufene Barbaren, die für gepanschten Wein und Kupfer kämpfen und lieber Schafe ficken als Weiber!«

»Öffnet das Tor!«

Während sich oben auf der Mauer eine johlende Menge sammelte, bewegten sich die Torflügel einwärts; Cinna legte die Unterschenkel fest um die Flanken des Grauen, und dieser richtete sich auf und schritt vorwärts, gefolgt von Plancus, den Gesandten und den ubischen Reitern, die ihnen Geleitschutz gaben. Im Torbereich, unter dem Wehrgang, schob Plancus sich neben Cinna und Ahtala, suchte sie zu überholen, doch sie hielten ihn zurück und nahmen ihn in die Mitte. Als Cinna die Menschenmenge sah, die sich zu beiden Seiten der Hauptstraße des Lagers drängte und kaum mehr als eine Gasse ließ, sträubte sich ihm das Nackenhaar.

Die Pferde tänzelten diese Gasse hinauf in Richtung des Stabsgebäudes, das sich als dunkle Masse hinter den zahllosen Fackeln erhob. Auf beiden Seiten ertönten Schmähungen, Beschimpfungen, die Männer rückten dichter zusammen, bis kurz vor dem Hauptplatz der Weg völlig versperrt war. Vor ihnen reihten sich gewappnete Legionäre, hielten ihre Schilde vor sich, über deren oberen Rand die Spitzen ihrer Schwerter lugten. Cinna schob seinen Grauen schützend vor Plancus' Pferd. Zurückblickend sah er, dass die übrigen Reiter die Gesandten umringten und in dem anbrandenden Tumult nach Schwertern und Spießen griffen. Er trieb die Soldaten zurück, hörte sich Befehle brüllen, den Weg frei zu machen. Mit der flachen Seite der Klinge schlug er auf Schwerter und Dolche, auf Hände, die nach dem Gesandten griffen.

Plancus fluchte, riss seinen Braunen herum, doch die Angreifer schoben sich unaufhaltsam heran. Als er aufschrie und wankte, fasste Cinna ihn um die Mitte, stach nach den Armen, die den Senator vom Pferd zerren wollten. Ein Schlag traf sein rechtes Knie, der Schild polterte zu Boden, und sein Pferd stieg, sodass er Mühe hatte, sich im Sattel zu halten.

Der Lärm schwoll an zu ohrenbetäubendem Getöse. Aus dem Augenwinkel bemerkte Cinna das Blitzen einer goldenen Standartenspitze, als der helle Ton einer Tuba über den Platz schallte, das Signal zum Sammeln. Die Angreifer hielten inne, ließen von ihnen ab. Ahtala bahnte mit einigen scharfen Stößen der Lanze eine Gasse, in die Cinna sein Pferd und das des Plancus trieb. Die Schreie der Gesandten blieben hinter ihnen zurück, verfolgt wurden sie vom Donner zahlloser genagelter Sohlen auf dem Platz. Plancus jagte dem Braunen die sporenbewehrten Fersen in den Bauch, dass er unwillig wieherte. Dicht vor dem Stabsgebäude riss er das Pferd herum und rutschte unbeholfen aus dem Sattel, warf sich auf die Tür, deren hohen Flügel aufschwangen, und stolperte hinein.

II

Als Cinna zusammen mit den Gesandten die Vorhalle des Stabsgebäudes betrat, stellten sich ihm zwei Wachtposten in den Weg, die nur die an ihren weißen, mit breiten senkrechten Purpurstreifen versehenen Tunicen erkennbaren Senatoren passieren ließen. Plancus blieb stehen, er gab Cinna einen für die Posten verständlichen Wink, und die beiden Soldaten traten unverzüglich beiseite. Wortlos folgte Cinna dem Legaten, der es mit einigen raschen Handbewegungen einzurichten wusste, dass sie nebeneinander gingen, hinter zwei jungen Männern, die ihrer Kleidung nach Angehörige des Stabes waren, angehende Offiziere.

Während sie die von Fackeln erhellte Halle durchquerten, spürte Cinna das rechte Knie schmerzhaft. Sie ließen den von hölzernen Pfeilern getragenen Gang hinter sich, tauchten in einen engen Flur ein; Türen wurden geöffnet, warme Luft schlug ihnen entgegen, als sie einen von Kandelabern ausgeleuchteten Raum betraten. Mitten im Raum stand Germanicus, die Tunica nachlässig gegürtet und das dunkelbraune Haar noch wirr. Schatten lagen um seine Augen, er war blass und blinzelte auffällig.

Plancus begrüßte Germanicus mit einer raschen Verbeugung und reichte dem Oberbefehlshaber ein verschnürtes Bündel Wachstafeln, die dieser unbeachtet dem neben ihm stehenden Mann reichte. Als Plancus sich straffte, um zu einer feierlichen Ansprache anzusetzen, ergriff Germanicus seine Arme und zog ihn näher.

»Mein lieber Lucius Munatius, ich danke den Göttern, dich und deine Begleiter heil und unversehrt vor mir zu sehen.«

Plancus nuschelte eine Erwiderung, dann flog Germanicus' Blick über dessen Schulter und fand die Augen Cinnas, der den Gedanken, den Kopf zu senken, verwarf, als Germanicus an seinem Gast vorbei auf ihn zuschritt.

»Ich erinnere mich, dass ich dir gleich bei meinem ersten Besuch in Mogontiacum im Auftrag des Imperators Tiberius Caesar die Eichenlaubkrone verlieh«, sagte er. »Du sollst einige Gefangene aus der Hand des Arminius oder der eines seiner Schergen befreit haben.«

Zur Bestätigung senkte Cinna den Kopf, als ein Sklave zu Germanicus trat, sich verneigte und seinem Herrn einen Mantel aus weißer, purpurverbrämter Wolle umlegte, an der rechten Schulter mit einer glänzenden Fibel schloss und sorgfältig die Falten drapierte.

»Du führst als Praefect eine Ala asturischer Reiterei aus der Hinteren Iberia, nicht wahr?«, fuhr Germanicus indessen fort.

»Nicht nur Asturier«, entgegnete Cinna, »auch Ubier wie die, die uns hierher begleitet haben.«

»Ubier«, murmelte Germanicus. »Gute Männer, wie ich sehe.«

»Gaius Cinna führte in den vergangenen Jahren mehrmals Verhandlungen mit germanischen Stammesfürsten und Edlen«, mischte Plancus sich ein. »Seine Frau ist die Tochter eines Verbündeten des Segestes, der unter den Cheruskern unsere Sache vertritt.«

Unverwandt musterte Germanicus Cinna. »Ich erinnere

mich«, sagte er leise. »Du warst ein Jahr lang Gefangener der Barbaren.«

»Er und seine Männer haben uns soeben vor den meuternden Legionären beschützt und uns einen Weg durch das Lager gebahnt. Die Aufrührer haben uns mit ihren Waffen bedroht und angegriffen – du siehst ja, dass er verwundet wurde.«

Germanicus nickte, hob seine Hände, um sie schwer auf Cinnas Schultern zu legen, und eine Ahnung säuerlichen Schweißes wehte auf. »Dir gebührt Dank für deinen Mut und deine Entschlossenheit, Praefect Cinna. Ich werde dir in nächster Zeit weitere Gelegenheit geben, dich auszuzeichnen, vielleicht gelingt es dir, das Verlorene zurückzuerlangen.«

Mühsam verkniff Cinna sich jede Regung, die verraten hätte, was er bei dieser Ankündigung empfand. Man köderte ihn wie einen Hund, schickte ihn auf die Hatz mit dem vagen Versprechen reicher Belohnung, eines fetttriefenden Fleischbatzen, der dennoch nichts anderes sein würde, als ein schäbiger Rest seines rechtmäßigen Erbes. Weder Tiberius noch Germanicus würden einen Cornelius Cinna wieder zu Einfluss und Ansehen gelangen lassen.

»Ich habe dich einige Male gesehen, Gaius Cornelius. In Athen und später in Rom. Ich erinnere mich, dass du in der Akademeia lebtest und als ziemlich scharfer Geist galtest, als einer, der nicht viel redete, aber wenn er den Mund aufmachte, drehte sich alles nach ihm um.« Langsam trat Germanicus einige Schritte zurück, ohne den Blick von ihm zu wenden. »Eigentlich schade, dass du niemals die Ämterlaufbahn einschlagen wirst.«

Während Cinna die Zähne zusammenbiss und angestrengt seine Atemzüge zählte, wandte Germanicus sich ab und kehrte zu Plancus zurück, ließ dabei den Umhang schwingen.

»Jetzt da ich die Bestätigung der Befehlsgewalt in Händen habe, ist es an der Zeit, meine Gemahlin in Sicherheit zu bringen«, hob er erneut an. »Ich kann sie hier nicht länger beschützen. Vergangene Nacht sind einige der Aufrührer in meine Schlafkammer eingedrungen und haben mit Waffengewalt die Standarten an sich gerissen, die ich mit Leib und Leben verteidigen wollte.« Er schüttelte die geballten Fäuste. »Die Treverer bieten sich an, meiner Familie Schutz zu gewähren, und ich bin geneigt, dieses Angebot anzunehmen. Danach kann ich alle Kräfte sammeln, um diese Meuterei niederzuschlagen.«

Am Morgen verließ Cinna die winzige Kammer, die ihm als Unterkunft zugewiesen worden war, und begab sich zum Valetudinarium. Nicht ganz freiwillig folgte er der Anordnung des Medicus, der ihn in der vergangenen Nacht versorgt hatte. Die Wunde schmerzte nur wenig, obwohl das auch an dem widerwärtigen, dickflüssigen Saft liegen konnte, den er hatte trinken müssen, denn noch immer fühlte sich jeder Schritt an, als schwinge der Boden ein wenig mit.

Vor den Stallungen der Legionsreiterei beaufsichtigte ein junger Stabsoffizier in purpurgesäumter Tunica einige Pferdeburschen, die sich um eine Gruppe besonders prächtig aufgezäumter Reittiere kümmerten. Der Tribun trat langsam von einem Bein aufs andere, bohrte dann mit der Fußspitze im Sand. Cinna blieb stehen, als eine Frau im sorgfältig über den Scheitel drapierten Umhang aus dem Nebeneingang des Stabsgebäudes trat und sich festen Schrittes den Pferden näherte.

Sie gab dem Tribun keine Gelegenheit zur Begrüßung; kaum hatte er den Mund geöffnet, gebot sie ihm mit einem knappen Nicken zu schweigen. Cinna lächelte, als er im Näherkommen das ovale Gesicht erblickte: Vipsania Agrippina, Enkelin des Princeps Caesar Augustus und Ehefrau des Germanicus Iulius Caesar, musterte den jungen Offizier unverhohlen. Der Beneficarius, der ihr mit brav gesenktem Kopf gefolgt war, grinste schief.

»Schaff die Pferde wieder in den Stall, Tribun!«, befahl sie scharf. »Ich werde das Lager mit meinen Frauen zu Fuß verlassen – durch das vordere Tor! Die Meuterer sollen sehen, in welche Schande ihr Treiben die Erben des Augustus stößt. Das wird ihnen die Augen öffnen.«

»Der Weg durch die Reihen der Aufständischen bringt euch in Gefahr –«

»Ich habe dich nicht nach deiner Meinung gefragt«, unterbrach sie ihn kühl. »Du irrst, wenn du glaubst, mir Ratschläge geben zu dürfen. Ich werde mit den Frauen der anderen Offiziere und meiner Dienerschaft zu Fuß hinausgehen. Geleitschutz benötigen wir auf dem Weg durch die Wälder, nicht in einem Legionslager.«

Mit einem nachlässigen Wink ließ sie den Tribun stehen wie einen Hund, als sie sich abrupt umdrehte und beinah gegen Cinna prallte. Ihr ebenmäßiges Gesicht leuchtete aus dem Schatten des Mantels hervor, das hellbraune Haar in einer weichen Welle aus der Stirn gekämmt. Ihr Blick flog über ihn hinweg, doch sie gab mit keiner Regung zu verstehen, dass sie ihn erkannte. Auf dem Marsfeld waren sie sich begegnet, auf dem Forum, bei gegenseitigen Höflichkeitsbesuchen und Empfängen im Hause des Augustus, wie sich Kinder aus bestem Hause gelegentlich begegneten. Schon damals war Agrippina kein braves Kind gewesen, bestimmte das Spiel der Mädchen, und ging etwas nicht nach ihrem Willen, verfinsterte sich das hübsche Gesicht mit den großen, dunklen Augen, und der winzige Mund war kaum mehr als eine dünne Linie.

Als Cinna stehen blieb, um ihr den Weg freizumachen, und den Kopf zur Begrüßung neigte, zuckten ihre Mundwinkel ein wenig nach oben. Sie hielt sich straff aufrecht, als wollte sie größer erscheinen, als sie war. Was immer sie vorhatte, sie strotzte vor Entschlossenheit.

Der Medicus ließ sich Zeit mit der Behandlung des Mannes, der auf einer anderen Liege im selben Raum stöhnte. Cinna erhaschte einen Blick auf einen blutverkrusteten Oberschenkel; die Hand des Verwundeten krallte sich in die Tunica eines Gehilfen. Fröstelnd tastete Cinna nach einer alten Narbe. Fünf Jahre waren seither vergangen, aber noch immer suchte ihn gelegentlich die Erinnerung heim.

Der Verwundete heulte auf. Cinna stemmte sich auf die Unterarme und verrenkte sich schier den Hals, weil die Gehilfen des behandelnden Medicus ihm die Sicht verstellten; der Verletzte zitterte heftig, sein gedämpftes Keuchen, Schnauben und Wimmern verriet, dass man ihm ein Beißholz zwischen die Zähne geschoben hatte. Die Geräusche verursachten Cinna Übelkeit. Er stand auf und humpelte zur Tür.

Draußen lehnte er sich an einen der Pfeiler, die den Porticus trugen, um das angeschlagene Bein zu entlasten, und ließ den Blick über die Wolken schweifen, als einige junge Soldaten im Laufschritt an ihm vorübereilten. Während er den Männern nachschaute, vernahm er das leise Krähen eines Kleinkindes, beantwortet vom lockenden Gurren einer Frau. Ein Knabe von etwa zwei Jahren, kaum älter als sein eigener Sohn, trippelte auf stämmigen Beinchen über die hintere Hauptstraße, dicht gefolgt von seiner rundlichen Amme; der Kleine strahlte über das ganze Gesicht, die hellbraunen Locken flogen. Im Gürtel steckte ein winziges Holzschwert, und an den Füßen trug er Soldatenstiefelchen, die wohl eigens für ihn angefertigt worden waren.

Dass die Soldaten ihm, dem jüngsten Sohn des Germanicus, dem Liebling der alten Kämpen, den Spitznamen Caligula verliehen hatten, war auch Cinna längst zu Ohren gekommen. Der kleine Gaius Caesar verbrachte sein Leben zwischen den Baracken – Cinnas Sohn Lucius durfte außerhalb von Lagermauern aufwachsen, nicht in einem Käfig, umgeben von Bewaffneten; er würde die ersten Jahre in der Obhut seiner Mutter und ihrer Dienerinnen verbringen, bevor ein Paedagogus für ihn zuständig würde. Und sein Vater. Cinna wollte seinem Sohn kein blasser, unendlich ferner Schatten sein, der auf einer Bühne stand und vor einem großen Volkshaufen Reden hielt wie sein eigener Vater, dessen Auftritt ihn in Staunen versetzt hatte, sooft einer seiner Brüder ihn mit aufs Forum genommen hatte. Das Murmeln der Menge, der tosende Beifall und über allem die dunkle Stimme des Mannes, der von der Rostra herab sprach, bald sanft und schmeichelnd, bald schneidend scharf, und je leiser er wurde, desto atemloser lauschten die Menschen – ja, er war stolz gewesen auf seinen Vater, er hatte nicht zuletzt deshalb die Reise nach Rhodos angetreten, um es ihm eines Tages gleichtun zu können, vielleicht ihn zu übertreffen. Auch als Jüngster, als Nachgeborener hatte er ein guter Sohn sein wollen – auf seine Weise.

Das Kind schwang das kleine Holzschwert über dem

Kopf und krähte mit heller Stimme, strahlte über das ganze Gesicht, bis Cinna ihm zögernd zulächelte; dann machte er einen Satz und wackelte davon. Hinter Cinna wurde die Tür des Behandlungsraumes geöffnet, zwei Gefreite trugen den verletzten Soldaten, der in eine Decke gehüllt worden war, hinaus, und der verantwortliche Medicus näherte sich, während er die gewaschenen Hände mit einem Tuch trocknete.

»Tut mir leid, Praefect Cinna, die Behandlung war schwieriger, als ich gedacht hatte. Der Speer, der den armen Kerl erwischt hatte, war nicht nur gebrochen, sondern geradezu zerborsten. In seinem Bein steckten mehr Splitter, als man braucht, um eine Palisade zu zimmern.«

Er wies auf die niedrige Fachwerkmauer vor Cinna, ein Hinweis, den dieser sofort verstand, woraufhin er sich umdrehte, um sich auf den hölzernen Abschluss zu setzen. Der Medicus ließ sich auf ein Knie nieder, stellte Cinnas Fuß auf seinen Oberschenkel und begann, vorsichtig den Verband abzuwickeln. Es war nur eine kurze Binde, rasch zeigte sich die Wunde, der verschorfte Schnitt, dessen leicht gerötete Umgebung der Medicus behutsam abtastete.

»Spiel jetzt bitte nicht deine Standhaftigkeit aus, Praefect. Wenn du mir nicht sagst, ob und wo es wehtut, kann ich nicht feststellen, ob sich ein Brand entwickelt.«

»Es tut nichts weh, es ist nur unangenehm. Am oberen Rand scheint die Verletzung allerdings wund geworden zu sein.«

»Danke, das wollte ich wissen.« Er empfing aus der Hand eines hinzugetretenen Gefreiten ein feines Skalpell und ein weißes Tuch. Als der heiße Stoff Cinnas Bein berührte, zuckte dieser unwillkürlich zurück, den Schnitt spürte er nicht, sah nur zu, wie ein Gemisch aus hellem Blut und einer gelblich klaren Flüssigkeit austrat, die der Medicus behutsam abtupfte. Schließlich umwickelte er das Knie mit einem frischen, fest anliegenden Verband. Als genagelte Sohlen über den Boden des Ganges kratzten, blickte Cinna auf und erkannte Ahtala, der mit leicht erhobener Hand auf sie zuhastete.

»Die Herrin Agrippina verlässt mit ihren Frauen das Lager«, rief der junge Leibwächter, als er Cinna erreichte, und der Medicus zog die Brauen zusammen beim Klang der Barbarensprache.

»Das weiß ich«, erwiderte Cinna, und der Ausdruck der Missbilligung in der Miene des jungen Arztes verstärkte sich. »Aber woher hast *du* diese Nachricht?«

»Sie haben sich auf dem Forum vor dem Stabsgebäude versammelt. In Trauergewändern. Sie tragen ihr Haar unter den Schleiern offen und haben ihre Häupter mit Asche und Staub bestreut.«

»Und Germanicus?«

»Er verabschiedet sie gerade.«

Cinna tastete noch mal nach dem Sitz des Verbandes, winkte dem stirnrunzelnden Medicus zum Dank und zog Ahtala mit sich fort in Richtung des Stabsgebäudes. Es war ein gutes Stück Weg, auf dem sich immer mehr Soldaten zu ihnen gesellten, sodass sie sich gerade rechtzeitig durch die Menge der Schaulustigen drängten, um mit anzusehen, wie Germanicus seine starr aufgerichtet vor ihm stehende Gemahlin in den Armen hielt. Nur das Scharren der Soldatenstiefel war zu hören, Stiefel, wie die des kleinen Jungen, dessen Händchen Agrippina aus den Fingern der rundlichen Amme in Empfang nahm, während Germanicus mit gesenktem Kopf stehen geblieben war. Agrippina hatte eine undurchdringliche Miene aufgesetzt, als sie sich an die Spitze ihrer Dienerinnen und der Frauen anderer Offiziere setzte, um sich zum vorderen Tor zu begeben. Bereitwillig machten die Soldaten ihr und dem kleinen Jungen Platz, der neben ihr her trippelte und dabei immer wieder ringsum aufschaute, ehe ihn die Schar der übrigen Frauen verdeckte. Er quengelte, zunächst leise, dann gellend, während sich der Zug weiterbewegte, dem Germanicus wie versteinert nachschaute.

Ein Raunen flog durch die Menge, ein Stimmengewirr, aus dem sich einzelne Rufe erhoben, die Germanicus aufforderten, seine Frau und den Jungen zurückzurufen, sie nicht zu den Barbaren zu schicken. Doch der Imperator hatte ihnen den Rücken zugewandt und verharrte reglos auf der Stelle, selbst als sie nach dem Verschwinden der Frauen immer lauter wurden, als die ersten näher drängten, einige sogar auf die Knie sanken.

»Eine Meile flussaufwärts wartet ein Trupp Praetorianer auf die Frauen«, flüsterte Ahtala Cinna zu.

»Woher weißt du das?«

Der Cherusker grinste dünn. »Ich weiß es nicht. Aber als ich heute früh die Meldungen im Stabsgebäude ablieferte, sah ich, dass zwei Einheiten in Marsch gesetzt wurden.« Er zuckte die Achseln. »Einen anderen Grund kann ich mir nicht vorstellen.«

Argwohn schlich sich in Cinnas Gedanken und mit ihm die Befürchtung, dass die meuternden Soldaten das bemerkt haben könnten, obwohl das angesichts des Durcheinanders, das im vorderen Teil des Lagers herrschte, nur bedingt zu befürchten war. Die Männer waren viel zu sehr mit sich selbst beschäftigt, sie mochten misstrauisch sein, aber ihnen fehlte die Disziplin, sodass ihre Anführer vielleicht die richtigen Schlüsse gezogen hätten, doch diese

Schlüsse nicht zu den einfachen Legionären durchgedrungen wären.

Fronto, der ranghöchste Decurio der Ala, hatte sich zusammen mit Cinnas zweitem Leibwächter, einem schlanken, dunkelhäutigen Asturer namens Duvius, zu ihnen gesellt. Noch während sie stumme Grüße tauschten, machte Fronto sie mit einem Nicken auf das Geschehen vor den Türen des Stabsgebäudes aufmerksam. Germanicus hatte sich umgedreht und blickte nun starr über die wogende Menge hinweg, von der er nicht beschimpft, sondern als Caesar, als Imperator, als Augustus angerufen wurde.

»Verflucht!«, rief Fronto. »Es kostet ihn den Kopf, wenn sie ihn an Tiberius' Stelle setzen wollen.«

In diesem Augenblick warf Germanicus die Arme empor. »Schweigt! Schreckt ihr denn vor gar nichts zurück? Reicht es nicht, dass ich meine Gemahlin und meinen Sohn, die Enkelin und den Urenkel des göttlichen Augustus, in die Hände von Barbaren geben muss, damit ihr, nach allem, womit ihr euch bereits besudelt habt, nach den Verbrechen an euren Centurionen, der schmählichen Vertreibung eurer Tribunen, der schändlichen Gefangensetzung eurer Legaten – damit ihr das alles noch übertrefft, indem ihr diesen Boden mit dem teuren Blut des göttlichen Augustus tränkt?«

In der vollkommenen Stille, die auf sein Verstummen folgte, schienen die Soldaten den Atem anzuhalten, bis er langsam die Arme sinken ließ. »Mich, den Sohn des Imperators, belagert ihr mit Wall und Waffen – soll ich euch jetzt noch Soldaten nennen? Soll ich euch Bürger nennen, die ihr die Autorität des Senats in den Dreck geworfen habt? Ihr habt euch gegen das heilige Recht einer jeden Gesandtschaft vergangen, das selbst unter Barbaren unverletzlich ist.« Er trat vor, packte einen der Soldaten am Ärmel seiner Tunica, riss ihn auf die Füße. »Du, sag mir zu welcher Truppe du gehörst!« Und als der Soldat verschüchtert etwas Unverständliches von sich gab, fing er es auf: »Zur Zwanzigsten Legion – und so ein junges Gesicht! Dann hast du aus der Hand des Imperators, meines Vaters Tiberius selbst in Rom die Feldzeichen empfangen, vor seinen Augen den Eid abgelegt. Sag mir, Soldat, welche Botschaft soll ich meinem Vater überbringen lassen? Dass die Rekruten, die er selbst einberief, mit den Zahlungen unzufrieden sind? Dass die Veteranen, mit denen er in den Kampf zog, mit den Entlassungen unzufrieden sind? Dass sie mit ihrem Imperator, ihrem Caesar unzufrieden sind und einen anderen an seine Stelle setzen wollen? Seinen Sohn, dem er befahl, ihn hier und in diesem Krieg zu vertreten? Der die Absicht hat genau das und nichts anderes zu tun – seine Pflicht?«

Als er dem noch immer geduckt knienden Soldaten einen leichten Stoß versetzte, huschte dieser rasch in die Reihen seiner Kameraden, während Germanicus wie zögernd die Schultern hochzog und wieder fallen ließ.

»Nicht schlecht«, murmelte Fronto und wies grinsend auf Ansmerus und Ahtala, die den Feldherrn mit offenem Mund bestaunten wie die meisten der Umstehenden.

»Warum habt ihr eigentlich das Schwert meiner Hand entwunden, als ich es mir in die Brust stoßen wollte, um nicht zum Verräter an meinem Vater zu werden? Warum habt ihr den, der mir seine Klinge reichte mit den Worten, diese sei schärfer, niedergeschlagen? Warum habt ihr mich nicht getötet, als ihr nachts in meine Kammer eindrangt und die Adler und Standarten von mir fordertet? Dann wäre ich wenigstens nicht mehr zum Zeugen der Schande geworden, mit der ihr euch überhäuft.«

Langsam breitete er die Arme aus, hob die geöffneten Handflächen und den Blick gen Himmel wie in der Anrufung der Götter. »Möge doch dein Geist, göttlicher Augustus, der im Himmel Aufnahme fand, möge doch dein Andenken, Drusus, du mein leiblicher Vater, gemeinsam mit denjenigen Soldaten, die Scham und Ehre in rechter Weise empfinden, die Schande abwaschen und die Raserei an die Zügel nehmen, damit sie den Feinden zum Verderben werde. Wenn Ihr«, er senkte die Arme und ließ den Blick über die Gesichter schweifen, »in deren Mienen ich den Sinneswandel schon erkenne, die Autorität des Senats, die Gefolgschaft zum Imperator wiederherstellen und mir Frau und Sohn zurückgeben wollt, dann trennt euch vom Ansteckungsherd, von den Aufrührern, damit dies für eure Treue ein umso festeres Band werde!«

Mit einem knappen Wink wandte er sich ab und schritt langsam zum Stabsgebäude, während hinter ihm sich etliche Soldaten in Trauben sammelten und die Köpfe zusammensteckten, einige sich zerstreuten, andere hingegen einzeln auf der Stelle verharrten. Mit lautem Knall schlugen die Türflügel zu, nachdem Germanicus mit seinem kleinen Gefolge von Stabsoffizieren verschwunden war, und zwei Reihen schwerbewaffneter Leibwächter und Praetorianer pflanzten sich davor auf.

Cinna drehte sich um. »Geht zu den Quartieren! Wir haben ohnehin Befehl, noch heute zu unserer Ala im südlichen Castellum zurückzukehren.«

Sie verließen das Legionslager durch das hintere Tor, während eine bleierne Stille über dem vorderen Teil lag, den die Meuterer besetzt hielten. Niemand war auf den Feldern zu sehen, sodass es schien, als wären die Menschen vor einem anrückenden Heer geflüchtet. Ein einzelner gewappneter Reiter preschte auf halbem Weg grußlos an ihnen vorbei. Als sie schließlich in dem Castellum eintrafen, in dem Cinna den Hauptteil der Ala zurückgelassen hatte, herrschte geschäftige Unruhe vor dem kleinen Hauptgebäude. Kaum betrat Cinna das Wohnhaus des hier stationierten Praefecten, prallte er beinahe mit einem Gefreiten zusammen, der sich sogleich umständlich entschuldigte und hinauseilte.

Ein Klirren und ein wüster Fluch tönten aus einem Nebenraum. Cinna linste hinein und sah den Praefecten, Marcus Ofilius, der ihn aus geröteten Augen anstierte. Auf dem Boden lagen Scherben verstreut zwischen nassdunklen Sprenkeln.

»Ah, Gaius Cinna«, rief Ofilius mit belegter Stimme. »Du kommst genau zur rechten Zeit, um den Ausbruch eines Bürgerkrieges in den Drei Gallien mitzuerleben. Die Meuterer haben Agrippina und Caligula in ihre Gewalt gebracht!«

Cinna tastete nach dem Türrahmen, während der Praefect mit den Armen rudernd auf ihn zuschritt. »Auf! Lass deine Männer in Bereitschaft versetzen! Oder glaubst du, dass Germanicus noch einen Wimpernschlag lang zögern wird zuzuschlagen, jetzt, da diese … diese Wahnsinnigen sich an seinen Lieben vergreifen?«

»Woher weißt du das?«

»Sie haben zwei der Praetorianer, die zur Begleitung abgestellt waren, laufen lassen und verlangen Germanicus in eigener Person zu sprechen.«

Kaum war der Befehl ausgegeben, als die Soldaten zu ihren Quartieren rannten, um sich zu wappnen und zu bewaffnen, während die Knechte die Pferde aus den Stallungen führten und in der Gasse ankoppelten. Die Luft über den Baracken flirrte vor geschäftiger Unruhe und dem Lärm der Vorbereitungen. Als Cinna in seinem Quartier den Schwertgurt vom Haken nahm, fiel ein rotes Lederbeutelchen aus dem Fach; er kauerte sich auf den Boden, nahm es an dem Band auf, mit dem es zugeschnürt war. Das Leder schmiegte sich weich in seine Hand, und deutlich spürte er den winzigen harten Knoten, Sunjas goldenes Ohrgehänge, das ihn überallhin begleitete. Er bemerkte, dass seine Finger zitterten, und verschränkte sie hastig. Man würde ihm befehlen, gegen die eigenen Landsleute die Waffe zu erheben. Gegen eine Übermacht. Die Meuterer mochten undiszipliniert sein, weil sie ihre Offiziere vertrieben hatten, aber sie waren in der Mehrzahl. Rings um das Legionslager waren Hilfstruppen postiert worden, Tausende von gallischen, hispanischen, thrakischen, ja sogar germanischen Soldaten, die nun in Kampfbereitschaft versetzt wurden.

Cinna erhob sich, um den Beutel wieder in das Fach zu legen, bettete das Kleinod zwischen zwei Hemden, die er sorgfältig glatt strich. Sunja und Lucius waren in Sicherheit. Solange die Meuterei nicht um sich griff, würde ihnen dort, wo sie waren, nichts geschehen.

Aus dem Hauptlager trafen stündlich Boten ein, legten Berichte ab über den Stand der Dinge, aber es kamen keine neuen Befehle. Die hohen Offiziere verbrachten den Nachmittag meist schweigend im kleinen Stabsgebäude; Cinna saß am Tisch, die Ellbogen aufgestützt, das Kinn auf die gefalteten Hände gelegt, mit denen er immer wieder über das Gesicht wischte. Niemand im Raum machte einen heldenhaften Eindruck.

Der dritte Bote hatte es eiliger als seine Vorgänger und sein Gesicht leuchtete, während er seine Meldung vortrug. Die Meuterer hätten nacheinander die hochschwangere Agrippina und den kleinen Gaius einer Gesandtschaft des Germanicus übergeben, und während das Kind, der Zögling der Legionen, geradezu im Triumph ins Lager zurückgekehrt sei, habe Agrippina ihre Reise gen Süden fortgesetzt. Innerhalb der Lagermauern habe Germanicus eine Abordnung beider Legionen empfangen, die ihm erklärten, er erhebe berechtigte Klage und solle über sie zu Gericht sitzen. Während die Offiziere im Raum zu tuscheln anfingen, fuhr der Soldat fort, Germanicus habe der Abordnung der Legionen mitgeteilt, da sie sich über seine Befehlsgewalt hinweggesetzt hätten, würde er sie erst dann wieder als seine Soldaten respektieren, wenn sie selbst dafür Sorge getragen hätten, die Ordnung wiederherzustellen.

Der nächste Bote berichtete, noch während Germanicus die Abordnung dem Legaten der Ersten Legion zugeführt habe, dem die richterliche Gewalt über die Soldaten oblag, seien zahllose Meuterer ergriffen worden. Man habe die Soldaten mit gezogenen Schwertern zum Appell antreten lassen, die Gefangenen einzeln vorgeführt, und jeder, über den die versammelten Männer den Schuldspruch verhängt hätten, sei in die Menge gestoßen und sogleich niedergehauen worden. Als der Soldat verstummte, füllte Ofilius Becher mit schäumendem Wein und reichte auch dem Boten einen Trunk.

»Lasst uns Iuppiter Dank dafür sagen, den Worten des jungen Imperators genug Autorität verliehen zu haben, um die irregegangenen Sinne der Männer auf den richtigen Weg zurückzuführen.« Bedächtig hob er seinen Becher und goss Wein in einem dünnen Strahl in das bereitstehende Kohlebecken, wo die Flüssigkeit zischend und qualmend verdampfte; dann tranken sie einander zu, der Bote mit hochroten Wangen, weil er, ein gemeiner Soldat, im Kreise zweier hoher Offiziere mittun durfte.

»Somit ist die Meuterei der Ersten und Zwanzigsten Legion beendet.« Ofilius wischte sich mit dem Unterarm über den Mund.

»Aber wenn die Unruhen in Vetera anhalten, wird er mit diesen beiden Legionen und einigen Alen dorthin ziehen, um den Aufstand endgültig niederzuschlagen«, ließ sich einer von Ofilius Offizieren vernehmen.

»Es wurden tatsächlich Meldereiter zu Legat Aulus Caecina geschickt«, mischte sich der Bote ein.

Der Befehl zum Ausrücken hatte sie noch am Abend dieses Tages erreicht. In aller Frühe brach Cinnas Ala auf; sie waren als Vorhut abkommandiert und lenkten ihre Pferde im Schritt auf die ungepflasterte Heeresstraße nach Vetera. Im Osten zeichnete sich eine fahle Sonnenscheibe hinter dem Dunst ab, und weiße Schlieren schwebten über der Ebene, durch die sich der Fluss wälzte. Fröstelnd klammerte Cinna die Rechte in den Umhang, den der Luftzug immer wieder kalt blähte. Sie ritten vorüber an menschenleeren Feldern und verlassenen, niedergebrannten Dörfern, über denen die Krähen ihre Kreise zogen, vorüber an Wegen, auf denen schillernde Fliegenschwärme stinkende Kadaver umschwärmten, und von so manchem Baum hingen die geschundenen Körper derer, die geglaubt hatten, sich den marodierenden Meuterern widersetzen zu können. Die meisten Menschen hatten sich in die Wälder geflüchtet, sie würden nicht zurückkehren, bevor wieder Ordnung herrschte. Das Getreide war unter den Regenfällen zusammengesunken, nachdem niemand es geerntet hatte, und die Äcker lagen ungepflügt.

In den vergangenen Tagen hatte Cinna jeden Gedanken an seine Schwester und deren Mann verdrängt, doch der Anblick der verwüsteten Häuser malte sie ihm unablässig vor Augen. Nicht auszudenken, was geschehen könnte, wenn Lucilla und Firmus in die Hände der Meuterer fielen. Er hängte die Zügel über den Sattel, rieb die Hände aneinander und blies den warmen Atem hinein. Lucilla mochte eine stolze und mutige Frau sein, aber einer Horde mordlüsterner Kerle hätte sie nichts entgegenzusetzen, und Firmus war verletzt; in Lucillas letztem Brief war die Rede von einem gebrochenen Bein und zahlreichen Platzwunden – zum Glück keine tiefen Fleischwunden oder innere Verletzungen. Cinna ertappte sich dabei, dass er an einem Fingerknöchel nagte, nahm die Zügel wieder auf und trieb Fulgor vorwärts, um sich an die Spitze des Hauptteils seiner Ala zu setzen.

Die erste Nacht schlugen sie ihr Lager in der Nähe von Novaesium auf, die zweite verbrachten sie bei einer Siedlung namens Asciburgium, und näherten sich am Nachmittag des dritten Tages dem breiten Hügel von Vetera, oberhalb des Rhenus. Wenn sich die aufständischen Soldaten nicht unterwürfen, käme es zum Kampf, Bürger würden die Waffe gegen Bürger erheben, Unruhen und Blutvergießen, die – man mochte von ihm halten, was man wollte – der verstorbene Princeps Augustus vor vier Jahrzehnten beendet hatte, drohten sich durch seinen Tod wieder Bahn zu brechen.

Über dem Schattenriss des Mauerrings schwebten Rauchwolken. Die Ala sollte in einem Lager Quartier beziehen, das auf einer ausgedehnten Wörth zwischen zwei Armen des Rhenus thronte; an einem efeuumwucherten Altar zweigte der Weg von der Heerstraße ab. Cinna zügelte den Grauen und winkte Fronto, der nur wenige Schritt hinter ihm war.

»Sorge dafür, dass alles seine Richtigkeit hat«, wies er ihn an. »Ich werde nach Vetera weiterreiten.«

Fronto zog die Brauen hoch. »Allein?«

Als Cinna auf seine beiden Leibwächter wies, die hinter den Standartenträgern und Bläsern mehrere Längen vor dem Hauptteil der Truppe mit verhängten Zügeln dahinritten, schüttelte Fronto den Kopf.

»In diesem Durcheinander kann sich ein einzelner Mann oder eine kleine Gruppe eher ungesehen bewegen als eine ganze Turma oder gar die gesamte Einheit«, wandte Cinna ein.

Fronto atmete sichtbar durch, dann richtete er den Blick auf die unruhig zuckenden Ohren seines Pferdes. »Ich erwarte deine Rückkehr, bevor die Legionen morgen hier eintreffen.« Seiner Miene war allerdings anzumerken, dass er nicht darauf wetten würde.

Im matten Abendlicht lenkte Cinna Fulgor die Straße entlang, an der sich ihm das gleiche Bild bot wie in der Umgebung der Ubierstadt und Novaesiums: verwahrloste Äcker, verlassene Dörfer und am Wegrand verstreute Abfälle. In einiger Entfernung lief ihnen ein kleiner Trupp Soldaten entgegen, der Cinna zunächst wachsam die Nähe seiner Leibwächter suchen ließ, bis er sah, dass der vorauslaufende Mann den Arm hochriss und einen scharfen Befehl ausstieß, woraufhin die Mannschaft auf der Stelle stehen blieb und Haltung annahm. Vor dem Gefreiten zügelte

Cinna den Grauen, und sie tauschten Grüße aus, der Gefreite strammer als nötig. Bis zum Eintreffen des Imperator Germanicus, so verkündete der Mann, würden die Offiziere der Lage Herr geworden sein, die Aufrührer bestraft und die Unruhen beendet. Aber er solle vorsichtig sein, es treibe sich allerlei verkommenes Pack herum. Als der Mann zu einer Klage über die mangelnde Disziplin der erst im vergangenen Jahr eingeschriebenen Legionäre – Plebs aus der römischen Unterstadt, Sklaven, Freigelassene – ansetzte, unterbrach Cinna ihn, um nach dem Haus des Centurio Primipilus Firmus zu fragen.

Die Wegbeschreibung führte sie zu einer Siedlung südlich des Haupttores, die sie erreichten, als feiner Nieselregen ihnen ins Gesicht sprühte und die nächtlichen Schatten die Bauten zu verschlingen begannen. Schemen huschten über die Straße, schnelle Schritte übertönten das Rauschen, unterdrückte Rufe und gelegentliches Schreien und Fluchen. Eine Wachmannschaft trat ihnen wie aus dem Boden gewachsen in den Weg, dass die Pferde scheuten.

»Wer seid ihr?«, blaffte der vorderste Mann.

Als Cinna sich und seine Begleiter als Teil der Vorhut der anrückenden Legionen auswies, hellte sich das nassglänzende Gesicht des Mannes kurz auf, bevor er die drei Reiter erneut musterte.

»Und wo sind deine Soldaten? Ich sehe niemanden außer euch dreien.«

»Die Männer wurden befehlsgemäß im Lager am Rhenus untergebracht – ich bin auf dem Weg zu Gnaeus Domitius Firmus, Centurio Primipilus der Fünften Legion.«

Der Soldat wölbte die Brauen. »Dann bist du wohl der Bruder seiner Frau, der mit etlichen Barbaren«, sein Kopf ruckte in Richtung des Flusses, »Freundschaften pflegt. Wenn du es wünschst, werden wir dich zu Firmus' Haus begleiten.«

Die Wachmannschaft nahm die Reiter in die Mitte; Cinna konnte es den Männern nicht einmal verdenken, dass sie in dieser Lage kein Vertrauen in römische Rüstung und römische Namen hatten, erst recht wenn unklare Beziehungen zu möglichen Feinden ins Spiel kamen. Sie folgten der Straße einige Häuserfronten weit in die Siedlung, bogen dann in einen breiten Weg ein, der sie wieder hinausführte auf die Äcker und Weiden. Der Weg erklomm einen Hang, streifte eine Siedlung, um unversehens an einem sichtlich noch im Bau befindlichen Gehöft zu enden, einem Fachwerkhaus mit vorgelagertem Porticus, dessen Dach auf dunklen Holzpfeilern ruhte. Aus der Dunkelheit schälten sich die Umrisse mehrerer Wachtposten mit Schild und Lanze, die den Zugang versperrten. Der Gefreite, der sie hierher geleitet hatte, hieß sie warten und verschwand unter dem Säulengang, dort, wo Cinna den Eingang vermutete und wo einen Augenblick lang Licht aufflammte.

Cinna schwang das Bein über den Hals seines Pferdes und sprang zu Boden. Die Erde federte leicht, es erinnerte ihn an einen Hof in der südlichen Umbria, kaum eine Meile vor den Mauern von Perusia, wo sein Vater hatte Pferde züchten lassen. Es war das Elysium seiner Kindertage, das er mit einer griechischen Kinderfrau und einem pummeligen Paedagogus geteilt hatte, den Kindern der Freigelassenen und Sklaven und denen der wenigen Bauern in der Umgebung. Auf diesem Gut hatte Lucilla seit ihrer Scheidung gelebt, dort hatte sie den schwerkranken Vater in den letzten Monaten seines Lebens gepflegt, ohne zu wissen, dass der alte Cinna sein Vermögen testamentarisch dem Princeps Augustus überlassen hatte, obwohl er ihn zeitlebens bekämpft hatte. Lucilla hatte ihm nicht verziehen, sie, abgesehen von einem kleinen Betrag, den er bei einem Vertrauten für sie hinterlegt hatte, der Barmherzigkeit ihres ehemaligen Gatten überlassen zu haben.

Mit seinem Porticus und der breiten Treppe erschien Cinna das Haus, dessen gekalkte Wände matt herüberleuchteten, wie eine bescheidene Nachahmung jenes Gutshofes, dem Vorbild so ähnlich, dass die Erinnerung ihn schmerzte.

Ein Posten näherte sich mit einer Laterne, grüßte straff und begleitete ihn bis zum Eingang, wo ihn ein junger Mann in weißer Tunica empfing, die vom Halsausschnitt bis zum säuberlich über den Knien liegenden Saum ein breiter Purpurstreifen zierte, ein Tribun senatorischen Ranges. »Marcus Atilius Scaurus«, stellte er sich kurz vor. »Legat Caecina erwartet dich bereits.«

Verblüfft folgte Cinna dem Tribun hinein. In der schmalen, von flackerndem Licht erhellten Eingangshalle standen ein großer, gedrungener Mann und eine Frau mit glänzend schwarzem Haarknoten, seine Schwester Lucilla, die bleich wirkte und die Stola offenbar hastig um sich geschlungen hatte, um der Schicklichkeit Genüge zu tun. Während Cinna den Stellvertreter des Germanicus in der Unteren Germania mit der gebotenen Ergebenheit begrüßte, flog sein Blick immer wieder zu Lucilla, die ihm zublinzelte und die Lippen zu einem dünnen Lächeln bog. Dass sie sich im Hintergrund hielt, war gar nicht ihre Art.

»Es freut mich, dass du die Ankunft deiner Ala selbst meldest«, dröhnte Caecina befehlsgewohnt. »Die Dinge entwickeln sich so, wie Caesar Germanicus es erwartet hat. Blut fließt, aber die Gutgesinnten sind in der Überzahl. Bis zum Eintreffen des Imperators werden die Unruhestifter gefasst und bestraft worden sein.«

»Mir bist du keine Rechenschaft schuldig, Legat. Ich kam her, um meinen Freund und meine Schwester zu sehen, um mich zu vergewissern, dass sie leben und nicht bedroht sind.«

Breit grinsend wandte Caecina sich Lucilla zu. »Deine Schwester ist eine kluge Frau. Als Firmus verwundet wurde, bot sie mir an, seine Villa zu befestigen, um die treuen Einheiten von den meineidigen zu trennen. Ein kühner Plan, aber notwendig, da es im zweiten Lager am Fluss zu eng geworden war.« Er räusperte sich. »Also werden die beiden Legionen unter Germanicus' Führung morgen vor Vetera eintreffen?«

Cinna nickte. »Die Männer haben den Aufstand selbst beendet, und jetzt dürsten sie danach, die Unruhen auch hier zu beenden.« Er machte eine Pause, in der Caecina ein zufriedenes Brummen von sich gab, dann fragte er: »Wo ist Firmus?«

»In seiner Kammer«, erwiderte Lucilla zögernd. »Ich konnte ihn kaum davon abhalten aufzustehen, als er erfuhr, dass du kommst.«

»Darf ich zu ihm?«

Nach einem raschen Blick zu Caecina nickte Lucilla und zog sich schweigend zu einer der beiden hinteren Türen zurück. Der Legat warf sich schwungvoll den Mantel um die Schultern und gab Cinna mit einer Handbewegung zu verstehen, er sei entlassen, ehe er mit einigen forschen Schritten dem Eingang zustrebte.

Bei ihrem Eintreten stand der Mann auf Krücken mitten in der Kammer – doch als Lucilla Luft holte, drückte Cinna sanft ihren Arm und schob sie beiseite, fasste Firmus unter und führte ihn zum Bett, wo er ihm half, sich hinzulegen.

»Wo hast du gesteckt, du …«

»Die Legionen sind einen Tagesmarsch hinter uns, sie werden morgen eintreffen.«

»Es ist vorbei, mein Freund. Die Meuterer haben nicht nur den Kopf, sondern auch den Mut verloren. Sie haben die Anstifter entweder erschlagen oder gefangen gesetzt und ausgeliefert. Nur ein paar halsstarrige Kerle, die nichts zu verlieren haben, haben sich in den Siedlungen verschanzt.« Firmus umklammerte Cinnas Arme. »Es tut gut, dich zu sehen.«

»Wie ist das passiert?«

Seufzend rollte Firmus die Augen; seine schmalen Lippen bildeten eine kurze, gerade Linie zwischen den Falten, die von den Nasenflügeln herabliefen. »Ein paar von den Kerlen haben mich hinterrücks überfallen, zusammengeschlagen und in einen Graben geworfen. Ich hatte Glück. Ein paar gebrochene Rippen, ein gebrochenes Bein, aber mein schönes Gesicht hat keinen Schaden genommen.«

»Du Narr!«, fuhr Lucilla dazwischen. »Beinahe hätten sie dich umgebracht, weil du jeden Tag hier nach dem Rechten sehen wolltest! Obwohl ich dich anflehte, dich keiner Gefahr auszu –«

»Lucilla, bitte!« Begütigend legte Cinna den Arm um ihre Schultern, als sie das Gesicht in den Händen barg.

»Ich war mit meiner Centuria im Hauptlager verblieben, weil wir die Unentschlossenen durch unser Beispiel in ihrer Disziplin stärken wollten. Aber ich musste auch auf Lucilla achtgeben, auf das Haus.«

»Und dann warst du ebenso wahnsinnig wie ich, dich

allein oder gerade mal in Begleitung deiner Leibwächter auf den Weg zu machen, nicht wahr?«

Firmus biss sich sichtlich auf die Zunge und drehte schroff das Gesicht zur Wand. »Blut fließt. Die Vergeltung ist im Gange. Die Meuterer sind inzwischen erschlagen oder gefangen und werden noch morgen ihrem gerechten Schicksal zugeführt. Wenn Germanicus eintrifft, werden sich ihm die Getreuen zu Füßen werfen. Sie werden ihn anflehen, sie gegen den Feind zu führen.«

»Es ist October! Niemand macht einen Feldzug um diese Jahreszeit – schon gar nicht in diesem Teil der Welt, wo man mit schweren Regenfällen rechnen muss.«

Langsam wandte Firmus sich Cinna wieder zu. Er wirkte müde. »Das denkt wahrscheinlich auch Arminius. Er hat sein Heer tief ins Hinterland der Germania zurückgezogen. Ein rascher Vorstoß in die Gebiete der Marser und Brukterer könnte den Keil entlang der Lupia noch tiefer ins Land treiben.« Seine Backenmuskeln mahlten. »Aber mit diesem kaputten Bein werde ich nicht dabei sein.«

III

Vor Morgengrauen verließen die Reiter der Zweiten Asturischen Ala das Lager auf dem fest gefügten Bohlenweg gen Süden, wo sich die bewaldeten Berge schwarz abzeichneten gegen den rosigen Lichtstreif am Himmel. Nebelschwaden zogen über die braune Erde, während unter den Hufen der Pferde der Morast zwischen den Bohlen hochspritzte und in den Hecken Vögel lärmten. Wolken zogen auf, Dunst verschluckte die dünnen Rauchfäden, die über den von Palisaden umzäunten Dörfern auf ihren flachen Kuppen aufstiegen. Nachmittags erreichten sie die Hänge, nahmen einen schmalen, trockenen Pfad, der sie auf halber Höhe ostwärts führen würde. In zwei Gruppen schwärmten Kundschafter aus, Cinnas ubische Reiter, die während einer kurzen Rast in barbarische Hosen und Kittel geschlüpft waren. Stirnrunzelnd blickte Cinna ihnen nach. Seit fünf Tagen schoben sich römische Heeresverbände an der Lupia entlang in die Germania. Ihn hatte am Vorabend der Befehl ereilt, nachrückende germanische Einheiten zu beobachten und aufzuhalten, wenn nötig mit Waffengewalt.

Kurz vor Einbruch der Dunkelheit – inzwischen waren einige der verkleideten Kundschafter wieder zu ihnen gestoßen – erreichte der Hauptteil der Ala den Platz, den die Vorhut bereits vorbereitet hatte; auf einer kaum bewaldeten Anhöhe hatten die Vermesser mit Pflöcken und

Schnüren den Grundriss des Lagers angelegt, und zwei Abteilungen waren damit beschäftigt, Wall und Graben für eine vorläufige Befestigung zu schaufeln. Der eintreffende Trupp wurde als willkommene Ablösung begrüßt, bald darauf waren die Zelte errichtet, umgeben von einem Stachelkranz aus Wall und Palisade.

Cinna hatte die Offiziere zu sich befohlen, um die Berichte der Kundschafter nochmals anzuhören und Befehle für den morgigen Tag auszugeben; nun drängten sie sich in dem Zelt, dessen Leinen noch festgezurrt wurden.

»Ein Trupp Usipeter lagert etwa sechs Meilen gen Sonnenuntergang«, begann der Soldat. »Sie haben weder Graben noch Wall errichtet, nur eine niedrige Palisade. Allerdings lassen sie vor und hinter dieser Palisade ihre Männer Wache halten.«

»Wie viele Krieger habt ihr ausmachen können?«, fragte Cinna.

»Ich bin nicht sicher. Es war schon dunkel, und Dunst war aufgezogen. Es sind mindestens zweihundert Mann.«

»Und der Weg ist durch Posten gesichert?«

»Das ist er, Praefect.«

Cinna legte die Fingerspitzen aneinander und lehnte sich leicht zurück, während die Offiziere ihn mit dienstlichen Mienen musterten. Er konnte ihre Anspannung fühlen, schließlich war ihr Auftrag kein Spaziergang. Auf die Frage, wie mit Gefangenen zu verfahren sei, hatte Caecina rasch die Brauen hochgezogen und Cinna damit verabschiedet, er solle sich keine Sorgen um die Geldbeutel der beiden mitgereisten Sklavenhändler machen, die kämen schon noch zu einer größeren Menge an hochwertiger Ware.

Vor sechs Tagen waren sie mit großen Teilen der vier Legionen, sechsundzwanzig Cohorten und acht Alen Reiterei von Vetera aufgebrochen. Bei Germanicus' Eintreffen in Vetera hatten die Legionen sich ihrem Heerführer bedingungslos ausgeliefert, ihre Abgeordneten sich ihm im Traueraufzug zu Füßen geworfen und unter Tränen gefleht, er möge sie trotz ihrer ruchlosen Taten gegen den übermütigen Feind führen, der in seinen Löchern über ihre Trägheit und Zwietracht frohlocke; nur durch ehrenhaft erlittene Verletzungen könnten sie die Schmach tilgen und die Manen der Kameraden besänftigen.

Cinna fuhr sich über die Lippen, um das schiefe Grinsen wegzuwischen, das er spürte. Er und seine Männer waren hier, um dem schnellen Vorstoß dieses Heeres Flankenschutz zu bieten, und die Götter waren ihnen tatsächlich gewogen. Oder sie hatten einfach Glück, denn es war wolkig und dunstig, aber es regnete nicht.

»Gibt es einen Ort, an dem wir die Usipeter kurz nach ihrem Aufbruch abfangen können?«

Der Kundschafter verzog das Gesicht. »Einen Hinterhalt werden wir nicht vorbereiten können …«

»Irgendwelche Vorschläge?«, fragte Cinna in die Runde.

»Ein Überraschungsangriff?« Frontos Augen waren geweitet, als Cinna sich ihm zuwandte. »Es macht keinen Sinn, sie bei Nacht zu belagern, aber wir können sie nach ihrer Art aus dem Schutz des Waldes überfallen.«

»Diese Art des Kampfes liegt euch Römern nicht«, meldete sich Ansmerus schmunzelnd zu Wort, »und auch die Asturier ziehen den offenen Kampf einem Hinterhalt vor.«

Einer der asturischen Decurionen, Galerius, ein schmaler, hoch aufgeschossener Mann mit auffallend kühler Miene, lehnte sich vor. »Eine Reiterschlacht. Wir stellen die Barbaren kurz nach ihrem Aufbruch, wenn ihre Vorhut unsere Spuren noch nicht entdeckt hat.«

Die anwesenden Offiziere schienen seiner tiefen Stimme nachzulauschen, wechselten Blicke, während Cinna erst einen nach dem anderen musterte, dann Galerius ansah.

»Eine Turma kann noch in der Nacht das Gelände auskundschaften und den Verlauf des Kampfes vorbereiten«, sagte er. »Dazu benötige ich Männer mit Kampferfahrung, die auch bei Nacht sehen können wie Wölfe.«

»Meine Turma steht zu deiner Verfügung, Praefect Cinna.« Galerius straffte sich.

»Ihr werdet sofort nach dieser Besprechung aufbrechen.«

Cinna lag unter seinem Umhang auf einer dünnen Matte und starrte ins Dunkel. Offenes Feuer hatte er untersagt, denn hier draußen, auf dem Boden eines alten Straßenpostens, der jetzt im Feindesland lag, schützte sie nur die mondlose Nacht vor den Augen der Späher, die ihnen sicher schon seit ihrem Aufbruch aus dem Lager des Germanicus gefolgt waren.

Lange hatten die Offiziere den geplanten Verlauf des bevorstehenden Kampfes durchgesprochen und sich dabei der Aussagen der Kundschafter bedient, bevor Cinna sich nüchtern zur Ruhe gelegt hatte, ohne diese Ruhe, die er so nötig brauchte, zu finden. Das Scharren genagelter Sohlen, gefolgt von dumpfem Hufschlag schreckte ihn schließlich aus dem Halbschlaf. Er wischte sich mit den Händen übers Gesicht und zerrte den Rock über den Kopf, als jemand die Plane aufschlug und eintrat.

»Praefect, wir sind bereit aufzubrechen.«

Draußen schlug ihm kalter Nebel entgegen, verwandelte den Atem in Dampf, der im Frühlicht silbrig schimmerte. Das Kettenhemd schien ihn zu Boden zu ziehen. Fröstelnd schlang Cinna den Schal um den Hals, ehe er die Zügel seines Pferdes aus Ahtalas Hand nahm und mit dessen Hilfe aufsaß. Eine kleine Gruppe Kundschafter trabte auf einen Wink hin voraus auf den schmalen Weg in die Wälder.

Das Klappern der Hufe auf den Steinen, das Knirschen von Leder und das feine Klingeln der Geschirre untermalte rhythmisches Schnauben und tonloses Murmeln; die Männer waren allein mit dem, was ihnen bevorstand, manche unterhielten sich, lachten leise. Ahtala und Duvius hielten sich dicht bei Cinna, die Köpfe ihrer Pferde neben seinen Beinen. Die Dunkelheit schwand im fahlen Licht, das sich durch das Blattwerk stahl.

Hufspuren zeichneten sich undeutlich auf dem Boden ab, wiesen ihnen den Weg, den erst sie selbst, dann die Kundschafter genommen hatten, bis sich beide Fährten trennten und sie der schwächeren, der der Kundschafter, folgten. Die vorausreitenden Späher führten die Truppe, und als diese ihre Spieße aus den Köchern zogen, ließ Cinna den Soldaten leise Befehl geben, sich kampfbereit zu halten. Den Umhang wickelte er zu einer festen Rolle, die er hinter dem Sattel festband, und tastete nach dem Heft seines Schwertes. Was tat er hier? Warum trieb er zweihundert Reiter in den Kampf gegen einen Trupp Usipeter, die vielleicht nur auf dem Weg zu einem Erntefest waren? Männer, die wie einige seiner eigenen Soldaten Frauen und Kinder zu Hause hatten. Wie er selbst.

Ungebeten und dennoch willkommen schob sich Sunjas Bild vor den finsteren Weg, das ovale Gesicht mit den hellgrünen Augen, umrahmt von den weizengelben Wellen ihres Haares, das sie nachlässig zurückschob und dabei eine Schulter entblößte. Seine Hände bewahrten die Wärme ihrer Haut, seine Augen das Spiel der Schatten darauf, den matten Schimmer, die Linien, die sich bei jeder Regung veränderten. Die feinen Härchen, die sich unter seiner Berührung aufrichteten.

Alles, dessen sie in den Drei Gallien habhaft würden, hatte Arminius seinen Männern versprochen, Getreide, Wein, Vieh, Pferde, Gold und Silber in Hülle und Fülle, jedes Mädchen, jede Frau wolle er an sie verteilen, einem jeden nach seinem Mut, und keiner werde leer ausgehen. Dieser Ruf war wieder und wieder an die Stämme ergangen, an die jungen Krieger, die sich durch Kampf und Raub Ruhm verschaffen wollten. Cinna musste sie aufhalten, ehe sie sich Arminius' Heer anschlössen. Es galt, diesen widerwärtigen, gesichtslosen Gegner in seine Schranken zu weisen, ihn auszubluten.

Kundschafter begegneten ihnen, sie hatten die Stellung gehalten, am Rande einer trockenen, herbstbraunen Heide, über der weiße Frühnebel schwebten. Einer von ihnen meldete flüsternd, die Gegner hätten ihr Nachtlager abgebrochen und sich soeben auf den Weg gemacht; sie befänden sich keine Meile entfernt hinter einem Wäldchen, das sie zu beiden Seiten umgehen könnten, und nur fünf Mann bildeten die feindliche Vorhut.

Wie abgesprochen ließ Cinna die Turmen zu beiden Seiten des Weges ausschwärmen. Von nun an zählte ihre Schnelligkeit. In breiter Formation donnerten sie über die Hochebene, hoben die Schilde vor sich, die vorderen Reihen fassten in die Speerköcher, die hinteren lockerten den Griff um ihre Lanzen, während die Pferde am kurzen Zügel schnaubten. Als das erste heisere Wiehern ertönte, riss Cinna die Rechte hoch, und die Männer stimmten einen Schrei an, dass die Pferde vorwärtsstürmten. Es gab kein Zurück mehr.

Die Turmen, die die Flügel bildeten, zogen sich zusammen, um das Wäldchen zu beiden Seiten zu umrunden. Cinna hörte scharfe Befehle hinter sich, vor ihm legten die Schützen Pfeile auf, spannten ihre Bogen, zogen neue Pfeile aus den Köchern an ihren Sätteln, nachdem sie eine erste Salve verschossen hatten, dann eine zweite, eine dritte, ehe sie sich zurückfallen ließen.

Jetzt sah auch Cinna die Gegner, zwei Reiter flüchteten vor seinen Männern in den Nebel, brüllend fuchtelten sie mit den Armen, eine Warnung für die Nachrückenden. Er spürte, dass sich ein Grinsen in seine Mundwinkel fraß, und legte die Lanze ein, als die Pferde in das Wäldchen sprengten. Wurfspieße pfiffen durch die Luft, einer der beiden Barbaren erstarrte und rutschte seitlich aus dem Sattel, der andere lehnte sich tief über den Hals seines Reittieres.

Weit vor ihnen, auf der im Frühlicht ausgebreiteten Heide mischten sich die Dunstschwaden mit Staub, aufgewirbelt von umherlaufenden Pferden. Schreie erstickten im Hufgetrappel. Offenbar versuchten die Gegner, sich zum Kampf aufzustellen. Kampfgeschrei und das Trommeln der Hufe brandeten von allen Seiten heran. Mit einem schnellen Blick sah Cinna die Reiter von den Flügeln heranpreschen, die flatternden Wimpel über den wippenden Köpfen der Pferde und den blauen Schilden.

Die gegnerischen Reihen wurden dichter, rückten zusammen. Ein dumpfer Ton schwoll an, erhob sich über den hellen Schlachtruf der Soldaten. Einige halbnackte Reiter mit Rundschild und Lanze lösten sich brüllend aus den Reihen der Gegner. Einer dieser Männer raste mit seinem Pferd geradewegs auf Cinnas Trupp zu. Cinna stieß Fulgor die Sporen in die Flanken, spürte, dass der Hengst zusammenschrak, den Kopf hochwarf und einen Satz machte.

Sein Herz schlug hart, pochte bis unter die Schädeldecke, das Blut rauschte in den Ohren. Als der Mann den Speer warf, hob Cinna den Schild, lenkte Fulgor beiseite. Der Mann trug keinen Helm, er reckte den Hals, schüttelte die mit einem neuen Speer bewaffnete Faust und brüllte den Gegnern seine Wut entgegen. Cinna fasste den Spieß fester, hetzte Fulgor auf das Pferd des Gegners zu, nichts im Blick als das verzerrte, bärtige Gesicht eines Mannes in den besten Jahren, nach dem er die Waffe stieß.

Der Treffer brachte ihn fast aus dem Gleichgewicht, er verlor den Spieß, riss an den Zügeln, dass Fulgor stieg und auf der Hinterhand wendete. Er sah den Mann im Sattel wanken, die Hände hochgerissen zum Gesicht, dunkel verschmiert, sah einen anderen wild mit einem Prügel fuchteln, sah den weit aufgerissenen Mund, doch der Lärm ringsum dröhnte in seinen Ohren, in seinem Kopf, dass nichts mehr zu ihm vordrang. Er riss das Schwert aus der Scheide und trieb das Pferd vorwärts, dass es auf den Gegner zustürmte, der mitten im Schrei innehielt.

Schwach vernahm Cinna den Widerhall der eigenen Stimme. Ein Knüppel krachte auf seinen Schild, schon im nächsten Augenblick brachte Fulgor eines der gegnerischen Pferde ins Straucheln. Das Schwert in der Hand, trieb Cinna den Hengst vorwärts, ahnte seine Leibwächter dicht neben sich. Brach durch die gegnerische Reihe. Kreischend schrammte die Klinge über einen Schild. Er fuhr im Sattel herum, wollte die Waffe in den Körper des Nachrückenden stoßen, als er Duvius erkannte, der auf einen von seinem Pferd rutschenden Barbaren einhieb.

Wie eine Flutwelle fielen die Soldaten über die Usipeter her, drängten die Truppe auseinander, trieben einzelne vor sich her, stießen sie zu Boden, unter die Hufe, und durchbohrten sie mit Spießen und Schwertern. Wer den Eingeschlossenen zu Hilfe kommen wollte, wurde ebenso rasch niedergemacht.

Ein Reiter drängte sich durch das Getümmel, ein stämmiger Mann in einem prächtigen karierten Umhang. Als Cinna seinen Blick einfing, ging ein Leuchten über sein bärtiges Gesicht; er brüllte Cinna seinen Zorn entgegen, sein Schimmel sprengte mit rollenden Augen und blutigen Flanken auf Fulgor zu, der sich auf Cinnas Zügelzug hin aufbäumte und das ohnehin verwundete Tier mit wirbelnden Hufen abwehrte. Der Gegner schwang sein langes Schwert, schlug nach dem Grauen, verfehlte nur knapp dessen Vorderbeine. Hastig schleuderte Cinna seinen letzten Wurfspieß nach dem Reiter, doch die Spitze prallte an dessen Schild ab. Der Barbar lachte dröhnend.

Anrennende Feinde beschäftigten Cinnas Leibwächter, erneut zog er das Schwert, als Fulgor einen Satz machte und sich in den Mähnenkamm des Schimmels verbiss. Cinna trat nach dem schnappenden Maul des verletzten Tieres, da sauste ein Schatten auf sein Gesicht zu, er zog den Schild hoch, duckte sich, und verlor unter dem Aufschlag der Klinge beinahe den Halt, als schon der zweite Hieb des brüllenden Gegners auf seinen Schild niederging. Fulgor stieg mit einem schrillen Schrei, der Gegner hob den Schild, holte aus, in seiner Deckung tat sich eine Lücke auf, in die Cinna die Klinge stieß und zurückriss.

Der Barbar presste eine Faust auf seine Leiste, sein Schild polterte zu Boden, bewegungslos starrte er Cinna an, der nur einen Atemzug lang zögerte, ehe er sein Schwert einen sirrenden Kreis beschreiben ließ, der die Kehle des Gegners durchtrennte.

Ahtala war neben ihm, bohrte einen Spieß in die Flanke

des todwunden Pferdes. Aus den Wunden des Barbaren quoll helles Blut, und während sein Pferd in die Knie brach, rutschte er haltlos zu Boden.

Am Waldrand kauerten einige Soldaten wie hingeworfene Getreidesäcke; andere eilten über die aufgewühlte Heide und fingen die verstört umherlaufenden Pferde ein. Mitten unter den Gefallenen standen zwei Männer, einer umarmte den anderen, der das Heft seines Schwertes krampfhaft umklammert hielt. Cinna sah zu, wie Einzelne mit suchend gesenkten Köpfen über das Schlachtfeld streiften, die Leichen der Gegner umdrehten und das eine oder andere an sich nahmen. Gelächter war zu hören, Rufe tönten auf.

Geistesabwesend nahm Cinna das Schwert, dessen Klinge Ahtala vom Blut gesäubert hatte, und ließ es langsam in die Scheide gleiten. Für die Hände hatten sie ihm Wasser gebracht. Die Hände, die Klinge. Der Saum des Rockes war feucht und klebrig, zwischen den Ringen des Kettenhemdes verkrustete Blut. Fremdes Blut. Der rasende Jubel am Ende der Schlacht war verflogen, die ersten Todesvögel kreisten hoch über ihnen, ihre heiseren Schreie lockten weitere an.

Cinna sah Fronto näher kommen und hinter ihm, humpelnd, seinen Schreiber Valens, bei dessen Anblick er sich fragte, warum er den kampfuntüchtigen Mann, der in der Linken zwei, drei Wachstafeln hielt, zu diesem Unternehmen mitgenommen hatte.

»Ich bin nur vom Pferd gefallen«, murmelte Valens mit gesenktem Kopf, als er Cinna erreichte und ihm die Tafeln reichte, die Liste der Verluste. Sie hatten elf Pferde verloren, sieben Männer waren gefallen und zweiundzwanzig verwundet, die meisten mit leichten Blessuren davongekommen. Cinna sah auf. Die niedergetrampelte Heide war bedeckt von dunklen Knäueln, Leichen, zwischen denen Männer umhergingen, bewacht von Soldaten, die den Gefallenen Umhänge, Schuhe, Waffen, manchmal Kettenhemden vom Leib zerrten. Die Pferde der Usipeter wurden zusammengekoppelt, die übrigen Gefangenen gefesselt und mitten auf der Heide gesammelt.

»Was wird mit denen?«, fragte Fronto.

Achselzuckend wandte Cinna sich ihm zu. »Wir nehmen sie mit.«

Er griff nach den Zügeln seines Pferdes, das ein Soldat mit Stroh abrieb; Fulgors Brust und Schultern waren dunkel von Schweiß, und er peitschte die eigenen Flanken mit dem Schweif. Der Soldat half Cinna aufzusitzen. »Die Männer sollen sich zum Aufbruch vorbereiten. Wir machen uns so bald wie möglich auf den Rückweg zum letzten Marschlager des Heeres.«

»Mit den Gefangenen?«, hakte Fronto nach, und Cinna nickte, ehe er dem Pferd die Fersen in die Flanken drückte, dass es antrabte.

*

Grußlos stampfte der Lagerpraefect in das Zelt, das Cinna mit seinem engsten Stab teilte, baute sich in der Mitte zwischen den Pfosten auf und verschränkte die Arme vor der Brust. Vom Saum des Umhangs, den er über die Schultern geworfen hatte, fielen einzelne Tropfen auf die Erde. Regen rauschte auf das Dach des Zeltes, in dessen Halbdunkel ein Kandelaber mit mehreren Öllampen mattes Licht verbreitete.

»Die Gefangenen nehmen viel Platz weg, Praefect Cinna.«

Cinna klappte die Tafeln in seiner Hand zu, nickte knapp, gab jedoch keine Antwort, als er das Blitzen in den Augen des Mannes bemerkte.

»Aber da der eine oder andere prächtige Kerl dabei ist, zanken sich die drei Blutsauger von Sklavenhändlern, seitdem einer angefangen hat, die anderen zu überbieten!« Der Lagerpraefect grinste breit.

»Sie überbieten sich? Warum warten sie nicht ab, bis Germanicus zurückkommt? Je mehr Gefangene da sind, desto besser für die Käufer.«

»Ich glaube nicht, dass Germanicus geeignete Ware mitbringen wird. Ein paar hübsche Weiber vielleicht, aber keine Männer, aus denen man kernige Gladiatoren schnitzen kann.«

»Keine Männer?«

»Jedenfalls nicht viele. Germanicus' Truppen rücken schnell auf breiter Front vor, ohne auf Widerstand zu treffen. Arminius hat sich mit dem größten Teil seines Heeres weit ins Gebiet der Angrivarier zurückgezogen. Er hat wohl nicht damit gerechnet, dass Germanicus' Truppen so schnell so tief ins Feindesland vorstoßen würden.«

Die Rauchwolken, die sie auf dem Rückweg dicht über den Wäldern hatten dahintreiben sehen, kamen Cinna in den Sinn, als ein Posten eintrat, stramm salutierte, wobei er Wasser versprühte, und meldete, dass die Vorhut der Germanischen Ala des Iulius Flavus eingetroffen sei. Der Lagerpraefect verabschiedete sich eilig und verließ das Zelt zusammen mit dem Posten, dem Cinna noch rasch auftrug, ihn bei Flavus' Ankunft sofort zu benachrichtigen.

Draußen saß Valens im Schutz eines Vordachs, während sich auf einem Tischchen neben ihm Wachstafeln mit den Listen und Berichten, die er zu erstellen hatte, türmten. Er hatte die Kapuze tief in die Stirn gezogen und den Mantel eng um sich geschlungen, sodass nur noch die Hand mit dem Griffel, Waden und Füße aus der roten Wolle lugten. Am Zittern des Kapuzensaums war leicht zu erkennen, dass er fror, zumal ihm der Wind immer wieder den Regen über den Rücken trieb und die Kleidung tränkte.

»Lass das, mach später weiter!« Cinna winkte ihn ins Zelt, doch Valens schüttelte unter der Kapuze den Kopf und versenkte sich wieder in seine Arbeit. Der Stapel zu seinen Füßen war deutlich geschrumpft, und dass er fertig werden wollte, konnte Cinna ihm nicht verdenken. Mit einem Becher heißen Würzweins kehrte er zurück, reichte ihn dem Gefreiten, der zu ihm aufschaute, als erschiene ihm ein Geist. Erst nach einigem Zögern nahm Valens den dampfenden Becher, legte den Griffel weg, um den warmen Ton mit beiden Händen zu umschließen, schnupperte daran, nippte, blickte dann auf und lächelte.

Als Cinna die Zeltplane zurückschlug, sah er, dass Flavus, dem Eingang den Rücken zuwendend, sich über ein Bronzebecken beugte und Wasser über die Arme rinnen ließ. Er drehte sich um und eilte auf Cinna zu, um ihn an sich zu drücken.

»Gut, dich heil zu sehen«, brummte er, hielt Cinna an den Schultern wie eine Puppe von sich und schüttelte ihn leicht. »Ihr habt euren Teil der Aufgabe also erledigt.«

»Wir haben den Stoßtrupp der Usipeter wie befohlen zurückgeschlagen.«

»Und habt eine stattliche Anzahl ihrer Krieger gefangen genommen, während wir blutige Schneisen in die Reihen der Brukterer geschlagen haben.«

Im fahlen Licht bemerkte Cinna ein dunkles Mal auf Flavus' Wange, eine verschorfte Platzwunde, unterhalb der Narbe, die eine Hälfte seines Gesichtes verunzierte. Weitere deutlich erkennbare Flecken übersäten seinen muskulösen Brustkorb. Flavus ließ die Arme sinken, als er, ohne hinzusehen, nach der Tunica griff, die ein hinzugetretener Soldat ihm hinhielt, und sie sich über den Kopf zerrte.

»Wenn Germanicus mit den Legionen zurückkehrt«, fuhr er fort, und seine Miene verhärtete sich, »wird es den Stamm der Marser nicht mehr geben. Die Legionen rücken auf einer Breite von fünfzig Meilen vor und verheeren Äcker und Dörfer mit Feuer und Schwert. Niemand wird verschont, weder Alter noch Geschlecht finden Erbarmen, und alle Heiligtümer werden dem Erdboden gleichgemacht.«

Wieder entsann Cinna sich des dunklen Qualms, der sich wie eine Decke über die Wälder gebreitet hatte, der Rauchschwaden, die der einsetzende Regen auswusch. Große Teile der Legionen, die gemeutert hatten, zogen durchs Land, Soldaten, die aufgepeitscht waren von den Unruhen, vom plötzlichen blutigen Ende des Aufstandes, von der überstürzten Gegenrebellion, entzündet an der Angst vor der Rache des heranrückenden Imperators. Er mochte sich nicht vorstellen, wozu diese Männer fähig waren, in der Hoffnung, damit das Wohlwollen ihres Oberbefehlshabers zurückzugewinnen.

»Verräter verdienen keine Gnade«, setzte Flavus nach, als hätte er Cinnas Gedanken erraten.

Der Soldat, der das Hemd gebracht hatte, trat mit einem Tablett zu ihnen, auf dem zwei Becher standen, randvoll gefüllt mit duftendem Würzwein. Flavus winkte Cinna zuzugreifen. »Lass uns auf einen wichtigen Sieg trinken und darauf, dass wir bald heimkehren werden, um unsere Frauen in die Arme zu schließen!« Flavus ließ einen dünnen Strahl auf die Erde rinnen und nahm dann einen Schluck, der seinen Kehlkopf sichtlich hüpfen ließ.

»Wir werden auf Widerstand treffen, wenn wir zurückmarschieren. Die Marser sind nicht der einzige Stamm, der die Gebiete zwischen Lupia und Amisia besiedelt, und all diese Stämme haben sich im Kampf gegen unsere Truppen verbündet.«

»Sie werden uns nicht aufhalten«, schnaubte Flavus über seinen Becher hinweg, bevor er den Rest des Weines hinunterstürzte, den Atem mit einem Laut des Behagens entweichen ließ und sich mit dem Handrücken über den Bart wischte.

»Flavus, unsere Männer haben gerade erst schwere Gefechte geführt. Sie sind nicht versessen darauf, als Vorhut den Legionen einen Weg zu bahnen, wenn die derweil unterwegs ihre glückliche Rückkehr feiern.«

»Keineswegs, mein Freund! Flankenschutz wird unsere Aufgabe sein. Du weißt doch, dass Germanicus die Absicht hat, so schnell wie möglich in die festen Heereslager zurückzukehren.«

Die Legionen fanden sich an den darauffolgenden Tagen in endlosen Kolonnen im Lager ein, die Einheiten sollten eine Nacht lang Quartier nehmen und am nächsten Morgen in der Reihenfolge ihres Eintreffens wieder aufbrechen. Schweres Gerät und Vorräte waren verschifft worden, damit die Truppen nicht von einem umfangreichen Tross behindert wurden. Aufgehalten wurden sie von einer kleinen Herde leicht verwundeter Schlachtrösser und den zusammengetriebenen Haufen von Gefangenen, zerlumpten, schmutzbesudelten Gestalten: Frauen, die mit stumpfen Gesichtern einherstolperten, greinende Kinder, halbwüchsige Jungen und Mädchen, deren Mienen beredtes Zeugnis über die Schrecken ablegten, die sie erlebt hatten.

Cinnas und Flavus' Alen gehörten zu den Einheiten, die als Erste in Marsch gesetzt wurden. Die Reiter sollten zu beiden Seiten des schuppigen Heereswurms etwaige feindliche Horden abwehren. Kundschafter meldeten, dass Brukterer, Usipeter und Tubanten sich zwischen Lupia und Rhenus sammelten, dass sie dabei gestört wurden, als sie ihre gefürchteten langen, von Palisaden gekrönten Wälle errichteten.

Die Sonne kroch als fahler Lichtfleck über die Hügel, begleitet von grauen Dunstschwaden, die von den Wäldern aufstiegen. Während die Kolonnen von Soldaten ihren Weg über die verheerten Felder, weithin offenes Land, an der Lupia nahmen, schwärmten die Reiter am Rande der Wälder aus, wo sie immer wieder auf Gruppen von Leichtbewaffneten stießen, die aus dem Schutz der Bäume Pfeile, Wurfspieße und Steine schleuderten, sich aber sogleich aus dem Staub machten, wenn die Reiter ihnen nachsetzten.

Den Befehlen aus Germanicus' Führungsstab gehorchend, hielt Cinna sich mit einem Teil der Ala an der linken Flanke der Ersten Legion auf, die dem aus zahllosen Tragtieren, Knechten, Ersatzpferden und Gefangenen bestehenden Tross vorausging. Von den ungeordneten Knäueln, die sich in bedrückendem Schweigen, unterbrochen vom Weinen einzelner Kinder, weiterschoben, hielt er sich fern. Zu genau erinnerte er sich an die Bilder, die ihn verfolgten, seitdem er am vergangenen Abend unwillentlich Zeuge geworden war, wie die Bediensteten der Sklavenhändler verschleppte Frauen vermieteten. Er war an der Schlange vorübergegangen, die die Männer vor dem Pferch gebildet hatten – sie alberten und neckten einander –, als er das Mädchen erblickte. Sie stand dicht am Zaun in ihrem schmutzigen, zerrissenen Kittel und dem verfilzten, im Nacken zusammengebundenen Haar; die gefesselten Hände erhoben, die Finger der linken um das rohe Holz geklammert, biss sie an den Nägeln der anderen, als könnte sie damit bitteren Hunger stillen, und starrte teilnahmslos vor sich hin.

Sie war in Saldirs Alter, und wenn er Saldir damals nicht, dem Wunsch ihres Bruders entsprechend, mit sich genommen hätte, wenn Germanicus' Truppen bis zu jenem Dorf, in dem sie gelebt hatte, vorgedrungen wären, dann hätten die rasenden Männer von ihr ein zerstörtes Ding übrig gelassen wie das, dessen Anblick sich in sein Gedächtnis brennen wollte.

Cinna trieb sein Pferd voran. Am Morgen hatte er das Mädchen wieder gesehen, als die Gefangenen in Marsch gesetzt wurden und in jämmerlich zerlumpten Reihen vorüberwanderten, während er am Feldrain mit den Decurionen seiner Ala ein letztes Mal die Tagesbefehle durchging. Eine Frau, die den Arm hatte um ihre Schultern legen wollen, war hastig abgeschüttelt worden; allein ging sie vor sich hin und nagte an ihren Fingernägeln.

Ein Reiter mit blauem Schild näherte sich in gestrecktem Galopp, schwenkte einen Arm über dem Kopf. Kurz vor Cinna brachte er sein Pferd durch scharfen Zügelzug zum Stehen.

»Wir brauchen mehr Männer!«, keuchte er, ohne sich mit Begrüßungen aufzuhalten. »In den Wäldern vor uns haben sich Scharen von Barbaren verschanzt. Sie beschießen uns – rücken wir nach, verkriechen sie sich im Schutz des Unterholzes, wo uns weitere auflauern. Wir werden ihrer nicht Herr!«

»Wozu verfolgt ihr sie? Sichert den Waldrand, das sollte genügen.«

»Einige Meilen vor uns führt der Weg in den Wald. Die Barbaren greifen dort die Vorhut an. Sie verlegen den Weg, sie versuchen dort einen ihrer Wälle zu ziehen.«

Cinna stieß einen Fluch aus. Über die vorbeimarschierenden Soldaten hinweg reckte er den Hals nach Flavus, den er unweit am anderen Ufer des Flusses vermutete, aber nicht sah. Stattdessen erblickte er hinter sich Valens, der wund geritten auf seinem Falben kauerte, und winkte ihn heran.

»Schick mir drei der asturischen Turmen nach, dann mach dich auf die Suche nach Flavus und sag ihm, dass einige Meilen voraus Ärger wartet.«

»Wie soll ich –«

»Das ist mir gleichgültig«, unterbrach Cinna den zaghaften Einwand. »Schrei es ihm über den Fluss hinweg zu, gib ihm Handzeichen – was auch immer! Und wenn du das erledigt hast, melde dem Imperator und den Legaten, dass wir auf Feinde gestoßen sind.«

Damit wendete er Fulgor und trieb ihn rasch vorwärts. Er wusste, dass er den Hengst hätte schonen, dass er ihn den Knechten im Tross hätte überlassen sollen. Das Tier schnaubte bei jedem Galoppsprung, den er ihm abverlangte, Brust und Schultern waren gesprenkelt mit Schaumflocken. Wie durch ein Wunder war er unverletzt aus dem Kampf gekommen, aber die Erschöpfung zehrte merklich an ihm.

Als sie die in einigem Abstand hinter der Vorhut marschierenden Feldzeichenträger und Stabsoffiziere der Ersten Legion nach stummem Gruß hinter sich gelassen hatten, schwenkten sie in Richtung der Wälder, die an dieser Stelle bis auf etwa zweihundert Schritt an den Fluss rückten. Cinna sah Reiter vor dem Waldrand ausschwärmen; es waren wenige, der größte Teil der Männer befand sich wohl zwischen den Bäumen. Er unterdrückte einen Fluch.

Am Rand der Felder erwartete sie Fronto gemeinsam mit dem asturischen Decurio Galerius. Ihre Mienen verrieten Anspannung. Rasch klärten sie Cinna darüber auf, dass die Gegner sie aus dem Schutz des Waldes mit Pfeilen, Steinen und Spießen beschossen und immer wieder spurlos verschwanden. Dass sie versuchten, einzelne Reiter zwischen den Bäumen zu umzingeln und anzugreifen wie blutgierige Wiesel. Drei Pferde hatte seine Ala bereits verloren, fünf Männer waren verletzt worden, einer schwebte in Lebensgefahr.

»Es ist schwierig, sie zu bekämpfen«, sagte Fronto. »Sie sind mit diesen Wäldern vertraut, kennen jeden Winkel. Wenn wir sie verfolgen, fallen sie uns plötzlich in den Rücken. Und sie setzen alles daran, die Reiter voneinander zu trennen. Wir haben einen der Bengel geschnappt.«

Der Decurio deutete hinter sich; unweit der Stelle, an der sie sich befanden, war jemand an einen Baum gebunden worden, nackt, ein halbwüchsiger Junge, schweißüberströmt und übersät mit Schrammen und blauen Flecken. Nach wenigen Schritten stand Cinna vor ihm, musterte das schmutzige, von lehmverschmierten braunen Locken umrahmte Gesicht, aus dem ihm dunkelblaue Augen entgegenfunkelten. Der Junge war groß, schlaksig, dreizehn, vielleicht vierzehn Jahre alt. Unter Cinnas hartem Blick begannen seine Lider zu flattern, er blinzelte, hob die Schultern und zog den Kopf ein.

»Was suchst du hier?«, blaffte Cinna ihn an.

Der Junge war zusammengezuckt, als erwarte er Schläge, dann starrte er Cinna an.

»Wunderst du dich, dass ich deine Sprache spreche? Bevor ein Jahr vergangen sein wird, wirst du meine Sprache so gut sprechen wie ich deine.«

Als Cinna verstummte, erkannte er an der unnatürlichen Blässe des Jungen und den weit aufgerissenen Augen, dass dieser begriff, wie es um ihn stand.

»Ihr seid hier, weil man euch befahl, die Reiterei des durchmarschierenden Heeres mit Steinschleudern, Pfeil und Bogen anzugreifen, um von den Schanzarbeiten eurer Väter und großen Brüder abzulenken. Weil man euch sagte, so könntet ihr eure Mütter und Schwestern verteidigen, die sich in den Dörfern verschanzt oder in den Wäldern versteckt haben, nicht wahr?« Cinna atmete tief durch, stemmte die Fäuste in die Seiten und fixierte den verängstigten Jungen streng. »Glaubst du, dass ihr euren Müttern und Schwestern noch helfen könnt, wenn ihr hier umkommt? Was denkst du, was mit euren Müttern und Schwestern dann geschieht? Du kannst es dir ansehen, wenn wir dich mitnehmen. Du kannst ihr Schicksal fortan teilen.«

Von unten her erwiderte der Junge Cinnas Blick, blinzelte mehrmals, bis er schließlich zu Boden schaute. Cinna winkte einen der herumstehenden Soldaten heran und gab ihm ein Zeichen, den Gefangenen loszubinden; als der Soldat stutzte, wiederholte er den wortlosen Hinweis nachdrücklich. Der Mann trat hinter den Gefangenen, der aufschreckte, dessen Körper sich anspannte, sich wand, während der Soldat an den festgezurrten Knoten nestelte, bis die Riemen zu Boden fielen. Es dauerte eine Weile, bis der gefangene Junge sich bewegte, bis er die Arme vor die Brust hob und die wunden Handgelenke rieb.

»Geh zu deinen Leuten!«, rief Cinna. »Und mach ihnen klar, sie sollen sich zurückziehen, wenn sie sich selbst und ihre Familien nicht dem Verderben preisgeben wollen – hast du mich verstanden?«

Der Junge wich rückwärts vor ihm zurück, nickte übereifrig, stolperte, fing sich wieder und humpelte weiter. Als Cinna ihn wegscheuchte, zuckte er zusammen, fuhr dann herum und hastete in den lichten Wald hinein, wobei sein wehes Bein erkennbar seine Schritte hemmte. Cinna blickte ihm nach, hoffte inständig, der Junge würde die Seinen überzeugen, sich möglichst weit in die undurchdringlichen Wälder zurückzuziehen, zumindest für die Zeit, in der die Legionen zu ihren Winterquartieren marschierten. Er murmelte ein Stoßgebet, Apollon möge diesem Jungen die nötige Überzeugungskraft verleihen.

Ein leiser Pfiff, ein Sirren ließ ihn aufblicken. Der Junge hielt inne. Die Arme leicht ausgebreitet taumelte er rückwärts, strauchelte und fiel um. Die Soldaten rannten hin und her, während Cinna die Augen mit der Hand beschattete, um besser sehen zu können, was er nicht sehen wollte.

Aus der Brust des Jungen ragte das gefiederte Ende eines Pfeils.

Jemand berührte Cinnas Arm. »Wir müssen uns zurückziehen«, sagte Fronto neben ihm.

Cinna schüttelte ihn ab, sein Atem ging schwer, und er weigerte sich zu begreifen, was geschehen war.

»Wir werden uns keineswegs zurückziehen!«, entgegnete

er hart. »Wir werden sie auf breiter Front angreifen – in auseinandergezogenen Reihen!«

»Auf breiter Front?« Der Decurio zog die Brauen hoch. »Das ist nicht dein Ernst, Praefect. Wir liefern ihnen leichte Beute!«

»Nicht, wenn wir schnell und beweglich sind und ihnen kein geschlossenes Ziel bieten.« Cinna wandte sich um, als Fronto mit einem harschen Kopfschütteln seinen Blick einfing.

»Nicht mit diesem Pferd, Praefect – es wird kein weiteres Gefecht durchstehen. Und wir müssen zwei weitere Turmen hier zusammenziehen.«

»Dann veranlasse das und beschaffe mir ein frisches Pferd.«

Fronto öffnete den Mund, zog hörbar Luft in die Lungen und nickte schließlich knapp, bevor er einen Gefreiten heranwinkte, dem er leise einige Anweisungen gab.

Die Offiziere der angeforderten Turmen stellten sich bald ein, und schon während der Beratungen über das Vorgehen gingen die Vorbereitungen der Soldaten ruhig und zügig vonstatten. Späher meldeten, dass kleine Gruppen des Feindes näher rückten; wie Cinna vermutet hatte, bauten in geringer Entfernung germanische Krieger an Wall und Palisade, um den anrückenden Legionären einen blutigen Empfang zu bereiten.

Als das Signal zum Angriff ertönte, setzten sich die Reiter in weit auseinandergezogenen Reihen in Bewegung, drangen in den lichten Wald ein. Ungeordnet flogen ihnen die Pfeile und Steine entgegen, während sie vorwärtseilten, mit Fackeln und Spießen die Gegner aus dem Buschwerk scheuchten und vor sich her trieben. Wie befohlen verschwendeten sie keine Zeit darauf, die Flüchtigen zu verfolgen; wer sich nicht rechtzeitig außer Reichweite bringen konnte, fiel unter den Schwerthieben, die übrigen entkamen.

Cinna ritt auf halber Höhe der rechten Kolonne, hinter ihm Hornist und Signifer der Ersten Turma. Als er die Hand hob, blies der Hornist einen hellen Ton, und innerhalb eines Atemzuges wendeten die Reiter beinahe auf der Stelle, setzten ohne Unterbrechungen ihren Weg fort, jetzt allerdings in Richtung der feindlichen Schanzarbeiter.

Schreie verrieten, dass sie ihr Ziel erreichten, Menschen rannten auseinander, sprangen auf ihre Pferde, verirrte Speere und Steine flogen durch die Luft. Sie preschten an beiden Seiten des nicht einmal mannshohen Walls entlang, hetzten die feindlichen Krieger vor sich her wie kopfscheues Wild, trieben einander die Flüchtigen zu. Die Klingen machten reiche Beute.

Als sie längst abgesessen waren, ihre Pferde beruhigten und ihre Waffen reinigten, trabte Flavus an der Spitze seiner Truppe heran. Cinna streichelte die Nase des dunkelbraunen Hengstes, den ihm einer der Soldaten überlassen hatte; das Tier reckte noch immer zähnefletschend und augenrollend den Kopf in die Höhe.

»Weshalb hast du so dringend um Hilfe gerufen?«, dröhnte Flavus. »Nichts habt ihr für uns übriggelassen – keinen einzigen Mann!«

»Oh, um Nachschub brauchst du dir keine Sorgen zu machen«, entgegnete Cinna bitter und wies hinter sich. »Du musst den Angreifern nur dahin folgen, woher sie gekommen sind. Aber mit Ruhm werdet ihr euch dabei nicht bekränzen.«

Er überließ das Pferd einem Soldaten. In seinem Mund

hatte sich bitterer Speichel gesammelt, rasch wandte er sich ab, tat einige feste Schritte zu einem Baumstumpf, auf den er sich stocksteif setzte, eine Faust an die Lippen drückte, die Augen schloss und sich umständlich räusperte. Eine kalte, eiserne Faust schien seinen Magen gepackt zu haben. Abgesehen vom Schnauben der Pferde, den gedämpften Stimmen der Soldaten und gelegentlichem Lachen, war es still um ihn. Nichts erinnerte an das Keuchen der gestürzten Pferde, das Wimmern und Stöhnen der Verletzten, das Winseln derer, die um ihr Leben flehten. Vergeblich, denn was sollte man mit todwunden Gefangenen tun?

Als ein Schatten über ihn fiel, schrak er auf und erkannte Flavus, der ihn besorgt musterte. »Wurdest du getroffen?«

Cinna schüttelte den Kopf, winkte ab, fuhr dann fort, eine halbhohe Birke anzustarren und seine Atemzüge zu zählen.

»Dein Pferd …?«, murmelte Flavus neben ihm.

»Fulgor habe ich vor dem Kampf zum Tross schaffen lassen. Er ist angeschlagen.« Er hielt Flavus' wachsamem Blick stand, nahm den Trinkschlauch aus dessen Hand und wischte sich nach einigen tiefen Schlucken mit dem Arm über die Lippen. Der Wein beruhigte seinen verkrampften Magen ein wenig.

»Flavus, wie schlecht geht es einem Volk, das seine Kinder in den Kampf schickt und sie tötet, wenn der Feind sie laufen lässt?«

Der Cherusker verzog keine Miene, saß schweigend da, als wäre jede Antwort überflüssig. Nach einer Weile klopfte er sich auf die Oberschenkel und stand auf, schaute sich prüfend um, als er sich den Riemen des Trinkschlauchs über die Schulter hängte.

»Da müssen wir alle durch«, war alles, was er sagte, bevor er sich wieder auf den Weg zu seinem Pferd machte.

Cinna nahm das Gefühl der Erleichterung mit, als er die Stallungen der Tierärzte verließ; man hatte ihm versichert, wenn er Fulgor schone und während des Marsches den Pferdeknechten im Tross überlasse, werde der Hengst nach einigen Tagen Ruhe vollends wiederhergestellt sein. Zum Abschied hatte Cinna den Hals des zitternden Pferdes getätschelt und sich einen groben Rippenstoß gefallen lassen.

Auf dem Rückweg zu seinem Zelt eilte er die Hauptstraße im rückwärtigen Teil des Marschlagers entlang. Ein muffiger, fauliger Geruch schwebte über dem festgestampften Boden; er entströmte dem Pferch, in dem die Gefangenen gehalten wurden, ebenso wie das dumpfe Rauschen, hervorgerufen durch Flüstern und leises Weinen aus zahllosen Mündern. Das Mädchen stand da, wo er sie erwartet hatte, eine Hand um das Holz eines Pfostens krampfend nagte sie an den Fingernägeln der anderen. Im Vorübergehen blickte er sie an, sah müde, erloschene Augen, die ihn nicht wahrzunehmen schienen. Er wandte sich ab und hastete weiter.

IV

Die Nachricht erreichte Cinna, kurz nachdem er an der Spitze des Hauptteils seiner Ala in einem der Nebenlager bei der Ubierstadt eingetroffen war. Er war damit beschäftigt, die Berichte der Offiziere anzuhören, teilte ihre Erleichterung darüber, dass ihnen in diesem Lager einige Tage Rast gegönnt wurden, ehe sie ihr Winterquartier beziehen sollten, da wurde ein Bote gemeldet, der ihm nach kurzem Gruß ein aus drei zusammengebundenen und versiegelten Tafeln bestehendes Dokument aushändigte, das er sofort bestätigen müsse. Als Cinna das Siegel des Germanicus brach, die Schnüre löste und die ersten Zeilen überflog, quoll lähmende Ernüchterung in ihm auf.

»Ich werde in vier Tagen in Mogontiacum erwartet«, beantwortete er die stumme Frage in Ahtalas Miene. »Das bedeutet, die Truppe bleibt zunächst hier, während du, Duvius und Valens mich begleiten werdet. Zumindest dürfen wir unsere Pferde schonen. Germanicus hat mir gestattet, den Cursus Publicus zu nutzen.«

Er las die Enttäuschung in den Zügen der beiden Leibwächter und des Beneficarius und wandte sich achselzuckend ab. »Gönnen wir uns heute Abend ein ausgiebiges Bad und besseres Essen, dann wird es schon gehen.«

Das empfohlene Badehaus erwies sich als sehr vielseitiger Betrieb; ein Gutteil der Zeit verwendete Cinna darauf, sich der geschäftigen Annäherungen zweier Huren zu erwehren. Vermutlich hätte es weniger Zeit und Mühen gekostet, dem Werben nachzugeben, aber Katzenjammer war das Letzte, was er am nächsten Morgen würde brauchen können.

Vor dem Haupttor drängte sich eine Menschenmenge im abendlichen Zwielicht, eine Wachmannschaft umstand eine Gruppe von Frauen in zerrissenen Kleidern, davor lieferten sich Männer in Kapuzenumhängen gestikulierend Wortgefechte. Cinna erkannte den Sklavenhändler, Rufus genannt, der sie bis hierher begleitet hatte; die anderen wiesen sich durch lässige Kleidung, auffälligen Schmuck und geckenhaft gestutzte Bärte als Zuhälter aus. Sklaven mit Laternen bewachten ein kleines Häuflein gekaufter Sklavinnen. Einer der beiden Zuhälter umklammerte das Kinn einer jungen Frau, befühlte ihre Beine, ihren Hintern. Als seine Hand zwischen ihre Schenkel stieß, zuckte sie zurück, was ihr eine Ohrfeige eintrug. Der Mann winkte einen der Laternenträger zu sich, öffnete den Mund der Frau, um prüfend mit dem Finger über ihre Zähne zu fahren.

Cinna wandte sich ab und fragte sich, warum sie nicht zubiss, zutrat, zuschlug, warum sie sich nicht zur Wehr setzte, warum diese Frauen ein Leben in tiefster Schande dem Tod vorzogen, warum auch er selbst während seiner Gefangenschaft immer wieder Demütigungen erduldet und sich nicht zur Wehr gesetzt, warum auch er mehr um sein Leben gekämpft hatte als um seine Würde.

Erst im Vorübergehen bemerkte er das nägelkauende Mädchen, das mit gesenktem Kopf einen Schritt abseits des Gedränges stand. In dunklen, schmutzigen Strähnen verhüllte das Haar ihr Gesicht. Die andere Frau wimmerte im Griff des Zuhälters, der mit dem Sklavenhändler feilschte, bis die beiden sich zunickten und der Käufer seine Beute zur übrigen Ware schob. Cinna machte Rufus mit einem Zuruf auf sich aufmerksam, winkte ihn heran und wies auf das Mädchen.

»Herr, wenn ich ehrlich bin …« Der Händler verneigte sich. »Ich habe hübschere, sauberere Weiber.«

»Wie alt ist das Mädchen?«

»Zwölf.« Die Antwort kam schnell, und das Grinsen war breit genug, um Cinna erkennen zu lassen, dass Rufus es nicht wusste. »Aber es gibt da noch ein paar jüngere Dinger, die dir gefallen könnten.«

Verwundert ob der beschränkten Vorstellungskraft dieses Kerls schüttelte Cinna den Kopf, wobei ihm sogleich klar wurde, dass der Entschluss, dieses Mädchen zu kaufen, auch ihn in kein gutes Licht rückte.

»Fünfzig Denare, Rufus. In ihrem Zustand wirst du keinen besseren Preis für sie bekommen«, sagte er leise, den Händler scharf ins Auge fassend.

»Willst du mich ruinieren?«, entgegnete dieser. »Diese Halsabschneider da hinten machen schon schlechte Preise, faseln daher, dass ganze Schiffsladungen von parthischen Mädchen hierher unterwegs seien, Nubierinnen, Aethiopinnen, Mädchen aus Ländern jenseits des Indus – und du bietest fünfzig Denare für unbeschädigte Ware?«

»Nach unbeschädigter Ware sieht mir das nicht gerade aus.«

Rufus funkelte Cinna an, seine Brust hob und senkte sich in sichtlicher Entrüstung. »Willst du unterstellen, dass ich ein Betrüger sei?«

Wortlos musterte Cinna den Mann, den er um einen halben Kopf überragte, bis dieser begann, kaum merklich auf der Stelle zu treten. Zugleich befiel ihn die Sorge, wie er das Mädchen nach Mogontiacum schaffen lassen könne, zumal er selbst am folgenden Morgen frühzeitig aufbrechen würde.

»Fünfzig Denare. Ich werde dir das Geld bringen lassen. Außerdem wirst du dafür sorgen, dass sie unversehrt dem Tross meiner Ala überantwortet wird, bis dahin verbleibt sie in deiner Obhut.«

»O nein, Herr, das wird nicht möglich sein, denn sobald mein Stall leergekauft ist, werde ich mich auf dem schnellsten Wege nach Vetera begeben. Dafür werdet ihr bei diesem Preis selbst sorgen müssen.«

Cinna schob die in schmutziges, schweißgetränktes Tuch gehüllte Gestalt vor sich her, bis zu seinem Quartier, wo Sosius Valens aus einem Sessel hochschreckte, in dem er offenbar eingenickt war. Einem Wachtposten trug Cinna auf, Wasser zu beschaffen, Valens schickte er nach einer Kleinigkeit zu essen und etwas verdünntem Wein. Seine Betriebsamkeit weckte das Mädchen aus der Erstarrung. Sie verkroch sich in den verfilzten Decken, um wie ein in die Enge getriebenes Tier daraus hervorzuäugen.

Niemand stellte Fragen. Die Männer räumten ihre Matten und Decken aus dem hinteren Teil des Zeltes, quartierten dort das stumm widerstrebende Mädchen ein und überließen ihr einen Napf Grütze mit Speck, Brot, einen mürben Apfel und einen Beutel verdünnten Wein, ehe sie sich den letzten Vorbereitungen für den Aufbruch widmeten, um sich dann schlafen zu legen. In der Frühe fanden sie sie im hintersten Winkel zusammengekauert, neben ihr waren einzelne Brotkrumen und Apfelkerne verstreut, alles Übrige hatte sie vollständig vertilgt, und der Weinschlauch war leer, das zum Waschen bestimmte Wasser jedoch unberührt.

Cinna hockte sich vor ihr auf den Boden; als er sie an

der Schulter berührte, schreckte sie aus dem Schlaf, stieß einen erstickten Laut aus und wich tiefer in die Ecke zurück, umschlang die Knie mit den Armen und zog sie fest an den Körper.

»Kannst du reiten?«, fragte er.

Sie starrte ihn wild an, wischte eine schmierige Strähne aus der Stirn und nickte einmal.

»Gut. Dann wasch dich, zieh das Zeug da drüben an und melde dich, wenn du fertig bist.«

Die Männer hatten ihre Sachen zusammengepackt und waren dabei, sich die Stiefel zu schnüren, als Cinna im Augenwinkel bemerkte, dass der Vorhang zum hinteren Teil des Zeltes ein wenig beiseite geschoben wurde. Ein Gnom stand vor ihm, die Kapuze des knielangen Reiterumhangs tief in die Stirn gezogen, aus der roten Wolle lugten zwei dünne Beine, die in festgeschnürten, viel zu großen Stiefeln steckten. Valens gluckste leise in die Hände, während Cinna zu ihr trat. Unter der Kapuze quollen verfilzte Haarsträhnen hervor. Als er die Hand nach ihrem Kopf ausstreckte und sie zurückschrak, hob er beide Handflächen, um sie zu beruhigen.

»Du musst deine Haare zusammenbinden«, sagte er leise in einem Gemisch der ihm vertrauten germanischen Dialekte. Stirnrunzelnd blickte sie zu ihm auf. Ihre Augen waren von einem kindlichen Blau. Zumindest verstand sie ihn, hörte ihm zu.

»Valens, bring mir ein Band oder einen Riemen, eine Spanne lang.«

»Nur eine Spanne?«

»Ich will nicht, dass sie Angst bekommt, ich wolle sie fesseln.«

»Praefect … hältst du das für einen guten Plan?«

Cinna lachte unfroh. »Einen besseren habe ich nicht.«

Er hörte den Schreiber in den Taschen wühlen, der ihm bald darauf einen Stoffstreifen reichte. Er deutete dem Mädchen an, sich umzudrehen, was sie zögernd tat, zog vorsichtig die Kapuze herunter, sah, wie sie den Kopf einzog, sich duckte. Ihr Haar fühlte sich schmierig an, filzig, wie Schaffell kurz vor der Schur. Er fasste alle Strähnen zusammen, wickelte das Band einige Male darum und knüpfte es zu einer festen Schleife, bevor er ihr die Kapuze wieder aufsetzte und sie an der Schulter umdrehte.

»Dir wird nichts geschehen«, sagte er. »Aber du wirst tun, was ich sage, und dich immer in meiner Nähe halten – hast du das verstanden?«

Stumm blickte sie ihn an, nickte langsam, was Cinna das sichere Gefühl gab, dass sie brav sein würde, ganz gleich, was der kommende Tag von ihren Kräften forderte. Die Pferde warteten bereits vor dem Zelt, Reittiere aus dem Bestand des Cursus Publicus; sie hatten das Recht, die Tiere an jedem beliebigen Posten des öffentlichen Botendienstes, der den römischen Staat mit den entferntesten Winkeln seines Machtgebietes verband, zu wechseln, was Cinna begrüßte, denn ihm lag viel daran, möglichst schnell voranzukommen, so schnell, wie es die vermutlich dürftigen Reitkünste des Mädchens zuließen.

Sie passierten Bonna gegen Mittag und folgten dem Rhenus stromaufwärts zwischen die Berge, vorbei an Fischerdörfern, an gaffenden Bauernlümmeln, die ihr schnatterndes Geflügel zu Markte trieben und prall gefüllte Körbe auf dem Rücken trugen. Duvius ritt voran, gefolgt von Cinna und Valens, der mit angespannter Miene die Beine zu beiden Seiten des Pferdes pendeln ließ; den Schluss ihres kleinen Zuges bildeten Ahtala und das Mädchen. Cinna hatte Ahtala geheißen, ihr Gesellschaft zu leisten, sie ein bisschen aufzuheitern, denn das Wetter war dazu angetan, die Stimmung zu drücken. Dicke Nebelschwaden schwebten über dem Wasser, aus dem nackten Geäst der Bäume, dem spröden, braunen Laub der Eichen tropfte es leise, und die Äcker breiteten sich dunkel zu beiden Seiten der morastigen Straße aus. Die Sonne ließ sich nicht sehen.

Verstohlen lauschte Cinna dem Plaudern seines Leibwächters, einer einseitigen Unterhaltung, denn das Mädchen blieb stumm, selbst wenn er das eine oder andere Lied summte, und so manche dieser mal wehmütigen, mal fröhlichen Weisen weckte Erinnerungen, als zupfe jemand an einer Saite in Cinnas Brust.

Feiner, kalter Sprühregen begleitete die Dämmerung und überzog ihre Mäntel mit winzigen, glitzernden Perlen, als sie sich den matten Lichtern von Rigomagus näherten. Sie übergaben die Pferde den Knechten des Botendienstes und bezogen dort auch Quartier; Cinna erhielt eine Kammer für sich allein. Sichtlich mühsam verbissen die Leibwächter und der Schreiber sich das Grinsen über die Verwechslungsposse, während der schmerbäuchige Wirt den vermeintlichen Rekruten wegen seiner Kleinwüchsigkeit und seiner unförmigen Stiefel aufzog. Doch sobald der Mann die Treppe hinuntertrampelte, zerrte Cinna das Mädchen mit sich und setzte sie auf das hohe, strohgepolsterte Bett, deutete dann eindringlich mit dem Finger auf sie und hieß sie, sich nicht von der Stelle zu rühren.

Auf dem Gang rief er seine Begleiter zu sich, befahl Duvius, sich um frische Pferde und die Vorbereitungen zur Fortsetzung der Reise zu kümmern. Ahtala hieß er Wasser und eine ordentliche Mahlzeit zu besorgen und sich um das Mädchen zu kümmern, ehe er Valens ein Zeichen gab, ihm zu folgen.

Der Beneficarius hielt sich eine Fußlänge hinter Cinna, während sie gemeinsam die Heerstraße zum Haupttor des Lagers überquerten, um das sich die Werkstätten und Läden des Dorfes Rigomagus scharten. Als Cinna sich zu ihm umwandte und nach dem Namen des hiesigen Befehlshabers fragte, holte Valens auf.

»Darf ich etwas sagen?«, fragte er, und als Cinna nickte, sagte er: »Das Mädchen zu kaufen, das war ... gut von dir. Ich meine, das war richtig ... Sie nicht den Zuhältern zu überlassen, meine ich ...«

Cinna blieb stehen; sie hatten das Tor noch nicht erreicht, und die Posten schickten sich gerade an, ihnen in den Weg zu treten, um nach ihrem Begehr zu fragen. Valens reichte Cinna die Tafeln, deren Siegel den offiziellen Charakter ihrer Reise auswies.

»Aber sie als Jungen auszugeben ...?«

Grinsend klopfte Cinna mit den Tafeln auf die Handfläche. »Du kannst dir doch vorstellen, was der Wirt für einen Wind macht, wenn er glaubt, ein Gast habe sein eigenes Mädchen mitgebracht. Schließlich entgeht ihm dadurch ein Geschäft.«

Als Valens stumm die Oberlippe einzog, legte Cinna den Kopf schief. »Warum ... bewegt dich das?«

Der Blick des Gefreiten flog sichernd zu den Posten hinüber, die sich in einigem Abstand aufgepflanzt hatten.

»Meine beiden Schwestern wurden von Piraten geraubt«, murmelte er.

Cinna erinnerte sich, dass Valens zwar in Rom eingeschrieben worden war als vaterloser Client eines Senatorengeschlechtes, aber aus der Calabria stammte, aus einem

Dorf an der Küste, die seit Menschengedenken immer wieder von Seeräubern heimgesucht wurde; die Kriege gegen diese Pest hatten deren Umtriebe zwar zeitweilig eingedämmt, aber nie völlig erstickt. Vermutlich hätte man die Bewohner der gesamten illyrischen Küste ausrotten müssen – und selbst dann würden sich nur wieder andere dort ansiedeln und anstelle des bescheidenen Fischfangs auf diesen ebenso ertragreichen wie abstoßenden Gelderwerb verlegen. Ratlos, was er darauf erwidern sollte, gab er nur ein unbestimmtes Brummen von sich, bevor er sich den wartenden Posten zuwandte.

*

Erst nach einem dritten ungeduldigen Klopfen öffnete sich für Cinna die Tür seines Hauses, wo ihn ein warmer, holziger Duft empfing. Die Miene des Wächters Corax erstarrte vor Verblüffung, als Cinna einen Finger auf die Lippen legte, bevor er das Mädchen in den Flur schob. Er warf dem Sklaven ihre Mäntel zu, zerrte die genagelten Sandalen von den Füßen, um in ein paar weiche Hausschuhe zu schlüpfen, und führte das Mädchen dann den Gang hinunter, durch den Innenhof, in dem die Sträucher ihre nackten Zweige in die Höhe reckten, in den hinteren Gang bis zur Küchentür, wo er Reika erkannte, die mit einem erstickten Laut auf die Knie fiel. Rasch schob er die Magd in die Küche und befahl ihr, dem Mädchen etwas zu essen zu machen; als er fragte, wo die Herrin sei, wies sie nach oben.

Er kehrte in den Innenhof zurück und erklomm die steile Treppe zum Obergeschoß, wo an einer schmalen Galerie die Speicher und die Kammern der Sklaven lagen. Als er aus einem Raum mit angelehnter Tür leises Rumoren hörte, schlich er schnell dorthin und äugte vorsichtig hinein. Wie ein Schattenbild stand Sunja mitten in der niedrigen Dachstube, der Tür den Rücken zuwendend. Cinna hielt den Atem an. Sie war allein und bemerkte ihn nicht.

Im weichen Gegenlicht eines kleinen, mit Öllampen behängten Kandelabers, das die Kontur ihres Körpers durch die feine Wolle ihres Hauskleides zeichnete, drehte sie sich langsam um, während sie gewebte Borten prüfend durch ihre Finger gleiten ließ, ohne den Blick zu heben. Plötzlich warf sie den Kopf hoch, ihre Augen flammten auf, er löste sich vom Türrahmen, riss sie an sich, presste die Lippen auf ihren Mund, auf ihre Wangen, ihren Hals, wühlte seine Finger in ihr lose geflochtenes Haar.

Mit hart klopfendem Herzen und schweratmend fand er sich wieder, eingeklemmt zwischen Tuchrollen und Leinensäcken, die nach Wollfett rochen, vergraben in ihrem Körper, sein Kopf in ihrer Halsbeuge, während ihre Fingernägel dünne Linien über seinen Rücken zogen. Ein kühler Schweißfaden rann zwischen seinen Schulterblättern. Leise ächzend wand sie sich unter ihm, verzog schmerzlich das Gesicht und löste ihre Schenkel von seinen Hüften. Widerwillig stemmte er sich auf seine Unterarme, und während er an ihre Seite rutschte, soweit die Säcke und Rollen das zuließen, tastete ihre Hand neben ihnen umher, zerrte an Stoff, auf dem sie lagen, seine Tunica, die sie halb über sie beide zog. Den Kopf an ihre Schulter schmiegend, strich er über ihre Brust, über die klare Kontur des Rippenbogens, die Mulde darunter, die in eine feste Wölbung überging.

Er ließ die Hand liegen.

»Wann hättest du es mir gesagt?«

An den leisen Erschütterungen erkannte er, dass sie lachte, bevor sie sich ihm zuwandte. Ihre Finger strichen warm über seine Wange.

»Du hast mir keine Gelegenheit gelassen«, flüsterte sie. »Hast du Hunger?«

Sie rückte sich zögernd zurecht; als er im fahlen Licht den Ausdruck von Anstrengung in ihrer Miene erkannte, richtete er sich seufzend auf und sammelte die verstreute Kleidung zusammen. »Wenn du es nicht erwähnt hättest …«

Sie hatte flink ihre Tunica übergestreift und war bereits hinuntergeeilt, um Reika zu suchen, da fiel ihm das Mädchen ein. Mit heißem Gesicht trabte er die steile Treppe hinab, als ihm unten Saldir entgegentrat, die Lucius im Arm hielt. Er küsste sie auf beide Wangen, nahm den jauchzenden Kleinen in Empfang und drückte ihn an sich, um sich das Haar zausen zu lassen. Saldir stand vor ihm, schaute, schaute mit offen stehendem Mund, dann umschlang sie ihn.

»Den Göttern sei Dank, dass du wieder da bist …«

Leises Kichern lenkte ihn ab, es drang durch die angelehnte Tür aus dem Gang, Sunjas Stimme, fröhlich, begleitet vom Patschen nackter Füße. Saldir trat beiseite, wischte hastig über ihre Wangen. Die Tür wurde aufgeschoben, und heraus traten Sunja und Reika, zwischen sich das in ein Laken gewickelte Mädchen, dem nassdunkles, triefendes Haar über das Gesicht fiel.

»Wann hättest du es mir gesagt?« Sunja, deren Hand auf der Schulter des Mädchens lag, blinzelte schelmisch.

»Du hast mir keine Gelegenheit gelassen«, entgegnete Cinna verlegen grinsend.

Sie warf den Kopf zurück und lachte, silberhell perlte es

auf wie Luftblasen in kochendem Wasser, ein Klang, der für ihn *Zuhause* bedeutete, eine Insel des Friedens inmitten der Unwirtlichkeit. Saldir kicherte hinter vorgehaltener Hand, und sogar Reika, die zuerst verwundert bald die Herrin, bald deren Schwester beäugt hatte, ließ sich von der Heiterkeit anstecken. Als Corax den Kopf aus dem vorderen Gang streckte, stand Cinnas Familie vollständig im Innenhof seines Hauses, erweitert um ein Mädchen, das argwöhnisch um sich schaute, als wüsste sie noch nicht, was sie von alledem halten sollte. Sunja schickte Reika los, das Mädchen anzukleiden und einzuweisen, trug ihrer Schwester auf, sich noch eine Weile um Lucius zu kümmern, der sich schon die Augen rieb; Saldir zog einen Flunsch, ehe sie im Gang verschwand. Wortlos wies Sunja Cinna an, ihr zur Küche zu folgen.

Er liebte den Geruch, der in der warmen Luft schwebte: Asche, überlagert von Brot und Oliven, Speck und Zwiebeln, Kümmel, Zimt und Koriander, ein Hauch von Pfeffer kitzelte die Nase, dazwischen schlichen sich die herben Düfte der Kräuter, die in trockenen Sträußen von der Decke hingen. Sie trugen die Erinnerung an eine dunkle Kammer in seines Vaters perusianischer Villa, an abgedeckte Krüge, die er neugierig geöffnet hatte, um seine Finger in die noch warme Sahne zu tauchen. Sofort glaubte er Sunjas Haut unter den Händen zu spüren, strich im Vorbeigehen wie zufällig über ihren Rücken und erntete ein schelmisches Lächeln. Flink füllte sie einen Teller mit vielerlei eingelegten Gemüsen, schnitt eine Scheibe Speck ab, legte zwei kleine getrocknete Würste dazu sowie nach kurzem Zögern zwei altbackene Brotfladen. Er nahm den Teller, ließ einen prüfenden Blick darübergleiten.

»Du hast die Oliven vergessen.«

Dicht vor ihm stehend, steckte sie ihm eine der öligen, graugrünen Früchte in den Mund, da schloss er Zähne und Lippen sanft um ihre Fingerspitzen, um sie einen Atemzug lang festzuhalten.

»Erinnerst du dich?«, fragte er leise.

»An die Nacht, in der deine Schwester hereinplatzte?« Glucksend legte sie die Arme um seinen Hals, drängte sich an ihn, ihr Gesicht in seiner Halsbeuge, sodass er den Teller hinter sich abstellen musste. Doch bevor er sie festhalten konnte, trat sie einige Schritte rückwärts, blinzelte träge.

»Warum hast du dieses Mädchen mitgebracht? Und wie heißt sie überhaupt?«

»Ich kenne ihren Namen nicht, nur ihren Preis.«

Sunjas Brauen flogen hoch.

»Ich wollte sagen, ich weiß, was ich für sie bezahlt habe«, setzte er hastig nach.

Lächelnd strich sie ihm über die Wange. Cinna nagte vorsichtig an der Unterlippe; Valens kam ihm in den Sinn, dessen verzagte Miene, als er leise den Verlust seiner Schwestern erwähnt hatte.

»Ich hatte einfach Mitleid mit ihr«, murmelte er. »Es ist kein schöner Anblick, wenn Menschen wie Vieh zusammengetrieben, begutachtet und verkauft werden. Sie ist noch ein Kind …«

An die Anrichte gelehnt verschränkte Sunja die Arme. »Das ist sie. Aber ein störrisches Kind. Ein kleines waidwundes Tier. Reika erzählte, sie habe gebissen und gekratzt, als sie sie wusch. Mit Schlägen sei ihr nicht beizukommen gewesen, sie habe sie in ihren Kleidern in den Zuber setzen und ihr nach und nach die Sachen entreißen müssen, sodass sie am Ende beide gleich nass gewesen seien. Und dann betrat ich die Badekammer.« Sunja schmunzelte.

»Sie ist wund vom langen Ritt, und ihr fehlen zwei Backenzähne, ansonsten ist sie unverletzt.« Sie trennte ihre Arme, legte eine Hand auf die Spitze seines Rippenbogens. »Hier sitzt die Wunde und hat sich bis ins Mark gefressen. Und da ist noch etwas«, fuhr sie fort. »Hast du dir ihre Hände angesehen?«

»Sie beißt an den Nägeln herum, das weiß ich.«

»Das meine ich nicht, Gaius. Ihre Hände sind wund und blasig, aber fein und weich, sie tragen keine Schwielen. Nicht die geringste Spur. Sie stammt aus einem guten Haus. Es wird nicht leicht werden, sie an die Arbeit einer Hausmagd zu gewöhnen.«

*

Im Atrium des Hauses, das der Feldherr und Statthalter Germanicus im Lager von Mogontiacum bewohnte, wurde Cinna von einem Freigelassenen empfangen. Der Mann führte ihn zwei Gänge entlang, ehe er stehen blieb und ihn einzutreten bat. Als Cinna die Tür durchschritt, quoll ihm angenehme Wärme entgegen. Vipsania Agrippina, die in einem Sessel mitten im Raum saß, blieb bei seinem Eintreten unbewegt sitzen, selbst als er sie höflich begrüßte, hielt sie den Kopf über ihre Brettchenweberei gesenkt, als habe sie ihn nicht bemerkt. Ein kostbar schimmernder Umhang war um ihre Schultern geschlungen, sodass nur die Hände aus dem Stoff lugten. Flink führte sie das Schiffchen und drehte die Brettchen wieder und wieder, ohne den Ankömmling zu beachten, der neben einem unbenutzten Korbsessel verharrte und sie beobachtete. Vier der Kinder, die sie Germanicus inzwischen geboren hatte, lebten, auch das, mit dem sie bei ihrer letzten Begegnung noch schwanger gewesen war. Insgeheim wunderte Cinna sich, warum sie nur den kleinen Jungen, der mit seinen hölzernen Pferden und Soldaten auf einer Decke zu ihren Füßen saß und den fremden Mann stumm beäugte, stets um sich zu haben schien.

Als hätte sie seine Gedanken gehört, hob sie den Kopf und musterte ihn unter dem zitternden Kranz ihrer Wimpern.

»Gaius Cornelius Cinna«, sagte sie langsam mit einer Stimme, die sanft klang, allzu sanft. »Germanicus Caesar berichtete mir in einem seiner Briefe von deinem klugen und besonnenen Handeln im Verlauf des Feldzugs gegen die Marser.«

Schweigend senkte Cinna den Kopf, während Agrippina die Kettfäden der Webarbeit von ihrem Gürtel löste und über die Stuhllehne legte, ehe sie sich langsam erhob und den Mantel zurechtzupfte, ohne den Blick von ihm zu wenden.

»Ich will mir selbst ein Bild machen«, sagte sie leise, ging langsam um ihn herum, sehr dicht, sodass ihm ihr Duft in die Nase stieg, eine sicherlich kostbare Mischung von Rosenölen.

Als er am Tag nach seiner Ankunft im Hauptlager von Mogontiacum Quartier bezogen hatte, war ein Gefreiter des Lagerpraefecten zu ihm geeilt, um ihm mitzuteilen, dass die Gemahlin des Germanicus ihn am nächsten Morgen in aller Frühe zu sehen wünsche. Cinna konnte nur vermuten, dass sie wohl wegen der Folgen einer schweren Geburt zurückgeblieben war, als ihr Mann mit den hohen Offizieren nach Lugdunum reiste, um dort über den Winter die Feldzüge des kommenden Jahres zu planen. Während Agrippina Cinna wortlos umrundete, fragte er sich, was sie dazu veranlasst haben mochte, ihn einzubestellen; weder hatte er besondere Leistungen vollbracht, die ihn unter den mehr als dreißig an diesem Feldzug beteiligten Praefecten auszeichneten, noch gehörte er zu den Söhnen alter Freunde des früheren Princeps – des inzwischen zum Gott erklärten Augustus.

»Wie sehr hasst du den Verräter?«, fragte sie, neben ihm stehend, sodass er nur aus dem äußersten Augenwinkel ihre ausdruckslose Miene sehen konnte. »Wie stark ist dein Wunsch nach Rache, danach, den Mann zu bestrafen, der die Schuld daran trägt, dass du alles verloren hast, was dir nach Geburt zustand?«

Cinna schwieg; er fühlte sich wie in einem Verhör, allerdings passte das Kind, das ihn neugierig musterte, um sich dann wieder seinem Spielzeug zuzuwenden, nicht in dieses seltsame Stück.

»Oder tröstet dich deine schmucke Barbarin über das erlittene Ungemach hinweg?«

Aufhorchend ahnte Cinna festen Boden unter den Füßen, früher als erhofft. Er hatte viele Befragungen über sich ergehen lassen müssen, und immer wieder war ihm zu verstehen gegeben worden, dass er jedes Vertrauen unverdient genieße; schließlich habe er eine Barbarin zur Frau genommen, eine, die zu jenem Volk gehörte, aus dessen Reihen Verrat und Aufstand hervorgegangen waren.

Er presste die Lippen aufeinander, zog die Schultern ein wenig hoch und linste verstohlen nach der Frau, die noch immer neben ihm stand und das Kinn ein wenig höher reckte, dann zu ihrem Sessel zurückkehrte, um sich leise seufzend darauf niederzulassen.

»Es wird ein schweres Jahr werden, ein harter Feldzug. Germanicus wird die gestohlenen Adler zurückholen und den Verräter und dessen Spießgesellen erbarmungslos jagen. Wer ihm nicht die Treue hält, wird das Schicksal der Verräter teilen.« Sie schlug die Beine übereinander wie ein Mann und krampfte die Hände um die Armlehnen des Sessels. Ein dünnes Lächeln grub sich in ihre scharf gezeichneten Mundwinkel, eines, das die Augen nicht erreichte.

»Dir wird ein Offiziersanwärter zugeteilt.«

Cinna straffte sich und verschränkte die Arme. Die Neuigkeit, zum Kindermädchen eines Senatorensprösslings ernannt worden zu sein, verlieh der Posse noch mehr lächerliche Züge.

»Und deshalb diese Eile?«

Als sie ihm die Tafeln reichte, gab sie ihm durch einen Wink zu verstehen, dass er sie sogleich lesen und bestätigen möge. Schon die erste Zeile ließ ihn stutzen; er sah sie an, öffnete den Mund, doch sie neigte nur wortlos und würdevoll den Kopf, griff nach ihrer Webarbeit, die sie wieder an ihrem Gürtel befestigte, und drehte flink die Brettchen. Kein weiterer Blick, keine Aufforderung, kein Abschiedswort. Cinna verbeugte sich leicht und verließ den Raum.

Ein hochgewachsener Junge trat vor, die dünnen Muskelstränge überzogen von Haut, die in einem hellen Bronzeton schimmerte. Er reichte Cinna ein verschnürtes und versiegeltes Bündel Wachstafeln. Aus dem ebenmäßigen Gesicht blickten dicht bewimperte Augen, die Lippen bildeten eine dünne Linie, und die Nasenflügel blähten sich leicht mit jedem Atemzug. Cinna hatte ihn bereits einmal in der Umgebung des Germanicus gesehen, an jenem Tag, als dieser die Legionen von Mogontiacum auf sich einschwor.

»Lucius Cassius Longinus?«

Zögernd bewegte der Angesprochene den Kopf zu einem kaum mehr als angedeuteten Nicken. Offensichtlich war er nicht auf eigenen Wunsch hier. Der Überstellungsbefehl, den Cinna in Händen hielt, war womöglich eine Strafe; er legte die Tafeln beiseite – die Beurteilungen würde er später genauer prüfen – und gestattete sich ein winziges Grinsen. »Du wurdest also hierher geschickt, um dir bei der Reiterei die Sporen zu verdienen.«

Als eine feine Röte die Wangen des Jungen überzog, dessen auffallend dunkelblaue Augen unverwandt auf ihn gerichtet waren, fragte er sich unwillkürlich, welcher Art Gerüchte im Stab des Germanicus über ihn im Umlauf sein mochten. »Und weshalb schicken sie dich ausgerechnet zu mir?«

»I-ich kenne ... die Sprache der Asturier und Cantabrer«, stammelte Cassius. »M-mein ... Reitlehrer ... war Asturier.«

»Ich brauche keinen Übersetzer.«

»Germanicus Caesar hielt es für richtig ...« Der Junge ließ den Blick fallen, als suche er etwas zwischen seinen Schuhspitzen. Den Angaben nach wurde er in fast zwei Monaten siebzehn Jahre alt, sein Äußeres war makellos, was man sicherlich auch von seiner Bildung behaupten konnte; schließlich entstammte er einer alten patrizischen Familie. Der Familie eines der Mörder Iulius Caesars.

»Was hielt Germanicus Caesar für richtig?«

Cassius warf den Kopf hoch. »Dass ich als Contubernalis unter einem der tapfersten Reiteroffiziere diene.«

Er hielt Cinnas Blick stand, obwohl eine Ader an seinem Hals zu zittern begann und seine Augen unter der Anstrengung, nicht zu blinzeln, starr wurden.

»Tatsächlich?«, entgegnete Cinna gedehnt.

»Dem Mann, der dem rasenden Feind zweimal gegenüberstand, nachdem er sich schon zuvor dessen Klauen entwunden –«

»Das reicht schon. Mich hat man nach Rhodos geschickt, um das Schmeicheln zu lernen – und wer war dein Lehrer?«

»Papirius Fabianus«, stammelte Cassius.

Mit verengten Augen musterte Cinna den Jungen, der die Finger in den Stoff seiner Tunica krampfte und auf der Unterlippe kaute. Ein verwöhnter Knabe, und in der Tat bestens ausgebildet, schließlich genoss der alte Papirius Fabianus als Redner einen hervorragenden Ruf. Sicherlich hatte der Junge auch ordentlichen Fechtunterricht genossen, war ein geschickter Reiter und leidenschaftlicher Jäger. Cinna wandte sich ab, um das gehässige Grinsen zu verhehlen, und öffnete die Tür zum Nebenraum, wo er seinen Schreiber wusste.

Valens hielt mehrere abgegriffene Tafeln in den Händen, Listen und Tagespläne, das leidige Zeug, mit dem Cinna sich nicht mehr als unbedingt nötig abgab. Mit einer knappen Kopfbewegung bedeutete Cinna ihm einzutreten. Sorgfältig stapelte Valens die Tafeln auf dem Tisch, bevor er Cinna folgte. Der Junge stand noch immer wie angewurzelt mitten im Raum, während Cinna Valens Anweisungen zur Unterbringung gab. Erst dann wandte er sich wieder dem Jungen zu.

»Es würde mich wundern, wenn man dich zu mir geschickt hätte, um deine Redegewandtheit zu verbessern. Wenn in den Berichten über dich irgendetwas vermerkt ist, was ich wissen sollte, dann sag es mir lieber jetzt gleich.«

Cassius verharrte stumm und umspannte mit den Fingern seine Oberschenkel, während Cinna sich fragte, was ihm die zweifelhafte Ehre verschaffte, den Enkel eines der Caesarmörder in seinem unbedeutenden Stab aufzunehmen. Ratlos hob er die Arme und sah Cassius tief durchatmen.

»Es war mein eigener Wunsch.«

*

Ein Gefreiter begleitete Cinna in einen der Räume, die wie ein Kranz um den ausgedehnten Innenhof des Stabsgebäudes lagen. Auf einer Kline ruhte ein junger Mann in weißer Tunica mit breitem senkrechtem Purpurstreifen in großen Kissen, und während dieser Cinna mit auffallend gleichgültiger Miene musterte, reichte ihm der Gefreite zwei Wachstafeln; das Siegel war gebrochen und die Schnüre hingen lose herab.

»Wir haben Befehl, die Chatten davon in Kenntnis zu setzen, dass sie vier Legionen und etwa zwanzig Alen und Cohorten freies Geleit durch ihr Gebiet sowie Vorräte für den Marsch zu gewährleisten haben«, sagte der Tribun, der Cinna als Marcus Manilius angekündigt worden war.

»Ich soll also die Fürsten der Chatten aufsuchen, um mit ihnen über Marschführung und Verpflegung zu verhandeln.«

»Falsch, Praefect. Die Barbaren werden hierher kommen, und du wirst die Übersetzer überwachen und mich beraten, sollte sich das als notwendig erweisen. Es gibt nichts zu verhandeln. Wahrscheinlich werde ich deine Dienste gar nicht benötigen.«

»Du sprichst also weder die Sprache der Chatten noch kennst du ihre Gesetze und Bräuche.«

Manilius zog eine Braue hoch. »Warum sollte ich? Ich vertrete Recht und Gesetz im Namen des Germanicus. Unterwerfen sie sich, werden sie Milde erfahren.«

»Bedeutet das, wir werden andernfalls Krieg gegen sie führen?«

»Noch gibt es keine Veranlassung. Die Chatten sind das Brudervolk der Bataver, die sich uns bereits unterworfen haben. Die Unterwerfung der Chatten ist nur noch eine Geste, und Germanicus wird rechtzeitig hier eintreffen, um diese entgegenzunehmen.«

Cinna fiel es schwer, keine Miene zu verziehen angesichts dieser Worte, denn dass die Chatten sich zur Unterwerfung entschlossen hätten, war ihm nicht bekannt, wie ihm viele andere Neuigkeiten entgangen waren, seitdem Germanicus' Legaten den Oberbefehl innehatten. Offenbar vertraute Silius ihm nicht ebenso, wie Tiberius ihm vertraut hatte.

»Die Barbaren sollen morgen oder übermorgen hier eintreffen«, fügte Manilius hinzu. »Du wirst sie von der anderen Seite des Flusses hierher begleiten. Halte dich also bereit, dass ich dich jederzeit rufen lassen kann.«

»Wenn ich dich auf die Gepflogenheiten der Chatten vorbereiten soll …«

Das leise Lachen des Tribuns brachte Cinna davon ab, den Satz zu vollenden.

»Ich danke dir, aber das wird nicht nötig sein. Schließlich sind sie es, die uns Dienste leisten müssen, nicht umgekehrt. Also werden sie sich an unsere Gepflogenheiten halten.«

V

Raureif lag wie Mehl auf dem dürren Land und den herbstfahlen Wiesen, und unter dem blauen Himmel hingen zarte weiße Nebelschwaden. Fulgor trat mit zuckenden Ohren unter seinem Reiter auf der Stelle, während ein Zittern über seinen Körper lief. Der Hengst kam in die Jahre, und seitdem die Zweite Asturische Ala in einem Nebenlager Quartier bezogen hatte, lagen Rossknechte und Tierärzte Cinna in den Ohren, sich nach einem jüngeren, unversehrten Pferd umzusehen. Aber wenn der Hengst stolz den Hals wölbte, sobald sein Herr den Stall betrat, und in Erwartung eines Ausritts schnaubte und scharrte, brachte Cinna es nicht über sich, ihn stehen zu lassen.

Neben Cinna kauerte Cassius Longinus auf einem hochbeinigen Rappen; der Atem des jungen Mannes flatterte merklich und gelegentlich ließ er ein kurzes Zähneklappern hören, das Cinna amüsierte. Der Junge hatte seine Kindheit und Jugend in der Wärme des Südens verbracht und lernte nun das raue Wetter in diesem Teil des Erdkreises von seiner ärgsten Seite kennen, zuerst regnerische Tage, während derer er bei jeder Gelegenheit aus den durchtränkten Stiefeln geschlüpft war, auf die spätherbstlicher Frost folgte, der die verbliebenen dürren Blätter im Wind leise klirren ließ.

In der Ferne schälten sich dunkle Schemen aus dem fahlen Dunst, Reiter, die Gesandtschaft der Chatten, begleitet von Soldaten aus einem der Straßenposten im Gebiet der Mattiaker. Im Licht der niedrig stehenden Sonne funkelten die Helme schon aus einer Entfernung von einer knappen Meile, und die schwarzen Rosshaarbüschel wippten über den Pferdeleibern. Bekannte Gesichter zeigten sich, während die Reiter sich näherten, an der Spitze schaukelte Sunjas Onkel Wakramers im Sattel, flankiert von einem Soldaten mit kantigen Zügen und einem erheblich jüngeren Mann, groß und ungeschlacht, Thiudareiks, mit dem Cinna verschwägert war, denn dessen Schwester war mit Sunjas Bruder Hraban verheiratet. Ihnen folgte ein weiterer junger Mann, der Wakramers auffallend ähnlich sah, Cinna jedoch unbekannt war.

Nachdem die Ankömmlinge abgesessen waren, verlief die Begrüßung zunächst kühl; der Anführer der Eskorte händigte Cinna ein Dokument aus, das dieser überflog – ein Kurzbericht über die Herkunft der Gesandtschaft und ihre Anliegen –, bevor er es Cassius weiterreichte. Als die beiden Soldaten ihre Pferde beiseiteführten, überließ Wakramers die Zügel seines Braunen einem seiner Begleiter und trat vor Cinna, packte dessen Schultern und drückte ihn an sich, umhüllte ihn mit einer Wolke von Schweiß und dem Geruch der Pferde.

»Es ist immer wieder eine Freude, dich zu sehen, Gaius Cinna«, sagte der Chatte, indem er seine Sprache benutzte, und machte zwei Schritte rückwärts. »Thiudawilis Sohn Thiudareiks kennst du ja bereits, aber meinen Ältesten konnte ich bislang vor dir geheim halten.« Grinsend winkte er den jungen Mann zu sich, der Cinna mit einer leichten Neigung des Kopfes begrüßte, ohne den Blick von ihm zu lösen.

»Arpus, mein missratener Sprössling, der gegen meinen

Willen die Tochter eines mir verfeindeten Mannes zur Frau nahm, aber auf diese Weise zum zweitmächtigsten Mann in Mattium wurde. Wo ich doch Orte hasse, in denen es von Menschen wimmelt wie in einem Ameisenhaufen!«

Über Arpus' Gesicht flog ein Grinsen, das dem Wakramers' glich.

»Es beruhigt mich zu wissen, dass du die Verhandlungen führen wirst«, setzte der Chattenfürst hinzu.

»Ich werde die Verhandlungen nicht führen, Wakramers, sondern ein ranghöherer Offizier von edler Abkunft – Marcus Manilius.«

Stirnrunzelnd legte der Chatte den Kopf in den Nacken. »Ich will mit keinem ranghöheren Offizier von edler Abkunft sprechen, sondern mit dir.«

Cinna zuckte die Achseln. »Germanicus und seine Legaten haben anders entschieden.«

Er sah Wakramers tief durchatmen und die Mundwinkel herabziehen. »Wir werden sehen, ob dieser ranghöhere Offizier von edler Abkunft ein ebenso geschickter Unterhändler ist wie du.« Seufzend drehte er sich zu seinem Pferd um, hielt dann inne und warf einen Blick zurück. »Werde ich meine Nichten sehen?«

»Ich wäre geehrt, dich und deine engsten Vertrauten morgen Abend in meinem Haus begrüßen zu dürfen.«

Mit einem leichten Neigen des Kopfes kehrte Wakramers zu seinem Reittier zurück und saß mit der Hilfe eines seiner Begleiter auf, sodass sie ihren Weg zum Fluss fortsetzen konnten; sie wurden von einem der Flöße übergesetzt und erreichten das Ufer von Mogontiacum, als die Sonne den Hügelkamm weit hinter den Lagermauern auf der Anhöhe berührte.

Die Torposten ließen sie ungehindert passieren, ein Laufbursche rannte ihnen voraus zum Stabsgebäude, wo eine kleine Ehrengarde wartete. Just als sie von den Rücken ihrer Pferde glitten, trat Marcus Manilius aus dem Haupttor des Gebäudes. Cinna übernahm von Cassius die Dokumente, drückte ihm stattdessen die Zügel seines Hengstes in die Hand, verneigte sich knapp vor dem Tribun und händigte ihm die Tafeln aus.

»Danke, Gaius Cinna. Deine Dienste werden heute nicht mehr gebraucht.« Damit wandte Manilius sich den Gesandten zu. Cinna, der gerade zu einem Bericht hatte ansetzen wollen, schloß den Mund wieder, als Wakramers an ihm vorüber in das Gebäude ging und ihm stirnrunzelnd zunickte.

Unbehaglich verbrachte Cinna den Abend und die Nacht in seinem Quartier. Das Lager platzte unter der Besatzung dreier vollzähliger Alen Reiterei schier aus den Nähten, und der Lärm schien nie abzuebben; unentwegt waren Soldaten und Burschen damit beschäftigt, ihre Ausrüstung wiederherzustellen, Helme wurden poliert, Kettenhemden in sandgefüllten Säcken blank gerieben, Mäntel und Waffenröcke hingen triefend von den Wäscheleinen, wenn ihre Besitzer nicht auf den Stufen vor den Stubentüren saßen und sie flickten, während der Geruch von Lederfett den Duft des frisch gebackenen Brotes verdarb. Der Tag verrann, unzählige Dinge mussten überprüft, unzähligen Klagen nachgegangen werden, obwohl Cinnas Gedanken ständig um die Verhandlungen kreisten und er sich fragte, was Wakramers, Thiudareiks und Arpus auf die Forderungen antworten würden. Denn es war ausgeschlossen, dass sie zustimmten; nicht nur ihr Stolz stünde dem entgegen, sondern ihr zerrissenes und von Zwietracht gebeuteltes

Volk war einfach nicht imstande, die verlangten Leistungen zu erbringen.

Zumindest war der Besuch der Gesandten in seinem Hause bewilligt worden, sodass er Sunja eine Nachricht geschickt hatte, um sie darauf vorzubereiten. Ihre Antwort war eine Abschrift der Einladung, die sie ihren Verwandten und Schwägern übermittelt hatte, versehen mit der winzigen Notiz, so früh wie möglich zu kommen, sie vermisse ihn.

Seufzend streckte Wakramers sich auf der Kline aus, setzte den Becher an die Lippen und schlürfte, ehe er zu einem befreienden Rülpsen ansetzte, das Saldir kichern ließ, während Sunja den Kopf schüttelte. Die beiden teilten sich die Liege zur Rechten des Hausherrn und seines nobelsten Gastes; während Sunja bequem lag, saß Saldir aufrecht auf dem Polster und streckte lässig die langen, dünnen Beine zwischen den Füßen des Dreifußes durch.

Wakramers erhob seinen Becher, rot glasierte arretinische Ware, das die Getränke gut kühlte. »Das, mein lieber Sohn, ist Wein – nicht dieses saure Gebräu, das in deinem Haus ausgeschenkt wird«, polterte er.

Unter hochgezogenen Brauen tauschte Arpus ein dünnes Lächeln mit Cinna. »Mein Vater nutzt die Gelegenheit, dass niemand ihn zwingt, die Zunge im Zaum zu halten.«

»Du wirst mir nie verzeihen, dass ich nach dem Tod deiner Mutter nicht mit einem kalten Bett vorlieb genommen habe.«

»Du hast dich schon vor ihrem Tod in einem anderen Bett gewärmt.«

»Willst du behaupten, sie sei erfroren, weil –«

»Wenigstens in dieser Nacht solltet ihr den Streit vergessen«, mischte Thiudareiks sich ein. »Schlimm genug, dass ihr diesem Tribun gegenüber die Uneinigkeit unseres Volkes offenbart habt.«

Mit einem harten Grinsen setzte Wakramers den Becher ab, nahm Sunjas Hand, die auf dem Polster lag, in seine Pranken und streichelte sie. »Ein prächtiger Junge, euer Lucius. Mögen sich bald weitere dazugesellen – mögen sie euch ein Trost im Alter sein und euch überdauern.«

Sunja entzog ihm ihre Finger und senkte den Kopf, während auf reizvolle Weise eine feine Röte ihre Wangen und Ohren überzog.

»Erinnerst du dich an die glücklichen Tage auf meinem Hof, als dein Vater und deine Mutter dich zu mir schickten?«, fügte Wakramers hinzu. »Vor den Nachstellungen des Ermanamers wollten sie dich schützen, aber sie konnten nicht verhindern, dass sich dein Schicksal, das so anders gesponnen war, als sie fürchteten, erfüllt.« Seine Stimme nahm einen belegten Klang an, und seine Brauen bildeten einen dicken, geraden Strich. »Was wäre anders gekommen, wenn Ermanamers dich damals zu sich geholt hätte …?«

Eisig ringelte sich eine Schlange Cinnas Rücken hinab, dass er die Fäuste ballte. »Ich hätte das nicht lange überlebt.«

»Aber der Stamm der Cherusker wäre einig gewesen«, murmelte Wakramers in seinen Becher, »allerdings auf Ermanamers' Seite.«

Er setzte sich auf, drehte sich zu Saldir um, die auf dem Rand der anderen Kline saß und mit den Fingern behutsam über eine Gänsefeder strich.

»Und was ist mit dir, mein Kind? Hat dich schon eine Sippe für einen ihrer Söhne ausgewählt?«

Saldir schaute drein, als müsste sie sich beherrschen, um nicht gleich loszuprusten, und schüttelte heftig den Kopf.

»Nicht?« Er warf Cinna einen verwundert wirkenden Blick zu. »Wird es nicht langsam Zeit, an eine Verlobung zu denken?«

»Sie ist noch ein Kind«, erwiderte Cinna.

»Sie ist dreizehn Jahre alt. Ein Mädchen in ihrem Alter sollte wissen, wem es dereinst anheimgegeben wird. Willst du sie in der Furcht leben lassen, als unerwünschtes Überbleibsel in deinem Haus alt zu werden?« Wakramers schüttelte den Kopf. »Die Frauen deiner Söhne werden die Stütze deines Alters sein, keine übrig gebliebene Tochter – ganz zu schweigen von einer Pflegetochter.«

»Ihr Vater muss darüber entscheiden«, entgegnete Cinna.

»Ihr Vater kann nicht darüber entscheiden. Sie einem anderen als einem Gefolgsmann des Ermanamers anzutrauen, steht nicht in seiner Macht.« Er seufzte, nahm den Becher, den der Mietsklave ihm gefüllt hatte, und hob ihn Cinna entgegen. »Lass uns trinken! Lass uns all der Dinge gedenken, die wir miteinander erlebt haben. Denn wenn wir uns das nächste Mal begegnen, werden wir uns als Feinde gegenüberstehen.«

»Wie meinst du das?«

»Unser Widerstand zerbricht, Gaius Cinna. Auf eurer Seite führen Germanicus und seine Legaten sich wie Könige auf und stellen Forderungen, die wir nicht erfüllen können. Auf der anderen Seite legen Ermanamers und seine Gefolgsmänner ihre Hinterhalte. Und nun ist es ihnen gelungen, das Volk der Cherusker gewaltsam zusammenzuschmieden.« Mit langen, tiefen Schlucken leerte er den Becher, drehte ihn dann in der Hand, schimmernde rotbraune Ware. »Er hat Segigastis' Tochter Thiudasnelda auf seine Burg entführt.«

In der Stille hörte Cinna, wie das feine Leinen, aus dem Sunjas Überkleid bestand, über ihre Haut glitt, nachdem sie in der Bewegung erstarrt war; ihre Hand hatte nicht bis zum Gesicht gefunden. Aus großen Augen blickte sie Wakramers an.

»Ich kenne das Mädchen«, stieß sie rau hervor. »Sie wäre nie freiwillig einem Feind ihres Vaters gefolgt.«

»Niemand weiß genau, was geschehen ist«, erwiderte Wakramers. »Ermanamers nutzte ein Herbstfest, zu dem auch Segigastis samt seinen Söhnen und seiner Tochter erschienen war, zu Verhandlungen. Die beiden gerieten wie üblich in Streit, und als Ermanamers mit seinen engsten Vertrauten abreiste, war Thiudasnelda spurlos verschwunden. Segigastis und seine Söhne setzten ihm nach, doch er entkam mitsamt seiner Beute. Seitdem wagt Segigastis keinen Schritt mehr, aus Angst, Ermanamers würde Thiudasnelda töten – auch wenn der ihm versichern ließ, er halte das Mädchen als seine Gemahlin in Ehren. Schließlich hatte er schon früher um sie geworben, um Segigastis an sich zu binden.«

»*Meine* Braut war sie!«, fuhr Thiudareiks dazwischen. »Und ich kam hierher, um gegen Erleichterungen für mein Volk, gegen die Rücknahme der Forderungen große Unterstützung anzubieten. Doch diese Kröte von einem Tribun erwiderte, eben diese würde man ohnehin von uns fordern – zusätzlich zu Holz und Getreide! Und wir müssten all das stellen, wenn wir nicht als Feinde gelten wollten!«

Kälte kroch Cinnas Arme herauf, die feinen Härchen sträubten sich, und er kniff die Lippen zusammen, wagte nicht, den Gedanken, der sich ihm aufdrängte, zuzulassen.

»Wir können die geforderten Abgaben nicht leisten«, setzte Wakramers leise hinzu. »Nicht in dieser Höhe. Viele unserer Leute würden hungern, die Mauern von Mattium nicht befestigt werden. Wir wären leichte Beute für feindliche Angriffe, gleichgültig von wem sie erfolgen.«

Seine Worte hinterließen eine tiefe Stille, in der nur das Sirren eines einzelnen Dochtes am Kandelaber zu hören war; Wakramers Fingerspitzen trommelten leise auf den Rand des Bechers. Unschlüssig fuhr Cinna sich durchs Haar und schüttelte den Kopf. »Wie lautete eure Antwort?«

»Wir haben uns Bedenkzeit ausgebeten. Morgen früh werden wir dem Tribun unsere Botschaft übermitteln.«

Wakramers musste es nicht aussprechen, Cinna konnte sich vorstellen, wie die Botschaft lauten würde, und fühlte sich unwohl angesichts der Aussicht, sie könnten einander bald als Feinde gegenüberstehen. Der Chatte lehnte sich zu ihm herüber.

»Das ist kein Gespräch für Frauen und Mädchen«, murmelte er.

»Die Ereignisse betreffen sie ebenso wie euch und mich«, erwiderte Cinna. »Wenn Krieg herrscht zwischen dem römischen Volk und dem ihres Vaters, was wird dann mit ihnen geschehen? Was soll ich dann tun?«

»Sie beschützen – wie du es geschworen hast. Sie nicht in die Hände der Feinde ihres Vaters fallen lassen, damit sie nicht zu deren Werkzeug werden.« Er hielt den Becher in der Linken, während der Zeigefinger der anderen Hand dem Rand des Gefäßes einige Male nachfuhr, ehe er wieder den Kopf hob. »Gaius Cinna, ich bin kein junger Mann mehr, der schnell zur Tat schreitet. Ich lasse mir gerne Zeit für eine Entscheidung, um möglichst alle Folgen zu bedenken. Aber seit dem Herbst sind Dinge geschehen, die das nicht länger zulassen. Euer Feldzug gegen die Marser …«

Fröstelnd bemerkte Cinna, dass der Krieg sich wie ein mit spitzen Pfählen bestückter Graben zwischen sie schob.

»Du weißt von dem Frevel der Legionen?«, fragte Wakramers, als die beiden Diener den Raum verlassen hatten.

Cinna nickte.

»Sie haben das Heiligtum Tamfana vollständig zerstört«, fuhr der Chatte mit rauer Stimme fort. »Die Bäume gefällt, den Hain niedergebrannt, die Pferde geschlachtet. Aber damit nicht genug: Sie überfielen den Ort während eines Opferfestes.«

Menschen in zerrissenen Kleidern, ein zusammengetriebener Zug traten Cinna vor Augen, Kinder mit Greisengesichtern, in denen die Gräuel widerhallten, die sich vor ihnen abgespielt hatten, ein Mädchen mit blutig zerkauten Fingern. Er erinnerte sich, dass so gut wie kein Mann im waffenfähigen Alter unter den Gefangenen gewesen war, und räusperte sich angestrengt, ehe er Wakramers in die Augen blickte.

»Du willst wissen, ob ich an diesem Angriff beteiligt war?« Und als der Chatte kaum merklich nickte, fügte er hinzu: »Ebenso wie Flavus und einige andere Praefecten war ich für die Flankensicherung des marschierenden Heeres zuständig. Wir haben gegen Usipeter gekämpft, gegen bewaffnete Krieger.«

»Danke den Göttern, mein Sohn.« Wakramers Hand legte sich schwer auf Cinnas Schulter. »Mögen sie verhindern, dass du jemals einen frevelhaften oder schändlichen Befehl erhältst.«

Verstohlen beobachtete Cinna, wie seine Frau, auf dem Rand des Bettes sitzend, ein wollenes Hemd über den Kopf zog, wie der Stoff weich über ihren makellosen Rücken fiel, bis er ihn völlig vor seinem Blick verbarg, helle, im Licht zweier Öllichter schimmernde Haut, die er soeben noch unter den Händen gespürt hatte. Sie schlüpfte flink unter die Decken, dann lehnten sie nebeneinander am Kopfende des Bettes, eine Handbreit Raum zwischen sich. Während sie mit kleinen, sorgsamen Bewegungen die Decke über ihren Oberschenkeln glattstrich, bemühte er sich, ganz sacht zu atmen, den Herzschlag zu dämpfen, um sie in dem, was sie tat, nicht zu stören, nicht auf sich aufmerksam zu machen.

Schließlich hielt sie inne und wandte sich ihm zu, ein schwaches Lächeln umspielte ihre Lippen, das nicht von Ermattung herrührte, und er schickte ein Stoßgebet gen Himmel, ziellos, sie möge ihre Sorgen, ihre Ängste verschweigen. Sie strich sich eine Strähne, die sich aus dem Zopf gelöst hatte, aus dem Gesicht, atmete tief ein und hielt einen Augenblick lang die Luft an.

»Gleichgültig, wie Segestes sich nun entscheidet, mein Vater wird sich ihm anschließen«, begann sie leise. »Er hat keine andere Wahl.«

»Bitte, Sunja –«

»Ich muss jetzt darüber sprechen!«, fuhr sie ihn an. »Es geht um meine Eltern, meinen Bruder und dessen Familie, um die Burg, das ganze Dorf, all die Menschen, die ich seit meiner Kindheit kenne!«

Ihre Stimme verhallte, eine Weile verharrten sie stumm, während die Flämmchen der beiden Öllichter in einem dünnen Luftzug flackerten, der sich zwischen Holzrahmen und Pergament hineingestohlen hatte.

»Und es geht um dich«, fügte sie leise hinzu, »und um den Albtraum, du träfest während einer Schlacht auf meinen Vater oder meinen Bruder.«

*

Lastschiffe führten Bauholz heran, das im Hafen entladen und gelagert wurde; der Bau einer kriegstüchtigen Flotte war im vollen Gange. Die kleinen Jungen lungerten auf der Böschung bei den Werften herum und beobachteten den Fortgang des Schiffsbaus, während ihre größeren Brüder sich als Hilfsarbeiter verdingten, Bohlen und Planken schleppten und glatt hobelten und die Soldaten, die von Sonnenaufgang bis Sonnenuntergang mit dem Schiffsbau beschäftigt waren, mit Essen und Getränken versorgten.

Die Lager von Mogontiacum füllten sich unter dem Andrang der Truppen, die Germanicus zusammenziehen ließ. Höherrangige Einheiten wurden bevorzugt in festen Lagern einquartiert, sodass auch Cinnas Einheit den Befehl erhielt, in ein Zwischenlager umzuziehen. Das Murren seiner Soldaten nötigte ihm eine unbequeme Entscheidung ab: Zähneknirschend bezog er eine zugige Baracke, in der er auch die meisten Nächte verbrachte. Allein Truppenübungen und Märsche boten Gelegenheit, den klammen Stuben zu entkommen.

Die Häuser in den Siedlungen um das Lager und am Hafen quollen über von den Familien, die den Soldaten nachgereist waren, den Krämern und Handwerkern, die jeder Truppe folgten. Hastig wurden am Rand der Dörfer neue Hütten und Baracken errichtet, die neben dem lebenden Tross Barbaren aus der weiteren Umgebung anlockten, darunter viel zwielichtiges Volk; Gaukler und Trickspieler, Musikanten und Tänzer belebten das Straßenbild, Huren flanierten auf der Suche nach Kunden an den Häusern entlang, Beutelschneider schlichen umher, und so mancher alt gewordene Schelm mietete sich ein finsteres Loch, bestückte es mit wackeligen Tischen und Schemeln, erstand eine Fuhre billigen Weines und nannte sich fortan Wirt.

Die nachlässige Bauweise zeitigte Folgen: Kurz nacheinander stürzten mehrere der neuen Behausungen ein. Als die Gefährtin eines Centurio von herabstürzenden Dachziegeln erschlagen wurde, verschaffte dieser seiner Beschwerde über die Schlamperei Nachdruck, indem er Klageweiber mietete, die gegen gutes Geld fünf Tage lang ihr schauerliches Geheul weithin ertönen ließen; dem Baumeister, der die Arbeiten beaufsichtigt hatte, wurde eine empfindliche Geldbuße auferlegt.

Zehn Tage nach den Saturnalien trafen die beiden Legaten, Silius und Caecina, in Mogontiacum ein; mit Erleichterung bemerkte Cinna, dass Caecina schon am nächsten Tag mit den Truppen, die er aus Lugdunum herangeführt hatte, weiterzog. Nicht nur, dass die Menschen in großer Enge lebten, auch die Vorräte für die bereits hier stationierten Einheiten waren karg bemessen. Nachschub war zwar auf dem Weg, aber eine kurzzeitige Verschlechterung des Wetters, Regen oder Schneefall, hätte eine Verknappung zur Folge gehabt, wenn sämtliche Truppen in der Gegend von Mogontiacum geblieben wären.

Die ersten beiden dienstfreien Tage nach langer Zeit nutzte Cinna zur Erholung und genoss einen häuslichen Abend. Anderntags schlenderte er mit Sunja über den Markt, gefolgt von den beiden Dienerinnen mit ihren Korbtaschen.

Pflichtschuldig ließ er sich von Stand zu Stand ziehen, drückte Bewunderung aus für Stoffe, Becher, Duftöle, kaufte für Saldir neue Wachstafeln und einen Schal, für Sunja ein Haarnetz, das sie nicht mehr aus den Händen geben wollte, und Haarnadeln aus Bein. Sie aßen vom legendären Lammtopf, tranken dazu gesäuerte Milch, dann erinnerte Sunja sich daran, dass sie etwas vergessen hatte, und eilte mit den Mägden ins Gewühl. Cinna blieb auf der Bank zurück, die die Linde umlief, beobachtete lächelnd, wie sie am Stand des Gewürzhändlers etwas zwischen den Fingern zerrieb, daran roch und es mit der Zunge testete.

Die Menge teilte sich, einige Soldaten stapften durch das graubraun verfärbte Gemisch aus Schnee und Morast die Straße herunter, unter ihnen Cassius Longinus im weißen Senatorenhemd mit dem breiten Purpurstreifen unter dem Umhang. Zielstrebig steuerten sie auf Cinna zu, und als dieser Sunja winkte, zu bleiben, wo sie war, lächelte sie und schüttelte dabei den Kopf. Cassius baute sich vor Cinna auf, grüßte, zog dann einen kleinen Stapel dünner Tafeln aus der Tasche, die er unter dem Mantel trug.

»Es gibt einige Urlaubsanträge, die bewilligt werden müssen.«

Verblüfft stellte Cinna fest, dass die Miene des jungen Mannes keinen Zweifel an der Dringlichkeit seines Tuns ließ. »Und dafür suchst du mich während meines Urlaubs auf?«, fragte er. »In Begleitung einer … Wache?«

Cassius reckte das Kinn, zog die Brauen zusammen, als wolle er sich gegen einen bevorstehenden Tadel wappnen, und während er viele Worte machte, flog Cinnas Blick immer wieder zu Sunja hinüber, die mit leicht schräggelegtem Kopf neben dem Stand des Gewürzhändlers wartete. Mal winkte sie unauffällig, mal drückte sie die Lippen auf ihre Fingerspitzen und blies Cinna den Kuss zu, dann sah er, dass ihr Mund Worte formte, sie wiederholte, bis er sich erinnerte: Es waren dieselben Worte, die sie ihm in der vergangenen Nacht immer wieder ins Ohr geflüstert hatte, wobei sich seine Haut unter ihrem warmen Atem gekräuselt hatte wie jetzt.

»Praefect?«

Cassius hielt ihm die Tafeln entgegen. »Ich brauche deine Genehmigung für diese Anträge.«

»Leg sie auf meinen Tisch, ich werde sie mir morgen anschauen«, erwiderte Cinna gereizt. Dass der Junge ihn wegen dieser Kleinigkeit aufsuchte, anstatt einfach zu warten!

»Ich halte die Angelegenheit für dringend«, setzte der Junge nach.

»Urlaubsanträge?« Cinna zog die Brauen hoch und stemmte die Fäuste in die Seiten.

»Es ist auch eine Nachricht des Silius dabei, die bestätigt werden muss. Die Urlaubsanträge habe ich nur mitgenommen, weil ich dachte ...«

Zögernd legte Cassius eine einzelne Tafel in Cinnas ausgestreckte Hand; es war nichts Besonderes, Silius kündigte an, die Zweite Asturische Ala am übernächsten Tag inspizieren zu wollen. Cinna warf Cassius einen scharfen Blick zu, dann gab er ihm das Schreiben zurück. »Leg alles auf meinen Tisch, Marcus Cassius. Und jetzt geh!«

Cassius stutzte, dann straffte er sich, grüßte stramm und drehte sich um. Mit großen Schritten marschierte er davon, die Straße hinunter, und die beiden Soldaten folgten ihm. Kopfschüttelnd blickte Cinna gen Himmel, fragte sich, was er sich hatte zuschulden kommen lassen, dass Germanicus ihm einen übereifrigen Offiziersanwärter zumutete, dessen hochedle Abkunft jede Bestrafung verbat.

»Aus dem Weg!« Cassius' Stimme zerschnitt den brodelnden Lärm.

Sunja stand vor ihm, unschlüssig, wohin sie ausweichen sollte, da stieß der junge Mann sie beiseite, dass sie rückwärts taumelte, gegen einen Verkaufstisch prallte. Mit wenigen schnellen Schritten eilte Cinna zu ihr und konnte sie gerade noch auffangen, als sie ausrutschte. Zwei dekorativ aufgestellte Amphoren fielen polternd um und zerbrachen eine Kiste, aus der kreischende Hühner stoben, dass die Federn flogen.

»Cassius!«

Eine Flamme war in Cinna aufgelodert, er streckte den Arm nach dem jungen Mann aus, der stehen geblieben war und sich umgedreht hatte.

»Du wirst dich auf der Stelle entschuldigen!«

Eine Menschenmenge drängte neugierig heran; Cassius schaute seinen befehlshabenden Offizier unter hochgezogenen Brauen an, als verstehe er nicht. »Die Barbarin hat sich mir in den Weg gestellt …«

Als einer der beiden Soldaten, die ihn begleiteten, ihm etwas zuflüsterte, erbleichte er und tat ein paar unsichere Schritte auf Cinna zu. Die Umstehenden waren so still, dass das Rascheln der Mäntel wie Lärm erschien.

»Das wusste ich nicht …«, sagte er heiser, ohne den Blick abzuwenden. »Es tut mir leid, und ich –«

»Nicht bei mir, Dummkopf!«, stieß Cinna mühsam hervor, ballte die Fäuste in dem Drang, diesem Knaben eine tüchtige Ohrfeige zu verpassen, selbst dann noch, als dieser sich mit hochroten Wangen Sunja zuwandte. Leise kam die Bitte um Entschuldigung über seine Lippen, die sie mit gefrorener Miene entgegennahm. Schweigend verharrte sie, nachdem er verstummt war, während ein Luftzug ihren

Mantel blähte. Dann stolzierte sie davon, die Straße hinauf in Richtung ihres Heims.

*

Die Pferde, die Cinna angeboten wurden, machten eine Wahl schwer; er hatte jedes der Tiere im Übungskreis und im Gelände erprobt, Pferdeburschen und Tierärzte um ihre Einschätzung gebeten und auf diese Weise die Auswahl über einige Tage hinweg immer weiter eingeschränkt, bis letztendlich drei übrig geblieben waren, darunter ein sehr großer Brauner mit einer schmalen Blesse und weißen Fesseln, der ihm zunächst nicht sonderlich gefallen hatte, sich allerdings bei der Arbeit als furchtlos und zugleich folgsam erwies. Er kaufte das Tier zusammen mit einem schmalen, zähen Dunkelfalben, den er den Pferdeburschen übergab; den Braunen, Titas genannt, nahm er auf einen Ausritt mit.

Als er nachmittags am Ufer des Rhenus flussaufwärts gen Mogontiacum zurückritt, gemächlich und mit verhängten Zügeln, klirrte das froststarre Schilf im leichten Wind, der die weißen Dampfwolken von seinen Lippen riss. Kälte ritzte wie tausend feine Nadeln die Finger, wenn der Wind unter den Umhang kroch, dessen Enden er um die Hände geschlungen hatte.

Ein Reiter lenkte sein Pferd die flache Böschung herunter; der purpurn verbrämte Mantel und das silbrige Fell des Reittieres verrieten Gaius Silius, auch wenn die winterliche Vermummung seine gedrungene Statur gut verbarg. Durch einen leisen Zügelzug verlangsamte Cinna den Braunen; diese Begegnung war sicherlich kein Zufall. Silius grinste mit roten Wangen, als wollte er ihn beruhigen, und brachte seinen Schimmel direkt vor ihm zum Stehen.

»Ein schönes Tier«, sagte der Legat nach kurzem Gruß und nickte anerkennend. »Und ein wunderbarer Tag für einen Ausritt.«

Cinna wickelte die Zügel um ein Sattelhorn und rieb sich die Hände.

»Dein Contubernalis sagte, ich würde dich hier finden«, fügte der Legat hinzu.

»Was kann ich für dich tun, Legat Silius?« Insgeheim ärgerte Cinna sich über die Willfährigkeit seines Stabes. Valens kannte die Strecke, die er üblicherweise nahm, und hatte diese Kenntnis wohl an Cassius weitergegeben.

Silius lenkte seinen Schimmel beiseite und gab Cinna mit einem Wink zu verstehen, im Schritt neben ihm aufzuschließen. Eine Weile ritten sie schweigend nebeneinander her, ihre Pferde streckten von Zeit zu Zeit die Hälse und schnaubten. Schließlich räusperte Silius sich.

»Gaius Cinna, ich hoffte, du würdest aus eigenem Antrieb vor mir erscheinen. Aber letztendlich habe ich dich aufsuchen müssen.«

»Worum geht es?«

Silius zog die Augenbrauen hoch, dann fixierte er Cinna unter halb geschlossenen Lidern. »Um deine chattischen und cheruskischen Freunde geht es. Ich hatte zwar nicht erwartet, dass du Marcus Manilius Bericht erstatten würdest, doch zumindest ich dachte ein Recht darauf zu haben.«

»Auf was für einen Bericht?«, wiederholte Cinna verwirrt.

»Über den Besuch deiner barbarischen Schwäger.«

»Darüber gibt es nichts zu berichten.«

Kein weiteres Wort fiel, während sie sich den Hafenanlagen unterhalb des Lagers näherten, den Hütten, die sich auf der Böschung duckten. Rauch quoll aus den Giebelluken, und Cinna erinnerte sich mit leisem Grauen, wie rußig und verqualmt die Behausungen der Barbaren waren.

»Ich gebe zu, dass wir die Sklaven, die du für jenen Abend gemietet hattest, ausfindig gemacht und befragt haben«, begann Silius von Neuem. »Allerdings wusste keiner von denen etwas Aufschlussreiches zu sagen.«

Cinna fröstelte unter der schweren Wolle seines Umhangs; er erinnerte sich an einen nackten Jungen auf einer Kiste, gefesselt, Kopf und Schultern unter einem Sack, und um den Hals wand sich ein Seil, das über einen Deckenbalken geworfen war. Der Junge stand auf Zehenspitzen, so straff war das Seil gespannt, und seine Knie schlotterten unter der Anspannung. Fahrig rieb Cinna die Hände aneinander.

»Nur kein Mitleid«, fuhr Silius fort. »Die beiden Jungchen sind wohlauf, wir haben ihnen schon aus Rücksicht auf ihren Besitzer keinen wertmindernden Schaden zugefügt.«

»Wozu erzählst du mir das?«, fragte Cinna hart.

Silius hob kurz die Schultern. »Wenn du wieder einmal eine Familienfeier abhältst, wirst du mir berichten – unaufgefordert!«

Sie lenkten ihre Pferde die sanfte Böschung hinauf bis zur Straße, der sie in verhaltenem Trab an den Ausläufern der Handwerkersiedlung am Hang des Hügels entlang folgten. An der letzten Abzweigung unterhalb des nördlichen Nebentores zügelte Silius seinen Schimmel.

»Ich vermute, du wirst zu Hause erwartet.« Der Legat wartete nicht auf eine Antwort. »Genieße es, es bleiben dir nicht mehr viele Tage, bevor wir aufbrechen. Deine Ala ist der Vorhut zugeteilt.«

VI

Am frühen Morgen der Nonen des März verließen sie das neu befestigte Lager an den Hängen des Taunus, zwei Alen, die als Vorhut die Ebene zwischen den beiden Gebirgen im Westen und Osten auskundschaften und sichern sollten, damit Germanicus mit dem Heer ungehindert weitermarschieren konnte.

Eine doppelte Kette von Befestigungen lag zwischen ihnen und dem Rhenus, den sie acht Tage zuvor überquert hatten, und zwischen diesen schoben sich vier Legionen und zahlreiche Cohorten wie ein schuppiger Wurm vorwärts in das Land derer, die durch ihre Weigerung, Holz und Getreide zu liefern, zu Feinden geworden waren. Die Truppen waren schnell vorangekommen; nach einem ungewöhnlich trockenen Winter führten die Flüsse wenig Wasser, und die Wege waren hart und fest. Die Mattiaker, einst den Chatten unterworfen, nun Verbündete der Römer, beteiligten sich mit einzelnen Aufgeboten, boten den marschierenden Soldaten Flankenschutz.

All das hatte Cinna von Boten erfahren, die zwischen den Heeresteilen Nachrichten und Befehle vermittelten. Seit Mogontiacum hatte seine Ala jedes Marschlager mit der des Lucius Stertinius geteilt, gallische Reiter, die unter sich blieben; schließlich waren sie im Gegensatz zu Cinnas Reitern, denen im vergangenen Herbst die ersten Auszeichnungen verliehen worden waren, hochdekoriert und mit dem römischen Bürgerrecht ausgezeichnet. Stertinius selbst, der sehnige Spross eines ritterlichen Geschlechts, hatte mit Cinna bislang kaum mehr als den üblichen Gruß und das bei den täglichen Besprechungen unbedingt Nötige gewechselt.

Als sie den Grenzwald verließen und damit in das Gebiet der Chatten eindrangen, befand die Sonne sich kurz vor dem höchsten Punkt ihrer Reise. Auf einem lang gestreckten Hügel, umgeben von Wiesen und Feldern und Apfelgärten, thronte eine Burg, mehr ein Dorf, ein Anblick, der Cinna an seine Rückkehr erinnerte, an einen brummigen alten Dorfherrn und seine großherzige Frau. Über den Giebeln erhob sich kein einziger Rauchfaden, stattdessen erkannte Cinna die Schemen einiger Reiter, die sich von dort wegbewegten.

Unweit erschallte ein Horn, Hufschlag donnerte über die Ebene, mehrere Turmen gallischer Reiterei preschten auf den Hügel zu, nahmen die Verfolgung der Flüchtigen auf. Cinna beschattete die Augen und spähte nach einem Boten, dann nach seinen eigenen Kundschaftern. Er wandte sich um. »Wir schließen uns an.«

Stertinius' Reiter waren vor dem nächsten Waldrand zum Stehen gekommen und hatten sich zu einem Ring versammelt, als Cinna sich mit der Vorhut seiner Ala näherte. Die Stimme des Praefecten übertönte das Schnauben der Pferde, das Rasseln der Zügel und bronzenen Riemenbeschläge, doch er sprach so schnell, dass sich die Worte schier überschlugen. Cinna glitt vom Rücken seines Pferdes und folgte Ahtala, der ihm dienstbeflissen einen Weg durch die Reihen der gallischen Reiter bahnte.

»Entweder du unterwirfst dich, oder du wirst noch heute

samt den Deinen ein schmähliches Ende finden!«, beendete Stertinius seinen atemlosen Vortrag.

In der Mitte drängten sich Flüchtlinge mit ein paar schwer bepackten Pferden und Lasttieren. Dreißig, vierzig Menschen, mit blankgezogenen Klingen, Knüppeln und Spießen bildeten die Barbaren einen Schutzwall um Frauen und Kinder; kaum jemand regte sich, nichts war zu hören außer einem gedämpften Wimmern und dem Plärren eines Säuglings. Vor Stertinius, der steif auf seinem Rappen saß, stand ein ältlicher Mann mit krampfhaft hochgezogenen Schultern, die Fäuste an die Oberschenkel pressend. Cinna erkannte den Mann, er hatte in dessen Haus im Dorf auf dem lang gestreckten Hügel übernachtet; auf dem Weg nach Mogontiacum war es das letzte Quartier gewesen, bevor er und seine Begleiter ein römisches Lager erreicht hatten.

Als der Mann keine Regung zeigte, schnaubte Stertinius und wandte sich ab, in Cinnas Richtung, ihre Blicke kreuzten einander.

»Wenn du es gestattest, Praefect Stertinius, werde ich mit ihm reden.«

Stertinius schien durch ihn hindurchzustarren, nickte kurz und richtete dann sein Pferd einige Schritte rückwärts, sodass Cinna sich dem Mann nähern konnte. Als er den Mann nach Art der Barbaren und in deren Sprache mit seinem Namen, Berowulfs, begrüßte, flackerten dessen Augen, er straffte sich, reckte das Kinn und schob die Füße ein Stück auseinander.

»Imperator Germanicus Caesar erwartet von den Besiegten, dass sie sich unterwerfen«, fuhr Cinna fort. »Beugt ihr euch seinem Willen, werdet ihr geschont, weigert ihr euch, werdet ihr bestraft.«

»Mit dem Tod? Das soll mir nur recht sein!«, rief Berowulfs.

»Nein, mit Unfreiheit. Mit Versklavung. Du, deine Frau und deine Kinder und alle deine Angehörigen, alle Bewohner deiner Burg und der davon abhängigen Dörfer. Ohne Ausnahme.«

Cinnas Hand beschrieb einen Bogen, der Berowulfs umfasste, ebenso wie seine Frau, die hinter ihm stand, um sich die Kinder geschart, mehrere halbwüchsige Mädchen, die Gesichter verborgen unter den Kapuzen ihrer Umhänge, aber auch zwei Jungen, fünf, sechs Jahre alt, die trotzig die Nasen hochzogen. Berowulfs war erstarrt, nur seine Kiefer mahlten unablässig, und sein Blick zuckte umher, streifte die Reiter, deren Pferde gelegentlich schnaubend die Hälse streckten. Ein zweites Kind stimmte in das leise Wimmern ein.

»Und wenn ich mich mit den Meinen unterwerfe?«

»Dann wird Germanicus Caesar sich erkenntlich zeigen.«

Zögernd senkte der Mann den Kopf. »Ich werde mich zu deinem Heerführer begeben.«

»Du allein wirst dem Imperator nicht genügen.« Cinna wies auf die beiden Jungen.

Mit einem erstickten Aufschrei umschlang die Frau ihre Kinder, als könne sie sie damit vor dem Zugriff der Soldaten schützen. Der Mann indessen trat zwei, drei Schritte zurück; an seinem Hals zeichneten sich scharf die Muskelstränge ab, und er atmete schwer.

»Was würde mit uns geschehen?«

»Deine Leute blieben in ihrem Dorf, bewacht von einer Besatzung, du wirst zu ihnen zurückkehren, wenn Germanicus Caesar das für richtig erachtet.«

»Und meine Söhne?«, stieß Berowulfs rau hervor.

»Germanicus Caesar wird ein Pfand verlangen für eure Treue, sodass sie wohl als Geiseln zurückbehalten werden. Über ihren Verbleib habe ich nicht zu entscheiden.«

»Wohin wird man sie bringen?«, mischte sich die Frau ein.

»Germanicus Caesar wird sie einem seiner Gefolgsmänner anvertrauen.«

»Werden sie am Ende des Jahres zu uns zurückkehren?« Ihre Hände umklammerten die ihrer Söhne, die sich an sie schmiegten und den Fremden aus großen Augen anstarrten. Rasch befeuchtete Cinna die Lippen, schwieg jedoch.

»Am Ende des Krieges?«, flüsterte sie tonlos, während ihr Griff so fest wurde, dass die Knöchel weiß hervortraten und die Kinder leise jammerten. Anstelle einer Antwort zog Cinna die Schultern hoch und ließ sie wieder fallen.

»Ihr nehmt mir meine Söhne und entfremdet sie den Bräuchen ihrer Väter«, rief Berowulfs. »Ihr lasst ihnen das Leben, aber tötet ihre Seelen!« Er schnaubte abfällig. »Ihr möchtet aus jedem von ihnen einen Flavus machen, und vergesst, dass schon ein einziger Ermanamers euch in arge Bedrängnis bringen kann!«

»Die Sitte, Geiseln zu nehmen, mussten wir nicht erfinden, Berowulfs.«

Der Mann nickte mit hängendem Kopf, drehte sich zu seiner Frau um, die die beiden Kleinen noch enger an sich drückte, während Tränen auf ihren Wangen glänzten. Er entwand ihren Fingern die Hände der Kinder, überhörte ihr leises Schluchzen und Flehen und das Weinen der Kinder, nahm sie und führte sie zu Cinna.

»Ich habe mich nie gegen euch gestellt, mich nie an den

Unruhen beteiligt, Gaius Cinna. Deshalb ist euer Angriff auf meine Burg unrecht. Dennoch darf ich nicht zulassen, dass ihr alles zerstört, was unter meinem Schutz steht.«

Hochaufgerichtet stand er vor Cinna, die greinenden Kinder an den Händen, und harrte dessen, was ihm bevorstehen mochte. Cinna zögerte, wandte sich dann zu Stertinius um, der sich mit seinen Fingernägeln beschäftigte.

»Hat er sich ergeben?«, fragte der Praefect scheinbar teilnahmslos.

»Das hat er. Mit deiner Erlaubnis möchte ich ihn und seine Kinder Germanicus überstellen.«

Stertinius schüttelte den Kopf und deutete mit dem Finger erst auf Cinna, dann wies er mit dem Daumen hinter sich, über die Reiter hinweg. »Ich schicke einen Boten zu Germanicus. Das Heer wird heute Nacht ohnehin in der Nähe dieses Dorfes lagern. Es wird genügen, das Dorf zu sichern und diesen Barbaren samt seinen beiden Söhnen in Gewahrsam zu nehmen, nachdem er einen Schwur geleistet hat, dass keiner seiner Männer versuchen wird, aufzubegehren.«

Die eintreffenden Legionen errichteten ein Marschlager am Fuße des Hügels; Berowulfs und seine beiden Kinder waren bereits einem jungen ritterlichen Stabsoffizier übergeben worden, der Cinna und Stertinius in knappen Worten die Anerkennung des Imperators aussprach, bevor er die beiden Praefecten entließ, die auf dem Weg zu ihren Quartieren noch einen kurzen Blick wechselten.

Cinna hatte nach dem Eintreffen in seinem Zelt Kettenhemd und Waffenrock abgelegt und saß in einem Klappsessel, neben sich ein Tischchen, auf dem sein Abendessen stand – zwei Schrotfladen, Speck und Käse, ein Schälchen mit Oliven und gewässerter Wein. Ein Kohlebecken und vier Öllampen an einem Kandelaber vertrieben die ärgste Kälte. Um sich das Warten zu verkürzen, bis ihm das abendliche Wasser zum Waschen gebracht würde, dachte er über eine Antwort auf Sunjas letzten Brief nach, der zwischen Krug und Becher auf dem Tischchen lag, zwei zusammengeschnürte Tafeln. Ihre feine, geradlinige Schrift, die das dunkle Wachs überzog, hatte er deutlich vor Augen, während er den Griffel zwischen zwei Fingern wippen ließ, unschlüssig, was er schreiben sollte. Zwischen den Zeilen ihrer heiteren Schilderungen häuslichen Lebens, ihrer Bekundungen des eigenen Wohlbefindens fühlte er die Sorge, die sie umtrieb. Dabei saß er hier sicher in einem stark befestigten und bewachten Marschlager mitten unter Tausenden, ja Zehntausenden von Soldaten, zahllosen Burschen und Knechten, und wartete auf das aufgewärmte Wasser, um den Schweiß und Schmutz eines Tagesrittes abwaschen zu können.

Der Zelteingang wurde beiseitegeworfen; aufblickend erkannte er Cassius, den er mit einigen Unterlagen zu Stertinius' Zelt geschickt hatte. Nun staunte er nicht schlecht, dass der Praefect dem Jungen hereinfolgte. In dem kalten Zug, der die Flämmchen flackern machte, zog Cinna den Mantel um sich. Stertinius' Mundwinkel bogen sich leicht nach oben, als er Cinna mit einer leichten Neigung des Kopfes grüßte, dann ließ er sich seufzend auf dem angebotenen Sessel nieder und nahm den gefüllten Becher, den Cassius ihm reichte. Er trank, während sein Blick dem Jungen in den hinteren Teil des Zeltes folgte, wo dieser Tafel und Griffel zur Hand nahm und zu schreiben begann.

Unerwartet wandte Stertinius sich zu Cinna um. »Ich

hatte dich zwar nicht um deine Unterstützung gebeten, Gaius Cinna, aber dein Auftritt war vortrefflich.« Er nahm einen weiteren Schluck, bevor er einen Laut des Behagens von sich gab. »Dass dieser Barbar so schnell aufgeben würde, habe ich nicht erwartet. Ich hätte ihn ohne Bedenken in Fesseln legen lassen, aber du weißt offenbar, wie man mit ihnen reden muss, damit sie sich freiwillig fügen.«

Cinna griff nach dem Schälchen mit den Oliven und bot sie Stertinius an, der den Kopf schüttelte.

»Ich bin ihm schon einmal begegnet.«

Rasch ließ Cinna zwei der aromatischen Früchte in den Mund rollen. Stertinius musterte ihn und ließ nach einer Weile ein dünnes Glucksen hören.

»Manchmal fragt man sich, wem du eigentlich noch nicht begegnet bist.«

»Wie meinst du das?«

»Wie ich es sage. Mit der einen Hälfte der wichtigen Barbarenfürsten bist du verschwägert, die andere ist dir irgendwann einmal über den Weg gelaufen. Offenbar ist es von Vorteil für einen zukünftigen Offizier und Verhandler, ein Jahr als Geisel verbracht zu haben.« Grinsend nickte Stertinius in Richtung des Contubernalis.

Ein Soldat betrat das Zelt mit einem großen Krug, und während er ein auf einem hohen Dreifuß abgestelltes Becken mit dampfendem Wasser füllte, erhob Cinna sich langsam. Er trat an das Waschbecken und zog das Hemd über den Kopf, wobei er seinem Gast den Rücken zuwandte, als er hörte, dass dieser hinter ihm den Atem mit einem pfeifenden Laut entweichen ließ. Eilig schöpfte er mit beiden Händen Wasser, um es sich ins Gesicht zu spritzen, blickte dann über die Schulter zurück. Tropfen perlten warm über seine Brust. Er wusste, dass im weichen Licht der Öllampen die Narben auf seinem Rücken sich als helle Linien abzeichneten, und warf sich das Laken über die Schultern, das Cassius ihm reichte; lautlos war der Junge damit aus dem Hintergrund des Zeltes getreten, lautlos zog er sich wieder dorthin zurück.

*

Sie folgten den weiten Flusstälern in Richtung Norden, stießen auf entvölkerte Dörfer und Burgen, die sie gemäß dem Befehl des Germanicus in Brand setzten – die Flüchtigen hatten nichts zurückgelassen, was zu plündern sich lohnte –, und auf Spuren kleiner berittener Trupps und Späher, die sich im Schatten der Wälder verborgen hielten. Erst als sie den Fluss erreichten, den die einheimischen Pfadfinder Adrana nannten, und die Fabri für den Tross eine Brücke errichteten, wurden sie angegriffen. Doch der befehlshabende Offizier wusste schon bei der abendlichen Besprechung schmunzelnd zu berichten, dass man nur einige Ballisten vom in der Nähe wartenden Tross heranschaffen musste, um die ob ihrer Kühnheit berühmten jungen Chatten vom Bauplatz fernzuhalten.

Keine weiteren Scharmützel wurden gemeldet, selbst als der Hauptteil der Legionen die Felder rings um Mattium besetzte, dessen Türme und Mauern auf einer Kuppe aufragten, lag das Land verlassen vor ihnen, und die Kundschafter meldeten kaum mehr als wenige dünne Rauchfäden über der Siedlung. Nichtsdestotrotz ließ Germanicus mehrere Lager errichten, auf die er die Legionen und Hilfstruppen verteilte, befahl den Zusammenbau der Rammböcke und die Errichtung von Schutzdächern und Laubengängen.

»Er will, dass sie zurückkehren, um den Eingeschlossenen zu helfen«, brummte Fronto, als er neben Cinna trat. »Wenn er sie dann in der Ebene zur Schlacht stellt, kann er nur gewinnen.«

»Sie werden nicht kommen.« Cinna beschattete die Augen mit der Hand. »Und die wenigen, die innerhalb dieser Mauern zurückgeblieben sind, wissen das.«

»Warum sind sie zurückgeblieben?«

Zögernd wandte Cinna sich um, strich sich durch das vom Helm verschwitzte Haar. Vom Wald her schallte ein Ruf, Holz krachte, knirschte, die Baumkronen wogten wie eine Brandung im Sturm, durch die ein Ungeheuer raste. Donnernd schlug der Stamm auf dem Boden auf.

»Zurückgeblieben sind die, die für die Übrigen eine Gefahr dargestellt hätten. Alte, Kranke –«

»Und die Krieger auf den Mauern?«

»Nicht alle sind völlig hilflos. Es gibt Männer, die ihre Eltern und Großeltern nicht der Willkür des Feindes überlassen wollen.«

Cinna hörte Fronto tief durchatmen. »Ich hatte es mir gedacht«, brummte der Decurio. »Für Germanicus wird dies eine gefahrlose Vorführung der Macht zu dem Zweck, dem Gegner die Aussichtslosigkeit seiner Gegenwehr vorzuführen.«

Die noch unbelaubten Wipfel schwiegen wieder, einzelne Rufe verhallten am Waldrand. Wie ein graubraunes Netz lagen die Wälder über den umliegenden Hügeln bis zum Horizont.

»Germanicus kennt dieses Land nicht und auch nicht die Menschen, die hier leben«, murmelte Cinna.

»Mach dir keine Sorgen, Praefect. Er hat gute Berater – die besten!«

Langsam den Kopf schüttelnd drehte Cinna sich um und schritt den Hang hinab zu den Weiden, auf denen gut bewacht die Pferde weideten. Seinen hochbeinigen Braunen erkannte er schon von ferne.

»Er hat die Chatten unseren Feinden in die Hände gespielt«, rief er über die Schulter zurück.

»Weil er deine Arbeit der vergangenen Jahre im Handstreich zunichte gemacht hat?«

Cinna blieb stehen, blickte den Decurio an, als der ihn erreichte, und zog die Brauen zusammen. »Nein, weil er sie nicht kennt und auch nicht kennen will.«

Am vergangenen Abend waren alle befehlshabenden Offiziere einbestellt worden, hatten Germanicus begrüßt und den Berichten mehrerer Boten gelauscht: Caecinas Truppen, die am Oberlauf der Lupia klägliche Reste eines marsischen Heerhaufens zusammengetrieben und niedergehauen hätten, seien nun tief in Feindesland vorgedrungen. Abschließend hatten die Boten verkündet, sie selbst seien geradewegs vom Visurgis zum Imperator geeilt, ohne dass jemand sich ihnen in den Weg gestellt hätte. Die Nachrichten hatten sich wie Lauffeuer im Lager ausgebreitet, und wohin man an diesem Tag auch blickte, sah man zuversichtliche, entschlossene Mienen.

»Sag mir, Fronto, was wird geschehen, wenn wir diesen Ort eingenommen haben?«

Der Decurio runzelte verständnislos die Stirn. »Dann ist das Land zwischen Rhenus und Visurgis wieder unter unserem Befehl, und wir werden uns den Gebieten im Norden zwischen Meer und Gebirge zuwenden.«

»Das heißt, wir werden zum Rhenus zurückkehren, um die bis dahin fertiggestellten Schiffe zu besteigen, und die Barbaren werden aus den Wäldern wieder in ihre Dörfer und Burgen zurückkehren.« Achselzuckend setzte Cinna seinen Weg fort. »Alles wird sein wie zuvor, abgesehen davon, dass die Menschen hungern werden und der Hunger ihren Haß nähren wird.« Er warf einen Blick über die Schulter zurück. »Die verlorenen Adler wird Germanicus hier ohnehin nicht finden.«

Die schmetternden Klänge der Tuben pflanzten sich über die Reihen der Soldaten fort. Auf einen gleichzeitigen Schwenk aller Feldzeichen hin zogen die Männer blank, ein tausendfacher Ruck ging durch das Heer, Klingen blitzten auf, dann ein unrhythmisches Donnern, als sie zum ersten und zweiten Mal auf das Holz der Schilde schlugen. Beim dritten Schlag trafen sie gleichzeitig auf, schwoll der Lärm zu ohrenbetäubendem Tosen. Hörnerschall gellte über die Ebene, die ersten Reihen erhoben ein Brüllen und setzten sich gleichzeitig mit den Laubengängen, den auf Maultierkarren befestigten Ballisten und dem überdachten Rammbock in Bewegung. Wie ein schuppiges Ungeheuer schob sich das Heer näher an die Mauern Mattiums, auf denen Schemen umherhuschten.

Cinna erkannte auf dem Wehrgang Männer, die ihre Waffen in den Fäusten schüttelten, doch ihre Schreie wurden vom Brausen des anrückenden Heeres verschluckt. Glaubten sie wirklich, sie hätten Germanicus' Heer etwas entgegenzusetzen? War es ihnen so wichtig, mit einer Waffe in der Hand erschlagen zu werden, anstatt in Gefangenschaft zu geraten, dass sie dafür die Vernichtung ihrer Stadt, Tod und Versklavung ihrer Angehörigen in Kauf nahmen?

Überraschend erhoben sich die Verteidiger aus der Deckung, und ein Hagel von Geschossen ging auf die anrückenden Legionäre nieder, die aber unter ihren Schilden und Schutzdächern unverletzt blieben, nicht einmal anhielten. Von den Ballisten wurde diese Salve mit Bolzenschüssen erwidert, die die Verteidiger hinter die hölzerne Brustwehr scheuchten. Die schuppige Masse rückte weiter vor, als ein dumpfes Dröhnen und vielstimmiger Jubel verriet, dass der Rammbock bereits das Haupttor Mattiums erreicht hatte. Hart donnerte der eiserne Kopf gegen das Holz, begleitet vom Stampfen nagelbeschlagener Stiefel. Die Verteidiger schleuderten Steine und Geschosse auf das Schutzdach des Rammbocks und auf die unter weiteren Schutzdächern und in Schildkrötenformation heranrückenden Legionäre.

In gestrecktem Galopp näherte sich ein Reiter, zügelte sein schnaubendes Pferd erst, als er Cinna erreichte, und nickte nur kurz. »Sie bereiten am hinteren Tor einen Ausfall vor.«

Cinna wusste, was zu tun war, und schickte den Späher weiter, die übrigen Praefecten zu benachrichtigen, ehe er seine Reiter aufsitzen hieß. Hier, in einer Senke, die von den Mauern nicht eingesehen werden konnte, würden ihre Bewegungen von den ohnehin beschäftigten Verteidigern nicht rechtzeitig erkannt werden. Als er den Arm hob, setzen die Männer ihre Pferde in Trab und lenkten sie in dichten Reihen am Waldrand entlang.

Schon bevor sie den Ort halb umrundet hatten, hörten sie Schreie und Waffengeklirr, das sich unter den Lärm der Belagerungsarbeit mischte. Am rückwärtigen Tor tobte ein wirres Handgemenge zwischen denen, die einen Ausfall wagten, und berittenen Hilfstruppen. Ohne zu zögern ließ Cinna seine Truppe seitwärts schwenken und stieß mit der Hand in Richtung des Feindes; sofort blies der Hornist hinter ihm zum Angriff. Die Reiter schwenkten um, ordneten sich nach ihren Turmen, folgten im Trab, dann im schnellen Tölt ihrem Praefecten.

Die Hufe donnerten über sprießendes Getreide und halbhohes Gras, die Standarte knatterte im Wind, die daran befestigten Efeublätter klirrten wild. Als Cinna kurz die Arme ausbreitete – das Zeichen zum Ausschwärmen –, erklang ein weiteres scharfes Signal des Lituus, beantwortet von den Hörnern der einzelnen Turmen. Erst jetzt spürte er den Puls in den Schläfen pochen, die Zügel in seiner Hand klebten von Schweiß. Sie näherten sich dem Kampfplatz, und mit einem Schrei trieb Cinna seinen Braunen in die Menge.

Die Kämpfenden hatten innegehalten, Pfeile und Spieße sausten den Reitern entgegen, während Schatten in Röcken und Kleidern zum nächsten Waldrand hetzten. Während eine Salve von Speeren über Cinna hinwegflog, klemmte er die Lanze unter den Arm. Die Übrigen taten es ihm gleich und sprengten im Galopp näher, lehnten sich im Schutz der Schilde über die Hälse ihrer Pferde, als ein ohrenbetäubendes Knirschen und Bersten sie überrollte, die Pferde scheuten, tänzelten auf der Stelle in der eintretenden Stille, in der kaum mehr als ein silberhelles Rieseln zu hören war, bis Jubel aus tausend Kehlen aufbrandete.

»Die Mauer ist gefallen!«, rief einer der Soldaten.

Die gegnerischen Krieger blickten sich gehetzt um, manche rannten einfach weg, irgendwohin, einige warfen sogar ihre Waffen von sich; andere packten ihre Schwerter fester, stürzten sich auf den nächstbesten Reiter, hieben mit Knüppel, Lanzenschaft oder Klinge nach den Beinen der Tiere, die stiegen und wieherten.

»Sichert das Tor!«, brüllte Cinna über den Lärm hinweg, und trieb den Braunen zwischen seinen Reitern zur Stadtmauer hin. Ein Regen von kleinen Steinen und Erdbrocken, Knöchelchen und stinkenden Kotklumpen prasselte auf sie herab, während sie ihre Pferde das letzte Stück Hang hinaufjagten. Eine weitere Salve an Wurfspießen scheuchte die Verteidiger in Deckung, sodass die Reiter unbehelligt das hintere Tor erreichten, dessen Flügel bereits aus den Befestigungen gerissen waren. Gallische Fußsoldaten fochten dort mit einem Trupp Chatten, rückten schnell beiseite, als die Reiter sich näherten, die Pferde in mehreren Wellen die Verteidiger zurücktrieben, sich einen Weg durch den Haufen bahnten.

Menschen drängten ihnen entgegen, rannten auseinander, Spieße pfiffen durch die Luft, Pfeile, Steine, dann brach die erste Welle Reiter über die Flüchtenden herein. Schreie gellten auf, schrilles Kreischen. Cinna verbat sich den Gedanken, dass sie nicht mehr kampfbereite Krieger stellten, sondern Unbewaffnete, Frauen und Kinder, aber vor allem Alte, deutlich an den Stimmen erkennbar. Er hielt den Atem an. Der Braune sprang über ein Knäuel menschlicher Körper hinweg.

Links von ihm loderten Flammen empor, fraßen die ersten Dächer, beleuchteten gespenstisch die umherirrenden Menschen. Die Spitzen zweier Belagerungstürme überragten die Rauchschwaden. Das gleichmäßige Stampfen war tobendem Lärm gewichen. Die Soldaten durchkämmten bereits die Stadt.

Halbnackt und ohne Schutz rannte ein Mann Cinna entgegen, das Haar flog ihm wirr um den Kopf, der Mund weit aufgerissen. Cinna hatte nur Augen für die verwundbaren Stellen am Körper des Feindes, den Hals, an dem die Sehnen scharf hervortraten. Weitere Gegner tauchten auf, doch Cinna wusste Ahtala und drei weitere Leibwächter bei sich, sie würden die Männer überrennen, sie niederstechen. Warm spritzte es ihm entgegen, als das Lanzenblatt sich in das Gesicht des Mannes bohrte, diesen rücklings zu Boden schleuderte, während die Hufe des Braunen durch die Luft wirbelten, einen anderen niederwarfen.

Vor sich hatten sie weitere verstreute Krieger, einige drehten sich beim herandonnernden Hufschlag um, ließen die Schilde fallen und suchten ihr Heil in der Flucht, andere packten die Flüchtigen, versuchten, eine Schlachtreihe zu bilden.

Cinna trieb die Sporen in die Flanken seines Pferdes, der Hengst würde einzelne Männer mutig angreifen, würde sie niederrennen, aber keine geschlossene Reihe, die sich hinter Schilden duckte. Die Ohren des Pferdes zuckten vor und zurück, wie um sich zu vergewissern, dass er sich nicht allein in Gefahr begab, in eine unordentliche Reihe von Schilden, zwischen denen ihm Klingen und Spieße entgegenragten. Ein scharfer Schlag mit dem Lanzenschaft traf die Kruppe, und der Hengst stürmte mit angelegten Ohren voraus, prallte gegen die hölzerne Wand. Neben ihm warfen sich weitere Pferde auf den wehrhaften Feind, schlugen eine Bresche in die Mauer. Krachend zersplitterte Holz unter den Hufen, Schreie gellten auf im Schlachtgebrüll. Cinna stieß nach jedem Flecken nackter Haut, nach Augen, aufgerissenen Mündern, nach dem kleinen Schatten über dem Brustbein. Bis er ins Leere stieß, die Lanze unter einem Axthieb zerbrach. Er verlor den Halt, krallte die Finger in die Mähne, als der nächste Hieb an ihm vorbeisauste. Der Braune stieg, deckte seinen Reiter, der das Schwert zückte und aus dem Schutz des Schildes mit der langen Schneide nach dem Arm des Axtträges schlug. Lautlos riss der Mann Augen und Mund auf, als die Klinge seinen Hals durchbohrte und er unter den Hufen zusammenbrach.

Qualm ballte sich über den Zäunen, legte sich ölig auf die Haut, biss in Augen und Nase. Schemen hasteten ziellos umher, kreischende Frauen, plärrende Kinder, Pferdewiehern und Hundegebell, krachendes Holz und das Tosen und Prasseln des Feuers erstickten jeden Befehl. Doch die Reiter waren bereits ausgeschwärmt, um ihren Auftrag zu vollenden.

*

Germanicus ließ den Ort niederbrennen, bevor sie weiterzogen, den vor ihnen zurückweichenden Jungmannschaften der Chatten nach, die sich, wie man den zornigen Schmähungen einiger Gefangener hatte entnehmen können, mit den Cheruskern verbinden wollten. Offenbar wussten sie nicht, dass die Cherusker ihrerseits von einem zweiten Heereszug, den Caecina gegen sie führte, in die Wälder jenseits des Visurgis gedrängt wurden.

Als Teil der Vorhut wurde Cinnas Ala dazu abkommandiert, die Bewegungen des Gegners auszukundschaften und den Marschweg für Tross und Legionen zu sichern. Begleitet wurde sie von mehreren Trupps der Fabri, die den Bau der Marschlager vorbereiteten.

Am Nachmittag des zweiten Tages sicherten sie einen Lagerplatz auf einem unbewaldeten Hügel zwischen zwei kleinen Flüssen, deren Ufer dichter Auwald bewuchs. Cinna hatte sich von seiner Truppe abgesetzt, beobachtete das Tun der Fabri von der grasigen Böschung oberhalb des nördlicheren Flusses, um dann den Blick über die Hügel schweifen zu lassen auf der Suche nach etwas Bekanntem, Vertrautem. Seitdem sie sich im Land der Cherusker befanden – die beiden sichtlich hastig verlassenen Dörfer, an denen sie vorübergekommen waren, würden die nachfolgenden Legionen dem Erdboden gleichmachen –, zeigte sich die Landschaft spröde wie eine verlassene Geliebte, die das Gesicht abwandte, sodass man sie erst bemerkte, wenn man schon vorübergegangen war.

Soldaten eilten mit zwei Maultieren den Hang hinunter und erreichten das steinige Ufer, durch das sich die vielen Arme des Baches in den Fluss ergossen. Während sie die Tiere oberhalb des Kieses stehen ließen, kauerte einer von ihnen an einem der Rinnsale nieder, schöpfte Wasser mit den Händen, musterte das zwischen den Finger hindurchrinnende Nass, roch daran, schlürfte es auf und wälzte es stirnrunzelnd im Mund, bevor er nickte und die gleiche Prüfung an anderer Stelle wiederholte. Sogleich begannen die übrigen Soldaten, abwechselnd die mitgebrachten Schläuche zu füllen und an den Tragsätteln zu befestigen. Bald wurden die Maultiere wieder zum Lager geführt.

Cinna, der das Wasserholen von der Böschung aus beobachtete, übergab den Burschen sein Pferd und ließ sich behaglich im Gras nieder, kaute auf einem Halm und blickte in den wolkenlosen Himmel, während er dem Treiben der jungen Soldaten lauschte. Er hörte ihr Geplauder, ihr Lachen und leises Fluchen nach dem Aufklatschen von Wasser. Feines rhythmisches Plitschen verriet, dass sie flache Kiesel auf dem Wasser hüpfen ließen; sie spornten sich gegenseitig an, lachten über Fehlschläge und bejubelten gelungene Würfe. Gelegentlich knallte ein

Kiesel gegen die Felsen am gegenüberliegenden Ufer oder fiel raschelnd ins Schilf. Vögel trällerten in den Zweigen, und der Wind flüsterte im sommertrockenen Laub. Cinna rollte sich auf den Rücken und beschattete die Augen mit den Händen. Er drückte sich vor den nachmittäglichen Pflichten, wusste die Einweisung der Quartiere bei Ansmerus und Fronto in guten Händen, und für die Durchsicht leidiger Berichte würde er nach dem Abendessen noch genug Zeit finden, es fiel ihm ohnehin schwer einzuschlafen. Seit Tagen hatte ihn keine Nachricht von Sunja mehr erreicht.

Sie waren zwar tief in feindlichem Gebiet, das Germanicus und sein Stab inzwischen als erobert betrachteten, die Nachrichtenübermittlung verlief eigentlich gewohnt schnell und sicher. Als er die Zahl der Tage bis zum nächsten Vollmond überschlug, fröstelte er bei dem Gedanken, Sunja oder dem Kind könne etwas zugestoßen sein. Er würde einen Brief schreiben, noch an diesem Abend würde er einen Brief schreiben.

Erst als unterdrücktes Flüstern ertönte, bemerkte Cinna die Stille, die sich über den Fluss gesenkt hatte. Er schlug die Augen auf, spuckte den Halm aus und rollte sich auf den Bauch, lugte im Schutz des hohen Grases hinunter und hielt den Atem an. Am anderen Ufer standen einige junge Männer in braun karierten Hosen und Kitteln, das Haar über dem rechten Ohr zu einer straffen Schlaufe gewunden; sie trugen nachlässig gestutzte Bärte und sahen aus, als könnten sie ein Bad gebrauchen. Ein Bogenschütze zielte auf einen Soldaten, der sich offenbar gerade zur Flucht wenden wollte. Die anderen hatten die Arme leicht erhoben, als wollten sie zeigen, dass sie unbewaffnet seien. Sie lächelten maskenhaft.

Gebannt beobachtete Cinna die jungen Männer, Römer und Chatten, alle etwa im gleichen Alter, niemand bewegte sich. Bis einer der Barbaren sich langsam hinabbeugte, mit einer Hand zwischen seine Füße langte und etwas vom Boden aufhob, das er zwischen den Fingern zeigte, einen flachen Kiesel. Er spielte damit, bis der Stein richtig in der Hand lag. Dann reckte er, noch immer lächelnd, den Zeigefinger in die Luft, um Aufmerksamkeit auf sich zu ziehen, ehe er das Ding mit einer schnellen Bewegung über die Wasserfläche schleuderte.

Die jungen Soldaten schraken zusammen, doch es war nur ein Stein, der über die Wellen hüpfte. Der Barbar streckte sechs Finger in die Luft, wies dann auf einen der Soldaten und winkte zugleich dem Bogenschützen, die Waffe zu senken. Er war ihr Anführer, und sein Anblick erinnerte Cinna an einen eigenmächtig befohlenen Einsatz, der ihn beinahe den Kopf gekostet hätte.

Zögernd nahm der Soldat einen Kiesel auf, ließ ihn mit kraftvollem Schwung bis zum anderen Ufer schnellen und zeigte acht Treffer an. Anerkennend schürzte der Barbar die Lippen, deutete auf den Mann neben sich, der sich nun seinerseits anschickte, den Wettkampf aufzunehmen.

Zwölf Chatten standen neun Soldaten gegenüber, und als die Reihe wieder an den ersten Mann kam, grinste der breit und spielte mit dem Stein. Ohne die Barbaren aus den Augen zu lassen, erhob Cinna sich und schritt langsam zu dem Pfad, den sie hierher genommen hatten, und zum Fluss hinunter. Der Schütze wollte seinen Bogen spannen, doch der Anführer herrschte ihn an, das zu lassen. Als Cinna sich vorstellte, stutzte der Mann, grinste dann.

»Wir haben einmal auf derselben Seite gekämpft, gegen denselben Feind, Gaius Cinna. Ich bin Baltha, Gefolgsmann des Thiudawili, der sicher seine Freude daran hätte, dich zu sehen.«

Cinna schüttelte ungläubig den Kopf angesichts der Handvoll Männer, die ihnen gegenüberstanden, nur durch einen schmalen Fluss getrennt.

»Lagert ihr in der Nähe?«

Lachend stemmte Baltha die Fäuste in die Seiten. »Nein, dies ist ein Spähtrupp, wie du dir denken kannst. Wir wollten eure Jungs ein bisschen erschrecken.«

»Und was hättet ihr getan, wenn Verstärkung angerückt wäre?«

»Glaubst du wirklich, wir wären so leichtsinnig, den Weg vom Lager hierher unbeobachtet zu lassen?«

Langsam drehte Cinna sich um und ließ den Blick über die Böschung wandern, die Bäume dahinter, deren Äste sich dunkel vor dem blassvioletten Himmel abzeichneten.

»Gib dir keine Mühe, Gaius Cinna. Du wirst niemanden entdecken, der nicht entdeckt werden will. Dies ist unser Land, ihr seid hier fremd.« Mit einer schnellen Bewegung schlang Baltha sich den Umhang um die Schultern. »Ich werde Thiudawili deine Grüße ausrichten und auch Inguiotar und seiner Familie, wenn ich sie sehe.«

Nach einem kurzen Lebewohl fuhr Baltha herum und verschwand mit seinen Männern im Unterholz. Die Zweige raschelten noch, da rannten mehrere der jungen Soldaten auf das Wasser zu, zückten ihre Dolche.

»He!«, brüllte Cinna. »Stehen bleiben! Wollt ihr etwa da hineinlaufen? Zurück zum Lager!«

Oberhalb der Böschung kamen ihnen zwei Soldaten mit blanken Schwertern entgegen, zogen erleichterte Gesichter, als sie ihre Klingen zurücksteckten, und erzählten hastig von Schatten, denen sie unterwegs begegnet seien, feindlichen Spähern; die anderen seien mit den Lasttieren zum Lager zurückgekehrt, sie selbst hätten nachsehen wollen, ob am Fluss etwas vorgefallen sei. Cinna ließ sich den Ort der Begegnung zeigen; er war sicher, dass die Barbaren sich zurückgezogen hatten. Wesentlich unangenehmer war ihm der bevorstehende Besuch in dem Zelt, das im Lager das Stabsgebäude ersetzte und in dem er einem der Tribune Rechenschaft würde ablegen müssen über den Vorfall am Fluss.

VII

Fröstelnd folgte Cinna dem Gefreiten durch den Regen, vorbei an den ihnen entgegenmarschierenden Truppen, bis sie Tribun Manilius erreichten, der nach ihm geschickt hatte; Manilius grüßte wortlos, sagte dann etwas, das im Lärm der tausendfachen Schritte genagelter Sohlen unterging. Cinna verstand nur den Namen Germanicus Caesar, nickte und lenkte seinen Braunen hinter dem Rappen des Tribuns her. Er hatte sich mit seiner Einheit an der Spitze des Hauptteils des Heereszuges befunden, vor dem Tross und den Legionen, und wunderte sich, dass Germanicus und dessen Stab sich nicht dort befanden, wo er sie erwartete. Befehle wurden über die Köpfe der Soldaten hinweggebrüllt, Hörner tönten, und die Kolonnen kamen zum Stillstand, als Cinna vor sich ein abseits des Weges errichtetes Zeltdach erblickte, unter dem sich die Offiziere in ihren vor Nässe dunklen Umhängen drängten. Hier zügelte Manilius sein Pferd und bedeutete Cinna abzusteigen.

Die hohen Offiziere hatten sich um Germanicus versammelt, dessen braunen Schopf Cinna über ihren Köpfen ausmachte, als Manilius ihn warten hieß. Der Tribun bahnte sich einen Weg durch die Reihen der Offiziere, hinter ihm blieb eine Gasse, Gesichter, die sich Cinna zuwandten, Augenpaare, die ihn musterten. Wieder einmal wurde ihm bewusst, wen sie in ihm sahen: den Sohn eines starrsinnigen alten Senators, der alten Zeiten nachgehangen, sich immer wieder gegen den Augustus verschworen und niemals Ruhe gegeben hatte, bis auch der Letzte seiner Söhne verloren war. Einen jungen Mann, der nichtsdestotrotz zu den besten Kreisen und höchsten Rängen gehört hatte, Anwärter auf eine glänzende Laufbahn. Einen Mann, der ein Jahr in der Gewalt der Barbaren überlebt hatte und erstaunlicherweise unversehrt zurückgekehrt war. Einen Mann, über den sie den Kopf schüttelten – nicht dass einer von ihnen eine hübsche Barbarin aus dem Bett gestoßen hätte, aber sie zu einer rechtmäßigen Ehefrau zu machen, anstatt sich eine Tochter aus römischer Familie zu suchen, die einem zu Ansehen und einer halbwegs ehrenvollen Rückkehr verhelfen könnte, das erschien ihnen vollkommen absurd. Cinna kannte das Gerede. Er las die krude Mischung aus Schadenfreude, Anerkennung, Misstrauen und Unverständnis aus ihren Zügen und bemühte sich um eine ausdruckslose Miene, obwohl er den eigenen Herzschlag bis zum Hals spürte. Als ein Posten durch die Gasse trat und ihm winkte, ihm in die Versammlung zu folgen, straffte er sich, bevor er sich in Bewegung setzte.

Germanicus stand vor einem kunstvoll geschnitzten, gepolsterten Stuhl und wandte sich zur Seite, als Cinna sich näherte und grüßte. Hinter ihm lag ein Mann ausgestreckt auf der Erde, das Gesicht in den Staub gedrückt, Hose und Umhang waren schlammbespritzt, das nassdunkle, aufgelöste Haar klebte ihm am Kopf und um die Schultern; die Arme hatte er weit ausgebreitet.

Zu Füßen des Bittstellers kauerten einige Männer mit gebeugten Knien und gesenkten Häuptern, blinzelten vorsichtig. Einer der Männer hob kurz den Kopf, und seine Züge schienen Cinna bekannt; sie wechselten einen Blick, eine unsichere Begrüßung, von der Cinna sich losriss, als er bemerkte, dass Germanicus ihn aus leicht verengten Augen musterte, ihm dann mit einer kaum merklichen Kopfbewegung zu verstehen gab, sich ihm anzuschließen. Hinter ihnen erhob sich ein Raunen.

Einen Offizier und zwei Posten, die mit ihnen gehen wollten, winkte Germanicus stirnrunzelnd beiseite. Er trat unter dem schützenden Zeltdach hervor in den Regen, wehrte einen Mann ab, der herbeieilte, um ihn vor den herabklatschenden Tropfen zu schützen, und verscheuchte mit wenigen schnellen Handbewegungen eine Gruppe Soldaten, die unter dem ausladenden Blätterdach einer einzeln stehenden Eiche standen. Dort drehte er sich abrupt zu Cinna um.

»Was weißt du über die Burg des Segestes und deren Umgebung, Gaius Cinna?«

»Nicht viel«, erwiderte Cinna vorsichtig.

»Du warst dort, nur wenige Tage lang, aber du warst dort, du kennst diesen Mann, seine Leute, seine Tochter, nicht wahr?«

Schlagartig schienen Cinnas Glieder zu erstarren, als er sich an Wakramers' Worte erinnerte, Arminius habe Segestes' Tochter entführt.

»Kennst du den Mann, der sich mir zu Füßen geworfen hat?«, fragte Germanicus, und Cinna schüttelte den Kopf, während ihm klar wurde, dass er dem Heerführer den Gruß schuldig geblieben war; das Blut schoss ihm in die Wangen.

»Segimundus ist sein Name, und er ist Segestes' Sohn«, fuhr Germanicus fort. »Er war Priester am Altar der Ubier, im Tempel der Roma und des Augustus. Kurz nach dem Ausbruch des Aufstandes verschwand er aus der Stadt und hinterließ als Zeichen seines Verrats seine zerrissenen Priesterbinden.«

»Davon habe ich gehört, Caesar.« Als Cinna bemerkte, dass er die Fäuste ballte, zwang er sie langsam auseinander und presste die Hände an die Oberschenkel. Mit leicht gesenktem Kopf sah er immer wieder in Germanicus' Gesicht, der seinerseits den Blick über die geräuschvoll vorbeimarschierenden Legionäre schweifen ließ.

»Seit dem vergangenen Winter befindet der Bursche sich wieder bei seinem Vater. Segestes behauptet, sein Sohn habe durch den Raub seiner Schwester die Arglist des Verräters und Aufrührers erkannt und bereue seinen Abfall bitter.« Germanicus seufzte unhörbar. »Und nun übergibt er mir durch eine Gesandtschaft den Jungen wie ein Geschenk.«

Während immer mehr dicke Tropfen neben ihnen aus der Baumkrone auf die Erde klatschten, fragte Cinna sich fieberhaft, warum und wozu der Oberbefehlshaber dieses gewaltigen Heeres ausgerechnet ihn zu sich gerufen hatte, jeden Zeugen wegschickte und ihm, einem unbedeutenden Anführer einer einzelnen berittenen Hilfstruppe, diese Dinge erzählte.

Er schrak ein wenig zusammen, als der Heerführer sagte: »Du redest nicht viel, Gaius Cinna.«

Ein feines Lächeln umspielte Germanicus' Lippen. »Freilich hat Segestes gute Gründe, mir dieses Geschenk zu schicken. Denn kaum hatte Arminius sich zu seinen Haufen zurückbegeben, weil Caecinas Heer heranrückte, überfiel Segestes dessen Burg, um die entführte Tochter zurückzuholen – und jetzt sitzt er in der Falle, da Arminius ihn nun seinerseits belagert.« Unversehens funkelten die Augen des Heerführers, und er ließ die Zungenspitze über die Lippen schnellen. »Ich werde zwei Legionen kehrtmachen und gegen Arminius marschieren lassen, aber außerdem benötige ich einen verwegenen Trupp Reiter, die ich vorausschicken kann, um dessen umherstreunende Haufen zu stellen. Und Offiziere, denen solch ein Einsatz zuzutrauen ist.«

Cinna strich dem Braunen über die nassen Flanken, die die Berührung mit einem Zittern erwiderten, prüfte den Sitz des Geschirrs, zog die Sattelgurte nach und die Schnallen des Köchers, in dem die Wurfspieße verstaut waren. Er tastete über das bronzene Nasenband, nach dem harten Gebiss, auf dem das Pferd kaute, und ließ die Zügel vorsichtig durch die Finger gleiten. Der geringste Zug presste eine scharfkantige Kette in die Zunge des Tieres und einen eisernen Dorn gegen seinen Gaumen. Er hasste den Gedanken, dem Tier, das ihn in den Kampf trug, Schmerzen zuzufügen, aber um dessen Leben oder sein eigenes zu retten, erschien ihm das ein angemessener Preis.

Langsam trat er zurück und rieb die Hände aneinander, bis das Blut wärmer in die Finger strömte. Der Braune schüttelte den Kopf, dass die Kinnkette und die silbernen Scheiben auf seiner Brust klirrten, sein Huf scharrte den Morast auf. Cinna nickte einmal kurz, machte einen Satz und landete glücklich im Sattel; Titas setzte sich sofort in Bewegung, schnaubte und wieherte dunkel.

»Ruhig, mein Freund«, flüsterte Cinna. »Wir haben einen langen Weg vor uns.«

Mit leisem Schenkeldruck lenkte er das Pferd an den Rand des ausgetrampelten Weges, wo ihn Standartenträger und Hornisten bereits erwarteten. Ein Reiter näherte sich durch den Regenschleier, ein Mann in der Kleidung der Barbaren; ein langer Rossschweif hing vom Scheitel seines Helms. Bevor er Cinna erreichte, brachte er sein Pferd zum Stehen und hob grüßend die Hand.

»Wir hatten noch keine Gelegenheit, unser Wiedersehen zu feiern, Gaius Cinna«, rief er und streckte dem Angesprochenen die Rechte entgegen, die dieser ohne Zögern umfasste.

»Thrasa?«

»Und ich fürchtete schon, du hättest mich vergessen!«, lachte der Cherusker, schüttelte Cinnas Hand, ehe sein Gesicht ernst wurde. »Es ist gut, dass du dabei bist, immerhin hat Segigastis dich damals unter seinen Schutz genommen.«

Cinna wechselte einen Blick mit den beiden asturischen Decurionen, deren Reiter zur Vorhut abgestellt waren, und die Männer setzten sich in Bewegung.

»Ich habe den Auftrag, dich unterwegs über die Lage in Kenntnis zu setzen«, fuhr Thrasa fort. »Germanicus will deine Meinung zu seinem Vorhaben erfahren.«

»Ich weiß nichts über sein Vorhaben, nur dass wir gerade mit zwei Alen Reiterei aufbrechen, um dem belagerten Segigastis zu Hilfe zu kommen.«

»Wir haben Zeit, Gaius Cinna. Ermanamers Männer können Segigastis in Bedrängnis bringen, aber wir werden für ausreichend Ablenkung sorgen, damit die Legionen dort eintreffen, bevor er Schaden anrichtet. Erzähle mir etwas von deiner Frau. Ich hörte, du hast einen Sohn von ihr, ist das richtig?«

Augenblicklich fiel Cinna der Brief ein, den er hinterlassen hatte, die Boten sollten ihn zu Sunja bringen, wenn er nicht zurückkehren würde. Noch immer war keine Nachricht von ihr eingetroffen.

»Das ist richtig«, erwiderte er und lenkte den Braunen auf den Weg. Valens, Cassius, seine Leibwache und die Feldzeichenträger folgten ihm; dass sich die Einheiten hinter ihm einreihten, vernahm er an den Befehlen und am Schall der Hörner. Thrasa fragte nicht weiter; die kurz angebundene Antwort hatte ihn wohl zum Schweigen gebracht, was Cinna Gelegenheit gab, seine Gedanken schweifen zu lassen.

Sie ritten Richtung Norden, den Angaben der Pfadfinder zufolge auf der einzigen Straße weit und breit, einer alten Handelsstraße, die von den Salzlagerstätten des Nordens zu den Weinmärkten der Gallier führte. An dieser Straße entlang war er dereinst geflohen, mit Sunja an seiner Seite. Irgendwo an dieser Straße lagen die Ruinen eines Straßenpostens, eines Versorgungslagers, in dem sie Unterschlupf gefunden hatten. Wo er einem unglückseligen Toten notdürftig die letzte Ehre erwiesen hatte. Noch immer konnte er den kalten, körnigen Lehm unter den Fingernägeln spüren, den er auf das jämmerliche Gerippe gehäuft hatte, wissend, dass dieser traurige Dienst die Aasfresser nicht lange fernhalten würde.

*

Sie lagerten in einem Dorf oberhalb des Flusses, doppelte Wachen wurden eingeteilt und die Schuppen und Speicher der Bewohner geleert. Germanicus rief Cinna und Stertinius zu sich in das von Posten umringte Zelt, das er auf dem Hof des Dorfherrn hatte errichten lassen. Im Beisein der beiden Gesandten und seines gewohnt umfangreichen Stabes von Beratern und Freigelassenen eröffnete er ihnen seine Absichten. Er sprach davon, das unterhalb von Segestes' Burg angelegte Lager des Arminius zu umzingeln, als handele es sich um einen Spaziergang. Seine Augen sprühten Feuer, als er verkündete, er werde die Belagerer zur Aufgabe zwingen. Doch je länger Cinna ihm zuhörte, desto unwohler fühlte er sich.

»… und mit der Hilfe der Götter werden wir den Verräter gefangen nehmen und den Aufstand beenden, ohne eine Schlacht führen zu müssen.«

Mit leicht erhobenen Händen nahm Germanicus den Beifall der Umstehenden entgegen, lächelte und winkte beschwichtigend, während Cinna stumm und reglos unter ihnen stand wie ein Fremder.

»Ich bitte um Gehör, Caesar«, sagte er laut, und als die von Germanicus zögerlich angemahnte Stille jetzt unversehens einkehrte und sich alle Augen auf ihn richteten, fügte er hinzu: »Wurde die Gefahr bedacht, dass es sich bei dieser Belagerung um einen Hinterhalt handeln könnte?«

Der Wind ließ die Planen des Zeltes laut flattern, die Lichter flackerten und blakten, ließen die Schatten der Anwesenden geisterhaft zucken.

»Einen Hinterhalt?«

Cinna atmete möglichst unauffällig durch. »Bisher hat Arminius stets versucht, uns mit unseren eigenen Waffen zu schlagen, unsere Schwächen auszunutzen und unsere Stärken gegen uns zu richten. Er weiß, wo unsere Heere stehen und wie lange unsere Einheiten für den Weg benötigen. Und er weiß, dass du, Caesar, den dringenden Wunsch hast, ihn festzusetzen.«

Mit einem dünnen Lächeln auf den Lippen stand Germanicus inmitten seiner Männer und musterte den Offizier, der seine Worte bereits bereute. Dann wies der junge Feldherr mit beiden Armen auf Cinna und wandte sich an seine Begleiter. »Sind eure Fragen, warum ich neben Stertinius ausgerechnet diesen Mann für die vor uns liegende Aufgabe gewählte habe, damit beantwortet?«

Als einer der Freigelassenen leise lachte, traf ihn ein scharfer Blick seines Herrn, dass er verstummte.

»Was ist dein Rat, Praefect Gaius Cinna?«

Rasch befeuchtete Cinna seine Lippen.

»Wir sollten warten, bis die beiden Legionen sich nähern.«

»Wenn wir heute Nacht aufbrechen, können wir diese Posse schon vorher beenden«, warf Stertinius ein.

»Welche Posse?«, fragte Germanicus.

»Wie sonst soll ich es nennen? Zuerst raubt der eine Barbar dem anderen die Tochter, dann holt der andere das Mädchen wieder zurück, aber der Räuber gibt keine Ruhe und stellt dem Vater und seinem geretteten Kind nach – diese Wilden sind viel zu sehr mit ihren Eifersüchteleien beschäftigt, um über einen Hinterhalt nachzudenken.«

Das Schweigen machte Cinna unbehaglich, und das umso mehr, als er bemerkte, dass Germanicus Blicke mit Stertinius wechselte.

»Die beiden Legionen werden noch heute Abend in diesem Tal eintreffen«, sagte der junge Heerführer schließlich. »Wir werden morgen früh vorrücken und versuchen, die feindlichen Späher unschädlich zu machen. Es muss keine Falle sein, aber ich möchte sichergehen, nicht in eine zu tappen.«

Auf breiter Front näherten die Reiter sich dem Kampflärm, durchkämmten den im Zwielicht stehenden Wald, erreichten den Grat eines Hügels. In der Senke fochten Teile der vorausgeschickten Turmen mit feindlichen Spähern zwischen den grauen Stämmen der Buchen, Schreie hallten zu ihnen herauf, die Barbaren wollten sich zur Flucht wenden, als sie die anrückenden Truppen sahen. Doch die Angreifer überrannten sie und machten sie nieder.

Cinna, der den linken Flügel führte, sparte seine Spieße. Er warf einen Blick voraus auf das Zentrum der Schlachtreihe, wo Germanicus den Soldaten vorausritt, umringt von seiner Leibwache mit blankgezogenen Klingen. Er feuerte die Reiter an, und sie antworteten im Chor, aber der donnernde Hufschlag verschluckte ihre Worte. Während die Flügel langsamer wurden und die Schlachtreihe sich immer mehr zu einem Keil verzog, näherten sie sich dem Waldrand, hinter dem Arminius und seine Unterführer sich beeilten, ihre Krieger aufzustellen und für den Kampf zu rüsten, wie die Kundschafter gemeldet hatten.

Der Boden stieg nochmals an, sie rauschten durch niedriges Farndickicht, dessen Wedel sich noch entrollten, ließen den Wald hinter sich. Schwerer Boden, bedeckt von frischem Grün, jungem Getreide, hemmte den Lauf der Pferde, während sie dichter zusammenrückten. Weit vor ihnen, inmitten einer welligen Ebene und verhüllt von Nebelschleiern, erhob sich die Burg, unterhalb davon ein mit Wall und Palisade befestigtes Lager. Am Rande der Felder standen die feindlichen Krieger, dort, wo Cinna es erwartet hatte, eine kleine Schar, kaum ausreichend, um die beiden Alen aufzuhalten. Er lächelte grimmig, streckte den linken Arm zur Seite, schrill tönte das Horn, und die Reiter schwenkten hinter ihm zu einem weiten Bogen aus, ohne aus der Ordnung zu geraten.

Schreie gellten herauf, das Krachen aufeinanderprallender Schilde, Schwerterklirren. Die Turmen unter Germanicus' Führung stellten die Barbaren, während Stertinius' und Cinnas Einheiten sich in weitem Bogen dem nächsten Hügelkamm näherten. Unermüdlich erklommen die Pferde den Hang, als ihnen ein anschwellendes Brüllen entgegendröhnte. Hier also hatte Arminius einen weiteren

Teil seiner Truppen positioniert. Eine weit auseinandergezogene Reiterfront tauchte vor ihnen auf. Cinna zog das Schwert aus der Scheide, stieß es in die Höhe, bis hinter ihm die Hörner ertönten und mit ihnen das Brüllen der Soldaten.

Unter ohrenbetäubendem Getöse stürmte sein Pferd zwischen zwei gegnerische Reiter; ein Stoß gegen seinen Schild warf ihn herum, er sah Ahtala einen Spieß in den Hals eines Barbaren rammen. Der Puls pochte in der Kehle, in den Schläfen. Ein vom Schrei verzerrtes Gesicht raste auf ihn zu, Schweiß rann ihm kalt über den Rücken, der Braune blieb stehen, bäumte sich leicht auf. Der Gegner riss die Waffe hoch, doch sein Pferd scheute. Neben ihm trieben die beiden Turmen ubischer Reiter die Barbaren auseinander, stießen schnell in die gegnerischen Reihen vor. Zu schnell.

Als Männer mit kurzen Lanzen zwischen den feindlichen Reitern hervorsprangen, durchfuhr Cinna ein eisiger Schrecken. Diese Finte hatte er nicht bedacht. Ein stämmiger Barbar rannte brüllend auf seinen Braunen zu, als ein gut gezielter Spieß seine Schulter durchbohrte. Cinna sah Ahtala neben sich, der ihn anschrie, ihn mit seinem Falben beiseitezuschieben versuchte. Die Hufe ihrer Pferde wurden zu Waffen, als diese sich gegen die Angreifer wehrten. Blut rann über Titas' Schulter. Neben ihm kippte ein Mann stöhnend aus dem Sattel. Cinna zwang den Braunen mit scharfem Zügelzug auf alle viere, rammte ihm die Sporen in den Bauch, dass er einen Satz über die Gegner machte.

Die Stimme, die Lärm und Geschrei übertönte, ließ Cinna das Blut in den Adern stocken. Er warf suchend den Kopf herum, als er das Gesicht erkannte, den rotblonden

Schopf, im Nacken zusammengefasst, die hell blitzenden Augen. Arminius. Kaum trafen sich ihre Blicke, loderte eine Flamme in Cinnas Brust auf. Wieder stieß er seinem Pferd die Sporen in die Flanken, dass es einen Satz machte, dem Schimmel nach, auf dem Arminius saß. Einen Atemzug lang verharrte der Cherusker auf der Stelle, während sein Pferd sich leicht aufbäumte, dann warf er lachend den Kopf in den Nacken, jenen Nacken, in den Cinna den Spieß bohren wollte, den er aus dem Köcher gerissen hatte und hart umklammerte. Aller Hass, zu dem er fähig war, strömte in ihm zusammen, strömte in den Arm, als er den Spieß mit einem gellenden Schrei auf den Feind schleuderte.

Doch Arminius sprengte auf dem Schimmel davon, die Waffe verfehlte ihr Ziel. Wieder trieb Cinna die Sporen in Titas' Weichen, trieb ihn an der Reihe der Gegner vorbei, peitschte ihn mit den Enden der Zügel, dem Cherusker und seinen kriegerischen Begleitern nach. Kaum hörte er, dass ihm die eigenen Männer zu folgen versuchten, bemerkte, dass zwei Gegner die Speere in den Händen wogen und nach ihm peilten. Er hetzte den Braunen voran, zog einen zweiten Wurfspieß aus dem Köcher, zielte.

Im Sprung knickte der Hengst unter ihm ein, warf mit einem dumpfen Stöhnen die Hinterhand hoch, schleuderte ihn aus dem Sattel wie einen aus der Schlinge entlassenen Stein. Er hatte den Schild losgelassen, überschlug sich, prallte rücklings auf die Erde.

Er hörte Stimmen. Ihm war kalt, rötliche Dunkelheit umklammerte ihn. Etwas traf neben ihm auf dem Boden auf. Sie sprachen so schnell, dass er zwar Worte hörte, aber sie nicht verstand, als hüllte ihn dichter Nebel ein. Als griffe die Hand eines Gottes nach ihm. Er schlug die Augen auf, er atmete, keuchte. Zwei Soldaten beugten sich über ihn, deren einer den Helm abgenommen hatte. Cinna blickte in das Gesicht eines der Feldscher und Wundpfleger, dann in das seines Schreibers, Valens. Erst jetzt traf ihn der Schmerz, der sich wie ein kaltes Band um seine Stirn legte. Als Cinna die Fingerspitzen gegen Stirn und Schläfen presste, bemerkte er, dass der Feldscher aufatmete. Er konnte sich bewegen.

»Was tut dir weh, Praefect?«

Pfeifend ließ Cinna die Luft zwischen den Zähnen entweichen. »Frag mich lieber, was mir nicht wehtut«, stieß er rau hervor. »Die Füße, glaube ich.«

Er zog die Beine an, zuckte zusammen, tastete nach Valens' Hand, die ihm der Gefreite bereitwillig bot, als der Feldscher eine Hand auf Cinnas Brust legte.

»Du solltest nicht aufstehen, Praefect. Ich möchte sichergehen, dass du nicht ernsthaft verletzt bist.«

Unwirsch schob Cinna die Hand beiseite und stützte sich auf einen Unterarm. Er glaubte, jeden einzelnen Knochen im Leib spüren zu können, speziell den Brustkorb, der ihn nicht durchatmen ließ. Er hieb die Faust auf den Boden. Arminius war ihm entkommen.

Auf dem Hof seines Anwesens war Segestes' verbliebene Sippe samt Gefolge versammelt, als Germanicus mit seinem Stab, begleitet von Cinna und Stertinius, durch das Tor ritt. Die Krieger waren gewappnet und noch atemlos vom Kampf, die Unfreien in geduckter Haltung im Hintergrund und dazwischen die Frauen, unter denen Cinna eine verhüllte Gestalt erblickte, die den Kopf unter dem Manteltuch gesenkt hielt, damit niemand ihr Gesicht sähe, und damit verriet, wer sie war. Ein Mädchen mit flachshellen Zöpfen kam ihm in den Sinn, fast noch ein Kind, das sich an einen Türrahmen schmiegte und von unten aufschauend an den Fingerknöcheln nagte. Vor vier Jahren im Herbst hatte er Thiudasnelda kennen gelernt, während er einige Tage auf dieser Burg zugebracht hatte, nun war sie fast so alt, wie Sunja gewesen war, als man ihn auf die Burg ihres Vaters verschleppt hatte.

Nichts erinnerte Cinna an Segestes' Burg und das Dorf angesichts dieser Ansammlung niedergebrannter Hütten, die wie Gerippe in den zertrampelten Gärten lagen. Über den Wegen lag ein durchdringend süßer Gestank, vermischt mit Asche und Rauch; sogar hier, im Herzen der Burg, auf dem höchsten Punkt des Hügels hing der Brodem von Tod und Verderben in der Luft.

Mitten auf dem Hof, in einigem Abstand von Segestes und seinen Leuten, blieb Germanicus stehen und schlang das Manteltuch um den linken Unterarm. Segestes nickte ihm mit gesenktem Kopf zu, und wandte sich ab; als er auf die verhüllte Frau zuging, wich diese zurück, doch die anderen Frauen ihrer Umgebung drängten sich um sie. Sie versuchte, die Hände abzuschütteln, die nach ihr griffen, riss die Arme hoch, warf dabei den Umhang über die Schultern zurück, entblößte den Kopf mit dem aufgesteckten, hellen Haar. Hart umklammerte der Vater ihr Handgelenk und zerrte die Widerstrebende vor Germanicus, der inzwischen abgestiegen war und beide mit verschränkten Armen erwartete. Vom Haus eilte eine weitere Frau mit einem auffallend glänzenden Becher herbei.

»Dies ist ein gesegneter Tag! Er bringt mir den Lohn für die unverbrüchliche Treue, die ich dem römischen Volk gehalten habe«, verkündete Segestes feierlich. »Sei gegrüßt auf meiner Burg, Germanicus Caesar, Sohn des Tiberius Caesar.«

Die Frau hielt Segestes' Tochter den Becher hin, aber diese verschränkte trotzig die Hände vor dem Leib und blickte zu Boden, ungeachtet dessen, dass ihr Vater ihr einen leichten Stoß gab. Schließlich nahm er das Gefäß und reichte es selbst seinem Gast, trat dann wieder zurück. Cinna sah ihn tief durchatmen, ahnte, wie schwer ihm fiel, was er nun zu tun hatte. Segestes senkte den Kopf, er beugte sich leicht nach vorn, da trat seine Tochter vor, stellte sich ihm in den Weg, drückte ihn, der niederknien wollte, an den Schultern zurück.

»Vater, wenn du jetzt auf die Knie fällst, wirst du dich niemals wieder erheben!«, flüsterte sie in der Sprache ihres Volkes, laut genug, dass Cinna es hörte. Er hielt den Atem an; mit einem Blick auf Stertinius vergewisserte er sich, dass dieser kein Wort verstand. Segestes starrte seine Tochter an, dann schlug er sie ins Gesicht, stieß sie von sich. Die andere Frau streckte die Arme aus, um sie aufzufangen, aber sie drehte dem Vater brüsk den Rücken zu und zog den Mantel über den Kopf, als wäre sie in Trauer. Sie blieb stehen, als Segestes gemeinsam mit seinen Angehörigen und seinem Gefolge zu Boden sank und in einer Geste vollkommener Unterwerfung den Kopf hängen ließ; einige berührten sogar mit der Stirn den Boden.

Germanicus ließ einige Atemzüge verstreichen, wartete länger, als notwendig gewesen wäre, ehe er einen Schritt vor tat und Segestes an der Schulter berührte.

»Ich nehme dich und die Deinen auf, Segestes, Fürst der Cherusker.«

»Ich bitte auch um Milde für meine Kinder«, fuhr der Barbar fort, ohne sich zu erheben. »Mein Sohn verließ den Altar, verleitet von den falschen Reden des Verräters, doch als dieser meine Tochter, seine Schwester, verschleppte, erkannte er die Bosheit des Verräters, kehrte zurück in mein Haus und bat um Vergebung. Was Thusnelda betrifft, erwäge selbst, was schwerer wiegt: dass sie meine Tochter ist oder dass sie von Arminius schwanger ist.«

Ein erstickter Schrei kam aus dem Mund der jungen Frau. Sie war herumgewirbelt, schlug die Hände vor den Mund und starrte ihren Vater aus geweiteten Augen an. Germanicus' Schultern hoben und senkten sich, und aus den Augenwinkeln bemerkte Cinna das befriedigte Grinsen, das seine Lippen kräuselte, während Thiudasneldas Augen in Tränen schwammen.

»Deinen Sohn, Segestes, habe ich unter Geleit bereits zur Ubierstadt geschickt«, erwiderte Germanicus betont würdevoll. »Wenn du anstelle des Aufruhrs den Frieden wählst und mir folgst, wird er dich dort begrüßen. Denn hier ist kein Bleiben mehr für dich, gerade wenn du als Vermittler zwischen dem römischen Volk und deinem eigenen tätig sein willst.«

»Meine Tochter …«

»Deine Tochter kann dich dorthin begleiten, wie dein gesamtes Gefolge. Doch was mit deinen Kindern letztendlich geschehen wird, kann ich nicht über den Kopf des Tiberius Caesar hinweg entscheiden.«

Segestes nickte bedächtig. Er schien unendlich gealtert. Gescheitert. Wenn er diesen Flecken Erde verließ, verlor er sein Land, seine Macht, seine Stellung unter den Edlen der Cherusker, seine Krieger würden nicht mehr allein seinem Befehl folgen, vielleicht nähme man ihm sogar seine Kinder. Als Segestes seinen Blick über die Gesichter der Fremden, die ihn gerettet hatten, schweifen ließ, verharrte er einen Atemzug lang auf Cinnas Zügen und blinzelte, bevor er sich abwandte.

»Praefect Cinna, ich übertrage dir die Aufsicht über unsere Gäste. Und ich erwarte, dass du ein scharfes Auge auf die Tochter des Segestes hast.« Germanicus zwinkerte. »Nicht dass sie auf den Gedanken verfällt, sich davonzumachen, um zu ihrem liebenden Gatten zurückzukehren.«

Die Zweite Asturische Ala wurde in einem der beiden oberhalb der Flüsse errichteten Marschlager einquartiert. Schnell waren die Zelte errichtet, die jüngsten Soldaten standen vor den Getreideverteilern Schlange, andere drängelten sich vor den Latrinen und begafften die Gefangenen in ihren gut bewachten Verschlägen. Segestes, seine Tochter und seine engeren Begleiter waren bequemer untergebracht.

Eilig brachte Cinna den kurzen Weg von den Stabszelten zu seiner Unterkunft hinter sich, traf dort Valens und Cassius an, die betretene Mienen machten, als hätte er sie bei etwas Verbotenem ertappt. Valens hielt dünne Wachstäfelchen in der Hand, fest verschnürt, wie man sie als Brief verwendete. Er reichte Cinna das Bündel.

»Das kam vor drei Tagen aus Mogontiacum«, sagte er.

Cinna griff nach dem Brief, mit dem Daumennagel schnippte er die Siegelkapsel auf, während etwas nach seiner Kehle griff, und als er das alte Siegel seiner Familie sah, das seine Schwester noch immer verwendete, zögerte er, die Tafeln aufzuklappen. Er fürchtete, was darin stehen mochte, seine Finger waren kalt und steif, als er die Brettchen dennoch trennte. Sein Blick flog über die Zeilen, bis er Halt fand – »Allmählich erholt Sunja sich« –, dann kehrte er zum Anfang zurück. Er habe einen weiteren Sohn, der wie abgesprochen Gnaeus heißen werde. Ein gesunder, kräftiger Junge mit großem Appetit, der eine Amme nötig gemacht habe.

Mit leisem Knall klappten die Täfelchen zusammen. Die beiden jungen Männer sahen ihn erwartungsvoll an, aber er schlug nur in gespielter Gelassenheit die Täfelchen in die Handfläche, ging zu der Truhe, in der er seine Habseligkeiten aufbewahrte, und schob den Brief in die Falten des nach Schweiß, Pferd und Wolle riechenden Mantels, der obenauf lag. Als er sich umwandte, waren ihre Blicke immer noch auf ihn gerichtet. Er musste sich anstrengen, nicht die Herrschaft über seine Gesichtszüge zu verlieren, gestattete sich nur ein winziges Lächeln, bevor er sich mit einem leichten Kopfschütteln im nächsten Klappsessel niederließ.

Cassius zog die Nase kraus, während Valens sich mit einem Seufzen anschickte, die auf einer zweiten Truhe gestapelten Unterlagen, Berichte und Listen durchzugehen. Zielstrebig griff Cinna in die Satteltasche, die neben seiner Truhe stand, und förderte tastend einen Griffel und eines der Wachstafelpaare ans warme Licht der Öllampen. Er klappte sie auseinander, glättete die unschönen Stellen mit dem Daumen, schrieb seinen Namen und stockte bei der Anrede. Geliebte. Gattin. Er rollte die Augen, und mit einem Mal wurde die Sehnsucht schmerzlich spürbar wie ein Klumpen in seinem Magen. Die Spitze des Griffels zitterte über dem Wachs, während die Worte wie aufgescheuchte Sperlinge in ihm schwirrten und schimpften. Buchstabe für Buchstabe ritzte er ihren Namen hinter seinen, atmete tief durch und ließ seine Hände sprechen, ohne der Vernunft Macht darüber zu geben, was sie sagten, süßes, wirres Zeug, dummes Liebesgestammel, es floss nur so dahin, bis er schließlich lächelnd einen abschließenden Punkt setzte.

VIII

Nach der Versammlung der Offiziere am Abend des Zusammentreffens beider Heereszüge am Oberlauf der Lupia wartete Cinna auf Flavus. Während der Unterredungen hatten sie sich stumm über viele Köpfe hinweg begrüßt, hatten Blicke ausgetauscht, die verschiedenen Berichte mit wechselnden Mienen kommentiert. Nun kam Flavus breit grinsend mit beschwingtem Schritt auf Cinna zu und streckte ihm die Arme entgegen.

»Es tut gut zu sehen, dass du keinen Schaden genommen hast außer dem Verlust eines Pferdes«, beendete er seine Begrüßung. Als er Cinna kraftvoll die Schulter klopfte, ging es diesem durch und durch, dass er sich kurz auf die Unterlippe biss.

»Ich habe Arminius gejagt, doch du bist ihm begegnet«, setzte Flavus kopfschüttelnd nach. »Das Schicksal ist nicht gerecht.«

Sie wandten sich zum Gehen, als Cinna hörte, dass er gerufen wurde; Cassius, der einen Stapel Berichte abgeliefert hatte, eilte ihnen nach und machte sich mit einem Winken erneut bemerkbar.

»Germanicus Caesar befiehlt dich zu sich«, meldete er. »Jetzt auf der Stelle.«

Cinna und Flavus wechselten einen Blick unter leicht hochgezogenen Brauen, bevor Cinna nickte und sich mit dem Jungen auf den Weg zum größten Zelt dieses Marschlagers machte; doch Cassius ging nicht in das Stabszelt, sondern daran vorbei, wandte sich dem Bereich des Lagers zu, der Germanicus und seinen engsten Vertrauten Wohnung bot, und führte Cinna zu einem Zelt, dessen Eingang ein prächtiger Teppich zierte. Als Cassius dort stehen blieb und stramm aufgerichtet die Hände an die Oberschenkel legte, entließ Cinna ihn mit einem Nicken und trat ein.

Germanicus saß lässig in einem gepolsterten Klappsessel, streckte die langen, sehnigen Beine von sich und ließ Oliven in seinen Mund rollen, während er einen Becher in der Linken hielt. Kaum wurde er Cinnas ansichtig, stellte er das Getränk ab und wies auf einen weiteren Sessel, in den Cinna sich nach kurzem Zögern setzte. Ein Sklave trat durch den Vorhang, der das ansonsten sparsam ausgestattete Zelt teilte, brachte einen weiteren Becher, den er Cinna anbot, dazu getrocknete Feigen, Datteln, Apfelscheiben und Nüsse. Mit leicht gesenktem Kopf hob er den Becher Germanicus entgegen und erntete ein gewinnendes Lächeln, das ihn ermunterte zu trinken, nachdem sie beide einen dünnen Strahl in die bereitstehende Schale geopfert hatten.

»Du hast mich einmal besiegt, weißt du das noch?«, fragte Germanicus, und als Cinna ihn nur erstaunt ansah, fuhr er fort: »Ein Mädchen, das ich beeindrucken wollte, reizte mich, indem sie mich von oben bis unten maß und sagte, wenn es mir gelänge, dich im Schwimmen zu schlagen, würde sie mir einen Kuss gestatten. Und ich Dummkopf forderte dich heraus.« Er lachte leise, schüttelte den Kopf, sah Cinna an, dessen Wangen heiß wurden. »Du warst und bliebst der bessere Schwimmer«, sagte Germanicus achselzuckend.

Es war ein ungleiches Rennen gewesen, erinnerte Cinna sich unbehaglich; vierzehn Jahre alt waren sie gewesen, und geprägt von dem Abscheu, den Gnaeus Cinna Magnus gegen das Haus des Augustus hegte, hatte Cinna die Herausforderung des Lieblingsenkels der Livia lässig angenommen, ihm sogar mehrere Längen Vorsprung zugestanden, doch auch das hatte dem hübschen Jungen mit den dünnen Beinen nichts genutzt. Denn als Germanicus, damals noch Nero Claudius Drusus geheißen, keuchend aus dem Wasser stolperte, erwartete Cinna ihn bereits am Ziel, vielleicht ein wenig außer Atem, aber keineswegs erschöpft. Die Erinnerung an den träge dahingleitenden Tiberis vermischte sich mit dem Bild eines spiegelglatten Sees, umgeben von Wäldern unter einer tief stehenden Sonne. Einen Augenblick lang ahnte er die steifen Netzleinen in seinen Händen, die kalten Tropfen, die die Haut aufrauten. Beinahe glaubte er, den Tritt zu spüren, den Aufschlag auf die zerspringende Oberfläche des Sees, kraftvolle Züge, die ihn an Land brachten, das harte Pochen im Hals. Cinna kniff die Augen zu und atmete tief durch.

»Damals war mir zwar danach, dich umzubringen, aber ich war einfach nicht imstande dazu.« Langsam schlürfte Germanicus an seinem Becher, ließ den Wein im Munde verweilen, bevor er schluckte; er schien Cinnas Unbehagen nicht zu bemerken. »Als ich nach meinem Eintreffen hier von deinem Schicksal erfuhr, drückte mich sogar mein Gewissen, ob der Fluch, den ich damals in jugendlichem Leichtsinn über dich ausgesprochen hatte, dazu beigetragen haben könnte.«

Im ersten Augenblick war Cinna zu verblüfft, um zu antworten, dann lachte er lautlos. »Da sind wohl viele böse Wünsche zusammengeflossen.«

Der Sklave erschien wieder, ein zierlicher Junge mit hellenischen Zügen, langen, dichten Wimpern und mädchenhaften Lippen, auf denen das Lächeln festgewachsen schien. In Gedanken überschlug Cinna den Preis für diese Kostbarkeit, sicherlich das Geschenk eines fremdländischen Herrschers, sofern er nicht im Hause des Caesar geboren worden war.

»Ich bedaure wirklich, dass ich dir die Heimkehr nicht in Aussicht stellen kann«, sagte Germanicus unerwartet ernst. »Der Beschluss duldet keine Ausnahmen.«

»Mir würde es genügen, meine Frau und meine Söhne in Sicherheit zu wissen«, murmelte Cinna.

»In Sicherheit, aber unerreichbar für dich, denn der einzige Ort, an dem sie sicher wären, befindet sich in den Albaner Bergen. Ich wüsste nicht, wohin sie mit den Kindern gehen könnte, wenn nicht auf das Landgut des Publius Vinicius, des Patronus ihrer Familie.« Nachdenklich rollte Germanicus einige Haselnüsse in den Händen. »Aber deshalb habe ich dich nicht rufen lassen.« Er blickte Cinna ins Gesicht. »Als ich den Oberbefehl von Tiberius Caesar übernahm, befremdete es mich, dass mein Onkel einem einzelnen Offizier einen Großteil der Verhandlungen mit den Chatten bedenkenlos überlassen hatte, zumal dieser Offizier eigentlich der Sohn eines alten Widersachers des Augustus war. Also jemand, dem ich nicht auf Anhieb mein Vertrauen schenken würde. Doch inzwischen bin ich sehr zufrieden mit dir. An deiner Treue besteht kein Zweifel, du erfüllst deine Aufgaben, und die dir anvertrauten Soldaten folgen dir geschlossen und ohne jegliches Murren, was meines Wissens nicht immer so war.«

Den bronzenen Becher hebend, trank er Cinna nochmals zu, setzte das Gefäß dann ab und seufzte. »Und dennoch weiß ich nicht, wie ich dir abgesehen von den üblichen Auszeichnungen zu weiteren Ehren verhelfen soll. Es gibt immer wieder Beschwerden unter deinen Kollegen, keine, die sie öffentlich machen würden, aber man redet über dich, Gaius Cinna. Und es ist nicht nur der Neid, der aus den Gerüchten spricht, denn es gibt tatsächlich Gründe für das Gerede: Du bist eigensinnig, um nicht zu sagen: schwierig.«

Cinna spürte, wie sich seine Miene verdüsterte, mühsam unterdrückte er das Bedürfnis, zu einer Verteidigungsrede anzusetzen, als Germanicus sich langsam erhob und ihn folgen hieß. Sie verließen das Zelt, schlugen den Weg zu den Pferchen ein, in denen die Pferde versorgt wurden. Verunsichert folgte Cinna seinem Oberbefehlshaber, der gelassen über den ausgetretenen Weg schlenderte und nach allen Seiten die Grüße der Soldaten erwiderte. Tiberius hatte sich den Respekt der Männer erworben, weil er gegen sich selbst dieselbe Strenge walten ließ wie gegen jeden anderen – Germanicus wurde ob seiner Leutseligkeit geliebt.

»Ich werde morgen mit den wertvolleren Gefangenen und mit Segestes' Männern zu Schiff in die Gallia aufbrechen«, sagte er. »Die Zweite Asturische Ala wird uns Flankenschutz auf dieser Reise geben. Wir werden unsere Kräfte im Gebiet der Ubier neu sammeln und dann einen Vorstoß vom Meer aus machen. Arminius hat sich bis zu den Gebieten der Angrivarier zurückgezogen. Jetzt liegt es an uns, auch dieses Nest auszuräuchern.«

Unvermittelt blieb er stehen und wandte sich zu Cinna um. »Für den Marsch brauchst du ein gutes Pferd.«

Seine Hand wies auf den Weg neben ihnen. Sie hatten die Pferche erreicht. Am Gatter stand ein prächtig aufgezäumter Fuchs, ein Hengst mit schimmerndem Fell, der stolz den Hals bog; an den Silberscheiben, die an Brust und Kruppe die Riemen verbanden, glänzten blattförmige Anhänger, und vom Sattel hingen jeweils zwei breite Riemen mit hellen Beschlägen, die im letzten Sonnenlicht funkelten. Als Cinna bemerkte, dass ihm der Mund offen stand, schluckte er, als könnte er damit das Blut zurückdrängen, das ihm ins Gesicht stieg.

»Alkyon ist aus edelster Zucht, aus einem Gestüt des Augustus, gezogen von einem Hengst, den ihm König Herodes verehrte, aus einer thessalischen Stute.« Ein tiefer Seufzer entrang sich Germanicus' Brust. »Er beherrscht alle Gangarten und wurde zu einem mutigen Streitross ausgebildet. Ich trenne mich ungern von ihm, aber er braucht einen anderen Herrn, weil er mir nicht vertraut.«

Als Germanicus nach den Zügeln griff, warf der Fuchs den Kopf hoch und rollte die Augen. In der ausgestreckten Hand hielt Germanicus Cinna die Zügel hin.

»Du willst mir dieses Pferd schenken?« Cinna hatte die Worte kaum ausgesprochen, da biss er sich hart auf die Unterlippe für seine Dummheit.

»Es ist kein leichtes Geschenk, Gaius Cinna, denn er ist eigensinnig, um nicht zu sagen: schwierig. Aber ich erinnere mich, dass dein Vater ein Gestüt besaß, auf dem du aufgewachsen bist, und dass du nicht nur ein guter Schwimmer bist, sondern ein ebenso guter Reiter.«

Zögernd tastete Cinna nach den Zügeln, tat einen weiteren Schritt auf das Tier zu, das sich sammelte und einen dunklen, zitternden Laut von sich gab, wie eine Frage. Cinna trat vor den Fuchs, die Zügel lose haltend, und legte eine Hand unter die schmale Nase; der Fuchs blähte die Nüstern und spitzte die Ohren, und es schien, als richte er sich noch ein wenig höher auf.

»Er ist schön«, sagte Cinna leise, ohne sich von dem Pferd abzuwenden. Seine Hand glitt über die Wange des Tieres, seinen Hals, und als er seine Brust berührte, hob der Hengst leicht das Vorderbein, tastete sich vorwärts. Cinna unterdrückte den plötzlichen Drang, einfach auf den Rücken dieses herrlichen Tieres zu springen und davonzupreschen wie ein sich ins Wasser stürzender Eisvogel.

»Ich danke dir, Caesar.«

»Da gibt es nichts zu danken. Ich hoffe, dass du besser mit diesem Daimon zurechtkommst als ich«, sagte Germanicus grinsend.

*

Die Reiter kamen auf dem Rückmarsch schnell voran, da sie nur das Notwendigste mitgenommen hatten, während schweres Zeug auf Schiffe geladen worden war. Sie mussten sich beeilen, um mit den Wasserfahrzeugen Schritt zu halten, die zügig flussabwärts trieben. Schon am Nachmittag des ersten Marschtages trabten viele Soldaten mit angestrengten Mienen neben ihren Pferden her; auch Cinna schmerzten die Beine, die Sehnen zwischen Leib und Oberschenkeln schienen zum Zerreißen gespannt. Er hielt sich wie üblich an der Spitze des Hauptteils, dicht gefolgt von Valens und Cassius, denen er befohlen hatte, in seiner Nähe zu bleiben. Cassius ritt stets eine halbe Pferdelänge vor dem Gefreiten, der das mit einem nachsichtigen Lächeln hinnahm.

Als sie Aliso am Abend des zweiten Tages erreichten, hatte Cinna Mühe, sich aufrecht zu halten, jeder Knochen, jeder Muskel schien ihm den langen Ritt übel zu nehmen, während er mit seinem Schreiber und dem jungen Offiziersanwärter auf dem Hof des Stabsgebäudes stand und die bronzene Statue des verstorbenen und inzwischen vergöttlichten Caesar Augustus musterte. Die eingedrückte Nase war inzwischen ausgebessert worden, die Mantelfalten wirkten nicht mehr so schäbig, und man hatte ihm einen metallenen Lorbeerkranz aufgesetzt. Forschen Schrittes trat Germanicus neben dem Lagerpraefecten auf den Hof hinaus, ließ seine Pläne für den kommenden Tag verkünden, bevor er einige Worte mit den Offizieren wechselte, von denen Cinna dank seiner Erschöpfung kaum etwas mitbekam. Erst als Germanicus im Vorbeigehen leise zu ihm sagte, es tue gut, einen aus seinem Geschlecht zum Verbündeten zu haben, erwachte er aus dem Dämmerzustand, den er offenbar gut hatte tarnen können.

»Was wollte er damit sagen?«, fragte Valens leise, nachdem sie das Stabsgebäude verlassen hatten.

Cinna blieb stehen und sah den Gefreiten an, neben dem Cassius sichtbare Mühe hatte, ein Grinsen zu verhehlen. Er atmete tief ein und verzog die Lippen zu einem dünnen Lächeln. »Mein Großvater kämpfte gegen Iulius Caesar, mein Vater gegen dessen Nachfolger.«

»Du solltest erwähnen, dass die kleine Schwester deines Großvaters Iulius Caesars erste Gemahlin war«, sagte Cassius.

Cinna schoss dem Contubernalis einen scharfen Blick zu, der das Grinsen sofort erlöschen ließ. »Und Mutter seines einzigen Kindes wurde, nicht wahr, du Enkel eines Caesarmörders«, beschied er ihn und ging weiter.

Als sie den Vorraum zu Cinnas geräumigem Häuschen betraten und ein ihm zugewiesener Sklave ihre Umhänge entgegennahm, bevor er sie durch den kurzen Eingangsflur geleitete, schob sich Valens neben Cinna. »War das während der Bürgerkriege?«

Cinna nickte. »Meinem Großvater und meinem Vater gefiel nicht, wohin Iulius Caesar und sein Nachfolger die Sache des Volkes führten, dass sie die Not der kleinen Leute benutzten, um sich von den Versammlungen immer mehr Befugnisse übertragen zu lassen.«

Mit einer leichten Neigung des Kopfes schickte er Valens in das Tablinium, um die mitgebrachten Unterlagen dort abzulegen. Cassius folgte ihm in den kleinen Speiseraum, wo bereits abgedeckte Schalen und Körbe mit weißen Brötchen, eingelegtem Gemüse und gefüllten Eiern bereitstanden. Da Valens noch eine Weile beschäftigt sein würde, ließ Cinna den Sklaven einiges davon zu ihm bringen. Anstatt sich auf einer der Klinen niederzulassen, ergriff er ein bereitgestelltes leeres Schälchen, befüllte es mit ein paar Oliven und nahm sich eines der weichen Brötchen. Er seufzte behaglich, denn nach all der Feldkost des vergangenen Monats waren diese Leckereien eine willkommene Abwechslung.

»Fürchtest du nicht, jemand könnte hören, was du sagst und, was noch schlimmer wäre, deine Worte jemandem im Umfeld des Germanicus hintertragen?«, sagte Cassius hinter ihm.

Als Cinna sich umwandte, stand der Contubernalis noch immer mitten im Raum; auch wenn es der Rangordnung entsprach, darauf zu warten, dass der höhere Offizier sich als Erster setzte, war sich Cinna nach der Frage des jungen Mannes sicher, dass es nicht Disziplin war, die Cassius davon abhielt, es sich bequem zu machen. Das verriet auch seine krampfhaft aufrechte Haltung.

»Es ist nicht mehr wichtig, was ich sage«, erwiderte Cinna. »Solange ich hier festsitze, kann ich schließlich keinen Schaden anrichten.«

Langsam ließ er sich auf einer der Klinen nieder, und als Cassius, der es ihm nach einer einladenden Geste gleichtat, ein unterdrücktes Ächzen hören ließ, grinste er schief. »Warum wolltest du in meine Ala versetzt werden?«

Cassius zog die Schultern ein, kaute an dem Bissen, den er im Mund hatte, und schien krampfhaft nachzudenken. »Eigentlich wollte ich … wollte ich zur Ersten Asturischen Ala, zu Albinovanus Pedo …«

»Pedo?« Lachend lehnte Cinna sich in die Kissen und warf sich eine Olive in den Mund. »Zu unserem Dichter also.«

»Ich kenne ihn, mein Vater ist mit ihm befreundet.«

»Du wolltest zu Pedo, und Germanicus nutzte die Gelegenheit, dich ein bisschen zurechtzustutzen.«

Mit einem Seufzer ließ Cassius das Kinn auf die Brust sinken und schwieg. Cinna bemerkte, dass er bis zu den Ohren rot geworden war, und entschied, ihn in Ruhe zu lassen, als der Sklave mit einem Tablett voll dampfender, duftender Schüsseln erneut eintrat.

»Du kennst Pedos Elegien?«, fragte Cinna und nahm sich einen Hühnerschenkel, um hineinzubeißen. Der Koch verwendete entschieden zu viel Kümmel, aber das Fleisch war zart.

Noch immer an der Unterlippe nagend, griff Cassius nach seinem Schüsselchen, warf Cinna einen schüchternen Blick zu und ließ sich von dem Sklaven vorlegen. »Pedo hat seine Gedichte oft bei uns vorgetragen, meist die Elegien.«

»Dann war Ovidius Naso sicherlich auch schon mal bei euch zu Gast.«

Cassius blinzelte. »Ich möchte nicht prahlen, aber Naso war ein guter Bekannter, bis er …«

»… verbannt wurde«, fügte Cinna hinzu. »Ich erinnere mich daran, es war eine unschöne Sache. Heute empfinde ich eine gewisse Verwandtschaft mit ihm – abgesehen davon, dass er es etwas gemütlicher hat als ich, weil er keinen Krieg führen muss.«

»Aber bedenke doch: am Ende der Welt leben zu müssen! Inmitten von rohen Barbaren!«

Cinna verspeiste ein weiteres Stück vom Hühnchen, stippte das Brötchen in die Tunke, und nachdem er die Finger in die kleine Wasserschale getaucht hatte, wischte er sich Hände und Mund am bereitliegenden Tuch ab. »Glaube mir, das hier ist ebenfalls das Ende der Welt.«

Cinna schlug die Augen auf, als das Pochen erneut durch die Finsternis dröhnte. Das Ziehen in seinen Oberschenkeln, als er sich aufrichtete, weckte die Erinnerung daran, wo er sich befand.

»Praefect?«, tönte es dumpf durch das Türholz. »Praefect Gaius Cinna?«

»Der bin ich«, stöhnte Cinna. »Was gibt es?«

»Du sollst unverzüglich zum Stabsgebäude kommen – Befehl des Germanicus Caesar.«

Ein dünner Lichtstreif schimmerte unter der Tür durch, unterbrochen vom Schatten zweier Füße. Cinna setzte sich auf, hob die Beine über den Rand des Bettes und tastete nach dem Boden.

Als die Füße verschwanden, nahmen sie das Licht mit sich. Cinna, der auf der Suche nach seiner Kleidung in blinder Finsternis vorwärtstappte, stieß mit dem Knie schmerzhaft gegen etwas, das polternd umfiel – der Schemel, auf dem seine Sachen lagen. Er fluchte. Neues Licht schlich durch den Spalt, dann ein zögerliches Klopfen, das Cinna veranlasste, einen Weg zur Tür zu suchen, um zu öffnen. Draußen stand der Sklave mit einer Lampe und einem kleinen Bronzebecken voll Wasser, über seinem Arm hingen Tücher.

»Was geht da draußen vor?«, fragte Cinna und rieb sich das Gesicht.

»Flüchtlinge stehen vor dem Haupttor.«

»Und deswegen lässt Germanicus mich aus dem Schlaf reißen?« Kopfschüttelnd schöpfte Cinna einen Becher Wasser aus dem Becken, tauchte dann beide Hände ein und spritzte sich das erfrischende Nass über Gesicht und Brust. Er fingerte das Sandelholzstöckchen aus dem Beutel, kaute darauf herum, rieb mit dem faserigen Ende über Zunge und Zähne, dann spülte er mit Wasser nach. Der Sklave reichte ihm die Tunica, die er rasch über den Kopf streifte und mit dem breiten, weichen Gürtel band. »Wie lange noch bis zum Morgen?«

»Die zweite Nachtwache endet bald.«

Cinna schlüpfte in die Stiefel und verhaspelte sich mit den Riemen.

»Großartig!«, murmelte er, warf sich schließlich den Umhang über die Schultern und stürmte hinaus. »Schick mir Valens nach – den Kleinen lass schlafen!«

Unterwegs zum Stabsgebäude versuchte er, sein störrisches Haar mit den Fingern zu bändigen, spürte aber, dass es misslang. Im Innenhof fand er Germanicus vor, bei ihm den Lagerpraefecten, den Befehlshaber der hier stationierten Cohorte und weitere Offiziere. Hinter ihm klapperten Valens' Sandalen über den Boden. Germanicus drehte sich zu ihm um und winkte ihn näher. Als der Fremde, den der massige Lagerpraefect zunächst verdeckt hatte, den Kopf hob, überragte er sogar den langbeinigen Germanicus, dann wandte er sein von zuckendem Fackelschein beleuchtetes Gesicht Cinna zu, der stutzte, seine Schritte beschleunigte, in den Ring trat und die Arme des jungen Cheruskers umklammerte.

»Unsterbliche Götter!«, rief er. »Hraban! Wie kommst du hierher?«

»Durch das Tor?« Der Angesprochene grinste, und während die Umstehenden lachten, zog er Cinna an sich und umarmte ihn. »Wie geht es meinen Schwestern?«, flüsterte er in seiner rauen Muttersprache an Cinnas Ohr.

»Gut«, erwiderte Cinna. »Du hast einen weiteren Neffen.«

»Ich werde ihn bald sehen, so die Götter es zulassen.«

Als ein Schatten über Germanicus' Miene huschte, schob Cinna Hraban von sich, um sich dem Oberbefehlshaber zuzuwenden, doch der unterband jede Begrüßung durch eine wegwerfende Geste.

»Vor dem Haupttor wartet mein Vater mit seinen Angehörigen.« Hraban versuchte sich wieder auf Latinisch, was ihm hörbar Mühe machte. »Er ist bereit, sich dem Befehl des Caesar zu unterwerfen.«

»Kann man diesen Männern vertrauen?«, fragte Germanicus.

»Ich vertraue ihnen, Caesar.« Angesichts der Umstehenden verneigte Cinna sich leicht vor Germanicus.

Nach kurzem Zögern ordnete Germanicus an, die Edlen vortreten und das Gefolge vor dem Stabsgebäude bewachen zu lassen, wodurch die Versammlung sich teilweise auflöste. Gedämpft tönte das Stampfen genagelter Stiefel in den Innenhof, als mehrere Züge zum Haupttor marschierten, um die draußen wartenden Barbaren hereinzubegleiten.

Weil nicht nur die verbliebenen Offiziere und die Männer aus Germanicus' Gefolge ihn und Hraban argwöhnisch beäugten, sondern auch Germanicus selbst sie unverwandt musterte, zügelte Cinna den Drang, Hraban mit Fragen zu bestürmen, ihn bei den Schultern zu fassen, damit er sich seiner Gegenwart vergewissern konnte, und vermied sogar, mit ihm Blicke zu wechseln. Unglaublich erschien es Cinna, dass Hrabans Vater Inguiotar vor dem Tor auf Einlass wartete, dass er ihn, dessen Familie und vielleicht viele andere, an die er sich erinnerte, noch in dieser Stunde wiedersehen würde.

Stille kehrte ein, vereinzelt waren aus der Ferne Rufe zu hören, Befehle, dann setzte das Dröhnen der Sohlen auf der festgetretenen Erde wieder ein, schwoll an. Ein aus dem Schatten aufgetauchter Sklave gürtete Germanicus mit seinem Schwert und ordnete Waffenrock und Umhang, bevor er in gebückter Haltung rückwärts davonschlich. Germanicus trat in die Mitte des Innenhofes, stellte sich vor die Statue seines Großvaters, Gefolge und Offiziere ordneten sich in gebührendem Abstand zu beiden Seiten. Cinna suchte sich einen Platz, von dem aus er alles würde überblicken können, aber nicht zu nahe bei Germanicus, der ihn nicht mehr beachtete, seitdem er das Schwert angelegt hatte.

Erst als Lärm im Vorhaus verriet, dass die Fremdlinge eingetreten waren, bemerkte Cinna, dass seine Hände schweißnass waren. Der Mann, der als Erster eintrat, überragte die beiden Fackeln tragenden Wachtposten an seiner Seite um Haupteslänge und näherte sich mit raumgreifenden Schritten. Seine Miene war halb verborgen vom Bart, und über der großen Nase stiegen zwei tiefe, senkrechte Falten zum schwindenden Haaransatz auf. Ihm, Inguiotar, folgte eine stattliche Zahl Menschen in den Festtagskleidern dieses Volkes; die Frauen hielten das Haar bedeckt, die Gesichter im Schatten der Mäntel verborgen. Die Säume ihrer Röcke waren schlammbeschmiert. Cinna erkannte Thauris und ihre Schwiegertochter, die dicht nebeneinandergingen, die Jüngere trug ein Bündel im Arm, das wohl einen Säugling barg, während die Ältere einen kleinen Jungen an der Hand führte.

Hraban ging auf seinen voranschreitenden Vater zu, sie blieben stehen, tauschten einige leise Worte aus, dann schob der Alte seinen Sohn beiseite. Der Blick aus den kleinen hellen Augen flog über die Anwesenden, während er sich näherte, und als er Cinna traf, blinzelte er. Wenige Schritte vor Germanicus stand er still, sammelte sich einen Atemzug lang und zwang den langbeinigen jungen Oberbefehlshaber der Römer, das Kinn in die Höhe zu recken, um nicht zu ihm aufzuschauen.

»Ich grüße dich, Germanicus Iulius Caesar, Sohn und Gesandter des Tiberius Iulius Caesar von Rom. Ich komme, um dir meine Waffen, meinen Rat und meine Treue anzubieten.«

Er beugte ein Knie, ging vor Germanicus langsam zu Boden und senkte den Kopf, die Hände bittend ausgestreckt. Auf Germanicus' Zügen erschien ein dünnes Lächeln, als auch das gesamte Gefolge des Cheruskers auf die Knie fiel.

Bis zum Morgen, als die Signale für den Wechsel von der letzten Nachtwache zur ersten Tageswache über das Lager schallten, hatte Cinna kein Auge zugetan. Nachdem er von Germanicus erwirkt hatte, dass Inguiotars Familie in seinem Quartier untergebracht wurde und ihnen aus den Vorräten des Germanicus ein kaltes Nachtmahl zusammengestellt worden war, saßen sie zunächst bedrückt beieinander und sprachen kaum. Erst als die Frauen sich mit den schläfrig quengelnden Kindern zurückgezogen hatten, kam zögerlich ein Gespräch in Gang, vorsichtig stellten sie einander die ersten Fragen, die über das Befinden hinausgingen. Von Hraban erfuhr Cinna, dass Inguiotar sich mit einigen anderen Fürsten eng an Segestes angeschlossen hatte. Dass seine Mutter Thauris sich von ihrer letzten schweren Erkrankung vor drei Jahren nicht mehr richtig erholt hatte. Dass Segestes Germanicus um Hilfe gerufen und damit seine Unterwerfung beschlossen hatte, ohne sich mit seinen Verbündeten zu beraten, die sich nun entscheiden mussten, ob sie sich ebenfalls unterwerfen oder allen Bedenken zum Trotz Arminius anschließen sollten.

Als Inguiotar sich von dem völlig übermüdeten Sklaven den Weg zur Latrine zeigen ließ – er war bass erstaunt, dass es in diesem kleinen Haus eine solche gab und er nicht zu einem der Aborte im Schatten des Walls gehen musste –, lehnte Hraban sich zu Cinna hinüber.

»Es war eine schwere Entscheidung«, flüsterte er. »Er hat lange mit sich gerungen, mit niemandem gesprochen, jedem, der ihn darauf ansprach, das Wort abgeschnitten, selbst Mutter.« Langsam drehte er den Becher in den Händen, leerte ihn mit einem schlürfenden Laut. »Zwei Tage, nachdem die Nachricht von Segestes' Unterwerfung eintraf, ritt er in die Wälder. Allein. Niemand durfte ihn begleiten. Wir haben Todesängste ausgestanden.«

Cinna nahm ihre beiden Becher, erhob sich und schöpfte neuen Wein für sie. Dankbar lächelnd nahm der junge Cherusker das Gefäß und trank.

»Als er zurückkehrte, versammelte er die Männer aus der Burg und den Dörfern und verkündete ihnen, er werde sich dem römischen Herrscher unterwerfen, wer ihm weiterhin folgen wolle, der möge mit ihm gehen, die Übrigen entlasse er hiermit aus der Treuepflicht, sie mögen in Frieden ihrer Wege gehen.«

»Wie viele sind ihm gefolgt?«

»Fast alle. Einige junge Heißsporne wollten sich im ersten Zorn Arminius anschließen, aber am Abend versammelten sich die meisten in der Burg. Wir hatten erfahren, dass du Germanicus auf dem Weg zum Rhenus begleitest, also haben wir uns beeilt, uns kaum Rast gegönnt. Ihr seid sehr schnell unterwegs.«

»Und wir werden sehr schnell bleiben«, setzte Cinna hinzu. »Morgen wird ein harter Tag. Ich empfehle dir, Frauen und Kinder auf den Schiffen unterzubringen.«

»Das hat Germanicus uns bereits befohlen. Wir werden nicht miteinander sprechen können – umso wichtiger, dass wir es jetzt tun.«

*

Sunjas Kopf ruhte auf dem Kissen, die Finger der Rechten unter die Wange geschoben, die Wimpern zitterten und die Nasenflügel blähten sich leicht mit jedem Atemzug. Das goldene Licht der Lampen ließ sie weniger blass aussehen, frischer und gesünder. Schmal war sie, wie damals, als sie gefastet hatte in dem Glauben, den Geist ihres Bruders besänftigen zu müssen. Eine hauchdünne Strähne, die vor ihrem Gesicht schwebte, schob er vorsichtig hinter ihr Ohr, strich ihr übers Haar, ließ einen Finger über ihre Schläfe, ihr Wange hinabgleiten zum Hals, zum Saum der dünnen Tunica. Sie lächelte. Winzige Falten gruben sich in ihre Mundwinkel, und die Haut um ihre Augen kräuselte sich kaum sichtbar.

Sie hatte Reika ungewöhnlich scharf den Mund verboten, als diese begonnen hatte, von der Geburt zu berichten und zu weinen. Sie hatte ihre Finger auf seine Lippen gelegt, als er danach fragte, kaum dass er die Tür der Schlafkammer hinter sich geschlossen hatte, ihn wortlos umarmt und geküsst und wie ein zahmes Tier zum Bett gezogen; der Duft ihres Haars, die Glätte ihrer Haut, die Wärme ihres Körpers hatten sich wie ein Schleier über seine Gedanken gelegt.

Er legte die gewölbte Hand behutsam auf die Rundung ihrer Schulter. Sie mussten vorsichtig sein, da der Kleine eine Amme bekommen hatte; diese Schwangerschaft hatte deutliche Spuren hinterlassen, und er wollte nicht, dass sie bald wieder schwanger würde und mit den Jahren wie ein tönernes Gefäß verschliss. Auch wenn Gnaeus ein hübsches Kind war, groß, wie alle sagten – er konnte das nicht beurteilen –, mit dichtem schwarzem Haar, dunkelblauen Augen und auffallend entschlossenen Zügen.

Die Nachricht, dass ihre ganze Sippe und fast alle ihre Gefolgsleute und sogar viele Unfreie ihre Heimat verlassen hatten und sich jetzt in der Stadt der Ubier aufhielten, hatte sie zunächst tief bestürzt. Sie hatte geweint, dann mischte sich sichtliche Erleichterung in den Schmerz über die endgültig verlorene Heimat. Sie würde ihre Eltern wiedersehen, ihren Bruder, sie würde ihre Schwägerin kennen lernen, die Kinder, und vielleicht würde man ihrer Sippe erlauben, in ihrer Nähe zu leben.

Cinna streichelte ihren Arm, ihren Rücken. Er war entschlossen, dafür zu sorgen, dass seine Schwäger nicht in eine der ferneren gallischen Städte verschickt würden, wie Germanicus beabsichtigte. Das Licht zitterte, dann wurde es dunkler, als eine der beiden Öllampen erlosch. Er drehte sich um und löschte die zweite zwischen den Fingerspitzen.

Nach einer kurzen Unterredung im Stabsgebäude des Hauptlagers von Mogontiacum kehrte Cinna am folgenden Tag bereits zur sechsten Stunde nach Hause zurück. Saldir flog ihm schier entgegen, hängte sich an seinen Arm und führte ihn in den beheizten Wohnraum, wo Sunja vor dem Webrahmen saß und die Hände des kleinen Lucius, den sie auf dem Schoß hielt, rieb. Auf einem Tischchen lagen Papyrosrollen, einige unterschiedlich große Tafeln und das Kästchen mit Saldirs geometrischem Spielzeug.

Sunja erhob sich mit dem Kind, ging ihm entgegen, um ihn mit einer Umarmung zu begrüßen, und er küsste ihre Fingerspitzen, die nach Leinen, Kräutern und Salbe dufteten.

»Hast du Hunger?«, fragte sie, und als er den Kopf schüttelte, deutete sie auf Saldir, die hinter ihnen stand und ungeduldig von einem Fuß auf den anderen trat. Lächelnd strich Cinna ihr über den Kopf, glättete die feinen Strähnen, die sich aus den Flechten gelöst hatten und im Schein der Öllichter wie ein Kranz leuchteten.

»Ich habe einen Lehrer«, platzte sie mit hochroten Wangen heraus.

»Ich hörte es. Wie habt ihr das geschafft? Hat Tiberius einen aufmüpfigen Athener oder Alexandriner hierher verbannt?«

»Nein, es ist jemand aus dem Gefolge des Germanicus«, erwiderte Sunja. »Ein Geograph aus Athen. Er will tatsächlich den Winter hier verbringen.«

»Er wird gleich kommen«, setzte Saldir nach. »Du wirst staunen! Du kennst ihn nämlich.«

»Ich kenne ihn?« Cinna lachte. »Das kann schon sein, aber woher?«

»Er war dein Lehrer. Er sagte, er habe dich in Rhodos kennen gelernt und nach Athen mitgenommen. Sein Name ist Androkleos, Sohn des Pheidippos.«

Die Nachricht traf Cinna wie ein eisiger Guss. Seine Hände ballten sich von selbst zu Fäusten, und er spürte, wie ihm das Blut aus dem Gesicht wich.

»Was sagtest du? Wie ist der Name?«, presste er hervor.

»Androkleos.«

Saldirs Begeisterung war versiegt, sie sah ihn aus großen Augen an, sichtlich verwirrt. Rasch wandte Cinna sich ab, seine Bewegungen fühlten sich eckig an, hart, er fröstelte. Er schauderte geradezu. Es war nicht die Schlange, die ihm gelegentlich bei der Erinnerung an die Grausamkeit des Arminius über den Rücken glitt. Scham brannte auf seinen Wangen, nahm ihm schier den Atem.

»Er sagte, er sei dein Lehrer an der Akademie gewesen. Und dein Freund«, mischte Sunja sich vorsichtig ein.

»Ich erinnere mich sehr gut«, stieß er hervor. »Zu gut! Er war niemals mein Freund, Sunja.«

Erst jetzt bemerkte er, dass Saldir ihn mit leicht geöffnetem Mund anstarrte; in ihren Augen flackerte Angst. Sunja winkte Nanthis zu sich, drückte ihr den kleinen Lucius in die Arme und führte sie zur Tür, schob sie dann sanft hinaus.

»Dieser Mann wird mein Haus nie wieder betreten«, sagte Cinna leise, aber scharf. »Und du, Saldir, wirst ihn nie wiedersehen.«

»Aber …«

»Ich will kein Wort hören!«

Saldir verharrte einige Atemzüge lang wie angewurzelt neben dem Tischchen, auf dem ihre Buchrollen und Tafeln lagen; dann raffte sie alles zusammen, packte es sich auf die Arme und stürmte ohne ein weiteres Wort an ihrer Schwester vorbei zur Tür hinaus.

»Es war nicht nötig, sie zu verletzen, Gaius.« Ihre Oberarme reibend trat Sunja langsam auf ihn zu; doch offenbar ahnte sie, dass sie ihm besser nicht zu nahe käme.

»Das lag nicht in meiner Absicht«, murmelte er, kaute schmerzhaft auf der Unterlippe.

»Willst du mir nicht erklären, welchen Grund du hast, dieses Angebot zurückzuweisen?«

»Nein, das will ich nicht«, entgegnete er schroff.

Ihre Hand tastete nach ihm, während sie mit leicht schräg gelegtem Kopf einen weiteren Schritt auf ihn zu tat, in ihren Augen stand eine Frage, die ihm den Schweiß aus allen Poren trieb, und ihm war, als müsste er gegen ein ungeheures Gewicht anatmen. Schlucken. Sie durfte es nicht erfahren. Niemals.

»Du wirst mir vertrauen müssen, Sunja …«

»Ich vertraue dir, aber ich möchte es verstehen.«

Brüsk wandte er sich ab, ging rasch zur Tür, wo er sich wieder umdrehte. »Dann wirst du mir vertrauen müssen, ohne zu verstehen – als meine Frau musst du ohnehin gehorchen.«

IX

Die Briefe, die Cinnas Haus in den beiden folgenden Tagen erreichten, prüfte er sorgfältig auf ihre Absender; Täfelchen, deren Siegel einen Delphin zeigte, händigte er ungeöffnet den Boten wieder aus mit dem Auftrag, sie dem Absender zurückzubringen, er wisse sicher, wo der sich aufhalte. Der aufdringliche Grieche musste am Abend des Tages nach Cinnas Ankunft nochmals abgewiesen werden und hatte seither mehrere Briefe geschickt. Saldir hatte sich nicht mehr sehen lassen, seitdem sie aufgebracht in ihr Zimmer gestürmt war; einen Tag lang hatte sie dort hinter vorgeschobenem Riegel ausgeharrt. Auch am Abend des nächsten Tages erschien sie nicht zum Essen.

»Du hast ihr nicht nur einen Lehrer genommen, Gaius, sondern auch einen Freund«, sagte Sunja, ehe sie in ein halbiertes, mit einer Olive bestecktes Ei biss.

»Einen Freund?« Cinna zog die Brauen hoch und schnaufte verächtlich. In der vergangenen Nacht war er schweißgebadet aus einem Albtraum geschreckt, den er längst vergessen glaubte, nur dass diesmal nicht er das Ziel gieriger Hände war, sondern Saldir, die die Gefahr nicht erkannte und über seine verzweifelten Versuche, sie dem dunklen Schatten zu entreißen, nur hellauf lachte, ein Lachen, das sich, als der Schatten über sie fiel, in einen Schrei verwandelte und erstickte. Er schluckte hart und verzog die Lippen zu einem Lächeln, als Reika eintrat, um ihnen das Essen aufzutragen.

»Androkleos gehört zum Gefolge des Germanicus –«

»Nenne diesen Namen nicht in meinem Haus!«, presste Cinna hervor, so scharf, dass auch die Sklavin in der Bewegung erstarrte. Er nickte ihr knapp zu, damit sie fortfuhr, Suppe in seine Schale zu schöpfen, während er sich die Hände im bereitstehenden Becken wusch und abtrocknete.

»Es wird Zeit, einen Mann für sie zu finden.«

»So plötzlich?« Sunja lehnte sich auf der Kline zurück und widmete sich dem Inhalt ihrer Schale, löffelte genießerisch und musterte Cinna dabei, wie dieser unbehaglich bemerkte, während er in der köstlich duftenden Mischung aus Bohnen, Gemüse und Fleisch rührte.

»Du weißt, dass wir dieses Thema nicht mehr ignorieren können«, erwiderte er, »zumal deine Eltern und dein Bruder nun auch hier sind und –«

»Meinst du, eine Ehe könne ihr das Lernen ersetzen?«, unterbrach sie ihn. Ihre Lippen umspielte ein leise spöttischer Zug, der ihm nicht gefiel. »Und da wir gerade von meinen Eltern und Hraban sprechen: Ich werde dich begleiten, wenn du zur Ubierstadt zurückkehrst.«

»Das ist nicht möglich, Sunja, und das weißt du. Dein Platz ist hier.«

»Das ist er, aber er ist auch bei meinen Eltern und meinem Bruder, wenn diese in Not sind.«

»Was willst du denn tun? Bei ihnen sitzen und warten, bis Germanicus Caesar ihnen mitteilen lässt, wo sie fortan wohnen dürfen? Oder möchtest du dich ihm zu Füßen werfen?« Hilflos ließ er die Hände fallen, die er zuvor gehoben hatte. »Wie willst du überhaupt dort hinkommen?«

»Ich sagte bereits, dass ich dich begleiten werde.«

»Sunja …« Er stellte die Schale auf dem Tischchen ab. »Ich kann dich nicht einfach mit auf eines der Schiffe nehmen.«

»Und wie reisen die Gemahlinnen anderer hoher Offiziere, wenn sie ihre Männer begleiten und mal hier, mal dort Quartier beziehen? Lassen sie sich in Sänften über die Berge tragen?«

»Du musst mir nicht nachreisen, denn wir haben ein Haus, Sunja. Denk doch nur an die Kinder.«

»Gnaeus wird von einer Amme versorgt, ich konnte ihn von Geburt an nicht nähren, und um Lucius kümmern sich Reika und Nanthis – und falls du Sorgen um das Haus hast, sind da immer noch unsere Nachbarn.«

»Es gibt keinen Grund –«

»Es gibt einen Grund, Gaius!« Sie streckte ihm die Handflächen entgegen, als müsste sie ihn abwehren. »Und bitte zwinge mich nicht, dir ungehorsam zu sein, indem du mir diese Reise verbietest.«

Verblüfft bemerkte er, dass sich ihre Miene verhärtet hatte und in ihren Augen ein entschlossener Glanz lag, ein Zug, den er lange nicht mehr an ihr gesehen hatte. Als wäre sie wieder das junge Mädchen, das auf sein Pferd sprang, um mit ihm vor einem verhassten, betrügerischen Bräutigam zu fliehen. Er atmete tief durch.

»Was wird in dieser Zeit mit Saldir?«

Mogontiacum wimmelte von Menschen, als Cinna am folgenden Tag in Begleitung der Wache, die geschickt war, ihn abzuholen, zu den Werften hinunterging. Der Markttag lockte außer den Händlern mit ihren Buden, den Bauern mit ihren Tischen und den Käufern wieder zahllose Bettler,

Akrobaten und Taugenichtse an. Kinder schlängelten sich durch die Menge, ihre Blicke flogen über die von Mänteln und Umhängen verhüllten Kleider; dann stolperten sie, und ihre Hände griffen in den Stoff, bevor sie zwischen den Leibern hindurchschlüpften. Kleine Diebe, dachte Cinna und griff nach dem hohlen Bronzereif, den er ums Handgelenk trug. Darin befand sich eine Handvoll Münzen, eingewickelt in wollenes Tuch, damit sie nicht allzu auffällig klingelten.

Männer in Soldatenumhängen schlenderten im Gewühl umher, hielten Ausschau; ihnen machten die Leute Platz, und die Kinder huschten beiseite, nicht zuletzt, weil viele dieser Männer Dolche am Gürtel trugen. Manche Menschen gingen geduckt und trugen verschlissene Kleidung, die sie als Flüchtling auswiesen, viele waren barfuß. Der Krieg hatte sich längst hierher ausgedehnt, es herrschte eine andere Stimmung als im vergangenen Sommer. Die Lagerdörfer im Süden und Westen erstreckten sich nun bereits über einen Teil der Felder, und am Rand des Ortes fanden sich die notdürftigen Hütten der Ärmsten.

Während er der Straße zum Hafen hinunterfolgte, versuchte Cinna sich daran zu erinnern, wie es hier vor einem Jahr ausgesehen hatte, als sich der Unrat noch nicht an den Hauswänden häufte und in den Wagenspuren sammelte. Immer wieder musste er stinkenden Kothaufen ausweichen, die von streunenden Hunden zurückgelassen wurden, von Pferden, Ochsen und Maultieren. Er hielt sich die Nase mit einem Mantelzipfel zu, während Kinder die Haufen in Kübel schaufelten, die sie zu einem Karren schleppten. Einige Reiter kamen ihm langsam entgegen, vorneweg ein Soldat ohne Rüstung, die Lanze, die er unter den Arm geklemmt hatte, wies ihn als Beneficarius aus. Der Mann, der ihm folgte, brachte sein Pferd zum Stehen, schwang das Bein über dessen Hals und sprang leicht zu Boden; er gehörte offenbar nicht zum Heer, denn er trug den Umhang nach Art der Griechen. Cinna beschleunigte seinen Gang, schielte, den Kopf geradeaus, nach diesem Mann, zog unwillkürlich die Schultern hoch. Wie Säure fraß sich ein alter Zorn durch seinen Leib, als er das Gesicht des Fremden sah, der ihn zunächst mit verengten Augen musterte, sah, dass es sich aufhellte, dass er die Arme zum Gruß hob. Trotzig starrte Cinna vor sich hin, auf die Bergrücken jenseits des Flusses, und marschierte weiter. Erst als der Mann sich ihm in den Weg stellte, blieb er stehen.

»Sei gegrüßt, mein Freund!«

Heiß stieg Cinna die Galle in den Hals, dass er nach Luft schnappte. »Geh mir aus dem Weg, Androkleos!«

Sein Inneres krampfte sich zusammen, als verwandelte er sich in einen Siebzehnjährigen, der auf einer Bank kauerte, die Finger in den Stoff seiner Tunica krallte und vor jeder Berührung zurückschauderte.

»Cinna, willst du mir immer noch nachtragen, dass ich ein bisschen forsch gewesen bin?«

Androkleos hob die Arme, als wollte er sich entschuldigen, als Cinna ihm einen Stoß versetzte, der ihn zurücktaumeln ließ.

»Halte dich fern von meinem Haus!«, stieß er hervor. »Wenn du dich jemals wieder in die Nähe meiner Familie schleichst, töte ich dich!«

*

Die Schiffe, die einander paarweise in endloser versetzter Formation folgten, kamen zwischen den steilen Berghängen zügig voran. Nur jeweils ein Rang war mit Ruderern besetzt, die vor allem damit beschäftigt waren, die Schiffe in der schnellen Strömung auf Kurs zu halten. Legat Gaius Silius hatte Cinna auf das Führungsschiff eingeladen, und als dieser ihm eröffnet hatte, seine Frau und Ziehtochter würden ihn begleiten, hatte er geantwortet, das treffe sich gut, da auch einer der anderen Offiziere seine Gattin dem Hofstaat der Agrippina anvertrauen wolle, so habe die Dame zumindest ein wenig Gesellschaft.

Sunja und Saldir hielten sich zusammen mit dieser Frau und ihren Sklavinnen am Heck des Schiffes auf, wo ihnen ein Sonnensegel Schutz vor der Hitze bot. Cinna hatte Sunja vorgeschlagen, das Mädchen mitzunehmen, nachdem er erfahren hatte, dass Androkleos in Mogontiacum bliebe, um seinen Forschungen nachzugehen. Der Grieche interessiere sich für Lebensweise und Sitten der Barbaren, er befrage Händler, Flüchtlinge und Gefangene und werte all das für Germanicus und dessen Stab aus. Da viele der Gefangenen des Frühlingsfeldzuges inzwischen nach Mogontiacum verlegt worden waren, um Platz für die Truppen zu schaffen, die für den Sommerfeldzug im Gebiet der Ubier zusammengezogen wurden, hatte Androkleos ausreichend Beschäftigung. Dennoch wollte Cinna nicht riskieren, dass Saldir in dieser Zeit allein zu Hause war.

Während Sunja sich um die Dame kümmerte, die mit fahlem Gesicht unter dem Sonnensegel saß, beugte Saldir sich in der Nähe des aufgebogenen Schiffshecks über den Rand und blickte in die Tiefe. Obwohl sie noch immer schmollte, erschien sie ihm um vieles unbekümmerter, seitdem sie erfahren hatte, dass ihre Eltern, ihr Bruder und viele Menschen aus dem Dorf, in dem sie gelebt hatte, außer Gefahr waren.

Cinna sah sie den Kopf heben und nach den Schiffen sehen, die ihnen folgten. Die breiten Holzkörper der Triremen waren über dem drohend aus der Bugwelle ragenden Rammsporn mit einem mächtigen Horn geschmückt, was ihnen den Anschein riesiger, die Flut durchpflügender Wasservögel gab, gelenkt vom gleichmäßigen Ruderschlag. Ein ganzer Schwarm folgte der Strömung des Rhenus, Masten, Rahen und Segel mittschiffs gelagert, um nicht durch Winde, die von den Hängen an beiden Ufern herabfielen, vom Kurs abgebracht und auf Felsen getrieben zu werden. Die mit vereinzelten kleinen Strudeln gesprenkelte, ölige Oberfläche täuschte darüber hinweg, dass der Fluss schnell dahinrauschte. Wenn nur eines der Schiffe in diesem langen Zug auflief und brach, liefen die folgenden Gefahr, nicht rechtzeitig ausweichen zu können.

Auf dieser Fahrt waren die meisten der Schiffe nur mit Ruderern und Matrosen bemannt, weil sie erst bei den Ubiern und in Vetera Truppen an Bord nehmen würden. Mehr als zwei neu ausgehobene gallische Alen und eine Pferdeherde, die die Verluste ausgleichen sollten, führten sie nicht mit sich.

Hütten klammerten sich an die schmalen Ufer, Dörfer duckten sich auf den Hängen, wo die steilen Bergwände auseinanderrückten. Die Fischer standen an den Stegen bei ihren Booten; sie waren an Land gegangen, als vom vorausfahrenden Schiff Hörnerklang tönte, oft in vielfachem Echo von den Bergen zurückgeworfen, um die zu warnen, die sich auf den Fluss hinausgewagt hatten, weil sie von seinen Schätzen lebten. Nun blickten die Fischer auf das Wasser hinaus, zwischen ihnen einzelne Frauen und zahllose Kinder, die hüpften und winkten. Cinna, der langsam zum Heck des Schiffes ging, sah Saldir sich mit schräg gelegtem Kopf aufrichten. Langsam hob sie eine Hand, während ihr leichter Umhang sich blähte, und winkte zaghaft. Vom Ufer zischte ein scharfer Pfiff, dann helle Rufe, die Kinder dieses unbekannten Dorfes jauchzten und sprangen auf und ab vor Freude über den Anblick der vorübergleitenden Schiffe, bis Saldir übers ganze Gesicht strahlte und das fröhliche Winken erwiderte.

Eine Berührung ließ ihn herumfahren; lautlos war Sunja zu ihm getreten, hakte sich lächelnd bei ihm unter. Der Wind spielte mit den feinen Locken, die unter ihrem Umhang hervorlugten.

»Ich bin froh, dass wir diese Fahrt machen dürfen«, begann sie leise, und Cinna, der den Arm um ihre Schultern gelegt hatte, drückte sie leicht an sich.

»Wenn nichts dazwischenkommt, werden wir vor Einbruch der Nacht am Ziel sein.«

Sie sah ihn eine Weile nachdenklich an. »Warum hast du vorgeschlagen, Saldir mitzunehmen?«

»Sie wird ihre Eltern und ihren Bruder ebenso gerne wiedersehen wie du.«

»Ist das der einzige Grund?«

Rasch ließ er sie los, wandte sich ab und lehnte sich auf die Reling, um stirnrunzelnd auf das dunkle Holz des Auslegers und die glatte Oberfläche des Wassers hinauszustarren.

»Gaius, dass du Saldir diesen Lehrer verboten hast, ist dein gutes Recht«, sagte sie leise. »Aber ich möchte verstehen, warum du es so willst.«

Er stieß hörbar die Luft zwischen den Zähnen aus. »Du meinst, ich hätte sie nur mitgenommen, weil sie allein zu Hause vielleicht auf dumme Gedanken gekommen wäre?«

Leise lachend strich sie über seinen Arm. »Hätten wir sie zurückgelassen, wäre sie sicherlich doppelt enttäuscht gewesen.«

»Doppelt enttäuscht?«

Wieder schlang sie ihren Arm um seinen, schmiegte sich leicht an ihn, ihr Duft übertönte einen Augenblick lang den Atem des Flusses. »Ich vertraue dir, Gaius, und ich habe beschlossen, keine Fragen zu stellen. Aber Saldir verdient eine Antwort.«

Cinna schluckte schwer und blinzelte in Richtung des Mädchens, das beim Heck des Schiffes stand und die Augen mit der Hand beschattete, um Ausschau zu halten. Ihm war, als wäre ein Schatten zwischen sie gefallen. Ihr zu erklären, was ihn bewegte, war unmöglich, schon ein Anflug der Erinnerung schnürte ihm die Kehle zu. Und wie sollte sie begreifen können, was geschehen war? Sie war aufgewachsen in einer Welt, in der die Spielereien, denen er sich in jungen Jahren leichtfertig hingegeben hatte, als todeswürdiger Frevel galten.

»Die wird sie bekommen«, sagte er heiser, »sobald dieser Mann wieder aus unserem Leben verschwunden ist.«

Im Hafen der Ubierstadt angekommen, bezogen sie eines der kleinen Offiziershäuser in dem Nebenlager, das Cinnas Asturische Ala beherbergte, ein paar eilig hergerichtete, stickige Räume. Während Cinna aus der Reisekleidung schlüpfte und, nachdem er sich rasch den Schweiß abgewaschen hatte, die noch immer ungeliebte weiße Tunica mit dem schmalen senkrechten Purpurstreifen über ein frisches Unterhemd zog, räumte Sunja mit fliegenden Fingern die wenigen Habseligkeiten, die sie eingepackt hatte, auf die Borde; die Truhen ließ sie erst eine Weile offen stehen, zu durchdringend war der Geruch, der ihnen entstieg. Danach setzte sie sich neben Saldir auf eine der Klinen und sah Cinna an, der sich aufmachen wollte, im Hauptlager Meldung zu machen.

»Ich möchte meine Eltern und meinen Bruder sehen«, sagte sie. »Jetzt!«

Cinna ließ die Schultern fallen. »Du weißt, dass du keinen Anspruch darauf hast, dich im Lager frei zu bewegen.«

»Das ist mir gleichgültig, Gaius. Ich will sie sehen. Ich will wissen, ob es ihnen gut geht, ob ihnen etwas fehlt, ob …«

Er hatte beschwichtigend eine Hand gehoben, während er sich den Umhang anlegte. »Ich werde es ansprechen, das verspreche ich dir.«

Vor der Tür erwarteten ihn Valens und ein Pferdebursche mit dem aufgezäumten Fuchs. Das Fell des Tieres schimmerte golden im warmen Abendlicht, und die Mähne war zu einem losen Netz geknüpft. Der Anblick des Tieres tat Cinna sonderbar wohl, er trat zu dem Hengst, fuhr ihm mit der Hand durch den Stirnschopf und sprang dann in den Sattel.

Der Weg zum Hauptlager führte ihn mit Valens und Cassius im Gefolge durch die Lagerdörfer, die auch hier überquollen von Menschen. Kinder spielten auf der Straße, bohrten die Zehen in die staubige Erde, drehten Reifen und Kreisel. Frauen, die Wasserkrüge auf den Köpfen trugen oder Körbe unter den Armen, unterbrachen ihr Schwatzen, wenn er vorüberritt, und die Männer ließen im Vorübergehen ihre Blicke über sein Pferd wandern. Alkyon war tatsächlich auffallend schön.

Sie passierten das Tor ohne angehalten zu werden und saßen vor dem Stabsgebäude ab, wo Offiziere und Gefreite in ungewohnt hoher Zahl aus und ein gingen; die Zügel ihrer Pferde übergaben sie bereitstehenden Soldaten, bevor sie das Gebäude betraten. Ein Gefreiter nahm sie in Empfang, dem Cinna darlegte, dass er sich nur melden wolle. Der ältliche Mann hatte die Augenlider zusammengekniffen, um den Neuankömmling genau in Augenschein zu nehmen, doch als er den Namen hörte, entspannten sich seine Züge, und er forderte Cinna und seine Begleiter auf, ihm zu folgen.

Gaius Silius saß in einem gepolsterten Sessel, hatte die Fingerspitzen zusammengelegt und blickte ihnen unter schweren Lidern entgegen. Die Wangen hingen herab ebenso wie die Haut unter seinem Kinn, was ihm das Aussehen eines Molosserhundes gab. Er hatte während des Frühlingsfeldzuges Gewicht verloren. Fast geistesabwesend quittierte er Cinnas Gruß und wies auf den einzigen weiteren Sessel im Raum; als er die Begleiter mit dem Gefreiten hinauswinkte, hob Cinna den Kopf.

»Du hast deine Frau und deren Schwester mitgebracht?«, begann der Legat. Seine Stimme war rau, und er formte die Worte mit Mühe. »Das war zu erwarten, nachdem ihre Sippe sich unterworfen hat und uns hierher gefolgt ist. Ihr Vater bringt über zweihundert Männer in unser Heer ein, und ich war erstaunt, wie geübt diese Männer sind. Das wird doch nicht Folge deines unfreiwilligen Aufenthaltes dort sein?« Er zwinkerte und zog einen Mundwinkel hoch, doch als Cinna Luft holte, um etwas zu erwidern, winkte er ab. »Sag nichts, Gaius Cinna. Ich will es gar nicht wissen. Danke den Göttern dafür, dass ich mich nicht mehr an die Berichte über dich erinnere, die mir vorgelegt wurden – und glaube mir, es waren viele!«

Er griff nach dem Bronzebecher auf dem niedrigen

Tischchen, das neben seinem Sessel stand, hielt dann inne, deutete auf seinen Gast, der stumm abwehrte. Der Gedanke, wie er sich nach einem oder mehreren Bechern Wein fühlen würde, da er während der Fahrt kaum zu mehr als einem unbefriedigenden Happen gekommen war, erheiterte Cinna.

»Das ist bedauerlich, mein Freund. Es ist wirklich ein guter Wein. Obwohl ich ihn nur verdünnt genießen darf, weil mein Arzt mir reichlichen Weingenuss verbietet. An Tagen wie diesen fällt mir dieser Verzicht allerdings schwer.«

Er lehnte sich auf die Unterarme, um Cinna zu mustern, wobei auf seiner Stirn ein Netz von waagerechten und senkrechten Falten erschien.

»Mein guter Freund Nero sagte, du habest deine Sache sehr gut gemacht, dich sehr tapfer geschlagen und unter Einsatz deines Lebens den Verräter zu erwischen versucht.«

Wachsam beobachtete Cinna sein Gegenüber, der offenbar so vertraut mit Germanicus war, dass er ihn bei seinem Geburtsnamen ansprechen durfte, den dieser bei der Adoption durch Tiberius abgelegt hatte.

»Das ist richtig«, sagte Cinna leise. »Er ist mir entkommen. An dieser Aufgabe habe ich versagt.«

Ein wegwerfender Wink war die Antwort; Silius schüttelte den Kopf. »Vermutlich wäre diese Schlange auch dem verwegensten und schnellsten Mann entschlüpft. Allein dass du es gewagt hast, ihm nachzustellen, ehrt dich.«

»Ich habe mehr als einen Grund«, knurrte Cinna und bereute die Worte, kaum dass er sie ausgesprochen hatte.

»Nicht nur du.« Seufzend erhob Silius sich und ging zur hinteren Tür, öffnete sie, und mit einem Nicken befahl er jemandem, der dort wartete, näher zu kommen. Flavus trat ein, hoch aufgerichtet, seine Miene verhärtet, nur seine Lippen bogen sich zu einem dünnen Lächeln, als Cinna aufstand. Ihre Begrüßung fiel kühl aus, geradezu steif.

»Ihr beide habt Grund genug, diesen Mann zu hassen und ihn zu verfolgen, und nun hat er unsere so wunderbar klaren Pläne durchkreuzt.«

»Was ist geschehen?«, fragte Cinna.

Er sah die beiden Männer einen langen, sorgenvollen Blick wechseln, bevor Flavus sich ihm zuwandte wie einem Schuljungen. »Arminius wusste die Lage zu nutzen. Während wir zum Rhenus zurückkehrten, flüchtete er nicht auf seinen Stammssitz, sondern eilte im Gebiet der Cherusker, der Angrivarier, Brukterer und anderer benachbarter Stämme von Burg zu Burg und verkündete, was für eine schmähliche Figur Germanicus abgäbe, mit Tausenden von Soldaten daherzukommen, nur um eine schwangere Frau zu verschleppen, während er selbst«, Flavus holte tief Luft, »ohne jeden Verrat, sondern freimütig in den bewaffneten Kampf ziehe.«

»Dabei vergaß er zu erwähnen, dass, sooft sich die bewaffneten Männer ihm näherten, er sich in die Dunkelheit der Wälder und engen Täler verkroch wie ein von Wölfen gehetzter Hase«, knurrte Silius, der sich den Becher wieder füllte.

Cinna lehnte im Gegensatz zu Flavus das angebotene Getränk erneut ab und setzte sich wieder. »Was bedeutet das für uns?«

»Dass der Frühlingsfeldzug, dessen Ziel die Spaltung der stärksten aufständischen Stämme war und den wir zunächst erfolgreich und ohne große Verluste in unseren Reihen durchführten, umsonst gewesen ist.«

»Was?« Bestürzt sackte Cinna im Sessel zusammen und bemerkte erst nach einigen Atemzügen, dass er vergessen hatte, den Mund zu schließen, während er Silius anstarrte.

»Er hat es fertiggebracht, neue Truppen auszuheben und den größten Teil der benachbarten Stämme an sich zu ziehen – sogar seinen Oheim Inguiomerus! Der ist mit seiner gesamten Streitmacht übergelaufen! Einer unserer treuesten Verbündeten!«

Die letzten Worte hatte er förmlich herausgebrüllt, und den bronzenen Becher gegen die Wand geschleudert. Das Kollern zerrann in der Stille, die sich über sie senkte, als das Gefäß auf dem Boden zur Ruhe kam. Silius bedeckte die Augen mit der Linken, seine Schultern hoben und senkten sich schwerfällig.

»Und nun?«, unterbrach Cinna das drückende Schweigen.

Flavus, der an einer Truhe lehnte und inzwischen seinen zweiten Becher leerte – dem Glanz seiner Augen nach waren es nicht die beiden ersten an diesem Abend –, hob die Brauen. »Tiberius ließ uns auf schnellstem Wege mitteilen, dass er in diesem Jahr keine weiteren Feldzüge in die Germania wünsche und Germanicus sich der Durchführung des Census in den Drei Gallien widmen solle –«

»Und Germanicus spie Gift und Galle. Diese Aufgabe könnten ebenso gut die bisher dafür verantwortlichen Legaten erledigen, Tiberius wolle ihn nur der Ehre berauben, den Verräter zu stellen und zu schlagen, um ihn in Ketten vor den Senat zu zerren und im Triumph dem römischen Volk vorzuführen. Er werde seine Absichten nicht aufgeben.«

Cinna spürte, dass Schweißperlen zwischen seinen Schulterblättern hinabrannen, er wischte sich über die Lippen, fuhr sich durch das Haar, dann zwang er die Hände auf den Oberschenkeln zur Ruhe.

»Wusste Tiberius von unserem Angriff auf die Chatten? Hat er ihn gebilligt?«

»Er wusste, dass Germanicus den Weg durch chattisches Gebiet nehmen wollte.« Mit einer Miene voll Ratlosigkeit hob Silius die Schulter und ließ sie wieder fallen.

»Warum wurde ich eigentlich in den vergangenen Jahren immer wieder hinübergeschickt, um mit den Chatten zu verhandeln?«

Wieder füllte Stille den Raum, nur unterbrochen von den nächtlichen Geräuschen des Lagers, einzelnen schweren Schritten, gedämpft hereinklingendem Lachen. Ein Hund schlug an.

»Germanicus wird den Feldzug durchführen, Gaius Cinna«, begann der Legat. »Er hat es sich in den Kopf gesetzt, Tiberius den Kopf des Arminius zu Füßen zu legen.«

Diesmal ergriff Cinna den Becher, den Silius für ihn gefüllt hatte, und stürzte den Inhalt nach kurzem Zögern hinunter, um das Gefäß verdutzt abzusetzen. Wenn das für Silius verdünnter Wein sein sollte, dann wollte er gar nicht wissen, was der Legat sich unter reinem Wein vorstellte.

»Ich habe noch ein Anliegen«, begann er. »Meine Frau möchte ihre Eltern sehen – noch heute.«

»Bring sie morgen früh, Gaius Cinna. Ihr schafft es nicht vor der zweiten Nachtwache hierher zurück.« Seine Hand legte sich schwer und warm auf Cinnas Schulter. »Lass die Leute schlafen, und komme morgen mit deiner Frau und der Kleinen. Ich werde alles Nötige veranlassen.«

*

Der Legat hatte ihnen eine Sänfte geschickt, damit Sunja und Saldir den Weg zum Hauptlager geschützt vor neugierigen Blicken zurücklegen konnten. Ringsum wurde gehämmert, gesägt, geschmiedet. Zahllose Männer schleppten Bohlen, Säcke und Kisten und waren mit all den Arbeiten beschäftigt, die ein Heeresaufmarsch dieser Größe erforderte. Vor dem Stabsgebäude ließen sie die Sänfte zurück, und Cinna übergab seinen Hengst einem Soldaten, der ihnen den Weg in den hinteren Teil des Lagers wies.

Sunja stieß einen erstickten Schrei aus und rannte über die Straße, zwischen zwei Trupps Legionären hindurch, die lachten und anzügliche Bemerkungen hören ließen. Saldir stob ihr nach. Eilig folgte Cinna ihnen, sah sich suchend um und erblickte Sunja vergraben in den Armen ihres Bruders und Saldir dicht neben ihnen. Auf Hrabans Miene breitete sich ein hilfloses Grinsen aus, als Cinna sie erreichte.

»Wo sind deine Eltern?«

»In einem der Offiziershäuser. Ich bringe euch zu ihnen.«

Behutsam schob Hraban seine Schwester von sich, deren Wangen nass glänzten; sie wischte hastig ihr Gesicht ab. Das Lächeln wirkte gezwungen. Hraban führte sie weiter, und während sie gingen, schob sie ihre Hand unter Cinnas Arm durch. Er umschloss ihre kühlen Finger mit seinen warmen.

»Sie warten auf dich, seitdem sie erfuhren, dass der erste Teil der Flotte gestern eingetroffen ist«, fuhr Hraban fort.

»Ich hatte Glück, dass Gaius Silius mich für würdig ansah, auf seinem Schiff zu reisen.«

»Deshalb konntest du meine Schwestern mitbringen?«

»Besser gesagt: Deshalb hatten sie keine allzu beschwerliche Reise. Es wäre unmöglich gewesen, Sunja aufzuhalten.«

»Wir sind da.« Hraban hob die Hand, sie standen vor einem der Offiziershäuser, aber aus diesem tönte Kindergeschrei von barbarischen Zungen. Er schob die Tür auf, ließ seine Schwestern und Cinna vorangehen und lotste sie dann durch einen Flur, an einem Innenhof entlang, wo tollende Kinder innehielten und sie mit offenem Mund anstarrten. Unter dem Laubengang auf der gegenüberliegenden Seite stand eine hochgewachsene Frau; das Haar hell ergraut, rang sie die Hände vor dem Leib. Sunja riss sich los und lief voraus, flog ihrer Mutter um den Hals. Näherkommend hörte Cinna sie schluchzen und stammeln, während Thauris ihren Rücken und ihr Haar streichelte, von dem der Umhang herabgerutscht war. In den Augen der Frau schimmerten Tränen, ihre Lippen bildeten eine dünne Linie, und sie nickte Cinna stumm zu. Von allem, was Sunja flüsterte, verstand er nur zwei Worte: fünf Jahre.

Sie saßen in einem der drei Räume, die Inguiotar für seine Familie zugewiesen worden waren, und Saldir hielt ihren Neffen auf dem Schoß, den wiedergeborenen Inguiomers. Jeder Zweifel verflog, wenn man das Kind ansah. Hrabans junge Frau Catufleda hatte sich mit dem weinenden Säugling in die benachbarte Kammer zurückgezogen. Thauris flocht die Hände auf dem Schoß ineinander, dass die Knöchel weiß hervorstachen; obwohl sie müde wirkte, hatte sie es sich nicht nehmen lassen, ihre Gäste selbst mit einem Begrüßungstrunk zu versorgen. Nun saß sie mit ihren Töchtern auf einer Kline, Sunja hatte den Arm um sie gelegt, und Saldir schmiegte sich eng an sie, während Inguiotar, einen Becher in den großen Händen drehend, ruhelos umherging.

Unvermittelt hob er den Kopf und wandte sich Sunja zu. »Also hast du deinem Mann schon zwei Söhne geschenkt – und mir damit zwei Enkel, die ich gerne noch gesehen hätte, bevor wir abrücken.«

Als Sunja den Mund öffnete, um etwas zu erwidern, legte er eine Hand auf ihre Schulter. »Ich sehe ein, dass die Reise für die Kinder zu beschwerlich gewesen wäre.«

Schon beim Eintreten war Cinnas Blick auf das Wolfsfell gefallen, das wie in Inguiotars Haus mit seinen Waffen an der Wand angebracht war, dem ovalen Schild, von dessen vielfach angestoßenem, aber blank poliertem Bronzebuckel rote Blitze ausgingen, und den gekreuzten Lanzen; darunter hing waagerecht das lange Schwert in der weißen, silberbeschlagenen Scheide. Cinna zuckte zusammen, als Inguiotar neben ihn trat.

»Ich hätte nicht gedacht, dass ich sie dereinst in einem Krieg auf Seiten der Römer gegen mein eigenes Volk tragen würde«, sagte er leise und schob Cinna durch die Tür hinaus auf den Säulengang, der an den Innenhof grenzte, wo er stehen blieb, nach alter Gewohnheit die Arme vor der Brust verschränkte und geradeaus blickte, auf den kaum zehn Schritte entfernten gegenüberliegenden Gang. Der Hof dazwischen bestand aus einer tristen Fläche festgestampften Lehms, den einige vorwitzige Grasbüschel sprenkelten.

»Willst du das wirklich tun, Inguiotar?«

»Du meinst, in meinem Alter …?« Der Cherusker grinste ihn aus einem Gewirr feinster Fältchen an. »Jetzt erst recht! Dieser räudige Köter hat mich um mein Lebenswerk gebracht, um meine Ehre. Er hat mein Volk zerrissen, hat es in ein tollwütiges Tier verwandelt, das seine Fänge ins eigene Fleisch schlägt. Er verdient einen schmählichen Tod. Und wenn ich ihn nicht töten kann, dann will ich wenigstens meine Ehre zurückerlangen, indem ich ihn im Kampf stelle.«

Cinna schluckte schwer und musterte den Mann, der ihn trotz seines Alters noch immer um einen Kopf überragte, von der Seite, die fleischige Stirn, die buschigen Brauen über den tief liegenden Augen und die knotige Nase, die schmalen Lippen überwuchert von einem inzwischen vollständig ergrauten Bart, den er sorgfältig gestutzt hielt. Dieser Mann war ein Jahr lang Herr über sein Leben gewesen, über jede seiner Regungen, und er hatte ihm für einen Fluchtversuch eine Ohrfeige verpasst, die einen Ochsen niedergeschlagen hätte. Schmunzelnd senkte Cinna den Kopf. Damals hatte er tatsächlich geglaubt, sich allein durch die Wälder der Germania schlagen zu können, Hunderte von Meilen. Er wäre elend verendet wie ein verwundetes Tier.

»Du hast mich von Anfang an immer wieder beeindruckt.«

Aufblickend bemerkte Cinna, dass Inguiotar ihn über die Schulter hinweg unter leicht hochgezogenen Brauen ansah.

»Es schien mir unglaublich, dass ein so schmächtiges Kerlchen so zäh sein kann. Nun … ich wurde eines Besseren belehrt.«

Sein Zwinkern deutete an, dass sie nicht mehr allein waren; Sunja stand im Türrahmen. Cinna tastete nach ihrer Hand und zog sie neben sich, bevor er sich wieder Inguiotar zuwandte.

»Wo bleiben deine Familie und die Angehörigen deiner Männer während des Feldzuges?«, fragte er, spürte, dass Sunjas Finger sich fest mit seinen verschränkten.

»Wenn ich das wüsste …«, murmelte Inguiotar. »Vermutlich müssen sie zunächst einmal hier ausharren.«

»Wie geht es Hrabans Tochter?«, fragte Sunja.

Hastig legte ihr Vater einen Finger auf die Lippen. »Die lange Reise hat das Kind geschwächt«, flüsterte er. »Hraban trägt schwer daran.«

Sie biss sich auf die Unterlippe und senkte den Kopf. »Ich möchte Mutter, Catufleda und die Kinder zu mir nehmen.«

»Diese Entscheidung hängt von Germanicus ab, Sunja.«

»Das weiß ich.« Ihre Augen waren dunkel, so eindringlich blickten sie in seine, und ihnen standzuhalten fiel ihm schwerer, als das Starren eines Feindes ertragen zu müssen.

»Ich werde mich bei ihm dafür verwenden.«

Sie umklammerte seinen Arm, die Finger gruben sich in die Falten der Tunica. »Ich gehe mit dir.«

Der Tribun führte sie in einen wohnlich eingerichteten Raum des Hauses, das Agrippina für die Dauer der Feldzüge in der Germania bezogen und in dem Germanicus die vergangenen Tage verbracht hatte. Lautlos trugen Sklaven eine eisgefüllte silberne Schüssel und eine passende Kanne herein, brachten Trinkbecher, Schalen voller Obst, klopften Polster und Kissen auf und legten diese zurecht. In Sunjas Augen glomm tiefes Unbehagen; sehr steif ließ sie sich auf einem Stuhl nieder, bevor sie den angebotenen Becher aus der Hand des Sklaven nahm, dessen Lächeln vollkommen ausdruckslos erschien, wie eingebrannt. Sanft drückte Cinna ihre Hand, die sie um die Armlehne krampfte, als hinter ihm Türzapfen knirschten. Rasch drehte er sich um. Germanicus kam mit einigen schnellen Schritten auf ihn zu, umfasste seine Unterarme zur Begrüßung.

»Ich bin erfreut, dich zu sehen, Gaius Cinna.« Er lehnte sich zur Seite und verneigte sich leicht gegenüber Sunja.

»Umso mehr, als du deine schöne Frau mitgebracht hast. Worum geht es? Einen Anstandsbesuch hättest du ja schließlich früher angekündigt.«

»Meine Frau Sunja, Tochter des Inguiotar, der sich dir bei Aliso unterworfen hat, hat ein Anliegen. Sie möchte ihre kranke Mutter in unser Haus in Mogontiacum aufnehmen, ebenso wie die übrigen Verwandten, die bei unserem Abmarsch zurückbleiben.«

Nachdenklich rieb Germanicus sich das Kinn. »Segestes bat darum, nicht länger mit ansehen zu müssen, wie sein Volk sich zerfleischt. Ich habe ihm zunächst eine Wohnstatt in Lugdunum angeboten. Da sein Gefolge ihn begleiten wird, denke ich, dass Inguiotars Familie auch dorthin gehen sollte.«

»Ich möchte nichts Ungehöriges verlangen, aber es dürfte allen Beteiligten zuträglich sein …«

Abwinkend hatte Germanicus sich umgedreht, blieb zwei, drei Schritte entfernt stehen und fuhr fort, sich das Kinn zu reiben. Cinna zögerte, seine Bitte fortzusetzen.

»Ich bitte um deine Gunst, Caesar«, begann Sunja leise, und ehe Cinna sich versah, hatte sie sich erhoben, war zu Germanicus getreten, um wie eine besiegte Barbarin ein Knie zu beugen und mit gesenktem Kopf flehend die Rechte auszustrecken. »Meine Mutter ist krank, und meines Bruders kleine Tochter von der Reise geschwächt. Ich möchte sie pflegen und nicht nochmals von meinen Eltern getrennt werden.«

Als sie den Kopf hob, drehte er sich halb um, sein Gesicht wirkte verschlossen.

»Unser Haus in Mogontiacum ist groß genug«, fuhr Sunja mit zitternder Stimme fort. »Dort können sie Aufnahme finden, wenn du es erlaubst, und ich verbürge mich –«

»Sunja!«

Hart hatte Cinna ihre Schulter gepackt, erschrak im nächsten Augenblick über sich selbst und lockerte seinen Griff. Obwohl sie zusammengezuckt war, verharrte sie auf den Knien, ohne den Kopf zu heben. Es war so still, dass Cinna deutlich ihr angestrengtes Atmen hörte. Schließlich trat Germanicus zu ihnen, blieb dicht vor ihrer noch immer ausgestreckten Hand stehen, so dicht, dass er sie mit seiner fast berührte, und in seinen Mundwinkeln zuckte es.

»Zumindest weiß ich nun, dass ihr mir keine Posse vorgespielt habt«, sagte er. »Steh auf, Sunja, Tochter des Inguiotar! Ich werde dich wissen lassen, wie ich mich entschieden habe.«

»Wie konntest du dich nur so vor ihm erniedrigen!«, stieß Cinna hervor, als sie nebeneinander die Hauptstraße des Lagers querten; er hatte eine Hand auf ihre Schulter gelegt und schob sie ungeduldig voran. »Wie konntest du ihm diesen Triumph schenken?«

»Was für einen Triumph?«

»Dass meine Frau vor ihm kniet, um für ihre Eltern zu bitten!«

»Gaius, ich flehe dich –«

»Versuche es erst gar nicht!«, schnaubte er. »Selbst wenn er sich noch so freundlich gibt, hat seine verfluchte Sippschaft dennoch mein rechtmäßiges Erbe an sich gebracht, hat mich zu einem Niemand gemacht, der ihren Krieg führen muss und seine Heimat niemals wiedersehen wird!«

»Gaius …«

Sie blieb stehen, drehte sich zu ihm um, doch er zog sie einfach wortlos weiter in die Gasse zu dem Tribunenhaus, in dem sie einquartiert worden waren. Sein Puls raste, in seinem Leib rumorte der Zorn, er riss sie herum, und erst als er ihre weit aufgerissenen Augen sah, hielt er inne, schubste sie nur sanft gegen die Bettkante, während er sich in einen Sessel fallen ließ und das Gesicht in den Händen barg.

Eine Weile war es fast vollkommen still, nur ihrer beider Atem füllte den Raum, von draußen drangen gedämpft Befehle herein, Rufe, leises Gelächter. Gelegentlich krachten genagelte Sohlen auf dem Hof. Cinna holte Luft, versuchte die eingeschnürte Brust zu füllen, und entließ sie in einem zitternden Strom zwischen den Fingern. Wieder und wieder.

Ein feines Rauschen verriet eine Bewegung, dann hörte er, dass sich leichte Schritte näherten. Die Hand, die kühl über seine Schläfe strich, wie ein Vogel auf seiner Schulter landete, umklammerte er schnell, damit sie ihm nicht entglitt, und legte, ohne die Augen zu öffnen, die Wange darauf.

»Es wird mir zu viel«, flüsterte er, und als sie nur schweigend neben ihm stand, während er ihre Finger streichelte, jeden einzelnen, fuhr er fort: »Ich hätte einige Tage der Erholung gebraucht – stattdessen erfahre ich, dass dieser verfluchte athenische Bastard sich bei uns eingeschlichen hat!«

Er spürte den leisen Druck, den ihre Hand ausübte, ihre Finger in seinem Haar, ihr Duft umhüllte ihn, weil sie seinen Kopf an sich gezogen hatte.

»Wenn Germanicus einwilligt, wirst du Geld brauchen für eure Rückreise und für vieles, was beschafft werden muss.«

X

Cinna wischte mit dem Handrücken über seine Stirn und löste damit die Tropfen vom Rand der Kapuze, dass sie kühl über seinen Unterarm rannen. Er stand auf dem Wehrgang des Marschlagers und beobachtete, wie die letzten Einheiten am Ufer des Flusses, Amisia genannt, landeten. Hinter den zahllosen Triremen warteten breite Lastschiffe darauf, an Land gezogen zu werden. Die Männer beeilten sich, die Schiffe zu verlassen, einige taumelten sichtlich, weil sie schon mehrere Tage auf den schwankenden Planken zugebracht hatten und nicht jedem das Reisen zu Wasser bekommen war. Auf dem Sand sammelten sie sich nach Centurien und Manipeln, um dann unter Führung ihrer Offiziere zum Lager abzurücken.

Jenseits des Flusses reihten sich die Zelte einheimischer Aufgebote, Chauken und Ampsivarier, die sich Germanicus andienten. Bunte Wimpel flatterten über der Böschung, auf der ihre Pferde weideten; gelegentlich klang leises Wiehern herüber.

Eine lange Reise hatte sie in diese nördlichsten Gegenden der Germania geführt; Schiffe hatten die berittenen Truppen von der Ubierstadt bis zum Nordufer des Sees Flevo gebracht, von wo Cinnas Einheit im Gefolge etlicher Alen und barbarischer Aufgebote vor sechs Tagen aufgebrochen war, um durch das karge Marschland der Frisen südlich der Gestade des Oceanus hierher zu reiten. Sie hatten Geiseln in Empfang genommen und zu den auf dem See verbliebenen Schiffen zurückbringen lassen. Niemand stellte sich ihnen entgegen; allein waren die Frisen ein zu schwacher Stamm, und Unterstützung konnten sie nicht erhoffen, solange ein weiteres römisches Heer unter Aulus Caecina die Brukterer entlang der Lupia bedrängte. Der größte Teil von Arminius' Truppen hatte sich zurückgezogen, befand sich östlich des Visurgis. Germanicus hatte die Reiterei unter Führung des Praefecten Albinovanus Pedo dazu ausersehen, den Barbaren des Nordens die Machtfülle des römischen Heeres zu zeigen, während die Legionen den Seeweg zur Mündung der Amisia genommen hatten, was sicherlich die angenehmere Reise war.

Eine endlose Ebene lag hinter ihnen, bedeckt von Tümpeln und durchzogen von Bächen, die selbst zu dieser Jahreszeit – die Iden des Iulius waren gerade vorüber – reichlich Wasser führten. Selten wurden die Schilfwälder überragt von flachen Hügeln, auf denen sich die Höfe drängten. Zwei weitere Tagesmärsche, nachdem der Hauptteil des Heereszuges unter Pedo Richtung Südosten aufgebrochen war, hatten Flavus' Cherusker und die Zweite Asturische als eine von vier Alen unter dem Befehl von Lucius Stertinius den Weg zur Mündung des Flusses Amisia fortgesetzt über dürre Geest, Sandböden, auf denen fahles Gras und Disteln wuchsen. Cinna hatte kaum Vieh auf den Wiesen gesehen; alles war in die schutzlosen Dörfer gebracht worden, sodass die Einheiten, die ausgeschickt wurden, Verpflegung zu beschaffen, leichtes Spiel hatten. Die Barbaren leisteten keinen Widerstand, wie Cinna festgestellt hatte, als er einen der Trupps begleitet hatte, sie standen nur auf dem Dorfplatz und dem Hauptweg herum, die Männer mit harten Mienen, die Frauen verhärmt und niedergeschlagen, während der Wind ihre Kleider und Kittel blähte.

Cinna wischte die feinen Wasserperlen von seinem Umhang. Der stete Regen stand dieser tristen, unfruchtbaren Landschaft gut zu Gesicht. Als er hinter sich gedämpfte Schritte vernahm, sah er sich um und erkannte Flavus.

»Hier steckst du also«, rief dieser. »Wir haben uns schon Sorgen gemacht.«

»Wer ist *wir*?«

»Der Mann deiner Schwester, Gnaeus Firmus, fragte nach dir, und Stertinius erwartet, die Offiziere aller ihm unterstellten Alen noch vor der Besprechung bei Germanicus zu sehen.«

»Noch ein Treffen?« Cinna schüttelte den Kopf und blickte zu Boden. Er hörte, dass Flavus sich nach kurzem Zögern näherte, spürte die schwere Hand auf seiner Schulter und atmete tief durch.

»Es war ein guter Anfang für einen Feldzug.« Flavus zog die Nase hoch. »Kein Blut ist geflossen. Woher also die Verdrossenheit?«

»Verdrossenheit? Du übertreibst.« Lächelnd wandte Cinna sich ihm zu. »Ich warte auf die Versorgungsschiffe.«

Flavus tätschelte Cinna leicht, während ein breites Grinsen seine Züge aufhellte. »Eine schöne Aufgabe – für einen Gefreiten.«

Fast gegen seinen Willen musste Cinna lachen, fühlte die alte Verbundenheit mit dem hochgewachsenen Cherusker, die während der vergangenen Feldzüge gelitten hatte, ohne dass er hätte sagen können, woran das lag.

»Morgen brechen wir als Vorhut der Legionen gen Süden auf«, fuhr Flavus fort, während sie auf dem Wehrgang in Richtung des Haupttores schlenderten. »Und in zwei Tagen werden unterwegs die letzten Truppen zu uns stoßen.«

Hraban befand sich mit seinen zweihundert Kriegern als einheimisches Aufgebot unter den Nachzüglern; aber während die Aussicht, ihn am kommenden Tag wiederzusehen, Cinna wohltat, behagte ihm Flavus' Siegesgewissheit nicht. »Ist dir nicht aufgefallen, dass es wenig junge Männer unter den hiesigen Stämmen gibt?«

»Sie schlagen sich im Süden mit Caecinas vierzig Cohorten herum.« Grinsend stapfte Flavus weiter, nickte einem Unteroffizier grüßend zu. »Es heißt, dass Caecina Scharen von Flüchtlingen vor sich hertreibe. Überläufer seien auf dem Weg hierher, um sich Germanicus zu unterwerfen.«

»Hierher?«

»Kundschafter berichten, sie zögen flussabwärts. Wir werden ihnen also auf dem Marsch Richtung Süden begegnen.«

Gedankenverloren blieb Cinna stehen und ließ den Blick über die flache Uferböschung und den Strand schweifen. Soldaten drängten zum Tor herein, Maultiertreiber und Lastenträger eilten unbeladen zu den Schiffen hinunter. Bald würde seine Ala im Gefolge des Stertinius aufbrechen, als Vorhut für Germanicus' Legionen, die ausgezogen waren, die verlorenen Adler zurückzuholen.

Noch während die Legionen einquartiert wurden, ließ Germanicus eine Versammlung der befehlshabenden Offiziere und führenden Centurionen ausrufen. Cinna war aufgehalten worden, die Versorgung seiner Soldaten war nicht gewährleistet, weil zwei mit Vorräten beladene Schiffe noch nicht gelandet waren. Er war Cassius zu ihrem Quartier gefolgt, wo die Gefreiten, die mit einigen Maultiertreibern zu den Schiffen geschickt worden waren, bereits auf ihn warteten, hatte ihre Klage angehört und war zum flachen, sandigen Ufer des Flusses hinuntergeeilt. Obwohl der Streit mit dem Schiffsmeister nicht lang gedauert und Cinna sich durchgesetzt hatte, traf er mit erheblicher Verspätung ein. Als er das geräumige Zelt betrat und den Blick über die Köpfe gleiten ließ, um für sich einen Platz zu finden, entdeckte er Flavus, der ihn nachdrücklich zu sich winkte. Cinna drängte sich durch die dichten Reihen, blieb neben Flavus stehen und bemerkte, dass Stertinius ihn unter leicht hochgezogenen Brauen musterte.

»Du hast seine Rede verpasst«, flüsterte Flavus ihm zu, wobei er auf Germanicus deutete.

Achselzuckend richtete Cinna den Blick auf den Imperator und dessen engste Vertraute, die auf einer erhöhten Bühne Platz genommen hatten, um von allen gesehen zu werden. Ein junger Tribun verlas Tagesbefehle, welche die betreffenden Offiziere mit knappen Antworten zur Kenntnis nahmen.

»Keine neuen Order«, fuhr Flavus fort. »Wir übernehmen unter Stertinius' Führung die Vorhut.«

Cinna nickte. »Gibt es Neuigkeiten über die Bewegungen der Feinde?«

»Arminius hat im Hinterland der Germania frische Truppen ausgehoben. Jetzt zieht er uns und Caecina entgegen, während wir die Brukterer in die Zange nehmen. Aber er wird nicht genug Zeit haben, um seine Fallen zu legen, und dann muss er sich endlich zur Schlacht stellen.« Flavus' Augen blitzten kalt, und seine Wangenmuskeln schwollen an.

»Dass ihr ihn nur nicht unterschätzt«, murmelte Cinna und sah sich weiter suchend unter den Männern um, sah strenge, ernste, aufmerksame Mienen, andere, die in maskenhafter Starre nicht preisgaben, was sie dachten. Als er das kantige Gesicht mit dem schmalen Mund und den steilen Falten, die von den Nasenflügeln hinabliefen, erkannte, stahl sich ein Lächeln in sein Gesicht, und er hob die Hand zum Gruß, was Firmus erwiderte, indem er den Kopf leicht zur Seite neigte und mit den Lippen ein dünnes Grinsen formte.

Sie trafen sich vor dem Zelt, wo Cinna wartete, bis Firmus heraustrat, der seine Auszeichnungen trug; gedrehte silberne Ringe glänzten an den Armen, an den Riemen um die Brust waren fünf Phaleren, Silberscheiben mit getriebenen Medusenhäuptern, befestigt, und von den Schulterklappen hingen kleine Torques, die Cinnas Schlüsselbeine schmerzhaft drückten, als er seinen Schwager umarmte.

»Die Meuterei hat sich für dich bezahlt gemacht«, sagte Cinna und klopfte mit dem Knöchel auf die glänzenden Scheiben.

Firmus lachte leise. »Sogar in barer Münze! Lucilla hat sich schon letzten Herbst auf den Ausbau der Villa gestürzt.«

»So hat es doch etwas für sich, dass sie nach ihrer Scheidung auf Vaters Gut lebte.«

»Das hat es.« Grinsend schob Firmus Cinna vorwärts. »Wir haben den Brukterern im vergangenen Jahr gewaltig eingeheizt, haben sie und die Marser bis in die Gebiete der Cherusker wie Hasen vor uns hergetrieben. Aber kaum kehrt man den Barbaren den Rücken, kriechen sie aus allen Winkeln, um sich wieder in ihren Sassen festzusetzen.« Er schüttelte den Kopf. »Die Berichte, die Caecina schickt, sind erschreckend. Sie müssen doch gewusst haben, dass das nicht der letzte Feldzug war, den wir durch ihr Land führen würden. Aber sie sind mit ihren Familien zurückgekehrt in ihre Dörfer.«

»Was hätten sie tun sollen? Sich auf unbestimmte Zeit von Arminius durchfüttern lassen, obwohl es überall an Lebensmitteln mangelt? Das hätte ihr Stolz nicht lange ertragen.«

»Mag sein, doch jetzt verheeren die Cohorten unter Caecina ihre Äcker, brennen die Dörfer ein weiteres Mal nieder und schicken Scharen von Gefangenen über den Rhenus. Und die Soldaten scheinen nicht zimperlich in der Wahl ihrer Mittel zu sein.«

Die Feldzeichen zu ihrer Linken verrieten, dass sie die Zelte der Fünften Legion erreicht hatten, als Firmus stehen blieb. »Ich würde dich gerne für den späteren Abend einladen, wenn es deine Pflichten erlauben.«

»Ich muss mich zuerst um die Getreideverteilung kümmern. Wenn du darauf warten kannst …?«

»Schlafen kann ich ohnehin nicht ohne mein Mädchen an meiner Seite – geht es dir anders?«

Leise lachend schüttelte Cinna den Kopf, tätschelte Firmus' Schulter und kehrte um.

Ein Kandelaber mit fünf Lampen übergoss den vorderen Teil des großen Zeltes, das Firmus mit seinen Unteroffizieren teilte, mit goldenem Schein. Sie saßen auf sparsam gepolsterten Klappsesseln und tranken einen leicht verdünnten Wein, der nach der Sonne ihrer Heimat schmeckte. Cinna erfuhr, was Lucilla aus Sunjas Briefen berichtet hatte bis hin zu den letzten, in denen sie der Sorge um ihre Mutter und ihre kleine Nichte ebenso Ausdruck verliehen hatte wie der Angst um ihren Mann.

»Ich hoffe nur, sie legt niemals wieder ein Gelöbnis ab«,

sagte Cinna. »Zumindest keines wie das, welches uns beinahe entzweit hätte.«

»Sie hat zwei Kinder und viele neue Nöte, da bleibt keine Zeit für solchen Unsinn.« Er klopfte mit dem leeren Becher leicht auf seine Handfläche und blinzelte Cinna zu. »Wir sitzen hier wie zwei greise Senatoren, die sich nur noch für das interessieren, was unter ihren eigenen Dächern geschieht.«

»Vielleicht weil wir jetzt nicht daran denken möchten, was uns bevorsteht?«

Cinna reichte Firmus den geleerten Becher. »Glaubst du, dass Arminius sich einer offenen Feldschlacht stellen wird?«

Seufzend lehnte Firmus sich zurück. »Glaubst du, irgendjemand kann dir diese Frage beantworten?« Er langte nach der Schöpfkelle, füllte nacheinander beide Becher aus dem Mischkrug und reichte Cinna einen davon. »Er wird es zu verhindern versuchen, er wird seine Spielchen spielen wollen: vorrücken, scharmützeln, sich zurückziehen, erneut vorrücken – du kennst ihn doch.« Achselzuckend erhob Firmus sich, durchmaß das Zelt bis zum Eingang, wo er stehen blieb und sich wieder umdrehte. »Aber je tiefer wir in das Herz der Germania vorrücken, desto größer wird der Druck auf ihn, uns seine gesamte Streitmacht entgegenzuwerfen. Und das ist der Plan, den schon Tiberius Caesar sich ausgedacht hat und den Germanicus Caesar jetzt durchführen will.«

Die Reitertruppen waren befehlsgemäß am folgenden Morgen abmarschiert und bewegten sich als Vorhut der Legionen flussaufwärts. Der Lärm Tausender Reiter scheuchte die Vögel aus dem Röhricht am Ufer der Amisia in den schwülen Sommerdunst, der über den Marschen lag. Kurz bevor sie am späten Nachmittag den von vorausgeschickten Einheiten vorbereiteten Lagerplatz erreichten, meldeten Kundschafter, dass die letzten berittenen Einheiten nur noch wenige Meilen von ihnen entfernt seien. Aus einer Laune heraus ritt Cinna ihnen entgegen und traf auf einen Reitertrupp, angeführt von Hraban, der stolz das Wolfsfell seines Vaters trug.

Lachend schlug der Cherusker in die dargebotene Hand ein, dann wendete Cinna sein Pferd, und sie brachten das letzte Stück Weg auf trockenem Boden ein wenig oberhalb des Flusses hinter sich und erreichten gemeinsam das Lager. Noch ehe sie dort eingetroffen waren, hatte Cinna einen nahezu lückenlosen Bericht der Ereignisse, seitdem die beiden Reitertruppen sich getrennt hatten, erhalten und war genauestens in Kenntnis gesetzt worden über die besondere Art und Weise, wie Albinovanus Pedo die ihm anvertrauten Soldaten führte.

Während die Soldaten ihre Zelte errichteten, die Pferde versorgt und Getreide und Wasser ausgeteilt wurden, ereilte Cinna der Ruf des Stertinius, sich unverzüglich zu ihm zu begeben. Als er das Zelt erreichte, das bereits von Neugierigen umringt war, standen Stertinius und der schlanke Pedo im beiseitegeschlagenen Eingang. Vor ihnen knieten in gebührendem Abstand eine Handvoll Männer mit hängenden Köpfen, in denen Cinna die erwarteten Überläufer erkannte. Ihre abgerissene Kleidung und ihr wirres, strähniges Haar bezeugte eine lange Flucht.

»Also habt ihr Kenntnis, wo einer der drei goldenen Adler sich befindet?«, fragte Stertinius die Fremden so laut, dass seine Stimme über die Köpfe der Umstehenden hinwegdröhnte.

Das aufkommende Raunen wurde von einzelnem scharfen Zischen erstickt. Einer der Barbaren hob den Kopf. »So ist es, Herr.«

»Und ihr seid bereit, uns dorthin zu führen?«

Der Mann zögerte mit der Antwort, nickte dann langsam.

»Sehr gut«, fuhr Stertinius fort und winkte Cinna zu sich. »Dann lasst uns sehen, wie stark eure wiedergewonnene Treue ist. Mit Germanicus' Erlaubnis werden wir morgen aufbrechen, um die anrückenden Feinde zurückzuschlagen, und dann werdet ihr uns dorthin führen, wo der Adler aufbewahrt wird.«

Seine finstere Miene verriet deutlich, was er von den Männern hielt, die von Wachtposten abgeführt wurden, während die herbeibefohlenen Offiziere in sein Zelt folgten.

»Hast du Germanicus' Erlaubnis?«, fragte Pedo ihn drinnen, wo ein fünfflammiger Kandelaber warmes Licht verbreitete.

»Er befindet sich mit den Legionen keinen Tagesmarsch hinter uns. Ein Bote wird vor morgen Mittag mit seiner Antwort zu uns stoßen – und ich gehe jede Wette ein, dass er mich mit drei Alen ein paar Hundertschaften Barbaren angreifen lässt.«

»Und wessen Einheiten willst du dazu abstellen?« Pedo fuhr mit einer seiner schmalen Hände, denen man den Soldaten nicht ansah, über das in die Stirn gekämmte graue Haar; Cinna entsann sich deutlich, dass der dünne, dunkelhäutige Mann, den er um eine halbe Spanne überragte, ein äußerst tüchtiger Offizier war, aber seine Freundschaft zu dem verbannten Dichter von Liebeskunst und Verwandlungen stand einer zügigen Laufbahn im Weg.

Mit hochgezogenen Brauen sah Stertinius Pedo an. »Meine eigenen Männer, die des Iulius Flavus und die des Gaius Cinna werden mich begleiten.«

*

Die Reiter durchkämmten Schwemmland und Wiesen zu beiden Seiten der Auen, durch die sich der Fluss schlängelte. Die Höfe und Dörfer, auf die Cinnas Soldaten trafen, waren gerade erst überstürzt verlassen worden. Was die Barbaren nicht mitgenommen hatten, wurde ebenso in Brand gesteckt wie Häuser, Zäune und Palisaden. Unter lautem Gebrüll stürmten sie die unbewehrten Siedlungen, jagten die verbliebenen Bewohner vor sich her, trieben sie zusammen, um sie niederzuhauen, und hinterließen blutgetränkte Erde. Mit einem einzigen Befehl hatte Cinna auf Geheiß des Stertinius die Grausamkeit der Männer entfesselt.

Flussaufwärts drangen sie in das Land der Brukterer ein, ohne auf Widerstand zu stoßen. Zwar war es den meisten Flüchtlingen, die Caecinas Truppen aus ihren Wohnsitzen und Siedlungen vertrieben hatten, gelungen, sich in den Schutz der undurchdringlichen Wälder zu retten, doch ihre Dörfer und Höfe brannten, ihre Äcker wurden verwüstet, sodass ihnen nichts blieb, wohin sie zurückkehren konnten. Schließlich schickte Stertinius die beiden Überläufer, die sich als Führer angeboten hatten, unter Bewachung an die Spitze des Zuges, die Cinnas ubische Reiter übernommen hatten.

Der Hain, zu dem die Männer sie führten, war ein lichter Eichenwald, der einen Hügel hinaufwuchs, knorrige Bäume, deren tiefgrünes Blattwerk im Sonnenlicht schimmerte. Ein Knüppelzaun trennte die silbrig belaubten Weiden und dunklen Erlen der Flussauen vom Hain. Ein leichter Wind entlockte den Kronen ein trockenes Rauschen. Der Weg zum Heiligtum war flankiert von hüfthohen Figuren aus dunklem, roh behauenem Holz, um deren Hälse vereinzelt Torques aus angelaufener Bronze lagen. Nachdem die Reiter den Bach auf einem Bohlenweg, über den das Wasser hüpfte, durchquert hatten, erreichten sie ein Gatter, das von mannsgroßen Stelen und Schnitzwerk bewacht wurde, Gestalten mit weit aufgerissenen Augen und gefletschten Zähnen.

Ein rascher Blick zurück zeigte Cinna, dass Cassius den Kopf eingezogen hatte und sich unbehaglich umsah; dem Jungen waren die Zeugnisse barbarischer Götterfurcht sichtlich unheimlich. Es galt als schwerer, als todeswürdiger Frevel, ungebeten in einen Hain einzudringen, was vermutlich der Grund war, weshalb Stertinius sie vorausgeschickt hatte. Zwar hatten die beiden Alen das Gelände weiträumig umstellt, sodass es bei einem Hinterhalt nur einzelnen Feinden gelänge, zwischen den Truppen durchzuschlüpfen; dennoch war Cinna mit seinen wenigen Turmen ubischer Reiter allein vorausgeschickt worden, und als Stertinius ihm auszureden versucht hatte, Cassius mitzunehmen, war ihm klar geworden, dass es nicht nur um seine Sprachkenntnisse ging.

Ahtala und Duvius hielten sich dicht bei ihm und Cassius, während zwei Soldaten die rot gefärbten Riemen durchschnitten, die das Gatter schlossen. Die Flügel des Eingangs schwangen leicht nach außen auf, vor ihnen verlor sich der Weg zwischen den Bäumen. Cinna wusste, dass die Barbaren eine tiefe Scheu vor solchen heiligen Plätzen hegten; der einzige Hain, den er bislang betreten hatte, war ein Wald in der Nähe vom Anwesen des Arminius gewesen, durchzogen von einem schmalen Pfad, den die bloßen Füße der Priester zwischen dem Zugang und der Lichtung tief im Inneren gebahnt hatten. Mit gefesselten Füßen waren sie dorthin gegangen, er erinnerte sich an dichtes Unterholz, glaubte, jede der knorrigen Wurzeln, jeden Zweig, jeden Halm vor Augen zu haben. Irgendwo im Herzen dieses Waldes musste ein Baum stehen, den die geweihten Trophäen und heiligsten Opfergaben der Brukterer zierten.

Und irgendwo dort verbargen sich vielleicht auch die Wächter, denen sie bislang nicht begegnet waren.

Argwöhnisch nach allen Seiten sichernd, verteilten sich die Reiter in dem lichten Baumbestand, hielten wenige Schritt Abstand voneinander, um den Wald auf diese Weise zu durchkämmen. Die beiden Überläufer, die Stertinius Cinna zugeteilt hatte, hielten sich dicht hinter ihm, als sie den Rücken des Hügels erreichten und ihre Pferde zum höchsten Punkt lenkten. Links von ihnen glitzerte Wasser durch das Laub, verriet die kleinen Seen, die den Hain zur anderen Seite begrenzten. Zum Rauschen der Blätter gesellte sich ein leises Klappern und Klingeln, das Cinna hellhörig werden ließ. Sein Blick flog durch die Baumkronen, fand dunkles Eichenlaub an knorrigem Gezweig. Dann blitzte helles Grün dazwischen auf, die ausladende Krone einer großen Esche.

Er trieb den Fuchs an, erreichte als Erster die Kuppe, die dieser geweihte Baum überschattete. Der Stamm war von Gebüsch umgeben, und von den Zweigen hingen hölzerne Figuren, denen gleichend, die den Weg zum Hain gesäumt hatten, dazwischen Schädel von Pferden, von Hunden oder Wölfen, von Hirschen mit stattlichem Geweih und

Hörner von Auerochsen. In einigen Astgabeln bleckten menschliche Totenköpfe die Zähne, in anderen erblickte er verbeulte, matt gewordene Helme römischer Soldaten, und über allem glänzte ein goldener Adler auf seinem Sockel, die Schwingen gen Himmel gespreizt.

Die Männer zügelten ihre Pferde, bildeten einen Halbkreis um die Esche und blickten stumm zu der schimmernden Trophäe auf. Schließlich deutete Cinna auf die beiden ihm nächststehenden Reiter, befahl ihnen, Stertinius zu holen, schwang das Bein über den Hals des Fuchses und saß ab.

Kaum trafen seine Füße den Boden, sprang jemand mit einem hellen Schrei aus dem Gebüsch unter der Esche und schüttelte drohend seinen Rundschild, über dessen Rand eine Klinge blitzte. Die Reiter zielten mit den Wurfspießen auf den Gegner, noch ehe Cinna den Befehl geben konnte, und er hob den Arm, um ihnen Einhalt zu gebieten. Der Stimme nach war der Angreifer, der sich hinter dem Schild duckte, kaum mehr als ein halbwüchsiger Junge, und der wirre, braune Schopf verriet, dass er keinen Helm, ja vermutlich nicht einmal ein Kettenhemd trug.

»Geh weg!«, schrie der Junge schrill. »Geh weg!«

»Wir sind mehr als einer«, entgegnete einer der Reiter, und die meisten fielen in das Gelächter ein.

»Du kannst deine Sprache benutzen.« Cinna warf dem ebenfalls abgestiegenen Ahtala die Zügel seines Pferdes zu und machte einige Schritte in Richtung des Jungen, der zurückwich, bis er den Stamm der Esche im Rücken hatte, dann die Waffe, ein Kurzschwert, über den Rand des Schildes stieß. Mit halb erhobenen Händen blieb Cinna stehen.

»Ihr werdet die Gaben nicht stehlen!«, rief der Junge.

»Sag mir deinen Namen«, erwiderte Cinna, selbst erstaunt

über die Ruhe, mit der er sprach. Wachsam war er, jede Faser angespannt.

»Damit du mich verfluchen und bezwingen kannst? Niemals!«

Jetzt musste Cinna schmunzeln.

»Die Priester und Wächter des Heiligtums haben uns im Stich gelassen! Sie sind zu euch gekrochen, haben sich unterworfen, diese Feiglinge! Aber ich will lieber sterben, als euch –«

»Ob du stirbst oder nicht, du wirst uns nicht aufhalten.« Cinna drehte sich um, winkte beschwichtigend in die Runde, sodass die Reiter die Speere wieder in die Sattelköcher steckten. Der Junge reckte den Hals, und sein Kopf ruckte herum wie der eines Vogels. Einer der beiden Überläufer hastete näher, sein Gesicht eine Maske des Schreckens.

»Das ist mein Neffe«, rief er, »der Sohn meiner Schwester. Ich bitte euch, schont ihn! Er ist ein guter Junge. Er hat erst im Frühling seine Waffen erhalten.«

»Wie heißt er?«, fragte Cinna.

»Anda«, keuchte der Mann, und schon im nächsten Augenblick schlug er sich auf den Mund.

»Und sein Vater?«

Nachdem der Barbar eine Antwort gemurmelt hatte, richtete Cinna den Blick erneut auf den Jungen. »Ich habe nicht die Absicht, dich zu töten oder töten zu lassen, Anda, Sohn des Wulfila.«

Der Junge stieß ein wütendes Brüllen aus, sprang zwei Schritt vor, um dann wieder innezuhalten, schleuderte seinem Onkel eine Verwünschung entgegen. Krampfhaft wiegte er sich vor und zurück, so trieb ihn der Zorn, der aus seinen Augen sprühte.

»Tritt beiseite!«, fuhr Cinna fort. »Versteck dich irgendwo in diesem Hain, bis wir wieder abziehen.«

Wortlos befahl er Ahtala zu sich und deutete, ohne weiter auf den Jungen zu achten, auf den in etwa fünfzehn Fuß Höhe in eine Astgabel gerammten goldenen Adler. Mit einem Seil in der einen Hand und dem Schild in der anderen näherte Ahtala sich dem Baum, gab dem Jungen zu verstehen, er möge aus dem Weg gehen, doch dieser verharrte, wenn auch sichtlich zitternd, auf der Stelle. Mit wenigen schnellen Schritten erreichte Ahtala ihn, stieß seinen Schildbuckel hart gegen den des Jungen und brachte ihn damit zu Fall. Einige Reiter lachten, während Ahtala an den Stamm des Baumes trat, um das eine Ende des Seiles über den Ast zu werfen, an dem der Adler lehnte. Im dritten Versuch gelang es ihm; indessen hatte der Junge sich wieder aufgerappelt und stand nun mit hängenden Schultern herum, als Cinnas suchender Blick auf Cassius fiel, der mit vor Aufregung glühenden Wangen die gefundene Trophäe anstarrte. Der Junge hatte sich als tüchtig erwiesen, er hatte es sich verdient, seine Geschicklichkeit zu beweisen.

»Hol ihn runter!«, befahl Cinna ihm und wiederholte die Aufforderung, als Cassius ihn ungläubig anstarrte. Flugs sprang Cassius vom Pferd und rannte zu dem Seil, dessen eines Ende Ahtala hielt. Unter den Augen aller Reiter und beobachtet von dem jungen Barbaren band Cassius sich das andere Ende des Seils um den Leib und kletterte an der grauen, nur leicht gefurchten Rinde empor, mühsam bis zum untersten Ast, dann behänder, weil er sich weiterhangeln konnte.

Als er die Hand nach dem Vogel ausstreckte, tönte Hufgetrappel herüber. Cinna nahm die Zügel seines Fuchses aus der Hand eines Soldaten und sprang in den Sattel; er wollte nicht aufschauen müssen zu Stertinius. Sie grüßten einander flüchtig, während aus der Krone der Esche ein leiser Fluch zischte. Cassius saß rittlings auf dem Ast, über den das Seil hing, umklammerte mit einer Hand den Adler und den Griff seines Dolches und presste die andere gegen die Lippen. Seine angespannte Miene ließ darauf schließen, dass er sich geschnitten hatte. Dann ruckte und rüttelte er an dem goldenen Vogel, dass Cinna sich eines stummen Stoßgebetes nicht erwehren konnte. Plötzlich tat der Junge einen erstickten Schrei, die kostbare Trophäe entglitt ihm, und in dem Versuch, danach zu greifen, rutschte er aus. Als er einen Wimpernschlag später in der Schlinge pendelte, erstarb das Raunen in einem Aufatmen. Cassius keuchte, während Ahtala all sein Gewicht einsetzte, um ihn langsam herunterzulassen.

Der Adler lag zu Füßen des jungen Barbaren, der hastig in alle Richtungen sicherte, sich dann bückte, das Schwert auf den Boden legte. Er musste in die Hocke gehen, um den schweren Vogel hochzuheben, hielt ihn in den Armen, unsicher.

Stertinius fluchte und trieb sein Pferd näher. »Leg das hin!«, brüllte er, doch der Junge sah ihn nur an, als verstehe er nicht.

Cinna drehte sich zu dem Praefecten um, streckte beschwichtigend die Hand aus, als etwas an ihm vorbeipfiff. Etwas, das Cassius zurückzucken ließ. Das den Jungen traf, ein Wurfspieß, der seinen Hals durchbohrte. Er stand nur da, den goldenen Vogel vor sich haltend, der ihm langsam entglitt, und starrte Stertinius aus aufgerissenen Augen an, bevor er haltlos zusammenbrach.

XI

Cinna schleuderte den Vorhang am Zelteingang beiseite, stürmte auf den Tisch zu, hinter dem Stertinius auf einer Kline saß, blieb erst dicht davor stehen und stemmte beide Arme auf die kleine, runde Platte, dass die Tafeln darauf hüpften.

»War das nötig?«

Aus schmalen Augen funkelte Stertinius ihn an. »Gaius Cinna, du kennst die Befehle. Kein Barbar, der zur Waffe greift, wird verschont, sondern nur die, welche sich uns bedingungslos unterwerfen.«

»Gilt das auch für Kinder?«

Der Blick des Praefecten wurde schärfer. »Kein Barbar, der zur Waffe greift, wird verschont!«

»Der Junge war keine Bedrohung!«

Stertinius erhob sich, ging zu einem anderen Tischchen, auf dem ein Mischkrug und mehrere Trinkgefäße standen, und schöpfte einen Becher voll, den er Cinna anbot. Als dieser schroff ablehnte, nippte er selbst daran.

»Du weißt, was geschehen wäre, wenn wir ihn am Leben gelassen hätten«, sagte er, und als Cinna finster schwieg, fuhr er fort: »Wir hätten ihn gefangen genommen. Für einen Jungen von zwölf, dreizehn Jahren bekommst du einen ordentlichen Preis – sofern er kein Germane ist! Sie sind störrisch wie alte Maultiere, völlig unbrauchbar.« Eindringlich starrte er Cinna an. »Wenn sie frei geboren sind, ertragen sie die Gefangenschaft nicht. Sie gehen einfach ein. Wolltest du ihm das antun?«

Nach einer Weile leerte Stertinius den Becher und stellte ihn wieder auf den Tisch,

»Natürlich hätten wir ihn auch laufen lassen können. Dann wäre er spornstreichs zu Arminius gerannt und hätte die Reihen unserer Feinde verstärkt.«

Cinna wusste selbst, dass niemand den Jungen hätte retten können von dem Augenblick an, als dieser sich entschlossen hatte, die verratene Trophäe allein zu verteidigen. Missmutig zuckte er die Achseln und wollte sich abwenden.

»Mein Vater war Bauer in Picenum«, sagte Stertinius, »ein freier Mann und römischer Bürger, der ein gutes Stück Land von seinen Vätern und Vorvätern ererbt hatte. Aber dieses Land war durch Schulden bis auf einen kümmerlichen Acker zusammengeschrumpft und die Schuldenlast drückte ihn. Wir vier Brüder trugen uns bei den Legionen ein, wir erlebten den Marsch über die Alpen unter Drusus …«

Als Stertinius breit grinsend innehielt, wurde Cinna klar, dass ihm das Erstaunen deutlich anzusehen war. »Ich habe mich gut gehalten, nicht wahr?«

»Warum erzählst du mir das, Lucius Stertinius?«

»Nun …« Wieder griff der Praefect nach der Schöpfkelle, diesmal jedoch füllte er zwei Becher und drückte Cinna einen davon in die Hand, wobei seine Miene deutlich zum Ausdruck brachte, dass er eine weitere Ablehnung nicht akzeptieren würde. »Vermutlich weiß ich bisher mehr über dich als du über mich.«

Ehe Stertinius fortfahren konnte, wandte Cinna sich ab, um zu verbergen, dass ihm das Blut in die Wangen schoss.

Alle wussten mehr über ihn – vermutlich sogar mehr, als er selbst wusste. Und sie lasen diese Dinge aus Berichten, hörten sie von Dritten, sprachen über ihn. Mochte sein, dass andere gerne etwas Besonderes waren – er war dieser Besonderheiten überdrüssig, denn sie waren der Quell, aus dem viel zu viele Kollegen Argwohn schöpften. Rasch ging er zum Eingang, hatte das Leder schon in der Hand.

»Warte, Gaius Cornelius! Es war ungehörig von mir, darüber einen Witz zu machen.«

»Es war schon ungehörig, beim Stab nach den Berichten zu fragen, anstatt mit mir zu sprechen.« Cinna ließ die Plane fallen, und musterte Stertinius, dessen dünnes Grinsen Unbehagen verriet. »Und welche Schlüsse hast du aus der Lektüre jener Berichte gezogen?«

Zögernd hob Stertinius die Handflächen, zuckte dann die Achseln. »Ich bin Soldat, Gaius Cornelius. Ich habe die Überschreitung der Alpen miterlebt, die Unterwerfung der Raeter und Ligurer, ich kämpfte unter Tiberius im Illyricum und in der Thracia, gegen die aufständischen Germanen und gegen Marorboduus, dann wieder im Illyricum und schließlich hier. Das Heer ist mir Mutter und Vater geworden, und ich kenne nichts anderes. Ich habe mich vom einfachen Soldaten zum Praefecten hochgedient. Ich beurteile einen Mann nicht nach dem, was andere über ihn sagen, sondern danach, was er leistet.« Während er die Arme sinken ließ, stahl sich ein Lächeln in seine Mundwinkel. Nochmals drückte er Cinna den Becher in die Hand. »Und was das angeht, hast du dir nichts vorzuwerfen.«

Cinna nickte langsam, dann tranken sie einander zu, bevor Stertinius als der dienstältere und damit ranghöhere Offizier Cinna über den morgigen Tag in Kenntnis setzte. Dass Stertinius sich dabei durch Rückfragen seines Wohlwollens versicherte, entging Cinna nicht. Bei aller Freundlichkeit schwanden Argwohn und Zorn, die er gegen den Kollegen hegte, nicht.

»Woher rührt dein Abscheu vor den Barbaren?«, fragte Cinna schließlich.

Schlagartig verfinsterte sich Stertinius' Miene, seine Lippen verwandelten sich in eine dünne Linie, dann senkte er stirnrunzelnd den Kopf und schwieg, während sich seine Schultern hoben und senkten, als müsste er gegen Gewichte anatmen.

»Die Familie meines ältesten Bruders wurde von marodierenden germanischen Banden ausgelöscht.« Er hatte die Worte fast gewaltsam hervorgepresst, und seine Augen funkelten unter den buschigen Brauen hervor. »Es waren Chatten. Junge Burschen, die beweisen wollten, dass sie Männer sind, um endlich die verfilzten Zotteln abschneiden zu dürfen. Denn dazu müssen sie einen Mann im Kampf getötet haben. Aber dabei bleibt es ja nie!«

Er schleuderte den Becher von sich, dass der Inhalt verspritzte und das Gefäß am Boden zerbarst, sprang auf und stürmte durch das Zelt wie ein gefangenes Raubtier. Cinna verspürte das Bedürfnis, sein Mitgefühl auszusprechen, aber er wusste nicht wie. Ihm kam Firmus in den Sinn, der Mann seiner Schwester, der seine erste Frau durch einen hinterhältigen Anschlag verloren hatte. Die rauen Sitten chattischer Jungscharen waren jedem bekannt, auch dass sie einer der Gründe waren, weshalb Drusus vor fünfundzwanzig Jahren gegen die Stämme in der Germania zu Felde gezogen war. Diese Raubzüge hatten einige der Scharen bis in die Gallia Cisalpina geführt, wo sie reiche Beute gemacht und Angst und Schrecken verbreitet hatten, verlotterte Räuberbanden, die aus dem Nichts zu kommen schienen, wenn sie über abgelegene Siedlungen und reisende Händler herfielen, mordeten und plünderten, um ebenso schnell wieder zu verschwinden.

Plötzlich blieb Stertinius stehen und drehte sich um, stierte Cinna an wie einen Feind. »Als wir im Frühjahr durch das Land der Chatten zogen, ging ich immer wieder zu den Pferchen der Gefangenen. Ich hoffte, wenigstens einen Menschen mit den Zügen meines Bruders zu sehen. Eine Frau von etwa dreißig Jahren oder einen kaum älteren Mann. So alt müssten die Kinder inzwischen sein ...«

Er ballte die Rechte zur Faust, hieb sie klatschend in die andere Hand, wobei er das Gesicht schmerzlich verzog. »Ich will, dass sie in ihren dreckigen Dörfern bleiben! Dass sie nie wieder Rhenus oder Danuvius bewaffnet überqueren, um einem der Unseren Leid zuzufügen!«

Verärgert ritt Cinna dem Hauptteil seiner Ala voraus. Als sie am Vorabend in einem Marschlager, das Fabri auf den Fundamenten einer älteren, von den Aufständischen niedergebrannten Anlage errichtet hatten, eingetroffen waren, hatten bereits neue Befehle auf sie gewartet: Während Stertinius mit dem Adler im Lager auf das Eintreffen der Legionen warten solle, habe die Zweite Asturische Ala als Vorhut den Weg zum Ort des schmachvollen Hinterhaltes, dem die Truppen des Varus zum Opfer gefallen seien, zu finden. Dazu war ihm eine Gruppe zugeteilt worden, die teils aus Überläufern, teils aus Überlebenden der Schlacht bestand, Männern, die einander misstrauisch beäugten.

Stertinius' Zusicherung, er werde Cinnas Anteil an der Auffindung des Adlers gebührend würdigen, nutzte diesem nichts; er würde nicht anwesend sein, wenn Germanicus die Trophäe, die eines der Ziele dieses Feldzuges war, in

Empfang nahm. Vermutlich mit ähnlich salbungsvollen Worten wie denen, die in der Botschaft verwendet waren. Stertinius hatte ihm das Schreiben übergeben lassen.

Als Hufgetrappel hinter ihm ertönte, drehte Cinna sich unwillig im Sattel um und erkannte Cassius, der ihm auf zwei Pferdelängen Abstand folgte, ohne ihn anzusehen. Der Junge ließ sich nicht abschütteln wie Ahtala und Duvius oder gar Valens; er war ihm als eine Art Lehrling zugeteilt worden und forderte inzwischen ebenso stumm wie nachdrücklich das Recht ein, sich in seiner Nähe aufhalten zu dürfen.

Ahtala hingegen hatte sich seit ihrem Aufbruch in ein unsichtbares Schneckenhaus zurückgezogen, kauerte bedrückt auf seinem Pferd. Er, der stets unverdrossen blieb, seinen Dienst mit heiterer Gelassenheit verrichtete und sogar im Kampf Ruhe bewahrte, ganz untypisch für seine Herkunft niemals in Raserei verfiel, rang mit einer spürbaren Unruhe und hielt sich auffallend fern von Cinna, je näher sie der Gegend kamen, in welcher der Hinterhalt auf die Legionen des Varus gelegt worden war.

Auch Ahtala war ein Überläufer, einer, der durch Cinnas eigene Fürsprache beim damaligen Oberbefehlshaber Tiberius Caesar Aufnahme gefunden hatte; weil er Cinna das Leben gerettet hatte, hatte dieser ihn zu seinem Leibwächter ernannt. Doch in all der Zeit hatten sie verschweigen müssen, dass Ahtala einst unter Arminius' Befehl in römischen Diensten gestanden hatte. Dass er eine wichtige Rolle bei dem bösartigen Hinterhalt gespielt hatte, in den Varus mit seinen Legionen gelockt worden war. Ahtala kannte den Ort der Schlacht. Er hatte Cinna vor langer Zeit gestanden, dass Arminius ihn selbst zu Varus geschickt hatte, nachdem die Falle vorbereitet worden war. Er hatte

Varus die Nachricht überbracht, Arminius erwarte die Legionen mit frischen Truppen am Ende des nächsten Gebirgszuges. Es war Ahtalas Aufgabe gewesen, Varus' bedingungsloses Vertrauen in Arminius zu bestärken, selbst als die Nachhut bereits von verbündeten Barbaren angegriffen und Keile in den Heereszug getrieben worden waren. Das sei ja nur ein Beweis, dass die dortigen Stämme sich tatsächlich gegen die römische Herrschaft erhoben hätten. Also waren sie weitergezogen, obwohl der gesamte Stab Bedenken geäußert hatte. Und Arminius ins Netz gegangen.

Cinnas Ala bezog Stellung auf einem Hügel, und während das Marschlager errichtet wurde, beriet er sich mit seinen Offizieren und den Männern, die ihm den Weg zum Schlachtfeld weisen sollten. Kundschafter berichteten, dass ihnen mehrere berittene Barbarentrupps auf den Fersen seien, die sich aber weder ihnen noch den in Gewaltmärschen folgenden Fabri näherten. Cinna warf einen raschen Blick auf Ahtala, auf dessen versteinerte Miene, die nichts Gutes ahnen ließ. Eifrig erbot sich einer der Überläufer, sie schon am nächsten Tag zum Ort der Katastrophe zu führen. Doch zunächst wurde die Versorgung und Unterbringung der Fabri, die noch in der Nacht eintreffen sollten, gesichert; erst danach verteilte Cinna die ortskundigen Begleiter auf Erkundungstrupps, setzte für den Morgen eine weitere Beratung im Beisein des Praefecten der Fabri an, bevor er die Versammlung auflöste und Ahtala unauffällig zu sich winkte.

»Du wirst mich übermorgen auf einen Erkundungsritt begleiten.« Ein schneller Blick streifte Cassius, der ihn mit glühenden Wangen anschaute; als er kaum merklich den Kopf schüttelte, erlosch das Leuchten. Ahtala hingegen starrte finster vor sich hin, schwieg jedoch, während Cassius, dem Cinna auftrug, sich mit dem Decurio Fronto um die Vorbereitungen für die Aufnahme der Fabri zu kümmern, sich verdrossen trollte.

»Ich möchte das nicht«, murmelte Ahtala.

»Den Ort deiner Schande wiedersehen? Oder was meinst du?« Kaum ausgesprochen, bereute Cinna den beißenden Spott, als er bemerkte, dass Ahtala den Kopf hängen ließ, und tastete nach dessen Schulter, klopfte zögernd darauf, ehe seine Hand wieder herabglitt.

»Es war falsch«, sagte Ahtala leise und verfiel dabei in seine Muttersprache »Aber damals war ich überzeugt, dass Ermanamers richtig handelte und es darum ging, die Schande der Unterwerfung zu tilgen.«

»Es ist gut –«

»Nein, es ist nicht gut, Gaius Cinna. Ich hoffte, wenn ich hierher zurückkehren würde, könnte ich so die Schmach tilgen. Aber je näher wir diesem Ort kommen, umso schwächer wird diese Hoffnung.«

»Zeig mir den Ort und erzähle mir dort, was geschehen ist.«

»Ich weiß nicht …« Er verstummte, als Cinna beschwichtigend die Hände hob, ihn mit einem knappen Nicken verabschiedete und sich dann abwandte.

*

Sie kamen rasch voran. Der Weg über die Hügel war trocken, und die Wolken, die am Morgen noch drohend tief über dem Land gehangen hatten, waren vom aufkommenden Wind vertrieben worden. Cinna hatte eine asturische Turma als Vorhut vorausgeschickt und Cassius geheißen, sich dem Zug anzuschließen, ein Auftrag, der den jungen Mann wieder versöhnte. Aber die Beobachtungen der Kundschafter, die Cinna während des Vormittags erreichten, waren nicht dazu angetan, ihn zu beruhigen. Die feindlichen Trupps begleiteten sie in auseinandergezogenen Linien, hielten sich aber in sicherer Entfernung.

Ein asturischer Reiter preschte ihnen winkend entgegen, brachte wenige Schritt vor der Gruppe der Offiziere sein Pferd zum Stehen und sprang ab, während das Tier den von Schaumflocken gesprenkelten Hals reckte und keuchte.

»Wir wurden angegriffen!«, rief er. »Vier Tote, einige Pferde verloren, der Contubernalis …« Seine Worte erstickten in einem Hustenanfall.

»Was ist mit Lucius Cassius?«

»Sein Pferd wurde getroffen. Er ist gestürzt.«

Cinna drehte sich im Sattel um, riss den Arm hoch – »Fronto, Ansmerus, zu mir!« – und gab dem Fuchs noch im selben Augenblick die Sporen. Er wusste, wo er die Angegriffenen finden würde, es konnte höchstens vier Stadien voraus geschehen sein. Hinter ihm donnerte der Hufschlag von sechzig Pferden, vor ihm senkte sich der Weg allmählich in das Tal hinab, zog in einer gemächlichen Kurve um den Hang. Endlich sah er die ersten Soldaten, zusammengekoppelte Pferde. Cinna nahm vorsichtig die Zügel auf und verlagerte sein Gewicht, damit der Fuchs langsamer wurde. Die Männer winkten, wiesen ihm den Weg. Er saß ab, überließ sein Pferd einem herbeigeeilten Soldaten und folgte einem anderen, der ihn zu den Verwundeten führte. Und den Gefallenen.

Die Toten lagen nebeneinander auf dem Boden, vier Männer mit blutdurchtränkten Schals, Arme und Beine übersät mit Wunden. Kettenhemden und Helme hatte man ihnen bereits abgenommen. Cassius war nicht darunter. Auf Schrittweite entfernt war der Decurio auf seinen blauen Umhang gebettet worden; sein Helm mit dem prächtigen Rosshaarkamm lag neben ihm, sein Gesicht war nur noch ein rot glänzender Klumpen aus Fleisch und Knochen. Marius hatte er geheißen, Quintus Marius aus Legio.

Gedämpftes Ächzen tönte herüber, dann rannte ein Medicus mit einer schweren Ledertasche vorbei. Der Signifer humpelte auf Cinna zu, stützte sich dabei auf die Standarte, den Helm mit dem Wolfsfell hatte er über seinen Arm gehängt.

»Fünf Gefallene. Acht Verwundete«, berichtete er stockend. »Zwei davon sehr schwer.«

Noch einer war gestorben.

»Wie ist das geschehen?«

Der Mann räusperte sich. »Sie sind aus dem Wald gestürmt, je zwei Mann auf einem Pferd, von denen einer mit der Lanze angriff, der andere absprang und den Angegriffenen vom Pferd zu zerren versuchte. Es ging alles sehr schnell.«

Nickend folgte Cinna mit ihm dem Medicus zu den Verwundeten; einige machten grimmige Mienen, um den Schmerz zu verhehlen, andere, schwerer verletzte, stöhnten leise. Einer der Männer schluchzte.

»Ihre übliche Kampfweise«, murmelte Cinna. »Warum gab es kein Signal?«

»Den Hornisten hat es als Ersten erwischt – ein Pfeil.« Der Signifer schlug sich auf den Hals und verdrehte die Augen. »Und den Lituus haben sie geraubt.«

An einem Baum gelehnt saß Cassius auf dem dunklen Waldboden und stierte ins Leere, er schien Cinna nicht zu bemerken, der neben ihm in die Hocke ging. Der Junge atmete schwer und ungleichmäßig durch den geöffneten Mund. Als Cinna ihm sacht auf die Schulter klopfte, schrak er zusammen. Seine Lippen zitterten, und wie bei einem Kind füllten sich seine Augen mit Tränen, die er blinzelnd einzufangen versuchte, wobei sie sich lösten und über seine Wangen rollten. Hilflos tätschelte Cinna den Arm des Jungen, der geradezu unwirsch das Nass von den Wangen wischte.

»Bist du verletzt?«, fragte Cinna.

Cassius schüttelte hastig den Kopf, und der Medicus, der sich zu ihnen gesellt hatte, bestätigte das: »Nur ein paar Kratzer und ein gestauchter Knöchel. Er hat Glück gehabt. Sie hatten sein Pferd niedergestochen, wollten ihn zu Boden zerren, da warf sich Marius dazwischen.«

Noch bevor der Medicus geendet hatte, schlug Cassius die Hände vors Gesicht, und ein Schluchzen erschütterte seinen Körper. Cinna gab dem Medicus einen Wink, und zu zweit fassten sie den Jungen unter den Armen und stellten ihn auf die Füße; Cassius schnappte nach Luft, als wollte er schreien, da klatschte die Hand des Medicus zweimal auf seine Wangen, links und rechts. Erschrocken starrte Cassius den Mann an, atmete aber wieder ruhig.

»Bringt ihm ein Pferd!«, befahl Cinna, überließ den Jungen, der unter dem Kettenhemd schlotterte, dem Medicus und kehrte zu den Gefallenen und Verwundeten zurück. Wenn die Toten nicht an Ort und Stelle bestattet werden konnten, mussten sie zum nächsten Marschlager mitgenommen werden.

Der alte Weg, der Cinna und Ahtala durch dichten Wald die Berge hinaufführte, war zu beiden Seiten flankiert von

Dickicht, sodass die Fabri viel Arbeit hatten, für die in Viererreihen marschierenden Truppen Platz zu schaffen.

Auf einem breiten Hügelrücken entdeckte Cinna die verfallenen und niedergebrannten Reste eines weiträumigen Marschlagers, ein Rechteck halb verfüllter Doppelgräben vor einem Wall, aus dem noch einzelne Palisadenpfosten ragten. Die zersplitterten Trümmer waren überwuchert von dornigem Gestrüpp, aus dessen Blattwerk rote und schwarze Beeren glänzten. Kreischend und flatternd hoben sich Vögel in die Höhe, als Cinna und Ahtala ihre Pferde auf der Kuppe zügelten und der Fuchs seine Schnauze in das hohe Gras tauchte, das leise im warmen Wind rauschte. Hier habe Varus Befehl gegeben, den Tross aufzugeben, die Wagen zu verbrennen, alles zurückzulassen, das sie nicht unbedingt benötigten. Noch immer habe er darauf vertraut, dass Arminius ihn hinter diesem Bergzug mit Verstärkung erwarte, geglaubt, die Aufständischen seien eingekesselt und sähen ihrer gerechten Strafe entgegen, wenn sich erst ein geeigneter Ort fände, die Truppen zu sammeln und zum Gegenangriff überzugehen. Aber sie hätten zuvor freies Gelände erreichen müssen, und abgesehen vom Tross wurden sie von zahllosen Familien und Sklaven begleitet, denn schließlich sollten die Legionen nach diesem so mühelos erschienenen Straffeldzug in ihre Winterquartiere am Ufer des Rhenus zurückkehren.

In Berichten von Überlebenden hatte Cinna gelesen, dass die Barbaren sich in den Wäldern verschanzt hatten, wohin sie auch so manchen Soldaten oder Trossknecht, so manche Frau verschleppten, die sie lebend ergriffen. Nichts an der sonnenbeschienenen Landschaft ringsum deutete auf die Schrecken jener Nacht hin; leise rauschte das Laub im Wind, Vögel trällerten in den Zweigen des

Waldes auf den Bergkuppen, aus dem damals die Schreie der gefolterten Gefangenen gegellt hatten, deren dünnes Echo Cinna in seinem Kopf zu hören glaubte.

»Dies ist das Feld des Sieges, dem Wodanas geweiht«, sagte Ahtala leise und verfiel dabei in seine Sprache. »Jeder Halm und jedes Blatt sind sein und dürfen von Menschen nicht genossen werden, jede Scholle, jede Sode, jeder Stein, den euer Blut netzte, wurde heilig.«

Cinna schaute über Ahtalas Schulter hinweg auf den breiten Rücken des Berges, der sich hinabsenkte zu ausgedehnten fahlgelben Schilfwäldern, durch die der Wind strich wie eine Hand über das Fell eines Tieres, gesprenkelt mit dem nassglänzenden Schorf der Sümpfe, als wäre es Räude.

»Dort wurden die Soldaten hineingetrieben.« Ahtalas Hand wies auf die unwirtliche Landschaft unterhalb des Hügels. Zwischen wogendem Schilf, Tümpeln und dunklem Moor bewegten sich schwarze Punkte auf dem Wasser, Teichhühner, deren scharfer Ruf die Stille zerschnitt. Wie ein flirrender Schleier näherte sich ein Mückenschwarm. Cinna und Ahtala wendeten ihre Pferde und kehrten auf den Pfad zurück, der nur an wenigen frischen Hufspuren zu erkennen war, schlugen den Weg am Hang entlang ein, der sich sanft zu den ausgedehnten Mooren hinabsenkte. Der sandige Boden war nur spärlich bewachsen mit halbhohen Pflanzen, die die Sommerhitze verdorrt hatte. Grillen zirpten und schnarrten eintönig, während hoch über ihnen eine Lerche zwitscherte.

»Warum folgen Ermanamers' Männer uns nicht?«, fragte Cinna.

»Sie folgen uns, aber sie scheuen davor zurück, diesen Ort zu betreten. Sie fürchten Wodanas' Zorn. Trotzdem werden sie kommen, wenn Ermanamers es ihnen befiehlt. Immerhin begehen wir einen todeswürdigen Frevel.«

»Wird er ihnen den Befehl geben?«

Sie kreuzten ein ausgetrocknetes Bachbett das sich durch Sand und feinen Kies schlängelte, und Cinna quittierte den Gruß zweier Kundschafter, die ihnen entgegenritten, mit einem flüchtigen Nicken, während er auf Ahtalas Antwort wartete.

»Er hat andere Pläne«, sagte der Cherusker leise.

»Was meinst du damit?«

Ahtala atmete sichtlich durch. »Ermanamers ist mehr Römer als Cherusker, und als Römer würde er gut daran tun, euch am Ort eurer ersten Niederlage zu überfallen. Aber obwohl seine Soldaten über Jahre hinweg von euch ausgebildet wurden, befehligt er kein römisches Heer, sondern ist der Heerführer von Kriegerscharen vieler Stämme. Und diese Männer nähmen es ihm übel, wenn er ihnen Befehle gäbe, die sie als Frevel ansähen.«

»Und der Verrat, den er beging und mit ihm all diese Männer, war kein Frevel?«

»Erinnerst du dich, dass auch ich dereinst der Ala angehörte, die unter Ermanamers' Befehl stand?«

»Wie könnte ich das vergessen?«, entgegnete Cinna mit einem schiefen Grinsen.

Als Ahtala sein Pferd zügelte, wendete Cinna seinen Fuchs und schaute dem Cherusker, der sein Leibwächter war, ins Gesicht, las die Anspannung widerstreitender Gefühle in der harten Miene.

»Was ist damals hier geschehen?«

Mit einem Seufzer ließ Ahtala den Kopf hängen, erst nach einer Weile leuchtete ein scheuer Blick unter den Lidern herüber, dann schluckte er. »Als wir uns damals von

Varus' Heereszug trennten, stieß bald darauf eine Abordnung der Marser zu uns, die uns zu den längst errichteten Wällen führen sollte. Ermanamers selbst traf dort bald nach uns ein, in seinem Gefolge weitere einheimische Hilfstruppen, die ihre Offiziere getötet hatten, um nun ihm zu folgen. Aber einen von ihnen hatten sie am Leben gelassen, einen mit vielen Narben ausgezeichneten Mann, der uns mit Verachtung strafte. Ermanamers weihte ihn stellvertretend für jeden Römer, dessen Füße diesseits des Rhenus den Boden berührten, als Blutopfer für Wodanas, damit der Gott Kampfkraft und Wut seiner Männer befeuere und ihnen den Sieg schenke. Er ließ ihn dem Gott zur Ehre schlachten und mit seinem Blut die Erde unterhalb der Wälle tränken, so wie das Blut der römischen Soldaten und ihrer Verbündeten diese Erde tränken sollte.«

Gleichzeitig ließen sie ihre Blicke über den Wald, den sanft abfallenden Hang bis zum Röhricht hinunter schweifen, wo geborstene Erdschollen die Überreste eines breiten Bohlenweges säumten. Sie lenkten ihre Pferde auf den Sand neben den faserigen Hölzern, doch die Hufe sanken so tief ein, dass sie nur langsam vorankamen. Zwischen den Binsen lugte ein Stab schräg aus dem Boden, mit einem Knauf, grau wie altes Elfenbein, dahinter lag halb verdeckt ein gebogenes Stück. Kaum einen oder zwei Fuß ein weiteres. Dahinter etwas, das wie eine zerbrochene Schale aussah.

Das süße Zwitschern der Vögel klang unversehens falsch. Cinna brachte den Hengst zum Stehen, schwang ein Bein über den Hals des Pferdes und glitt zu Boden. Er ahnte, dass es die Überreste eines Menschen waren, die er vor sich sah, vielleicht die mehrerer Gefallener, die zurückgelassen worden waren, von Aasfressern zerrissen und auseinandergezerrt, Sonne, Regen und Wind ausgesetzt, unbestattet an diesen Ort gefesselt. Er hob den Kopf, sah zu den rauschenden Wipfeln empor und glaubte, sie zu hören, die Manen, die darum flehten, durch Feuer von ihren Gebeinen erlöst zu werden.

Er schüttelte die Stimmen ab, seine Augen suchten den Blick eines Lebenden, fanden Ahtalas Gesicht.

»Du warst … hier?«

Der Cherusker nickte langsam, als müsse er dabei gegen einen Widerstand ankämpfen.

»Diese Toten sind versprengte Flüchtlinge«, entgegnete er rau. »Das eigentliche Schlachtfeld ist noch einige Stadien entfernt.«

Indem er den Zügel über den Hals des Pferdes legte und sich zur selben Seite lehnte, wendete er das Tier. Zögernd kehrte Cinna zu seinem Fuchs zurück; seine Beine wollten ihm kaum gehorchen, Kälte schien an ihnen emporzukriechen, als er auf den Rücken des Pferdes sprang, um Ahtala zu folgen. Einige Schritte vor sich erkannte er einen grasbewachsenen Wall auf dem Hang. Hier schob sich der Pfad zwischen junge Birken, deren helles Laub die Sicht verdeckte. Cinna musste die Zweige wie einen Vorhang mit der Hand beiseiteheben, um zu sehen, was Ahtala sah, der auf ihn wartete und mit kalkweißen Zügen auf seinem Braunen saß wie eine noch unfertig bemalte Marmorstatue, deren Gesicht sich der Bildhauer für den nächsten Morgen aufgehoben hatte.

Später, als sie längst in Germanicus' Marschlager zurückgekehrt waren, hätte Cinna nicht mehr sagen können, wann sich sein Geist vor dem Anblick dieses Knochenfeldes verschlossen hatte. Denn erst als er in sein Quartier zurückgekehrt mit zitternden Händen den Becher umklammerte, den ihm Valens gereicht hatte, dann den Inhalt in wenigen großen Schlucken trank, stiegen die Bilder in ihm auf, als sähe er sie gerade erst vor sich. Ihre Pferde waren durch ein Meer von Gebeinen gewatet, die bereits eine dünne Schicht Erde und Laub bedeckte; aber immer wieder hatte es unter den Hufen geknirscht und geknackt.

Fassungslos hatte Cinna den von einer Palisade gekrönten Wall angestarrt, der sich den Weg entlangzog. An einigen Stellen war dieser Damm eingebrochen, ausgewaschen, Regen und Wind hatten ihn zernagt. Welche Zuversicht hatte Varus veranlasst, seine Legionen zwischen Berghang und Moor auf einem vom tagelangen Regen aufgeweichten Weg an dieser Befestigung vorüberzuführen? Truppen, deren Ausrüstung unter der Nässe gelitten hatte, schwer geworden war, teilweise unbrauchbar. Das Gelände war bis auf die Leichen geplündert worden, gelegentlich hing der modrige Fetzen eines zerrissenen Umhangs an Zweigen, als nutzlos zurückgelassen. Schwarze Klumpen zwischen den Binsenbüscheln erwiesen sich als Reste lederner Schildhüllen oder Taschen.

Als sie eines der Rinnsale, die den Wall durchspült hatten, kreuzten, bemerkte Cinna ein kurzes Aufblitzen, ein metallisches Schimmern. Er rutschte vom Pferd, bückte sich und grub im feinen Sand des Bachbetts, ließ diesen durch die Finger gleiten, bis er die kleine Scheibe spürte, sie hochhob. Er hielt einen Denarius, die Vorderseite zeigte Caesar Augustus, über der Stirn die dünne Binde, die ihn in den Rang eines hellenischen Königs versetzte; am Rand war der Gegenstempel des Varus eingeprägt.

Ahtala hatte ihm die Opferstätten gezeigt, Steine, auf denen gefangene Offiziere enthauptet worden waren. Menschenschädel grinsten aus den Astgabeln der umstehenden Bäume. Ausgefranste Wimpel schmückten die Zweige. Hier oben waren überall ausgewaschene Fußspuren tief in die schwarze Erde gedrückt, und zwischen den Wurzeln eines verdorrten Eichenstumpfes lag ein schwarz gewordener und verkrümmter Soldatenstiefel, nur noch an einigen rostigen Nagelkappen der Sohle erkennbar.

Auf dem Weg zurück hatte Cinna begonnen, die herumliegenden Schädel zu zählen. Mehr als hundert hatten die Bäume geschmückt, viele lagen, teilweise gespalten, im modernden Laub, weitere, dünner gestreut zwischen weißgrauen, spröden Knochen, auf dem Hang. Er verhedderte sich, sein Blick irrte zwischen den wie überflüssiges Gerümpel hingeworfenen Gebeinen umher, trübte sich, seine Kehle war zugeschnürt, unmöglich, den Kloß hinunterzuschlucken, und seine Augen brannten.

Ahtala hatte ihn ins Lager zurückgebracht, so viel war ihm klar. Jetzt lag ein aufgeklapptes Wachstafelnheft samt Griffel auf seinem Schoß, und er presste die verschränkten Finger gegen die Stirn im Ringen um Worte, mit denen er das Gesehene wiedergeben könnte. Cassius meldete, die Fabri hätten inzwischen einen Weg bis zum Herzen des Schlachtfeldes gebahnt; seine versteinerte Miene verriet, dass er im Bilde war, zugleich, dass er dennoch keine Ahnung hatte, was ihn erwartete, und Cinna verspürte schon jetzt Mitleid mit dem Jungen. Denn er war überzeugt, dass Germanicus alle Soldaten zu diesem Feld des Todes führen werde, um ihnen zu zeigen, welch ruchlosen Feind sie bekämpften.

XII

Die Scheiterhaufen brannten noch, als die Dämmerung zwischen den Bäumen herabkroch. Reglos umstanden die Soldaten die knisternden und fauchenden Stöße brennenden Holzes, Legionäre und Verbündete, Italiker neben syrischen Bogenschützen, gallischen und asturischen Reitern sowie germanischen Kriegern. Sie hatten die Haine verwüstet, die Opfersteine umgestürzt und die mit Trophäen und Gebeinen behängten Bäume gefällt. Über die hölzernen Standbilder, kaum mehr als roh behauene Scheiter und Astgabeln, die den Hain wohl bewachen sollten, waren sie wie rasend hergefallen und hatten sie mit ihren Äxten in Stücke gehauen.

Nach all dem Wüten lärmten nur noch die Feuer, und sogar die brachen mit beginnender Dunkelheit allmählich zusammen. Viele Männer lagerten auf der Erde, die das Blut ihrer Kameraden getränkt hatte, um die Begräbnisstätte zu bewachen. Die Feuer hatten sämtliche Tiere des Waldes vertrieben, und dennoch schien es, als ob der Wald selbst Augen hätte. Kundschafter entdeckten vereinzelte Spuren, die weder von den geflüchteten Tieren stammten noch von ihren eigenen Soldaten. Sie wurden beobachtet.

Die Angriffe begannen, als sie das Gelände der Schlacht verlassen und sich auf den Rückweg gemacht hatten. Hier und da ergoss sich ein Regen von Wurfgeschossen über die Legionäre, die sich zu schützen wussten, indem die Einheiten dicht beieinanderblieben und mit ihren Schilden einen gemeinsamen Panzer bildeten.

Nicht alle befehlshabenden Offiziere waren an diesem Abend zur Beratung geladen, aber Cinna hatte ausreichend Beschäftigung mit der beengten Einquartierung der eigenen Männer und Pferde, sodass er beim Signal der Bucina erleichtert zur Kenntnis nahm, dass die Versammlung ohne ihn stattfand. Er hatte zwischen ein paar Besprechungen mit den Decurionen und dem Lagerpraefecten einen Brotfladen und einen Napf kalter Grütze gegessen und spritzte sich gerade etwas kaltes Wasser ins Gesicht, als Hraban vor ihm stand.

»Wir haben uns lange nicht gesehen«, beendete Cinna ihre Begrüßung nach gegenseitigem Schulterklopfen.

»Ab morgen werden wir beide der Vorhut zugeteilt sein«, erwiderte Hraban. »Und es geht das Gerücht, dass Germanicus den Truppen des Ermanamers nachsetzen will, um sie zu stellen.«

Cinna erinnerte sich an Germanicus' zunehmend verdüsterte Miene während der vier Tage, die sie mit der Beisetzung der Gefallenen jener verheerenden Niederlage zugebracht hatten. Während seine eigenen Männer zusammen mit den Angehörigen anderer Reitertruppen das Gelände bewacht hatten, hatten die Legionäre die heiligen Handlungen vollzogen. Die einen hatten die Knochen sorgfältig vom Boden aufgelesen, während andere Holz sammelten, hackten und schichteten. Länger als einen Tag hatten die Scheiterhaufen gebrannt, bevor sie zusammengefallen waren, hatten die Legionäre Asche und Knochenreste nochmals eingesammelt und feierlich bestattet. Germanicus selbst hatte den Ersten der Grassoden gelegt, die den Hügel bedecken sollten.

Eine vergiftete Stimmung herrschte unter den Soldaten; viele hatten Kameraden, etliche Freunde und manche sogar Verwandte unerkannt bestattet. In den Mienen mischte sich der finstere Wunsch nach Rache mit dumpfer Trauer, und die Angriffe der Aufständischen hatten einen Zorn entflammt, der überall im Marschlager an den gewöhnlichsten kleinen Missgeschicken aufloderte.

»Kein Wunder«, murmelte Cinna schließlich. »Sie sind gerade in der besten Stimmung für Vergeltungsschläge.«

Hraban verzog die Lippen zu einem schiefen Grinsen. »Um Arminius' Scharen zu stellen, braucht Germanicus schnelle Einheiten, Reiter. Mit den schwer bepackten Legionären kann er ihnen nicht folgen, weil sie sich in die Wälder zurückziehen, sobald wir uns ihnen nähern.« Er drehte sich um in Richtung der Zelte im Herzen des Marschlagers, wo just die Beratung stattfand. »Glaube mir, ich wäre jetzt sehr gerne dabei, um zu erfahren, was beschlossen wird.«

Seufzend ließ Cinna sich auf einem Klappsessel nieder, bot Hraban den zweiten an und griff nach dem Becher mit gewässertem Wein, den Valens ihm und seinem Gast dienstbeflissen anbot. »Das erfahren wir früh genug, Hraban.«

Ihm war nicht wohl bei dem Gedanken, Germanicus könne auf den Plan verfallen, die Feinde mit der Reiterei zu verfolgen. Seit ihrer letzten Begegnung im Kampf war Cinna mehrmals klar geworden, wie leichtsinnig es gewesen war, Arminius nachzusetzen. Womöglich lag es in dessen Absicht, Germanicus zu diesem Vorgehen zu verleiten, womöglich lauerten tiefer in diesen Wäldern, oberhalb der Talgründe, größere Heerscharen, bestens vorbereitet. Als er in Hrabans Gesicht blickte, leuchtete daraus der Eifer, die Schande seiner Sippe wettzumachen. Cinna lächelte ihm zu. Auch er hegte den grimmigen Wunsch, sie würden gemeinsam gegen diesen Feind ins Feld ziehen.

»Hast du Nachricht von Sunja?«, fragte Hraban.

Den Becher absetzend, schüttelte Cinna den Kopf. »Schon seit einer ganzen Weile nicht mehr. Ich vermute, dass sie viele Nachrichten und Briefe, die nicht dienstlich sind, derzeit liegen lassen. Wir befinden uns auf einem Feldzug.«

»Was du nicht sagst!« Hraban lehnte sich zurück, leerte den Becher und nestelte dann an dem kleinen Lederbeutel, den er am Gürtel trug. »Wir könnten uns die Zeit mit einer Runde Würfeln vertreiben.« Er beförderte einige Knöchel ans Licht und ließ sie in den Händen leise klickern.

Sie spielten eine Weile mit wechselndem Glück, es gelang ihnen, sich wieder zum Lachen zu bringen, während die hereinbrechende Nacht herbstliche Kühle hereintrug. Cinna, der Hraban schon einige Sesterzen abgenommen hatte, schlüpfte wieder in Waffenrock und Reithosen und warf Hraban einen Umhang zu. Nach einer Weile gesellte sich Cassius zu ihnen, der allmählich seine Zurückhaltung gegenüber Cinnas auf den ersten Blick wenig standesgemäß erscheinenden Freunden aufgab.

Gerade als Hraban seine Würfel wieder in den Beutel stopfte, polterten Schritte auf das Zelt zu, die Plane flog beiseite, und mit dem kühlen Luftzug, der die Öllichter aufflackern ließ, traten Firmus und Flavus ein. Firmus ließ sich wortlos in den letzten freien Sessel sinken, während Flavus' Stirnrunzeln und die Anspannung, die seine Züge eckiger erscheinen ließ, als sie ohnehin schon waren, nichts Gutes verhießen.

»Lasst uns auf den bevorstehenden Sieg trinken!«, dröhnte er, nachdem Valens ihm einen Becher in die Hand gedrückt hatte, den er nun hob. »Lasst uns Mars und Iuppiter einen Teil dieses Weines weihen, auf dass sie uns den Sieg schenken mögen, damit wir den Verrat sühnen, die Aufständischen brechen und die Entehrten wieder in ihre Rechte einsetzen.«

Schweigend gossen sie einen dünnen Strahl auf den Boden, wo sich eine Pfütze bildete, die den Duft italischen Weines verströmte. Dann tranken sie einander zu, leerten die Becher in einem Zug.

»Es ist soweit«, begann Firmus leise. »Wir werden uns zunächst einmal hier festsetzen. Die Reiterei wird sich daranmachen, Arminius' leichte und bewegliche Scharen zu bedrängen, und wenn er gestellt ist, werden die nachrückenden Legionen ihn in die Zange nehmen.«

Kälte kroch in Cinnas Nacken, seine Nackenhaare sträubten sich. »Germanicus glaubt also, er könne Arminius dort stellen, wo dieser Varus' Legionen aufgelauert hat.«

»Nein, einen Tagesmarsch entfernt. Einen besseren Ort gibt es nicht!«, entgegnete Flavus.

»Vielleicht aber auch keinen schlechteren …«

Ihre Augen richteten sich auf Firmus, der mit ausgestreckten Beinen im Sessel saß. Der Centurio blickte unter den dünnen Brauen hinweg von einem zum anderen. Cassius, der neben Valens beim Mischkrug stand, schien den Atem anzuhalten, seine Wangen waren fleckig.

»Wir rücken also in die Nähe der cheruskischen Gebiete vor, und dort soll unsere Reiterei Arminius aus den Wäldern scheuchen?«, begann Cinna vorsichtig. »Und wann soll der Angriff erfolgen?«

»Übermorgen«, erwiderte Firmus.

Er ließ sich von Valens nachschenken, drehte den Becher in den Händen. Wieder sah er Arminius auf seinem großen Schimmel vor sich, wie er das Pferd herumriss und davonsprengte. Ohne zu zögern, hatte Cinna seinen Hengst hinterhergetrieben, er konnte noch immer das Holz des Wurfspießes in seiner Hand fühlen, die unbändige Wut, bevor sein Pferd sich unter ihm überschlagen hatte.

Cinna fuhr auf, und als er die Augen öffnete, bemerkte er, dass alle Blicke auf ihn gerichtet waren. Der Becher war ihm durch die Finger gerutscht und zu Boden gefallen, weggerollt, wobei der Wein eine helle Spur nachzog. Valens hob das Gefäß auf, sah ihn fragend an, und als Cinna energisch nickte, spülte er den Becher aus und gab ihn Cinna neu gefüllt zurück.

»Aber was ist, wenn Arminius genau damit rechnet? Was ist, wenn er sich in den Wäldern verschanzt hat und wir ihm in die Falle gehen?«, fragte Firmus.

Flavus' verbliebenes Auge wurde schmal. »Er rechnet nicht mit einem Angriff der Reiterei in den Wäldern. Das ist nicht unsere übliche Kampfweise. Woher sollte er also wissen, was dieser Angriff zu bedeuten hat. Wir werden ihn überrumpeln, und dann muss er sich stellen.«

Stumm setzte Cinna den Becher an die Lippen und leerte ihn in einem Zug, stellte ihn ab, ballte dann die Fäuste, dass die Knöchel weiß hervortraten. Er würde den Verräter nicht noch einmal verfehlen.

*

Mit scharfen Worten hatte Germanicus die Männer der Reiterei angefeuert, sie glauben gemacht, nun läge es an ihnen, diesen Feldzug zu Ende zu bringen, indem sie das letzte, entscheidende Ziel erreichten: Arminius aus seinem Versteck zu treiben wie den Wolf auf der Hatz, ihn zu stellen und zu töten.

Die Reiter der zweiten Asturischen Ala hatten sich zügig in Angriffsordnung aufgestellt. Der Lärm der aufmarschierenden Truppen verhinderte, dass Cinna lange Reden halten musste, was ohnehin nicht seine Art war. Flankiert von den beiden Leibwächtern saß er auf seinem gewappneten Fuchs vor den Reitern, die seinem Befehl unterstellt waren, vorneweg die Decurionen Fronto und Ansmerus. Sein Blick flog über die flatternden Wimpel und schimmernden Spitzen der Feldzeichen, über die funkelnden Masken der Standartenträger und die Wolfsfelle, die sie über ihre Helme gezogen hatten. Zahllose angespannte Mienen fixierten ihn, und er erkannte viele vertraut gewordene Gesichter. Cassius hielt sich wie befohlen in seiner Nähe.

Cinna lag nicht daran, Germanicus' scharfe Rede, die dieser nicht zum ersten Mal gehalten hatte, zu übertrumpfen, schon weil er angesichts seiner eigenen Unruhe nach Worten rang. Alkyon trat unter ihm augenrollend von einem Huf auf den anderen, und die Gebisskette knirschte zwischen seinen Zähnen. Er schäumte schon jetzt.

Ein heller Ruf erreichte ihn. Hraban, dessen Cherusker zwischen seiner Ala und dem Hauptteil der Truppen aufgestellt worden waren, winkte ihm zu und schüttelte angriffslustig die Faust. Cinna wandte sich seinen Reitern zu. »Soldaten!«

Auf seinen Ruf hin hoben die Reiter ihre Lanzen, und das Geräusch wogte über ihren Köpfen auf.

»Ihr habt gehört, was zu tun ist. Wir sind die Treiber auf dieser Jagd, die das Wild aufspüren sollen, die Hunde, die den Jägern das Wild zuführen. Am Ende des Tages soll die Beute Germanicus zu Füßen liegen, und unser Anteil wird nicht gering sein!« Er stieß die Lanze in die Luft. »Holen wir uns die Beute!«

Jubel brandete auf. Mit dem scharfen Ton des Lituus setzte sich die erste Linie der Reiter in Bewegung, wenige Atemzüge darauf die zweite, dann die dritte, sodass sie sich im scharfen Trab wie Brandungswellen in den lichten Wald ergossen. Pedo kommandierte diese Linien, er selbst führte die vierte Welle an. Der Hörnerklang pflanzte sich nun bis zu den Flügeln fort, wo rechter Hand Flavus' germanische Ala schon vorandrängte, als Cinna auf der linken Seite den Befehl zum Aufbruch gab.

Die Zügel hielt er zusammen mit dem Griff des Schildes in der Linken, die Rechte langte rückwärts nach dem Köcher, nach einem der Spieße. Alkyon warf den Kopf hoch und sprang in weiten Sätzen den flachen Hang hinunter. Plötzlich sausten die ersten Pfeile auf sie zu. Cinna wusste bereits, was sie im Tal und auf dem jenseitigen Hang erwartete: vereinzelte feindliche Stellungen, in denen sich die Aufständischen verschanzten. Dennoch überraschte ihn die Dichte des gegnerischen Geschosshagels. Sie hörten erste gellende Schreie, Befehle und anfeuernde Rufe, als eine Gruppe von vielleicht zwanzig feindlichen Reitern sich ihnen stellte – vielmehr die wenigen, die den Speeren und Schwertern der vordersten Linien entkommen waren. Einige Pferde brachen getroffen zusammen, doch die Männer rappelten sich auf und rannten mit ihren Spießen auf die nächste Linie zu, die sich vor ihnen verdichtete, sie niederrannte und nur noch Tote und Verwundete zurückließ.

Cinna warf einen Blick über die Schulter auf Cassius, der mit fleckig roten Wangen auf seinem Braunen dahinjagte, den kurzen Speer in der Hand wog und sichtlich nach einem geeigneten Ziel Ausschau hielt. Wie befohlen begleiteten ihn zwei Asturier.

In der Senke öffnete sich eine Lichtung, Wiesen, auf denen in besseren Zeiten Vieh weiden mochte. Die Pferde setzten mühelos über den schmalen Bach, dann schwenkten sie geschlossen in das Tal ein, weiter aufwärts, wo sich auf einem Hügel eine Palisade erhob. Davor sammelten sich Reiter zum Kampf, sprengten brüllend auf sie zu. Dies musste die Stellung sein, die sie überrennen und besetzen sollten, das Marschlager, in dem sich Arminius aufhielt.

Die Angreifer warfen sich auf die Mitte der Reiterfront, schlugen einen Keil, verwandelten die Reihen in ein Knäuel. Geschosse flogen ihnen von der Palisade entgegen, Pfeile, Speere – aber zu wenige. Sie hätten auf Tausende von Barbarenkriegern stoßen müssen, trafen aber kaum mehr als einige Handvoll. Cinna nahm seinen Hengst zurück, gab ein Zeichen, sich zu sammeln, winkte zu Hraban hinüber, der darauf den Hals reckte und sich umschaute. Einige Späher schwärmten aus. Die Angriffswellen gerieten ins Stocken. Abgesehen von vereinzelten Schreien und Beschimpfungen von der Palisade herab war es still. Zu still.

»Ist er abgezogen?«, rief Cassius Cinna zu. »Feige geflüchtet?«

Cinna winkte hastig ab, sein Blick glitt über den Waldrand oberhalb von ihnen. Die Reiter waren zum Stillstand gekommen. Die Wipfel der Bäume rauschten leise, zu leise um das ferne Wiehern zu übertönen. Cinna horchte auf.

»Das ist eine Falle«, flüsterte Ahtala dicht neben ihm.

Cinna drehte sich zu dem Signifer und dem Hornisten um, stieß ihnen warnend die Hand entgegen, als im selben Augenblick vom rechten Flügel her ein schrilles Warnsignal ertönte, das sich rasch fortpflanzte. Ein dumpfer Ton erhob sich, die Wälder gerieten in Bewegung, und sie erbrachen Menschen, bewaffnete Krieger, die unter ohrenbetäubendem Gebrüll und Getöse ringsum in das flache Tal strömten.

Cassius stieß einen Schrei aus. Die Schreckstarre, die Cinna umklammert hatte, zerbrach. Die Offiziere verständigten sich durch hastige Zeichen, auf einer Linie stehen zu bleiben, keinen Keil zu bilden, den die Barbaren leicht würden einkesseln können. Nur Flavus' Reiter stürmten am rechten Flügel den Feinden entgegen.

Pfiffe durchschnitten die Luft, und ein Regen von Geschossen prasselte auf die asturischen und ubischen Reiter herab. Arminius hatte die von Varus erbeuteten Geschütze auffahren lassen. Wo immer er sich die Munition beschafft hatte, sie würde reichen, die Reiter zusammenzutreiben, wenn sie nicht sofort handelten. Die Hänge wimmelten von feindlichen Kriegern, die sie bald überrollt haben würden. Cinna wandte sich zu Pedo um, der von den ranghöchsten seiner Offiziere umgeben war, plötzlich die Hand in die Luft stieß und sein Pferd herumwarf. Das Hornsignal zur geordneten Umkehr schallte hell über das Tosen hinweg.

Doch an geordnete Umkehr war nicht zu denken. Kaum drehten sich die Standarten um, machten die Reiter kehrt, warteten nicht, bis die hinter ihnen befindlichen Reihen sich in Bewegung setzten, sondern stürzten in wilder Hast davon, ins Tal hinunter. Auch Cinnas Männer flüchteten nach kurzem Zögern, und er fand sich mit Cassius, den höchsten Decurionen und den Leibwachen zurückgelassen, während die Barbaren brüllend heranstürmten, dann stehen blieben und mit ihren Speeren zielten.

»Weg hier!«

Cinna trieb Alkyon die Sporen in die Flanken, dass der Hengst mit einem wütenden Schnauben talwärts stob, während das Tosen hinter ihnen anschwoll. Ein Blick über die Schulter zeigte Cinna die Scharen germanischer Reiterei, die sie verfolgten. Er fühlte den Puls im Hals rasen bei dem Gedanken, dass die fliehenden Soldaten sich vor den Offizieren befanden. Es war kaum möglich, Ordnung in dieses Durcheinander zu bringen, durch das er sich nach vorn kämpfte. Herrenlose Pferde rannten wiehernd und bockend umher, blieben zurück. Männer wälzten sich schreiend im Gras. Es gab Cinna einen Stich in die Brust, erst recht, als er die Farben seiner eigenen Soldaten erkannte, doch er durfte nicht anhalten, musste die Gestürzten zurücklassen, um nicht selbst in die Hände des Feindes zu fallen. Er musste die Spitze der flüchtenden Truppen erreichen, um sie aufzuhalten, denn das Tal mündete in eine ausgedehnte sumpfige Aue, ein Gelände ähnlich dem, das auch Varus schon zum Verhängnis geworden waren.

Wieder ertönte Lärm, die Flucht geriet ins Stocken, Schreie, Wiehern, das Dröhnen von Holz und Metall. Sie waren auf die nachrückenden Cohorten getroffen. Früher als erwartet. Offiziere bellten wütende Befehle zur Ordnung, doch die Einheiten der Reiter waren längst völlig aufgelöst, stauten sich als wirres Gewühl. Überall angstverzerrte Gesichter, Pferde drehten sich im Kreis, bissen, keilten aus. Und hinter ihnen preschten die Feinde heran.

Ohne recht zu überlegen, was er tat, schrie Cinna die ihn umgebenden Soldaten an, schimpfte sie feige, fluchte ihnen, befahl ihnen, umzukehren und sich dem Feind zu stellen. Erst als sich Reihen, versetzte Linien bildeten, bemerkte er, dass immer mehr von ihnen mit verbissenen Mienen gehorchten. Auch andere Einheiten formierten sich zur Schlacht. Die jahrelange harte Übung zahlte sich aus, kühle Ruhe breitete sich in ihm aus, als er an der vordersten Linie entlangtrabte, sie mit erhobener blanker

Klinge anfeuerte, dann umschwenkte. Er schloss die Augen, Hufschlag, Schreie, Schlachtrufe fielen wie Brandung über ihn her, um an der Ruhe, die ihn umhüllte, abzuperlen. Er sah seine Söhne vor sich, Lucius und Gnaeus, sah Sunja, ihre hellen Augen, das vollkommene Oval ihres Gesichtes. Sie mussten die Barbaren aufhalten, sie unterwerfen, dafür sorgen, dass nie wieder marodierende Banden die an die Germania grenzenden Gebiete überfielen und plünderten. Fester umklammerte er das Heft des Schwertes und hieb die Sporen in Alkyons Leib.

Der Aufprall der feindlichen Linie übertraf alles, was Cinna bislang erlebt hatte. Kaum hatte er die Augen geöffnet, riss er den vorwärtsspringenden Fuchs zur Seite, um einem anrennenden Gegner auszuweichen, der seinen Spieß nach ihm schwang. Die eiserne Spitze kreischte über den Schildbuckel, als Cinna an diesem Schutz vorbei die Klinge nach dem Körper des Angreifers stieß, ihn jedoch verfehlte. Er bahnte sich einen Weg durch die erste Reihe, schützte sich links mit dem Schild, während er sich rechts die Gegner mit der langen Klinge vom Leibe hielt. Gemeinsam mit Ahtala und Duvius nahm er die nächsten Feinde in die Zange; sie trieben die Barbaren einander zu, und wenn diese versuchten sich gegen Cinna zu schützen, nutzte einer der beiden Leibwächter die Lücke in der Deckung, um den Spieß wuchtig in den kettenhemdbewehrten Leib des Gegners zu bohren. Ein Krieger glitt von der Kruppe seines stürzenden Pferdes, stellte sich Cinna brüllend in den Weg, da stieg Alkyon auf der Hinterhand, schlug mit den Hufen nach dem Angreifer, schleuderte ihn mit blutig zerschlagenem Gesicht zu Boden.

Cinna spürte die Schläge kaum, die er hinnehmen musste. Das Blut rauschte in den Ohren, der Herzschlag dröhnte durch den ganzen Körper, und der Atem brannte in der Kehle. Er nahm kaum mehr wahr, als die Gesichter der Männer in seiner Nähe, die Farben, die sie trugen, Freund oder Feind, Lücken in der Deckung, hell aufblitzende Haut, verwundbare Stellen. Das Aufblitzen der Augen kurz vor dem Angriff, das Flackern in denen der Getroffenen, ihr dumpfes Stöhnen. Vom Boden her wimmerten Verwundete, die wenigsten hatten das Glück, aus dem Getümmel gezerrt zu werden. Blut sickerte zwischen den Lagen des breiten Lederbandes, das Cinna sich zum Schutz um den Schwertarm gewickelt hatte. Sein rechter Oberschenkel schmerzte, seitdem ihn eine Keule dort gestreift hatte, die lederne Hose war zerrissen und dunkelrot verschmiert. Wasser spritzte unter ihm auf. Als er nach unten blickte, erkannte er schwarze Erde, Schlamm und zertrampeltes Binsengrün. Ringsum hatte sich das Tal geöffnet. Ihm wurde bewusst, dass die Masse der Barbaren sie unausweichlich in den Morast schob.

Plötzlich schallten Bucinensignale über sie hinweg, Angriffssignale. Als hielte die Welt den Atem an, senkte sich Stille über die Kämpfenden, übertönt vom Marschgetöse Zigtausender genagelter Sandalen, von Befehlen, die mit einem Schrei aus Zigtausenden Kehlen beantwortet wurden.

»Germanicus!«

Die Legionen waren zur Stelle.

*

Alkyon blutete aus einer Wunde an der Schulter. Immer wieder hatte der Hengst ihn aus dem engsten Gewühl gerettet, sich einen Weg ertrotzt, indem er mit gebleckten Zähnen nach Pferden und Menschen geschnappt hatte.

Zum ersten Mal hatte Cinna die Wut dieses Tieres erlebt und konnte ermessen, welch wertvolles Geschenk Germanicus ihm gemacht hatte. Cinna strich dem Pferd den dichten rotbraunen Schopf aus der Stirn, dann glitt seine Hand über den Mähnenkamm bis zum Widerrist hinunter. Alkyons Fell war dunkel von Schweiß, der Rumpf mit grauweißen Schaumflocken bedeckt. Er keuchte, zitterte und schlug mit dem Schweif nach den Fliegen, die ihn salzhungrig umsummten. Cinna fuhr herum, und als der Schmerz seinen Oberschenkel durchzuckte, presste er die Hand auf die Wunde.

»Wo bleibt das Wasser?«, brüllte er.

Ein Pferdebursche eilte mit einem Kübel auf ihn zu, aus dem es wild spritzte, hinter ihm näherten sich Reiterpraefect Albinovanus Pedo mit einem grimmigen Grinsen auf dem Gesicht und Cassius, der auffällig humpelte. Mühsam verschluckte Cinna die aufsteigenden Tränen, um zwei tastende Schritte zu machen, blieb dann mit zusammengebissenen Zähnen stehen und massierte die Verletzung. Der Pferdebursche stellte neben dem Kopf des Hengstes den Eimer ab, hangelte einen nassen Lappen aus dem Wasser, den er leicht auswrang, und begann das Fell des Pferdes behutsam abzuwaschen.

»Geh endlich zu den Ärzten, Gaius Cornelius!«, rief Pedo. »Um deinen tapferen Gaul kann sich dieser Lümmel hier kümmern.« Aufmunternd tätschelte er Cassius, der arg blass war. »Treibt sich das Bürschlein unversehrt im dichtesten Kampfgetümmel herum, um sich im Lager beim Abspringen den Fuß zu verstauchen!«

»Ich habe nicht gekämpft!«, murrte Cassius. »Ich kam überhaupt nicht dazu.«

»Kein Wunder«, entgegnete Cinna. »Deine Bewacher

waren angewiesen, dich um jeden Preis zu beschützen. Ich durfte doch nicht zulassen, dass ein zukünftiger Consul in diesem Dreckloch abgeschlachtet wird.«

»Diese Sache könnte dir ein Paar hübsche Armreifen einbringen.« Unverblümt grinste Pedo Cinna an. »Trotzdem solltest du endlich zu den Ärzten gehen, um dir das«, er wies auf Cinnas blutendes Bein, »verbinden zu lassen.«

Stirnrunzelnd machte Cinna sich auf den Weg, nicht ohne dem Fuchs noch einmal Hals und Brust gestreichelt zu haben.

»Ein bemerkenswertes Pferd«, sagte Pedo, der ihn begleitete. »Wenn es nach euch beiden gegangen wäre, hätten wir die Barbaren in ihre verfluchten finsteren Wälder zurückgetrieben.«

»Lass die Schmeichelei! Wir waren zu wenige.«

»Zumindest hat Arminius nicht die Oberhand behalten.«

»Aber auch nur deshalb, weil die Legionen rechtzeitig gekommen sind.«

Noch bevor sie die Zelte der Ärzte erreichten, hörten sie schon das Stöhnen und Wimmern der Verwundeten, rochen das eklige Gemisch von Blut und Urin, Kot und Erbrochenem. Ein Kloß stieg Cinna in die Kehle. Ein Medicus verschwand bei ihrem Eintreffen im Hauptzelt und kehrte mit einem kleinwüchsigen, hellhäutigen Griechen zurück, in dem Cinna einen der ranghohen Ärzte erkannte. Der Blick des Mannes glitt über Cinna hinweg, blieb kurz an dessen zerrissener, blutgetränkter Hose hängen, ehe er ihn begrüßte.

»Das sieht hübsch aus.« Der Arzt, der sich als Iulius Herophilus vorgestellt hatte, deutete auf Cinnas Bein.

»Was denkst du, warum ich hier bin?«, knurrte Cinna und betrat das Zelt.

Gehorsam streifte er die Reithose ab, stemmte sich dann auf eine der herumstehenden Klinen, wobei er die zahllosen Knäuel blutiger Tücher auf dem Boden nicht zu beachten versuchte. Gehilfen brachten frisches Wasser, Tücher und ein Kästchen mit Instrumenten, bei deren Anblick Cinna schwer schluckte. Er konnte sich denken, warum Pedo ihnen nicht gefolgt war, als er den zugedeckten Körper auf einer anderen Liege bemerkte.

Herophilus setzte sich auf den Rand der Kline, drückte ein wenig an Cinnas Oberschenkel herum, tastete rings um die geröteten und leicht aufgeworfenen Ränder des mehrere Fingerbreit langen Schnittes und zog die Nase kraus. »Das sieht wirklich hübsch aus.«

Er winkte nach den Instrumenten, blickte Cinna dann aufmerksam an. »Denk mal kurz an ein schönes Mädchen, an irgendetwas Angenehmes …«

Ein kurzer trockener Schmerz bohrte sich in das Bein. Tapfer schaute Cinna zu, wie Herophilus mit einer Pinzette einige Lederfetzen und anderen Schmutz aus dem Schnitt pulte, bevor er die Wunde mit einem in Wein getränkten Tuch reinigte. Das Wasser strömte ihm über die Wangen, während er mit fest zusammengepressten Lippen geschehen ließ, dass der Arzt die Ränder des Schnittes mit einer gekrümmten Nadel vernähte, dann wohlriechende Salben auftrug und das Bein fest verband. Fehlte nur noch, dass der Mann Beschwörungen murmelte – stattdessen lächelte er nur heiter vor sich hin, während ein Gefreiter Cinna behutsam das Gesicht wusch.

»Das ist allerdings auch eine hübsche Erinnerung.« Herophilus wies auf die Narbe, die Cinnas anderen Oberschenkel zeichnete.

»Was du nicht alles hübsch findest«, murrte Cinna.

Der Arzt netzte die Hände mit Wasser aus einer bereitgehaltenen Schüssel, rieb sie mit einer grauen schäumenden Masse ein, tauchte sie wieder ein und trocknete sie dann sorgfältig ab. »Ich habe heute vieles zu Gesicht bekommen, das weitaus hässlicher aussieht als diese Kleinigkeiten. Du hast Glück gehabt, Praefect. Also danke den Göttern für ihr Wohlwollen.«

Dann entließ er Cinna, ohne ihn weiter zu beachten.

Zwei Tage Ruhe gönnte Germanicus den Soldaten, um die Toten zu bestatten und die Wunden zu pflegen, nachdem Arminius' sich mit seinen Truppen außer Reichweite begeben hatte. Die Blätter kräuselten sich bereits und raschelten trocken im Wind, es war kühler geworden, und der Wind zerrte an Wimpeln und Zeltleinen. Es wurde Zeit, dass sie in die Winterlager zurückkehrten. Wenn der Herbstregen einsetzte, würden sich die Wege in schlammige Bäche verwandeln oder im Morast verschwinden. An Entscheidungsschlachten war nicht mehr zu denken. Allerdings hatten sie einen der verlorenen Adler zurückgewonnen, die Toten bestattet, und Arminius hatte sie nicht daran hindern können.

Cinna verbiss sich den Schmerz, während er langsam zu den Stallungen ging, wo sein mutiger Hengst Alkyon versorgt wurde. Die Verletzung an der Schulter hatte sich entzündet, und das Tier lahmte; sie brauchten beide noch ein paar Tage Ruhe, und nicht nur sie. Die Verluste der Schlacht waren beträchtlich. Acht Männer hatte seine Ala verloren, allesamt aus Frontos und Ansmerus ubischen Turmen; dazu kamen mehr als zwanzig Verwundete. Hrabans Krieger hatten sogar einen noch höheren Blutzoll entrichtet.

Als Cinna die Zelte der Tierärzte erreichte, stand Alkyon in der breitesten Gasse, wo ein junger Pferdepfleger seine

Schulter behutsam einrieb. Bei Cinnas leisem Schnalzen wandte der Hengst den Kopf zu ihm und gab einen tiefen, zitternden Laut von sich. Der Gehilfe richtete sich auf, trat einen Schritt zurück und neigte grüßend den Kopf. Cinna wölbte die Hand um die Nase des Pferdes, ließ sie dann über die Brust zur Schulter gleiten. Sofort zuckte der Fuchs zusammen und hob den Huf an, um ihn zögernd wieder aufzusetzen. Cinna musterte die angeschwollenen Wundränder. Die Verletzung hatte sich geschlossen, aber ein paar Tage Ruhe waren für die Genesung noch bitter nötig.

Seufzend drehte er sich um und fand sich Auge in Auge mit Germanicus, der ihn ein wenig kühl anlächelte. Einige Soldaten aus seiner Leibwache standen in respektvollem Abstand hinter ihm, große, bullige Männer, die mehr seiner Stellung Rechnung trugen als den Gefahren, die dem römischen Feldherrn hier und jetzt hätten drohen können. Cinnas Gruß fiel fahrig aus.

Germanicus musterte das verletzte Pferd aufmerksam, dann wandte er sich wieder Cinna zu. »Sie haben unserem schönen Freund übel mitgespielt, nicht wahr?«

Mit einem knappen Nicken trat Cinna zurück, konnte nicht verhindern, dass auch seine Miene kurz den Schmerz offenbarte, den jeder unbedachte Schritt verursachte.

»Wir haben viele Verwundete«, fuhr Germanicus fort. »Deshalb werden wir noch zwei Tage warten, ehe wir zur Amisia aufbrechen. Dort werden wir beraten, welchen Weg die einzelnen Einheiten nehmen werden. Es ist nicht für alle Platz auf den Schiffen.«

Erleichtert ließ Cinna etwas Luft zwischen den Zähnen entweichen. Der Arzt hatte ihm in Aussicht gestellt, dass er bald kaum noch etwas von seiner Verletzung spüren würde.

»Wir haben zwar nicht alle unsere Ziele erreicht, aber

nach zwei schweren Feldzügen sind die Soldaten erschöpft.« Germanicus blinzelte. »Ich nehme an, auch du wirst dich danach sehnen, deine Söhne und deine Frau wiederzusehen?«

»Was ist mit Arminius' Truppen?«

Ein scharfer Zug kerbte Germanicus' Mundwinkel. Er hatte ihn nicht gestellt; auch der letzte Versuch, eine Entscheidung zu erzwingen, war misslungen. Arminius war neben und hinter den römischen Truppen durch sein Land geschlichen wie einstmals Quintus Fabius Cunctator hinter denen des Puniers Hannibal; auch dieser hatte Italien verlassen müssen, ohne das römische Heer auf eigenem Boden stellen zu können.

»Die Kundschafter berichten, seine Heere bleiben auf seinem Stammesgebiet. Der Herbst hat begonnen. Sie erleben das zweite Jahr mit schlechter Ernte, weil die Männer im Feld stehen, anstatt auf den Äckern zu arbeiten.«

Cinna blickte Germanicus unverwandt an, während in ihm ein Gedanke laut wurde, Argwohn, der sich aus reicher Erfahrung mit diesem Gegner nährte. »Und was, wenn er kehrtmacht? Was, wenn er den Rückzug nur vortäuscht?«

Germanicus stutzte. »Du glaubst, es könne eine Finte sein?« Dann hellte ein Lächeln die Züge des Heerführers auf. »Nein, Gaius Cinna, deine Erfahrungen mit dem Verräter in allen Ehren, aber das dürfte seine Macht über die Barbaren weit übersteigen.«

Zögernd berührte er Cinnas Schulter, tätschelte sie dann sacht, drehte sich um und ließ ihn neben dem Hengst zurück, der mit dem Schweif lästige Fliegen vertrieb. Gedankenverloren streichelte Cinna den Hals des Pferdes.

»Ich weiß nicht«, murmelte er kopfschüttelnd, »ich weiß nicht …«

XIII

Am zweiten Abend nach der Teilung des Heeres am Ufer der Amisia rasteten sie auf einem kahlen Hügel. Obwohl die Überreste einer verlassenen Siedlung zusätzliches Schanzmaterial lieferten, waren die Truppen bis zum Einbruch der Dunkelheit damit beschäftigt, ihr Nachtlager zu befestigen. Dichter Nebel dämpfte den Lärm der Bauarbeiten, als Cinna von einem Rundgang zu seinem matt erleuchteten Zelt zurückkehrte, wo ihn abgesehen von den üblichen abendlichen Verpflichtungen bereits der junge Medicus erwartete, der die Versorgung seiner Wunde übernommen hatte. Während der Gefreite den Verband löste, löffelte Cinna einen Napf salziger, inzwischen nur noch lauwarmer Grütze. Die Mahlzeiten waren ein deutliches Zeichen, dass ihre Vorräte zur Neige gingen.

»Kann man das entfernen?«, fragte Cinna, als der Medicus die Wundnaht abtupfte.

Der junge Gefreite schüttelte den Kopf. »Die Wunde würde beim Reiten leicht aufplatzen, Praefect Cinna.«

Missmutig ließ Cinna den Mann gewähren, der Salben auftrug und einen sauberen Verband anlegte. Noch während der Medicus damit beschäftigt war, wurde Firmus gemeldet, der mit angespannter Miene eintrat und nach kurzer Begrüßung ungeladen in den nächstbesten Sessel sank, ehe er einen tiefen Seufzer von sich gab, was Cinna unwillkürlich schmunzeln ließ.

»Du wirst den Tag preisen, an dem wir den Rhenus erreichen!«

Firmus verdrehte die Augen. »Wir können von Glück reden, dass vor uns befestigte Wege liegen. Die meisten Männer sind inzwischen völlig erschöpft. Diese verfluchte letzte Schlacht hat auch nicht den Sieg gebracht, der nötig gewesen wäre, um uns nach der Bestattung der Toten wieder Mut zu machen!«

»Aber es war auch keine Niederlage«, entgegnete Cinna mit mahnend ausgestrecktem Zeigefinger.

»Sie hätten die gesamte Reiterei aufgerieben, wenn die Legionen nicht rechtzeitig angetreten wären.«

»Gerade noch rechtzeitig«, murmelte Cinna. »Lass uns lieber von angenehmen Dingen sprechen. Wann wirst du zu Hause sein?«

»In zehn Tagen. Du ahnst nicht, wie ich die Stunde herbeisehne, wenn ich den Hügel hinaufreite, mein Haus stehen sehe, die Ställe, den Garten, der leider schon verwelkt ist.« Nochmals seufzend senkte Firmus den Kopf. »Ich würde Lucilla gerne überraschen …«

»Aber Lucilla wird dir keine Gelegenheit dazu lassen«, meinte Cinna lachend.

»Nein, das wird sie nicht. Sie ist schlau. Sie wird alles bestens vorbereitet haben, wenn ich heimkomme.« Firmus zwinkerte Cinna zu. »Und wie viele Briefe hast du in Empfang genommen?«

Nach ihrem Eintreffen an der Amisia, wo sie ein vor zwei Monaten erbautes und seither als Straßenposten erhaltenes Marschlager bezogen hatten, war ihm ein kleiner Stapel dünner, wohlverschnürter und versiegelter Wachstäfelchen ausgehändigt worden, Briefe, die Sunja geschrieben und deren Reise dort geendet hatte. Erst am späten Abend war er dazu gekommen, sie im matten Schein zweier Öllichter zu lesen. Briefe voll tapferer Zuversicht, voller Sorge, weil sie keine Antwort erhalte, zugleich voller Vorfreude auf das Kommen des Winters. Sie berichtete vom täglichen Leben, davon, dass Lucius krank gewesen sei, mit hohem Fieber im Bett gelegen habe, dann von ihrer Erleichterung darüber, dass der Junge wieder im Innenhof spiele. Ein Echo dieses Wechselbades der Gefühle hallte in ihm nach, als er Firmus die Zahl der Briefe nannte und dieser daraufhin anerkennend nickte. »Es wird wahrhaftig Zeit, dass du nach Hause kommst.«

Sie befanden sich auf halber Strecke der befestigten Bohlenwege, die sich durch die schier endlosen Moorlandschaften zwischen Amisia und Rhenus zogen. Die Dämme, Pontes Longi genannt, waren vor mehr als einem Jahrzehnt erbaut worden, um von den Lagern links des Rhenus die Gebiete der Brukterer schnell erreichen zu können. Weiter im Norden wurden die weiten Sümpfe erst in der Ferne von Bergen begrenzt, die im Dunst verschwammen. Hügel ragten aus dem wogenden Schilfmeer, manche von Höfen oder kleinen Dörfern gekrönt, andere von Wald bedeckt. Die Siedlungen wirkten verlassen, was, wie Cinna erfahren hatte, Aulus Caecina auf seine erfolgreiche Vertreibung der Usipeter und Brukterer in diesem Sommer zurückführte. Obwohl die Soldaten erschöpft waren, kamen sie rasch voran, als beflügele es sie, dass mit jedem Schritt die festen Winterlager mit ihren Fachwerkbaracken und den Öfen in den Stuben näher rückten.

Gegen Mittag fiel Cinna auf, dass Ahtala immer wieder sein Pferd zügelte und den Blick über die Hügel schweifen ließ. Als er versuchte, es dem Cherusker gleichzutun, stellte er wieder einmal fest, dass die Schärfe seiner Augen auf weite Entfernungen im vergangenen Jahr ein wenig nachgelassen hatte. Das dünne Gezweig und die einzelnen Stangen der Knüppelzäune verwischten leicht.

»Was siehst du?«, fragte er Ahtala, der schon eine Weile unverwandt die Kuppe eines Hügels anstarrte.

»Nichts«, erwiderte Ahtala, dann drehte er sich zu Cinna um. »Und genau das beunruhigt mich.«

»Dass die Höfe verlassen sind?«

Ahtala schüttelte den Kopf, richtete seine Aufmerksamkeit wieder auf den Hügel, hinter dem sich Wolken drängten. Langsam streckte er den Arm aus, deutete mit dem Finger auf einen Punkt über der fernen Palisade.

»Ich bin mir nicht sicher … Ist das ein Rauchfaden?«

Cinna stellte verärgert fest, dass er beim besten Willen nicht in der Lage war, mehr als grauen Dunst zu erkennen, und schüttelte den Kopf. Doch dann hielt er inne.

»Sind uns heute Boten entgegengekommen?«

Rufe tönten den Weg herauf, Hufe trappelten über das Holz. Der Reiter brachte sein keuchendes Pferd dicht vor ihnen zum Stehen, schnappte nach Luft. »Die Nachhut wird angegriffen! Ihr sollt warten, damit die Truppen aufschließen können.«

»Hier stimmt etwas nicht«, murmelte Cinna.

»Ermanamers hat sich nur zum Schein zurückgezogen«, flüsterte Ahtala. »Er wusste, dass ein Teil der Truppen diesen Weg nehmen würde.«

Cinna beachtete Cassius' Stirnrunzeln nicht. Der Junge konnte es nicht leiden, wenn Cinna sich mit jemandem in der Sprache der Barbaren unterhielt. Aber der Verdacht erschien Cinna noch zu vage, um andere einzuweihen.

»Ist es möglich, uns in diesem Gelände zu umzingeln?«

»Leicht möglich«, erwiderte Ahtala, wies nacheinander auf die Kuppen, die sich ringsum aus den Mooren erhoben. »Wenn es ihnen gelungen ist, die Hügel zu besetzen, können sie sich geschickt verschanzen und uns von oben her angreifen …« Er hob den Kopf, blickte in die tief hängenden Wolken. »Und die Mächte des Himmels arbeiten ihnen zu.«

Cinna knetete die Zügel in den Händen, spürte den Schweiß darin. Zögernd wandte er sich an Fronto, der sich ihnen genähert hatte und dessen Miene der Argwohn verdüsterte. »Schick einen Reiter zu den Einheiten vor uns, sie sollen warten. Wir müssen dichter aufschließen. Es besteht die Gefahr, dass wir geradewegs in einen Hinterhalt laufen.«

»Was?«, entfuhr es Fronto, lauter als nötig, und er vergaß, den Mund zu schließen.

»Die Nachhut ist angegriffen worden. Die Einheiten sollen enger zusammenrücken, falls weitere Angriffe an anderer Stelle erfolgen.«

Mit einem derben Fluch spuckte der Decurio auf den Boden. »Ich habe vor Stunden eine Handvoll Männer vorausgeschickt, um Vorräte einzuholen, und sie sind noch nicht zurückgekehrt.«

»Sind sie überfällig?«

Fronto nickte und holte tief Luft. »Und ich hatte mir schon eine gemeine Strafe für diese Bummelei ausgedacht …«

»Das ist Rauch!«, rief Cassius vom Wegrand her, wo er neben Ahtala angestrengt Ausschau gehalten hatte.

Mit fragendem Blick wandte Cinna sich an Ahtala, woraufhin Cassius' Züge sich verfinsterten. Zögernd tätschelte der Cherusker dem Jungen die Schulter, ehe er antwortete:

»Lucius Cassius vermutet, da wurde vor kurzer Zeit ein kleines Feuer gelöscht, und ich stimme zu.«

Boten wechselten in rascher Folge zwischen den Truppenteilen, die nur quälend langsam zusammenrückten. Weil Cinna seine Männer nicht verlassen konnte, schickte er einen Soldaten mit der Nachricht zum Praefecten der Fabri an der Spitze der Vorhut. Hinter ihnen, zwischen der Ersten Legion und den anderen, die den Hauptteil des Heereszuges bildeten, wälzte sich der Tross über den breiten, an vielen Stellen beschädigten Bohlenweg, Wagen und Tragtiere, beladen mit Vorräten, Ausrüstung und Geschützen, Werkzeug, Schanzpfählen und Bauholz. Dazwischen trotteten die Reservepferde in kleinen bewachten Herden. Die meisten der Güter, die im Tross befördert wurden, würden bei jedem Heerführer Begehrlichkeiten wecken – zumal bei einem, dessen Heer im eigenen Land kämpfte und sich daher nicht durch Plünderung schadlos halten konnte. Und da auch die Barbaren keinen Sieg errungen hatten, war ihnen keine nennenswerte Beute zugefallen. Ein Grund mehr für den schlauen Anführer der Aufständischen, einen Rückzug seiner Scharen vorzutäuschen, um sich dann auf heimlichen Wegen an die zu ihren Winterquartieren marschierenden Legionen anzuschleichen.

Fröstelnd rieb Cinna seine Arme und betrachtete prüfend die Wolken. Kein Lüftchen regte sich, aber die Nässe war spürbar.

»Es ist wie damals«, murmelte Ahtala neben ihm. »Ein langer Heereszug auf einem befestigten Weg, ringsum sumpfiges Gelände und bewaldete Hänge, von denen aus man leicht angreifen kann.«

»Was willst du damit sagen?«

»Erinnerst du dich an das Gebiet, in dem Arminius' Scharen den Legionen unter Varus auflauerten und sie dann niedermachten?«

»Du meinst …?«

»… dass seine Scharen ringsum auf den Hügeln sitzen, bereit, sich immer wieder auf die vorbeimarschierenden Truppen zu stürzen wie blutgierige Wiesel.« Er drehte sich um und sah Cinna an. »Der Legat sollte das erfahren.«

»Von dir?« Cinna zog die Brauen hoch, rieb den vom langen Ritt schmerzenden Oberschenkel und schüttelte heftig den Kopf. »Das ist ein ausgesprochen dummer Gedanke. Legat Caecina verfügt über alle Kenntnisse. Schließlich sind Überlebende und Überläufer lange genug befragt worden.«

»Aber ich war damals dort und bin jetzt hier. Ich war damals Zeuge aller Vorbereitungen und Planungen. Ich sollte zum Legaten gehen –«

»Du wirst nirgendwohin gehen!« Cinna stellte sich Ahtala in den Weg, und es hätte nicht viel gefehlt, dass er ihn gepackt hätte. »Ich schulde dir mein Leben und werde nicht zulassen, dass du deines aufs Spiel setzt.«

»Gaius Cinna, es geht nicht um ein Leben, es geht um vier Legionen, zahllose Hilfstruppen, mehrere einheimische Aufgebote und den gesamten Tross.«

Sie standen einander gegenüber, Cinna starrte Ahtala hart an, entschlossen ihn nicht in die Gefahr rennen zu lassen. »Dann werde ich heute Abend gehen und mit Caecina reden.«

Erst als Ahtala knapp nickte, trat Cinna beiseite. Kaum hatte er sich wieder zu seinem Pferd begeben, näherte sich ein berittener Bote von der Spitze des Heeres her, meldete, die Fabri hätten begonnen, den Lagerplatz zu befestigen, und galoppierte von dannen. Dabei begegnete er dem Soldaten, den Cinna zu Firmus geschickt hatte und der nun mit einer eilig bekritzelten Wachstafel zurückkehrte, die besagte, dass die Fünfte Legion die Vorhut ab morgen unterstützen werde.

Während die Reiter durch einen lichten Auwald langsam vorrückten, mischte sich ferner Lärm unter den Hufschlag und das Klappern und Rasseln von Waffen und Rüstung. Cinna hatte seine Männer in Kampfbereitschaft versetzen lassen, Maultiere und Träger hatten Teile der Ausrüstung zum Tross gebracht. Cinna befahl anzutraben, und als sie den Wald verließen, ertönte das Klirren aufeinanderschlagender Klingen und dumpfes Knallen, sooft eine Waffe einen Schild traf. Schreie gellten und dazwischen dröhnten die Stimmen der Offiziere. In der ausgedehnten Talsenke vor ihnen wimmelte es von Menschen, die mit Waffen, Äxten und Spaten herumfuchtelten.

Cinna zog einen der Wurfspieße aus dem Sattelköcher, stieß damit in die Luft und brüllte den Angriffsbefehl, der sofort vom hellen Hornsignal beantwortet wurde. Der feste Boden ermöglichte es, auszuschwärmen und die Barbaren von hinten in die Zange zu nehmen. Er schwang den Wurfspieß, aber Ziele waren schwer auszumachen, solange Feinde und Fabri im Nahkampf verkeilt waren. Doch als die Reiter heranstürmten, fassten die kämpfenden Soldaten neuen Mut und drängten die Angreifer weg von den noch unfertigen Schanzungen, den anstürmenden Reitern entgegen, die ihre Pferde in die Menschenmenge trieben. Cinnas Pferd stieß mit den Vorderbeinen und der Brust einige Barbaren vor sich her, einer stürzte und geriet schreiend unter die Hufe. Die ungeordneten Reihen der Feinde lösten sich völlig auf, als sie hinaufrannten in den Schutz der umliegenden Wälder.

Die Reiter patrouillierten in Turmen um den abgesteckten Lagerplatz, während die Fabri eilig Gräben aushoben, mit der Erde einen Wall aufschütteten, den sie außen mit Grassoden befestigten. Wie befürchtet, hatte es zu regnen begonnen, feine Tropfen, die wie in dichten Schnüren aus den Wolken fielen. Die Sicht war schlecht, allerdings konnten sie die Barbaren deutlich hören, ihre Spottlieder in lächerlich schlechtem Latinisch, ihre derben Flüche, den feigen Fremden mögen die Schwänze verdorren, und wüste Beschimpfungen ähnlicher Art. Immer wieder stürzten kleine Gruppen brüllender Männer aus den Wäldern herab, stießen mit ihren langen Lanzen nach den Reitern, aber noch häufiger nach den Pferden und fügten der Zweiten Asturischen Ala herbe Verluste zu. Schlimmer noch war, dass Hrabans Cherusker als Verräter wild angegriffen wurden. Dessen Schar musste sich immer wieder hinter die Verschanzungen zurückziehen. Als endlich die Fünfte Legion eintraf und sich zum Kampf aufstellte – die Soldaten hatten den Tross dem Schutz der nachfolgenden Truppen unterstellt –, wichen die Barbaren wieder einmal schnell zurück.

Wasser troff Cinna von der Stirnleiste seines Helms und rann ihm an den Wangenklappen entlang, um im Schal zu versickern, als er Firmus in der vordersten Reihe seiner Männer fand. Der Centurio fluchte und wischte immer wieder über seine Nase, während er mit der blanken Klinge vor den Soldaten auf und ab lief. Cinna hörte seine halblauten eindringlichen Worte, mit denen er den Männern einschärfte zusammenzubleiben, denn es entspreche der Kampfesweise des Gegners, sich Einzelne herauszufischen, um sie leicht erschlagen zu können.

Dann sah er, dass die Rinnsale, die vom Hang herabströmten und sich rings um den Lagerplatz zu Bächen sammelten, breiter geworden waren und sich unaufhaltsam den Schanzarbeiten näherten. Ahtala, der ihn wie immer mit Duvius begleitete, schloss dicht zu ihm auf.

»Sie leiten das Wasser hier herab«, murmelte er, »und der stete Regen ist ihnen dabei von Nutzen.«

Cinna glitt vom Pferd und näherte sich Firmus. »Das ist kein guter Lagerplatz!«

»Sag das Aulus Caecina«, entgegnete Firmus. »Es gibt keinen besseren weit und breit. Die Barbaren haben sich auf den Anhöhen festgesetzt, also bleibt uns nur noch der offene Talgrund.«

»Wo sie uns von oben herab leichter angreifen können!«

»Hast du eine bessere Idee, vier Legionen und all diese Hilfstruppen samt Tross zu verschanzen?«

Von der anderen Seite des Tales dröhnte Kampflärm herüber, zugleich hämmerten die eintreffenden Legionäre Schanzpfähle in die Krone des Walls und vertäuten diese miteinander, um eine Palisade zu errichten. Während sich Dunkelheit herabsenkte und immer mehr Zeltreihen innerhalb von Graben und Wall errichtet wurden, ließen die Angriffe nach. Nicht aber die lautstarken Beschimpfungen.

*

Alle befehlshabenden Offiziere fanden sich an diesem Abend unter dem Dach des größten Zeltes in der Mitte des Lagers ein. Die Luft unter der Plane aus Ziegenleder war stickig von einem regenfeuchten Dunst aus Wolle, Leder, Eisen und Fett. Caecina, der alte Kämpe, stand breitbeinig inmitten der Männer und starrte jedem von ihnen hart ins Gesicht.

»Ich werde keine langen Reden halten«, begann er leise, aber scharf. »Wir befinden uns in einer äußerst unersprießlichen Lage: Die Barbaren besetzen die Höhen, wir können nur geschlossen im Tal oder verstreut auf den kleinen Hügeln lagern. Und wir müssen zwischen ihren Stellungen hindurch – auf einem Damm, der beschädigt ist, und den die Fabri nur unter dem Schutz der Legionen instand setzen können, während wir uns auf ihm vorwärtsbewegen.« Seine Schultern hoben und senkten sich deutlich. »Wir haben einen schweren Tagesmarsch vor uns. Obwohl die Feinde uns umstellt haben und obwohl der Regen und der schwere, nasse Boden uns behindern, werden wir diese Moore auf der Straße, die Lucius Domitius Ahenobarbus seinerzeit baute, durchqueren. Es gibt keinen anderen Weg für uns, ein Zurück ist nicht möglich.«

Seine Worte blieben ohne Antwort, ringsum bemerkte Cinna düstere, aber entschlossene Mienen. Nachdem Caecina die Aufgaben verteilt und wenige Einzelheiten besprochen hatte, beraumte er eine Weihezeremonie für den folgenden Morgen an und entließ die Offiziere. Kurz bevor Cinna den Zelteingang erreichte, drängte sich eine kleine Gestalt flink neben ihn, ein Junge, der ihn am Arm berührte, kurz angebunden darauf hinwies, sein Herr Aulus Caecina wünsche ihn zu sprechen, und den Gast dann zu einem großen Zelt hinter dem führte, in dem die Beratung stattgefunden hatten. Schon beim Eintreten erblickte Cinna Ahtala, der hoch aufgerichtet im Hintergrund des vorderen Zeltteils stand. Caecina wandte dem Eingang den Rücken zu und ließ sich gerade den schweren, prachtvollen roten Umhang abnehmen, den er als Legat zu offiziellen Anlässen anlegte. Als er sich umdrehte, hatten seine diensteifrigen Sklaven Cinna bereits einen gepolsterten Sessel angeboten, ihm die Hände gewaschen, eine Decke über seine Knie gebreitet und einen Becher würzig duftenden Weines gereicht.

»Ich frage mich, wie lange du mir das Geheimnis deines Leibwächters noch vorenthalten wolltest – in dieser Situation«, sagte Caecina nach einer Begrüßung, die Cinna fahrig von den Lippen gegangen war.

»Wovon sprichst du?«

Der Legat ließ sich auf einem Sessel nieder, stützte die Ellenbogen auf die Armlehnen und vollführte mit den Händen einige eckige Bewegungen, während er sprach. »Dieser junge Mann, Iulius Actala, hat mir einige bemerkenswerte Dinge berichtet.«

Rasch flog Cinnas Blick zu Ahtala, dessen Lippen ein germanisches Wort formten, die Antwort auf Cinnas stumme Frage: alles. Cinna entließ den Atem hörbar, während er in sich zusammensank.

»Gaius Cinna, du warst einer von den bevorzugten Männern unter dem Befehl des Tiberius Caesar. Das hat sich herumgesprochen und bringt dir unter Germanicus Caesar nicht unbedingt Wohlwollen ein. Germanicus hegt inzwischen allerdings eine hohe Wertschätzung für deine Taten.« Caecina machte eine Pause, um Cinna aufmerksam zu mustern. »Was er wohl sagen würde, erführe er, dass du sowohl seinen geschätzten Oheim und Adoptivvater als auch ihn selbst nach Strich und Faden belogen hast, um einen Barbaren zu behüten, der ebenso gut ein Verräter hätte sein können.«

Ein Kloß verengte Cinnas Kehle, einer, den er nicht hinunterschlucken konnte. Er hatte Ahtala beschützt, wo immer er konnte, ihn von jedem Verdacht zu reinigen versucht, und jetzt war der Bursche hingegangen, hatte sich selbst bezichtigt und sie damit beide in Lebensgefahr gebracht! Unter Caecinas strengem Blick hatte Cinna Mühe, nicht den Kopf einzuziehen.

»Du wirst morgen ohne deinen Lieblingsleibwächter auskommen müssen.«

Wie ein kalter Guss traf Cinna der Schrecken und lähmte ihn. »Aulus Caecina, ich …«

Der Legat hob die rechte Hand, was Cinna verstummen ließ. »Es ist nicht das, was du befürchtest. Ich denke, einen Burschen, der über derartige Kenntnisse verfügt, sollte ich erst einmal in meiner Nähe behalten.« Plötzlich lächelte er sogar. »Und wenn wir aus diesem Dreckloch heil herausgekommen sind, dann werde ich mich sicherlich auch erkenntlich zeigen.«

Der Lärm übertönte das Rauschen des Regens in den inzwischen dürr gewordenen Wipfeln. Das Rasseln von Waffen und Ausrüstung, das vieltausendfach verstärkte Knallen genagelter Sohlen auf dem Holz und vereinzelte Befehle übertönten das Hämmern und Poltern, das die Arbeiten der Fabri begleitete, kaum gedämpft vom Regen, der die Sicht trübte. Langsam schoben die Bautrupps sich vorwärts im Schutz der Fünften Legion, der Tross reihte sich abmarschbereit hinter dem vorderen Zugang des Lagers, wo Legat Caecina mit versteinerter Miene das Vorrücken der Vorhut beobachtete. Ahtala stand sichtlich kleinlaut mit seinem Braunen in geringer Entfernung. Die Reiterei war gehalten, zunächst zurückzubleiben.

Am Waldrand war nichts zu sehen, den Bach konnte Cinna bei diesem Getöse nicht hören, aber er wusste, dass das so harmlos erschienene Gewässer inzwischen über die Ufer getreten war. Am frühen Morgen hatte ihn ein Erkundungsgang zum südlichen Wall geführt, wo ihm besorgte Soldaten in triefenden Mänteln die dunklen, lehmigen Wassermassen, die sich in mehreren Armen durch den Talgrund und am Waldrand entlangwälzten, gezeigt hatten. Die Feinde hockten in den Wäldern und belauerten sie. Die Nacht war ruhig gewesen, als ob Arminius seinen Männern für diesen entscheidenden Tag eine Erholung hatte gönnen wollen.

Cinna hatte sich den Oberschenkel fest einbinden lassen. Der frische Verband schmiegte sich um die Verletzung und machte das Aufsitzen erträglich; bewegte sich das Pferd, musste er allerdings die Zähne zusammenbeißen.

Der Schall einer Bucina holte ihn zurück in die Gegenwart, ließ ihn den regenschweren Umhang spüren, die kühlen Tropfen, die vom Helm auf Nase und Wangen fielen und über das Gesicht liefen wie Ameisen über einen Kadaver. Cinna schauderte bei dem Gedanken. Caecina starrte ihn grimmig an, stieß die Rechte empor, Cinna tat es ihm gleich. Der Hornist blies das Signal zum Abmarsch, und die Reiter setzten sich in geordneten Linien in Bewegung, zum Tor hinaus.

Zunächst ritten sie neben dem Weg, doch ihre Pferde blieben im Schlamm stecken, sodass Cinna sie den flachen Damm hinaufzureiten hieß. Die hölzerne Straße schien zu schwanken, die Bohlen waren unterspült. Wie befohlen, hielten sie sich in der Nähe der sich inzwischen zügiger vorwärtsarbeitenden Fabri und der Fünften Legion auf, und noch bevor die Ala, die Cinnas Ubiern und Asturiern folgte, das Lager verlassen hatte, rollten die ersten Trosswagen auf den Damm.

Das Lager war unweit des Talausganges errichtet worden; zunächst durchschnitt der an einigen Stellen arg baufällige Damm eine Ebene, umgrenzt von Höhenzügen. Je weiter sie vorankamen, desto näher rückten die Hänge zu beiden Seiten zusammen. Vereinzelt waren Rufe zu hören, manchmal hallte Gelächter von den Bergen, aber die Soldaten wurden nicht behelligt. Kein Feind ließ sich sehen.

Bis plötzlich weit vor ihnen eine Schar Menschen unter wildem Gebrüll und Getöse aus dem Wald quoll, Krieger mit langen Lanzen, dahinter Reiter und Fußvolk vermischt. Sie rannten gegen die Flanke der Vorhut an. Gegen die Gruppe, in der sich der Adlerträger, die Bucinabläser und sicherlich auch der ranghöchste Centurio befand. Firmus.

Cinna sicherte nach hinten, erkannte, dass die Berittenen dicht genug aufgerückt waren. Er nickte Cassius, der die Zügel umkrampfte und ihn aus weit aufgerissenen Augen anstarrte, finster zu und gab Befehl zum Angriff.

Die Pferde fanden keinen Halt, stolperten durch den Morast. Cinna sah die vordersten Reihen der Legionäre, die tapfersten und erfahrensten Männer Aufstellung nehmen. Sie versuchten, aus dem Stand die Pilen zu schleudern, als die Lanzenträger sie schon erreichten.

Der Braune keuchte unter Cinna, der schier irr wurde bei dem Gedanken, dass sein tüchtiger Alkyon wegen seiner Verwundung mit dem Hauptteil der Reiterei im Gefolge des Germanicus zum Oceanus trottete. Immer wieder stieß er dem Pferd die Sporen in die Flanken, während er zusehen musste, wie die erste Reihe der Legionäre ins Wanken geriet. Er wendete und mit ihm wendeten die Reiter fast im rechten Winkel, fegten in dichten Linien durch hohes Gras und Binsen, die wie Peitschenhiebe um die Pferdebeine zischten. Eine weitere Drehung, und sie fielen dem Feind in die Flanke. Duvius deckte Cinnas ungeschützte rechte

Seite, als sie in die Reihen einbrachen. Ihre Spieße und Klingen trafen auf Schilde, rutschten am Holz ab. Die Gegner gerieten in Bewegung, ihre Formation ins Wanken, machten kehrt. Viermal schleuderte Cinna einen Spieß auf einen Flüchtenden, viermal brachte er sein Ziel zu Fall. Viermal rannten Legionäre zu dem Gestürzten, hielten ihn fest und schnitten ihm die Kehle durch.

Cinna wendete den Braunen, der ferne Ton der Bucinen warnte ihn, widerstreitende Signale. Er sah weit hinter ihnen Züge von Legionären wie Ameisenkolonnen hastig die Ebene durchqueren und die rechte Flanke des Trosses von jedem Schutz entblößen. Die Vorhut war stehen geblieben, viele ratlose Gesichter blickten zurück, lauschten auf Lärm und Schreie, auf die jetzt misstönenden Rufe der Tuben und Bucinen.

Angestrengt kniff Cinna die Augen zusammen, deren nachlassende Schärfe der Nieselregen verstärkte, und winkte Cassius zu sich. »Sag mir, was du siehst!«

Der Contubernalis starrte ihn einen Atemzug lang erstaunt an, fasste sich dann und spähte gehorsam nach den Truppen. Cinna erkannte nur eine ungeordnete Menschenmenge, die einzelnen Wagen hielt er kaum auseinander, und die Bewegungen erschienen ihm wirr.

»Sie laufen auf dem Damm herum«, berichtete Cassius, »auf dem Bohlenweg. Mehr gibt es nicht zu sehen.«

»Wo sind die Legaten und Tribune? Wo ist Aulus Caecina?«

Cassius ließ die Zügel auf den Hals des Pferdes fallen und bildete mit den Händen einen Schirm über den Augen. »Ich kann sie nicht finden. Da oben ist nur der Tross. Sie müssen auf der anderen Seite des Dammes sein.«

Im Moor regte sich nichts, und die Legionäre hatten unbehelligt die ein wenig höher gelegene Ebene erreicht, wo sie sich kampfbereit aufstellten. Fahrig beobachtete Cinna das Röhricht, die Binsen, die Tümpel, über denen feiner Dunst trieb.

»Warum greifen sie nicht an?«, murmelte er.

Der Tross schob sich mühsam vorwärts, Wagen für Wagen, Maultier für Maultier, Träger für Träger, geriet immer wieder ins Stocken. Boten wechselten zwischen den Einheiten, Züge der Fabri trabten auf und neben dem Damm zurück zum Tross.

Plötzlich erhob sich Geschrei, ein schwer beladener Wagen rutschte seitlich ab, überschlug sich; Holz ächzte, die Zugtiere schrien, dann blieb das Gefährt im Moor liegen. Während Trossknechte und Soldaten sich bemühten, den Wagen wieder aufzurichten, neu anzuspannen, wurden Maultiere vom Damm geführt, Karren unter Aufbietung vieler Menschen vorsichtig die Böschung herabgeschoben. Bohlenweg und Damm hatten offenbar Schaden genommen, und sie kamen nicht voran, weil die Wagen immer wieder im Schlamm stecken blieben und die Tiere unruhig waren.

Und dann ertönte vom Rand des Moores das tiefe Grollen, mit dem die Barbaren ihren Schlachtruf anstimmten, ein Ton, der von überall herzukommen schien. Der langsam anschwoll, zusammen mit dem harten Getrommel von Speeren und Klingen auf dem Holz der Schilde. Cinna spürte, wie ihm das Blut in den Adern gefror. Hinter ihm brüllte Firmus Befehle.

Sie tauchten aus dem Röhricht auf. In Scharen näherten sie sich dem Tross, der feststeckte. Überrannten die Männer, noch bevor auf dem Deich Legionäre auftauchten. In diesem Augenblick schallten die Tuben der Fünften

Legion. Der helle Klang riss Cinna aus der Erstarrung, die ihn umklammert hatte, im tosenden Lärm gab er das Zeichen zum Angriff.

Der Tag schien nicht enden zu wollen, während Stunde um Stunde feindliche Scharen gegen sie anrannten, die im Schlamm stolpernden Legionäre bedrängten und jeden niederhauten, der sich aus dem gewappneten Heereswurm löste. Die Verteidigung des Trosses war ein sinnloses Unterfangen; Feldzeichen konnten nicht in Stellung gebracht werden, die Legionäre keinen Anlauf nehmen, um ihre Pilen zu schleudern, und beim Kampf in den Moorlöchern und Tümpeln half den feindlichen Kriegern ihre Erfahrung. Die Fünfte Legion drängte beharrlich eine vorrückende gegnerische Front zurück. Der Tross wurde aufgegeben; als das Signal zum Abrücken ertönte, rannten Knechte, Sklaven und Wachtposten kopflos ins Röhricht, in Richtung des flachen, grasigen Rückens, den die Legionäre hastig mit notdürftigen Verschanzungen gesichert hatten. Von dort aus beschossen die Soldaten einer Cohorte Bogenschützen die Feinde. Viele Flüchtlinge erreichten das rettende Ziel nicht, manche ertranken in Tümpeln, andere fielen den umherstreifenden Barbaren zum Opfer.

Cinnas Reiter ermüdeten, nachdem sie unentwegt in Bewegung gewesen waren, um einmal die Anstrengungen der Legion zu unterstützen, ein andermal die Fliehenden zu decken. Wie mechanisches Spielzeug gehorchten die Reiter jedem Signal, jeder Wende der Standarten. Pferde, Schilde und Rüstungen waren bespritzt mit Schlamm, Blut und Schaum, und jetzt, da die Sonne tief über den westlichen Hügeln stand, wurden die Bewegungen lahm.

Wieder stürzte ein Trupp berittener Krieger tollkühn auf

schier unsichtbaren Wegen heran. Cinna hatte die Reiter wenden lassen, noch ehe er ihren Anführer erblickte, den hochgewachsenen rothaarigen Mann, der den Speer in der Hand kreisen ließ. Ein wild lachendes Gesicht, schmutzig, aber unverkennbar, so erblickte Cinna Arminius inmitten seiner Krieger.

Cinna schnappte sich den letzten Spieß aus seinem Köcher und rammte seinem Pferd die Sporen in die Flanken. Der Braune flog über den niedergetrampelten Boden hinweg, keuchte mit jedem Sprung. Spieße und Pfeile sausten ihm entgegen, sodass er sich hinter dem Schild ducken musste. Unverwandt starrte Cinna das siegesgewiss strahlende Gesicht an, zielte.

Doch dann bemerkte er Cassius neben sich, irr vor Zorn und Erschöpfung. Plötzlich prallten die Truppen aufeinander, der Braune warf sich mit einem dumpfen Wiehern zwischen die gegnerischen Pferde, bäumte sich auf. Die wirbelnden Hufe trafen einen Mann, den er zu Boden warf, um bockend auf ihm herumzutrampeln, wieder zu steigen. Cinna drehte sich im Sattel um, suchte Arminius, als Cassius' Pferd sich neben ihm überschlug. Das Wiehern erstarb zu einem gurgelnden Laut, und der Junge stürzte über den Körper des Tieres hinweg in die Mitte der Feinde.

Er hörte ein jubelndes Lachen, sah, herumfahrend, Arminius, der ihm zuwinkte, den Kopf in den Nacken warf und grinste. Heiß flammte der Zorn in Cinnas Brust auf, als er den Schrei hörte. Cassius gellenden Hilferuf. Er zögerte, der Braune trat hart schnaubend auf der Stelle. Arminius lehnte sich vor, und sein Schimmel stob davon.

Cinna drehte sich um, sah das Gewühl, in dem sich der Junge befinden musste. Gab das Zeichen zur Wende, wies auf den Feind und hetzte den Braunen auf die Kämpfenden. Noch ehe er das Schwert gezückt hatte, fand er sich auf dem Boden wieder, im Schlamm, umhüllt von kaltem, klebrigem Nass, von süßlichem Dampf. Er presste die Hand auf das Bein und rang nach Luft. Alarmiert von dem Stöhnen an seiner Seite fuhr er herum. Wie ein Ball rollte ihm ein behelmter Kopf entgegen, zwischen den losen Wangenklappen erkannte er Duvius' verzerrte Züge.

Und er sah die Speere und Lanzen, die die Umstehenden auf ihn richteten. Seine Soldaten hatten ihm blind gehorcht, hatten gewendet, waren davongestoben, Arminius hinterher. Einer der Barbaren schlug ihm das Schwert aus der Hand. Ein anderer trat rasch auf ihn zu, zerrte ihn auf die Füße und drehte ihm den Arm auf den Rücken.

Cinna war noch immer benommen, warm und klebrig rann es seine Wange hinab, und er taumelte mühsam vorwärts. Sie stolperten neben den Männern in den Schatten des Waldes. Gelegentlich fasste Cassius ihn unter dem Arm, schob ihn weiter.

Drei Krieger. Keine Pferde. Angestrengt schielte Cinna nach der Bewaffnung ihrer Bewacher. Dolche. Spieße. Nur einer trug ein Schwert. Sein eigenes hatten sie ihm genommen. Das Letzte, was er noch aus dem Erbe seines Vaters besaß. Der Barbar, der ihm den Schwertgurt von der Schulter gezerrt hatte, hatte es vor Cinnas Augen höhnisch durch die Luft geschwungen, bevor er zu einem Pferd gerannt und fortan nicht mehr gesehen wurde.

Cinna mäßigte seinen schnellen Atem. Das ruhige Laufen war erträglich. Die straff verbundene Wunde an seinem Oberschenkel würde keinen Schaden nehmen, solange kein weiterer Hieb sie träfe und sie sauber bliebe. Er zählte die Schritte, die fernen Kampfgeräusche, sofern der Wald sie nicht verschluckte, tropften an ihm ab. Drei Krieger, spärlich bewaffnet. Einige Atemzüge lang schloss er die Augen, lief weiter mit tastenden Schritten. Sunjas Bild hinter seinen Lidern, Lucius und Gnaeus. Er durfte sich nicht aufhalten lassen.

Sie trabten den Hang hinauf, querten den Kamm, Grüße wurden gewechselt, Gelächter, siegestrunkener Hohn ergoss sich über die beiden Gefangenen. Cinna bemerkte die dichte Postenkette, die Bewachung des Höhenweges, den sie kreuzten, kaum mehr als ein Pfad. Dann ging es weiter. Ins nächste Tal hinunter, wo sie einen Weg erreichten, einen breiten, frisch ausgetretenen Weg, der die Vorbereitungen der Aufständischen verraten hätte, wenn die Kundschafter ihn nur entdeckt hätten. Cassius schluchzte neben ihm und hielt sich die Seite, aber die Bewacher trieben sie erbarmungslos vorwärts.

Dann strauchelte Cassius. Eigentlich hatte er sich nur fallen lassen, lag mit ausgebreiteten Armen auf dem Boden und starrte den Barbaren an, der neben ihn trat und ihn aufstehen hieß. Cinna fragte sich, ob Cassius genug gelernt hatte, um den Cherusker zu verstehen, der seinen Schwertgurt nach hinten geschoben hatte, damit ihn die lange Scheide nicht beim Laufen behinderte. Eine schlichte Waffe, etwas länger als sein verlorenes, mehr zum Hauen als zum Stechen geeignet, aber als Reiter wusste Cinna ja damit umzugehen. Der Krieger zog den Helm vom Kopf, wischte sich mit dem Handrücken über die Stirn.

Cinna sprang ihn an wie eine große Katze, zog das Schwert heraus, hieb es dem Barbar nach kurzer Drehung ins Genick, in den verwundbaren Winkel zwischen Rückgrat und Schlüsselbein. Der Barbar stöhnte und sackte in sich zusammen. Die anderen beiden wendeten drohend ihre Spieße gegen Cinna. Er wirbelte herum, versetzte dem einen Gegner einen Tritt, der ihn fällte. Dem anderen ritzte die Klinge das Gesicht.

Lauernd wiegte Cinna sich in den Hüften, als der letzte Gegner seinen Dolch zückte. Aus dem Augenwinkel bemerkte Cinna, dass Cassius sich aufrappelte. Im Blick des Jungen flackerte eine wütende Hoffnung. Mit einem Schrei stürzte er sich auf den Barbaren, der herumfuhr. Getroffen von der Faust des Barbaren prallte Cassius zurück, fiel um wie ein gefälltes Bäumchen.

Der Kerl grinste blöde, entblößte dabei eine Reihe schlechter Zähne. Er sagte kein Wort, fuchtelte nur mit dem Dolch herum, und mit einer blitzartigen Bewegung hatte er sich auch des letzten Spießes bemächtigt. Cinna wartete. Leicht vornübergebeugt, beobachtete er den Gegner, der siegesgewiss nicht einmal auf den Gedanken kam, um Hilfe zu rufen. Sie belauerten sich, umkreisten sich langsam, und dem Barbaren schien es Spaß zu machen, sein Opfer hinzuhalten. Dann holte er mit dem Wurfarm aus. Cinna warf sich nach vorn, in die offene Deckung des Gegners, und rammte die Klinge zwischen die Lagen des Schals in dessen Hals. Spürte Widerstand. Spürte ein Erlahmen.

Als der Kerl endlich in die Knie brach, taumelte Cinna einige Schritte rückwärts, sah zu, wie der getroffene Feind haltlos zusammensackte. Cassius lag bäuchlings auf der Erde, ob verletzt, war nicht zu erkennen; also straffte Cinna seine lahmen Glieder und ging zu ihm, kauerte sich auf den Boden und tastete nach der Schulter des Jungen, der zusammenzuckte. Wenigstens lebte er.

»Kannst du dich bewegen?«

Zögernd stemmte der Junge den Arm auf und rollte sich

auf die Seite. Das Kettenhemd glänzte nass und war lehmverschmiert, das Wasser tränkte sicherlich auch Waffenrock und Tunica. Er keuchte leise, stockend, und schaute mit aufgerissenen Augen umher, bis sich sein Blick an Cinnas Gesicht festhielt und die Tränen, die sich unter seinen Lidern gesammelt hatten, über seine Wangen rannen. Cinna streckte ihm die Hand hin, doch der Junge schüttelte nur den Kopf, schluchzte, wimmerte leise. Als Cinna ihn rasch auf die Füße zog, hing er wie ein halbgeleerter Getreidesack an seinen Fäusten, sodass er ihn zu einem der umstehenden Bäume zerrte und rücklings an den Stamm lehnte. Doch selbst dabei drohte Cassius, an der Rinde haltlos abzurutschen. Nochmals packte Cinna ihn an der Schulter, verpasste ihm eine Ohrfeige, dann eine zweite mit dem Handrücken. Der Junge fuhr jedes Mal zusammen, starrte ihn erschrocken an.

»Wo sind wir?«

Achselzuckend sah Cinna sich um. Rings umgaben sie regennasse Buchen, aus deren Kronen schwere Tropfen herabklatschten, und unübersichtliche Büsche, nachwachsende Bäume, die auf dem lichten Waldboden Fuß zu fassen suchten. Obwohl die beiden geschlagenen Gegner unter den Felsbrocken, die am Fuß des Hanges lagen, kaum auffielen, entschied Cinna, sie zu tarnen. Er atmete durch bei dem Gedanken, sicherstellen zu müssen, dass sie tot waren.

»Ich habe keine Ahnung«, sagte er. »Und die Wälder zwischen uns und unseren Truppen wimmeln von Aufständischen …«

Er hatte Mühe, die Füße von der Stelle zu bewegen, als er sich umdrehte, um sich den beiden Barbarenkriegern zu nähern. Hinter ihm glitt schnarrend eine Klinge aus der

Scheide, und er hielt inne, blickte zurück. Sichtlich zitternd stand Cassius da, schaute auf den Dolch hinunter, den er in der Hand hielt und wohl gegen sich selbst richten wollte.

»Was hast du vor, Junge?«

»Wir sind verloren!«, rief Cassius, wieder schimmerten seine Augen feucht. »Es gibt keinen ehrenvollen Ausweg mehr.«

Aber er regte sich nicht, blickte Cinna an, der die Brauen hochzog und die Fäuste in die Seiten stemmte.

»Was soll das werden? Erwartest du von mir, dass ich diesen Unsinn zulasse? Vielleicht sogar, dass ich am Leben bleibe, um die kostbare Leiche des Sprosses aus uraltem Geschlecht zu bestatten, damit sie nicht dem Feind in die Hände fällt wie die des Varus?«

Cassius schwieg, aber die Spitze der Klinge senkte sich ein merkliches Stück.

»Wenn du noch eine Ohrfeige brauchst, um wieder Herr über deine Sinne zu werden, dann lass es mich wissen, aber erzähl mir nichts von ehrenvollen Auswegen!«

Als Cassius den Kopf hängen ließ, drehte Cinna sich um und setzte seinen Weg fort. Er befand sich nicht zum ersten Mal inmitten dieser Wälder, verfolgt von Feinden, die ihm nach dem Leben trachteten. Beim ersten Mal war Sunja bei ihm gewesen. Er lächelte grimmig. Sie war in Sicherheit mit ihrer Familie – solange er lebte. Er hatte keine andere Wahl, er musste einen Weg hinausfinden.

XIV

Mühsam stakste Cinna zwischen den Bäumen vorwärts, presste dabei unentwegt die Hand auf die Verletzung. Wenn er das Bein aufsetzte und einen Teil seines Gewichtes darauf verlagerte, musste er den Druck erhöhen, um die Pein ertragen zu können, die bei jedem Schritt bis in die Brust stieß. Gelegentlich blieb er stehen, um sich zu vergewissern, dass Cassius ihm folgte, aber dieses Innehalten war schmerzhafter als jede Regung. Ihre Befreiung hatte ihn Kraft gekostet, und die Wunde quälte ihn seither mit einem ziehenden Schmerz.

Die Barbaren johlten in ihren Schlupfwinkeln und verursachten bei ihren Streifzügen so viel Lärm, dass die Flüchtlinge sie unschwer umgehen konnten. Die Wälder mit ihrem dichten Unterholz boten gute Deckung; zweimal hatten sie kleineren Scharen und Reitern ausweichen müssen, als sie den Wegen zu nahe kamen. Cinna vermutete, dass Cassius ihm nachtrottete, weil er wohl nicht wusste, wohin er sonst hätte gehen sollen, so geräuschvoll schlurfte der Junge durch das Laub, bis Cinna stehen blieb.

»Wenn du nicht über dem nächsten steinernen Trog geschlachtet werden willst, solltest du die Füße heben«, fauchte er und setzte seinen Weg fort.

Hinter ihm wurden die Schritte leiser, doch als er nach einer Weile stattdessen unterdrücktes Schniefen hörte, rollte er die Augen. Den Hügelkamm oberhalb von ihnen bewachten die Barbaren durch Stützpunkte, kleine Lager und Postenketten, und in der Senke zwischen den Anhöhen verlief ein ausgetretener Weg, den sie für Truppenbewegungen nutzten. Ein Durchkommen war eigentlich unmöglich; sie konnten sich nur vorsichtig am Hang entlangschleichen in der Hoffnung, dass niemand ihren Weg kreuzte. Die Pfade, auf die sie trafen, kreuzte Cinna erst, nachdem er wachsam nach allen Seiten gesichert hatte.

Der Junge blieb zurück. Immer wieder blieb Cinna stehen, um auf ihn zu warten, spornte ihn mit stummen Gesten an, wofür er nichts als den Anblick eines verdrossenen Gesichtes erntete. Schließlich lehnte er sich gegen einen Baumstamm, um das Bein zu entlasten und den Arm zu schütteln, der schon taub war.

»Wir müssen über den Berg«, sagte er mit einem Blick zum Kamm hinauf.

»Das schaffen wir nie«, murmelte Cassius, ohne den Kopf zu heben.

»Einfach ist es nicht, aber auch nicht unmöglich.«

Cinna versuchte ein aufmunterndes Lächeln, als gedämpfter Hufschlag und Hundegebell herauftönten. Cassius' Kopf flog hoch, er warf Cinna einen Blick zu, irr vor Angst, sodass dieser beschwichtigend beide Hände hob und die Lippen spitzte. Ihm zu verstehen gab, sich zu ducken. Zögernd ging Cassius in die Hocke, während Cinna sich an die Rinde des Baumes schmiegte, weil er fürchtete, er würde nicht mehr aufstehen können. Auf dem Weg unter ihnen trabte ein Reitertrupp vorbei, die Männer lachten und alberten herum, die Hunde rannten kläffend mit den Pferden um die Wette. Entschlossen hakte Cinna den Helm vom Gürtel, setzte ihn auf, schnürte das Helmband fest. Legte die Finger um den Griff des Schwertes. Die

Erinnerung an eine andere Flucht drängte sich ihm auf wie ein ungeladener Gast, seine Flucht mit Sunja. Damals hatten sie Pferde gehabt, er war unverletzt gewesen, aber sie hatten sich tief in cheruskischem Gebiet befunden, hatten sich vor näher kommendem Hufschlag im Wald versteckt. Und ihre Verfolger waren an ihnen vorbeigeprescht, ohne sie zu bemerken.

Die Barbaren auf dem Weg unter ihnen trotteten allzu gemächlich vorüber. Cassius kauerte, von einem Busch verborgen, im Laub, schluchzte kaum hörbar, während Cinnas Rechte sich um das Heft krampfte und er langsam um den Stamm herumglitt. Als die Reiter sich endlich entfernten, stieg ihm das Wasser in die Augen, und er trat mit dem verletzten Bein auf, um sich einen Grund für die Tränen zu geben.

Er hinkte zu Cassius, zog ihn an der Schulter hoch – »Sie sind weg. Komm jetzt!« – und schob ihn vor sich her. Den Helm behielt er auf, obwohl der seine Sicht behinderte; um auf weite Entfernungen klar zu sehen, brauchte er ohnehin die Augen des Jungen. Die Dämmerung schlich sich in den Wald, Nebelschwaden strichen wie Finger die Bäume entlang.

»Sie werden wiederkommen«, flüsterte Cassius erstickt. »Wenn nicht sie selbst, dann andere. Irgendwann bemerken sie uns, und dann töten sie uns oder schleppen uns zu einem ihrer scheußlichen Altäre oder –«

»Sei endlich still!«

Cinna schubste den Jungen weiter. Bald würden sie rasten müssen. Er schaute umher auf der Suche nach einem Flecken, an dem sie vor wachsamen Blicken geschützt wären – vor neugierigen Hunden konnten sie sich nicht schützen. Auf halber Höhe des Hanges gruppierten sich einige Tannen, deren untere Zweige bis zum Boden herabreichten. Dorthin kämpfte Cinna sich, erkundete die nähere Umgebung und das natürliche Zelt, das die Wedel einer Tanne bildeten, bevor er Cassius heraufwinkte. Ungeduldig erwartete er den Jungen, der zunächst argwöhnisch umheräugte.

»Das ist zu nah an ihrer Postenkette!«, flüsterte Cassius. »Sie werden uns entdecken.«

»Soeben warst du noch überzeugt, es gäbe ohnehin kein Entkommen.«

Cassius biss sich auf die Lippen und starrte in finsterem Schweigen vor sich hin, während er im Schutz der Tannenwedel einen Platz suchte, an dem er sich niederließ. Cinna hingegen zögerte, nachdem er den Helm vom Kopf gezogen hatte; die Wunde am Oberschenkel pochte, und das Hosenbein fühlte sich innen schmierig an.

»Wir müssen abwechselnd Wache halten«, sagte er.

»Wozu soll das gut sein?«, tönte es gedämpft unter den Tannenwedeln hervor. »Wenn sie uns entdecken, sind wir verloren. Wir können ebenso gut schlafen.«

An dem Rascheln und den schattenhaften Bewegungen erkannte Cinna, dass sich der Junge ohne ein weiteres Wort am Fuß des Baumes einrollte. Erst nach einer Weile folgte er in den Schutz dieses Zeltes und setzte sich mit ausgestrecktem rechtem Bein auf den Boden, zog das linke an den Körper, um den Arm darumzuschlingen und das Kinn aufzustützen.

Nacht senkte sich über das Tal, schon bald waren vom Wald außerhalb ihres Unterschlupfes nur noch schwarze Schemen zu sehen, die im Wind leise rauschten. Aus dem Tal keckerte Gelächter herauf, vom Hügelkamm echoten Stimmen, manchmal derbes Johlen. Neben ihm richtete

Cassius sich leicht auf, wobei die Ringe des Kettenhemdes mit einem silbrigen Laut über seinen Waffenrock rieselten.

»Ich kann nicht schlafen«, murmelte er. »Es ist wohl besser, wenn ich Wache halte und dich wecke, ehe mir die Augen zufallen.«

Erleichtert, dass die Dunkelheit seine Verblüffung verbarg, nickte Cinna und zog sich das Kettenhemd über den Kopf, denn ohne Umhang oder Decke würde er darin nur noch mehr frieren. Er legte sich auf die Seite und rollte sich ein, soweit das ohne große Schmerzen ging, indem er das unverletzte Bein an den Körper zog. Es wurde stiller, nur noch vereinzelt schallten Stimmen durch den Wald; ein Kauz heulte, dann flatterte irgendwo ein Vogel unter aufgeregtem Geschrei auf.

Mit geschlossenen Augen fiel es Cinna leichter, sich vorzustellen, er liege zu Hause in seinem Bett unter warmen Decken, in einer Zimmerecke knisterten Kohlen in einem Bronzebecken und Sunja schlafe neben ihm, das blasse, ovale Gesicht auf eine Hand gebettet und die Züge in einem feinen Lächeln entspannt. Er sehnte sich danach, mit den Händen sacht durch ihr Haar zu streichen, die Fingerspitzen über ihre Wangen, ihre Lippen gleiten zu lassen. Wärme sammelte sich in seinem Leib wie Wasser im Kiel eines Bootes, doch sie ließ ihn nur umso deutlicher spüren, dass er auf klammem Boden lag und ein kalter Nachthauch ihn streifte. Das Bild verschwamm vor seinen Augen, verwandelte sich in einen Krieger, der auf einem Schimmel auf ihn zu stürmte, in der Linken den großen Schild, in der Rechten die Lanze schwingend. Unter dem Helm quoll rotblondes Haar hervor, er lachte und ließ die Augen blitzen.

Heiß loderte Zorn in Cinna auf, ein Zittern durchlief ihn,

als sei eine Schlange aus ihrem Hinterhalt in den Zweigen auf ihn gefallen und ringele sich seinen Rücken hinab. Fesseln schnitten in seine Handgelenke, er fand sich auf dem Gerichtsplatz unterhalb von Inguiotars Burg, am Fuß der Esche, der Strick, der seine Hände band, war über den untersten Ast geworfen, und so stand er, die Arme überkopf, vor seinem Feind, dessen helle Augen funkelnd über seinen Körper hinwegglitten. Er ahnte, dass der Scherge hinter ihm stand, dass in dessen Hand die Peitsche sacht pendelte, hörte den pfeifenden Laut, als der Scherge ausholte. Fühlte eine Hand, die seine Schulter packte und schrak auf.

Finsternis hielt ihn umhüllt, ein schwarzer Schatten hob sich vom kaum weniger dunklen Hintergrund ab, hilflos erhobene Hände. Er habe im Schlaf gestöhnt und um sich geschlagen, flüsterte Cassius. Cinna schauderte vor Kälte, seine Zähne klapperten, ohne dass er etwas dagegen tun konnte. Er lehnte sich an den rauen Stamm, zog das unversehrte Bein an und erschrak, als er den Kopf auf das Knie legte; seine Wangen glühten, und er spürte ein feines Pochen in der Wunde.

Gemeinsam wachten sie, bis das erste Zwielicht sich zwischen die Zweige stahl, und machten sich auf den Weg. Nebelschwaden strichen vorbei. Cinna hatte einen breiten Streifen aus seiner Tunica gerissen und als Knäuel um den Oberschenkel gebunden, in der Hoffnung, der Druck möge das Pochen lindern. Doch die Bandage behinderte ihn, er lockerte sie, musste sie immer wieder neu wickeln, weil sie verrutschte. Hinter Stirn und Schläfen wühlte das Fieber, als bohrten sich zahllose Nadeln in seinen Schädel, und soviel er auch trank aus den vielen Bächen, die sie querten, die Zunge klebte pelzig am Gaumen und seine Kehle brannte. Stur humpelte er weiter, immer am Hang entlang. Irgendwann hatte Cassius zu ihm aufgeschlossen, seinen Arm unter Cinnas Achsel geschoben und stützte ihn nun. Schritt um Schritt entfernten sie sich von ihrem Nachtlager, ohne Ziel.

Es war auffallend ruhig. Manchmal, wenn sie dem Hügelkamm näher kamen als gut für sie war, glaubte Cinna das schwache Echo einer Schlacht zu hören. Als Cassius beim dünnen Ton einer fernen Tuba zusammenzuckte, erkannte er, dass er sich die Geräusche, die gelegentlich das trockene Blätterrauschen durchdrangen, nicht einbildete. Aber er sprach kein Wort, ging einfach weiter. Setzte den einen Fuß vor, um das verletzte Bein nachzuziehen.

Ein gurgelnder Bach in tief eingeschnittenem, felsigem Bett schnitt ihnen den Weg ab. Als Cinna hangaufwärts strebte, hielt Cassius ihn zurück, wies stumm auf Palisaden hin, die Cinna mühsam zwischen den Baumstämmen ausmachen konnte. Der Herbstregen färbte alles graubraun. Sie stiegen ab, und weit mehr als die Aussicht, die gleiche Strecke wieder aufwärtsklettern zu müssen, peinigte Cinna die Wunde. Am Fuß des Hanges endete der Wald in niedrigem Schilf und schwarzen, blasigen Tümpeln, stehendes Wasser, gespeist von dem Bach, der ihren Umweg erzwungen hatte. Weil Cassius zögerte, stieg Cinna in die trübe Brühe, versank bis zu den Knien in Wasser und Schlamm. Unwillig folgte der Junge ihm.

Kaum hatten sie den Tümpel zur Hälfte durchquert, schreckte sie Hufschlag, der schnell näher kam. Es war zu spät, um umzukehren. Ohne zu zögern, fuhr Cinna herum, zerrte den Jungen mit sich und warf sich mit ihm in das Schilf, das das Ufer säumte. Sie landeten in schwarzem Schlamm, drückten ihre Gesichter in den Schmutz.

Die Reiter hielten an. Die rasche Bewegung im Schilf und das aufgewühlte Wasser waren nicht zu übersehen.

Cinna horchte auf ihre Stimmen, doch das flirrende Rauschen des Schilfs verhinderte, dass er etwas verstand. Er drückte sich eng an den Jungen, der hastig nach Luft schnappte wie ein an Land geworfener Fisch. Er hörte leises Gelächter, Schritte, die sich entfernten, dann trabten die Pferde wieder an, folgten dem Weg, wobei sie kurzzeitig ein vielstimmiges hohles Klopfen verursachten.

Mühsam zog Cinna sich aus dem Sumpfloch. Das kalte Wasser schien den Schmerz zu beruhigen, aber er wusste, dass es nicht von Dauer sein würde; der Schlamm barg gefährliche Gifte. Neben ihm rappelte Cassius sich auf, dann wies er auf den Bohlenweg vor ihnen, auf dem die Hufe der Pferde laut gepoltert hatten.

Tropfnass und schlotternd vor Kälte schleppten sie sich über das Holz, folgten dann dem Bachlauf aufwärts. Nachdem sich der Wald wieder um sie geschlossen hatte, bestand Cassius darauf, am Bach zu rasten. Cinna säuberte den Verband, weigerte sich aber, die hoffnungslos verdreckte und zerrissene Hose zurückzulassen; diesen schwachen Schutz zu verlieren, erschien ihm angesichts ihrer Lage noch schlimmer als der pulsierende Schmerz.

Er fand einen Stock, auf den er sich stützen konnte, während sie weiterstapften, kämpfte sich in schräger Linie langsam den Hang hinauf, durch lichten Buchenbestand, dann durch ein Gewirr aus Tannen und Gestrüpp, durch das sich ein Saumpfad schlängelte, mehr eine Tierfährte, die zu einer Lichtung zu führen schien. Er wurde schneller. Eine Lichtung. Vielleicht würden sie Ausschau halten können. Da war ein leises Wiehern, ein Schnauben, aber er musste sich getäuscht haben, das konnte nicht sein. Er schob Cassius Hand weg, die nach ihm griff, ihn aufzuhalten versuchte, schlug danach. Er verlor den Stock in der

Eile, sah nichts, hörte nichts, humpelte vorwärts, angezogen von der Helle am Ende des Weges.

Plötzlich stand er schweratmend am Rand einer Lichtung und starrte die Krieger an, die im Gras saßen, die Gesichter ihm zugewandt. Verblüffte Gesichter. Hinter ihnen weideten Pferde. Viele Pferde, von denen einige die Köpfe gehoben hatten und ihn ebenfalls anschauten, ohne im Kauen innezuhalten. Ihm war, als sei er aus einem Albtraum erwacht. Er tastete nach dem Griff des Schwertes in seinem Gürtel, legte die Finger darum. Er durfte sich nicht aufhalten lassen.

Einer der Männer erhob sich, dann ein zweiter, ein dritter. Langsam gingen sie auf Cinna zu, ein doppelter, schier undurchdringlicher Ring ungeschlachter Leiber, mit Kettenhemden gewappnet. Die Helme baumelten von den Gürteln, und sie machten sich nicht einmal die Mühe, zu ihren Schilden zu greifen. Er zückte das Schwert, richtete sich auf gegen den Widerstand der Krämpfe. Entschlossen, lieber zu sterben als in die Hände des Feindes zu fallen, trat er vor, verbiss sich den Schmerz, der ihn beinahe taumeln machte. Hoffte, Cassius möge schlau genug sein, schnell ins Dickicht zu schlüpfen.

Mit einem gellenden Schrei sprang ein Schatten an ihm vorbei, stürzte sich auf die Barbaren. Verursachte ein Handgemenge und wurde beinahe augenblicklich von den Gegnern überwältigt. Seine wütenden Versuche, sich aus ihren Händen zu befreien, entlockte ihnen nur Gelächter.

Ein hochgewachsener junger Mann mit derben Gesichtszügen, umrahmt von hellem Haar, löste sich aus den Reihen, näherte sich Cinna mit federnden Schritten, lächelnd, streckte die Arme zur Begrüßung aus.

»Gaius Cinna, Schwager meines Schwagers Inguhraban«,

begann er, und Cinna stutzte, als er Thiudareiks erkannte. Der Nebel um ihn schien sich ein wenig zu lichten, wich bohrendem Kopfschmerz. Der Chatte blieb stehen, und Cinna senkte matt die Spitze der Klinge.

»Ich wollte, wir hätten uns unter günstigeren Vorzeichen getroffen«, sagte Thiudareiks.

Nickend ließ Cinna den Kopf hängen.

»Du bist verletzt«, stellte Thiudareiks kühl fest.

»Verletzt, von der Truppe abgekommen, verirrt«, Cinna ließ ergeben die Schultern fallen, »verloren.«

Er atmete tief durch, während er in die raschelnden Baumkronen blickte, die dürren, farblosen Blätter, die sich bereits einrollten. Eine Böe erfasste einige davon, riss sie vom Zweig und wirbelte sie umher. Cinna fühlte seine Glieder schwer werden, lahm, Müdigkeit erfasste ihn, das Heft des Schwertes rutschte ihm aus der Hand, schlug mit einem hellen Ton auf dem Wurzelwerk auf. Mit gesenktem Kopf blickte er zu dem Chatten auf.

»Tu, was du tun musst, Thiudareiks.«

Der Chatte musterte ihn mit schräg gelegtem Kopf und schwieg. Langsam trat er zu Cinna und streckte die Hand aus, um sie auf dessen Schulter zu legen. »Glaubst du wirklich, ich könnte meinen Schwager an dessen Todfeind ausliefern? Ich müsste schon mit dir selbst in Fehde liegen.« Er schüttelte den Kopf. »Keiner dieser Männer wird dir ein Haar krümmen – vor drei Jahren haben sie an deiner Seite gekämpft.«

*

Die Chatten führten Cinna und den anfangs widerstrebenden Cassius an die wärmende Glut ihres Lagerfeuers, wiesen ihnen Plätze auf einem alten, umgelegten Baumstamm, den sie mit Decken behängt hatten, und beschafften ihnen Kapuzenmäntel und Kleidung. Mürrisch zierte Cassius sich, während Cinna bereitwillig die nassen, schmutzigen und zerrissenen Sachen ablegte und zwei etwas verschwitzte, aber wärmende Kittel über den Kopf streifte. Thiudareiks rief einen Wundpfleger, der den Verband behutsam von Cinnas Oberschenkel löste, eine Behandlung, die ihm bei den letzten Umwickelungen die Tränen in die Augen trieb.

»Er hat bei euren Wundärzten gelernt«, erklärte Thiudareiks.

»Erzähl mir lieber, wie es zwischen Caecina und Arminius' steht«, presste Cinna hervor. Als der Verband endlich entfernt war, wagte er einen Blick auf die Verletzung, die der Wundpfleger behutsam mit einem sauberen, in heißes Wasser getauchten Tuch reinigte. Die Nahtstelle schien ihm geschwollen, aber nicht aufgeplatzt. Er wunderte sich nicht, dass der Mann eine lederne Tasche zum Vorschein holte, in die seine Instrumente eingerollt waren. Die Tasche hatte er zweifellos während seiner Dienstzeit als Capsarius erworben.

»Ich werde die Fäden entfernen«, sagte der Wundpfleger. »Die Wunde ist geschlossen, und muss nicht gebrannt werden.« Er hob den Kopf und sah Cinna an, strich mit dem Handrücken über dessen Wangen und Schläfen. »Allerdings gefällt mir dein Fieber nicht.«

Der Mann fingerte ein kleines Skalpell und eine Pinzette aus der Tasche, setzte die schmale Klinge behutsam an die dünnen Nähte, dann durchtrennte er die Fäden und zog die Enden aus dem wunden Fleisch. Einige Male zwickte es immerhin so stark, dass Cinna zusammenzuckte. Die

Salbe und den straff anliegenden frischen Verband empfand er als Erholung.

Kaum hatte der Wundpfleger sich entfernt, setzte Thiudareiks sich wieder auf den Stamm, neben Cinna, der noch ein wenig mühsam die lederne Reithose über die Beine zog. »Du bist weit vom Weg abgekommen.«

»Ich habe keine Ahnung …«

»Das kann ich mir vorstellen. Aber du solltest den Göttern danken, dass es so gekommen ist.« Thiudareiks legte ihm den Mantel um die Schultern und zog ihm nachdrücklich die Kapuze über den Kopf. »Du musst dich tarnen für den Fall, dass einige unserer Leute hier vorbeikommen.«

»Ihr seid auf dem Rückzug?« Lauernd musterte Cinna den Chatten.

»Du kannst es natürlich nicht wissen.« Nachdenklich rieb sich Thiudareiks das unrasierte Kinn, strich das Haar zurück, ehe er Cinnas Blick erwiderte. »Wann bist du deinen Leuten abhanden gekommen?«

In Cinna stieg eine dunkle Ahnung auf, eine Stimme, die er nicht zum Schweigen bringen konnte. »Gestern Nachmittag während der Kämpfe im Moor. Was ist geschehen?«

»Caecinas Legionen und Hilfstruppen haben sich auf die Anhöhe retten können, aber sie haben den Tross zurückgelassen.«

»Was ist mit den Verwundeten?«

Thiudareiks räusperte sich unbehaglich, richtete den Blick auf seine Finger, die er auf seinen Oberschenkeln spreizte. »Sie haben den Tross zurückgelassen.«

Das Gemurmel der Männer schien die Lichtung zu füllen, als Cinna die Hände hob, sich die pochenden Schläfen rieb, wie um sich eines bösen Traumes zu entledigen. Er atmete tief durch. »Was geschah … dann?«

»Bei Einbruch der Dunkelheit zogen wir uns zurück. Während der Beratungen gerieten Ermanamers und sein Onkel Inguiomers in Streit. Während Inguiomers eure Soldaten für besiegt hielt, bestand Ermanamers darauf, den Angriff erst am folgenden Tag durchzuführen. Wie bei Varus. Er wollte euch den Weg zu beiden Seiten abschneiden und dann die zersprengten Einheiten allmählich aufreiben. Aber Inguiomers konnte sich mit seinem Plan, das Lager noch vor Sonnenaufgang anzugreifen, durchsetzen.«

»Wie kam er darauf?«

»Die Verschanzungen waren sehr nachlässig und lückenhaft, und unsere Späher hörten, dass innerhalb des Lagers Angst und Schrecken herrschten. Ein paar scheuende Pferde lösten ein solches Entsetzen aus, dass die Soldaten kopflos fliehen wollten, einfach nur raus aus der Falle. Caecina gelang es, sie am Haupttor aufzuhalten, als sie einen ungeordneten Ausfall versuchten.«

Kopfschüttelnd blickte Cinna dem Wundpfleger entgegen, der mit einem dampfenden Becher auf sie zueilte und ihm diesen nachdrücklich überreichte. Gehorsam setzte er das Gefäß an die Lippen, ließ einen Gutteil der heißen Flüssigkeit in den Mund rinnen und hätte beinahe augenblicklich alles wieder ausgespuckt, aber der Wundpfleger war vor ihm stehen geblieben und zog eine so strenge Miene, dass Cinna allem widerwilligen Schütteln zum Trotz das bittere Gebräu so schnell wie möglich hinunterschluckte und sich dabei gehörig die Zunge verbrühte. Cassius nutzte die Gelegenheit, Cinna darum zu bitten, ihm den Bericht des Barbaren zu übersetzen; er verstand genug von der Sprache der Wilden, um begriffen zu haben, worüber sie gesprochen hatten. Während Cinna mit taub werdender Zunge leise die Ereignisse zusammenfasste, erbleichte Cassius und sank in sich zusammen, sodass er, als Cinna verstummte, wie ein Häuflein Elend neben ihm kauerte und mit nassen Augen ins Leere starrte.

»Und der Angriff auf das Lager?«, flüsterte er tonlos.

Thiudareiks lachte freudlos und deutete auf einen Krieger, der auf der anderen Seite des Gluthaufens saß und an einem Brotkanten herumbiss. »Das solltest du dir von diesem Mann erzählen lassen. Er war dabei. Mich und meine Männer schickte Ermanamers noch in der Nacht aus dem Lager, um die Hügel im Auge zu behalten.«

Auf zwei struppigen, stämmigen Pferden ritten Cinna und Cassius am folgenden Tag inmitten von Thiudareiks' Schar, die Kapuzen tiefer ins Gesicht gezogen als die anderen Reiter. Da es leicht regnete, würden sie nicht weiter auffallen.

Der Mann am Feuer hatte ihnen erzählt, dass die Germanen noch in der Nacht das Lager umzingelt und sich angeschlichen hätten; im Morgengrauen seien sie brüllend auf die notdürftigen Wälle gerannt und hätten zu ihrer Verblüffung keine Verteidiger vorgefunden, als plötzlich Heerscharen von Soldaten in ihrem Rücken aus dem Röhricht gestürmt seien. Caecina hatte in weiser Voraussicht offenbar sämtliche Hilfstruppen außerhalb des Lagers postiert. Und als diese die Angreifer in den Kessel der Verschanzungen gedrängt hatten, waren die Legionäre aus allen Winkeln hervorgerannt. Wildes Morden sei auf allen Seiten entbrannt, die trockene Anhöhe erleichterte den Römern ihre Kampfesweise. Der Erzähler gestand, er habe die Sache verloren gegeben und mit den Seinen das Heil in der Flucht gesucht, nachdem Arminius' Oheim Inguiomers schwer verletzt aus dem Schlachtgetümmel geborgen worden sei. Von Arminius wisse er nichts.

Die Späher meldeten, Caecinas Truppen befänden sich auf einem eiligen, aber geordneten Rückmarsch, was Cinna nicht verwunderte, da sie nicht mehr von einem Tross aufgehalten wurden. Thiudareiks scharte seine schnellsten Reiter um sich, ließ die übrigen in sicherer Entfernung von den römischen Kundschaftern und Wachmannschaften zurück. In weitem Abstand rückten sie auf, umgingen die Legionen, indem sie Hügelzüge und weite Ebenen zwischen sich und ihnen ließen, bis sie endlich den größten Teil des Zuges überholt hatten. Erst dann ließ Thiudareiks anhalten und rief Cinna zu sich, dem Cassius eilig folgte.

»Weiter darf ich dich nicht begleiten, wenn ich meine Männer nicht in Gefahr bringen will«, sagte er.

»Es dürfte so schon schwierig sein, Ermanamers zu erklären, was du hier getrieben hast.«

Breit grinsend lehnte Thiudareiks sich auf das breite Sattelhorn. »Wir kundschaften. Wir verfolgen die Bewegungen des römischen Heeres. Und wir sind uns jetzt sicher, dass Caecina seine Soldaten eilends über den Rhenus schaffen will. Also werden wir jetzt kehrtmachen, um Ermanamers und Inguiomers zu berichten.«

Sie verharrten eine Weile reglos, während verdorrte Blätter, die eine Böe von den Zweigen gerissen hatte, auf sie herabrieselten. Cassius' Pferd scharrte mit einem Vorderhuf und nickte ungeduldig.

»Danke«, sagte Cinna leise. »Die Götter mögen euch und eure Sippen behüten.«

»Mögen wir uns bald unter glücklicheren Umständen begegnen, mein Freund – und richte Inguiotar und Hraban und ihrer Familie meine besten Wünsche aus.«

Rasch wendete er sein Pferd und stieß dabei einen Pfiff

aus, dem seine Begleiter geschlossen folgten. Bald waren sie im Wald verschwunden, der das Gepolter des Hufschlags verschluckte.

Gemeinsam ritten Cinna und Cassius durch die verlassenen Wiesen. Cinna bemerkte, dass der Junge sich dicht bei ihm hielt, drehte sich ihm zu, um ihn aufmunternd anzulächeln. Der Anblick der über das Gras hinausragenden Feldzeichen und der ferne Lärm der marschierenden Soldaten erfüllte ihn mit Erleichterung, die Kopfschmerzen lauerten in einem fernen Winkel, und das Bein pochte nur schwach unter dem straffen Verband, solange er es nicht belastete.

In der Ferne, zwischen ihnen und dem endlos langen Heereszug, der sich als dunkler Wurm langsam durch das weite Grün schlängelte, machte Cinna einige Reiter aus, Kundschafter, die stehen geblieben waren und offenbar in seine Richtung blickten.

»Wirst du sagen, wer uns hierher geführt hat?«, fragte Cassius nach einer Weile.

»Ich werde keine Namen preisgeben, wenn du das meinst.« Cinna deutete auf die Kapuze, die der Junge immer noch über den Kopf gezogen hatte. »Nimm das runter! Nicht dass wir von den Pferden geholt werden, weil man uns für Feinde hält.«

Caecina war ihnen mit einem Teil seines Stabes entgegengeritten. Cinna erkannte mehrere Legionslegaten, Tribunen, Offiziersanwärter, und seine Wangen wurden heiß vor Scham über den Zustand seiner Kleidung und Rüstung, als er die Offiziere sah, die allen Widrigkeiten zum Trotz erstaunlich herausgeputzt waren. Ihm war nichts geblieben als das Kettenhemd und ein ramponierter Helm, der ihm vom Gürtel hing. Nicht einmal das Schwert, das er trug, war seines, und das war der bitterste Verlust dieser unersprießlichen Episode. Er bemühte sich um eine unerschütterliche Miene, als er den Heerführer grüßte.

»Du hast den Knaben, den Germanicus dir anvertraute, heil wieder zurückgebracht«, verkündete Caecina freudestrahlend. »Und dich selbst dazu. Wir hatten euch längst verloren gegeben.«

Cinna verbiss sich die Worte, die ihm in den Sinn kamen, als der Legat sein Pferd neben ihn lenkte, um ihm aufgeräumt die Schulter zu tätscheln.

»Er ist verwundet«, warf Cassius ein.

Stirnrunzelnd lehnte Caecina sich im Sattel zurück und musterte Cinna aufmerksam. »Mein Leibarzt wird sich darum kümmern.«

»Dein Leibarzt?«, platzte Cassius heraus. »Ich dachte, der Tross …«

Alle Augen richteten sich auf den Jungen, dessen Gesicht alle Farbe verlor.

»Wir sind eine Weile in einiger Entfernung neben den Legionen her geritten, und es war kein Tross zu sehen«, beeilte Cinna sich zu erklären.

»Das ist richtig, wir haben die Wagen aufgeben müssen.« Caecinas Miene verhärtete sich. »Die meisten Knechte und Posten wurden erschlagen, aber Herophilus hat sich mit einigen anderen durchschlagen können.« Er legte den Kopf in den Nacken, als wollte er den Himmel betrachten, ließ dann den Blick über die von dunkel bewaldeten Hügeln begrenzte Ebene schweifen, in der sich die ersten Abendnebel sammelten.

»Es ist vorbei, Gaius Cornelius«, murmelte er. »Die Gefallenen sind bestattet, wir haben zumindest einen der Adler zurückgeholt, und Arminius wurde gemeinsam mit seinem Verbündeten Inguiomerus schließlich zum Rückzug gezwungen.« Ein tiefer Seufzer entrang sich seiner Brust. »Auch wenn wir keine ruhmreichen Siege davongetragen haben ...«

»Bedeutet das, mit dem Ende dieses Feldzuges ist auch der Krieg beendet?«, fragte Cinna argwöhnisch.

Caecina nickte schwerfällig. »Die angrenzenden Provinzen hatten schon im vergangenen Winter größte Mühen, die Erfordernisse dieses Feldzuges aufzubringen. Sie taten es bereitwillig, sie wissen ja selbst, wie wichtig es ist, diesen Feind in seine Schranken zu weisen. Sie haben uns nahezu ihren gesamten Bestand an Pferden und Vorräten geopfert.« Sein Blick streifte Cinna, ein Lächeln hellte das faltige Gesicht des Legaten auf. »Wir werden heute Nacht noch in Vetera eintreffen, wenn wir nicht aufgehalten werden – wirst du das schaffen, Gaius Cinna?«

Augenzwinkernd trieb der Legat sein Pferd vorwärts, zurück in die Gruppe, die sein Stab bildete. Doch als wäre ihm noch etwas in den Sinn gekommen, hob er mahnend einen Finger und drehte sich im Sattel halb um. »Dein Leibwächter hat sehr gute Dienste geleistet, Gaius Cornelius. Einen solchen Mann sollte man tunlichst fördern.«

*

Die Lichter hatten sie in der Dunkelheit geleitet, die Lichter, die den Weg zur Brücke wiesen. Wer hätte denn auch in Sichtweite des Rhenus und des festen Lagers Vetera auf seiner herrschaftlichen Anhöhe auf ungeschütztem Feld schlafen wollen? Aller Erschöpfung zum Trotz schleppten die Soldaten sich vorwärts, sangen, um sich aufzumuntern, und als ihre Stimmen versagten, krächzten sie unverdrossen weiter.

An der Brücke erwartete sie, umgeben von schwerbewaffneten Leibwächtern und fackeltragenden Bediensteten, eine Frau, deren helle Stola sich im Nachtwind blähte, Vipsania Agrippina, Enkelin des Augustus und Gemahlin des Germanicus. Hochaufgerichtet stand sie vor dem Aufgang, hielt ihren Sohn Gaius im Arm, der ein winziges Kettenhemd und den dunklen Umhang eines Heerführers trug. Cinna rang sich ein schiefes Lächeln ab und verneigte sich, doch er war nicht in der Lage, abzuspringen wie Cassius, der zu ihr eilte, um sie zu begrüßen. Nachdem sie mit dem jungen Mann einige Worte gewechselt hatte, stellte sie den Kleinen auf den Boden, der sofort das Steckenpferd aus der Hand eines der Sklaven riss, sich den Stab zwischen die Beine klemmte und mit gezücktem Holzschwert die Ehrenbezeugungen der vorbeireitenden Soldaten erwiderte. Cinna hatte sein Pferd angehalten und erwartete sie, ohne die Rechte von der festen Bandage zu nehmen.

»Lass das, Gaius Cornelius«, sagte sie, als er Anstalten machte, ein Bein über den Hals des Pferdes zu heben. »Lucius Cassius sagte bereits, du seist verwundet. Ich bin dir zu Dank verpflichtet, dass du ihn unter Einsatz deines Lebens aus den Händen der Barbaren geholt hast.« Aufmerksam musterte sie ihn, bevor sie fortfuhr. »Der Leibarzt meines Gemahls wird zu deiner Verfügung stehen.«

Sie entließ ihn, trat zurück, um andere Ankömmlinge zu begrüßen, während Cinna sein Pferd mit schwachem, einseitigem Schenkeldruck auf das von Fackeln erleuchtete Bauwerk lenkte. Der Hufschlag hallte unter ihm auf dem Bretterbelag, er zählte die Joche, auf denen die Brücke lag, ohne den Blick auch nur einmal von dem auf dem Berg liegenden Lager zu wenden.

Bis er die Frauen am anderen Brückenkopf bemerkte, Frauen und Kinder. Vorn standen die Familien der Offiziere, während sich im Hintergrund die Angehörigen der Soldaten drängten. Sie winkten und riefen, die Reihen der Legionäre vor Cinna lösten sich auf, viele Männer wurde umhalst, die Truppen stockten. Plötzlich erblickte er Sunja, die ihn über ihre vors Gesicht geschlagenen Hände hinweg aus weit aufgerissenen Augen anstarrte, ohne sich zu rühren. Vorsichtig glitt er vom Pferderücken. Als wäre er in eine Klinge gesprungen, die seinen Fuß, sein Bein durchbohrte, traf ihn der Schmerz, kaum dass er den Boden berührte. Cassius, der neben seinem Reittier ging, fing ihn auf, hielt ihn bei den Schultern, lehnte ihn an das Pferd, bis er wieder zu Atem kam, blinzelnd die Augen öffnete.

Im selben Augenblick schlangen sich zwei Arme um ihn, ein Körper schmiegte sich an seinen, ein Kopf wurde an seine Schulter gedrückt, ehe er begriff, wie ihm geschah. Er hörte Sunjas Stimme erstickt seinen Namen flüstern, beschwörende, wirre Worte. Kraftlos umarmte er sie, blieb einfach still stehen, atmete ihren süßen Duft und lauschte der Stimme, nach der er sich gesehnt hatte. Die Erinnerung an diesen Klang, an diesen warmen, biegsamen, schlanken Körper in seinen Armen hatte ihn wie an einem Nasenring durch die Wälder gezogen. Seine Hände strichen über ihren Rücken, ihre Schultern, umfassten ihre Wangen, er sah sie an, das beinahe vollkommene Oval ihres Gesichtes, die hellgrünen Augen, die voll Tränen standen, die schmale Nase, die blassen, leicht geöffneten, zitternden Lippen.

Er küsste sie. Drückte seinen Mund auf ihren, mochten

die Leute denken, was sie wollten. Hob den Kopf, um sie wieder anzusehen, und der Schmerz schien verflogen, nur noch ein fernes Echo.

»Sunja … warum bist du hier?«

Sie schluckte sichtlich. »Ich wurde hergeholt«, stammelte sie. »Mit den Kindern … Niemand sagte mir warum. Erst als ich hier war … im Lager … Es hieß … du seist tot!«

Er zog sie an sich. »Die Kinder sind hier?«

»Im Lager. Im Stabsgebäude.« Sein Umhang und Kettenhemd erstickten ihre Worte. Als er ihren Atem spürte, wurde ihm bewusst, dass der Gestank der Flucht, des langen Marsches auf der Flucht vor Arminius' Scharen an ihm haftete.

»Ich brauche ein Bad«, murmelte er.

Ihr Kopf flog hoch, auf ihrem tränennassen, verschmierten Gesicht leuchtete ein Lächeln. »Dringend!«

XV

Eines der fünf Öllämpchen, die am Kandelaber hingen, zischte leise und erlosch, sodass das Licht in der Kammer matter wurde. In einem Winkel knisterte eine glühende Kohle im Becken. Cinna rückte sich ein wenig in den zerdrückten Kissen zurecht, ohne Sunja loszulassen, die auf seiner Brust lag und ihn umschlungen hielt. Eine Strähne ihres Haares glitt federleicht über seine Schulter. In ihren Armen hatten die Schatten der Wälder keine Macht mehr über ihn, obwohl er noch immer ein wenig fror.

Eine Bucina meldete die Wachablösung, eine zweite antwortete ihr mit einem leicht wehmütigen Ton, ehe Stille sich wieder wie schweres Tuch herabsenkte, durchbrochen von vereinzelten Rufen wachhabender Soldaten und Offiziere. Das Echo des tagelangen Marsches hallte dumpf in seinem Kopf, das Rasseln der Ausrüstung, der Töpfe und Kübel, die zwischen den Taschen am Marschgepäck der Soldaten schepperten, das Donnern zahlloser nagelbewehrter Schritte auf Holz und festgestampfter Erde, dazwischen das Klappern der Hufe und das Klingeln der Bronzebeschläge an den Geschirren. Der Lärm hatte ihn mürb gemacht, ihn beinahe den Schmerz vergessen lassen, der in seinem Bein wühlte, die Taubheit, die sich in ihm ausbreitete. Am Ende dieses Weges, als ihnen einzelne Reiter entgegengekommen und die Lichter des Brückenkopfes sichtbar geworden waren, hatte ihn nur noch sein Körper im Sattel gehalten, getragen von einem Willen, der nicht mehr allein der Seine gewesen sein konnte.

Jetzt, da dieser Körper bleischwer unter den warmen Decken lag, aber wieder ihm gehörte, erinnerte Cinna sich, dass bei ihrem Eintreffen die Dörfer rings um das Lager von aufgeregtem Flüstern gesummt hatten. Kein Jubel, nur leise Stimmen wie das Rascheln von trockenem Laub, dazwischen erstickte Aufschreie, Schluchzen.

Erst nachdem sie im Hauptlager auf der Anhöhe Aufnahme gefunden hatten, erfuhr Cinna, dass nicht nur der Blutzoll, den Caecinas Kampf um die Bohlenwege gekostet hatte, und die Wehklagen vieler Frauen über den Verlust ihrer Männer die Freude über ihre glückliche Rückkehr trübte – als Boten vor Tagen gemeldet hatten, Caecinas Legionen seien eingeschlossen worden, hatten die Bewohner der umliegenden Dörfer und die verbliebenen Soldaten den Abriss der Brücke gefordert. Es war Agrippina gewesen, die sich diesem Ansinnen entschlossen widersetzt hatte, bis die Offiziere sich ihr gefügt hatten. Seither hatte sie sich unentwegt unter den Leuten sehen lassen, den kleinen Sohn, das kindliche Abbild ihres Mannes, im Ornat eines Feldherrn auf dem Arm tragend. Unbeirrt von schlechten Nachrichten aus dem Norden, von Meldungen über eine überraschende Flut und unerwartete Verluste unter den heimkehrenden Truppen hatte sie die Bewachung der Brücke angeordnet, damit die Einheimischen nicht heimlich die Pfosten fällten.

Cinna hatte sich so früh wie möglich von den Besprechungen im Kreise Agrippinas verabschiedet, um Caecinas Arzt aufzusuchen, und dann ungeduldig zugesehen, wie dieser die noch immer pochende und gerötete Verletzung öffnete, um den übel riechenden Eiter abfließen zu lassen, sie mit Salbe bestrich und frisch verbinden ließ, bevor er ihn mit einem Trank gegen das Fieber verabschiedete. Sunja erwartete ihn schon im Flur des Hauses; dann hatte er mit ihr zwischen den Betten der friedlich schlafenden Kinder gesessen, ihre Hände in seinen. Ungläubig hatte er die dunklen Schöpfe im schwachen Schein einer einzelnen Lampe betrachtet, bis Sunja sich erhob, den Finger auf die Lippen legte und ihn in die Nebenkammer führte. Flüchtig hatte er Reikas Begrüßung erwidert, als diese hinausschlüpfte, Sunjas Gesicht in seine Hände genommen und seine Lippen auf ihre gepresst, einen Arm um sie geschlungen und sie zum Bett gedrängt, ohne zu wissen, ob die Hitze in seinen Wangen vom Fieber herrührte oder von dem Verlangen, das ihn plötzlich wie eine fremde Macht erfasste.

Lächelnd strich er eine weitere goldene Strähne von Sunjas Schulter, was ihr ein wohliges Seufzen entlockte. Sie schaute auf, lächelte, ließ sich wieder auf seine Brust fallen, und er spürte den sanften Druck ihrer Arme, das behutsame Tasten ihrer kühlen Fingerspitzen auf seiner Haut. Als er seine Lippen auf ihr Haar drückte, umhüllte ihn ihr Duft. Er zog sie enger an sich, legte einen Finger unter ihr Kinn, um ihren Kopf zu heben, sie zu küssen. Während er seine Zunge über die Schneide ihrer Zähne gleiten ließ, stützte sie sich auf die Unterarme. Widerwillig löste er seinen Mund von ihrem.

Ihre Haare fielen um sie wie ein schützender Vorhang, durch den nur wenig Licht drang.

»Ich hatte Angst um dich«, flüsterte sie. »Meine Briefe blieben unbeantwortet, ich erhielt keine einzige Nachricht über dich. Ich weiß nicht, ob ich das ein weiteres Jahr ertragen kann …«

»Es ist vorbei, Sunja«, erwiderte er, strich zart mit einem Finger über ihre Wange. »Der Krieg ist beendet. Wir haben nicht mehr die Mittel, die Feldzüge fortzusetzen.«

Ihre Miene verhärtete sich, und sie biss leicht auf ihre Oberlippe. Dann setzte sie sich langsam auf. »Ich habe etwas anderes gehört.«

»Das muss ein Irrtum sein.«

»Es ist kein Irrtum, Gaius. Ich habe es mit eigenen Ohren gehört.«

»Willst du behaupten, jemand hätte in deiner Gegenwart …?«

»Gaius, ich bin vorgestern völlig verzweifelt durch das Haus des Germanicus geirrt. Ich wollte nicht vor den Kindern weinen, sie waren verstört genug durch die Reise. Aber dann habe ich mich doch nur in den Innenhof gesetzt und …« Sie schmiegte sich an ihn und fuhr zögernd fort: »Nachdem ich eine Weile dort gesessen war, ohne zu wissen, was ich tun sollte und was mir und den Kindern bevorstünde, hörte ich Agrippinas Stimme und die eines mir fremden Mannes.« Sie senkte den Kopf, nestelte gedankenverloren an einem der Laken herum. »Ich habe gelauscht, weil ich dachte, es könne ebenso gut um uns gehen. Agrippina klang zornig, und sie sagte, sie werde Tiberius niemals nachgeben. Die Aufständischen müssten besiegt werden, damit Germanicus die ihm gebührenden Ehren erhalte. Und dann bot der Mann ihr an, das Geld unter den gallischen Stämmen aufzutreiben.«

Während sie sprach, fühlte Cinna, wie ihm Kälte in die Glieder kroch. Caecina war der felsenfesten Überzeugung, der Krieg sei zu Ende – zumindest hatte er das auch an diesem Abend mehrfach wiederholt –, und weder Agrippina noch einer der Offiziere, denen während des Herbstfeldzuges die Sicherung des Rheinufers aufgetragen worden war, hatten irgendeine Andeutung gemacht, dass der Kampf fortgesetzt werde. Es war ja auch noch nicht abzusehen, wie viele auf dem Weg durch die Marschen an den Gestaden des Oceanus zu Tode gekommen waren. Die Meldungen widersprachen einander, reichten vom Verlust einiger Centurien bis hin zum Untergang der gesamten Flotte. Wessen Pläne mochte Sunja unabsichtlich belauscht haben?

»Hast du irgendjemandem davon erzählt?«, fragte er, und als sie den Kopf schüttelte, umfasste er ihre Schultern. »Versprich mir – nein, schwöre mir, dass du niemandem etwas davon sagen wirst!«

»Warum …?«

»Schwöre es!«, drängte er.

»Ich schwöre«, flüsterte sie, blinzelte, lächelte unsicher. Er hielt sie fest, drückte sie sanft in die Kissen, beugte sich über sie und küsste sie, als könnte er damit die Angst zum Schweigen bringen, die sich flügelschlagend in seiner Brust niederließ.

Aulus Caecina hatte Cinna für den nächsten Morgen zu einer Unterredung ins Stabsgebäude geladen. Ein ältlicher Gefreiter führte ihn zu einem der Räume, die den großen Innenhof umgaben. Caecina ruhte auf einer Kline, ein Kissengebirge stützte ihn. Eine Frau sprang auf, als Cinna eintrat – Lucilla –, ihr in feine Falten gelegtes Obergewand rauschte, aber sie hielt inne, legte eine Hand auf die Brust und atmete sichtlich durch. Cinna begrüßte sie mit einer Umarmung und Küssen auf beide Wangen und hatte Mühe, sich aus ihrer Umklammerung zu befreien.

»Wir wollten dich sehen, um uns von dir zu verabschieden, bevor du nach Mogontiacum fährst«, sagte Firmus, der jetzt hinter ihr stand und seine Hände um ihre Schultern legte. »Im Laufe des Tages werden die Schiffe eintreffen.«

»Gibt es Nachricht über die Verluste?«, warf Cinna ein.

»Du weißt von der Flut«, begann Caecina zögernd. »Die ersten Boten berichteten schreckliche Dinge. Germanicus hatte beschlossen, die Schiffe zu entlasten, und deshalb der Zweiten und Vierzehnten Legion befohlen, dicht an der Küste entlangzumarschieren. Doch am zweiten Tag kam Sturm auf und drückte die Flut aufs Land. Die beiden Legionen wurden von den schnell steigenden Wassermassen überrascht und auseinandergetrieben. Viele mussten schwimmen, viele die Nacht auf verstreuten Hügeln verbringen, und alle fürchteten einen schmachvollen Tod durch Ertrinken.«

Er verstummte, als ein Sklave eintrat, um seinem Herrn und den Gästen silberne Henkelbecher mit verdünntem Wein zu reichen, und sich nach erneutem Verneigen zurückzog.

»Aber die Flut ging in der Nacht zurück«, sagte Cinna leise.

»Leider waren einige Flüchtige weit vorausgeeilt, die im Stützpunkt am See Flevo die Postenkette in helle Aufregung versetzten«, fuhr Caecina fort. »Die Meldung, die hier als Erstes eintraf, besagte, die Legionen seien in den Fluten ertrunken. Als in dieser tiefen Ungewissheit über das Schicksal der Flotte Posten und Kundschafter aus dem Gebiet der Usipeter berichteten, meine Truppen seien umzingelt …« Seine Stimme versiegte; rasch hob er den Becher, goss zu einem hingemurmelten Segensspruch einen Teil des Weines in ein bereitgestelltes Bronzebecken, ehe er das Gefäß hob und seinen Gästen zutrank, die es ihm nachtaten.

»Ich weiß es zwar nur vom Hörensagen, aber ich kann mir lebhaft vorstellen, dass Agrippina all ihre Entschlossenheit aufbieten musste, um zu verhindern, dass die Brücke abgerissen wurde und sowohl die Soldaten als auch die Bewohner der umliegenden Siedlungen ihr Heil in der Flucht suchten.« Er nahm einen weiteren großen Schluck. »Ich halte nichts davon, wenn sich eine Frau derart hervortut, als führe sie den Oberbefehl, während ihr Mann im Feld steht. Trotzdem muss ich anerkennen, dass wir ohne ihren Einsatz wohl hilflos am anderen Ufer des Rhenus festgesessen wären.« Mit einem schiefen Grinsen leerte er seinen Becher, gab einen schweren Seufzer von sich und ließ den Blick über die Gesichter der Anwesenden wandern, ehe er ihn auf Cinna heftete.

»Ich habe mich soeben mit Gnaeus Domitius über die Verteilung und Einquartierung der Truppen beraten.«

»Willst du die Versetzung der Asturischen Ala nach Vetera beantragen?«

Leise lachend schüttelte Caecina den Kopf. »Nichts dergleichen. Wenn die Flotte morgen eintrifft, bedeutet das, dass deine Ala bald nach Mogontiacum befördert wird. Gnaeus Domitius und deine Schwester wollten dich sehen und ich dir meinen Dank aussprechen, bevor du aufbrichst.«

»Dank? Wofür?«

»Dafür, dass du mir deinen Leibwächter, Iulius Actala, anvertraut hast«, erwiderte der Legat rau. »Es ist möglich, dass dich das in Lebensgefahr brachte – meine Legionen hat es vielleicht gerettet.« Er räusperte sich umständlich hinter vorgehaltener Hand. »Als in der zweiten Nacht während der Angriffe in den Sümpfen im Lager Angst und Verzweiflung herrschten und ich selbst weder ein noch aus wusste, rief ich den Mann zu mir. Ich schwankte, wie ich den Angriffen der Feinde begegnen sollte, ob ich den Befehl zum Weitermarsch geben oder Arminius hier stellen sollte. Actala warnte mich vor dem Weitermarsch. Er kannte diese Moore nicht, aber er war überzeugt, dass Arminius seine Truppen auf uns hetzen würde, damit sie den Heereszug aufspalteten und in Angriffen aus dem Hinterhalt aufrieben, wie er es bei den Legionen des unglücklichen Varus gemacht hatte.«

Argwöhnisch musterte Cinna den Legaten, der seinen Becher abgestellt hatte, wechselte dann einen Blick mit Firmus, der kaum sichtbar die Schultern hochzog und eine ratlose Miene machte, während Lucilla offenbar das Misstrauen ihres Bruders teilte. Dann bemerkte er, dass der Legat ihn mit einem dünnen Lächeln ansah.

»Dieser junge Mann hat mich darin bestärkt, dem Drängen der Verzweifelten nicht nachzugeben, sich nicht auf die Flucht durch die Sümpfe zu machen, sondern auszuharren und für den Fall eines Angriffs die Cohorten außerhalb des Lagers auf der trockenen Anhöhe zu verschanzen.«

Betroffen erinnerte Cinna sich an Erzählungen seiner Soldaten, die Männer im Lager seien völlig außer sich gewesen, die Offiziere hätten sie schier nicht bändigen können. Caecina habe eine Rede gehalten, doch er sei überschrien worden, und schließlich, als viele schon zum Tor gerannt seien, habe er sich ihnen in den Weg gelegt, sodass sie über ihn hätten hinwegtreten müssen, um das Lager zu verlassen. Davor seien sie zurückgeschreckt, und diejenigen, die bereits hinausgestürmt waren, seien angesichts der Standhaftigkeit ihres Befehlshabers reumütig zurückgekehrt.

»Ich sage das hier und jetzt, damit Gnaeus Domitius meine Worte jederzeit bezeugen kann«, fuhr Caecina fort. »Ich weiß, welches Geheimnis dich und diesen Cherusker verbindet. Er hat mir von Angesicht zu Angesicht gestanden, dass er der Mann war, der mit der trügerischen Nachricht, Arminius warte hinter dem nächsten Höhenzug bereits mit frischen Kräften, um dem Feind in den Rücken zu fallen, zu Varus geschickt worden war. Einer Nachricht, die nicht einmal eine Lüge war, denn Arminius' Feind waren die Legionen des Varus. Mir ist ebenfalls bekannt, unter welchen Umständen er einer deiner Leibwächter wurde, und ich verstehe, warum du ihm voll und ganz vertraust, was dein Leben angeht.«

Damit wandte er sich ab und ging nach einem stummen Abschiedsgruß zur Tür; doch als er den Knauf in der Hand hielt, blieb er nochmals stehen. »Dein Schwager, der Cherusker Iulius Ravanus, hat, wie du weißt, zwar während des Rückmarsches schwere Verluste in seiner Einheit hinnehmen müssen, aber er selbst ist unversehrt auf dem Weg hierher – sag das deiner Frau.«

*

Seitdem die Schiffe die Talenge bei Bingium verlassen hatten, herrschte ausgelassene Stimmung unter den Ruderern. In weniger als drei Stunden würden sie in den Hafen von Mogontiacum einlaufen; viele Soldaten sehnten diesen Augenblick verzweifelt herbei, besonders diejenigen, die ihren Platz nicht halten konnten, sondern sich weit über die Bordwand lehnten und bittere Galle erbrachen, während die Ruderer sich über sie lustig machten. Zwei Triremen beförderten die Ala, drei bauchige Lastschiffe die Pferde, und in ihrem Flottenverband reisten zwei weitere Cohorten. Die beiden Legionen waren zuvor schon in ihr Winterlager verbracht worden.

Cinna hielt neben dem Bughorn des Schiffes Ausschau nach den Mauern und Türmen auf dem flachen Berg. Auf dem Arm trug er Lucius, mit dem er viele Stunden dieser Fahrt verbracht hatte – zu Sunjas unübersehbarer Freude. Der Kleine jauchzte beim Anblick der rauschenden Kielwellen und pfeilschnell umherflitzenden Möwen, nachdem er, gelangweilt von der tagelangen Reise, mit seinem trotzigen Geschrei sämtliche Ruderer und Soldaten erheitert und Cinna ihn deshalb vom schützenden Zelt am Heck weggeholt hatte.

Das Tal weitete sich zur Ebene, im Norden begrenzt vom dunkel bewaldeten Taunusgebirge, aus dessen Falten Wolkenfetzen aufstiegen, und im Süden von den hinter einem Nebelschleier verborgenen Hügeln, in denen das gallische Volk der Vangionen seine Äcker bebaute. Beim Anblick der sanften, dunklen Hänge kam Cinna der Gedanke, es müsse sich doch lohnen, hier abgesehen von Getreide, Bohnen und Linsen zur Versorgung der römischen Heere auch Wein anzubauen, der bislang mühsam mit Schiffen und ein kurzes Stück sogar auf Ochsenkarren von Massilia herbefördert wurde. Wenn nur die Winter nicht so frostig wären, dass sie den Reben Schaden zufügten.

Lucius stieß den Finger nach vorn und deutete zum Ufer. Aus dem Dunst erhob sich die Mauerkrone des Lagers mit den stolzen Türmen. Von den Schiffen ertönte Hörnerklang, dann trug ein sanfter Wind eine gedämpfte Antwort herüber.

Schon von weitem sahen sie, dass sich auf der Böschung oberhalb des Hafens zahllose Menschen drängten, winkten, schrien, obwohl kein Wort zu verstehen war. Damit die Truppen geordnet an Land gehen konnten, sperrten Soldaten den Hafen und das kiesige Flussufer westlich davon, an dem Pappeln ihre kahlen Äste emporreckten. Cinna setzte den Kleinen ab und beeilte sich, mit ihm zum Heck zurückzukehren, wo ihn Sunja stirnrunzelnd zwischen Taschen und Truhen erwartete. Lucius mochte protestieren und mit den Füßen aufstampfen, sein Platz war bei seiner Mutter, und sein Trotz würde versiegen, sobald die Vorbereitungen der Soldaten, an Land zu gehen, seine Aufmerksamkeit erregten.

Ehe Cinna sich wieder seinen Aufgaben zuwenden konnte, wies Sunja zum Ufer. Ein wenig abseits entdeckte Cinna die hünenhafte Gestalt eines Mannes, den er unter Tausenden erkannte, Sunjas Vater Inguiotar, der in seinem Haus Aufnahme gefunden hatte; bei ihm standen Thauris und Saldir in schützenden Mänteln. Um besser sehen zu können, kniff Cinna die Augen zusammen und verfluchte stumm die nachlassende Schärfe seiner Augen. Von weitem schien es, als sei Saldir gewachsen und überrage ihre Mutter ein wenig, und sie wirkte ruhiger, als er sie in Erinnerung hatte. Sie wuchs zu einer jungen Frau heran.

Hörnerklang brachte die Soldaten dazu, sich rasch in Reihen aufzustellen. Lucius, den die Aussicht, seine Großeltern und seine Tanten zu sehen, von seinem Wutgeheul nicht hatte abbringen können, verstummte augenblicklich und verfolgte mit großen Augen das Geschehen. Cinna hatte Ahtala in der Nähe ausgemacht, winkte ihn zu sich und vertraute ihm seine Familie an; als der Cherusker Sunjas Vater am Ufer erkannte, flog ein Leuchten über seine Züge.

Cinna umarmte Sunja rasch.

»Entschuldige mich bei deinen Eltern«, flüsterte er an ihrem Ohr. »Ich tue, was ich kann, um heute Abend bei euch zu sein.«

Dann gesellte er sich zu seinen Männern, so schnell es ihm das schlechte Bein erlaubte.

Erst nach Einbruch der Dunkelheit gelang es Cinna, sich auf den Weg nach Hause zu machen. Nachdem er in Vetera seinen schönen Hengst Alkyon in Empfang hatte nehmen können, hatte er erst nach der Landung in Mogontiacum wieder Gelegenheit zum Reiten gefunden. Ahtala hatte ihm zwar beim Aufsteigen helfen müssen, aber während er sich auf der vertrauten Straße dem Lager und den Dörfern, die sich an die Hänge schmiegten, näherte, wurde ihm die Brust weit, ein Lächeln stahl sich in seine Mundwinkel, sodass er den Fuchs ein wenig schneller traben ließ, als ihm selbst gut tat. Er ahnte, dass er die Zeit eines Winters für seine Genesung brauchte.

Kaum erreichte er die ersten Hütten am Rand der Siedlung, begegneten ihm Menschen, meist Soldaten, die ihren ersten Ausgang seit langer Zeit genossen. Auf der Straße zum südlichen Tor, an der sich die Tabernen reihten, drängten sie sich in Gruppen, sangen Spottlieder über den flüchtenden Arminius und seine feige Barbarenbande. Manche hielten ein Mädchen am Arm, meist eines, dessen Gunst so lange währte, wie der Geldbeutel klingelte. Einige erkannten Cinna, grüßten ihn und priesen seine Tapferkeit, verfielen in weitere Lobeshymnen über ihre eigene Stärke, doch ihre Stimmen kippten, und sie trafen die richtigen Töne nicht, was verriet, dass sie dem Wein schon tüchtig zugesprochen hatten. Kaum in ihre heimisch gewordenen Lager zurückgekehrt, verprassten sie ihren Sold in der Hoffnung, es möge bald reichliche Geschenke und Nagelgeld geben, das eigentlich dazu gedacht war, die abgelaufenen Schuhe erneuern zu lassen.

Als er in eine Gasse einbog, bemerkte er erleichtert, dass das Lärmen hinter ihm zurückblieb. Die Läden und Werkstätten der Handwerker waren verschlossen und boten einen abweisenden Anblick. Aus einem der Häuser klang gedämpft eine Totenklage, bald darauf eine zweite.

Wie immer, wenn er zu Pferd heimkam, klopfte er an den Hintereingang seines Hauses, inzwischen eine hölzerne Pforte in einer übermannshohen Mauer, die sich neben den Lehmwänden und Knüppelzäunen wie ein Teil einer Burg ausnahm. Er hörte flinke Schritte, aufgeregtes Stimmengewirr, erkannte darunter Sunja, Saldir und ihre Mutter. Der Schlüssel knarrte im Schloss, die Zapfen knirschten leise, als die Pforte aufgezogen wurde. Durch den Spalt schlüpfte ihm Saldir entgegen, flog ihm um den Hals. Ihr Haar war sorgfältig aufgesteckt und duftete. Mitten auf dem Hof stand Inguiotar und grinste ihm unter seinem Vollbart nachsichtig zu. Sunja hing lächelnd an ihres Vaters Arm, während Thauris Cinna entgegentrat, in ihren Händen eine Schale mit einer goldfarbenen, von weißen Schaumschlieren bedeckten Flüssigkeit, und ihn feierlich willkommen hieß.

Sanft schob Cinna Saldir von sich, setzte den Fuß über die Schwelle seines Hauses und nahm das Gefäß aus Thauris' Händen, nickte allen zu, um die Begrüßung zu erwidern, und trank. Sunjas Mutter hatte tatsächlich Bier gebraut, um ihn zu begrüßen, und obwohl es fad schmeckte, obwohl es ihn an einige der bittersten Tage seines Lebens erinnerte, wusste er diese Geste zu schätzen und umarmte die Frau.

Sie hatten den Speisesaal mit Kränzen und Girlanden aus späten und getrockneten Blumen geschmückt, dampfende Schüsseln wurden aufgetragen und Körbe voller kleiner runder Brote, die nach Mohn und Koriandersaat dufteten. Als hätte er nie anders gespeist, streckte Inguiotar sich auf einer der drei Klinen aus, hielt eine randvoll gefüllte Schale mit der Linken, während er mit der rechten eine Leckerei nach der andern in den Mund schob und sich gelegentlich mit einem bereitliegenden Tuch den Bart säuberte. Hraban lümmelte sich auf der zweiten, neben ihm seine Frau Catufleda, mit der er unentwegt tuschelte.

Als die Kinder unruhig wurden, rief Sunja Reika und Nanthis und hieß die beiden Mägde, die Kleinen ins Bett zu bringen. Thauris folgte ihnen eilig.

»Das ist ihre liebste Aufgabe«, sagte Sunja leise zu Cinna. »Dass sie sich um die Kinder kümmern kann, das hat sie gerettet.«

»Gerettet? Was meinst du damit?«

»Es ging ihr elend, als wir im Sommer hier eintrafen.« Sie warf ihrem Vater einen Blick zu, der den gedörrten Apfelring in die Schale zurücklegte, bevor er zu erzählen begann.

»Sie fühlte sich nutzlos, ohne Aufgabe, während ich genug damit zu tun hatte, anständige Unterkünfte für die Angehörigen der Männer durchzusetzen, mit denen Hraban in den Kampf gezogen war.« Inguiotar schnaubte verächtlich. »Glaube mir, ich hätte die Männer lieber selbst geführt, aber man ließ mich nicht. Stattdessen sollte ich für meine heimatlosen Leute Sorge tragen.«

»Vater, die Sorge um die, die dir anvertraut sind, war und ist deine vornehmste Aufgabe.«

Zu Cinnas Erstaunen verfehlte Sunjas vorsichtiger Tadel

seine Wirkung nicht; Inguiotar senkte den Kopf, murmelte einige unverständliche Worte in seinen Bart, dann drehte er sich zu ihr um, nahm ihre Hand, drückte sie sanft.

»Verzeih deinem alten Vater, dass er glücklicheren Tagen nachtrauert. Ich will mich bemühen, das verspreche ich …«

*

Die Behandlung der schlecht heilenden Verletzung hatten gleich zwei Stabsärzte übernommen. Jeder der beiden unterzog Cinna einer gründlichen Untersuchung und nahm die Fortschritte der Heilung in seine Akten auf, ganz gleich, wie sorgfältig der andere vorging. Jeder der beiden verordnete Maßnahmen und Medikamente, gleichgültig was der andere tat, doch keiner von beiden verlor je ein Wort über den anderen. Da auch Cinnas Fragen unbeantwortet blieben, ließ er zwar die Behandlungen widerspruchslos über sich ergehen, befolgte jedoch insgeheim nur diejenigen Verordnungen, die ihm selbst zuträglich erschienen.

Erfreulicherweise verschaffte ihm das eine Reihe freier Tage, die er allen Bedenken zum Trotz tatsächlich genießen konnte. Insgeheim hatte er sich Sorgen gemacht, wie er in seinem überfüllten Haus zur Ruhe kommen sollte. Während Inguiotar und Thauris im Hinterhaus lebten, in dem Cinnas Schwester bis zu ihrem Weggang nach Vetera gewohnt hatte, hatte Sunja ihrem Bruder und dessen Frau ein Zimmer am vorderen Innenhof überlassen. Doch diese Menschen, die es ihr Lebtag gewohnt waren, mit vielen anderen unter einem Dach zu leben, schienen sich geradezu unsichtbar machen zu können. Die Frauen beschäftigten sich meist in Thauris' beheiztem Wohnraum mit Spinnen, Weben und Nähen und kümmerten sich dort um die Kinder, sodass es im vorderen Teil des Hauses erstaunlich ruhig blieb.

Jeden Morgen brachten Valens und Cassius Stapel von Berichten und Listen, die sie mit dem Praefecten durchzugehen hatten; sie kamen stets zügig voran, da Sosius Valens ein überaus geschickter und tüchtiger Buchhalter war und Cassius sich Cinna offenbar tief verpflichtet fühlte. Der junge Mann bemühte sich redlich, seine Neugier nicht allzu offen zu zeigen, wenn er die Blicke durch die Räume wandern ließ.

»Du hast nicht erwartet, dass es hier so … römisch aussieht, obwohl die Herrin des Hauses eine Barbarin ist, nicht wahr?«, half Cinna ihm am dritten Morgen aus der Verlegenheit.

Cassius senkte den Kopf und nickte, konnte aber nicht verbergen, dass seine Wangen errötet waren.

»Sie hat einige Jahre ihrer Jugend in Tusculum verbracht, im Landhaus des Publius Vinicius«, erklärte Cinna.

»Kennst du sie daher?«

Leise lachend tätschelte Cinna ihm die Schulter. »Ich war nur selten in Tusculum, und wenn ich mich recht entsinne, kein einziges Mal im Haus des Vinicius. Der Mann führte ein sehr zurückgezogenes Leben zwischen seinen Büchern, Gemälden und Olivenholzmöbeln.«

»Aber du warst vor langer Zeit einmal mit einer Marcia verheiratet, nicht wahr?«

»Du hast Nachforschungen betrieben?«, entgegnete Cinna mit hochgezogenen Brauen und grinste. »Damals war ich noch fast ein Knabe. Mein Vater hoffte, ein ehrenvolleres Priesteramt zu ergattern, wenn er sich mit der noblen Familie der Marcier verband.«

»Wie alt warst du damals?«

»Sechzehn.«

Cassius vergaß den Mund zu schließen, während er Cinna anstarrte. »So alt wie ich war, als mein Vater mich hierher schickte. Er wollte nicht, dass ich in Rom mit all den anderen Jungs herumlungerte, ich solle zuerst etwas Richtiges machen, dann könne ich immer noch sehen, ob es mich nach Athen ziehe.«

»Nach Athen möchtest du?«

»Wer wollte das nicht? Sogar du warst dort, wie der Grieche erzählt.«

Cinna stutzte. »Der Grieche?«

»Androkleos aus Athen. Der Geograph.«

Rasch drehte Cinna sich um und erreichte die Tür zum Innenhof, seine Hand lag schon auf dem Holz, als er innehielt. Der Junge konnte nicht wissen, was geschehen war. Was der verfluchte Grieche ihm angetan hatte. Aber was hatte der erzählt?

»Treibt er sich immer noch hier herum?«

»Er hat viel zu tun, schließlich soll er das Land und die Stämme erforschen und dokumentieren. Er erwähnte, dass ihr einmal Freunde gewesen, aber in Zwietracht auseinandergegangen wäret.«

»Hat er auch den Grund genannt?«

»Es habe ein Missverständnis gegeben –«

»Ein Missverständnis?« Cinna fuhr herum. Als er an Cassius' verstörter Miene erkannte, welcher Zorn in seiner Stimme gelegen hatte, hob er beschwichtigend die Hände und presste leise hervor: »Wenn man so will …«

Wachsamer als bisher brachte Cinna fortan seine täglichen Gänge zum Hauptlager von Mogontiacum hinter sich, um nicht unversehens dem Griechen gegenüberzustehen. Da seine Beschwerden sich kaum besserten, hatten die Ärzte begonnen, die Schröpfkuren durch blutigere Verfahren zu ersetzen. Nach einem schmerzhaften Aderlass beschränkte Cinna seine Besuche auf denjenigen Arzt, der weniger grob mit ihm verfuhr. Seither milderten sich seine Beschwerden.

Da die Behandlungsräume der hochrangigen Ärzte sich im Stabsgebäude befanden, begleitete Valens Cinna gelegentlich nach ihren Tagesbesprechungen dorthin, um die Unterlagen abzugeben; so auch an jenem kühlen, nebligen Abend, als sie zum südlichen Nebentor gingen – Cinna kam noch immer nur humpelnd voran – und ihnen der Grieche entgegenkam, gefolgt von einem jungen Sklaven, der sichtlich schwer an zwei großen, prall gefüllten Taschen schleppte. Cinna zog die Kapuze tiefer in die Stirn, straffte sich hochmütig und würdigte den Griechen, der höflich grüßte, im Vorübergehen keines Blickes.

Der Sklave hatte ein schmales, blasses Gesicht mit dunklen Augen und hohen Wangenknochen, nicht hübsch, aber einprägsam. Grimmig sann Cinna darüber nach, welche Dienste er seinem Herrn leisten müsste oder ob das Wohlbefinden Aufgabe anderer Sklaven war; denn dass Androkleos, der aus sehr reichem Hause stammte, diese Reise mit nur einem Bediensteten angetreten haben sollte, erschien geradezu absurd.

Ein grimmiges Lächeln grub sich in Cinnas Mundwinkel, während Cassius mit leuchtenden Augen von seinem Traum erzählte, von einer Reise nach Athen, von dem Wunsch, die gewaltigen Tempel auf der Akropolis zu bestaunen, die herrlichen Statuen der Minerva und des Iuppiter. Er wolle auf der Agora die Spuren des Sokrates suchen, die Bühne sehen, von der Demosthenes gegen den Makedonenkönig Philippos gewettert hatte. Und das Nymphenheiligtum unter den Platanen aufsuchen, an dem Sokrates sein Haupt verhüllte, als er zu Phaidros vom Eros sprach. Wie ein eisiger Guss traf Cinna die Erinnerung, dass auch er diesen Ort aufgesucht hatte, dass auch er dort im Gras gelegen hatte, im Schatten der Platanen, die sanft schwingenden Äste über sich, und auch er hatte über den Eros geplaudert. Mit Androkleos, in dessen Armen er gelegen hatte.

Als ihm das Blut in die Wangen schoss, wandte er sich schnell von dem begeisterten Jungen ab, um das schmale Gesicht nicht sehen zu müssen, die dicht bewimperten dunkelblauen Augen. Die schlanken Glieder, umhüllt von heller, vom Felddienst in matte Bronze getauchter Haut. Ein Mann wie Androkleos würde seine Hände von diesem Jungen nicht lassen können, wenn er ihn erst einmal erblickt hätte – und er hatte ihn bereits erblickt. Cassius hatte Androkleos von seinem Wunsch erzählt, womöglich von dem Nymphenheiligtum im Schatten der Platanen, und es war nur noch eine Frage der Zeit, bis dem Jungen das zum Verhängnis würde.

Abends wimmelte die Straße von Menschen, und Cinna hatte Mühe, sich der Angebote einiger Huren zu erwehren, als sie an den Tabernen und Lupanaren vorbeigingen. Die Einmündung der Nebenstraße, an der er sich von Valens verabschiedete, war dagegen ruhig.

Ein heller Ruf ertönte hinter ihm. Als er sich umdrehte sah er Saldir, die ihnen mit tänzelnden Schritten nacheilte, hochgewachsen und schlank, biegsam wie Pappelholz. Sie winkte, schwenkte ihre Korbtasche und strahlte dabei über das ganze Gesicht. Neben ihr versuchte Thauris Schritt zu halten. Die Zeit drängte, einen Mann für das Mädchen zu finden – wo hatte er nur seinen Kopf gehabt? Zwar lag die Entscheidung nicht mehr bei ihm, doch er sah es als seine Aufgabe, ihre Eltern dabei zu beraten, den Richtigen zu finden.

»Es ist spät«, rief Cinna ihnen anstelle einer Begrüßung zu und deutete auf den sich verdunkelnden Himmel. »Wo wart ihr?«

»Wir sind oft unterwegs«, erwiderte Thauris, als sie ihn erreicht hatte. »Wir machen Besorgungen, Besuche ... Heute ist es allerdings wirklich spät geworden.«

Sie lächelte entschuldigend und hakte sich auf einer Seite bei ihm ein, Saldir fröhlich auf der anderen, und so näherten sie sich ihrem Haus. Saldir hüpfte bei jedem Schritt nach, dass es in ihrer bauchigen Korbtasche nur so klapperte. Die Wolle, die unter dem Tuch hervorlugte, war also Tarnung, sie hatte ihre heiß geliebten geometrischen Gerätschaften dabei. Schneller als sie weglaufen konnte, griff er nach der Tasche, schob die rohe Wolle beiseite und fand darin ihren Griffelkasten, in dem außer den Griffeln auch Zirkel und anderes Gerät klapperten, eine Lederhülle für Buchrollen und mehrere zusammengebundene Wachstafeln.

»Was hast du damit wieder angestellt?«, fragte er.

»Ich weiß jetzt, wie Land vermessen wird«, sagte das Mädchen ernsthaft.

Cinna lachte und drehte sich zu ihr um, als sie die Tür erreichten. »Dann werde ich morgen zu den Landvermessern gehen und sie tadeln, einem jungen Mädchen solche Flausen in den Kopf zu setzen.«

Augenblicklich wurde sie kreidebleich, ihr Blick huschte umher, als wüsste sie nicht, wohin sie schauen sollte, bevor sie flink an ihm vorbei durch die gerade geöffnete Tür ins

Haus huschte. Kopfschüttelnd folgte er den beiden hinein, streifte die Schuhe von den Füßen und schlüpfte in die weichen Bundschuhe, die der Türwächter ihm gebracht hatte. Das Mädchen war verschwunden, und auch Thauris hatte es eilig, als hätte er etwas Falsches gesagt. Als ob er es ernsthaft in Erwägung ziehen würde, die Landvermesser auf das Mädchen anzusprechen.

Er blieb stehen, winkte leicht ab, als der Türwächter ihn fragend von der Seite ansah. Und wenn es das war? Wenn es dort draußen einen Mann gab, dem ihre Aufmerksamkeit galt? Stumm dankte er den Göttern, dass Thauris bei ihr war, wohin immer sie ging, und sie vor Dummheiten bewahren würde.

XVI

Das Krachen der Vordertür hallte durch den Gang in den Innenhof, gefolgt von schnellen, festen Schritten, die sich durch den Porticus näherten. Als Cinna die Tafeln niedergelegt hatte und sich umdrehte, stand Sunja bereits in der Tür.

»Was geschieht hier, Gaius?«, rief sie hereineilend. »Auf dem Markt werden die Waren knapp und allmählich unbezahlbar.«

Rasch ergriff er ihre Hände, führte sie an die Lippen, atmete den Duft von Zimt, Äpfeln, Lauch und getrockneten Kräutern, als seine Lippen über ihre Finger glitten. Sie schmiegte sich an ihn.

»Verzeih. Ich wollte mich nicht benehmen wie … eine Barbarin.«

Sie küsste ihn flüchtig auf die Wange und wollte sich von ihm lösen, doch er hielt sie fest, ließ seine Fingerspitzen über ihr Gesicht gleiten, in ihren Nacken, ihr Haar, als sie ihn von sich schob und zur Tür ging, wo sie stehen blieb, zögerte. Dann schloss sie die Tür, und lehnte sich an das Holz.

»Es fahren zahllose Lastschiffe flussabwärts, hochauf befrachtet. Und im Hafen werden gerade vier weitere Schiffe entladen. Eines bringt neue Pferde. Der Hafen und alle Straßen zu den Lagern werden von Einheiten bewacht. Alles ist für das Heer gedacht.« Herumfahrend funkelte sie ihn an. »Wie denkt ihr euch das eigentlich? Auf den Märkten wird alles teurer, für viele Menschen ist selbst Getreide zur Kostbarkeit geworden, während ihr ungeheure Mengen davon in euren Lagerhäusern hortet. Als die Schiffe einliefen, eilten die Menschen zum Hafen hinunter. Aber man hat sie wie Vieh von der Straße getrieben, um freie Bahn für all die Karren und Maultiere zu schaffen.«

»Sunja, es braucht eine große Menge an Lebensmitteln, um mehrere Legionen und weitere Truppen über den Winter zu bringen.«

»Seit wann schlachtet ihr Pferde?«, schnappte sie. »Begreifst du nicht, was hier geschieht? Willst du es nicht begreifen? Ein neuer Feldzug wird vorbereitet. Es ist genau so, wie ich es dir gesagt habe!«

Die Hände vors Gesicht schlagend, stürzte sie zur Tür, riß sie auf und hastete aus dem Raum, den Gang hinunter. Cinna hörte die Zapfen im Holz der Schwelle knirschen, dann verschluckte das Haus den Klang ihrer Schritte. Er eilte ihr nach, verlangte nach dem Mantel, den Reika ihm samt seinen Stiefeln hinterhertrug, als er schon auf dem Hinterhof stand und den alten Schimmel aus dem Stall holte.

Im Stabsgebäude herrschte ungewöhnliche Stille, in der seine Schritte laut widerhallten, erst im Innenhof begegneten ihm geschäftig von Schreibstube zu Schreibstube hastende Gefreite und einige Offiziere, die ihn grüßten. Zielstrebig näherte er sich dem rückwärtigen Teil des Gebäudes, hoffte Gaius Silius anzutreffen, als hinter ihm jemand seinen Namen rief. Er erkannte den jungen Mann, dessen Waffenrock ein breiter, senkrecht verlaufender Purpurstreifen zierte, Marcus Manilius, senatorischer Tribun der Vierzehnten Legion.

»Ich möchte zu Legat Gaius Silius«, kam Cinna der förmlichen Begrüßung zuvor.

Manilius, dessen blasierte Miene nicht recht dazu passte, dass er dem rangniedrigeren Praefecten Cinna nachgelaufen war, nickte knapp. »So bald haben wir mit dir nicht gerechnet. Der Bote ist gerade erst aufgebrochen.«

»Ihr habt nach mir schicken lassen?«

»Gaius Silius hat eine Versammlung der befehlshabenden Offiziere anberaumt und … Komm mit! Ich bringe dich gleich zu ihm.«

Verwundert folgte Cinna dem Tribun in den Säulengang, vorbei an einigen Türen, in einen Flur, bis sie am Ende des Ganges stehen blieben.

Als Cinna eintrat, kam Silius ihm mit ausgestreckten Armen gut gelaunt entgegen, begrüßte ihn fast überschwänglich und schob ihn zu einer Kline. Um den Legaten nicht zu verärgern, ließ Cinna den ungewohnten Redeschwall über sich ergehen, mit dem Silius seine Soldaten lobte, deren Disziplin und Kampfstärke, Mut und Zusammenhalt, was Cinna schweigend zur Kenntnis nahm, bis der Legat nach einem gedehnten Laut verstummte.

»Die Feldzüge werden also fortgesetzt«, platzte Cinna heraus.

Silius schrak sichtlich zusammen, sah ihn mit einem Ausdruck des Misstrauens an, blieb aber eine Antwort schuldig, während Cinna ihn musterte. Erst nach einer Weile stieß der Legat den Atem zischend zwischen den Zähnen aus und nickte.

»Germanicus Caesar hat beschlossen, sich des bereits zugesprochenen Triumphes würdig zu erweisen und den

Verräter zu verfolgen, um ihn dem römischen Volk in Ketten vorzuführen, bevor er ihn der gerechten Strafe zuführen lässt.«

»Noch ein Feldzug durch die Wälder? Wie sollen die Verluste ausgeglichen werden?«

»Germanicus hat zwei Legaten in die gallischen Provinzen geschickt, um den Census durchzuführen. Außerdem sind Caecina und ich damit betraut, weitere Schiffe bauen zu lassen. Die Stämme im Norden der Germania sind unsere Verbündeten, Arminius und seine Spießgesellen geschwächt. Diesmal kriegen wir ihn.«

Wortlos lehnte Cinna sich in die Polster und fuhr sich mit beiden Händen durchs Haar. Er hatte es nicht wahrhaben wollen, obwohl seit seiner Ankunft in Mogontiacum alle Anzeichen besagt hatten, dass Germanicus sich nicht würde abberufen lassen, bevor er den Krieg nach seinen Plänen zu Ende geführt haben würde.

*

Mit großem Pomp zog Germanicus an den Iden des October in Mogontiacum ein, ließ sich von den am Straßenrand aufgereihten Bewohnern bejubeln und noch vor dem Tor des Lagers mit allen militärischen Ehren begrüßen, auch wenn er diese Zeremonie mit Gesten der Bescheidenheit abkürzte. Neben ihm führte ein Gefreiter ein silberweißes, langmähniges Pferdchen, auf dem Germanicus' Sohn Gaius saß, ausstaffiert wie ein kleines Ebenbild des Vaters. Auf dem Tragstuhl, den hinter ihnen acht kräftige, hellhäutige Männer geschultert hatten, thronte Agrippina in den Gewändern einer vornehmen Matrona. Ihr folgten die hohen Offiziere, zuvorderst Stertinius und Apronius, begleitet von einem Schwarm von Feldzeichenträgern, Unteroffizieren, Gefreiten. Auf Cinna, der zusammen mit den anderen Befehlshabern der hier stationierten Einheiten am Haupttor auf den jungen Imperator gewartet hatte, wirkte das alles wie eine Vorstellung im Theater. Im Gegensatz zu den Offizieren und den von weither angereisten gallischen Edlen hatten die Menschen aus den Dörfern um Mogontiacum allerdings die rechte Begeisterung missen lassen, und es waren vereinzelt Rufe laut geworden, die allzu vernehmlich einen Frieden begrüßten, der noch nicht einmal verkündet war.

Drinnen im Lager waren die Legionen in den Gassen zwischen den Baracken nach Stuben und Centurien geordnet aufgestellt; die Angehörigen der berittenen Truppen – auch Cinnas Männer – drängten sich ohne ihre Pferde an den Außenseiten des Hauptplatzes vor dem Stabsgebäude. Seitdem Germanicus sich den Hang herauf genähert hatte, schlugen die Legionäre einen weithin dröhnenden Takt mit den Breitseiten der Schwerter auf das Holz der Schilde, der die förmliche Begrüßung durch Legat Gaius Silius übertönte. Der Feldherr wischte sich glitzernde Schweißperlen von den Schläfen und schenkte den anwesenden Offizieren ein Lächeln.

Kaum ritt Germanicus' aufgeputzte Leibwache auf das Tor zu, erschallten Hochrufe aus den vorderen Gassen, pflanzten sich rasch fort über die Dächer, erhoben sich lauter und lauter in den Himmel, als der Feldherr selbst an Silius und dessen Offizieren vorbei seinen Schimmel beim Klang von Tuben und Bucinen unter dem Wehrgang hindurchlenkte, begleitet von dem glückstrahlenden Knaben und gefolgt von seiner Gemahlin und den höchsten Offizieren.

Vor dem Stabsgebäude war eine Bühne errichtet worden, an deren Rückseite Germanicus vom Pferd glitt, um die wenigen Stufen mit jugendlicher Leichtigkeit hinaufzueilen. Der kleine Gaius folgte ihm, dann die Offiziere der Heeresführung, Feldzeichenträger und Tubabläser, sogar der wiedergefundene Adler der Neunzehnten Legion befand sich unter den aufgeführten Feldzeichen.

Als Cinna seinen Hengst einem Burschen überlassen hatte und mit den übrigen Offizieren die Bühne bestieg, erblickte er in dem nachrückenden Zug Männer mit Bärten und langem Haar, teilweise zu Zöpfen geflochten. Unter ihnen erkannte er Segestes und dessen Sohn und in ihrem Gefolge den Cherusker Thrasa. Sogar Inguiotar und Hraban waren einbestellt worden, um der Ankunft des Feldherrn den Glanz des Sieges zu verleihen. Cinna begab sich auf den ihm zugewiesenen Platz in der hinteren Reihe der Versammelten und blickte über die Masse der auf dem Vorplatz des Stabsgebäudes aufgestellten, nach Manipeln geordneten Centurien. Cassius, der ihn begleitete, zog eine Miene, als geschehe nichts Ungewöhnliches; nur seine Augen zuckten unruhig umher. Die Soldaten brüllten den Namen ihres heldenhaften Anführers und verursachten durch Waffengeklapper ohrenbetäubendes Getöse.

Ruhig und aufrecht stand Germanicus vor ihnen, neben ihm sein Sohn, und badete in dem tosenden Jubel, der ihm entgegenwogte, während ein Sklave, der unbemerkt herbeigehuscht war, ihm den langen Mantel in kunstvoller Fältelung über den linken Arm legte; dann kauerte sich der Mann nieder, um den Umhang des kindlichen Ebenbildes auf die gleiche Weise zu drapieren. Als Germanicus einen weiteren Schritt zum Bühnenrand vortrat, brauste der Jubel nochmals auf, donnerte durch das Lager wie schweres Sommergewitter. Er hob den rechten Arm, sogleich hielten die vorderen Reihen inne, und ein Zischen flog über die Reihen, als die Männer einander zur Ruhe brachten, eine Welle, die sich rasch ausbreitete und dann zum Stillstand kam. Die Wimpel flatterten leise, während Germanicus reglos und schweigend vor den Legionen stand, die ihn ebenso aufmerksam ansahen wie sein kleiner Sohn, der neben ihm versuchte, ihn in Haltung und Gestus nachzuahmen.

»Ich ließ euch hier versammeln, um meinen Dank auszusprechen für eure Treue und Standhaftigkeit im Kampf gegen Verräter und Aufständische …«

Cinna atmete tief durch und schloss die Augen, um sich auf eine lange Rede vorzubereiten, die er schon in Vetera gehört hatte. Germanicus rief den Männern den langen Herbstfeldzug ins Gedächtnis, Danksagungen reihten sich an Ehrungen, einzelne Soldaten wurden aufgerufen, so mancher Centurio erhielt Gelegenheit, seine Wunden zu zeigen, und wurde mit einer versilberten Zierscheibe oder einem gedrehten Halsring aus Bronze belohnt. Endlich wurde auch der goldene Adler nach vorn getragen, und der Jubel schwoll von neuem an. Cinna spürte einen leichten Stoß in der Seite, bemerkte das schelmische Grinsen auf Cassius' Gesicht, der sicher hoffte, dass Germanicus diesmal der Auffindung einige Worte widmen würde.

Der junge Mann täuschte sich nicht; Germanicus beschwor einen düsteren Hain herauf, in den die räuberischen Barbaren das heilige Feldzeichen geschleppt hatten, um es ihren Göttern zu Füßen zu legen. Er begann zu berichten, er habe seinen treuen Praefecten Lucius Stertinius beauftragt, mit den besten Männern unter Führung einiger Überläufer diesen Hain aufzusuchen, als Cinna spürte, dass jemand ihn antippte. Ein Stabsgefreiter winkte ihm und Cassius eindringlich, ihm zu folgen, während Germanicus' helle, wohltönende Stimme den Zug der Reiter des Stertinius beschrieb. Hinter der Bühne standen ihre Pferde.

Der Gefreite, der auf der Bühne stehen geblieben war, richtete Cinnas Eichenlaubkranz, hieß sie dann jedoch warten. Unruhig trat der Fuchs auf der Stelle, dass die bronzenen und silbernen Beschläge klirrten. Hinter ihm grinste Cassius, und sein Mund formte Worte, die Cinna nicht verstand. Verwirrt blickte er um sich, bemerkte Fronto und Ansmerus, die mit verschränkten Armen zwischen dem Träger des Vexillums und den beiden führenden Hornisten vor der ersten Reihe seiner Soldaten standen. Niemand hatte Cinna gesagt, ihm stünde eine Ehrung bevor. Der Gefreite wies ihn um die Bühne herum. Stertinius stand vor Germanicus, beugte den Nacken und nahm den goldenen Kranz in Empfang, den Germanicus ihm aufsetzte, zum Dank für die Wiederbeschaffung des Adlers, wie er laut verkündete.

Während Germanicus' Worte im Beifall der Soldaten untergingen, nagte Cinna an der Unterlippe bei der Erinnerung an den Hain, die riesige Esche, von deren Ästen die Opfergaben hingen; Cassius, der sich ein wenig hinter ihm hielt, war auf diesen Baum geklettert, um den Adler herunterzuholen, und ein einziger halbwüchsiger Bengel hatte sie aufhalten wollen. Ein Bengel, den Stertinius bei seinem verspäteten Eintreffen ohne Not hatte töten lassen.

Ein leichter Wind blähte Cinnas Mantel. Fröstelnd sah er zu, wie Stertinius sich straffte und unter dem Jubel der Männer seinen Platz an der Seite des Gaius Silius einnahm.

»Doch wir haben einen weiteren Mann zu ehren um seiner Tapferkeit willen, einen, der Stertinius damals begleitete, der in den Kämpfen, die auf die Bestattung der Toten folgte, Umsicht und Mut zeigte, und der, als der ihm anvertraute Contubernalis aus edlem Haus von den Barbaren verschleppt wurde, sich nicht scheute, den Entführern nachzusetzen, um ihnen den Jüngling wieder zu entreißen und unversehrt zu den Unsrigen zurückzuführen.«

Wieder gab der Beneficarius Cinna einen drängenden Wink, dass dieser den Fuchs durch eine kaum merkliche Verlagerung seines Gewichtes in Bewegung setzte. Alkyon warf den Kopf hoch und stieg leicht, als ein Soldat in seiner Nähe kämpferisch die Faust reckte, während Cinnas schweißnassen Händen die Zügel zu entgleiten drohten.

»Es ist nicht das erste Mal«, fuhr Germanicus fort, »dass Gaius Cinna, Praefect der Zweiten Asturischen Ala, römische Bürger aus den Fesseln der Aufständischen befreit. Vor drei Jahren verliehen wir ihm den Eichenlaubkranz für die Rettung von sechsundzwanzig Männern, die zu Beginn des Aufstandes in die Hände des Verräters gefallen waren und die er ohne Zögern rettete. So handelte er auch, als er sah, dass Feinde den jungen Lucius Cassius mit sich zerrten, und ließ nicht eher nach in seinem Bestreben, bis er ihn aus der Gefahr gerettet hatte.«

Vor der Bühne hatte Cinna sein tänzelndes Pferd gezügelt und war herabgeglitten, während die Soldaten erneut mit den Schwertern auf ihren Schilden trommelten. Beruhigend strich er dem augenrollenden Fuchs über die Stirn, stieg dann zum zweiten Mal die Treppe zur Bühne hinauf. Als er Germanicus gegenübertrat, hielt dieser etwas in Händen, das sein Herz klopfen ließ, als müsste es zerspringen, einen silbernen Stab von der Länge eines Speeres, eine der höchsten Auszeichnungen, die vergeben wurden, wenn man von den goldenen und silbernen Kränzen absah. Unauffällig wischte Cinna die Hände an seinem Waffenrock ab, als er sich vor dem Feldherrn verneigte. Er hörte Germanicus sprechen, hörte seinen Namen, hörte vereinzelte Zurufe aus der Richtung seiner Soldaten, dann fröhliches Gelächter, als Germanicus den Stab in seine geöffneten Hände legte, schweres Silber, das er rasch umklammerte und hochhob. Ein anerkennendes Lächeln umspielte Germanicus' Mundwinkel, als er Cinnas Oberarm tätschelte und ihn mit einem knappen Nicken entließ. Cinna wandte sich um zu den aufgereihten Soldaten, riss triumphierend die Arme hoch und badete in dem Jubel, der ihm entgegenschlug, während das Blut warm durch seine Adern strömte. Er sah Hraban und Inguiotar zu Füßen der Bühne, seine Offiziere, die lachend die Lanzen schüttelten und hinter ihnen die Soldaten, die lauthals seinen Namen brüllten und mit ihren Waffen dröhnenden Lärm machten.

Für den Morgen nach seiner Ankunft hatte Germanicus Caesar alle befehlshabenden Offiziere ins Stabsgebäude einbestellt, in einen der Säle, deren Wände in neuer Farbenpracht erstrahlten; die Malerei täuschte Säulen vor, Architrave, Mauervorsprünge, Durchbrüche in nicht vorhandene Gärten und Nebengebäude. Der Geruch der Farben hing noch in der Luft, und über ihren Köpfen flirrte der Staub in den Sonnenstrahlen. Die meisten der ranghohen Offiziere hatten sich bereits versammelt, umringt von ihren Gefreiten, als Cinna mit Cassius und Valens eintraf, gefolgt von Inguiotar und Hraban. Stertinius drängte sich zu ihm durch, fasste ihn bei den Oberarmen, um ihm nochmals seine Anerkennung auszusprechen, Flavus schob sich hinter ihm heran, wobei Cinna bemerkte, dass der Cherusker noch wuchtiger geworden war. Sie begrüßten sich wortlos, dann neigte Flavus sich zu ihm herab.

»Wetten wir um eine Amphora Albanerwein, dass Germanicus dem Wunsch des Tiberius nicht entsprechen wird?«

»Nur wenn du dagegen hältst«, erwiderte Cinna.

Im selben Augenblick wurden die hohen Türflügel am Kopfende des Saales geöffnet, und Germanicus trat ein, gefolgt von zwei der stämmigen Riesen aus seiner Leibwache und den beiden Praefecten der Praetorianercohorten, die mit ihm hierher gekommen waren. Germanicus hielt sich nicht mit langen Begrüßungen auf, sondern trat in die Mitte des Raumes und nickte in die Runde, wobei er den Blick über die Gesichter der Offiziere schweifen ließ, sowohl derjenigen, die in der vordersten Reihe saßen, als auch der Männer niedrigeren Ranges, die hinter ihnen standen.

»Ich habe euch rufen lassen, um euch von der Richtigkeit meiner Absichten zu überzeugen – jeden Einzelnen von euch.« Er reckte das Kinn, breitete schwungvoll die Arme aus, als wollte er sie alle damit einschließen. »Wir haben einen der Adler aus den Händen des Feindes zurückgeholt und die Gebeine der Unsrigen bestattet. Wir haben den meineidigen, verräterischen Feind geschlagen, wir haben ihn besiegt und seiner Waffen beraubt, wir haben ihn ausgeplündert, seine Weiber und Kinder in die Sklaverei verschleppt und seine Burgen und Befestigungen zerstört, wir haben die Frau und den Sohn des Verräters – aber ihn selbst haben wir nicht gefasst.«

Er verstummte und sah sich um, während es so still war, dass man einen Schleier hätte fallen hören können. Unwillkürlich hielt Cinna den Atem an, was jeder in diesem Raum zu tun schien, wie er feststellte, als er vorsichtig nach allen

Seiten äugte, bis eine Bewegung seine Aufmerksamkeit auf sich zog; Germanicus ließ die Arme sinken. Die scharfen Züge des Feldherrn wirkten entschlossener denn je.

»Morgen werden wir die Waffen reinigen und läutern, die Götter mit Opfern zufriedenstellen und das Ende der diesjährigen Kämpfe feiern. Doch die Vorbereitungen für das kommende Jahr werden nicht unterbrochen – im Gegenteil! Wir werden mit doppelter, ja dreifacher Anstrengung die Soldaten auf die Lasten und Plagen des entscheidenden Feldzuges vorbereiten, damit wir zu Beginn des Frühjahrs aufbrechen können, um den Feind aus seinem Schlupfwinkel zu treiben, ihn zu stellen und in unsere Hand zu bringen.«

Hraban streckte sich auf der Kline aus und rückte den Kranz zurück, der ihm übers Ohr gerutscht war. Nase und Wangen waren gerötet, die Augen glasig vom reichlichen Weingenuss. Am Abend nach der feierlichen Reinigung der Waffen hatte Stertinius die hohen Offiziere der Reiterei in sein Haus geladen, wo ein vorzügliches Mahl aufgetragen wurde und zwischen den Gängen Flötenspielerinnen und Tänzerinnen auftraten, deren Eintreffen im Hauptlager für Unruhe gesorgt hatte. Ein wenig besorgt nahm Cinna den säuerlichen Geruch war, den Hraban verströmte; er hatte dem Wein wohl allzu freudig zugesprochen, während er die Gesellschaft der anderen hohen Offiziere genoss. Wie wichtig es ihm war, deren Anerkennung zu gewinnen, war Cinna nicht verborgen geblieben. Doch der Versuch, mit Flavus um die Wette zu trinken, war schmählich gescheitert, denn während dieser noch fröhlich becherte, war Hraban kaum noch imstande, das bronzene Gefäß zu halten.

»Lass uns nach Hause gehen«, schlug Cinna ihm vor.

»N-nach … Hause?«, lallte Hraban. »Gl-laubst du … da w-will ich hin?«

»Geh zu Agrippina und bitte um ihre Sänfte«, lästerte Stertinius. »Um diese Zeit kann sie ihre gallischen Träger vielleicht entbehren.«

Cinna schulterte Hrabans rechten Arm, entwand ihm den Becher, dessen Inhalt sich bereits über den Boden ergossen hatte, und zog ihn auf die Füße. Der Abschied von den Zechgenossen fiel knapp aus, umso lauter und spöttischer waren die Rufe, die ihnen auf den Gang hinaus folgten, wo Ahtala zu ihnen stieß. Die Leibwächter der Offiziere, die nicht im Hauptlager wohnten, würfelten im Innenhof, während sie warteten.

Der Lärm des Festes drang nur gedämpft nach draußen und verklang, als sie in die Straße zum südlichen Nebentor einbogen. Vereinzelte Soldaten begegneten ihnen, grüßten, um dann vorüberzueilen; Cinna glaubte ihre Erheiterung deutlich wahrzunehmen, während er missmutig zusah, wie Hraban seinen Weg suchte, schwankend wie Schilf im Wind. Als er strauchelte, fing Cinna ihn rasch auf, wollte weitergehen, doch Hraban lehnte sich schwer auf seine Schultern und schmiegte das Gesicht an seinen Hals, dass sein warmer Atem Cinnas Nacken streifte. Vergeblich ermunterte Cinna den Cherusker, sich aufzuraffen, damit sie nach Hause gehen könnten. Kaum verständlich jammerte Hraban, da sei kein Zuhause mehr, wohin er zurückkehren könne, wie gerne er einen Sohn hätte. Er schwankte, drohte zu fallen, dass auch Cinna den Halt verlor, als zwei Hände nach dem Betrunkenen griffen und ihn festhielten.

»Wo immer ihr hingeht, ihr solltet mitten in der Nacht nicht ohne Bewachung gehen«, sagte der Mann.

Diese Stimme, diese weiche attische Mundart war Cinna

vertraut und verhasst zugleich. Beinahe wäre Hraban ihm entglitten, als er herumfuhr und in Androkleos' Gesicht blickte.

»Verschwinde!«, zischte er. »Ich habe dich gewarnt.«

Kopfschüttelnd senkte der Grieche den Kopf. »Lass uns deinen Freund gemeinsam dorthin bringen, wo er seinen Rausch ausschlafen kann, und meine Wache wird uns begleiten.« Er wies auf zwei stämmige Soldaten, die hinter ihm standen.

»Nichts dergleichen!«, entgegnete Cinna. »Du wirst weder ihn noch mich irgendwohin bringen!«

Unwirsch stieß Cinna den Mann beiseite, zog Hrabans Arm um seine Schultern und stapfte davon, ohne auf dessen kläglichen Protest zu achten. Schnelle Schritte näherten sich jedoch und warnten ihn, dass der lästige Grieche so schnell nicht aufgeben würde.

»Gaius Cinna, dein fortdauernder Groll ist mir ein Rätsel«, drängte Androkleos, diesmal auf Latinisch. »Doch wenn dir meine Gegenwart zuwider ist, dann werde ich mich nicht weiter aufdrängen. Meine Wache allerdings wird euch begleiten. Nach dem Fest ist allerlei übles Gesindel unterwegs, das Streit sucht.«

Cinna blieb stehen, setzte zu einer scharfen Erwiderung an, als er Ahtalas Blick auffing; der Cherusker nickte kaum merklich. Mit zusammengepressten Lippen dämpfte Cinna den Zorn, zuckte die Achseln und schleppte den stöhnenden Hraban weiter. Als er das südliche Seitentor erreicht hatte, bemerkte er erleichtert, dass Androkleos ihm nicht folgte.

Die Reiter tummelten sich am Ufer des Rhenus, einige ließen ihre Pferde durch das flache Wasser traben, andere führten die Tiere in die Schwemme, um sie zu waschen. Es war ein später warmer Herbsttag, das Wasser der Flussarme nicht mehr aufgeladen von Sommersonne, sondern ölig kalt, sodass die Männer es eilig hatten, wieder ans Ufer zu kommen, um die Pferde trocken zu reiben.

Nach vielen scharfen Manövern und einigen Übungsgefechten mit Ahtala war Cinna auf angenehme Weise ermattet, warm strömte das Blut durch seine Glieder und trotzte der Kälte. Fronto, der neben ihm stand und eine seiner Anekdoten zum Besten gab, verstummte unversehens, drehte sich um und beschattete die Augen mit der Hand. Cinna folgte seinem Blick. Ein Junge rannte durch das dürre Ufergras, näherte sich rasch dem Uferstreifen, sein Gesicht mit den weit aufgerissenen Augen eine hochrote Maske des Schreckens. Er wedelte mit den Armen, winkte hinter sich, deutliches Zeichen einer dringenden Bitte, ihm zu folgen.

Titus war seit Jahren Cinnas Hirtenjunge, ein schlaksiges, kaum zwölfjähriges Kind, das Ziegen, Schafe und Gänse auf die Weide trieb, stumm wie ein Fisch. Jetzt gab er ächzende Laute von sich, während er auf der Stelle hüpfte. Als Cinna dem Decurio die Zügel des Hengstes reichen wollte, stöhnte der Junge laut auf und deutete umso hastiger zum Hauptlager hin, zu dem Lagerdorf, in dem sich auch das Haus befand. Wie Eisregen durchrieselte es Cinna. Ohne hinzusehen, griff er nach den Zügeln, sprang auf den Rücken des Pferdes und hetzte es die Straße hinauf. Die winterbrachen Äcker und entlaubten Sträucher flogen vorüber, und Schaumflocken klatschten gegen Alkyons Brust und Schultern, während seine Hufe im gestreckten Galopp auf dem festgetretenen Lehm trommelten. Endlos erschien Cinna der Weg bis Mogontiacum. Als er die ersten Häuser erreichte, musste er sich dazu zwingen, den keuchenden Hengst zu zügeln, dass dieser in holprigem Trab von der Hauptstraße in die Gassen einbog, bis er das Haus erreichte.

Schon im Eingangsflur stieß er mit Sunja zusammen, die den kleinen Gnaeus fest in den Armen hielt.

»Sie haben Lucius!«, rief sie, und ihre Stimme überschlug sich schier. »Sie haben unseren Sohn!«

»Wer?« Cinna packte ihre Arme. »Wer hat Lucius?«

»Germanicus' Männer. Sie haben ihn geholt. Sie haben ihn mitgenommen!«

Verwirrt ließ er sie los, zog die Brauen zusammen und schüttelte den Kopf. »Warum sollte Germanicus meinen Sohn holen lassen?«

»Ich weiß es doch nicht!«, schluchzte sie, das weinende Kind an sich drückend. »Soldaten kamen herein, sie forderten Lucius heraus. Ich weigerte mich, aber sie stießen mich einfach beiseite und trugen ihn weg.«

Umständlich schob sie einen Ärmel zurück und zeigte den geröteten Abdruck einer Hand, Spuren eines rohen Zugriffs.

»Woher weißt du, dass es Germanicus' Männer waren?«

»Ihre Waffenröcke und Mäntel waren die von Praetorianern … außerdem sagten sie, er habe sie geschickt.«

Schwer atmend versuchte Cinna, einen klaren Gedanken zu fassen; er fuhr sich mit beiden Händen an die Stirn, rieb mit den Fingerspitzen darüber, als könne das die Daimonen, die darin tobten, zur Ruhe bringen. Agrippina hatte seine Frau und seine Söhne zu sich befohlen, als er bei den Pontes Longi in die Hände des Feindes gefallen war, und dabei hatte sie sicherlich nicht deren Schutz im Sinn gehabt. Wenn Germanicus Lucius hatte holen lassen, befand sich der Kleine irgendwo im Lager, sicherlich in dem Haus, das der Feldherr bewohnte.

»Ich werde Lucius zurückholen«, sagte er und war auch schon wieder aus der Tür.

Alkyon kanterte die Hauptstraße des Lagers hinauf, schneller durfte Cinna ihn nicht rennen lassen. Vor dem Haus, in dem Germanicus wohnte, brachte er das Tier zum Stehen, und als einer der Posten nach den Zügeln langte, sprang er ab. An den Wächtern vorbei tauchte er in das schattige Gebäude ein, schob einen herbeieilenden Sklaven beiseite. Ohne auf den Gefreiten zu achten, der ihn ansprach, ihm hinterherrief, hastete Cinna den Flur entlang, in den Innenhof, aus dem Kinderstimmen tönten, eine gebieterische, die er von Germanicus' jüngstem Sohn kannte. Er blieb stehen, als ein fröhlicher Ruf ertönte, wandte sich um und erkannte Lucius, der mit ausgebreiteten Ärmchen auf ihn zurannte und über das ganze Gesicht strahlte.

Er war unversehrt.

Cinna kauerte sich zu Boden, fing den kleinen Körper auf, umschlang ihn, hielt ihn fest und hob ihn hoch. Einen Augenblick lang glaubte er, nie zuvor so tief die Lebendigkeit dieses Kindes, seine Wärme empfunden zu haben. Die herrische Knabenstimme stieß einen Schrei aus, dann ein langgezogenes Heulen.

»Gaius Cornelius?«

Herumfahrend blickte Cinna in Germanicus' freundlich lächelndes Gesicht; der Heerführer lehnte mit verschränkten Armen entspannt an einem der Holzpfeiler.

»Was führt dich hierher?«

»Meinen Sohn will ich nach Hause holen«, platzte Cinna heraus. »Deine Männer haben ihn ohne eine Erklärung aus den Armen seiner Mutter gerissen.«

Das Lächeln kerbte Germanicus' Mundwinkel, als dieser nach seinem Jungen winkte. Der kleine Gaius rannte zu ihm, schmiegte sich an sein Bein und musterte den Fremden feindselig, während sein Vater ihm mit der Hand die hellen Locken kämmte.

»Mein Sohn braucht Spielgefährten«, sagte Germanicus nach einer Weile. »Ich kann ihn nicht nur mit Sklaven, Freigelassenen und Soldaten umgeben.«

»Und da bist du auf meinen Jungen verfallen?«

»Nein, das bin ich nicht. Ich bin soeben erst hierher gekommen, und da spielten die beiden bereits miteinander. Vermutlich ließ Agrippina deinen Sohn holen. Gestern Abend forderte er unentwegt, er wolle mit dem Jungen vom Markt spielen. Das ist so eine Grille von ihm. Agrippina erzählte mir, sie habe gestern mit Gaius die Heiligtümer aufgesucht und unterwegs habe er deinen Sohn wiedererkannt.«

»Wiedererkannt?«

»Hast du vergessen, dass deine Frau und deine Söhne in meinem Haus untergebracht waren, nachdem gemeldet worden war, du seist verloren?«

Cinna verkniff sich die Bemerkung, er habe den Zweck dieser Maßnahme ohnehin nicht verstanden, als Germanicus, ohne ihn anzusehen fortfuhr: »Agrippina wollte verhindern, dass die Familie deiner Witwe sich wieder dem Feind anschlösse und diesem dadurch zwei Knaben römischer Abkunft als Geiseln in die Hände fielen.«

»Glaubt ihr tatsächlich, mein Schwiegervater wäre so dumm gewesen, sich Arminius' Willkür auszuliefern?«

»Es geht um fast zweihundert Reiter, die unter seinem Befehl stehen. Das ist nicht viel, aber wie du siehst, sind wir entschlossen, uns der Treue jedes Einzelnen zu versichern.«

»Und deshalb entführt sie meinen Sohn? Um ihn zu eurer Geisel zu machen?«

»Ich hab ihn entführt!«, rief Gaius trotzig. »Ich hab den Praetorianern den Befehl gegeben, ihn herzubringen!«

Verblüfft starrten beide Männer den Jungen an, der die Fäuste in die Seiten stemmte und stirnrunzelnd zu ihnen aufsah.

»Ich will mit Lucius Cornelius spielen. Ihr stört uns.«

Als Lucius beifällig nickte und Germanicus kurz die Brauen hob, stellte Cinna seinen Sohn auf den Boden. Sofort stoben die beiden Jungen davon, und schon Augenblicke später hallten ihr Kampfgeschrei und das Klappern von Holz durch den Hof.

»Er gibt den Praetorianern Befehle?«

Leise lachend wandte Germanicus sich ab. »Kindereien! Sie tun ihm manchmal einen Gefallen.«

»Sie haben meinen Sohn aus den Armen seiner Mutter gerissen, ohne einen Grund zu nennen oder auch nur zu sagen, wer sie geschickt habe! Weil ein vierjähriger Junge es ihnen befohlen hat?«

Mühsam unterdrückte Cinna einen Schauder bei dem Gedanken, wie weit die Soldaten gegangen wären, um diesem Kind zu Willen zu sein. Germanicus indessen lachte noch immer, doch es klang abgehackt, und seine Miene wirkte unbehaglich, während er sich abwandte, um den laut tollenden Kindern zuzusehen.

»Die beiden scheinen sich gut zu vertragen«, sagte Germanicus. »Ich lasse deinen Sohn am frühen Abend nach Hause bringen. Geh jetzt, beruhige deine Frau und richte ihr meine Entschuldigung aus.«

Ein dünnes Lächeln stand ihm ins Gesicht geschrieben, das verharrte, während Cinna zögerte.

»Noch etwas, Gaius Cornelius: Ich werde veranlassen, dass nächstes Mal einer meiner Freigelassenen mit einer Wache kommt, um deinen Jungen abzuholen.«

»Ein nächstes Mal wird es nicht geben!«, rief Sunja erbost und drehte sich um, doch Cinna hielt sie fest. Ihre Stimme hallte schrill im Innenhof wieder.

»Sunja, ich bin nicht in der Lage, diesen Wunsch abzuschlagen. Außerdem ist der Sohn des Germanicus Caesar ein besserer Umgang als die Bengel aus der Nachbarschaft.«

»Ist unser Sohn etwa ein angemessener Umgang für dieses kleine Ungeheuer, das nach Lust und Laune die auserwählte Schar der Praetorianer befehligen darf?« Brüsk schüttelte sie seine Hand ab. »Du hättest Lucius einfach nach Hause holen sollen.«

Sie reckte das Kinn, und ihre Augen funkelten, dann stapfte sie zum rückwärtigen Flur und schlug die Tür hinter sich zu. Kopfschüttelnd blickte Cinna ihr nach, konnte sich eines Lächelns nicht erwehren und wandte sich dem Wohnraum zu, wo ihm eine Welle trockener Wärme entgegenschlug.

Saldir saß wie üblich über eine Buchrolle gebeugt auf einem Sessel, das Kinn in die linke Hand geschmiegt. Doch kaum sah sie ihn, flog nicht das gewohnte Strahlen über ihr Gesicht – im Gegenteil ließ sie die Rolle zusammenschnappen, um sie eilends neben sich zu verstauen. Ihre freundliche Miene wirkte verkrampft, als er sich ihr näherte.

»Platon?«, fragte er leise.

Sie zog die Schultern hoch, nickte heftig, beide Hände hinter dem Rücken, und er bemerkte, dass sie den Papyros hastig zusammenrollte, während sie ihn aus geweiteten Augen anstarrte. Er streckte die Hand aus.

»Darf ich es sehen?«

»Ich ... bin noch nicht durch«, erwiderte sie schnell. »Ich wollte dich überraschen.«

Mit einem leisen Wink der Finger gab er ihr zu verstehen, er wolle das Buch sehen, da ließ sie den Kopf hängen, zog es hervor und reichte es ihm, eine schon recht abgegriffene Rolle; an den Rändern war der spröde Papyros ausgefranst und knackte leise, als er ihn entrollte, um die ersten Zeilen zu überfliegen.

»*Parmenides*«, murmelte er. »Du hast zwar schon einiges von Platon gelesen, aber ist das nicht zu schwierig für dich?«

Sie schien noch mehr zu schrumpfen, krampfte die Finger umeinander.

»Wo hast du das aufgetrieben, Saldir? Ich kann mich nicht erinnern, dass sich unter unseren Büchern eine Abschrift des *Parmenides* befindet.«

Aufmerksam musterte er die Rolle, ein wertvolles Stück, Zeilen und Spalten perfekt ausgerichtet, und ein Bearbeiter hatte mit roter Mennigtinte in zierlicher Schrift zahlreiche Randbemerkungen vorgenommen. Cinna entzifferte Erläuterungen, Zitate aus anderen Dialogen und Verweise, und je länger er die Buchstaben betrachtete, desto unwohler wurde ihm, die feinen Nackenhaare sträubten sich spürbar und seine Finger erkalteten. Er kannte diese Schrift, kannte sie besser, als ihm lieb war.

»Woher hast du dieses Buch, Saldir?«, presste er mit rauer Stimme hervor, doch sie blieb stumm, während er das Buch zusammenrollte und die Hände darum krampfte. Sein Blick fiel auf einen Schriftzug am Anfang der Rolle, dicht an den Rand außen auf dem Papyros hatte der Besitzer seinen Namen vermerkt, Androkleos, Sohn des Pheidippos, aus dem Geschlecht der Demokleiden zu Athen.

Cinna schleuderte das Buch von sich, als habe er etwas Giftiges berührt. Das Mädchen schrak zurück, als er einen Schritt auf sie zu tat.

»Ich habe es verboten!«, rief er. »Ich habe es ausdrücklich verboten!«

Erst jetzt nahm er wahr, dass sie sich mit den Armen zu schützen versuchte, weil er die Hand gegen sie erhoben hatte. Er fuhr herum und fand sich Sunja gegenüber, die hochaufgerichtet und bleich in der Tür stand. Ihr Mund bildete eine scharfe, dünne Linie.

»Er hat dein Haus nie wieder betreten«, flüsterte sie.

Sie musste den Namen des Griechen nicht aussprechen, hatte es sicherlich unterlassen, um ihn nicht zu reizen, und dennoch fachte allein der Hinweis die Glut wieder an, dass er die Fäuste ballte. »Wie kommt Saldir zu diesem Buch?«

»Er hat es ihr gegeben, damit sie es liest. Er unterrichtet sie.«

»Du weißt, dass ich das nicht will!« Er blickte in ihr Gesicht, dem der strenge Zug nichts von seiner Ebenmäßigkeit nahm. Die Flamme des Zorns, die soeben noch in ihm aufgelodert war, fiel in sich zusammen, in ihren grau umrandeten, grünen Augen hätte er sich verlieren mögen, doch er schüttelte diesen Wunsch ab.

»Saldir ist meine Schwester, und seitdem unsere Eltern hier wohnen, steht sie unter unseres Vaters Munt, nicht unter deiner.«

Bei ihren Worten war ihm das Blut heiß in die Wangen gestiegen. »Du bist meine Frau, Sunja, und du schuldest mir Gehorsam. Ich kann verlangen, dass du meinen Willen auch gegenüber deiner Familie vertrittst.«

Sie reckte das Kinn noch ein wenig höher, bis sie ihm fast so groß schien wie er selbst.

»Ja, Gaius, ich bin deine Frau«, entgegnete sie kühl, »aber nicht dein Besitz wie ein Stück Vieh oder dieses Haus. Ich werde keine Befehle befolgen, die mir unsinnig erscheinen, schon gar nicht gegenüber meinen Eltern und meiner Schwester. Du selbst hast auf der Burg unseres Vaters begonnen, Saldir all diese Dinge zu lehren, jetzt dürstet ihr Geist danach, und wenn wir es ihr verwehren, leidet sie. Seit zwei Jahren ist sie damit sich selbst überlassen. Was sollen wir denn tun? Zusehen, wie sie verkümmert?«

»Verheiratet sie! Wenn sie ein Haus und Kinder zu versorgen hat, sind diese Flausen bald vergessen.«

Sie trat zurück, starrte ihn an und schien kurz nach Luft zu schnappen. »Das würdest du ihr antun?« Und da er nicht antwortete, fügte sie hinzu: »Du warst es doch, der ihr diese … Flausen in den Kopf setzte und sie immer wieder darin bestärkte!«

Er zog die Brauen zusammen. Diese Kindereien mussten ein Ende haben. Schließlich war es ohnehin höchste Zeit, da Saldir bereits fünfzehn Jahre alt war und es noch immer keinen Bewerber gab. Die Verlobungszeit mit ihren zahlreichen Vorbereitungen würde Monate beanspruchen, irgendwann stünde das Mädchen im Ruf einer alten Jungfer, dann würde keine Familie sie mehr aufnehmen wollen. Wahrscheinlich galt sie ohnehin bereits als sonderlich, weil sie die üblichen Fertigkeiten der Frauen nur unzureichend beherrschte, sich stattdessen lieber mit Dingen beschäftigte, die die Menschen hier für unnützes Zeug hielten.

Die Schuld lag in der Tat bei ihm. Er hatte während der Gefangenschaft diesen Funken entzündet, der auf hungrigen Zunder gefallen war; nun loderte in ihr ein fröhliches Feuer, genährt durch die kleine Bibliothek, die Tiberius ihnen bei seiner Abreise vermacht hatte.

Er drehte sich um. Saldir hatte die Rolle inzwischen vom Boden aufgehoben, stand mit dem Rücken zur Wand, das Buch an die schmale Brust gedrückt, und sah ihn aus tränennassen Augen an. Es war der Blick eines gemaßregelten Knaben, eines Schülers, nicht der eines Mädchens, das nichts gelernt hatte als Spinnen und Weben, Nähen und Sticken, die Zubereitung von Mahlzeiten, die Versorgung von Säuglingen und was Frauen sonst noch wissen mussten, um ein Haus zu führen.

Nochmals drehte er sich zu Sunja um, doch die hatte sich lautlos entfernt und ihn zurückgelassen mit der unseligen Verantwortung, die er sich durch sein leichtfertiges Tun aufgebürdet hatte.

XVII

»Ich bin nicht zufrieden mit dem, was ich bei der Musterung der neuen Pferde gesehen habe.« Cassius schwenkte stirnrunzelnd eines dieser neuartigen Hefte aus Papyros, die in den Archiven des römischen Heeres anstelle der unhandlichen Wachstafeln Einzug nahmen. »Etliche der Tiere sind gar nicht ausgebildet. Als hätte man sie nicht einmal auf ihre Eignung geprüft, bevor sie zusammengetrieben und hierher befördert wurden.«

»Die Züchter beschweren sich ohnehin schon über unsere Forderungen.« Cinna zuckte die Achseln. »Germanicus mag es drehen und wenden wie er will – die Feldzüge waren verlustreich, und der Nachschub aus den benachbarten Provinzen wird die entstandenen Lücken nicht füllen.«

Ein rascher Blick über Cassius' Schulter verriet ihm, dass in dem Heft, in dem der junge Mann blätterte, eine Liste der Bestände war, säuberlich zusammengetragen von vielen einzelnen Wachstafeln. Als er den schnellen Hufschlag hörte, hob er den Kopf und sah Hraban auf einem Braunen näher kommen. Mit verfinsterter Miene hielt der Cherusker auf sie zu und sprang erst kurz vor ihnen vom Pferd ab.

»Wie lange soll das noch so weitergehen?«, blaffte er anstelle eines Grußes, und blieb, die Arme vor der Brust verschränkend, vor Cinna stehen. »Wie lange willst du dich noch hier verstecken?«

»Verstecken?« Cinna zog ein wenig verächtlich die

Brauen hoch. »Warum sollte ich mich verstecken? Du weißt selbst, wie viel zu tun ist, um Germanicus' Befehlen zu entsprechen.«

Ohne Hraban zu beachten, setzte er seinen Weg fort und hörte im Weggehen, dass dieser ihm nach kurzem Stutzen folgte. Er drehte sich um, gab Cassius mit einem herrischen Wink zu verstehen, er möge sich entfernen, und warf ihm einen scharfen Blick zu, als er sich nur zögernd trollte.

»Versteh mich bitte nicht falsch«, fuhr Hraban fort, »aber ich bin der Ansicht, du solltest dein Schweigen Sunja gegenüber beenden.«

»Hältst du es für richtig, wenn eine Frau im Hause ihres Mannes Dinge tut oder zulässt, die er ausdrücklich verboten hat?«

Hraban legte den Kopf in den Nacken und atmete tief durch, ehe er antwortete. »Wie viele Tage des vergangenen Jahres hast du in deinem Haus verbracht?«

Sie tauschten einen langen Blick, während Cinna ein Echo der Sehnsucht verspürte, die ihn auf beiden Feldzügen immer wieder beschlichen hatte wie eine Katze, zuerst als schmeichelnd warme Erinnerung an geteilte Lust, an das Gefühl, das ihr Atem auf seiner Haut auslöste. An die Kälte, die der heimtückischen Erkenntnis, allein zu sein, folgte, als bohrten sich Krallen in sein Fleisch. Und an die Bilder, die ihn immer wieder aus dem Schlaf rissen, blutende, zuckende Körper, pfeifendes Wimmern, dumpfes Stöhnen.

Hraban verpasste Cinna einen leichten Rippenstoß und schob ihn neben sich her. »Wenn wir nicht zur Stelle sind, müssen unsere Frauen allein zurechtkommen, sie müssen sich durchschlagen, Haus und Kinder verteidigen. Da fällt so manche Entscheidung, die uns nicht schmeckt.«

»Ich hatte ihr gesagt –«

»Sunja hat sich an dein Verbot gehalten, dass dieser Mann dein Haus nicht betreten dürfe. Was Saldir anging, endete ihr Einfluss, als wir einzogen. Es ist nicht ihre Schuld, wenn Saldir ihren Willen durchgesetzt hat.« Hrabans Arm legte sich schwer um Cinnas Schultern. »Komm heute Abend und versöhne dich mit Sunja.«

Achselzuckend befreite Cinna sich und eilte ein Stück voraus.

»Sie verdient es!«, rief Hraban hinter ihm, folgte ihm aber nicht.

»Ich weiß«, stöhnte Stertinius. »Alle beklagen die Verfassung der neuen Pferde. Alle beschweren sich, die Tiere seien unzureichend oder gar nicht abgerichtet, viele seien schwächlich, träge, ängstlich.« Er hob die Schultern und ließ sie wieder fallen. »Es gibt im weiten Umkreis kaum noch gute Pferde. Wir müssen abwarten, was aus Thracia kommt, aber die Tiere werden über Ister und Danuvius hergebracht, das kann noch eine ganze Weile dauern.«

»Dann macht es wohl keinen Sinn, wenn ich jetzt auf die Verluste unter den Männern zu sprechen komme?«

»Schau dich unter den jüngst rekrutierten Galliern um. Auch wenn die Vorausbildung noch nicht abgeschlossen ist, kannst du dir ein Bild machen. Ich habe mir einige wackere Kerle ausgesucht, aber«, Stertinius zwinkerte verschwörerisch, »vielleicht lasse ich bei dem einen oder anderen mit mir handeln.«

Cinna verabschiedete sich wortlos, wandte sich der Tür zu, als Stertinius ihn nochmals ansprach. »Du hast die letzten Tage und Nächte ununterbrochen unter den Soldaten verbracht, nicht wahr?«

»Es sind sehr viele Vorbereitungen zu treffen«, entgegnete Cinna und bemühte sich, dem forschenden Blick standzuhalten, bis Stertinius einen Griffel vom Tisch nahm, um damit seine Fingernägel zu reinigen.

»Es gibt kaum einen Streit, der sich nicht durch ein kleines Geschenk von angemessenem Wert schlichten ließe«, sagte Stertinius, ohne aufzublicken. »An der Straße der Händler im westlichen Lagerdorf findest du einen Laden, der nicht den üblichen Plunder führt. Denk aber daran, dass es nicht ganz billig ist, Venus zufriedenzustellen.«

Die Sonne war schon untergegangen und das rosige Licht legte sich wie gespreizte Finger über den westlichen Himmel, als Cinna den Laden, den Stertinius erwähnt hatte, fand. Er kramte nach dem kleinen Beutel, den er in den Falten des Mantels verstaut hatte, fühlte nach den Münzen und lächelte still vor sich hin. Schon an der Tür überschwemmten ihn betäubende Düfte, Flüstern und Kichern; eine Dirne in lässigem Chiton – den Umhang hatte sie abgelegt – drehte sich um, und während sie Cinna mit einem schnellen Blick von oben bis unten musterte, streckte sie ein langes, schlankes Bein durch den Schlitz ihres lose gegürteten Kleides und lächelte ihn mit leicht geöffneten, feuchten Lippen an. Ihr kupferroter Haarknoten löste sich bereits, sodass feine Strähnen um ihr bleiweiß geschminktes Gesicht schwebten.

Cinna bemühte sich, die durch den dünnen Stoff spitzenden Brustwarzen nicht zu beachten, als ein kleiner, dicker Mann hinter einem Vorhang hervortrat. Sein glänzendes Gesicht verriet, dass die Hure offenbar um seinetwillen gekommen war. Er begrüßte Cinna höchst beflissen und winkte ihn in einen Nebenraum, fragte nach seinen

Wünschen und schmunzelte, als Cinna äußerte, er suche etwas für seine Frau.

»Es soll wirklich für meine Frau sein«, bekräftigte Cinna.

Der Dicke öffnete einen Schrank hinter sich und zog ein Kästchen hervor. Auf einen ungeduldigen Wink hin trat ein blasses Mädchen näher, dann eilte er mit einer Entschuldigung wieder in seinen Laden hinaus. Während durch die Tür gedämpftes Kichern und Gurren drang, klappte das Mädchen die Schachtel auf und begann, mit blauen, grünen und roten Steinen besetzte Ohrgehänge und Ketten aus winzigen Perlen und getriebenen Blättern aus Silber und Gold nebeneinander auszulegen. Dabei achtete sie darauf, dass Formen und Farben zusammenpassten, sprach aber kein einziges Wort und richtete den Blick fest auf ihre Hände, die sie schließlich vor sich auf den Tisch legte. Ratlos betrachtete Cinna die dargebotenen Kleinodien, manches gefiel ihm, anderes nicht, doch er hatte keine Ahnung, was Sunja gefallen könnte.

Das Mädchen schien das bemerkt zu haben, denn sie fragte leise, für wen das Geschenk bestimmt sei, fragte nach der Farbe von Haar und Augen, wählte denn einige Stücke aus und räumte die übrigen behutsam wieder in das Kästchen. Bald darauf kehrte der Händler zurück, händereibend und mit zufrieden geröteten Backen.

»Ah, ich sehe, du bist noch nicht fündig geworden. Topas? Oder lieber Jaspis? Geht es um ein Geschenk für eine erwiesene Gunst? Darum, das Herz einer Schönen zu gewinnen? Oder soll es als Entschuldigung dienen?«

»Es ist für meine Frau«, beharrte Cinna stirnrunzelnd.

»Also eine Entschuldigung.« Milde lächelnd tippte der Händler mit einem seiner beringten Finger auf seine wulstigen Lippen, doch als Cinna den Kopf schüttelte, legte er den Kopf schräg und hob die Augenbrauen.

Wieder ließ Cinna den Blick schweifen über die von einigen Lampen matt beleuchteten Ketten. Er bemerkte eine zierliche Halskette aus goldenen Efeublättern und winzigen Bernsteinperlen, nahm das hübsche, schlichte Schmuckstück auf und ließ es durch die Finger gleiten, wobei er sich den warmen Glanz des Goldes auf Sunjas heller Haut vorzustellen versuchte.

Geschickt hatte das unscheinbare Mädchen aus der Sammlung der Ohrgehänge ein Paar herausgefischt, an dem ebenfalls Bernsteinperlen und goldene Efeublätter klingelten, und schob ihm zwei passende Armreifen zu. Ähnlichen Schmuck hatte seine Schwester gerne getragen.

»Na, was sagst du?«, polterte der Händler, während das Mädchen die übrigen Schmuckstücke einsammelte und die kleine Auswahl auf schwerer, dunkelroter Wolle darbot.

Nicht lange danach verließ Cinna, um etliche Denare ärmer, aber mit dem angenehmen Gefühl, das Richtige getan zu haben, den Laden, in der Hand einen Beutel, in dem sich mehrere Kästchen befanden; eines barg seine Geschenke für Sunja, ein weiteres, kleineres zwei silberne Fibeln, Tauben nachgebildet, die er für Saldir gekauft hatte. Die Saturnalien standen bevor.

Der Wohnraum war nicht geheizt, und draußen prasselte der Regen hernieder, der sich mit einzelnen dicken Tropfen angekündigt hatte, als Cinna in die vertraute Gasse eingebogen war. Er wollte den Raum wieder verlassen, stieß jedoch in der Tür beinahe mit Nanthis zusammen, die in einem Bronzeeimer Kohlenglut brachte. Aufmerksam sah er zu, während das Mädchen die Glut in das Becken in der Zimmerecke schaufelte.

»Geht es dir gut bei uns?«, fragte er.

Ohne sich aufzurichten, warf sie ihm einen scheuen Blick zu und nickte kaum sichtbar, raffte dann ihren Rock zusammen und schickte sich an, wieder hinauszueilen.

»Ich hole Essen«, flüsterte sie, bevor sie verschwand.

Lächelnd ließ Cinna sich auf der dem Kohlebecken nächsten Kline nieder, verstaute den Beutel hinter sich und wartete.

Mit Nanthis, die ein rundes Tablett mit dampfenden Schüsselchen vor sich hertrug, betrat Sunja den Wohnraum; sie hielt den daumenlutschenden Lucius an der Hand und trug den kleinen Gnaeus auf der Hüfte.

»Ich dachte, du würdest sie gerne sehen, ehe sie zu Bett gebracht werden«, sagte sie, nachdem sie Cinna auf die Wange geküsst und den Kleinsten neben ihm abgesetzt hatte.

Cinna brach eines der Brötchen durch, löste das Weiche aus dem Inneren, tauchte es in die süß-saure Tunke der eingelegten Aprikosen und gab es seinem Jüngsten. Still und zufrieden umklammerte das Kind den feuchten Teigbatzen und saugte und kaute daran. Der Ältere, den er mit einem Wink einlud, sich zu bedienen, schob flugs eine Eihälfte mit Pistazien in seinen Mund, langte nach einer kleinen Wurst und einem der duftenden Brötchen und trollte sich damit zu einem Sessel.

Nach einer Weile brachte Nanthis die Kinder zu Bett, und Cinna beendete sein kleines Abendessen, griff nach dem Kästchen, klappte es auf und erhob sich. Sunja stand noch an der Tür, gab dem Mädchen ein paar Ratschläge mit, als er sie erreichte, in der Hand die geöffnete goldene Kette, die er ihr behutsam um den Hals legte. Überrascht tastete sie danach, drehte den Kopf zur Seite, bot ihm die feine Linie ihres Halses, umhüllte ihn mit dem Mandelduft ihrer aufgesteckten Haare. Er führte den dünnen Haken durch die Öse, dann berührten seine Lippen ihre Haut dicht neben den goldenen Blättchen.

»Wofür ist das?«, fragte sie leise und drehte sich in seinen Armen um, umschlang ihn und verschränkte die Hände in seinem Rücken.

»Muss es einen Grund geben?«

Mit schräg gelegtem Kopf und an der Unterlippe nagend erwiderte sie seinen Blick. Er sah in das klare, helle Grün ihrer Augen, das zu einem zartgrauen Ring verlief. Wenn sie blinzelte, warfen ihre Wimpern feine Schatten, konnten das Leuchten aber nicht verdunkeln. Im Lächeln lösten sich ihre Lippen ein wenig voneinander. Fast ohne sein Zutun schmiegten sich seine Finger um ihre Wangen, als er sie küsste. Ohne den Mund von ihrem zu trennen, schob er die Tür zu und legte den kleinen Riegel vor.

Behutsam zog er die Decke über ihren Körper, streifte dabei ihre Haut. Die goldenen Efeublättchen glänzten im matten Licht, während sie sich wohlig auf dem Polster rekelte, ihre kühlen Füße an seine schmiegte.

»Ich möchte hierbleiben«, murmelte sie, ohne die Augen zu öffnen. »Es ist so schön warm.«

Seine Fingerspitzen glitten über ihr Gesicht, strichen ihr das aufgelöste Haar aus der Stirn, kämmten es. Sunjas Anwesenheit konnte die Daimonen bannen, die ihn nach den Feldzügen in nächtlicher Dunkelheit immer wieder anfielen, ihm den Schlaf raubten. Hier waren sie machtlos.

Er musste dafür sorgen, dass keine weiteren Geister einzogen.

*

Cinna blickte auf, als ohne vorheriges Klopfen die Tür zu seinem Bereitschaftsraum geöffnet wurde und ein Mann rücklings hereinschlüpfte, den dunklen Umhang fest um den Körper geschlungen. Den nachdrängenden Posten wies der Ankömmling hinaus: »Ich sagte bereits, dass ich mit einer Nachricht des Germanicus Caesar komme und ihn dringend sprechen muss – allein!«

Es war Androkleos' Stimme, die Cinna aus seinem Sessel hochschnellen ließ. Wütend rang er nach Worten, um den Griechen hinauszuwerfen, als dieser beschwichtigend die Hände hob.

»Warte einen Augenblick, bevor du mich tötest, Gaius Cinna. Vorher muss ich mit dir reden.«

»Ich wüsste nicht, was ich mit dir zu schaffen haben wollte«, blaffte Cinna.

»Viel Zeit ist vergangen, und«, Androkleos trat einen Schritt zurück, um Cinna zu mustern, »obwohl die Dinge für dich sehr unglücklich gelaufen sind, hast du dich herausgemacht.«

»Spar dir dein Mitgefühl!«

»Es tut mir leid. Ich weiß nicht recht, wie ich beginnen soll …«

»Indem du hinausgehst und mir nie wieder unter die Augen trittst.«

Wortlos stand Androkleos vor ihm, blickte ihm ruhig und aufmerksam in die Augen, während Cinna die Fäuste ballte, als könnte er damit den brodelnden Zorn, der hinter seiner Stirn zu dröhnen schien, dämpfen.

»Cinna …« Zögernd legte Androkleos seine Hand auf Cinnas Brust, doch im selben Augenblick schleuderte Cinna diese Hand beiseite.

»Ich habe mir geschworen, dass ich dich töten werde,

wenn du mich noch einmal berührst«, presste er mühsam hervor.

»Cinna, bitte –«

»Halt den Mund! Bitten hat mir damals auch nichts geholfen.« Brüsk drehte Cinna sich um, kehrte zu dem Tisch zurück, auf dem sich neben einem Stapel Wachstafeln einige Papyroshefte türmten; als er unwillentlich gegen den Tisch stieß, gerieten sie ins Rutschen und verstreuten sich leise klatschend auf dem Boden.

»Was meinst du damit? Ich habe deinen jähen Sinneswandel nie verstanden.«

Cinna schwieg hartnäckig, ohne sich Androkleos zuzuwenden, schob die auf dem Tisch verbliebenen Stapel zusammen. Wenn er nur lange genug seine Abscheu deutlich machte, würde der Grieche sich trollen.

»Ich möchte mit dir über das Mädchen reden, über Saldir«, begann Androkleos von neuem.

»Warum? Interessiert sich einer deiner Spießgesellen für sie?«

»Was soll das? Wie kommst du darauf?«

Cinna kniff die Augen zu und biss sich auf die Unterlippe.

»Ich kenne Mädchen und Frauen nur als schwatzhafte Gänse, die nichts im Kopf haben außer hübschen Stoffen, Schminke, schwülstigen Verslein und Bettgeschichten aus der Nachbarschaft. Meine eigene Frau ist kein Scrupulum anders, sie hat zwei tüchtige Söhne geboren und eine Tochter, die ebenso hübsch und einfältig ist wie sie – und dann finde ich hier in dieser Einöde, diesem fernsten Teil der Erde, beinahe schon an den Gestaden des Oceanus dieses Geschöpf, das sein Leben einer Laune der Götter zu verdanken scheint.«

Er beendete die Worte, ohne die Stimme zu senken, und eine Zeit lang war nichts zu hören außer den Schritten der Gefreiten und Posten auf den Gängen, Befehlen, die gedämpft hereinklangen, fernes Wiehern.

»Sie ist begabt, sehr begabt«, fuhr Androkleos leise fort. »Du hast in dieser Wildnis einen Edelstein entdeckt, hast ihn geschliffen und poliert – es wäre eine Schande, wenn dieses schimmernde Kleinod trüb würde, dieser männlich starke Geist ein schäbiges Weiberleben führen müsste, weil er im Körper eines Mädchens steckt.«

»Honigsüß fließt deine Rede, Androkleos, aber ich traue dem Mann nicht, der sie führt.«

Der Grieche war verstummt und rührte sich nicht, die Stille senkte sich wie schweres Tuch über sie, bis ein leises Rauschen ertönte, die Tür geöffnet wurde und, während die Schritte im Gang verhallten, zuklappte.

Cinna fand sich an der Tür des weiß getünchten Stadthauses mitten in Athen wieder. Es war Nacht, er war allein, und in den Händen spürte er glatte Holzrähmchen, den Brief seines Vaters, bemerkte die zerrissene schwarze Schnur mit den dunklen Wachsresten. Er erinnerte sich an die eng geschriebenen Zeilen, die steilen Buchstaben von der Hand des alten Schreibers, der seit jeher die Briefwechsel seines Vaters führte. Sie berichteten von plötzlicher Krankheit, von vergeblich gerufenen Ärzten, von hohem Fieber und raschem Tod. Cinna hatte innegehalten, als er den Namen las, den Namen seines Bruders Lucius.

Erschrocken hatte Cinna die Tafeln zusammengeklappt. Lucius war stark gewesen wie ein Stier, ein großer, schöner Mann mit lebhaften Zügen, hatte nie unter einen Krankheit gelitten. Vergeblich hatte Cinna sich vorzustellen versucht, dass einer, der seinen Kopf hoch trug, voller Stolz auf das Erbe seiner Väter, zusammengekrümmt auf einem Bett liegen sollte, während Schweiß über seine Wangen perlte und Gemurmel über seine Lippen huschte. Auf dem weiten Rasen flog ein faustgroßer Ball zwischen den schreienden nackten Jungen hin und her, andere rannten um die Wette, dehnten ihre Glieder, übten sich in Ringen und Faustkampf.

Cinna schlug die Augen auf, starrte in die pechschwarze Finsternis. Es war ein Traum gewesen, Erinnerung, die in seinen Schlaf gekrochen war. Er schob die Decke zurück, tastete blind nach einer Öllampe und tappte barfuß zur Tür; er wußte, dass dort ein Kapuzenumhang hing, den er sich umlegte, ehe er auf den Gang hinaustrat, wo ihn ein warmer Lichtschein empfing. Am Ende des Flures saßen die Wachtposten flüsternd beim Würfelspiel, hielten inne und wandten sich ihm zu, grüßten. Er nickte wortlos, gab einem die Lampe, damit er sie am Docht der Laterne anzündete. Als die Männer sich wegen des Lärms entschuldigten, winkte er nur ab und kehrte wieder in seine Schlafkammer zurück, wo er das Öllicht am Kandelaber befestigte. Dann kroch er wieder unter die Decken, wo noch ein wenig Wärme gespeichert war.

Die Lampe verbreitete dünnes Licht, ließ die in matten Farben getünchten Wände dumpf erscheinen, die scheinbaren Mauervorsprünge, Pfeiler und Efeuranken versanken im Zwielicht. Cinna umschlang die Kissen und schloss die Augen. Nacheinander ertönten auf den Wällen Hörner zur letzten Nachtwache, irgendwo jaulte ein Hund. Ein Windstoß blies kalt herein, ließ das Flämmchen aufflackern.

Wie durch einen Schleier spürte Cinna den Griff um seine Hüften, den Zug dieser Hände, und wand sich in dem Versuch, sich zu befreien. Der Schreckenslaut erstickte im Kissen. Er schrak zusammen, zog die Beine an den Körper und umschlang sie. Niemand außer ihm war in der Kammer, kein Mensch, doch er fühlte die Gegenwart der Daimonen, die ihm mit der nächtlichen Kälte in die Glieder krochen und die Erinnerungen mit neuem Leben erfüllten.

Durstig nach Vergessen hatte Cinna ein ums andere Mal den Becher geleert, den ihm Androkleos immer wieder gefüllt hatte. Er hatte Trost gefunden in dessen Umarmung, dessen Küssen, bis er matt und betäubt aufs Polster gesunken war. Vom Schlaf gelähmt hatte er sich der Hände, die seinen weinschweren Körper immer zudringlicher und fordernder betasteten, nicht erwehren können. Ein harter Stoß hatte ihn in die Decken und Kissen gerammt, ein jäher Schmerz seinen Körper zerreißen wollen. Scharf bohrten sich Fingernägel zwischen seine Rippen, schnitten seine Haut, dass er nach Luft japste, sich die Lippen zerbiss, um nicht aufzuschreien. Mit weiteren schnellen Stößen drang der Mann noch tiefer in seinen Körper ein, bis ein Laut wie der Gesang eines Tieres Cinna erlöste, der andere ihn schwer unter sich begrub.

Cinna glaubte, den kraftvollen Herzschlag in seinem Rücken zu spüren, öligen Schweiß, heißen Atem, der über seine Schulter flog. Die Krallen in seinen Achseln hatten sich in Hände zurückverwandelt. Seufzend war Androkleos von ihm heruntergerollt, war neben ihm in die Decken gesunken. Matt nahm Cinna wahr, dass Androkleos die Hände um seine Wangen legte, dass Androkleos' Mund sich über seine blutenden Lippen stülpte. Er schrak zurück und wollte das Gesicht im Laken vergraben, doch Androkleos hielt ihn fest, und seine Zunge schnellte über die Bisswunden, kämpfte sich durch zu der festen Mauer der Zähne.

Rasch sprang Cinna auf, blieb auf dem Rand des Bettes sitzen und barg das Gesicht in den Händen. Noch immer hallten Androkleos' kaum hingeflüsterte Worte in seinem Kopf wieder, endlich sei er ganz und gar sein. Noch immer spürte er die fremden Fingerspitzen auf seinen Wangen wie Nadeln, den fremden Schweiß, der über seinen Rücken rann, und die schwachen Nachwehen des Schmerzes, der ihn hatte zerreißen wollen, krochen ihm in die Eingeweide. Cinna warf die Decken zurück, zog sich mit jäher Entschlossenheit die wollene Tunica über den Kopf, eine zweite, festere darüber, schlüpfte in die Reiterhose und legte sich mit zitternden Händen den bronzebeschlagenen Gürtel mit dem Dolch um. Als er sich die Sandalen schnürte, verfing sich ein Fingernagel im Riemen, er riss die Kanten ab, fluchte über das hervorquellende Blut und versuchte es durch Saugen zu stillen. Warum war er damals geblieben? Warum hatte er nicht das Weite gesucht, anstatt schlaflos neben dem Mann, der ihm mit einem Mal vollkommen fremd geworden war, liegen zu bleiben und mit wunden Augen Löcher ins Dunkel zu starren? Warum hatte er sich am folgenden Tag wortkarg mit einem Frühstück bewirten lassen, bevor er zur Akademeia zurückgekehrt war?

Er hatte den Vorträgen nicht mehr aufmerksam folgen können, insbesondere Androkleos' Neckereien hatten ihn getroffen wie blanker Hohn und das Tuscheln und Kichern der anderen Studenten ein Übriges getan, dass er, Unterricht und Gesprächsrunden fernbleibend, zunehmend unter der streunenden römischen Jugend anzutreffen war, die auf Gastmählern und in den Thermopolien Athens mit

Wein und Mädchen die Zeit totschlug. Doch auch die Taugenichtse hatten ihn wegen der Gerüchte um ihn und Androkleos mit Spott übergossen, und als er sich ein einziges Mal zu einer Schlägerei hatte hinreißen lassen, war er schmachvoll unterlegen. Damals hatte Cinna einen entlassenen Söldner als Fechtlehrer gemietet und die Schulen der Athleten besucht. Nie wieder sollte ihn jemand überwältigen.

Cinna ballte die Fäuste auf den Oberschenkeln, dann sprang er auf und verließ den Schlafraum, eilte mit weit ausgreifenden Schritten den Gang hinunter und durch den Innenhof, wo ihn graues Zwielicht empfing, zu dem Raum, den seine Leibwächter teilten, klopfte energisch an die Tür, bis eine schlaftrunkene Stimme antwortete, jemand hörbar durch die Kammer schlurfte und öffnete. Ahtala erschien zwischen Tür und Rahmen, und als er Cinna ansah, riss er die Augen auf.

»Zieh dich an, Ahtala! Wir machen einen Übungsgang.«

»Mitten in der Nacht? Es ist noch lange vor dem Weckruf.«

Als Cinna wortlos die Achseln zuckte, seufzte Ahtala leise und verschwand für einen Moment. Cinna hörte Wasser plätschern, was ihn daran erinnerte, dass er mit dem pelzigen Geschmack des Schlafes losgerannt war; er würde sich am Brunnen mit Wasser versorgen. In der Rüstkammer beschafften sie sich Übungswaffen, machten sich dann auf den Weg zu den Stallungen.

Am sandigen Ufer des Rhenus zerfaserten die Frühnebel im kalten Wind, der die schmutzigen Gedanken endlich vertrieb. Cinna hatte Androkleos nicht nur zum Lehrer gehabt, er hatte ihn für einen Vertrauten gehalten, einen Freund, einen Liebhaber ganz im Sinne Platons. Er schnaubte hart.

Ein wirklicher Mentor hätte sich nie erdreistet, ihn zu benutzen wie einen Sklaven.

Während der Himmel gen Sonnenaufgang hell wurde, liefen sie sich neben ihren Pferden warm und dehnten die Glieder. Cinna betastete die Narbe, die seine Beweglichkeit noch immer hemmte. Er ließ den Blick über die Waffen schweifen, zögernd, welche er zuerst wählen sollte, griff dann entschlossen nach der stumpfen Lanze, sprang auf seinen Hengst und hob den Schild aus der Halterung am Sattel. Ahtala tat es ihm gleich.

Etwa zwanzig Schritt voneinander entfernt richteten sie ihre Pferde gegeneinander aus, als stünden sie in einer Arena; Cinna legte die Lanze ein, fasste Ahtala ins Auge. Er hatte die feste Absicht, den Cherusker mit dem ersten Zusammenprall vom Pferd zu werfen. Mit einem Schrei drückte er die Sporen in Alkyons Flanken, dass der Fuchs vorwärtsstürmte. Ahtala kam ihm mit ebenfalls eingelegter Lanze schnell entgegen. Auf halber Strecke prallten sie aufeinander, knirschend rutschte die Lanzenspitze über Cinnas Schild, der Rückstoß der eigenen presste ihn in den Sattel. Er drehte den Arm, um die Stange freizuwinden, zügelte den Fuchs und wendete ihn fast auf der Stelle.

Ahtala hatte seine Lanze verloren und jagte ihm mit gezücktem Schwert nach. Ein hartes Lächeln grub sich in Cinnas Mundwinkel, als er sich dem Verfolger stellte, den Hieb mit der Lanze parierte. Die Stange über dem Kopf wirbelte, dass er Ahtala an der Schläfe traf und der Cherusker mit einem erstickten Laut auswich.

Rasch drängte Cinna nach, stieß in die Lücke, als Ahtala den Schild zur Seite drehte, verfehlte dessen Körper nur um Haaresbreite. Ahtala fluchte lautstark, blitzte Cinna wütend an, ließ seinen Braunen dann eine flinke Volte drehen, um sich zu sammeln. Mit einem Satz griff er an, doch Cinna ließ seinen Hengst beiseitespringen, wendete und verfolgte Ahtala seinerseits. Die Lanze traf den Cherusker in den Rücken, im letzten Augenblick zügelte Cinna den Fuchs und hemmte den Stoß, um seinen Leibwächter nicht ernstlich zu verletzen. Ahtala ließ den Schild fallen und glitt vom Pferd, wandte sich Cinna zu, während sein Brauner davontrottete, und blieb mit leicht ausgebreiteten Armen stehen.

»Willst du mich umbringen?«

Cinna ließ die Waffen sinken. Deutlich spürte er Atem und Herzschlag, war vollkommen ruhig und beherrscht. Verflogen war die Lähmung, die Flamme des Zornes erloschen. Er rammte den Lanzenschaft in den Boden, befestigte den Schild am Sattel und sprang vom Pferd.

Am östlichen Himmel breitete sich rosiges Licht aus, als spreize sich eine Hand über dem Horizont. Als Cinna zurückblickte, sah er einige Kinder aufgereiht auf der Böschung sitzen, Hirtenjungen, die vor Sonnenaufgang mit den Tieren auf die Wiesen zogen.

»Im Kampf gibt es keine Schonung«, sagte er leise.

Mit zerschlagenen Gliedern, aber zufrieden kehrten sie nach Beginn der Morgenwache ins Lager zurück. Erst kurz vor dem Tor hatten sie damit aufgehört, sich unentwegt freundschaftlich die Schultern zu klopfen. Bei den Stallungen übergaben sie die Pferde der Obhut der Stallburschen und vereinbarten für den Nachmittag einen Besuch im Bad.

Als Cinna kurz darauf sein Quartier betrat, erwartete ihn ein Gefreiter mit dem dringenden Befehl, das Stabsgebäude im Hauptlager von Mogontiacum aufzusuchen, wo ihn Gaius Silius erwarte. Ihm blieb kaum Zeit, sich notdürftig zu waschen und eine ausgelüftete Tunica überzustreifen. Valens packte mit leicht beleidigter Miene eine Tasche mit schmutziger Wäsche zusammen, die Cinna schulterte, als er aufbrach. Gegen den Rat der Pferdeburschen ließ er Alkyon nochmals satteln; er würde zu Hause übernachten, und der Fuchs erholte sich in Gegenwart des alten Schimmels besser als in der Obhut seiner Pfleger.

»Du kommst spät«, empfing Silius ihn, ohne den Kopf zu heben.

Schon vor der Tür hatten die Beneficarier Cinna zu verstehen gegeben, um die Laune des Legaten stehe es nicht zum Besten, und dann hatte Silius ihn nach seinem Eintreten eine Weile warten lassen, Zeit genug, dass Cinna sich besorgt fragte, ob der Grieche ihn angeschwärzt haben könnte.

Schließlich musterte Silius ihn mit gerunzelter Stirn. »Hast du einen Grund vorzubringen für deine Verspätung?« Doch als Cinna zu einer Erklärung ansetzte, winkte er ab. »Gestern wurden Nachrichten und neue Befehle überbracht. Germanicus ist nicht zufrieden mit dem Stand der Vorbereitungen. Außerdem hat sich gezeigt, dass einige der Überläufer unzuverlässig sind oder sogar Verräter.« Seufzend richtete Silius sich im Sessel auf, die Ellenbogen auf die Armlehnen gestützt, und legte die Hände vor dem Gesicht zusammen, ließ Cinna dabei nicht aus den Augen.

»Ich hatte gestern Abend eine Unterredung mit einem Vertrauten des Germanicus. Du kennst ihn, sein Name ist Androkleos.«

Cinna straffte sich, seine Miene wurde hart.

»Androkleos weiß von Germanicus' Verdruss wegen der Überläufer und der schleppenden Vorbereitungen. Aus dessen letzten Briefen habe tiefe Verärgerung gesprochen. Germanicus will einen schnellen Feldzug führen, und dazu wird eine hochwertige Ausrüstung ebenso benötigt wie vorzügliche Pferde. Aber gerade die stehen nicht mehr in ausreichender Menge zur Verfügung.«

Als Cinna verwundert die Brauen zusammenzog, flog ein Grinsen über Silius' Züge. »Keine Bange! Obwohl dein Vater seinerzeit ein berühmtes Gestüt besaß, wäre die Beschaffung geeigneter Pferde sicherlich keine angemessene Aufgabe für einen Mann wie dich. Androkleos denkt an etwas anderes. Er wird sich für dich verwenden, damit Germanicus dich in den Stab seiner Berater aufnimmt.«

»Warum das?«, entfuhr es Cinna.

»Er hält dich für einen der sachkundigsten Offiziere, außerdem verfügst du durch deine Verschwägerung mit dem Cherusker Inguiotar und die Bekanntschaft mit einigen anderen adligen Barbaren über Kenntnisse, die Germanicus bislang nur wenig genutzt hat.« Silius beugte sich vor. »Du weißt, wie sie denken«, fügte er eindringlich hinzu. »Du erkennst ihre Finten in Verhandlungen und im Gespräch besser als jeder andere Offizier.«

Verwirrt starrte Cinna Silius an; er öffnete den Mund, aber brachte kein Wort hervor. Silius lachte leise.

»Ich habe den Eindruck, Germanicus hört auf diesen Griechen. Bereite dich also darauf vor, dass du eine Reise nach Lugdunum antreten wirst.«

XVIII

Trotzig ragte die Stadt mit den Giebeln der Tempel und der von Türmen bekränzten Mauer über dem Tal auf. Cinnas Herz schlug höher bei diesem Anblick. Vor acht Jahren hatte er hier in Lugdunum, dem Hauptsitz des Statthalters der Drei Gallien, seinen Dienst als angehender senatorischer Legionstribun im Stab des Lucius Nonius Asprenas angetreten. Allerdings war er damals von Massilia her angereist, und von dort kommend war ihm die Stadt auf dem Berg noch weitaus herrschaftlicher erschienen.

Die Schiffe lagen weit hinter ihm in den Wellen des Arar, der unterhalb Lugdunums in den Rhodanus mündete. Am Ufer reihten sich die Fischerhütten, deren fauligen Geruch der Wind bis zu ihm herauftrieb. Er hatte versprochen, am Hafenkai auf die Schiffe zu warten und Sunja und Lucius dort in Empfang zu nehmen. Als er an diesem herrlich frischen, klaren Wintermorgen verkündet hatte, er wolle den Rest des Weges, eine halbe Tagesreise, zu Pferd zurücklegen, hatte Sunja die Augen verdreht und fortan sichtlich verärgert die Vorbereitungen zum Aufbruch aus der Herberge beaufsichtigt. Sein Wunsch, Lucius mitzunehmen, hätte beinahe zu einem Streit geführt. Sie war erschöpft von der tagelangen Reise, das Staunen war ihr inzwischen ebenso vergangen wie die Freude darüber, dass es immer wärmer wurde, je näher sie ihrem Ziel kamen. Lucius, den die Idee, gemeinsam mit seinem Vater zu Pferd am Ziel einzutreffen, begeistert hatte, besorgte mit seinem Trotzgebrüll ein Übriges; erbost schickte sie Cinna hinaus und schlug die Tür der Kammer hinter ihm zu.

Nun saß er auf seinem schönen Fuchs, schaute zu den Schiffen zurück und bedauerte, sich nicht über ihren Willen hinweggesetzt zu haben. Er hätte seinen Sohn gerne bei sich gehabt, als die Stadt auf dem Berg am Ende des Tales aufgetaucht war – und jetzt, während er die Schiffe auf dem Fluss näher kommen sah.

Um einen felsigen Abhang zu umgehen, ritt er auf halber Höhe des Stadtberges über schmale Verbindungswege zu einer Straße hinauf, die das westliche Ende Lugdunums mit dem Hafen am Arar verband. Hirtenhütten duckten sich verstreut an den Hang, stinkende Häute von Ziegen und Schafen waren vor den Türen zum Trocknen ausgespannt. Unter ihm näherten sich die Schiffe. Er ließ den Fuchs die Straße hinuntertraben, zum Ärger der Träger, die sich unter ihren Lasten gebeugt im Gänsemarsch heraufmühten. Vom anderen Ufer des Arar strahlte das Heiligtum herüber, das Augustus fast dreißig Jahre zuvor für alle Stämme Galliens geweiht hatte, eine gigantische Empore, die sich am gegenüberliegenden Hang entlangzog, bekrönt von einem Tempel, zu dem von beiden Seiten breite Freitreppen führten. Am näher liegenden Ende dieser Empore befand sich eine riesige Baustelle; dort hatte man begonnen, die Arena eines Amphitheaters auszuschachten und Mauern hochzuziehen.

Er musste nicht lange warten, bis die Schiffe am Kai anlegten, wo außer einigen Hafenarbeitern zwei kleine Wachmannschaften lässig herumstanden. Sunja lehnte bereits an der Schiffswand und hatte ihre liebe Not, Lucius davon abzuhalten, auf die Kaimauer hinüberzuspringen, denn es schien eine Ewigkeit zu dauern, bis das Schiff sicher vertäut lag. Cinna hatte die Zügel seines Pferdes einem der Hafenarbeiter überlassen und eilte auf das Schiff, um selbst seiner Frau an Land zu helfen.

Lucius schrie vor Begeisterung, riß sich los und rannte zu seinem Vater. In einem wahren Wortschwall erzählte er, was er alles gesehen habe, Enten, umherjagende Möwen, Fischer, die am Ufer ihre Netze aufhängten, eine Schar berittener Soldaten, die am Ufer entlanggaloppiert war. Sie näherten sich Alkyon und dem Burschen, der ihn am Zügel hielt und Cinna von unten her anschaute. Cinna fuhr seinem Sohn liebevoll durchs Haar, drückte dem Lohnarbeiter ein Viertelas in die Hand und hob den jauchzenden Kleinen in den Sattel.

»Wo gibt es hier Mietsklaven?«, fragte Cinna den Tagelöhner. »Ich brauche Träger, zwei Maultiere und ein sanftes Pferd für meine Frau.«

»Gaius Cornelius Cinna, Praefect der Zweiten Asturischen Ala?«, ertönte eine fremde Männerstimme hinter ihm, kaum hatte der Hafenarbeiter den Mund geöffnet.

Einer der Soldaten hatte sich genähert, ohne dass Cinna es bei dem Lärm, den das Löschen der Ladung verursachte, bemerkt hatte. Als er nickte, nahm der Soldat sogleich Haltung an, grüßte stramm und pfiff die übrigen Mitglieder seiner Einheit heran. Erst jetzt bemerkte Cinna, dass es sich um Praetorianer handelte.

»Wir haben Befehl, dich und die Deinen zum Haus des Statthalters zu bringen«, fuhr der Soldat fort und deutete hinter sich, wo vier kräftige Männer um einen zierlichen, mit zartem Tuch verhängten Tragstuhl standen. Drei stämmige Burschen, die große Maultiere am Zügel hielten, vervollständigten das Bild zu Cinnas Zufriedenheit. Er wollte dem Arbeiter, der um seinen Vermittlungslohn gebracht war, ein weiteres Viertelas zustecken, aber der Mann war bereits verschwunden.

Auf dem Weg in die Stadt hellte sich Sunjas Miene zusehends auf; sie hielt die Vorhänge ein wenig offen und lugte hinaus, bestaunte die über ihnen aufragenden Mauern, das Tor, die Häuser, die höher waren als in Mogontiacum. Zahllose Menschen bevölkerten die Straßen, ihre Stimmen hallten von den Fassaden wider, und der Gestank nach Schweiß und feuchter Wolle, Abort und kalter Asche war so überwältigend, dass Lucius sich maulend die Nase zuhielt und Cinna, der hinter ihm auf der Kruppe des Pferdes saß, ihn festhalten musste.

Endlich öffneten sich die Häuserschluchten, ein kalter Windhauch vertrieb den üblen Brodem, ließ Cinna wieder durchatmen. Auch Lucius wagte es, seine Nase loszulassen. Hinter der Mauer, der sie nun folgten, ragte die gewaltige Fassade des Theaters auf. Während Lucius sich fast den Hals verrenkte, um die oberste Reihe der von Säulen getragenen Scheingiebel zu bestaunen, schob Sunja den Vorhang vollends beiseite, gebannt von dem prachtvollen Anblick. Sie schenkte Cinna ein strahlendes Lächeln, das ihn mit den Streitigkeiten dieses letzten Reisetages versöhnte.

Wenige Straßen hinter dem Theater blieben die vorausgehenden Soldaten stehen, mit ihnen die Sklaven, die den Tragstuhl geschickt absetzten. Cinna sprang zu Boden, hob seinen Sohn aus dem Sattel und reichte Sunja die Hand. Sie zog den Schleier enger um den Kopf, um die Röte auf ihren Wangen zu verbergen.

»Ich sehe furchtbar aus«, flüsterte sie. »Ich hatte noch kein Bad.«

Mit einem Blinzeln gab er ihr zu verstehen, sie möge sich

keine Gedanken machen, was sie mit einem schwachen Achselzucken und hilflosem Lächeln erwiderte.

Ein lautes Pochen, das von innerhalb der Mauern schwer widerhallte, ließ beide herumfahren; Lucius war schon zur Tür gerannt, hämmerte mit dem bronzenen Klopfer gegen das Holz und hüpfte auf der Stelle, voller Freude über den Lärm, den er machte. Als die Türflügel aufschwangen, schrak er zurück. Ein riesiger Mann füllte den Rahmen, musterte die Ankömmlinge, während der Anführer des Contubernium kurz Meldung machte. Der Riese nickte und trat beiseite, und auf den einladenden Wink des Unteroffiziers hin führte Cinna Sunja hinein, ergriff unterwegs Lucius' Arm und zog das Kind mit sich.

Der Flur, den sie betraten, duftete nach feinen Hölzern, der Boden war mit Teppichen ausgelegt, die das Geräusch ihrer Schritte schluckten. An den Wänden prangten Blattgirlanden auf kalkweißem Grund, Medusenhäupter glotzten sie an. Der Riese ging ihnen voraus, verdunkelte den Gang, doch als er beiseitetrat, überflutete sie das Licht eines weiten Innenhofes, eines Gartens, in dem Wasser plätscherte.

Die Rosensträucher waren entblättert, Efeuranken umklammerten die Säulen, die den Porticus trugen, durch den sie nun gingen. In der Mitte des Gartens glitzerte ein Springbrunnen. Der nächste Flur umhüllte sie mit wohliger Wärme, Kandelaber erleuchteten den Gang, und wieder dämpften Teppiche ihre Schritte. Als der Riese plötzlich stehen blieb, wäre Cinna beinahe gegen ihn geprallt.

Sie standen vor einer hohen, doppelflügeligen Tür aus dunklem, polierten Holz, in die Rahmen der Fächer waren Rosetten geschnitzt. Der Riese klopfte verblüffend behutsam dreimal an, dann ertönte von drinnen eine dumpfe

Erwiderung, und die Flügel schwangen auf. Licht und Wärme fluteten ihnen entgegen aus dem hohen Raum. Drinnen standen Germanicus und Agrippina einander gegenüber; Germanicus hielt ein aufgeklapptes Paar Wachstafeln in den Händen, als hätte er ihr gerade daraus vorgelesen. Auf seinen Zügen lag ein verbindliches Lächeln, während Agrippina die Ankömmlinge nur aufmerksam musterte.

Ein Jauchzen beendete die Stille vorzeitig; der kleine Gaius stürmte hinter einem Stuhl hervor, rannte auf die Tür zu, um jäh innezuhalten, und sich über die Schulter hinweg nach seinen Eltern umzusehen. Als Germanicus ihm einen leisen Wink gab, ging er langsam, mit fast lächerlich gemessenen Schritten und angespannt ernster Miene weiter. Lucius' Finger krampften sich um Cinnas Hand.

»Seid willkommen in unserem Haus«, begrüßte Germanicus sie mit einladend ausgebreiteten Armen. »Matho wird euch eure Gemächer zeigen und das Bad – ich nehme an, ihr werdet euch nach der Reise reinigen wollen. Eure Kleidung überlasst den Sklavinnen, die werden sich ihrer annehmen.«

Zu ihrer Verblüffung fand sich hinter der Tür, die der Riese Matho ihnen öffnete, ein kleiner Innenhof, um den auf zwei Seiten mehrere Räume lagen. Im Garten wuchsen immergrüne, zu Kugeln und winzigen Hecken geschnittene Sträucher, und im Porticus hingen zwei Käfige, in denen Vogelpärchen zwitscherten. Zwei Mädchen und ein junger Mann, feingliedrig wie kunstvoll gefertigte Puppen, standen zu ihren Diensten. Amüsiert beobachtete Cinna, wie hilflos Sunja die Fürsorge der Mädchen über sich ergehen ließ, als sie danebenstand, während diese ihre Kleidung in

Truhen und Schränke räumten. Zwei Schlafzimmer waren vorbereitet worden, beheizt und die breiten Betten mit Laken, Decken und Kissen belegt. Prüfend drückte Cinna die Faust in eine Matratze und lächelte. Diese Betten waren nicht nur zum Schlafen vorzüglich geeignet; sogar als er sich schwungvoll darauf setzte, ließen die Riemen nicht das übliche entnervende Quietschen hören.

Für Lucius war ein Zimmer mit kleinen Möbeln ausgestattet worden, vollgestopft mit Spielzeug, das der Kleine von der Tür aus zunächst stumm angestarrt hatte, bis das jüngere der beiden Mädchen ihn hineinschob und sich mit ihm inmitten von Bällen und kleinen Figuren und allerlei Holzklötzen niederließ. Zu Sunja sagte sie leise, sie solle unbesorgt ins Bad gehen, sie würde sich hier um ihren Sohn kümmern. Das andere Mädchen wartete mit einem Bündel frischer Kleidung neben der Tür zu diesem abgetrennten Teil des Hauses, das Cinna schier unermesslich weitläufig erschien, weitaus größer noch als das Stadthaus seines Vaters in Rom.

Als sie die Baderäume betraten, entfuhr Sunja ein Laut des Entzückens. Der Umkleideraum war klein, aber mit hübschen Wandgemälden und weichen Teppichen ausgestattet, zwei Kandelaber verbreiteten warmes Licht, und Wärme quoll hinter einem Vorhang am Ende des Raumes hervor. Die Sklavin legte die beiden Kleiderbündel auf das in Kopfhöhe angebrachte Regalbrett und schlüpfte nach kurzem Zögern rückwärts hinaus.

Zügig entledigte Cinna sich seiner Kleidung und trat durch den Vorhang in das angenehm warme Tepidarium, dessen Wände gemauerte Liegen säumten, bedeckt mit weichen Decken und Teppichen. Vor einer der beiden Türen schienen die Bodenplatten unter seinen Füßen zu brennen; Cinna warf einen Blick in den dahinterliegenden, finsteren kleinen Schwitzraum, kehrte dann freudig in die Umkleide zurück. Sunja, die das dunkle Überkleid abgelegt und mit überkreuzten Armen in ihre Tunica gegriffen hatte, hielt inne, als sei ihr bewusst geworden, dass sie noch niemals zuvor mit ihm gemeinsam ein Bad besucht hatte, zumal das nicht üblich war. Hier waren sie sogar allein. Rasch zog sie die Tunica über den Kopf, befreite ihre Locken von Nadeln und Bändern, schüttelte sie, als er sie umschlag, das Gesicht in ihrer Halsbeuge vergrub, um den Duft ihrer Haut, ihres Haars einzuatmen. Er nestelte die Binden auf, die ihre Brüste bedeckten, dann das Band, das den dünnen Schurz hielt. Beides fiel unbeachtet zu Boden. Dann sah er sie an.

»Glaubst du, dass in der nächste Stunde jemand hier hereinplatzen wird?«

Ihre Ohren und Wangen liefen feuerrot an, dann zog sie die Unterlippe ein, lächelte schelmisch, schüttelte den Kopf und bot ihm ihre Lippen.

*

Während Lucius mit den Kindern des Germanicus spielte, verbrachten Cinna und Sunja den nächsten Tag damit, die Stadt zu erkunden in Begleitung eines ältlichen Freigelassenen, der ihnen jedes der großen Heiligtümer zeigte und sie über das belebte Forum führte. Schließlich brachte er sie, Sunjas Wunsch entsprechend, in das Theater und stellte ihnen dort den Verfasser der Tragödie, die geprobt wurde, vor, einen sehr jungen Dichter namens Annaeus Novatus, der mit Germanicus' Unterstützung hier sein erstes Stück aufführen sollte. Amüsiert bemerkte Cinna, dass der aus

Corduba stammende Jüngling bei Sunjas Anblick wie vom Donner gerührt erstarrte und ihre Fragen nur stotternd beantworten konnte, während sie dessen Verlegenheit in ihrer mädchenhaften Begeisterung, eine Probe von der Bühne aus mitzuerleben, gar nicht zu bemerken schien. Beim Abschied nutzte Novatus die Gelegenheit zu erwähnen, dass auch er an diesem Abend als Gast im Hause des Statthalters weilen würde.

Als sie um die zehnte Stunde in ihr Quartier zurückkehrten, wurde Sunja bereits von drei Frauen erwartet, deren älteste sich als Zofe der Herrin Agrippina vorstellte. Sie bat Sunja, ihr zu zeigen, in welcher Kleidung sie zum Gastmahl erscheinen wolle, und schüttelte beim Anblick des hellblauen Chitons stirnrunzelnd den Kopf.

»Herrin, wenn du erlaubst, wird dir die Herrin Agrippina ihre Truhen und Schatzkästlein öffnen, damit deine Schönheit der Feier Glanz verleihe.«

Cinna bemerkte Sunjas Zögern, fing ihren hilfesuchenden Blick ein und blinzelte zustimmend. Es nutzte nichts, sich den Wünschen ihrer Gastgeber zu widersetzen. Kaum hatte Sunja eingewilligt, führten die Frauen sie hinaus, und Cinna zog sich in die Kammer zurück, in der sie geschlafen hatten. In einem Schrank entdeckte er Körbe mit Lederhüllen, in denen sich Papyrosrollen befanden, durchstöberte die Titelbändchen, entdeckte dabei einige Traktate von Cicero und zu seinem Erstaunen die *Ars Amatoria* des Ovidius, deren Drittes Buch er als willkommene Unterhaltung aus dem Futteral nahm.

Dennoch erschien es ihm wie eine kleine Ewigkeit, bis er die Frauen zurückkehren hörte. Um sich die Zeit bis zum Abend zu vertreiben, machte er sich auf den Weg ins Bad, wobei er schon in den Gängen eine deutliche Ahnung der kostbaren Öle wahrnahm, mit denen Sunja offenbar gesalbt worden war, und anerkennend nickte.

Zurückgekehrt schlüpfte er in die weiße Tunica, die für ihn bereitlag, schnürte die weichen Sandalen, die sie an diesem Tag gekauft hatten, und setzte sich mit dem Buch in einen Sessel, um zu warten. Als es draußen dunkelte, brachte der Sklave weitere Lampen und einen Krug mit leichtem, gewässerten Wein, während Cinna darüber sinnierte, dass dieser Urlaub im Hause des Statthalters, den er mit gemischten Gefühlen angetreten hatte, durchaus Annehmlichkeiten mit sich brachte. Gedankenverloren musterte er den Sklaven, einen schlanken Jüngling mit dicht bewimperten dunklen Augen und ebenholzbraunen Locken, die ihm nur durch ein Band gehalten in den Nacken fielen. Er trug seine kurze, weiße Tunica locker gegürtet, und seine makellos geformten Beine waren vollständig enthaart. Als Cinna ihm wieder ins Gesicht blickte, bemerkte er, dass der Sklave den Kopf gesenkt hatte und den Blick mit den Wimpern verschleierte. Befremdet schüttelte Cinna den Kopf und vertiefte sich wieder in das Buch.

Unerwartet öffnete sich die Verbindungstür, und Sunja stand vor ihm, angetan mit einem safranfarbenen Chiton über weißer Tunica und umhüllt von einem kunstvoll drapierten weißen Schleier, dessen Säume Ranken in Goldstickerei zierten. Ihr Haar war am Hinterkopf zu einem griechischen Knoten aufgesteckt, aus dem fein gedrehte weizengelbe Locken sich über ihre Schultern ringelten. An ihren Ohren, um ihren Hals und an ihren Armen erkannte er den Schmuck aus Gold und Bernstein, den er ihr kürzlich erst geschenkt hatte.

Ohne es zu bemerken, war er aufgestanden und blinzelte, als ihr schelmisches Lächeln ihm verriet, dass er sie angestarrt hatte wie ein dummer Junge. Sie hatten ihr Gesicht hell gepudert und die Wangen mit rosigem Pulver belebt, die Augen betonte dünner, fast schwarzer Lidstrich, und Tusche ließ ihre Wimpern dichter erscheinen unter den zu schmalen Bögen gezupften Brauen. Er trat näher, tauchte ein in eine unsichtbare Wolke aus Düften, wagte aber nicht, dieses mit einem Fächer aus Pfauenfedern geschmückte Kunstwerk zu berühren, das zögernd einen Arm ausstreckte, damit er sie führte.

»Wir sollten gehen«, sagte sie leise. »Es ist schon spät.«

Als sie den Saal betraten, zu dem der hübsche Jüngling sie führte, wandten alle Anwesenden sich ihnen zu, und augenblicklich kehrte Stille ein. Cinna bemerkte, dass Sunja die Schultern hochzog, und drückte sacht ihre Hand, während er die Anwesenden musterte. Zu seinem Erstaunen erkannte er unter den Gesichtern nicht nur den jungen Tragödiendichter aus Corduba, dessen Miene den Aufruhr spiegelte, den Sunjas Anblick in ihm auslöste, sondern Segestes, Pedo und Apronius, letzterer in Begleitung einer üppigen, stark geschminkten Frau in einem plissierten Gewand; ihre beleidigte Miene unter den künstlichen Locken verriet deutlich, was sie von den Ankömmlingen hielt.

Die Üppige beschränkte sich auf ein kurzes Nicken hinter ihrem Fächer, die übrigen Begrüßungen fielen herzlicher aus. Agrippina ließ sich sogar dazu herab, Sunja auf beide Wangen zu küssen, allerdings vorsichtig, um das prachtvolle Kunstwerk, das sie selbst in Auftrag gegeben hatte, nicht zu beschädigen. Schließlich führte Cinna Sunja zu einem gepolsterten Stuhl.

»Ich bin überrascht, dich und deine Frau hier zu sehen«, flüsterte Pedo, der zu ihm getreten war. »Hast du eine

Ahnung, was es mit diesem Treffen so kurz vor den Saturnalien auf sich hat?«

»Er hat mich eingeladen«, erwiderte Cinna, mit einer winzigen Kopfbewegung auf Germanicus weisend. »Und vermutlich wäre es unklug, eine solche Einladung auszuschlagen.«

Pedo hob eine Braue und schmunzelte. »Schlimm genug, dass er entschlossen ist, die Jagd fortzusetzen, obwohl der Alte ihn zurückgepfiffen hat.«

Wachsam beobachtete Cinna die anderen Gäste und fühlte sich auf sonderbare Weise fehl am Platze, während Sunjas unruhiges Gefächel den Duft kostbarer Öle um seine Nase wirbelte. Mit den Fingerspitzen berührte er ihren Nacken und fing dabei einen rasch aufflammenden Blick des jungen Dichters auf.

Im angrenzenden Triclinium, das kaum mehr als eine große Nische war, nur durch einen jetzt beiseitegezogenen Vorhang vom Saal abgetrennt, wies ein Sklave mit tänzerischer Eleganz den Gästen ihre Plätze zu. Apronius, dem vor kurzem erst die Triumphalinsignien zugesprochen worden waren, belegte mit seiner Gattin und Segestes die ehrenvollen Plätze auf der linken Kline, Pedo teilte sich die rechte mit Cinna und Sunja; Germanicus ließ sich zwischen seiner Frau und dem jungen Dichter auf der mittleren Liege nieder. Die Vorhänge, die anstelle einer Wand diesen Raum vom Saal abtrennten, waren weit geöffnet, und während die ersten kleinen Häppchen aufgetragen wurden, musizierten und tanzten draußen spärlich verschleierte Mädchen. Sunja naschte mit spitzen Fingern eingelegte Aprikosen und Eihälften von Cinnas Teller, während Novatus sie unverwandt beäugte. Die Üppige – Pedo hatte Cinna den Namen, Sulpicia, zugeflüstert und spitzbübisch ihren Reichtum erwähnt – zog Agrippinas Aufmerksamkeit beständig auf sich und machte kein Hehl aus ihrer Verachtung für die Barbarin, die ihr gegenüber ruhte.

Nachdem die Reste der Kapaune abgetragen worden waren, richtete Germanicus sich halb auf. »Zu all diesen Köstlichkeiten, liebe Freunde – denen, die wir schon genossen haben, und denen, die uns noch erwarten –, möchte Annaeus Novatus, Sohn des Annaeus Seneca aus Corduba, Schüler des geschätzten Asinius Pollio, uns eine Kostprobe seiner Kunst geben, einen Ausschnitt aus der Tragödie, die zu den Feierlichkeiten der Saturnalien im Theater erstmalig aufgeführt werden soll. Novatus wird uns auf seine Weise das Schicksal des Hippolytus zeigen.«

Er klatschte einmal in die Hände, und einige Schauspieler, Tänzer und Musiker traten zwischen die Vorhänge, verneigten sich und schwärmten rückwärts aus, um ihre Positionen im Saal einzunehmen, so, dass die Musiker im Verborgenen blieben. Eine sinnlich dunkle Frauenstimme begann, ein leidenschaftliches Lied vorzutragen, dessen Worte von den Bewegungen einer biegsamen Tänzerin illustriert wurden. Es war die in Verse gefasste Klage einer Frau, die ihre letzten moralischen Bedenken beiseitewischte, bevor sie sich anschickte, ihren Stiefsohn zu verführen.

»Phaedra«, flüsterte Cinna Sunja zu, und diese drehte den Kopf zur Seite und nickte lächelnd.

Prompt erschien der Stiefsohn in einem kurzen, wenig mehr als seine Blöße bedeckenden Gewand, das der Jagdkleidung mythischer Helden nachempfunden war, und sogleich ließ die hübsche Phaedra ihr Überkleid fallen, und unter der Deklamation der beiden Schauspieler aus dem Verborgenen, umgarnte sie ihn, bog ihren zierlichen

Leib, um ihre kaum verhüllten Reize zur Geltung zu bringen.

Amüsiert bemerkte Cinna, dass Pedo sich hinter ihm aufsetzte, um mehr sehen zu können von den Darbietungen der Tänzerin, während Sunja den Kopf einzog und den Becher in den Händen drehte. Der schöne Hippolytus äußerte zunächst Verwunderung, dann Bestürzung und schließlich Empörung über das Ansinnen der Stiefmutter und stürzte davon, zurück blieb eine erboste Phaedra, die in Tränen zu Boden sank und furchtbare Rache schwor, bevor ein Chor aus drei Stimmen das Unheil der Leidenschaft beklagte.

Die Darbietung wurde mit langem Klatschen und Rufen nach Zugaben belohnt, als die hübsche Tänzerin, nun wieder züchtig in einen Umhang gehüllt, ein Kissen hereintrug, auf dem ein Lorbeerkranz mit purpurfarbenem Band lag. Germanicus hieß Novatus aufstehen und bekränzte ihn, dann küsste ihn das Mädchen unter den Glückwünschen der Gäste auf beide Wangen und schlüpfte hinaus.

»Das ist ein hübsches Stück«, sagte Pedo, als der nächste Gang, Spanferkel, aufgetragen wurde. »Sehr hübsch.«

Während Novatus' Miene zu einem dünnen Lächeln gerann, nahm Pedo die Keule, die ihm serviert worden war, und besah sich das knusprig gebratene, glänzende Fleisch, biss hinein und hob anerkennend die Brauen.

»Was bezweckst du eigentlich mit deinem Stück, Novatus?«, fragte Pedo schließlich.

»Ich zeige den Menschen, was sie anrichten, wenn sie ihren Leidenschaften folgen«, erwiderte der Junge. »Dass es wichtig ist, gleichgültig gegen die Begierden zu werden.«

»Nun ... soeben folgst du einer Begierde, nämlich der

des Hungers«, Pedo wischte sich die Hände ab und griff nach seinem Becher, »und der des Durstes. Und das zudem in einer Form, die weit über das Notwendige hinausgeht. Schließlich frönen wir hier dem Luxus, anstatt uns auf Grütze und Wasser zu beschränken.«

Stirnrunzelnd senkte Novatus den Kopf, als Germanicus sich einmischte. »Pedo, verdirb meinem Gast nicht den Appetit!«

Pedo setzte den Becher ab und hob beschwichtigend die Hände. »Das habe ich nicht vor.«

»Novatus, dein Vater ist ein Anhänger der Lehren der Stoiker, nicht wahr?«, nahm Cinna das Gespräch auf.

»In diesem Geiste sind meine Brüder und ich erzogen«, antwortete der Junge.

»Warst du schon einmal verliebt?«

Augenblicklich lief Novatus' Gesicht bis unter den Haaransatz dunkelrot an. Cinna, der seine Hand auf Sunjas Schulter gelegt hatte, spürte, dass sie den Kopf einzog; ein Lächeln flog über sein Gesicht.

»Warum fragst du?«

»Weil auch Liebe eine Leidenschaft ist und ich gerne wüsste, wie es dir gelungen ist, sie dir vom Leib zu halten. An Phaidras Beispiel zeigst du schließlich sehr deutlich, welche schrecklichen Folgen es haben kann, dieser Leidenschaft nachzugeben.«

Wieder runzelte Novatus die Stirn. »Phaidras Leidenschaft ist unstatthaft.«

»Wenn Phaidras Leidenschaft unstatthaft ist, gibt es dann auch statthafte Leidenschaften? Sind Leidenschaften den Stoikern zufolge nicht immer unstatthaft und damit falsch?«

Novatus schluckte sichtlich, klappte den Mund mehrfach auf und zu, während er angestrengt vor sich hin starrte.

»Gaius Cornelius«, meldete sich Germanicus zu Wort, »ich weiß, dass du ein Schüler des Atheners Androkleos warst, der in der Akademeia lehrte. Von daher ist anzunehmen, dass du die Dinge anders siehst als unser junger Freund.«

Cinna zog die Augenbrauen hoch. »Das muss ich wohl, denn wenn ich den Lehren der Stoiker folgte, wäre ich nicht hier. Ich hätte mich zu Beginn meiner Gefangenschaft töten müssen, weil ich nach deren Ansicht kein würdevolles Leben mehr hätte führen können.«

»Und das wäre äußerst bedauerlich«, bemerkte Pedo hinter ihm heiter, »zumal wir dann auch auf die Gegenwart deiner entzückenden Frau verzichten müssten.«

Während die Männer zustimmend lachten, ihre silbernen Becher hoben und einander zutranken, machte die üppige Gattin des Apronius Miene, als hätte sich ihr Wein in Essig verwandelt.

»Die Frage, welche Philosophie die richtige ist, wollen wir den Philosophen überlassen«, sagte Germanicus. »Dazu reicht unsere Bildung auf diesem Gebiet nicht aus, und unser junger Freund Novatus steht erst am Anfang seiner rhetorischen Studien.«

Sie plauderten über ihre eigene Jugendzeit, tauschten Anekdoten aus, während zum Abschluss des Mahls Dörrobst und Honigkuchen gebracht wurden. Als die Reste der Süßigkeiten abgetragen worden waren, bat Agrippina die beiden Frauen in ihre Gemächer. Ein wenig widerstrebend folgte Sunja dieser Einladung.

»Ich habe erfahren, dass die Vorbereitungen für den Frühlingsfeldzug nur schleppend vorankommen«, begann

Germanicus, nachdem die Tür des Saales hinter den Frauen zugeklappt war. »Deshalb habe ich angewiesen, dass die nötigen Zahlungen vorläufig aus meinem Vermögen geleistet werden.«

»Und wann wirst du zu den Legionen zurückkehren, um den Feldzug zu beginnen?«, fragte Apronius.

»Sobald die Flotte vollständig ist und die Truppen zusammengezogen wurden. Ich werde den Stämmen Galliens nochmals verdeutlichen, wie wichtig die völlige Unterwerfung der Aufständischen auch für sie ist. Die Raubzüge der Barbaren bis hinunter in die Pyrenäen haben schon immer schweren Schaden angerichtet. Das muss ein Ende haben.«

Cinna warf einen Blick auf Segestes, der mit verkniffener Miene den Becher anstarrte, den er in den Händen drehte.

»Was ist mit seiner Tochter?«, fragte er Pedo sehr leise.

»Germanicus hat Segestes' Leute in Nemausus unterbringen lassen«, flüsterte Pedo. »Arminius' Frau befindet sich mit ihrem Kind in Haft, ebenso ihr Bruder – schließlich hatte dieser das Amt eines Priesters des Augustus und der Roma bekleidet, als er davonlief, um sich Arminius anzuschließen. Germanicus und Agrippina halten Segestes in Ehren, weil der alte Mann stets zu seinem Wort stand und Varus zu retten versuchte. Außerdem konnte Germanicus Segestes' Krieger unserem Heer einverleiben – du weißt, dass auch die Truppe deines Schwiegervaters ein Teil dieser Cohorte werden soll?«

Überrascht drehte Cinna sich vollends um, doch Pedo schüttelte nur leicht den Kopf und wies auf Germanicus, der sich mit einem Tuch über die Lippen fuhr, einen Sklaven heranwinkte und, während dieser herumging, um nachzuschenken, die Hand hob.

»Lasst uns auf unsere tapferen Männer trinken, auf die Legionäre ebenso wie die Soldaten der Hilfstruppen und die Verbündeten, von denen es im vergangenen Jahr kein Einziger hat an Mut fehlen lassen.«

»Was auch nötig war angesichts der Widrigkeiten, auf die wir gegen Ende des letzten Feldzuges gestoßen sind«, fügte Apronius hinzu.

Germanicus stieß seinen Kelch gegen den des Legaten. »Ich bin dir zu tiefem Dank verpflichtet, dass du meiner Frau zu Hilfe geeilt bist und, als die Schutztruppen am Rhenus Angst und Schrecken befiel, sie davon abgehalten hast, die Brücken abzubrechen und ihr Heil in der Flucht zu suchen.«

Die Übrigen murmelten Zustimmung. Als Cinna das Gefäß absetzte, spürte er, dass es Zeit war, sich zu entscheiden, ob er sich an diesem Abend betrinken wollte. Er warf einen prüfenden Blick auf Germanicus und sah den flackernden Glanz in dessen Augen. Der Wein war süß und schwer, und dieser Laune nachzugeben, würde ihn viele Stunden außer Gefecht setzen. Eingedenk Sunjas Wunsch, am nächsten Tag das riesige Heiligtum der gallischen Stämme zu besuchen, hielt er den Sklaven davon ab, ihm den Kelch nochmals randvoll zu füllen.

»Kluger Junge«, flüsterte Pedo. »Was wäre es für eine Schande, wenn du dich von Sklaven ins Bett bringen lassen müsstest, obwohl deine schöne, junge Frau sicher sehnsüchtig auf dich wartet – oder glaubst du, sie erträgt Sulpicias liebreizende Gegenwart lange?«

Cinna hätte beinahe in seinen Becher geprustet, presste die Hand vor den Mund und winkte beschwichtigend ab, als er die irritierten Blicke ringsum bemerkte. Germanicus richtete sich in den Kissen auf.

»Diesmal wird dieser meineidige Verräter mir nicht entkommen, denn diesmal weiß ich, wie ich ihn fangen kann, diesen Wolf, der mit seiner Meute durch die Wälder schleicht und auf der Suche nach Beute in die Dörfer der Menschen einbricht.«

Als er den Kelch hob, ihn ein wenig kippte, eilte einer der Sklaven mit einer silbernen Schale zu ihm. »Wir werden die Hilfe der Götter benötigen, denn wir werden schnell sein müssen, schneller als jemals zuvor. Wir werden ins Herz seines Landes eindringen, ehe er sich versieht, werden wir das Dickicht umzingelt haben, in dem er sich verkriecht, ihn hinaustreiben und stellen.« Er starrte den Kelch an, den er noch immer hochhielt. Ein dünner Strahl ergoss sich mit hellem Klang in die Schale.

»Vater Iuppiter möge mir beistehen, dass ich den Verräter im Blick haben werde, als wäre ich ein Adler, der über dem Schlupfloch des Wolfes kreist und jede seiner Regungen belauert. Er möge mir beistehen, wenn ich herabstoße und die Bestie ergreife, sie aus der Dunkelheit ihres Verstecks ans Licht zerre und an den Felsen zerschmettere, hinter denen sie uns belauerte. Wenn ich ihre Leber zerreiße, um den blutenden Leib auf dem Altar meines Vaters niederzulegen!«

XIX

Am Ende der Siedlung auf dem gegenüberliegenden Ufer des Arar, am Fuße der Treppen erwartete sie zusammen mit Pedo der oberste Priester des Heiligtums aller gallischen Stämme, des Tempels der Roma und des Augustus, und begrüßte sie unter vielen Verbeugungen, bevor er sich als Gaius Iulius Rufus aus dem Volk der Santoner vorstellte. Um sie herum herrschte das rege Treiben einer Baustelle; Handwerker eilten umher, Steinmetze prüften das angelieferte Baumaterial, überall schleppten Träger Bohlen und Steine, Säcke und Kisten mit Werkzeug, und alle schrien unentwegt durcheinander. Cinna reichte Sunja, die, ausgestattet mit ihrer neuesten Errungenschaft, einem Sonnenschirm, zu ihm trat, seinen Arm.

Zügig hatten sie die ersten fünfzig Stufen hinter sich gebracht, als Cinna stehen blieb und auf die Fundamente des zukünftigen Amphitheaters hinunterschaute. Er erinnerte sich, dass man vor Jahren in dieser Stadt davon gesprochen hatte, die ständig vom Einsturz gefährdeten hölzernen Tribünen um die Arena durch einen steinernen Bau zu ersetzen; aber damals war das Vorhaben unbezahlbar erschienen.

Pedo stieß ihn leicht mit dem Ellenbogen an. »Kaum zu glauben, dass dieser sonderbare Vogel sein gesamtes Vermögen für den Bau einsetzt, nicht wahr?« Sein Daumen wies auf den Priester, der einige Stufen oberhalb von ihnen stand, ein vom Alter kaum gebeugter Greis, der den linken Arm um den weißen Stab, Abzeichen seines Amtes, geschlungen hatte und sich die Hände rieb.

»Damit hat er seinem Sohn und seinem Enkel das Priesteramt gesichert«, erwiderte Cinna, »denn wer wollte sich dem entgegenstellen, der für diese Stadt ein steinernes Amphitheater errichtet?«

Der Wind, der weiße Wolkenfetzen unter dem hellblauen Himmel vor sich her trieb, verfing sich in Sunjas Stola, während sie weiter hinaufstiegen. Sie schlang das feste Tuch enger um sich, klappte den kleinen Schirm zusammen und hakte sich wieder bei ihm unter. Cinna war ein wenig erleichtert darüber, dass sie sich schwer tat, die zahllosen Stufen zu erklimmen; deutlicher als ihm lieb war, spürte er die Narbe, die Verhärtung machte das Bein steif und behinderte jeden Schritt.

Sie blieb stehen, lehnte sich an die Brüstung und blickte über das Tal, wo Arar und Rhodanus in mehreren Armen zusammenflossen und flache Inseln umspülten, ehe sie sich südlich der Stadt in einem Bett vereinten. Schiffe mit bunten Segeln, Kähne und Flöße waren in alle Richtungen unterwegs, in beiden Häfen herrschte bereits zu dieser Stunde Hochbetrieb, und auf der Brücke über den Arar, die von der Stadt auf dem Berg zu der Siedlung unterhalb des Heiligtums führte, liefen Menschenscharen wie Ameisenvölker. Verdrossen bemerkte Cinna, dass, so sehr er sich auch anstrengte, Umrisse und Einzelheiten in der Ferne verschwammen.

Als er den Arm um Sunjas Schulter legte, schmiegte sie sich an ihn. Mit einem raschen Blick vergewisserte er sich, dass der Priester und Pedo vorausgegangen waren, und presste dann unauffällig die Faust auf die peinigende

Narbe; wenige Menschen befanden sich auf dieser endlos langen Treppe, nur einige Träger und Tempeldiener eilten an ihnen vorüber.

»Ich muss dir etwas sagen«, begann Sunja, ohne sich zu ihm umzudrehen, fast übertönte der Wind ihre Stimme.

Er sah sie an, öffnete den Mund, der schlagartig ausgedörrt war, fuhr sich mit der Zunge über die Lippen, bemerkte, dass sie die Schultern ein wenig hochgezogen hatte.

»Wann?«, fragte er nur, mehr brachte er nicht heraus.

»Im Sommer.« Ein dünnes Lächeln flog über ihre Züge, und sie legte den Kopf schräg. Als er sie umarmte und an sich zog, schmiegte sie ihre Wange an sein Schlüsselbein, ihre Stirn drückte gegen sein Kinn, ihre Hände lagen nebeneinander auf seiner Brust.

»Ich werde nicht da sein«, sagte er.

Sie nickte stumm und verharrte reglos, bis er eine ihrer Hände nahm, um sie die Treppe hinaufzuführen.

»Ich bin nicht krank«, flüsterte sie, und es klang belustigt.

»Das weiß ich«, entgegnete er matt lächelnd und klopfte mit der flachen Hand leicht auf seinen Oberschenkel. »Aber mir verschafft es eine wunderbare Rechtfertigung.«

Am oberen Ende der Treppe bei dem hohen Marmoraltar erwarteten sie Pedo und der Greis mit der weißen Binde im schütteren Haar, deren Enden sich um seinen Kopf wickelten. Im Hintergrund erhob sich der Tempelbau mit seinen schneeweißen Säulen in den Himmel. Der Priester gestattete ihnen, die Stufen zum Tempel zu erklimmen und von der riesigen, doppelflügeligen Tür aus einen Blick auf die Standbilder des Augustus und der Roma im Inneren zu werfen. Dann führte er sie an den Tafeln vorüber, auf denen die Stämme sich und ihre Treue zu Senat und römischem Volk verewigt hatten, an Statuen und kleinen Altären, die sich an der Rückwand der endlos langen Empore zu beiden Seiten des Tempels reihten. Sie folgten dem Alten schon seit einiger Zeit nur noch aus Höflichkeit und lächelten ein wenig gezwungen zu seinen Ausführungen, während er krumm vor ihnen stand und immer wieder die Hände rieb. Schließlich verabschiedete er sie, stellte ihnen frei, sich noch ein wenig umzusehen, und eilte erstaunlich flink von dannen.

»Noch zwei Statuen, und ich wäre eingeschlafen«, seufzte Pedo.

Sie kehrten zur Treppe zurück, um sich auf den Rückweg in die Stadt zu machen. Da der Wind nachgelassen hatte, spannte Sunja ihren Schirm wieder auf und drehte ihn auf ihrer Schulter, während sie mit leicht tänzelnden Schritten vor den beiden Männern herging. Pedo musterte sie mit einem genießerischen Schmunzeln, bis Cinna ihm den Ellenbogen in die Seite rammte.

»Gönn mir doch die Freude an diesem hübschen Anblick«, maulte Pedo. »Jeder Mensch braucht etwas Schönes, woran er sich festhalten kann, wenn die Raserei wieder losbricht. Und diesmal wohl schlimmer als je zuvor.«

»Ein sonderbarer Auftritt war das gestern«, erwiderte Cinna. »Nicht einmal Apronius schien zu gefallen, was wir gehört haben.«

»Dem kann es gleich sein. Er wird die Ufer zu sichern haben und nicht in den Wäldern auf Jagd gehen müssen, immer in der Gefahr eines Hinterhaltes.« Pedo seufzte. »In einem mag Germanicus recht haben: Vielleicht können wir diesen Krieg im kommenden Jahr tatsächlich sehr schnell endgültig entscheiden, weil wir über ausreichende Mittel verfügen, während Arminius' Heer beständig ausblutet. Andererseits …« Er räusperte sich. »Manchmal erinnert mich Arminius an einen Consul der ruhmreichen Vergangenheit, Quintus Fabius, der den Karthager Hannibal jahrelang an der Nase herumführte.«

»Ich mache mir wenig Sorgen, ob Arminius imstande ist, ausreichende Mittel aufzubringen«, entgegnete Cinna. »Das liegt nicht in unseren Händen. Mich beunruhigt vielmehr die Wut, die Germanicus beherrscht.«

»Stoischer Gleichmut gehört nicht zu seinen herausragenden Eigenschaften«, brummte Pedo. »Ich bin schon einige Male Zeuge dieser Leidenschaft geworden. Bislang hat er sich als tüchtiger Heerführer erwiesen. Er wird von den Soldaten verehrt, und das nicht nur aufgrund der Verdienste seines Vaters und seines Oheims, sondern weil er sie zu begeistern versteht. Nicht einmal die Flut auf dem letzten Rückmarsch konnte daran etwas ändern.«

»Die Flut hätte er ohnehin nicht vorhersehen können«, wandte Cinna ein.

»Das wohl nicht, aber es war seine Entscheidung, einen Teil der Legionen dicht an der Küste entlangmarschieren zu lassen, anstatt sie mit uns Reitern quer durch das Gebiet der Frisen zu schicken.« Pedo zuckte die Achseln.

Argwöhnisch schwieg Cinna, während sie sich der lärmenden Baustelle näherten, wo der Laufbursche des Germanicus auf sie gewartet hatte und nun eilig Pferde und Tragstuhl zum unteren Ende der Treppe bringen ließ.

»Es war zumindest voreilig«, sagte Pedo, als er die Zügel seines Pferdes aufnahm.

Als eine der beiden Sklavinnen am nächsten Morgen das Frühstück brachte, übergab sie Cinna ein dünnes Holztäfelchen, eine Nachricht, er möge sich so bald als möglich im Atrium einstellen, um Germanicus zu einem Rundgang bei der Stadtwache zu begleiten. Beunruhigt ließ Cinna Brot und Oliven, nach denen er bereits gegriffen hatte, wieder auf den Teller fallen und machte sich nach eiligem Abschied auf den Weg. Eine Sklavin führte ihn in den gemeinten Innenhof, wo bereits vier bullige, grimmig dreinschauende Praetorianer warteten.

Germanicus klopfte Cinna zur Begrüßung auf die Schulter, um unverzüglich zum Aufbruch zu drängen. Der Weg führte sie am Theater vorbei eine der Hauptstraßen entlang, wo die Leute einander auf den Statthalter aufmerksam machten; jedermann beugte den Nacken, manche knieten sogar nieder, während Germanicus freundlich nickte und ansonsten munter plauderte, obwohl Cinna kaum einmal antwortete.

Sobald sie die Treppe zum Wehrgang erreicht hatten, blieben die Praetorianer zurück und Germanicus eilte beschwingt hinauf, was Cinna Grund gab, den unfreiwilligen Ausflug hinter die feindlichen Linien mit all seinen Folgen ein weiteres Mal zu verwünschen, denn er konnte nicht mithalten mit dem Statthalter der Drei Gallien, der sich leutselig mit ihm abgab. Oben angekommen, wurde er von Germanicus mit leicht schräg gelegtem Kopf gemustert.

»Ist es die Verwundung, die du dir bei der Rettung des jungen Cassius zugezogen hast?«

Stirnrunzelnd nickte Cinna und trat an die Brüstung, um zwischen zwei Zinnen aufs Land hinauszuschauen. Tief unter ihm ergoss sich ein schmaler Arm des Arar in den schlammigen Rhodanus, trennte eine ausgedehnte, von braunem, dürrem Röhricht und Gestrüpp bewachsene Insel vom Stadtberg. Hier, wo der Hang nicht nur aus schroff abfallendem Felsen bestand, kletterte eine Straße hinunter. Am gemauerten Ufer des Flüsschens lagen Schiffe, und Geschrei und Gepolter, Befehle und Flüche drangen bis zu ihnen herauf.

Zwei Wachtposten marschierten stramm an ihnen vorbei, grüßten ihren Oberbefehlshaber besonders knapp, was ein breites Grinsen auf Germanicus' jungenhafte Züge lockte.

»Die werden ihren Kameraden gleich etwas zu erzählen haben«, sagte er. »Meist komme ich ja mit einer Abteilung der Praetorianer hierher.«

Cinna verkniff sich die Frage, was ihn veranlasst habe, es heute anders zu halten, und folgte ihm den Wehrgang entlang, der von dieser Stelle an leicht anstieg. Wenn sie zwischen den Zinnen hinausschauten, glänzte ihnen weiß aus der Ferne das von Augustus errichtete Heiligtum entgegen.

»Du weißt, weshalb ich dich habe kommen lassen?«, fragte Germanicus nach einer Weile unvermittelt, und als Cinna nicht sofort antwortete, fügte er hinzu: »Tiberius schenkte dir sein Vertrauen, und das ist etwas, was meine Frau misstrauisch macht. Du weißt ja, wessen Tochter sie ist, nicht wahr? Nicht dass sie ein sonderlich liebevolles Verhältnis zu ihrer Mutter gehabt hätte, doch als Tiberius diese nach dem Tod meines Großvaters in dem Haus, in dem sie eingesperrt war, schlichtweg verhungern ließ, entzündete sich ein unstillbarer Hass in meiner Agrippina.«

Argwöhnisch musterte Cinna den Mann, der neben ihm an der Mauer entlangschlenderte, eine Hand über den Stein gleiten ließ und dabei unbestimmt lächelte.

»Nichtsdestotrotz habe ich erkannt, dass es nicht hündische Schmeichelei war, die meines Vaters Bruder während seiner Statthalterschaft bewegte, dir sehr verantwortungsvolle Aufgaben zu übertragen, sondern dass du diese

Aufmerksamkeit wahrhaftig verdienst.« Germanicus blieb stehen und wandte sich Cinna zu. »Dass ich das erkannt habe, ist Androkleos' Verdienst.«

»Und wie kam das?«

»Er liegt mir seit Monaten in den Ohren, ich möge dich in den Kreis meiner Berater aufnehme. Doch dem stand Agrippinas Wort entgegen. Kurz vor meiner Abreise hierher bat er mich, dich und deine Familie übers Saturnalienfest einzuladen. Da mein Jüngster an deinem Ältesten einen Narren gefressen hat, habe ich diesem Wunsch entsprochen. Und ich wurde nicht enttäuscht.«

Sie hatten das zweite Tor erreicht. Straßenlärm schallte herauf, Maultierschnauben, das Schnattern schwatzhafter Weiber, Rufe und Gelächter. Zwei Wachtposten grüßten mit derart versteinerten Mienen, dass Germanicus, kaum waren sie an den stocksteif verharrenden Soldaten vorübergegangen, sich spitzbübisch grinsend nochmals umschaute.

»Androkleos erzählte, du seist vor Jahren sein Schüler gewesen«, fuhr er fort, »sein begabtester Schüler, den zu verlieren ihn sehr hart angegangen sei.«

Mühsam verbiss Cinna sich ein erbittertes Schnauben, verkroch sich stattdessen tiefer in seinen Umhang. »Nach dem Tod meiner Brüder rief mein Vater mich nach Rom zurück, damit ich ihre Stelle einnähme. Da blieb keine Zeit mehr für Müßiggang.«

»War das der einzige Grund?«, fragte Germanicus. »In seinem letzten Brief schrieb Androkleos, er allein trage die Schuld an eurem Zerwürfnis.«

Mühsam unterdrückte Cinna den aufwallenden Zorn, ließ sich nicht mehr anmerken als ein verächtliches Zucken des Mundwinkels. »Da nimmt er sich zu wichtig.

Ich war der letzte Sohn, der meines Vaters Hoffnungen noch hätte erfüllen und dem Namen der Familie Ehre machen können.«

Als Germanicus stehen blieb, hemmte auch Cinna seine Schritte und fand sich Auge in Auge mit dem jungen Statthalter, dessen Blick ein wenig flackerte.

»Vom kommenden Frühjahr hängt alles ab. Tiberius sieht den Krieg als beendet an. Deshalb hat er mir den Triumph zuerkennen lassen, meinen Legaten die Insignien dazu und zuletzt mir noch einen steinernen Bogen bestimmt. Ich bin längst abberufen, und ich weiß, was mir blüht, wenn ich Lugdunum verlasse – er wird mich in den Osten schicken.« Seine Miene verfinsterte sich, und er ballte die Fäuste. »Aber ich kann hier nicht weg. Ich muss die Ehre meines Vaters wiederherstellen. Den Verrat an meinem Freund rächen. Und es befinden sich noch zwei der geraubten Legionsadler in den Fängen dieses Feindes. Ich kann das nicht einfach abwerfen.«

Mit beiden Fäuste hieb er auf eine der Zinnen ein, verharrte dann reglos. Wachsam blieb Cinna bei ihm stehen, verschränkte die Arme vor der Brust und wartete ab. Solange er selbst schwieg, würde Germanicus irgendwann fortfahren, und es war ihm lieber, wenn der andere redete. Er musste nur verhindern, dass der Name des Griechen allzu oft fiel.

»Es hängt so viel davon ab.« Rasch fuhr Germanicus sich mit beiden Händen über das Gesicht, dann fielen seine Arme herab, hingen ihm von den Schultern, als gehörten sie ihm nicht. »Manchmal fühle ich mich all dem nicht gewachsen. Ich glaube, wenn ich Agrippina nicht hätte …«

Vor ihnen wandte die Mauer sich scharf nach links. Cinna warf einen langen Blick auf das Heiligtum jenseits des Arar, betrachtete dann die Tempelbauten und das Gewirr verschachtelter Dächer, das die Stadt krönte. Im Augenwinkel bemerkte er, dass Germanicus sich straffte, sich mit der Hand über den Mund fuhr, als käme er gerade wieder zur Besinnung.

»Wir werden den Feldzug früh beginnen müssen«, sagte Cinna leise. »Vielleicht ein schneller Vorstoß zur Ablenkung, während die Flotte den Hauptteil des Heeres vom Oceanus her über die Flüsse ins Hinterland schafft.«

Verblüfft starrte Germanicus ihn an.

»Wozu sonst sollten die Schiffe gedacht sein, die derzeit in allen Werften am Rhenus gebaut werden?«, fragte Cinna, und Germanicus nickte.

»Wir müssen schnell sein. Sehr schnell.«

»Das sagtest du bereits. Aber Arminius' Kräfte müssen gebunden sein, wenn dein Plan aufgehen soll.« Cinna atmete tief durch, denn der Gedanke, der sich ihm aufdrängte, schmerzte. »Gegen die Brukterer oder Usipeter vorzugehen, wäre naheliegend. Andererseits hat Arminius sich auch den Chatten gegenüber verpflichtet ...«

Hart packte Germanicus Cinna am Arm, hielt ihn zurück, starrte ihn schweigend und an der Unterlippe nagend an. Der Wind blies ihnen kalt ins Gesicht, und von unten wehte der Lärm der Stadt herauf. Schließlich lockerte Germanicus seinen Griff und wischte seine Hände am Umhang ab.

»Lass uns nach Hause gehen. Ich habe noch zu tun«, murmelte er, ehe er mit zügigen Schritten zum Tor zurückging.

Eine Berührung durchdrang das Dunkel. Cinna blinzelte, fand sich in warmes Licht getaucht, und von ferne durchdrangen die Geräusche der Stadt das leise Prasseln des Regens. Über ihm lächelte Sunja, ihre Finger kämmten sein Haar. Er zog sie in die Kissen, hielt sie fest, seufzte zufrieden in die Mulde über ihrem Schlüsselbein.

»Du musst aufstehen«, sagte Sunja, schob sich von ihm und erhob sich. »Wir müssen zu den Opferfeiern gehen, und es ist schon spät.«

»Nicht noch ein Opfer!« Stirnrunzelnd kniff Cinna die Augen zusammen und rollte sich auf den Rücken. »Ich komme mir allmählich vor, als würde ich selbst zum Altar geschleppt.«

»In vier Tagen sind wir auf der Heimreise«, beschwichtigte Sunja ihn und setzte sich vor das kleine Tischchen, um ihr Haar zu kämmen.

»Das wird beschwerlich genug«, murmelte er.

»Nicht beschwerlicher als Stunde um Stunde unter den Händen von Agrippinas Zofen und Leibsklavinnen zubringen zu müssen. Dieses Zupfen und Zerren ist ein Albtraum! Ich darf mich ja auf keinen Fall rühren, und wenn sie fertig sind, kann ich mich auch nicht mehr …«

Sie verstummte. Im Innenhof war eine Tür zugefallen, kleine Füße patschten schnell über den Boden. Hellhörig geworden erkannte Cinna Lucius' Stimme, das Kind weinte. Augenblicklich fielen Sunja Kamm und Bänder und Nadeln aus den Händen, sie sprang auf und flog schier aus der Kammer. Während aus dem Innenhof das erstickte Jammern des Knaben, unterbrochen von ihrem beruhigenden Flüstern hereinklang, richtete Cinna sich auf, streckte sich, und legte sich, da er im Luftzug fröstelte, eines der Laken um. Als er die Türe schließen wollte, kehrte Sunja mit Lucius an der Hand zurück, ihre Miene war verfinstert. Sie hob den noch immer leise schluchzenden Kleinen auf das Bett, setzte sich neben ihn und legte ihre Hände auf seine Schultern.

»Erzähl deinem Vater, was geschehen ist.«

Nach einigem Zögern und langem Augenreiben kamen die Worte aus Lucius' Mund. Die beiden Jungen hatten wie jeden Tag zusammen gespielt, sie seien dann in Agrippinas Gemächer gerannt, weil Gaius seiner Mutter unbedingt ein Kunststückchen habe zeigen wollen, doch die sei nicht da gewesen. Stattdessen habe Gaius die Kätzchen vorgeführt, die in der Kammer umhertollten, habe sich eines genommen, ein weiches Fellbündel, das sie fröhlich geherzt hätten, ehe er es in seine Kammer getragen habe, aber das habe dem Kätzchen gar nicht gefallen, sie hätten die Türe versperren müssen. Schließlich sei Gaius zornig geworden auf das Tierchen, das ängstlich fauchend vor ihm zurückgewichen sei, er habe es geschlagen, an Ohren und Schnurrbarthaaren gezogen. Das Kätzchen habe ihn dann ins Gesicht gekratzt, flüsterte Lucius und brach in Tränen aus, barg sein Gesicht an Sunjas Brust und weigerte sich fortzufahren.

»Er sagte, Gaius habe die Katze daraufhin am Schwanz gepackt und gegen die Wand geschleudert«, stieß Sunja hervor. »Lucius wollte ihn aufhalten, aber er habe es immer wieder getreten, bis überall Blut gewesen sei. Und dann habe er gedroht, sein Vater werde dich und mich töten lassen, weil Lucius versucht hatte, ihn festzuhalten …«

Sprachlos schüttelte Cinna den Kopf. »Was für ein Unfug!«

»Ich will nie wieder mit ihm spielen!«, schrie Lucius.

»Das musst du auch nicht, mein Herz.« Sunja umschlang ihn und küsste ihn aufs Haar, dann traf Cinna ein vernichtender Blick.

»Der verzogene Bengel wird schon sehen, was er davon hat. Ich kann mir nicht vorstellen, dass Agrippina ihm das durchgehen lässt.«

»Und was tun wir, wenn dieses kleine Ungeheuer nach Lucius rufen lässt? Wirst du dann mit Germanicus reden?«

»Sunja ... die Erziehung dieses Kindes ist nicht meine Aufgabe, und wenn Lucius nicht gehen will, dann bleibt er hier.«

»Ich muss aber!«, schrie Lucius. »Sonst lässt er euch umbringen!«

Cinna sah Sunja hilfesuchend an, doch die starrte nur in missmutigem Schweigen zurück. Schließlich stand er auf, trat zu dem kleinen Waschtisch und goss Wasser aus der Kanne in die Schüssel, spritzte sich eine Handvoll davon ins Gesicht und rieb sich mit einem Tuch trocken. Es genügte, wenn Lucius nicht anzutreffen war, sollte Germanicus' launisches Söhnchen wieder nach einem Spielgefährten rufen. Cinna verdrängte den Wunsch, den Vater des kleinen Ungeheuers aufzusuchen; Germanicus gegen sich aufzubringen barg Gefahren, über die er nicht nachzudenken wagte. Er zog eine bereitliegende Tunica über den Kopf und gürtete diese, ehe er sich auf einem Sessel niederließ, um in die weichen Stiefel zu schlüpfen.

»Lucius, deine Mutter wird noch eine Weile mit den Zofen beschäftigt sein«, begann er. »Was hältst du davon, wenn wir beide uns schon mal das Forum ansehen, wo die Speisung stattfinden soll?«

Mit einem Jubelschrei sprang der Kleine von Sunjas Schoß und rannte auf Cinna zu, packte dessen Hand und strebte mit ihm zur Tür, als Sunja sie zurückrief und mahnend auf den kleinen Umhang wies, der über einem Sessel hing.

Der große, reich mit Schnitzwerk verzierte Reisewagen stand unweit der Truppen, die abmarschbereit im dichten Schneeregen vor der Stadtmauer warteten. Um die Priester zu beobachten, die mit ihrem Gefolge unter heiligen Gesängen und dem Klang von Aulen die Soldaten umschritten, bevölkerten Neugierige die Straßen im Schatten des schnurgerade ausgerichteten Aquaeducts.

Lucius quengelte an Sunjas Hand lautstark darüber, dass die hölzernen Soldaten, die Gaius ihm vermacht hatte, gut verpackt auf Maultierkarren verstaut worden waren. Das machte es Cinna und Sunja, welche zusammen mit Pedo unter einem Schutzzelt standen, schwer, sich würdevoll von ihren Gastgebern zu verabschieden. Während die nassschweren Flocken sich in der Mitte des durchhängenden Zeltdaches sammelten, sodass erste dicke Tropfen zwischen ihnen durch den Stoff sickerten und zu Boden klatschten, wünschte Germanicus ihnen leutselig eine gute Reise, plauderte von den gestrigen Auspizien, deren Aufzeichnungen ihm am vergangenen Abend zugekommen waren, die ersten nach den Saturnalien. Selbstverständlich seien Adler gesehen worden, vielerorts am Himmel ihre stolzen Kreise ziehend.

Cinna zweifelte daran, dass Auguren Berichten über den Vogelflug uneingeschränkten Glauben schenkten, insbesondere wenn diese günstig erschienen; zumal er selbst, allen Gerüchten und Berichten zum Trotz, sich nicht erinnern konnte, in den vergangenen Monaten einen der heiligen Vögel gesehen zu haben. Dennoch beschwor Germanicus unverdrossen die eigene Zuversicht.

Als endlich die Priester wieder beim Schutzzelt eintrafen, besprengte der alte Iulius Rufus die Reisenden nochmals mit dem Blut des Hammels und murmelte allerlei

Segenssprüche, um den Mercurius ihrer Reise gewogen zu stimmen. Dem kleinen Lucius legte er beide Hände aufs Haar, dann verabschiedete er sich nickend.

»Ich werde euch jetzt ziehen lassen«, begann Germanicus, »damit ihr mit diesen tapferen jungen Kämpfern die letzten Lücken schließt, bevor wir ausziehen werden, um den Krieg zu entscheiden. Denkt an meine Worte: Seid meine Waffen in diesem Kampf!« Er hob die Arme, und seine Augen funkelten. »Seid die Klauen des Adlers, wenn er den Wolf ergreift!«

*

Frierend saß Cinna auf dem Rücken seines Hengstes, während die Flocken ihn umwirbelten. Seine Beine waren dick umwickelt, und statt der üblichen Sandalen trug er Stiefel mit weichen Sohlen, um die ihn die iberischen Reiter sichtlich beneideten. Bevor sie am Abend des dritten Tages Vesontio erreicht hatten, eine kleine gallische Stadt auf halbem Wege, hatte es aufgehört zu schneien; der Nordwind vertrieb zwar die Wolken, brachte aber Frost über das winterdürre, braune Land. Die Reiter hatten es eilig, den Rhenus zu erreichen, sodass Cinna die häufigen Pferdewechsel für den schweren Reisewagen teuer zu stehen kamen.

In der Herberge ließ Sunja den Kopf hängen, als Cinna ihr eröffnete, er werde den Abend mit Pedo verbringen. Leise bat sie ihn, man möge ihr und dem Kleinen das Essen auf die Kammer bringen. Wie am vorherigen Tag nahm er sich vor, es nicht spät werden zu lassen. Pedo hatte einen kleinen Nebenraum mit drei Klinen reserviert, in dem sich zwei Mädchen in locker gegürteten Chitons um sie bemühten, doch Pedo schickte sie nach kurzem Blickwechsel mit Cinna fort.

»Lieber lasse ich mir zur Nacht eine Glutpfanne mitgeben, als mir diesen Dreck ins Bett zu holen«, brummte er. »Küche und Kammern sind zwar ordentlich, aber die beiden Weiber haben sich seit fünfzehn Kerlen nicht gewaschen.«

»Du hast dir die Küche angesehen?«, staunte Cinna.

»Das mache ich immer. Sag bloß, das ist dir noch nicht aufgefallen. Wenn man wissen will, ob eine Herberge etwas taugt, muss man nachsehen, was in den Töpfen bullert. Nichts ist so aufschlussreich wie der Zustand der Küche.«

Die Mädchen brachten zwei runde Tabletts mit dampfenden Schüsseln, die sie auf Dreifüßen abstellten, dazu einen weiteren Krug mit gewässertem Wein, ehe sie ohne weitere Beachtung hinausgewiesen wurden.

»Und der Zustand der Küche war annehmbar?«, fragte Cinna vorsichtig.

Pedo lachte und griff nach einer fettglänzenden Hähnchenkeule und einem hellen Brötchen. »Verglichen mit den letzten Herbergen ist diese ein Palast.« Er brach das Brötchen auf, betrachtete das Innere prüfend. »Wenn nur das Mehl noch etwas besser wäre … aber für die Tunke reicht es.«

Während sie speisten, spürte Cinna immer wieder Pedos Blick auf sich ruhen, und seine Unruhe wuchs von Bissen zu Bissen, dass er schließlich den Kopf hochwarf und den Kollegen ansah, bis ein heiteres Grinsen dessen Lippen kräuselte. Genüsslich biss Pedo in ein weiteres Stück Hähnchenfleisch, wischte mit dem Brötchen das Fett von den Fingern, vertilgte es und spülte mit Wein nach. »Der taugt sogar was«, stellte er anerkennend fest.

»Was weißt du über die Neueinteilungen der Truppen?«

»Das betrifft uns nicht. Einige der barbarischen Aufgebote werden zu Cohorten zusammengeschlossen, um sie während des Feldzuges in gewohnter Weise einsetzen zu können.«

»Und wer wird diese Cohorten befehligen? Was wird die Aufgabe der bisherigen Anführer sein?«

Pedo grinste breit und steckte sich eine Olive in den Mund. »Ich bin mir sicher, dass darüber einige Köpfe zerbrochen worden sind. Sie werden fähige Männer aus den Reihen der ehemaligen Primipilen zu den Praefecten dieser Truppen machen, und die früheren Anführer werden zu ranghohen Centurionen befördert werden, das sichert ihnen ein Mehrfaches des bisherigen Soldes.«

»Dass es den Barbaren um Geld geht, bezweifle ich. Vielmehr wird es sie in ihrer Ehre treffen, nicht länger selbst Anführer ihrer Männer zu sein.« Nachdenklich brach Cinna eines der Brötchen in zwei Hälften und knabberte an der Rinde.

»Das bleiben sie doch«, wandte Pedo ein.

»Sie sehen das sicherlich anders«, murmelte Cinna, während er gedankenverloren das Innere seines Brötchens zu kleinen Kugeln rollte. Sich vorzustellen, dass der stolze Inguiotar als Decurio seine Männer befehligte, schmerzte sogar ihn. Obwohl dieser Mann nicht demselben königlichen Geblüt wie Arminius entstammte, war er unter seinesgleichen ein Fürst gewesen, dessen Wort in der Heeresversammlung viel gegolten hatte.

»Es beruhigt mich, dass Germanicus seinen Argwohn abgelegt hat«, fügte Pedo schmunzelnd hinzu. »Selbst wenn es erst aufgrund der Empfehlung eines kleinen griechischen Gelehrten geschah. Wenn er dich wirklich in den Kreis seiner Berater aufnimmt, werde ich dem Altar der Minerva ein Lamm weihen.«

»Ein Lamm? Ist das nicht ein bisschen viel?«

»Keineswegs! Du kennst diese Runde nicht. Die meisten pflichten Germanicus in allem bei, was er sagt. Wir brauchen jemanden, der gelegentlich eine andere Meinung vorbringt.«

»Und dieser Jemand soll ich sein?«

»Du bist ein Mann, der schweigt und zuhört, einer, der nachdenkt – der aber auch die Stimme erhebt. Das ist gut für Germanicus, gut für sein Vorhaben.«

Cinna ließ das Brot in seinen Teller fallen und stellte diesen auf dem nächststehenden Tischchen ab. »Ich weiß allerdings nicht, ob das auch gut für mich ist.«

Zurückgelehnt musterte er Pedo, dessen Miene verriet, dass ihm nie in den Sinn gekommen war, wie gefährlich Widerspruch sein könnte. Während sie sich anschwiegen, betrat eine Frau in einem flammend roten Kleid den Raum, hübscher als die beiden Dinger, die der Wirt ihnen zuvor geschickt hatte. Sie brachte frischen Wein, aber vor allem, das verrieten ihre Augen, ihre aufreizende Haltung, das vom geschlitzten Chiton entblößte Bein und der starke, süße Duft, den sie verströmte, war sie gekommen, um sich selbst anzubieten. Doch nachdem Cinna sie eine Weile wohlwollend betrachtet hatte, schüttelte er den Kopf. Darauf warf sie den Kopf in den Nacken, stemmte die Hände in die Seiten und schickte sich an hinauszustolzieren, als Pedo einen tiefen Seufzer tat, sie anrief und ihr eine silbern blinkende Münze zuwarf. Sogleich flammten ihre Augen auf, und sie zeigte ein strahlendes Lächeln und makellose Zähne.

»Das ist sicher mehr als sie heute insgesamt verdient hat«, sagte Cinna.

»Möglich, aber mir ist jetzt einfach danach.«

Die Frau trat an Pedos Kline, setzte sich auf den Rand, um mit einer schnellen Bewegung ihre Beine über ihn zu schwingen, sodass sie auf seinen Oberschenkeln zu sitzen kam. Cinna bestaunte die schlangengleichen Bewegungen, mit denen die Frau sich auf den Knien aufrichtete, nach einer der beiden Fibeln griff, die den dünnen Chiton auf der Schulter hielten, diese aufschnappen und den Stoff von ihren Brüsten rutschen ließ. Als Pedo ihre Schenkel umfasste, schenkte sie Cinna unter halb geschlossenen Lidern einen Blick, doch er winkte ab und erhob sich.

Nachdem Cinna die Tür hinter sich geschlossen hatte, lief er dem Wirt fast in die Arme, der die Hüften kreisen ließ und ihm zuzwinkerte. Wortlos schob Cinna ihn beiseite, nahm den Gang zur Latrine und hoffte darauf, dass Sunja sich noch nicht schlafen gelegt hatte. Es reute ihn, ihr und seinem Sohn diese Strapazen zuzumuten, und zugleich durchflutete ihn warm die Freude, ihnen wenigstens Lugdunum gezeigt zu haben. Eines Tages, wenn dieser Krieg vorbei wäre, würde er mit ihnen Rom besuchen. Und Perusia, die Heimat seiner Kindheit.

Er machte einen Abstecher auf den nächtlichen Hof, wusch sich die Hände im eiskalten Wasser des Brunnens und schaute dabei zu den wenigen matt erleuchteten Fenstern im Oberstock hinauf. Als er Licht sah, wo er es erhofft hatte, eilte er zur Treppe.

Sunja entriegelte die Tür und entfernte sich, während er eintrat; sie ließ sich auf einem Schemel nieder und hob den leise schluchzenden Lucius auf ihren Schoß. Cinna küsste sie aufs Haar und strich dem Jungen über den Kopf.

»Warum schläft er noch nicht?«

Sie warf den Kopf hoch, schoss ihm einen vernichtenden Blick zu. »Möchtest du sein Bett sehen?«, fauchte sie, und als Cinna zögerte, setzte sie nach: »Er hat sich blutig gekratzt wegen der Wanzen und Flöhe.«

Als Cinna in die Hocke ging, fiel ihm das erschöpfte Kind um den Hals, der kleine leichte Körper sank gegen ihn. Im schwachen Licht erkannte er die blutigen Stellen, winzige aufgeworfene Male. Die Küche mochte ordentlich sein, diese Kammer war es jedoch nicht.

»Hat dich im Hause meiner Eltern jemals solches Dreckzeug gequält?«

Er erinnerte sich, dass es auf Inguiotars Hof gelegentlich Flohbisse gegeben hatte, Hunde hatten derlei Plagen eingeschleppt.

»Meine Mutter hat alles getan, um blutsaugendes Ungeziefer fernzuhalten, und so versuche ich es auch zu halten. Aber dies ist schon die zweite Herberge, in der wir von Wanzen und Flöhen geplagt werden!«

Er war zu erschöpft gewesen, es war ihm einfach nicht aufgefallen. Cinna nahm seinen Sohn auf, dessen Kopf schwer gegen seine Schulter sank. Das Kind schlief im Stehen.

»Ist unser Bett sauber?«, flüsterte er, und als sie nickte, legte er das Kind auf die Matratze, breitete Decken über ihn und strich ihm nochmals die Wange, bevor er sich Sunja wieder zuwandte, die mit hängenden Schultern auf dem Schemel saß und zu Boden starrte. Sanft zog er sie an sich, sodass der schwere Umhang hinabrutschte; ihre Arme lagen kraftlos um seine Mitte, und ihr Kopf ruhte an seiner Schulter. Er küsste ihren Nacken, das helle, kreisförmige Mal, das er dort wusste, die feine Mulde am Ansatz ihrer

Schulter. Der Schwung, mit dem die fremde Frau sich auf die Kline gesetzt hatte, ging ihm nicht aus dem Kopf, ebenso wenig wie die Linie ihrer Brüste, der aufflammende Blick unter halb geschlossenen Lidern. Seine Hände glitten ihren Rücken hinab, seine Lippen suchten ihren Hals, ihr Ohr. Sie seufzte unwillig, als seine Finger ihre Hüften erreichten, drückte ihr Gesicht fest in seine Halsbeuge. Er murmelte Koseworte in ihr Haar, beschwor seine Liebe, sein Begehren, drängte ein Knie zwischen ihre Schenkel und raffte flink die dünne Tunica, während sich ihr Körper unter seinen Händen verkrampfte, sich wand, erst zögerlich, dann schluchzte sie, schob ihn von sich. Benommen von ihrem Duft, der zarten Haut unter seinen Händen, der Wärme drückte er sie gegen die Wand, schmeckte die Ahnung von Schweiß, von feinem Mandelöl, grub die Zähne in ihr nachgiebiges Fleisch. Plötzlich schrie sie auf, stieß ihn zurück, und ihre Hand brannte auf seiner Wange, brachte ihn zur Besinnung, dass er einige Male durchatmete. Vom Bett her wimmerte das Kind, verstummte dann wieder.

»Ich kann nicht mehr!«, schluchzte sie. »Ich kann nicht mehr, und dabei haben wir noch mehr als die Hälfte der Reise vor uns!«

Ihr Kopf sank auf ihre Brust, die Schultern fielen herab, dann barg sie das Gesicht in den Händen.

»Ich will das nicht, Gaius! Nicht so! Nicht hier!« Sie eilte zum Bett, ließ sich auf dem Rand der Matratze nieder. »Große Götter, wie konnte ich mich nur auf diese Verrücktheit einlassen? Nur damit du deinem übergeschnappten Herrn gefällig bist, der meine Heimat mit Krieg überzieht und alles zerstört, was meinem Volk heilig ist!«

Verblüfft starrte Cinna sie an, ihm fehlten die Worte angesichts dieses Ausbruchs.

»Nicht nur das: Seine Frau ist kälter als der Frost des Winters, und wenn sie mich berührt, ist mir, als erstarre alles Leben in mir. Sie hat mich herausputzt wie ein Opfertier, um ihren Festen Glanz zu verleihen. Und dieses Kind, dieses ... dieses Ungeheuer, das meinen Sohn mit seinem Reichtum und seiner Habgier vergiften könnte ...« Sie blickte ihn an. »Wie konntest du das zulassen?«

»Warte, Sunja, ich habe dich gefragt, ob du mich begleiten möchtest. Ich habe dich gefragt, ob es dir recht ist –«

»Wie konnte ich ahnen, welche Bestien in Menschengestalt mir dort begegnen würden?«

»Du bist ihnen zuvor bereits begegnet. Du wusstest, was dich erwartet!«

Zorn sprühte Funken in ihren Augen, als er einen Schritt auf sie zutat, sie hob die Hände wie eine Katze, die ihre Krallen zeigt. »Rühr mich nicht an! Weder mich noch mein Kind!«

Als sie am folgenden Abend den Rhenus erreichten, trieb eine Mischung aus Groll und Mitgefühl Cinna zur Hafenmauer hinunter, wo er einen Handelsschiffer ausfindig machte, der gerade eine Lieferung, bestehend aus zwölf Maultierkarren italischen Weines, Richtung Mogontiacum und Vetera verladen ließ. Diesem Mann, der einen gewitzten, aber tüchtigen Eindruck machte, vertraute er Frau und Kind an und schickte einen Boten, um Inguiotar und Hraban deren Ankunft mitzuteilen, bevor er sich zu Sunja aufmachte, die vor einer der beiden Herbergen zwei Träger dazu anhielt, ihr Gepäck ins Haus zu bringen.

»Ihr werdet morgen früh mit dem Schiff weiterreisen«, teilte er ihr mit, ohne abzusteigen. »Das ist sicherer, schneller und bequemer für euch. Und wenn du möchtest, kann das Gepäck gleich an Bord geschafft werden.«

Sunja trat zu seinem Pferd und strich dem schnaubend auf dem Gebiss kauenden Tier über den Hals, während sie zu Cinna aufsah.

»Ich danke dir«, sagte sie leise, dann senkte sie den Blick.

Er wartete. Schließlich schaute sie wieder zu ihm auf, ein zaghaftes Lächeln auf dem Gesicht.

»Willst du auch diese Nacht im Stall zubringen?«

»Wenn eines der Betten voller Wanzen und Flöhe ist …« Als sie nochmals den Kopf hängen ließ, verstummte er.

»Es tut mir leid«, murmelte sie. »Die Sache war es nicht wert, dass wir uns auch nur eine Stunde entzweiten.«

»Ich habe die Nacht nicht im Stall zugebracht, sondern bei den Männern, die bald zu meiner Ala gehören werden. Und das habe ich auch für diese Nacht vereinbart.«

Ihr mattes Nicken gab ihm einen Stich, doch obwohl er den Wunsch verspürte, die Entscheidung zurückzunehmen, verabschiedete er sich, lenkte das Pferd zur Seite und machte sich auf den Weg zu dem notdürftigen Lager, das die jungen Soldaten errichtet hatten.

XX

Im lauwarmen Tepidarium erholte sich Cinna von der Schwitzkur, als Hraban sich ihm gegenüber niederließ und den Bimsstein aus dem mitgebrachten Beutel nahm. Mit kurzen, schnellen Bewegungen schabte er die blonden Stoppeln von seinen Waden. Offenkundig war auch seine Frau auf den Geschmack gekommen, dachte Cinna amüsiert, während er auf dem Bauch liegend über seine Armbeuge hinwegblinzelte.

»Was denkst du über das ganze Vorhaben?«, fragte Hraban schließlich.

»Ich denke möglichst gar nichts – jetzt noch nicht«, erwiderte Cinna und stemmte sich auf die Unterarme. »Wir erfahren früh genug, welche Befehle ausgegeben werden.«

Gedankenverloren sah er Hraban an, dem der Unwille über den just erfolgten Zusammenschluss mehrerer germanischer Aufgebote zu einer Cohorte ins Gesicht geschrieben stand. Sein Vater und er waren aufgefordert worden, sich am nächsten Morgen mit ihren Männern nach Vetera einzuschiffen.

»Was den Praefecten angeht, dem Germanicus diese Cohorte unterstellt, habt ihr das Glück der Tapferen. Titus Pontius ist ein sehr guter Offizier.«

»Gaius Cinna, du weißt, was ich meine: Mein Vater und ich sind dadurch nicht länger unsere eigenen Herren!«

»Das wart ihr nicht mehr, seitdem ihr euch Germanicus förmlich unterworfen habt.«

Der Bimsstein flog durch den Raum, zerbarst an der Kante eines Ruhebetts.

»Das weiß ich«, stieß Hraban hervor, der auf der Bank saß und die Fäuste auf den Oberschenkeln ballte. »Aber weißt du auch, was es für Vater bedeutet? Man hat ihn in seinem Rang herabgesetzt!«

Langsam richtete Cinna sich auf, wobei er Hraban nicht aus den Augen ließ. »Glaube mir, ich weiß das sehr wohl, aber bitte bring mich nicht dazu, diese Maßnahmen zu verteidigen.«

Hraban ließ Kopf und Schultern hängen, atmete tief durch, dann rutschte er von der Liege und begab sich schleppenden Schrittes zum Umkleideraum. Erst in der Tür blieb er nochmals stehen.

»Bereinige du erst einmal deine Schwierigkeiten mit meiner Schwester!«

Er war schon eine Weile hinter dem dunklen Türvorhang verschwunden, als Cinna ihm noch immer verständnislos nachblickte. Sunja hatte es sich in den Kopf gesetzt, die Zeit während des Feldzuges mit den Kindern bei Firmus und Lucilla zu verbringen. Am vergangenen Abend hatte sie ihm triumphierend eine begeisterte Einladung Lucillas gezeigt, die er unschwer als Antwort auf die Bitte um zeitweilige Aufnahme erkannt hatte, und ihm eröffnet, sie gedenke gemeinsam mit ihm zu reisen. Er hatte jede Antwort verweigert; er hegte zwar keinerlei Hoffnung, Sunja könnte ihre Meinung ändern, doch zumindest wollte er deutlich machen, dass er ihr Tun missbilligte, ohne einen weiteren Streit heraufzubeschwören, und bis zum Abmarsch blieben noch etliche Tage.

Achselzuckend erhob er sich und folgte Hraban, der im Apodyterium saß und seine Sandalen schnürte. Außer ihnen befanden sich nur zwei ältliche Männer im Raum, die ihre Tunicen zusammenfalteten, um sie auf dem Bord abzulegen, während Hraban seine benutzte Kleidung in einen Beutel stopfte.

»Ich verstehe euch nicht«, brummte er, seine Muttersprache benutzend, damit die alten Soldaten nichts verstanden. »Ich kenne kein Paar, das einander mehr zugetan wäre und einträchtiger leben könnte als ihr, wenn da nicht euer beider Halsstarrigkeit wäre. Seitdem ihr aus Lugdunum zurückgekehrt seid, ist kein Frieden zwischen euch.«

Missmutig kleidete Cinna sich an, ohne Hraban zu beachten, der mit seinen Taschen bei der Tür auf ihn wartete, bis sie gemeinsam das Badehaus verließen. Auf dem Heimweg sprachen sie kein Wort, und im Flur verschwand Hraban, nachdem er Cinna mit einem flüchtigen schiefen Grinsen zugenickt hatte.

Im vorderen Innenhof türmten sich Taschen um eine Truhe, Schritte polterten durchs Haus, Lucius begrüßte seinen Vater aufgeregt, maulte, dass er zu Hause bleiben wolle, dass die Mutter ihn nicht lieb habe. Cinna zog ihn an der Hand durch den Innenhof, wo Reika sich hastig vor ihm verbeugte. In diesem Augenblick trat Sunja auf den Gang. Rasch ergriff er den Stoff ihres Ärmels und führte sie in den Wohnraum, schloss die Tür und lehnte sich von innen dagegen. Lucius blickte verwirrt zu ihm auf, dann zu seiner Mutter, die mitten im Raum stehen geblieben war.

Cinna räusperte sich leise. »Sunja, was hast du vor? Der Abmarsch soll erst zu den Kalenden des Martius erfolgen, und das ist noch eine Weile hin.«

»Ich habe eine Überfahrt auf einem Handelsschiff«, entgegnete sie geschäftig. »Wir brechen morgen auf. So fallen wir dir nicht zur Last.«

»Das kommt überhaupt nicht in Frage!«, rief er, biss sich dann auf die Unterlippe. »Sunja, ich weiß, dass ich dich von deinem Vorhaben nicht abbringen kann, obwohl ich es nicht verstehe.«

»Was gibt es daran nicht zu verstehen?«

»Die Reise nach Lugdunum war für dich und Lucius ein Albtraum, aber dennoch hast du nur wenige Tage nach unserer Heimkehr beschlossen, mich zu begleiten – und heute teilst du mir schlicht mit, du werdest dich schon morgen auf den Weg zu meiner Schwester machen.«

Schweigend sah sie ihn an.

»Du bekommst ein Kind, und ich halte es für das Beste, wenn du bei deiner Mutter bleibst.«

Sie öffnete den Mund, hielt dann inne. Schließlich senkte sie den Kopf. Unentschlossen tappte Lucius zu ihr, schob seine kleine Hand in ihre.

»Du weißt, wie gefährlich Reisen sind. Und du lässt deine Mutter hier allein zurück«, setzte Cinna nach.

»Sie ist keineswegs allein, sie hat Inguiomers, Catufleda und die Kleine, um die sie sich kümmern kann. Lucilla dagegen ist allein in ihrer großen Villa, und –«

»Das haben wir alles schon besprochen, Sunja.«

Das Kind schmiegte sich eng an ihren Rock, als spürte es die widerstreitenden Gefühle, die ihre Miene spiegelte. Sie schluckte sichtlich, zog die Schultern hoch, blickte auf.

»Gaius, ich möchte dir so nahe sein, wie es nur irgend geht«, flüsterte sie. »Wenn ich hier bliebe, bei Mutter, bei meiner Familie, dann wäre mir, als hätte ich mich damit abgefunden, dass du … dass du niemals zurückkehrst.«

*

Die Nachricht, dass ein Barbarenheer Aliso belagere, traf Silius und seinen Stab unvorbereitet bei einer Abendbesprechung. Sie hatten die anstehenden Aufgaben verteilt, als die Tür aufflog und ein Soldat hustend hereintaumelte, ohne Gruß vor den Legaten trat und mit wenigen mühsam hingestammelten Worten die Nachricht überbrachte. Silius erhob sich ruckartig, zerriss das Siegelband, klappte die Tafeln auf. Während er las, ging er unruhig im Raum auf und ab und kämmte mit den Fingern das schütter werdende Haar. Schließlich blieb er stehen, und seine Miene schien zu versteinern.

»Die Legionen werden morgen nach Vetera aufbrechen. Aliso benötigt sofortigen Entsatz.« Er winkte Cinna und Stertinius zu sich. »Germanicus wird bereits auf dem Weg zum Ort des Aufmarsches sein. Die Reiterei bleibt hier, bis weitere Befehle eintreffen.«

Cinna fröstelte unwillkürlich bei dem Gedanken, dass Sunja sich mit den Kindern und Nanthis auf halbem Wege zu Firmus' und Lucillas Gut befand. Er hatte Ahtala zu ihrem Schutz mitgeschickt, wie ihm der Schiffsmeister geraten hatte, und die kleine Flotte von Handelsschiffen wurde von zwei Dreiruderern begleitet, sodass Angriffe der Aufständischen nicht befürchtet werden mussten. Dennoch war ihm nicht wohl.

»Was bedeutet das alles für den Vorstoß gegen die Chatten?«, fragte Stertinius, und der Legat legte die Hand auf seine Schulter.

»Er wird stattfinden. Jetzt umso mehr, da wir die Kräfte der Barbaren spalten müssen. Halte dich mit deinen Männern bereit, Lucius Stertinius.« Er wandte sich Cinna zu. »Was dich betrifft, Gaius Cornelius, wurde mir mitgeteilt, dass du dich mit deinen Soldaten zu Germanicus Caesar begeben sollst – allerdings erst in einigen Tagen, zusammen mit einer weiteren Ala, die aus Noviomagus hierher versetzt wird.«

Hastig entließ Silius die Offiziere und verschwand in seinem Arbeitsraum, während die Männer sich im Stabsgebäude zerstreuten. Leises Stimmengewirr verriet, dass sich Gerüchte in den Baracken ausbreiteten. Ein Gefreiter rannte Cinna nach und übergab ihm Tafeln, die er überflog; seine Männer sollten sich für Verladearbeiten am Hafen bereithalten. Er sprang auf den Braunen, den ein Soldat mit anderen Pferden vor dem Stabsgebäude bewacht hatte, und machte sich auf den Weg zu seinem Quartier.

Der Abzug der beiden Legionen erfolgte am nächsten Tag. Ein Schiff nach dem anderen nahm die Soldaten auf und legte ab, sodass eine schier endlose Schiffskarawane wie die Glieder einer Kette den Fluss hinabglitt. Die kräftige Strömung und ein hoher Wasserstand ließen die Ruderer fast überflüssig erscheinen, aber ihre Geschicklichkeit und die Kenntnisse der Lotsen würden nötig sein, um zu verhindern, dass die Schiffe im engen Tal zwischen dem Weiler Bingium und der Mündung der Mosella auf Felsen liefen oder einander in den Strudeln rammten.

Cinna, dessen Soldaten beim Verladen des Trosses geholfen hatten, wollte sich auf den Rückweg machen, als er den Reiter erkannte, der ihm wild winkte. Dicht neben ihm brachte Hraban sein Pferd grob zum Stehen.

»Sunja hat in der Stadt der Ubier bleiben müssen«, keuchte er. »Alle verfügbaren Schiffe wurden eingezogen, um die dort stationierten Legionen und Hilfstruppen nach Vetera zu bringen.«

»Wo genau ist sie?«

Hraban schmunzelte. »Ihre besondere Freundin Agrippina hat sie eingeladen. Ahtala war klug genug, im Lager Meldung zu machen.«

»Von wem stammt die Nachricht?«

»Du wirst es nicht glauben! Der Brief erreichte uns durch einen Eilboten. Der Mann hat dich erst in deinem Quartier aufgesucht, und als er dich dort nicht antraf, besuchte er dein Haus. Mutter schickte ihn dann zu mir.« Leise lachend tätschelte Hraban seinem Pferd den Hals. »Die Gattin des Germanicus hat offenbar einen Narren an euch gefressen, dass sie eigens einen Eilboten schickt, um dir das mitzuteilen.«

Während ihre Pferde nebeneinander auf der Straße, die unterhalb des Hauptlagers am Rhenus entlangführte, trabten, wechselten sie kein Wort; erst als der Schatten der Mauern hinter ihnen lag, die Felder und Wiesen sich ringsum ausdehnten, ergriff Hraban das Wort.

»Vater hat die Zusammenlegung der Truppen ohne Widerspruch hingenommen. Sein Stolz ist gebrochen. Er hat nur noch den Wunsch, im offenen Kampf gegen den Verräter zu fallen. Er würde dich gerne sehen.«

Cinna schwieg unbehaglich. Er hatte sich in den vergangenen Tagen von Inguiotar ferngehalten, jetzt glühten seine Wangen, und er fühlte sich feige.

»Er sollte hier bleiben, anstatt sich an den Kämpfen zu beteiligen«, entgegnete er schroffer als beabsichtigt.

»Um zu überleben? Ohne Ehre? Erwähne diesen Gedanken Vater gegenüber nicht. Er würde dich dafür verabscheuen.«

Der alte Cherusker saß vor dem Quartier, das man ihm zugeteilt hatte, einer geräumigen Wohnung am Ende einer der drei Baracken, in denen seine Männer untergebracht waren. Als Cinna sich näherte, hob er den Kopf und hielt das Schwert vor sich, dessen weiß glänzende Klinge er gerade polierte.

»Sieh es dir an!«, rief er Cinna zu. »Dieses Schwert hat schon mein Vater gegen euch Römer geführt, aber auch gegen Semnonen, Chatten und Sugambrer. Es hat viel Blut geschmeckt und wird bald wieder Blut schmecken. Ich habe Teiwas und Wodanas darum gebeten, es möge das Blut des Verräters trinken und ihn in die Finsternis schicken, wohin er gehört.«

Das Eisen leuchtete im Abendlicht, blitzte auf, als Inguiotar sich aufrichtete, es mit elegantem Schwung durch die Luft sausen ließ, ehe er das mit kostbaren Silberbeschlägen verzierte Schwertgehänge von seiner Schwelle aufhob und die Klinge in der Scheide barg. Eine Weile schwiegen sie gemeinsam, und Inguiotar, das Schwert auf dem Schoß haltend, blinzelte in die sinkende Sonne.

»Wir haben dich schlecht behandelt«, sagte er in die abendliche Stille und wandte sich Cinna zu.

»Den Umständen entsprechend.«

Der alte Cherusker brummte kopfschüttelnd vor sich hin, dann blickte er Cinna eindringlich an. »Gaius Cinna, ich möchte dich an das Versprechen erinnern, das du Thauris gegeben hast, das Versprechen, unsere Tochter mit deinem Leben zu schützen, was auch immer geschieht.«

»Fürchtest du, ich könnte ihrer überdrüssig werden und sie in Schande und Elend verstoßen?«

Mit einem schweren Atemzug legte Inguiotar das Schwertgehänge neben sich, richtete sich auf und querte langsam die Lagergasse zum Stall hinüber, und Cinna folgte ihm unschlüssig. Erst als Inguiotar die nächste Stalltür erreichte, den mit getrockneten Rosenblüten geschmückten Winkel, aus dem ein helles Relief der Epona leuchtete, blieb er stehen. Seine Fingerspitzen glitten über die kleine Figur, die seitlich auf einem Pferd saß, die Hände segnend erhoben.

»Ja, das fürchte ich. Ich fürchte keine Gefahr, nicht einmal den Tod – doch nicht zu wissen, was vor euch liegt, nicht mehr eingreifen, euch nicht mehr helfen zu können, das bereitet mir tiefe Sorge.«

Als der Alte verstummte, legte Cinna seine Hand auf dessen Schulter. »Ich habe die feste Absicht, diesen Schwur zu halten, Inguiotar, Sohn des Liubagastis. Und wenn es nötig wird, werde ich deine Frau und deine jüngere Tochter ebenfalls unter meinen Schutz nehmen, koste es, was es wolle.«

Inguiotar drehte sich zu ihm um, lächelte unter dem dichten grauen Bart. »Mein Ältester hat sich von Ermanamers ins Verderben führen lassen, aber er hat mir unwissentlich reiches Wergeld erstattet.«

Der große, ungeschlachte Mann umarmte Cinna, drückte ihn stumm an seine Brust und hielt ihn fest, schob sich dann an ihm vorbei, um grußlos zu seinem Quartier zurückzugehen.

*

Die letzten Sonnenstrahlen funkelten rot auf dem Hügelkamm, als die beiden Wagen vom Hauptweg abbogen und durch das Tor rollten. Der vordere Wagen beförderte das Gepäck und Sunja, die Cinna im Hauptlager der Ubierstadt wiedergetroffen hatte, wo seine Soldaten eine Nacht lang Quartier bezogen. Anderntags war sie mit ihm zu Schiff weitergereist, nicht willens, auch nur einen Tag länger als nötig im Haus des Statthalters zu bleiben. Als sie nach einigen Verzögerungen an diesem Abend endlich am Kai unterhalb von Vetera eingetroffen waren, war Sunja nur widerstrebend mit ihrem Jüngsten in das ein wenig muffig riechende Gefährt geklettert, das er dort gemietet hatte.

Cinna, der indessen Lucius zu sich aufs Pferd gehoben hatte und dann vorausgeritten war, wartete nicht auf das rasselnde Gespann. Auf der Kuppe erhob sich der Gutshof, umgeben von Stallungen und Scheunen, die eine Mauer überragten; Lucillas Vorstellungen folgend, waren die Gebäude italischen Villen nachempfunden worden, hohe, gekalkte Wände und Dächer aus rotbraunen Ziegeln leuchteten herab, das Tor aus dunklem Holz stand einladend offen. Ein paar alte Bauernhäuser mit tief heruntergezogenen Strohdächern standen am Fuß des Hügels, umgeben von einem Knüppelzaun.

Der Hufschlag hallte von den Wänden ringsum wider, als Cinna auf den Hof ritt. Vor dem Haupthaus stand eine Frau, winkte, rannte dann auf ihn zu und flog ihm in die Arme, kaum dass seine Füße den Erdboden berührten. Als er die Nässe auf seiner Wange spürte, wusste er, dass sie weinte.

»Große Götter, ich habe euch so vermisst!«, rief sie und klammerte sich an ihn, um ihn auf beide Wangen zu küssen. »Endlich bist du hier!«

Aber sogleich schob sie ihn von sich, streckte die Arme nach Lucius aus, der immer noch stolz auf dem Pferderücken saß und die Zügel erst losließ, um sich kichernd in die Arme seiner Tante fallen zu lassen.

»Hast du Nachricht von Firmus?«, fragte Cinna.

»Nichts«, beschied Lucilla ihn, ohne in den fröhlichen Albernheiten innezuhalten, stellte Lucius auf dem Boden ab und eilte hinter ihm her zum Haus, blieb stehen, als der Wagen durchs Hoftor rumpelte und vor dem Haupthaus zum Stehen kam. Cinna ging zum vorderen der beiden Wagen, um Sunja herunterzuhelfen, die von Lucilla sofort umarmt wurde. Während mehrere Sklaven Taschen und Truhe von den Fahrzeugen luden und ins Haus brachten, stand Lucilla mit hochroten Wangen inmitten ihrer Lieben, eine Frau im schlichten dunklen Kleid, das schwarze, von ersten grauen Strähnen durchzogene Haar zu einem straffen Knoten aufgeflochten. Sunja legte ihr Gnaeus in die Arme, den sie an ihre Brust drückte und wiegte.

Cinna erduldete das bewundernde Geplapper, wie schön das Kind sei, und die Vergleiche, die Lucilla anstellte, mit einem stoischen Gleichmut, über den er selbst lächeln musste. Als vom Tor her leiser Hufschlag ertönte, leuchtete ihr Gesicht nochmals auf. Ein schlicht gekleideter Knecht führte ein sehr kleines schwarzes Pferd mit dichter Mähne auf sie zu. Lucilla gab Sunja das Kind zurück, strich ihr Kleid glatt und nahm die Zügel des gesattelten und gezäumten Pferdchens.

»Lucius Cornelius!«

Verdutzt blickte Lucius ihr von der offen stehenden Tür des Haupthauses entgegen, während sie das Tier, das im leichten Trab neben ihr tänzelte, zu ihm führte. Befehlend winkte sie ihn zu sich, und als Cinna seinem Sohn zunickte, kletterte dieser brav die Stufen hinunter.

»Ein tapferer Junge wie du braucht ein passendes Pferd.« Lucilla packte den Jungen um die Mitte und setzte ihn mit sanftem Schwung in den Sattel. »Nox gehört jetzt dir.«

Der Vollmond goss einen silbrigen Schimmer über die Ebene und ließ die vielen Arme des Rhenus in der Ferne glänzen wie polierte Klingen. Weit jenseits der Wasser sammelte sich der Feind in den Wäldern.

Cinna war der fröhlichen Tafelrunde entflohen, war ziellos den Gang entlanggegangen, hatte blindlings eine Tür geöffnet und sich im Porticus befunden, der Lucillas Garten auf drei Seiten umlief. Der Duft der ersten Blüten umwehte ihn, als er das Ende des Weges erreichte und über die Umfriedung des Hofes hinweg auf die nächtliche Landschaft schaute, deren Umrisse das Mondlicht hell hervortreten ließ.

Als sich eine Hand auf seine Schulter legte, drehte er nur den Kopf zur Seite; in den Küchengeruch mischte sich ein Hauch von Rose, der Lucilla verriet.

»Wir haben uns lange nicht gesehen, Gaius«, sagte sie leise.

»Eine schöne Villa habt ihr euch gebaut«, erwiderte er hilflos.

»Ach, rede doch keinen Unsinn!« Sie tätschelte seinen Arm. »Das ist nichts als der verzweifelte Versuch, den Schatten einer Erinnerung zu fangen.«

»Dir gelingt es – ausgerechnet dir!« Lächelnd legte er den Arm um ihre Schultern und zog sie an seine Seite.

»Ich habe gelernt, hart zu arbeiten. Manchmal komme ich mir vor wie einer unserer Vorväter. Wie der alte Censor Cato!« Sie lachte kurz auf, schmiegte sich an ihn und wurde wieder still. »Und dennoch habe ich Heimweh nach Perusia. Nach Rom. Jeden Morgen erwache ich mit einem dumpfen Schmerz in der Brust.«

Sie drehte sich um, ließ den Blick über die Beete schweifen, bückte sich mit leisem Murren und zupfte hier und dort Unkraut aus der Erde. »Danke für das Pferdchen«, sagte Cinna leise.

»Firmus hatte diesen Einfall«, erwiderte sie gepresst. »Er entdeckte die Stute bei einem der Händler, gleich nachdem Sunja ihr Kommen angekündigt hatte. Der Junge braucht eine Beschäftigung, und ein Pferd kommt da gerade recht.« Sie zog den Umhang über den Kopf und wischte sich dabei verstohlen mit dem Stoff über die Augen.

»Firmus sagte, die Barbaren werden die Belagerung sofort aufgeben, sobald die Legionen sich ihnen nähern. Sie werden sich wieder in den Wäldern verkriechen, wie es ihre Art ist.«

»Das ist gut möglich, zumal Stertinius von Mogontiacum her einen Vorstoß ins Gebiet der Chatten unternimmt.«

Langsam wandte sie sich ihm zu. »Was empfindet Sunja dabei? Immerhin ist ihre Mutter die Schwester eines der aufständischen Fürsten.«

»Wir sprechen nicht darüber, aber ich weiß, dass sie es schwer nimmt. Der Krieg geht mitten durch ihre Familie, und auch wenn ich es nicht spüren soll, zerreißt es ihrer Mutter das Herz.«

»Als ich sie einlud, schlug ich ihr vor, ihre Mutter mitzubringen, gern auch ihre ganze Familie. Platz haben wir genug, und …« Lucilla krampfte die Hände in ihr Kleid. »Bitte erwähne es nicht Sunja gegenüber: Ich erhielt einen Brief von ihrer Mutter.«

Verblüfft zog Cinna die Brauen hoch. »Thauris hat dir einen Brief geschrieben? Sie kann doch weder lesen noch schreiben.«

»Hast du vergessen, dass du eine kleine Gelehrte in der Familie hast?«, konterte Lucilla. »Saldir hat ihn für sie geschrieben – ohne Sunjas Wissen. Ihre Mutter macht sich Sorgen.«

Das Mondlicht beleuchtete ein dünnes, bitteres Lächeln auf Lucillas Lippen, als sie den Kopf hob. Die Angst und die Sehnsucht, die sie umtrieben, hätte er mit den Händen greifen können.

»Wenn wir schnell sind, können wir alles beenden«, murmelte er. »So die Götter wollen.«

Als schwarze Schatten huschten Fledermäuse flatternd vorüber, ihr helles Piepsen durchschnitt die Nacht. Eine Taube gurrte dreimal vom Dach, dann legte sich wieder Stille über sie.

»Ich nehme das als gutes Vorzeichen«, flüsterte Cinna.

Lucilla berührte seinen Arm. »Wenn der Vogel der Venus ruft, sollte man ihm folgen. Übermorgen wirst du mit deinen Soldaten zur Bataverinsel aufbrechen, das bedeutet, dass du dich morgen früh verabschieden wirst. Geh und feiere diese Nacht in den Armen deiner Geliebten, auf dass Venus dich um deiner Huldigung ihrer Macht willen beschützen möge.«

Rasch umarmte sie ihn, küsste ihn auf beide Wangen und eilte davon, ließ ihn im silbrig durchfluteten Dunkel zurück. Lächelnd schüttelte Cinna den Kopf und folgte ihr mit bedächtigen Schritten ins Haus. Im Flur war es finster und still, vom Obergeschoss tönte dünn das Quengeln seines Jüngsten, um den sich Nanthis zu kümmern hatte. An einem Kandelaber hingen zwei brennende Öllichte, von denen er eines nahm, um den Weg zu finden.

*

Täglich trafen Nachrichten in den Flottenlagern gegenüber der Mündung des Drususkanals ein, wo die Truppen auf Hügeln ihre Unterkünfte errichtet hatten. Silius hatte selbst den Vorstoß zu den Chatten angeführt und Frau und Tochter eines chattischen Fürsten gefangen genommen. Die Belagerer hingegen hatten, wie Firmus vorhergesagt hatte, ohne Aliso weiter zu bedrängen, sich in den Wälder zerstreut, kaum dass sie von der Annäherung der Legionen erfahren hatten.

Inzwischen hatte Germanicus einen zerstörten Altar für die Totengeister seines Vaters wiedererrichten und einen feierlichen Aufmarsch abhalten lassen.

»Viel wichtiger ist, dass die von der Frühlingsflut unterspülten Dämme und Wege neu befestigt werden«, brummte Flavus. »Dass die Marser die Bedrängnis spüren und ihren Trotz endlich aufgeben.«

Er leerte den Becher nicht zum ersten Mal in einem Zug, umso erstaunlicher erschien es Cinna, dass er trotz seines glasigen Auges sprach, als wäre er vollkommen nüchtern.

»Es wird ohnehin ein schwerer Kampf«, fuhr Flavus fort und rieb sich das vernarbte Lid. »Den Krieg ins Herz des Feindeslandes zu tragen, birgt unvorhergesehene Gefahren.«

Cinna verzog das Gesicht zu einem schiefen Grinsen und lehnte stumm ab, als der diensthabende Gefreite ihm nachschenken wollte; stattdessen nahm er ein weiteres Brötchen aus dem Korb, um damit die Reste der scharfen Sauce aus seinem Teller zu wischen. Neben ihm rührte Caecina lustlos mit dem Löffel im Napf und schüttelte kaum merklich den Kopf.

»Das Schlimmste ist, dass er seine Frau nicht nach Hause schickt, sondern sie ständig um sich hat«, begann der Legat stirnrunzelnd. »Ihr wisst, was ich davon halte. Weiber bringen Unruhe in jedes Feldlager. Weil sie es bequem haben wollen, verleiten sie auch die Soldaten zur Bequemlichkeit. Außerdem sind sie ihrem Wesen nach ängstlich, und das ist schädlich für den Kampfgeist. Gerade während eines Feldzugs.«

»Mein Freund, du willst doch nicht allen Ernstes behaupten, Agrippina sei ängstlich und bequem?«, entgegnete Flavus. »Hast du vergessen, dass sie es war, die im letzten Herbst den Abbruch der Brücke und den Rückzug ins Innere Galliens verhinderte?«

»Meiner Meinung nach war es ihre Gegenwart, die erst die Angst geschürt hat. Die Besatzung von Vetera war über den Sommer verweichlicht, und wegen der schlechten Nachrichten gerieten die Männer dann außer sich.«

»Lass nicht Lucius Apronius hören, dass du ihn für verweichlicht und ängstlich hältst! Immerhin wurden ihm die Triumphalinsignien zuerkannt.«

Mit einem leisen Knurren senkte Caecina den Kopf. »Meine Frau hat mich nie begleitet, sie hat auch nie darum gebeten. Sie hat mir sechs Kinder geboren und blieb stets eine Frau, die auch meiner Vorväter würdig gewesen wäre.«

Cinna überließ dem Sklaven seinen Teller und wusch die Hände im bereitgehaltenen Wasser. »Germanicus wird Agrippina sicherlich nicht mit auf den Feldzug nehmen.«

»Es ist ärgerlich genug, dass sie in Vetera oder bei den Ubiern Hof halten wird, während die Truppen im Kampf stehen.«

Den Becher in den Händen drehend, vermied Cinna es, darüber nachzudenken, was Caecina über Sunja denken mochte, über Lucilla und über die Frau des Flavus. Er tauschte einen schnellen Blick mit dem Cherusker, dessen Augen angriffslustig glitzerten, und winkte warnend ab, als sich ein Grinsen in Flavus' Mundwinkel grub.

»Du wirst mir zustimmen, Aulus Caecina, dass das Haus des Tiberius Caesar keine angemessene Wohnung ist für die Frau, deren Mutter der Hausherr vor zwei Jahren in der Verbannung verhungern ließ.«

»Der Augustus hat die Tochter der Scribonia verstoßen, also darf Agrippina sie auch nicht länger als ihre Mutter ansehen. Ihr Platz ist im Hause des Vaters ihres Mannes, und da Tiberius seit zwölf Jahren Vater des Germanicus ist, sollte sein Haus der Ort sein, an dem sie Kinder gebiert und aufzieht. Schließlich leben ihre älteren Söhne ja auch dort.«

»Und was ist mit meiner Frau?«, rief Flavus, deutete auf Cinna. »Und seiner?«

Caecina musterte sie beide, ohne dass seine Miene verriet, was er dachte. »Ich sprach von Amtsträgern, Statthaltern, Legaten«, sagte er. »Aber im Grunde habt ihr recht: Es ist nicht gut, dass eure Familien hier sind.«

Später schlenderten Cinna und Flavus nebeneinander auf dem Weg zu ihren Quartieren die Hauptstraße des Lagers hinunter. Der Cherusker zog eine finstere Miene, seitdem Caecina das Gespräch barsch abgeschnitten hatte mit den Worten, er betrachte ihn als Bundesgenossen, nicht als Römer. Cinna hatte daraufhin den Drang unterdrückt, Caecina zu fragen, welchen Rang er ihm zuweise, lieber hatte er sich mit dem Hinweis auf Germanicus' Eintreffen, das für den nächsten Tag erwartet wurde, verabschiedet und Flavus eine Gelegenheit zum Rückzug geboten, die dieser auszunutzen wußte.

»Ich konnte ihn nie recht leiden«, brummte der Cherusker. »Er ist ein tüchtiger Heerführer, aber leider brüstet er sich inzwischen mehr als erträglich mit seiner Treue zu den Vorvätersitten.«

»Lass ihn reden! Du weißt, was du an deiner Ahtaswintha hast.«

»Wenn all das hier vorbei ist, im nächsten oder im übernächsten Winter, werde ich mit ihr nach Rom gehen und wir werden dort Kinder haben. Kinder, die in Sicherheit aufwachsen.« Er wandte sich Cinna zu. »Du solltest darum bitten, versetzt zu werden, eine andere Aufgabe zu bekommen.«

»Wir werden sehen«, murmelte Cinna.

Germanicus stand vor dem Altar, den in Reih und Glied aufgestellten Soldaten den Rücken zuwendend, hob die Arme feierlich gen Himmel, während von dem mit Kränzen geschmückten Weihestein Rauch aufstieg. Tiefe Stille war eingekehrt, nachdem Germanicus gemeinsam mit den Priestern die Opfergaben entzündet hatte.

»Nero Claudius Drusus, Sohn des Tiberius Claudius Nero, Bruder des Tiberius Claudius Caesar, mit dem gemeinsam du die Raeter besiegtest und die Provinz Raetia errichtetest, mein Vater, der du als Statthalter der Drei Gallien die Barbaren der Germania bezwangst und alle Stämme zwischen Rhenus und Albis unterwarfst, dich rufe ich. Dir seien diese Gaben geweiht. Mögest du über unser Vorhaben wachen und begünstigen, was wir wagen. Möge die Erinnerung an dein Vorbild uns leuchten, damit wir dir folgen wie die Schiffer dem hellsten Stern und siegreich aus diesem Unternehmen hervorgehen.«

Seine klare Stimme verhallte über dem Platz, und erst als wieder vollständiges Schweigen herrschte, das Knistern der Glut und das Knattern der Wimpel bis in die letzten Winkel des Feldlagers zu hören waren, ließ er die Arme langsam sinken. Jubel brach aus, als er sich zu den Männern umdrehte, dröhnend schlugen die Schwerter auf bronzene Schildbuckel.

Cinna versuchte, in Caecinas Gesicht zu lesen, was dieser über die Begeisterung der Soldaten dachte, die in Tumult umzuschlagen drohte, doch dessen harte Miene blieb undurchdringlich. Am Rand der Bühne stand Germanicus in seinem prachtvollen Feldherrenmantel, die Morgensonne funkelte auf dem goldfarbenen Harnisch, weckte das Schlangenhaar der Medusa auf seiner Brust zum Leben. Wie ein Priester hob er die Hände, gebot Stille, die sich unter ärgerlichem Zischen langsam in die hinteren Reihen fortpflanzte.

»Ein schwerer Gang steht uns bevor, ein Krieg gegen einen Feind, der sich nicht zeigt, der aus feigem Hinterhalt angreift und sich verkriecht, wenn er gestellt wird. Der …«

Mit einem unterdrückten Seufzer ließ Cinna die Schultern hängen, und fuhr im nächsten Augenblick zusammen, weil er sich so hatte gehen lassen. Niemand schien es bemerkt zu haben, alle Anwesenden starrten gebannt den jungen Feldherrn an, der zu einer weiteren flammenden Rede gegen die Gegner in diesem Krieg angesetzt hatte. Die gleichen Vorwürfe, die gleichen Argumente. Cinna richtete den Blick auf einen Punkt irgendwo hinter dem Redner, der seine Worte mit sparsamen Gesten untermalte, er hörte das Rauschen des Jubels, wenn Germanicus eine seiner wohlgesetzten Pausen machte, und nahm schemenhaft die Bewegungen wahr, welche die Männer wieder zur Ruhe brachten. Germanicus verkündete, dass Adler gesichtet worden seien, die unvermeidlichen Adler, die den Weg des Sieges vorzeichnen sollten, gefolgt von Verfluchungen gegen den Feind, dessen Namen nicht ein einziges Mal ausgesprochen wurde. Doch dann wurde Cinna hellhörig; er hätte nicht einmal sagen können, was es war, als eine unerwartet lange Stille am Ende des Jubels eintrat.

Mit ausgebreiteten Armen stand Germanicus vor den Männern, leicht vornübergebeugt starrte er über sie hinweg, als hätte er eine Vision. Straffte sich wieder, blinzelte.

»Viele von euch sind mir in die Wälder entlang der Lupia gefolgt«, fuhr er ein wenig heiser fort, »um den Eingeschlossenen von Aliso Entsatz zu bringen. Von den Feinden sahen wir nichts, denn kaum wurde ihnen unser Kommen gemeldet, lösten sich ihre Reihen auf und sie schlichen zurück in die Wälder. Wir befestigten Aliso neu und stellten die geschändeten Denkmäler wieder her. Ihr wärt auch mit mir zu den Altären der unter Varus Gefallenen vorgerückt, um den niedergetrampelten Grabhügel zu erneuern. Jetzt sollt ihr mit mir die Schiffe besteigen, die uns in den Rücken der Feinde tragen werden. Wir werden tief ins Herz ihres Landes eindringen, werden sie dort aufspüren, wo sie sich sicher wähnen vor unserer Rache, und vernichten.«

Cinna hatte es eilig, zu den Schiffen zu kommen, denen seine Ala zugeteilt war, sodass Cassius ihm durch das Gedränge kaum folgen konnte. Als sich ihm auf der flachen Uferböschung ein Centurio im ganzen Schmuck seiner Ehrenscheiben in den Weg stellte, hätte er diesen beinahe achtlos beiseitegeschoben, wenn Firmus sich ihm nicht durch sein spöttisches Lachen zu erkennen gegeben hätte.

»Hast du deine Männer verloren?«

Cinna seufzte, nickte dann. »So kann man es nennen.«

Wortlos musterte Firmus ihn mit seinem schmalen Lächeln, das ein wenig gezwungen wirkte. Um sie tosten die Vorbereitungen zur Abfahrt, die bei einbrechender Flut erfolgen sollte; Soldaten stiegen nach Zügen geordnet über Planken an Bord der auf dem Watt liegenden Schiffe.

»Das wird ein schwerer Gang, wie Germanicus schon sagte. Wir werden schnell sein müssen. Und vorsichtig.«

In Firmus' Stimme schwang etwas, das Cinna beunruhigte, ähnlich der Stille, die eingetreten war, als Germanicus seine Rede unterbrochen hatte.

»Was meinst du damit?«

»Ich mache mir Sorgen – große Sorgen! Ich habe ihn während des letzten Vorstoßes erlebt. Er ist nicht er selbst.«

»Das wird die Anspannung sein«, entgegnete Cinna, vor allem um sich selbst zu beruhigen.

Firmus schüttelte den Kopf. »Einmal betrat ich sein Zelt, als zwei priesterliche Gehilfen bei ihm waren, junge Burschen, die Botendienste für die Auguren verrichten. Er bemerkte mich nicht, weil er gerade dabei war, die beiden zu beschimpfen, ja, er schlug sie sogar. Unentwegt rief er, es könne nicht sein, dass keine Adler gesichtet worden seien.«

»Nun, es wurden Adler gesichtet.« Beruhigend tätschelte Cinna Firmus' Arm, obwohl ihm bei der Vorstellung, der Feldherr habe einen Priestergehilfen geschlagen, unbehaglich wurde.

»Ja, es wurde berichtet, dass Adler gesichtet wurden, zumindest ein Adler, der schreiend über den Rhenus ins Feindesland geflogen sei. Dort habe er sich herabgestürzt, um mit einem Tier in den Fängen wieder aufzusteigen, von dem behauptet wird, es sei ein Wolf gewesen.« Stirnrunzelnd klopfte sich Firmus mit dem Reitstock gegen die Wade. »Mir gefällt das nicht. Es ist, als hätte sich seine ständige Rede vom römischen Adler, der den barbarischen Wolf jagt, verwirklicht. Solch eindeutige Zeichen gibt es nur in den alten Annalen, und auch da kann man nicht sicher sein, ob es sich nicht um Fälschungen handelt.«

»Glaubst du, er hat dieses Vorzeichen erfunden?«

»Nicht er selbst, dafür ist er viel zu fromm. So gut kenne ich ihn, er würde es nie wagen, mit der Macht der Götter Schabernack zu treiben.« Firmus atmete sichtlich durch, drehte sich um, als wollte er Cinna nicht in die Augen sehen. »Ich fürchte, andere erdichten diese Zeichen, um ihn zu beschwichtigen.«

»Gnaeus Firmus, ich habe erst vor kurzem eine Zeit lang in seinem Haus gewohnt. Ich gebe zu, dass er, was Arminius angeht, schwierig ist, dass ihm die Rache sehr viel bedeutet, beunruhigend viel, aber ...«

Unversehens ergriff Firmus Cinnas Arm, sah ihn an mit einer Eindringlichkeit, die tiefe Sorge verriet. »Beunruhigend – ja, das ist das richtige Wort. Es beunruhigt mich. Viele tausend Leben hängen von den Entscheidungen des Germanicus Caesar ab, und diesen Feldzug führt er zwar mit Duldung des Tiberius, aber ohne dessen Billigung. Ein Vorzeichen zu fingieren, um den Männern die nötige Zuversicht einzuflößen, mag ja noch angehen, aber als ich ihn damals sah, wurde mir klar, wie gefährlich dieser Feldzug werden könnte.«

»Das wissen wir alle!«

»Nachdem er das Denkmal seines Vaters wiedererrichtet und neu geweiht hatte, wollte er das Heer zu den geschändeten Grabhügeln für die Legionen des Varus führen, um auch diese zu erneuern.«

»Aber ihr habt ihn davon abbringen zu können, in die Sümpfe vorzudringen.«

»Ja, denn schließlich hätte die Zeit nicht ausgereicht. Die Hilfstruppen waren bereits hier aufmarschiert und die Flotte ebenfalls versammelt. Die meisten Primipilen und Legionslegaten waren gegen Germanicus' Vorhaben, und es gelang uns, ihn umzustimmen. Aber ich werde niemals den Ausdruck auf seinen Zügen vergessen, mit dem er uns ansah, als er erkannte, dass wir uns seinem Wunsch widersetzten. Er schien … besessen.«

XXI

Das Dorf lag auf einem der Hügel, einer sanften Erhebung im vollkommen flachen Land; unterhalb des krönenden Knüppelzauns, den die Strohdächer kaum überragten, leuchtete sattgrünes Gras. Eine Palisade oder gar Mauer gab es nicht, woraus man leicht ersehen konnte, dass hier nichts zu holen war. Die Turma, die Cinna befehlsgemäß abkommandiert hatte, würde mit leeren Taschen und Säcken zurückkehren.

Acht Tage zuvor waren sie an der Mündung der Amisia gelandet, wo die Truppen zunächst die Vorjahresquartiere bezogen hatten. Doch schon nach der ersten Lagebesprechung und Unterredungen mit den verbündeten Chauken hatte Germanicus entschieden, das Heer an dieser Stelle über den Fluss zu setzen, um die morastigen Marschen zu umgehen. Der Brückenbau für Fußvolk und Tross hatte viel zu lange gedauert, und als Hilfstruppen und verbündete Reiterei bei Ebbe das andere Ufer zu erreichen versucht hatten, war es mit einbrechender Flut zu einer Panik gekommen, die viele an den unseligen Rückmarsch im vergangenen Herbst erinnert hatte. Seither waren die Truppen zwei Tage lang der Amisia flussaufwärts gefolgt, bevor sie sich nach Westen wandten, um ins Landesinnere vorzustoßen.

Cinna ließ Alkyon voraustraben, brachte ihn auf dem höchsten Punkt des Dammweges zum Stehen. Am Fuß des

Hügels, den die Reiter noch nicht erreicht hatten, wogte eine dunkle Masse von Menschen; es schien ihm, als triebe eine Gruppe Frauen ein Tier mit Stockschlägen vor sich her. Er kniff die Augen zusammen, aber er konnte nicht erkennen, was dort vor sich ging. Er winkte Cassius zu sich, deutete auf die kleine Menge.

»Es sind zehn oder zwölf«, erwiderte der junge Mann die stumme Frage. »Frauen. Sie prügeln auf jemanden ein.« Er beschattete die Augen mit der Hand. »Ich glaube, es ist eine Frau, eine nackte Frau, der das Haar geschoren wurde.«

Eine Erinnerung stellte sich ein, eine von denen, die wie ungebetene Gäste aufdringlich lärmend mit einem eisigen Luftzug ins Haus einfielen. Als umringte ihn eine johlende Horde, Schlammbatzen und Rotz klatschten auf seine Haut, der Gestank von Schweinekot und nasser Wolle stach ihm in die Nase, und der Hass sprühte aus den Worten, die er nicht verstand. Noch nicht verstanden hatte.

Als er die Augen aufschlug, verriet Cassius' befremdete Miene, dass man ihm den Schrecken deutlich ansah. Sunjas Worte kamen ihm in den Sinn, Mädchen, die ihre Keuschheit preisgegeben hätten, müssten sterben und spurlos beseitigt werden aus Familie und Dorfgemeinschaft.

»Das geht uns nichts an«, sagte Cassius, als könnte er Cinnas Gedanken lesen.

Die Kundschafter kehrten zurück, sie hatten im Dorf keine Vorratslager gefunden und keine Verstecke, wie die Barbaren sie häufig anlegten, um Getreide vor den Proviantierern aus eigenen und feindlichen Truppen zu retten. Cinna versuchte, den Meldungen die gebotene Aufmerksamkeit zu schenken, doch immer wieder suchte sein Blick das Gewühl, tönten die fernen, erstickten Schreie lauter als die trockenen Berichte der Soldaten. Endlich konnte er die

Männer entlassen mit den Befehlen, das in der weiteren Umgebung ausgemachte Vieh und die verborgenen, aber mit stets den gleichen Zeichen markierten Kornspeicher aufzuspüren, und begab sich zu den Frauen, gefolgt von Cassius und Ahtala, die ihm hinterhertrabten. Je näher er kam, desto deutlicher offenbarte sich ihm, was Sunjas Schicksal und vielleicht auch seines hätte sein können, wären sie vor ihrer gemeinsamen Flucht ertappt worden.

»Praefect«, begann Ahtala neben ihm, »Lucius Cassius hat recht: Das geht uns nichts an.«

Cinna warf ihm einen scharfen Blick zu, ohne langsamer zu werden, erreichte die Gruppe, die mit Angstlauten und Getuschel vor ihm auseinanderwich. Ein Mädchen stand in ihrer Mitte, nackt und ungeschützt, kaum älter als Saldir, ihr Leib übersät mit dunklen Malen, Schürfungen und Platzwunden; sie krümmte sich vor Schmerz.

»Was hat sie getan?«

Eine der Frauen drängte sich vor, wirre, graue Strähnen flogen ihr um den Kopf wie das Schlangenhaar einer Furia. »Unzucht getrieben, eine Lücke in den Zaun gerissen, sodass das Unheil Eingang fand, um uns zu verderben!«

Sie stieß das Mädchen mit ihrem Gehstock so hart, dass es taumelte und fiel, sich hustend und keuchend auf der Erde zusammenkrümmte und rötlicher Schleim von den aufgesprungenen Lippen troff.

»Als ob der Hunger nicht genug wäre«, schimpfte eine dritte, jüngere Frau. Sie holte mit der dünnen Weidenrute aus und peitschte das Mädchen damit, das wimmernd über den Boden kroch, um sich den Schlägen zu entwinden.

»Sie muss auf den Grund des Sees hinunter, um die bösen Mächte zu bannen«, entgegnete die Grauhaarige.

Cinna unterdrückte das Bedürfnis, sich zu schütteln. Ein hauchdünnes Bild schob sich vor das verdrossene Gesicht der Alten, Saldirs Züge, ihr helles Lachen, der aufmerksame Blick ihrer grauen Augen; er glaubte zu sehen, wie das Mädchen durch den Innenhof hüpfte. Wie sie auf einer Kline saß, ein Bein an den Körper gezogen und vor sich mehrere Täfelchen, Griffel und einen Papyros, in den sie so vertieft war, dass sich über der kleinen runden Nase zwei steile Falten in die Stirn gruben – er wischte den Gedanken weg, der sich ihm aufdrängte. Er würde sie wie ein Löwe mit Zähnen und Klauen verteidigen, ebenso wie Lucius und Gnaeus und das noch nicht geborene Kind. Das Mädchen, das entkräftet in den Fesseln hing, hatte auch Mutter und Vater, und er fragte sich insgeheim, wo diese Eltern waren, ob sie einen Kampf geführt und verloren oder ob sie ihr eigen Fleisch und Blut verstoßen hatten. Ob die Mutter sich unter den Weibern befand, die das Mädchen vor sich hertrieben, um es zu ersäufen wie einen missgestalteten Welpen.

Das Mädchen hob den Kopf, mehr zufällig fiel ihr umherirrender Blick auf ihn, ihre Augen, ihr Gesicht schienen zu erwachen, sie bewegte lautlos die Lippen.

»Genug!«, rief er, packte das Mädchen am Arm und zerrte sie auf die Füße. »Ihr braucht jede Hand, um zu überleben.«

»Aber keine überflüssigen Fresser, die Unheil über uns bringen!«, schrie die Frau.

Als der Körper der Alten von den anderen aufgefangen wurde, als sie sich winselnd in deren Arme sinken ließ, wurde ihm bewusst, dass er sie geschlagen hatte. Er rieb sich die schmerzende Faust, bekämpfte den Wunsch, das Schwert zu ziehen, das ganze Dorf dem Erdboden gleichzumachen. Das Mädchen neben ihm wankte, brach in die Knie, fiel auf alle viere, keuchte. Jeder Knochen zeichnete sich unter der pergamentenen Haut ab, und die Gelenke wirkten wie harte Knoten.

Auf ihren Stock gestützt, rappelte die Alte sich mühsam auf, und ihre Augen funkelten feindselig. Kaum stand sie, holte sie überraschend schnell mit dem Stock aus, hieb ihn dem Mädchen über den Kopf. Die Getroffene kippte lautlos zur Seite, rollte halb auf den Rücken und blieb mit erschrocken aufgerissenen Augen liegen. Der Blick ging ins Leere. Sie atmete nicht.

»Ihr könnt uns unser Hab und Gut, unser Vieh rauben, unsere Leben, aber nicht unsere Sitten!«, keifte die Alte.

In dem Augenblick atemloser Stille, die auf ihr Geschrei folgte, brach etwas aus Cinnas Brust empor, er umklammerte das Heft des Schwertes und stieß es in den Leib der Alten, ehe ihm gewahr wurde, was mit ihm geschah. Erst als er den Widerstand des Körpers spürte, das dumpfe Stöhnen, das befremdlich geringe Gewicht, als sie zusammensackte und nur noch seine Kraft und die Klinge in ihrem Rumpf sie auf den Beinen hielten, kam er zu sich. Er atmete stoßweise. Die anderen Frauen waren stumm zurückgewichen, starrten ihn an. Als er die Waffe zurückriss, brach die Alte haltlos zusammen.

Eine Berührung am Arm weckte ihn. Neben ihm stand Ahtala, seine Miene spiegelte Abscheu und Ekel, und ohne ein Wort zog er Cinna weg von den Weibern, deren Augen jede seiner Regungen verfolgten.

Cinna biss die Zähne zusammen, befreite sich von Ahtalas Hand und hielt auf sein Pferd zu. Kaum hatte er Alkyon erreicht, nahm er einen Lappen aus der Satteltasche und wischte die Klinge ab, als vom Boden her eine Lähmung in ihm aufstieg. Das Blut der Alten ließ sich nicht beseitigen, verschmierte stattdessen zu stumpfen, rotbraunen Schlieren auf dem blanken Eisen, tränkte den Lappen, klebte an seiner Hand. Er schleuderte das Tuch auf die Erde, schob das Schwert zurück in die Scheide und sprang auf den Rücken seines Pferdes. Er sah in Ahtalas Miene dumpfen Schrecken, als dieser schnell die Augen niederschlug.

Als Cinna atemlos das Stabszelt erreichte, drängten die hohen Offiziere bereits heraus, und zwei Soldaten zerrten einen Barbaren mit zerschlagenem Gesicht hinter sich her. Stirnrunzelnd befahl Caecina ihn zu sich, als ob er nicht wüsste, dass Cinna soeben erst eingetroffen war.

Im Zelt stand Germanicus mit finsterer Miene; Stertinius, Flavus und der Praefect einer Cohorte syrischer Bogenschützen waren bei ihm geblieben.

»Die Angrivarier sind abgefallen«, flüsterte Stertinius, als Cinna zu ihm trat.

Cinna schloss die Augen und atmete tief durch. Schlechte Nachrichten überraschten ihn nicht mehr. Mit einem knappen Nicken wandte er sich Germanicus zu, der ihn erwartungsvoll ansah.

»Wir haben einen Boten abgefangen«, sagte Germanicus. »Dieser Barbar hat gestanden, dass ihre Truppen bereits auf dem Weg zum Visurgis sind, um sich dem Feind anzuschließen.«

Cinna verschränkte die Arme, als Germanicus sich ihm und Stertinius wieder zuwandte; den Becher Wein, den ihm der herbeigeschlichene Sklave reichte, wollte er zuerst ablehnen, doch der eindringliche Blick des Jungen veranlasste ihn, das Getränk dennoch anzunehmen.

»Die Reiterei wird den Verrat mit Feuer und Schwert rächen«, fuhr Germanicus fort. »Die Truppen dürfen den Fluss nicht erreichen, die Dörfer im Umkreis eines Tagesmarsches sind niederzubrennen, die Einwohner zu töten. Ich brauche keinen Gefangenen oder Geiseln aus einem Volk, das keine Bündnistreue kennt.«

Cinna spürte, wie sich jedes Haar am Körper aufstellte, während Germanicus sie einen nach dem anderen mit Blicken durchbohrte; die dunklen Augen flackerten, als loderte darin bereits der Brand, der das Land verzehren sollte, der Brand, dessen Gewalt Cinna am Vortag verspürt hatte. Seine Rechte krampfte sich um den Becher.

»Ich, Germanicus Iulius Caesar, erbitte den Beistand des Iuppiter, des Vaters und Richters über Götter und Menschen, und den Beistand des rächenden Mars, auf dass die Strafe deutlich werde und andere vom Verrat zurückschrecken lasse.«

Er hob den Becher, den seine Rechte umkrampfte, neigte ihn, goss einen dünnen Strahl auf den Teppich. Der Sklave rannte herbei, streckte den Arm mit der Schale aus, um den Strahl aufzufangen, strauchelte und fiel der Länge nach auf den Boden, während die Schale gegen eine Truhe prallte, wo sie scheppernd zur Ruhe kam.

Bebend vor Zorn stand Germanicus da, noch immer den Becher in der erhobenen Hand haltend. Der Sklave, der sich flink auf die Füße gerollt hatte, war längst hinausgeschlüpft.

*

Die flüchtigen Mannschaften befanden sich keine drei Stadien von ihnen entfernt auf dem Weg zum Visurgis, wo

Flößer und Kähne sie erwarteten. In dichter Folge klärten Kundschafter die Verfolger über die Lage auf; die vorausgeeilten Leichtbewaffneten, Bogenschützen, hatten inzwischen Stellung bezogen, die ersten Reiter formierten ihre Reihen bereits für den Angriff, während sie durch die lichten Wälder eilten. Die Deserteure in den Hügeln nahe dem Visurgis zu stellen, war Flavus' Idee gewesen.

Cinna legte die Lanze ein, spürte das Holz rau auf der Haut. Die Wiesen, die vor ihnen anstiegen, wimmelten von Bogenschützen, vom Hügelkamm tönten Rufe, die Scharen schwärmten auseinander, machten den Reitern Platz. Cinna nickte dem Signifer knapp zu, hell ertönte der Lituus, ringsum erhoben sich mit den scharfen Rufen der Offiziere die Stimmen zu einem einzigen Schrei, untermalt vom donnernden Hufschlag, als die Pferde den breiten Hang erklommen. Sie brachen zwischen den Bogenschützen durch, die sofort ihre Salven einstellten, und während die Pfeile noch herabregneten, stürmten sie den Hügel hinunter, in die Reihen der Feinde, von denen viele im Graben und hinter den Leichen von Pferden und Männern Schutz gesucht hatten. Zwischen ihnen tauchten Reiter auf, hetzten ihre Pferde auf die Angreifer zu.

Die Lanze stieß den Gegner von seinem Pferd. Holz knirschte hart, der Mann ächzte dumpf, sein Körper gab nach, fiel. Cinna hörte Klingen durch die Luft sausen, Schreie, schrilles Wiehern, Hilferufe gellten dazwischen. Die Angegriffenen stolperten kopflos auseinander, gerieten unter die Hufe und rannten blind in Lanzenblätter und Klingen. Kinder, fuhr es Cinna durch den Kopf, die meisten derer, die vor ihnen davonrannten, waren kaum mehr als Kinder, denen Waffen in die Hände gedrückt worden waren. Erst hatte man sie zu Germanicus geschickt, dann waren sie den Einflüsterungen, sich Arminius anzuschließen und ihre wahren Feinde zu bekämpfen, willig gefolgt, jetzt wurden sie von diesem Feind zermalmt, wehrlos, weil ohne Erfahrung.

Wo waren die Männer, die diese Kinder angeführt hatten?

Schrill wiehernd warf Alkyon sich auf die Hinterhand, Cinna prallte hart gegen den Mähnenkamm. Der Atem stockte, Funken rieselten herab. Seine Finger krallten sich in die Mähne des Pferdes, das rückwärts taumelte, die Vorderhufe wirbelten durch die Luft, als suchte er Halt.

Mit dem Schild schlug er nach den Händen, die seine Beine umklammerten, ihn aus dem Sattel zerren wollten. Er packte das Schwert, stieß nach dem hassverzerrten Gesicht, bohrte die Sporen in die Flanken des Hengstes, der einen Satz machte. Einer brach unter den Hufen zusammen, Cinna war frei.

Und dann hörte er das Brüllen der Krieger, die aus der Talsenke auf sie zu rannten, Knüppel über den Köpfen schwingend. Er riss die Hand mit dem Schwert hoch, ein schneller Blick versicherte ihm, dass mehrere Turmen sich zum Angriff sammelten. Ahtala stellte sich neben ihm ein, die Brust seines Pferdes, sein Schild, seine Beine waren blutbespritzt, die Klinge stumpf von Blut. Als Cinna an sich herabsah, bot sich ihm das gleiche Bild. Die Lanze hatte er im Getümmel verloren. Die brüllenden Männer näherten sich in ungeordneten Scharen, als sich die Reiter unter dem Schall des Horns in Bewegung setzten, dicht nebeneinander. Mit fliegenden Hufen berannten die Pferde die Gegner.

Die Farbe breitete sich von den Fingerspitzen aus, strömte über seine Unterarme, eine warme, ölige, tiefrote Flüssigkeit. Er versuchte, sie abzuwischen, verschmierte sie. Ein metallischer Geruch stieg ihm in die Nase, Brechreiz erregend. Wasser plätscherte neben ihm, er tauchte die Hände in den Strahl, die Arme, rieb über die Haut. Doch wo immer das Blut abgespült wurde, quoll frisches nach, als träte es aus seiner eigenen Haut, vermischte sich mit dem Wasser, bildete Wirbel und Wolken in dem silbernen Becken. Seine Kehle brannte, und sein Magen hob sich.

Er schlug die Augen auf, befand sich auf dem Boden, auf seiner Matte, über sich eine raue Decke. Ein Horn ertönte, meldete den Wechsel der Nachtwache, leise knirschte Sand unter genagelten Sandalen. Die nächtlichen Geräusche eines Marschlagers. Gedämpft klang ein Keuchen und Würgen und Husten herüber. Ein dünner Streifen matten Lichtes schimmerte unter dem Vorhang, der das Zelt teilte. Cinna setzte sich auf, die Glieder waren mürb, wie das Fleisch eines alten Ochsen, das man weich geklopft hatte, um es genießbar zu machen. Die linke Schulter konnte er nur mühsam bewegen, am linken Knie ertastete er einen Verband. Gegen den Widerstand des verhärteten Muskels im anderen Oberschenkel stemmte er sich hoch. Taumelte auf den Lichtstreif zu, dem Husten und Keuchen nach. Im anderen Teil des Zeltes kauerte Cassius auf Knien und Ellenbogen neben einer Wasserschüssel. Er starrte Cinna aus weit aufgerissenen Augen an, während ein Speichelfaden von seinem Kinn troff. Unter ihm Erbrochenes. Klumpen aus halb verdautem Brot und Fleisch schwammen in Galle und Wein, Reste einer wahnwitzigen Siegesfeier. Cinna warf einen Blick auf seine Hände; sie waren weiß und sauber, keine Spur von Blut. Er ließ sich neben Cassius auf die Knie, zog ein Laken von der Truhe und legte es dem Jungen um die Schultern. Er schöpfte Wasser in der hohlen Hand aus der Schüssel, wischte ihm über das Gesicht, vorsichtig, um die Reste des Erbrochenen, die in seinen Mundwinkel klebten, nicht zu verteilen.

»Du hast zu viel getrunken«, murmelte er.

»Die … die Gesichter …«

»Schon gut. Es wird aufhören.«

Als Cassius ihn wild anstarrte, senkte er den Kopf. Tatsächlich würde es niemals aufhören. Er kannte diese Träume nur zu gut, die als Vergeltung über einen kamen, nachdem man von der Macht des Mars befallen worden war wie von einer Seuche. Eine Seuche, die unter den Leibern der Gegner wütete und in der eigenen Brust. Ungebeten stellten sie sich ein, die Träume und Bilder. Manchmal blasser, leiser, manchmal wie ein Flüstern im Nebel, aber sie ließen einen niemals völlig los. Ein Mädchen, bei dem ein Mann gelegen hatte, konnte nie wieder Jungfrau sein – ein Mann, der getötet hatte, nie wieder unschuldig.

Cinna zog den Jungen an sich, spürte den rasenden Herzschlag an seiner Brust, den viel zu schnellen Atem an seinem Hals. Er hielt ihn fest, als die Schultern zu zucken begannen, Schluchzen den Körper erschütterte. Warm sammelten sich Tränen an Cinnas Hals, tränkten die verschwitzte Tunica, während er die krampfhaft hochgezogenen Schultern des Jungen massierte, bis diese erschlafften.

Er versuchte an seine Kinder zu denken, an Sunja, an sein eigenes Haus, daran, dass junge Burschen wie die, welche sie an diesem Tag vor sich hergetrieben und erschlagen hatten, aus Mutwillen und der Sucht nach Anerkennung Raubzüge unternahmen, als gäbe es nichts Herrlicheres auf der Welt als zu schänden und zu morden, zu brandschatzen und zu plündern. Waren doch diese Überfälle der Grund für die Furcht der Bewohner der gallischen Provinzen vor den Germanen gewesen. Der Grund für die Unterwerfung der Stämme zwischen Rhenus und Albis durch Drusus und Tiberius. Auch Arminius hatte seinen Heerscharen das reiche Gallien zur Beute verheißen, Gold und Sklaven, Pferde und Frauen.

Sie hatten die geflohenen Einheiten gestellt, hatten sie niedergehauen wie Schlachtvieh, von einer fremden Macht besessen. Ihre Pferde waren schier im Blut gewatet, und als sie die Leichen ihrer Rüstungen und Waffen beraubt hatten, hatten sie gestöhnt unter der Last. Erst nachdem sie im Lager zur Ruhe gekommen waren, stellte sich das Grauen ein, und die Geister der Gefallenen forderten ihren Tribut, während am Horizont Rauchsäulen aufstiegen und Feuerschein den Nachthimmel erleuchtete. Stertinius hatte die Dörfer der Umgebung niederbrennen und die flüchtigen Bewohner erschlagen lassen. Gemäß dem Befehl, die Rache mit Feuer und Schwert zu vollstrecken.

Stirnrunzelnd las Cinna die Nachricht ein zweites Mal, bevor er die Tafeln zusammenklappte und auf der Truhe ablegte, die während des Feldzugs seine Habseligkeiten barg.

»Gute Nachrichten?«, fragte Fronto hinter ihm.

Cinna schüttelte den Kopf. »Verhandlungen.«

Als er sich umdrehte, las er in Frontos Miene die Verwunderung, die auch er verspürte; der Decurio legte den Kopf schräg als erwartete er eine Erklärung.

»Germanicus will mich dabeihaben, wenn er Arminius trifft – freilich nicht nur mich!«

»Trotzdem ist dir nicht wohl dabei.«

Cinna nickte knapp und schlug sich mit den Tafeln in die Hand, während er ruhelos umherging. Als er hörte, dass das Leder des Zelteingangs zuklappte, drehte er sich um. Fronto war tatsächlich hinausgegangen, doch an seiner Stelle stand Hraban im flackernden Schein des Kandelabers, die Hände an den Oberschenkeln. Cinna stockte der Atem, er hatte sich seit Beginn des Feldzuges von seinem Schwager und dessen Vater ferngehalten, ohne dass er einen Grund dafür hätte nennen können. Er nagte an der Unterlippe, als Hraban ihn schüchtern begrüßte, und nickte dann nur.

»Wie ist es dir ergangen?«, fragte Hraban.

Mühsam hob Cinna die Hände, um nach einigem Zögern hilflos abzuwinken, und er brachte nichts als eine hingemurmelte Entschuldigung hervor, bevor er den Blick hob.

»Wir kämpfen jetzt Seite an Seite«, sagte Hraban, »und nicht als Feinde gegeneinander. Und das ist etwas, was ich mir immer gewünscht habe.«

»Nein, Hraban, das, was hier geschieht, hast du dir niemals gewünscht.«

»Wir kämpfen gegen einen Mann, der meinen Vater seines Ranges, seiner Stellung und seiner Würde beraubt hat. Einen Mann, der Zwietracht und Unheil über dieses Land gebracht hat.«

»Einen Mann, dem es als Erstem gelungen ist, einen Großteil der zerstrittenen Stämme zwischen Rhenus und Albis zu einem Bündnis zu führen«, fügte Cinna grimmig hinzu.

Er hörte Hraban nach Luft schnappen und bereute seine Worte bereits, die in der Stille nachzuhallen schienen.

»Es begann damit, dass mein Bruder sich von den giftigen Einflüsterungen dieses Mannes vereinnahmen ließ.«

Cinna schüttelte den Kopf. »Nein, mein Freund, es begann damit, dass die Braut deines Bruders –«

»Still!«, rief Hraban. »Was immer ich jetzt sagen würde, du würdest ein Ereignis, einen Grund vorbringen, der dir recht gäbe. Wie ihr Römer stets Gründe vorbringen könnt, warum ihr die Herrscher seid und alle anderen die Unterworfenen. Wer zu schonen ist und wer bestraft wird. Selbst wenn es sich nur um ein zänkisches altes Weib handelt!«

Die Worte trafen Cinna wie vergiftete Nadeln, ein feiner, kurzer Schmerz, ein Gefühl von Lähmung und Taubheit hinterlassend, das sich mit jedem Pulschlag im Körper ausbreitete.

»Mit diesem Hochmut hat es angefangen, Gaius!«, fuhr Hraban fort. »So habt ihr das Vertrauen vieler verloren, die ihre Hoffnung auf euch gesetzt hatten. Euer Gesetz gilt, eure Maßstäbe. Und ihr hört nicht auf damit! Ihr werdet auch das Vertrauen derer verlieren, die jetzt noch treu zu euch stehen.«

Mutlos sank Cinna auf einen Sessel, viel zu weit von dem Becher entfernt, den er beim Eintreffen des Befehls, sich am frühen Morgen ins Stabszelt zu begeben, abgestellt hatte. Als hätte Hraban seine Gedanken gelesen, nahm er das Gefäß, brachte es Cinna, um es ihm in die Hand zu drücken.

»Du hattest übrigens recht. Titus Pontius ist ein sehr guter Mann, er führt seine Männer wie ein kluger Fürst, er berät sich mit uns und gibt niemandem Anlass, sich herabgesetzt zu sehen. Dass es Vater dennoch hart angeht, kannst du dir denken. Nie hat er sich einem anderen Herrn gefügt. Aber er hat einem Feind weichen müssen, dem er sich nicht länger entgegenstellen konnte, er hatte sich zwischen zwei Herren zu entscheiden und wählte den, von dem er für sich und die Seinen Rettung erhoffte.«

»Das mag ein Irrtum gewesen sein …«

»Er hatte keine Wahl, und die Entscheidung war bitter.«

Cinna hob den Kopf und sah Hraban an. »Um mir das zu sagen, bist du gekommen?«

Er sah Hraban krampfhaft schlucken, sah das matte Licht, das sich in dessen Augen widerspiegelte.

»Was immer dich uns entfremdet hat, Gaius …«

Cinna sprang auf, Wein schwappte aus dem Becher, als er ihn hart auf einer Truhe absetzte und sich mit der Rechten durch das Haar fuhr.

»Bitte …«, stammelte er, hielt inne. Sah Hraban an, den Sohn des Mannes, der ihn einst gefangen gehalten hatte, den jungen Mann, den er die Handhabung einiger Waffen gelehrt hatte, der in den vergangenen Jahren herangereift war und ihn nun beschämte. Ungestüm umschlang Cinna ihn, drückte ihn an sich.

»Es tut mir leid«, flüsterte er erstickt.

*

Als die Boote das gegenüberliegende Ufer des Visurgis erreichten, erschienen Reiter in gebührender Entfernung, und Bogenschützen bezogen auch hier Stellung. Pfiffe gellten vom Auwald her, die eigenen Kundschafter, die vor ihnen den Fluss überquert hatten, meldeten, dass Arminius sich nähere. Germanicus verschränkte trotzig die Arme vor der Brust und reckte das Kinn, während er unter dem Vordach des auf der Uferböschung hastig aufgestellten Zeltes wartete. Die Offiziere, die ihn begleiteten, hatten sich in einem Halbkreis um ihn versammelt. Auf dem Wasser schaukelten weitere Boote und Flöße, die mit Leichtbewaffneten besetzt waren, während am westlichen Ufer des Visurgis eine Reihe von Ballisten und Catapulten aufgestellt und vorbereitet worden war.

Kaum tauchten die Reiter auf dem schmalen Weg zwischen den Bäumen des Auwaldes auf, sträubte sich Cinnas Nackenhaar, und er konnte den Blick nicht abwenden von dem Mann, der hoch aufgerichtet auf einem prächtigen Schimmel seinen herausgeputzten Begleitern voranritt. Um ihn blähte sich der Mantel, und rotblonde Locken flatterten unter dem Helm hervor. Ein winziges Lächeln grub sich in Pedos Mundwinkel, ein Anflug von Anerkennung für den Feind, der sich seit mehr als sechs Jahren dem strafenden Arm der Römer widersetzte und mit dem Stolz eines Barbarenkönigs seinen Auftritt feierte.

Würdevoll glitt Arminius vom Pferderücken und wartete auf seine Begleiter, zwei fürstlich aussehende Männer mittleren Alters; die sechs schwer bewaffneten Leibwächter hielten ein wenig Abstand, äugten dabei wachsam umher. Fünf Schritte vor Germanicus blieb Arminius stehen, stieß beide Hände vor, hob sie ein wenig zu einer einladenden Geste und neigte den Kopf kaum merklich zur Seite.

»Sei mir gegrüßt, Germanicus Caesar, Nachkomme des göttlichen Iulius Caesar und des ebenso göttlichen Augustus und Sohn des Tiberius Caesar. Und seid mir gegrüßt, edle Gesandte des römischen Volkes und Senats.«

Einen Augenblick lang hatte Cinna Arminius' Blick auf seinem Gesicht gespürt, einen undurchdringlichen Blick, der nicht recht passen wollte zu dem Lächeln, das seine Lippen umspielte; dann war dessen Aufmerksamkeit wieder erloschen, und Germanicus erwiderte die Begrüßung, seine Stimme klang allerdings frostig.

»Bevor wir uns niedersetzen, Caesar, will ich eine Bitte äußern.« Arminius räusperte sich, als wäre er verlegen, machte eine lange Pause, bevor er wieder aufsah. »Wirst du mir gestatten, meinen Bruder zu sehen und mit ihm zu sprechen?«

Deutlich war Germanicus die Verblüffung anzusehen, die an der Mauer seiner Selbstbeherrschung kratzte, während er den Gegner schweigend anstarrte. Einen Gegner, der vor ihm stand, als gäbe es diesen Krieg nicht, mit der gleichgültigen Eleganz einer großen Katze, ein Mann, der vor einer Heeresversammlung durch seine kriegerischen Erfolge glänzte. Cinna fröstelte bei der Erinnerung an eine Begegnung, die ihn noch immer bis in den Schlaf verfolgte. Als Germanicus kurz nickte, rannte ein Stabsgefreiter zum Ufer hinunter, gab den Befehl weiter, ein Soldat schob eines der Boote ins Wasser und lenkte es ans andere Ufer.

Indessen trugen Sklaven gepolsterte Sessel herbei, sodass sich die beiden Heerführer niederlassen konnten. Während Arminius die Beine von sich streckte und sich nachdenklich auf den aufgestützten Arm lehnte, saß Germanicus aufrecht, ja fast steif auf den Kissen und krampfte die Hände um die Armlehnen. Die Rollen schienen klar verteilt, wie in einer Posse. Germanicus forderte eine Entscheidung, Arminius schlug lächelnd ab, ein römischer Übersetzer und einer seiner Leute machten seinen Begleitern das Gesagte verständlich. Arminius erging sich in sonderbaren Andeutungen über einen gemeinsamen Feind, während Germanicus zunehmend grimmiger antwortete, auf seinen Forderungen beharrte und schließlich wütend aufsprang und dem Gegner den Rücken zuwandte.

Achselzuckend stemmte der Cheruskerfürst sich aus dem Sessel, klopfte anerkennend auf die Lehne, wobei sein Blick nochmals über die anwesenden römischen Offiziere flog, nochmals Cinnas Gesicht streifte wie ein kalter Hauch.

»Ich lade dich gerne ein auf meine Burg, Sohn des Caesar«, sagte er mit hörbar spöttischem Unterton. »Als Freund weitaus lieber denn als Feind. Als Freund würde ich dich mit allen Ehren begrüßen, die einem Gleichgestellten zukommen – als Feind wirst du dir den Weg zu meiner Burg erzwingen müssen.«

Während aufkommender Wind die Wimpel und leinenen Zeltbahnen flattern ließ, verharrte Arminius reglos hinter dem Sessel, selbst nachdem Germanicus energisch den Kopf geschüttelt hatte. Cinna sah, dass die Hände des Feldherrn die Lederstreifen an seinem Panzer kneteten, bis die Knöchel weiß hervortraten. Sichtbar gärte in ihm der Wunsch, den Feind hier und jetzt gefangen zu setzen, doch er befand sich im Herzen des Feindeslandes, durch den Fluss abgeschnitten von den Legionen und Hilfstruppen. Nur beschützt von einer Schar Leichtbewaffneter, die in der Strömung die Stellung halten sollten, und den Kriegsmaschinen auf dem gegenüberliegenden Ufer. Eine unheilvolle Bezauberung mochte Germanicus veranlasst haben, in dieses Treffen einzuwilligen, der Wunsch, dem Mann, der die wohlwollende Förderung durch seinen Vater und Oheim letztendlich mit Verrat und Hinterlist gedankt und schließlich eine ganze Provinz in Aufruhr versetzt hatte, leibhaftig zu begegnen.

Ein Bote trat unter Verbeugungen zu Germanicus, der unruhig umhersah, dann nickte. Ohne eine weitere Verabschiedung machte der Feldherr sich gemessenen Schrittes auf den Weg zum Ufer hinunter. Die Offiziere, die Germanicus begleiteten, folgten ihm zu den Booten, wo er auf Cinna, Stertinius und Pedo deutete und dann ebenso gebieterisch auf den Boden. Sie hatten zu bleiben, während der Hauptteil des Stabes und der Berater sich auf den Rückweg machte.

In der Mitte des Flusses begegnete Germanicus' Boot demjenigen, in dem Flavus stand. Die stramm aufrechte Haltung und die verschränkten Arme verrieten schon von weitem dessen Unwillen.

Schwere Schritte näherten sich die Böschung herab. Cinna glaubte, den Atem des Arminius' bereits im Nacken spüren zu können, wie eine Schlange, die in ihrem Versteck lauert, um sich auf ihre arglose Beute fallen zu lassen, ein Riemen, der sich kalt über die Haut ringelt. Langsam drehte er sich um und schluckte den hilflosen Zorn über den Befehl hinunter, als er Arminius, gefolgt von seinen Leibwächtern, auf sich zukommen sah; er würde diese Unterredung beobachten, Zeuge sein, was immer geschah. Töten lassen würde Arminius sie hier und jetzt nicht. Das wurde ihm klar, als er den angespannten, ja sogar besorgten Zug in dem kühlen Lächeln bemerkte.

Doch anstatt vorbeizugehen, blieb Arminius neben Cinna stehen, sah ihn an, bevor er den Blick wieder über das Wasser schweifen ließ.

»Das Schicksal meint es gut mit dir, Gaius Cinna«, sagte er unvermittelt in seiner Muttersprache. »Inzwischen betrachtet Germanicus dich als Freund – und das, obwohl du ihn nicht leiden kannst.«

Verblüfft starrte Cinna ihn an.

»Du siehst, ich bin bestens im Bilde über die Vorgänge bei euch. Auch ohne meinen starrköpfigen Bruder fragen zu müssen.« Das dünne Lächeln verbreiterte sich zu einem Grinsen. »Ich gehe davon aus, dass ihr über die Vorgänge in meiner Umgebung ebenfalls bestens im Bilde seid.«

Cinna schwieg. Kalter Schweiß rann als feiner Tropfen über seine Schläfe, ohne dass er es verhindern konnte. Pedo und Stertinius waren näher getreten.

»Offenbar stehst du unter dem besonderen Schutz eines Gottes, der mir nicht wohlgesinnt ist«, seufzte Arminius. »Sooft du meinen Weg auch kreuzt, ich bekomme dich nicht zu fassen.«

Der Kiel des Bootes fuhr knirschend auf den Uferkies, und Flavus hatte sichtlich Mühe, seine würdevolle Haltung zu wahren.

»Mir geht es nicht anders.« Gereizt fuhr Cinna sich durch das Haar, um das Zittern seiner Hände zu verbergen, als Arminius, ohne ihn weiter zu beachten, zum Wasser schritt, um seinen Bruder zu begrüßen.

»Heil sei mit dir«, rief er und streckte Flavus die Hände entgegen. »Mein lieber Bruder, viel zu lange sind wir uns nicht begegnet, haben uns nicht begrüßt, wie das unter Brüdern sein sollte.«

Mit finsterer Miene ging Flavus achtlos an Arminius vorbei zu den anderen Offizieren. »Ich wäre dir gerne begegnet, am liebsten mit dem Schwert in der Hand.«

»Bitte, keinen Groll jetzt! Im Namen unseres Vaters, der Herr über alle Cherusker war, lass Frieden zwischen uns sein, und sei es auch nur für diese Stunde.«

»Ich verzichte auf diese Stunde, und erst recht auf einen Frieden zwischen uns. Du hast diesen Frieden gebrochen! Und du sagtest einst, du ließest mich nicht noch einmal davonkommen.«

Ein grimmiges Lächeln grub sich in Cinnas Mundwinkel. Arminius stutzte, dann runzelte er die Stirn, näherte sich langsam, wobei er Flavus unverwandt ins Gesicht blickte.

»Sag mir, Flavus«, er betonte den Namen ein wenig spöttisch, »wann und wie hast du dein Auge eingebüßt?«

»Du müsstest es wissen. Du wusstest es schon, als wir uns das letzte Mal begegneten. Oder bist du inzwischen so von Sinnen, dass ich dir noch einmal erzählen muss, wie ein paar deiner räudigen marsischen Spießgesellen mich und einige meiner Soldaten aus dem Hinterhalt überfielen?«

»Und was war der Lohn für diese Entstellung?«

»Du weißt es! Du kennst dich doch bestens aus mit Solderhöhungen, Torques und Kränzen, soldatischen Ehren ...«

Arminius leises Lachen brachte Flavus wütende Redeflut ins Stocken.

»Sklavenlohn, den man gedungenen Mördern auszahlt, wenn diese ihren Dienst erfüllt haben«, höhnte Arminius scharf. »Was sollten diejenigen, die Mörder dingen, auch anderes auszahlen.«

»Meinst du den großmütigen Germanicus Caesar und seinen Onkel Tiberius, die niemals an meiner Treue gezweifelt haben, obwohl ich dein Bruder, der Bruder eines meineidigen Verräters bin? Die deine Frau, die Tochter des Segestes, die du dir gegen alles Recht geholt hast, in Ehren halten ebenso wie den Sohn, den sie geboren hat – deinen Sohn?« Er schnaubte verächtlich. »Hast du vergessen, welchen Grundsatz schon Augustus seiner Herrschaft auferlegt hat, den Drusus und Tiberius und alle ihre Nachfolger immer beachtet haben – Unterworfene zu schonen und Aufrührer mit schweren Strafen zu belegen? Oder denkst du, du seist ohnehin schon so weit gegangen, dass du nicht mit Milde rechnen könntest?«

»Und du, lieber Bruder, hast, scheint's, alles vergessen, was du der heimatlichen Erde schuldig bist, den heiligen Hainen und der Freiheit, in der wir einst lebten – und wieder leben! Sogar deine Mutter, die nach dir fragt, die für deine Rückkehr betet und die es mir nie verziehe, wenn dir in einem Gefecht etwas zustieße!«

Atemlos beobachtete Cinna die beiden Männer, die kaum zehn Schritt voneinander entfernt standen, Arminius gerade wie eine Lanze, Flavus ein wenig vorgebeugt, Arminius blass und mit kalten Zügen, Flavus mit dunkelroten Wangen, während seine Fäuste sich an seiner Seite unwillkürlich ballten und öffneten. Neben Cinna schnalzte Pedo leise mit der Zunge. Als Flavus nicht antwortete, reckte Arminius sich noch mehr in die Höhe.

»Willst du wirklich lieber als feiger Überläufer und Verräter an Sippe und Gefolgsleuten, ja am eigenen Volk in Knechtschaft leben, als deinen angestammten Platz an meiner Seite anzutreten?«

Ohrenbetäubender Jubel brach ringsum auf der Böschung aus, die Barbaren sprangen auf, warfen die Arme in die Luft und schüttelten ihre Waffen. Unwillkürlich wich Cinna zurück, ein Blick warnte ihn, dass auch die Soldaten in den Booten sich auf eine überstürzte Flucht vorbereiteten.

Brüsk fuhr Flavus herum. »Mein Pferd!«, brüllte er zum Ufer gewandt. »Mein Pferd und mein Schwert will ich! Auf der Stelle!«

Cinna wollte vorschnellen, aber Stertinius stieß ihn zurück, rannte zu Flavus. »Das reicht jetzt! Lass dich nicht –«

»Mein Pferd zu mir!«

Hart packte Stertinius ihn am Arm, schüttelte ihn.

»Seht es euch gut an, meine tapferen Männer«, fauchte Arminius hinter ihnen, »wie sie ihn vom Kampf abhalten, damit er sklavisch bleibe und ihnen diene!«

Flavus riss sich los, um sich auf Arminius zu stürzen, doch jetzt hatte auch Cinna ihn ergriffen, und gemeinsam zerrten sie Flavus, der sich energisch zu befreien versuchte, zu den Booten, die Pedo wieder in Ufernähe gerufen hatte. Arminius' Flüche gingen über sie hinweg wie eine Flut, während sie zusammen mit den verbliebenen Soldaten vom flachen Wasser aus in die Boote kletterten.

Ein brennender Schmerz traf Cinnas Nase, betäubte ihn. Hinterrücks schlug er gegen etwas Hartes. Benommen wurde er gewahr, dass ihn Flavus mit der Faust niedergestreckt hatte. Dröhnendes Gelächter tönte vom Ufer, aber im Boot war es schlagartig ruhig. Cinnas Hand war voller Blut, als er sie von den Lippen nahm, und den summenden Kopf hebend, fiel sein Blick auf Flavus' bestürzte Miene, hörte er den Cherusker Entschuldigungen stammeln, während am Ufer die Feinde johlten.

»Was für ein Schauspiel!« Pedo drückte dem auf der Kline liegenden Cinna einen frisch gefüllten Becher in die Hand, hob den seinen hoch über den Kopf. »Wahrlich, ein schlechterer Dichter als ich könnte aus diesem Bruderzwist ein gewaltiges Werk schaffen.« Mit einem Satz stand er mitten im Raum, drückte den Rücken durch und ahmte auf Zehenspitzen stehend die gezierte Haltung eines Tragöden nach.

»Donnernd ertönte darauf die Stimme des tapferen Flavus,

Zwang des Arminius' Mannen, die wilden Herren der Wälder
Germaniens in den Staub …«

Seine Worte erstarben im Gelächter der Männer, die das Zelt bevölkerten.

»Nein, das war noch nichts«, grinste Pedo. »Da geht es mir wie dem Publius Vergilius in den ersten Zeilen der *Aeneis*.«

Die Umstehenden grölten, auch Flavus stimmte in den Ausbruch allgemeiner Heiterkeit ein, aber Pedo winkte ab. »Wartet es ab! Eines Tages wird einer aus dieser Begegnung eine große Szene machen – vielleicht legt er sogar den Fluss zwischen die beiden Streithähne!«

XXII

Wall und Graben waren bereits fertiggestellt, die ersten Zelte errichtet, die Befestigungen bemannt, als die letzten Reiter von ihrem Einsatz zurückkehrten. Die Bataver brachten ihre Gefallenen, die sie den Händen des Feindes entrissen hatten, verstümmelte, teils zerhackte Leichen, legten sie vor dem Hauptzugang des Lagers nieder, ehe sie sich um ihre Toten versammelten, während eine blassrote Sonne auf die Hügel jenseits des Visurgis sank.

»Ihr Anführer wurde getötet«, sagte Stertinius, der sich zu Cinna gesellt hatte. »Er hat sich mit den Tapfersten ins dichteste Getümmel geworfen, um seinen bedrängten Männern den Weg aus der Umzingelung freizuschlagen.«

»Das hat sich schon herumgesprochen«, erwiderte Cinna. »Immerhin konnten wir die Gegner lange genug beschäftigen, sodass der Brückenbau vorankommt.«

»Sie können uns stören, aber nicht aufhalten.«

Stertinius musterte Cinna eine Weile, wandte sich dann wieder den trauernden Batavern zu, die zu singen begonnen hatten. Einer nach dem anderen trugen sie Verse vor, ließen dabei ein Horn herumgehen.

»Verstehst du, was sie sagen?«

»Sie preisen die Vorfahren der Gefallenen, nehmen Abschied, empfehlen die Geister der Obhut der Ahnen.«

»An diese eintönigen Weisen werde ich mich nie gewöhnen«, murmelte Stertinius.

Aus seiner Miene las Cinna, dass ihn etwas anderes hergeführt hatte als Interesse an den Bestattungsgebräuchen verbündeter Barbaren. Cinna verzog die Lippen zu einem müden Lächeln, während er vorsichtig sein linkes Handgelenk massierte, das von der Handhabung des Schildes wund gerieben war.

»In einigen Tagen werden wir sämtliche Truppen auf dieser Seite des Flusses haben«, begann Stertinius zögerlich. »Und dann wird es zur entscheidenden Schlacht kommen.«

»Letzteres können wir noch nicht mit Bestimmtheit sagen. Wenn sich Arminius oder sein Onkel Inguiomerus oder mehrere seiner hohen Mitstreiter die Sache anders überlegen, werden die Krieger sich in den Wäldern zerstreuen. Dann allerdings haben wir kaum eine andere Möglichkeit als uns zurückzuziehen, um einen neuen Anlauf zu nehmen.«

»Wir gehen davon aus, dass Arminius dafür keine Mehrheit in seinem Rat hat. Sie werden bleiben, um zu kämpfen.«

»Sie können uns immer noch ihre bevorzugte Schlachtführung aufdrängen«, wandte Cinna ein.

»Es gibt Mittel und Wege sie daran zu hindern – aber deshalb bin ich nicht zu dir gekommen.«

Fragend sah Cinna ihn an, sagte aber nichts; Stertinius hingegen senkte den Kopf und scharrte vorsichtig mit der Stiefelspitze im feuchten Sand.

»Germanicus wird am Morgen vor dem Kampf letzte Auspicien einholen, um den Willen der Götter zu erforschen. Er hat dafür einen der wenigen verbliebenen Stiere zurückbehalten.«

Stertinius bedachte Cinna mit einem langen, vielsagenden Blick, einem Blick, den Cinna nicht zu deuten wagte.

Verriet er doch, dass zumindest einige der hohen Offiziere Absichten hegten, die mit denen des Feldherrn und Heerführers nicht übereinstimmten, und zu diesem Zweck Einfluss auf den Verlauf der Opferung und die Deutung der Eingeweideschau nehmen wollten.

»Sollten wir in der Schlacht den Sieg davontragen«, fuhr Stertinius sehr leise fort, ohne den Kopf zu heben, »wäre es nur recht und billig, denjenigen, in dessen Namen diese Auspicien durchgeführt worden sind, zum Imperator auszurufen.«

Cinna stutzte. »Ihr wollt Germanicus …«

Stertinius' Augen blitzten hell auf, dann zog er die Brauen kurz zusammen, doch als Cinnas Lippen den Namen des Tiberius formten, nickte er kaum merklich.

Cinna wusste von den Briefen, von den Einladungen zur ehrenvollen Rückkehr, die Tiberius ausgesprochen hatte, denen Germanicus bislang jedoch nicht gefolgt war, weil er das Lebenswerk seines Vaters wiederherstellen wollte, den Verräter bestrafen und den Freund rächen. Um beinahe jeden Preis, wie es schien. Wenn es den hohen Offizieren gelänge, die Soldaten dazu zu bewegen, Tiberius auf dem Schlachtfeld zum Imperator ausrufen zu lassen, dann wäre Germanicus gezwungen, sich seiner Pflicht zu erinnern und dem erklärten Wunsch des Tiberius zu entsprechen.

»Warum fragst du mich das?«, fragte Cinna Stertinius, der fortwährend seine Stiefelspitzen betrachtete.

»Weil ich weiß, welche Aufgaben dich in der Schlacht erwarten.«

Die Barbaren stimmten ein dumpfes Summen an, stampften den Takt mit den Füßen, dann legte sich eine helle, junge Stimme über diesen Klangteppich. Geschmeidig meisterte der Sänger einige schwierige Phrasierungen, während Cinna ein Schauer den Nacken hinunterlief. Den Feind in der Flanke fassen, das war die Aufgabe der Reiterei. Der einzige Platz in der engeren Umgebung, zwischen den gegnerischen Lagerplätzen gelegen, war ein ausgedehnter Talboden mit Weiden und Äckern, begrenzt von dicht bewaldeten Hängen. Nur ein Teil der Barbaren würde sich in geordneten Reihen auf dem Felde dem Kampf stellen, ein großer Teil, vermutlich die gesamte Reiterei, hingegen sich auf den Hängen verstecken und nach Beginn der Kampfhandlungen überraschend zwischen den Bäumen herabstoßen. Diese Scharen mussten rechtzeitig zersprengt und in die Flucht geschlagen werden.

»Ich vermute, du darfst mir nicht sagen, um welche Aufgaben es sich handeln wird?«

Stertinius schüttelte den Kopf und seufzte leise. »Ich darf nicht, aber ich tue es dennoch. Deine Einheit und die des Titus Pontius sollen den ersten Angriff auf die Reiterei des Feindes führen. Er sagte, den Ruhm, den du dir erringen könntest, indem du eine frühe Entscheidung erzwingst, wäre geeignet, deinen verlorenen Rang und den Namen deiner Familie wiederherzustellen.«

Augenblicklich sträubte sich Cinna das Haar, Schweiß drang aus allen Poren, rann über die Stirn, klebte unter den Achseln und in den Händen. Es war ein Zeichen des Vertrauens, wenn Germanicus gerade ihn ausgewählt hatte.

»Wann sagte er das?«

»An diesem Morgen, nachdem er die Auspicien für die heutigen Kämpfe einholte. Ich war enttäuscht, dass meine italischen und gallischen Reiter ihm dieser Aufgabe nicht wert erschienen, deshalb sprach ich ihn im Beisein des Flavus darauf an. Er sagte, dir sei offenkundig Unrecht widerfahren, denn er habe dich trotz anfänglichen Argwohns im

Laufe dieser Feldzüge als lauteren Mann kennengelernt, als einen, der sich das Vertrauen des Tiberius durch seine soldatischen Verdienste erworben habe und nun ebenso seines. Dass der alte Augustus dir die volle Wiederherstellung deiner Rechte und deines Ranges verweigert habe, sei Unrecht, das er wiedergutzumachen gedenke.«

*

Die Tage, an denen zuerst das Marschlager befestigt, dann die Brücke fertiggestellt wurde, verbrachte Cinna in beständiger Unruhe, und in den Nächten verfolgten ihn Traumgesichte voll düsterer Vorahnungen. Er sah die perusianische Villa vor sich im Sonnenlicht, umgeben von den Weiden und Feldern, den Zypressenhainen und Olivengärten, dann schossen Flammen empor, und Rauch verdunkelte das Bild, die Ahnung einer Ruine, deren Reste wie abgenagte Gerippe dalagen. In einem anderen Traum glitt seine Rechte über Sunjas kühle glatte Haut, umschloss sacht eine ihrer Brüste, ehe er zurückschrak, weil sie aufschrie; Blut klebte an seinen Fingern, er hatte es auf ihrem Körper verschmiert, und er hörte Thauris, die ihn ermahnte, sich daran zu erinnern, was er einst geschworen habe.

Seine täglichen Aufgaben waren wenig bedeutend; befehlsgemäß schickte er Trupps aus, die Kundschafter zu begleiten oder feindliche Einheiten aus der Umgebung des Lagers zu vertreiben. Zu Kampfhandlungen kam es nicht. Drohgebärden schienen zu genügen, doch genau das beunruhigte Cinna ebenso wie Stertinius und Flavus, der sich noch erbarmungsloser in seinem Hass gegen den eigenen Bruder verstieg. In all diesen Stunden gelang es Cinna nicht, ein Bild zu verscheuchen, das sich ungebeten immer wieder Gastrecht verschaffte: Inguiotar auf seinem großen, kräftigen Schimmel inmitten eines Gewühls feindlicher Krieger, in dem er unterging wie ein Schiff, das in der Brandung zerschellte. Verwirrt von der Möglichkeit, nach Jahren der Demütigung, des harten Dienstes und des Krieges die angestammte Ehre zurückzuerlangen, verspürte Cinna dennoch die Verpflichtung, dem alten Cherusker, der schließlich auch sein Schwiegervater war, die Absichten des Heerführers zu eröffnen.

Inguiotar saß aufrecht bei dem kleinen Feuer, das vor seinem Zelt glomm. Als Cinna zu ihm trat, hob er den Kopf, zwinkerte ihm zu und wies auf einen der Klappschemel, dann deutete er mit dem Daumen hinter sich auf das Zelt.

»Hraban ist drinnen. Wenn ihr euch unterhalten wollt, werde ich noch einen Rundgang machen.«

»Nein, bleib du. Was ich zu sagen habe, geht auch dich an.«

Inguiotar hob die buschigen Brauen, doch anstatt nachzufragen, nahm er einen Stab vom Boden auf und klopfte damit kräftig gegen die lederne Zeltwand. Bald darauf schob Hraban seinen Kopf unter der Plane heraus, grinste breit, als er Cinna erblickte, und kroch eilig hervor. Er legte seine Hände schwer auf Cinnas Schultern.

»Hast du es erfahren? Wir haben die räudigen Angrivarier in die Flucht geschlagen! Wir ganz allein! Und ohne einen einzigen Mann zu verlieren!«, rief er, ehe er Cinna umarmte, ihm dann gegenüberstand und wartete. Denn dass Cinna in die Fröhlichkeit nicht einstimmte, musste ihn verwundern. Schließlich legte er den Kopf schräg, ließ aufmunternd die Brauen hüpfen.

»Es geht um die Entscheidung, die bevorsteht«, begann Cinna vorsichtig.

»Um die Schlacht?«

Cinna nickte und ließ sich auf dem einen Schemel nieder, Hraban, ohne den Blick von ihm zu wenden, auf dem anderen. »Ich habe etwas über die Verteilung der Aufgaben erfahren … worüber ich mit euch sprechen muss.« Er atmete tief durch, ehe er fortfuhr. »Germanicus hat meine Ala und die des Titus Pontius dazu bestimmt, den Angriff auf die gegnerische Reiterei zu führen.«

Hraban starrte Cinna an, als habe er vergessen, den Mund zu schließen, während auf den Zügen seines Vaters, der mit einem entrindeten Zweig sacht in der Glut bohrte, ein grimmiges Lächeln erschien. Stockend wiederholte Cinna, was Stertinius ihm vor einigen Tagen eröffnet hatte, und lauschte in das Schweigen hinein, das seinen Worten folgte.

»Diese Aufgabe birgt die Möglichkeit, sich großen Ruhm zu erwerben«, wiederholte er leise.

»Und sie ist voller Gefahren für das Leben unserer Männer und unser eigenes«, vollendete Inguiotar, »zumal unsere Einheit die Erste und damit edelste in Pontius' Ala ist. Wir werden uns mitten im blutigsten Hauen und Stechen befinden. Dort zählen Mut und Standhaftigkeit und die Gunst der Götter. Dort zu fallen ist eine hohe Ehre, solange die tödlichen Schläge die Brust treffen und nicht den Rücken.«

»Vater …?«

Langsam wandte Inguiotar sich seinem Sohn zu, dem letzten, der ihm geblieben war und der mit ihm die Schande des Exils teilte. Der alte Cherusker hatte sich mit den Seinen zu deren Schutz schließlich für die römische Sache entschieden; denn mehr als ein trauriges Lied über die grausame Ausrottung seiner Sippe und die Verschleppung der Töchter in schmähliche Sklaverei wäre von ihnen nicht geblieben, wenn Arminius' sich ihrer angenommen hätte, wie es damals bereits anderen cheruskischen Edlen ergangen war, die ihre Freiheit zu wahren versucht hatten.

Langsam erhob Inguiotar sich, berührte dabei Hrabans Schulter. »Ich lasse euch beide alleine. Ihr werdet Dinge zu besprechen haben, die nicht für meine Ohren bestimmt sind. Außerdem brauchen die Verwundeten Zuspruch.«

Cinna und Hraban schauten dem stolz einherschreitenden Inguiotar nach, bis er zwischen den Zelten auf einen der Hauptwege des Lagers einbog. Dann wandten sie sich einander zu.

»Du wirst also Gelegenheit erhalten, dir genügend Ruhm zu erwerben, sodass sie dir eine Rückkehr in deine Heimat und die Rückgabe deines Erbes nicht länger verweigern können«, sagte Hraban leise.

Cinna stieß hörbar den Atem aus und hob den Zweig auf, um nun seinerseits in der Glut zu stochern, bis die Funken stoben. »Ich weiß es nicht. Auch wenn es meine Pflicht ist, das Erbe meines Geschlechtes wiederherzustellen, ist mir nicht wohl bei dieser Sache.« Er hob den Kopf. »Ich habe mich mit diesem Zustand nicht abgefunden, aber die Möglichkeit, die Dinge könnten sich ändern, einfach beiseitegeschoben, um mein Leben – unser Leben hier zu meistern. Jetzt argwöhne ich, dass es Germanicus vor allem darum geht, meinen Ehrgeiz wiederzuerwecken und für seine Zwecke zu nutzen.«

»Darin liegt nichts Falsches.«

»Dieser Krieg ist falsch, Hraban.«

Mit zusammengezogenen Brauen musterte Hraban Cinna, dem auffiel, dass dessen Züge und Statur denen des Vaters immer ähnlicher wurden. Es wäre nicht ratsam, sich mit ihm zu schlagen. Inzwischen hatte er sich im Kampf bewährt, hatte feindliche Krieger verwundet und getötet. Feindliche Krieger, aber niemals wehrlose, unbewaffnete Kinder, Frauen oder Greise. Cinna ließ den Zweig fallen und rieb sich nervös die Hände, während er in die Glut starrte.

»Es war schon falsch angefangen«, murmelte er. »Germanicus hätte niemals das Blutbad am Heiligtum Tamfana anordnen dürfen.«

»Es war eine Schlacht«, erwiderte Hraban nach einer Pause.

»Nein, es war ein Blutbad, das die Stämme gegen uns aufgebracht hat«, fuhr Cinna fort. »Und im Jahr darauf zog er mit den Legionen durch das feindliche Gebiet und nahm seinen stärksten Verbündeten mit sich, anstatt ihn dort zu lassen und mit einer Besatzung zu stärken wie Chauken und Frisen. Nachdem Segigastis mit den Seinen das Land verlassen hatte, waren die wenigen, die sich Ermanamers noch widersetzten, auf verlorenem Posten. So wie ihr.«

»Beruhige dich, Gaius! Wenn es so gekommen ist, dann ist es der Wille der Götter. Schicksal.«

»Es hätte nicht so kommen müssen!« Cinna sprang auf und ging ruhelos hin und her; seine Hände ballten und öffneten sich unwillkürlich. »Er hätte dem Wunsch des Tiberius entsprechen sollen. Die Toten sind bestattet, wenigstens ein Adler befindet sich wieder in unserer Hand, und wir haben die Unterwerfung einiger der mächtigsten cheruskischen Fürsten erwirkt.« Er blieb stehen und fuhr herum. »Dabei hat Germanicus sich nicht einmal die Zeit genommen, die feierliche Waffenstreckung und den Eid selbst entgegenzunehmen – stattdessen schickte er Stertinius! Einen Reiterpraefecten!«

Hraban seufzte. »Ich gebe unumwunden zu, dass wir alle das als beschämend empfanden.«

»Große Götter!« Mühsam dämpfte Cinna seine Stimme. »Der Senat hat ihm einen Triumphzug zuerkannt, seinen treuesten Legaten ausgezeichnet, und man wird ihm in Rom einen steinernen Bogen errichten – was will er denn noch?«

»Du weißt es doch selbst. Er will das Vermächtnis seines Vaters retten, die Provinz wieder bis an den Albis sichern.«

Cinna ließ die Arme fallen, seine Schultern sackten herab. »In Lugdunum verglich er eines Abends bei einem Trankopfer seinen Kampf mit der Jagd des Adlers nach dem Wolf. Es klang … als wäre er von Sinnen«, murmelte er, blickte Hraban an. »Warum folgen wir ihm?«

»Vater verlor seinen Rang und seine Ehre als Fürst der Cherusker. Er will Rache. Und ich bin sein Sohn, ich folge ihm.«

»Es wird sein Leben kosten.«

Als Cinna aufstand und zu Hraban trat, erwartete ihn dieser gesenkten Hauptes, und unter dem Gewicht der Hände, die sich auf seine Schultern legten, schien er in sich zusammenzusinken.

»Ich fürchte mich vor der kommenden Schlacht, als ginge es um mein eigenes Heil«, stieß Hraban hervor. »Er erträgt die Schande nicht, er brennt auf Vergeltung, er wird sein Leben dafür einsetzen, selbst wenn diese Rache keine Bedeutung mehr für uns hätte.«

Ratlos tätschelte Cinna Hrabans Rücken, während er müde vor sich hin starrte. Mit einem Mal wurde ihm klar, dass Inguiotar im Kampf fallen könnte. Er hatte ihn für unsterblich gehalten wie ein Kind einen Vater.

Wie einen Vater.

Überrascht fuhr Cinna aus dem Sessel auf, als der Zeltvorhang beiseitegeworfen wurde und zwei bullige Soldaten mit einem schlanken Mann in ihrer Mitte eintraten, der sich mit seinem Umhang vermummt hatte. Doch kaum schälte er sich aus dem groben Stoff, erkannte Cinna Germanicus im dünnen Licht der wenigen Öllampen, rappelte sich auf und grüßte schlaftrunken. Germanicus winkte gelassen ab, ließ sich ungefragt auf einem Sessel nieder und lud Cinna ein, sich wieder zu setzen.

»Ich will einen Gang durch das Lager machen«, sagte er. »Unerkannt. Ich möchte wissen, was die Soldaten von meinen Absichten halten.«

»Und …?« Cinna, der auf sich gedeutet hatte, verstummte und ließ die Hand auf den Oberschenkel fallen.

»Ich brauche jemanden, in dessen Gegenwart ich mich im Lager bewegen kann.«

Auf seinen Wink hin reichte einer der beiden Soldaten Germanicus eine Tasche, aus der er einen kleinen Beutel und einen kurzen Umhang mit Pelzbesatz, wie ihn einige Männer trugen, die zu den germanischen Bündnistruppen gehörten. Er tauchte die Hände in den Beutel und fuhr sich dann über Gesicht und Hals und durch das braune Haar, hinterließ eine schmutzig braune Farbe, die ihn schier unkenntlich machte und seine Augen blitzen ließ. Dann klopfte er mit den Händen auf die Armlehnen.

»Man versichert mich zwar tagein tagaus der Zuneigung und Treue aller Legionäre, aber ich möchte mir selbst ein Bild verschaffen und die Männer belauschen, wenn sie sich unbeobachtet fühlen. Ich will wissen, ob ihre Zuversicht so groß ist, wie man mir beteuert.« Er grinste wie ein unartiger Junge, erinnerte unversehens an seinen jüngsten

Sohn. »Und du sollst mich begleiten, denn in deiner Gegenwart gehe ich als Barbar durch.«

Cinna betrachtete eingehend seine Schuhspitzen. »Das halte ich für keinen guten Einfall«, murmelte er aufblickend und bemerkte, dass Germanicus die Brauen hochzog.

»Einem Befehl wirst du dich ja wohl nicht widersetzen.«

Mit einem unhörbaren Seufzer erhob Cinna sich und griff nach seinem Mantel. Jetzt begriff er, warum Cassius kurz zuvor zusammen mit Valens ins Stabszelt gerufen worden war.

Sie wanderten allein über die Wege zwischen den Zeltreihen, die beiden bulligen Soldaten waren in Cinnas Zelt geblieben, um dort auf ihren Befehlshaber zu warten.

»Es sind meine vertrauenswürdigsten Männer«, sagte Germanicus, der sich hinter Cinna hielt, als wäre er nur ein einfacher Krieger. Ihm schien das Unternehmen Spaß zu machen, denn er sah sich unentwegt neugierig um und lächelte ohne Unterlass, plauderte, als wäre es vollkommen selbstverständlich, dass er, Heerführer und Oberbefehlshaber der in diesem Marschlager auf die morgige Schlacht wartenden Truppen, in Begleitung eines einzigen, zudem unbewaffneten Praefecten umherging und die Nähe der bei ihrem Abendessen sitzenden Legionäre suchte. Was ihm dabei zu Ohren kam, gefiel ihm offenbar, denn als sie nach einem langen Spaziergang, bei dem Cinna die Quartiere der Fünften Legion wohlweislich gemieden hatte, um Firmus nicht zu begegnen, zu seinem Zelt zurückkehrten, schmunzelte er noch immer.

Drinnen erwartete sie Cassius, dem der Mund offen stehen blieb; dann fasste er sich und neigte höflich den Kopf.

»Vor dem vorderen Tor treibt sich einer der Barbaren herum, der den Soldaten der Hilfstruppen die herrlichsten

Versprechungen macht«, berichtete er stockend, während sich Germanicus ungebeten an Cinnas Wasservorrat bediente, um sich das Aschengebräu von Gesicht und Haaren zu entfernen.

»Und was verspricht er ihnen?«

»Das Übliche. Weiber, Land und für jeden Tag, den der Krieg noch dauert, einen gewaltigen Sold, sofern sie in seinen Dienst wechseln. Die Wachtposten auf dem Wall haben ihm allerdings Bescheid gegeben, man werde sich ihr Land, ihre Weiber und ihr Silber morgen holen.«

Germanicus lächelte milde vor sich hin, während er sein Gesicht trocknete und sich wieder in den dunklen Mantel hüllte. Als er Cinnas Quartier nach kurzem Gruß verließ, verharrte dieser einige Atemzüge lang bewegungslos, ehe er mit einem schweren Seufzer in den Sessel sank.

*

Idistaviso, das Feld der jungfräulichen Luftgeister, war zum Ort der Entscheidung bestimmt worden, ein weites grasbewachsenes Tal östlich des Visurgis, übersät mit Blumen, deren Duft der Wind über das Land trug. Die Pferde der ersten Reihen trabten in einer Linie, über ihnen flatterten die Wimpel der einzelnen Turmen. Im Sonnenlicht blitzten Lanzenspitzen, Helme, bronzene Schildbuckel und die versilberten Masken der Feldzeichenträger. Wenn Cinna, der mit seinen Leibwächtern, mit Cassius und Valens zwischen zwei Turmen des ersten Treffens ritt, den Hals reckte, sah er weit vor sich in der Talebene, vor den Cohorten der Praetorianer mit ihren roten Helmbüschen, den prachtvollen purpurnen Rossschweif auf Germanicus' Helm wippen, neben einem goldenen Adler mit ebenso purpurnem Wimpel.

Die umliegenden bewaldeten Hänge hallten wider vom Rauschen der fernen Stimmen und vom Krachen und Dröhnen der Waffen; die Vortreffen, gallische und germanische Cohorten, waren bereits auf den Feind gestoßen, unterstützt von Bogenschützen aus dem Osten des Imperiums, die Salve für Salve ihre Pfeile auf das gegnerische Heer regnen ließen. Die Legionen skandierten wüste Kampflieder, um sich Mut zu machen, während sie langsam vorrückten.

Was sich auf dem Talboden der drückenden Überlegenheit der Legionen und leicht bewaffneten Cohorten stellte, war bei weitem nicht die gesamte Streitmacht, die Arminius und Inguiomerus aufzubieten hatten; auf den Hängen hatten sich die Cherusker und ihre engsten Verbündeten versteckt und warteten auf den Befehl zum Angriff. Sie würden zuschlagen, wenn die Legionen im Vorrücken auf breiter Front ihre Flanken entblößten. Cinnas und Pontius' Aufgabe war es, diese Angriffswellen abzufangen und von den Schwerbewaffneten abzulenken, während Stertinius sie in einem weiten Bogen umging, um sie im Rücken zu fassen.

Die Barbaren ließen sich Zeit; ihre Fußtruppen gerieten in Bedrängnis, wie Cinna vom Rand des Talkessels, wo die Reiterei zurückgeblieben war, erkennen konnte. Er tauschte Handzeichen mit den anderen Praefecten, Boten eilten zwischen Hauptstreitmacht und Reiterei hin und her. Ein Beneficarius aus dem Stab wiederholte die abgesprochenen Befehle, ein weiterer meldete vom Wald her, Stertinius' Männer trieben die Cherusker aus ihren Stellungen ins Tal herunter.

Donnernd näherte sich tausendfacher Hufschlag. Cinna hob den Arm, hörte den scharfen Ton des Angriffssignals. Die Turmen setzten sich geschlossen in Bewegung, schwenkten seitwärts, als die Barbaren aus dem Wald herausbrachen. Ihre Scharen schienen die Wiesen zu überschwemmen.

Alkyon fiel in einen verhaltenen Galopp, bei jedem Sprung schnaubend, und bog den Hals unter dem Zwang des scharfen Gebisses. Die Lanze unter den Schildarm klemmend, zog Cinna mit zwei Fingern einen Wurfspieß aus dem Sattelköcher. Hinter ihm ertönte das Signal, das den ersten Reihen befahl, die Speere zu ergreifen. Er wechselte einen schnellen Blick mit Ahtala, der sich dicht neben der Kruppe seines Pferdes hielt, ließ dann die Zügel ein wenig schießen, genug, dass der Fuchs in gestreckten Sätzen vorwärtsstürmte.

Er konnte die Männer schon erkennen, die wutverzerrten Gesichter, ihr unter den Helmen herausflatterndes Haar, holte mit dem Spieß aus und schleuderte ihn kraftvoll in die Menge. Die Reiter der Ala drängten sich zwischen die kaum geschützte Flanke der Legionen und die anrennenden Gegner, schwenkten dann auf einen scharfen Befehl nach rechts und stießen unter schnellen Salven von Wurfspießen gegen die Cherusker vor.

Nachdem er den dritten Spieß von der Hand gelassen hatte, packte Cinna die eingelegte Lanze und hetzte den Fuchs zwischen zwei aufgeputzte feindliche Reiter. Er zügelte Alkyon und stieß zu. Die Lanze traf auf Widerstand, glitt ab, der Getroffene fluchte wild. Verletzt konnte er nicht sein unter dem Kettenhemd, aber weh tat so ein Treffer allemal. Cinna hielt sich nicht mit ihm auf, zumal Ahtala den Kampf mit dem Barbaren aufgenommen hatte. Er drang weiter vor, bemerkte in den Augenwinkeln das Getümmel links und rechts. Hoffte, dass Cassius sich hinter ihm hielte, dass die Männer, die er zu seinem Schutz abgestellt hatte, ihrer Aufgabe nachkämen.

Die gegnerischen Reihen brachen auf, die Krieger rissen ihre Pferde zurück, wichen zur Seite aus, um sich neu zu formieren. Diese kurze Atempause nutzte die Ala des Pontius, um nachzurücken, sodass Cinna rasch den Befehl gab, die Turmen zu drei Treffen aufzustellen. Eine gewaltige Staubwolke ließ ihn grimmig lächeln; vom Waldrand her brausten Stertinius' Reiter auf breiter Front heran, um die Gegner in die Zange zu nehmen. Fronto, der links neben ihm die Erste Turma anführte, warf sich mit eingelegter Lanze in die Reihen der Feinde.

Von beiden Seiten bedrängten sie die feindlichen Reiter, trieben sie auseinander, Wurfspieße flogen über Cinna hinweg, und trotz der Hilfe seiner Leibwächter hatte er Mühe, sich und sein Pferd mit dem Schild zu schützen. Er spürte, wie sich im Nacken der Schweiß staute unter dem dicken Schal, der ihn zu ersticken drohte, jede Kopfbewegung hemmte und es ihm schwer machte, den Überblick zu behalten. Doch er hatte keine Hand frei, ständig musste er sich mit Schild und Lanze der Angreifer erwehren, deren Gesichter nur aus weit aufgerissenen, brüllenden Mäulern zu bestehen schienen. Die Hartnäckigkeit, mit der die Barbaren angriffen, ihre Wildheit und der ohrenbetäubende Lärm, den sie machten, zerrte an seinen Nerven. Der Kerl, der sein Pferd zwischen ihn und Ahtala drängte, schlug mit einem Beil auf seine Lanze ein, zweimal, bis das zitternde Holz zersplitterte. Cinna zückte das Schwert, wich dem niedersausenden Beil aus. Als der Gegner erneut ausholte, stieß Cinna die Klinge mit aller Kraft in die Achsel des Gegners. Spürte kaum Widerstand, drehte die Waffe ruckartig. Der Barbar stöhnte, kippte rücklings von seinem Pferd, das sich aufbäumte, um sich einen Weg zu bahnen.

Der Geruch von rohem Fleisch, Blut, kroch in Cinnas

Nase. Warmes, zuckendes Fleisch, aus dem noch nicht alles Leben gewichen war. Er sah seine Soldaten ringsum fechten, Breschen in das zusammengedrängte Gewimmel der Feinde schlagen. Hörte Schreie. Stieß nach dem nächsten Angreifer. Zog die Waffe zurück, und ein warmer Schwall traf ihn. Dunkelrot. Klebrig.

Er atmete tief durch, wischte sich mit dem Handrücken den Schweiß von den Augenlidern. Mit dem blutverschmierten Schwert beschrieb er einen Kreis über dem Kopf, damit die Truppe den Ring zusammenziehe. Er musste hinter das erste Treffen zurückweichen, den Überblick behalten. Vom Boden her tönte das Stöhnen und Winseln der Verwundeten, die sich vergeblich vor den Hufen zu schützen versuchten.

Plötzlich brach die Kampflinie auseinander, die Barbaren drängten nach zwei Seiten, viele rutschten von ihren Pferden, ließen die scheuenden Tiere zurück. Cinna hörte Pontius' scharfe Rufe, Befehle, die Flüchtigen zu jagen und niederzumachen.

Ein Reiter gesellte sich zu Cinna, ein Bote, den Germanicus geschickt hatte, ein Großteil der Cherusker stehe noch immer auf den Hügeln. Cinna hängte den Schild an den Sattel, trieb seinem Pferd die Sporen in die Flanken, dass es in schnellen Galoppsprüngen davonjagte. Er stieß das Schwert in die Höhe als Befehl, ihm zu folgen, hörte das helle Signal. Als er über die Schulter zurückblickte, sah er, wie die Reiter sich, Abteilung für Abteilung, geschickt einreihten zu gestaffelten Treffen auf breiter Front, gleichauf mit Stertinius' Reitern, die dieselbe Richtung nahmen, in den lichten Wald einbrachen.

Beide Alen wendeten, trennten sich auf halber Höhe des Hanges. Die gellenden Pfiffe der Kundschafter leiteten sie, der Gegner hatte sich bereits in Bewegung gesetzt. Die ersten Barbaren, auf die sie zwischen den Bäumen trafen, hasteten bergab. Ein Fingerzeig genügte, damit eine Abteilung zur Verfolgung ausschwärmte.

Auf dem Bergrücken lichtete sich der Wald, ein Fauchen verriet den verfrühten Hagel von Wurfgeschossen. Rasch nahm Cinna den Schild in die Hand, zückte das Schwert. Hinter ihm gellten die Hörner, brach Kampfgebrüll aus, das seinen Fuchs vorwärtszutragen schien, während dieser unter der zweiten Salve hindurchsprang. Von rechts tönten weitere Hörner, Stertinius' Männer preschten heran. Die Gegner, von denen Cinna zwischen den Büschen nur wenige erkennen konnte, wichen zurück, drehten sich um und stürzten den flachen Hang hinunter.

Aus dem Tal erhob sich ein dumpfes Rauschen, zehntausende Stimmen verschmolzen zu einem Ruf, während die Reiter sich wie Greifvögel auf die ungeordneten Haufen der Flüchtigen stürzten, sie mit ihren Spießen und Schwertern erstachen. Sie mussten sich nicht beeilen, um die Barbaren, von denen viele die schweren Schilde fallen gelassen hatten, vor sich her zu treiben. Gelegentlich sprangen sie ab, sammelten herumliegende Wurfspieße ein. Manche machten ein Spiel daraus, die Barbaren auseinanderzujagen, einen nach dem anderen niederzuhauen, bis der Waldboden übersät war mit Leichen und sich zwischen den Bäumen ein Geruch ausbreitete, als hätte man Berge von frisch geschlachteten Kadavern in einer schmutzigen Latrine aufgeschichtet.

Die Überlebenden, denen die Flucht nicht gelungen war, wurden zusammengetrieben, ein Häuflein wild blickender Männer, die ihre Spieße und Schwerter umklammerten, sich nur gewaltsam entwaffnen ließen.

Nacheinander kehrten die beiden Alen mit den Gefangenen zum Schlachtfeld zurück. Sie hatten es nicht eilig. Die Stimmen der Legionäre dröhnten über dem Tal, übertönten den Kampflärm. Als sie aus dem Wald kamen, sah Cinna die Feinde auseinanderrennen wie Ameisen auf der Flucht vor einem kochend heißen Wasserguss. Sie strömten zum Ufer des Flusses, verfolgt von römischer Reiterei, die eine blutige Ernte einholte.

Und dann veränderte sich das Gebrüll der Soldaten. Erst war es kaum herauszuhören, waren es nur einzelne, die den Namen des ersten Mannes in Rom hinausschrien, ihm den Titel eines Imperators anhängten, dann breitete sich der Ruf aus, immer mehr stimmten ein, bis das ganze Heer rauschhaft den fernen Oberbefehlshaber feierte.

Cinna zügelte den Fuchs, konnte kaum glauben, was er hörte. Selbst seine eigenen Männer fielen jauchzend in diesen schaurigen Gesang ein, als wüssten sie nicht, was ihre Worte bedeuteten, und er fragte sich, was Germanicus in diesem Augenblick wohl empfand, was er dachte, auf diese Weise daran erinnert zu werden, wer die höchste Befehlsgewalt über die Legionen hatte. Wem auch er Gehorsam schuldete.

Arminius und Inguiomerus war die Flucht gelungen, weite Teile des feindlichen Heeres zerstreut, der Landstrich entvölkert. Um den Sieg zu feiern, hatte Germanicus auf dem Schlachtfeld einen Hügel errichten lassen, den die zerstörten Waffen des Feindes zierten, beschriftet mit den Namen der Völker und Stämme, die er für unterworfen erklärte.

Die Scheiterhaufen brannten noch, als Germanicus im Kreis seiner Vertrauten umherging wie ein Raubtier im

Käfig. Kein Wort verlor er über die Ausrufung des Tiberius zum Imperator, er selbst hatte am Morgen die Auspicien in dessen Namen durchgeführt, was Grund genug war, die Schlacht als in dessen Namen geschlagen zu sehen.

»Arminius ist den Cohorten der Raeter und Vindelicer in die Arme gelaufen«, berichtete ein breitschultriger alter Centurio, dessen Brust neun große silberne Ehrenscheiben schmückten, »aber er konnte entkommen und sich durchschlagen. Angeblich soll er das Blut eines sterbenden Mitstreiters im Gesicht verschmiert haben, um sich unkenntlich zu machen.«

»Unsinn!«, blaffte Germanicus. »Ihn hätte man schon an der Rüstung und an seinem großen Schimmel erkannt.«

»Es geht das Gerücht, die Chauken hätten ihn unbehelligt fliehen lassen«, fügte der Centurio hinzu.

»Das kann und will ich nicht glauben. Die Chauken sind unsere treuesten Verbündeten.« Germanicus blieb stehen und musterte den Offizier streng.

»Es geht das Gerücht«, wiederholte dieser. »Man sollte einige der Männer einer Befragung unterziehen.«

»Dazu haben wir keine Zeit. Wenn wir Arminius jetzt nachsetzen, können wir ihn stellen. Dann ist es gleichgültig, dass er uns heute entwischt ist.«

Zwei Tage lang folgten sie dem gegnerischen Heer über die waldigen Höhen flussaufwärts entlang des Visurgis, hinunter in die Marschen, auf schmalen Dämmen und Bohlenwegen in das Gebiet der Angrivarier, die sich Arminius angeschlossen hatten. Die Dörfer ringsum waren verlassen, die Bewohner hatten ihre Häuser niedergebrannt, bevor sie geflohen waren.

Die Soldaten waren gezwungen, langsam in Viererreihen zu gehen, und im sumpfigen Gelände zu beiden Seiten der Wege konnte die Reiterei kaum Flankenschutz geben gegen die kleinen Trupps von Bogenschützen, Speerwerfern und Steinschleuderern, die sich auf verborgenen Pfaden in den Auwäldern und im Dickicht anschlichen, mit einigen Salven für Unruhe und Verletzungen sorgten und dann unerkannt entkamen. Da diese Angriffe die Reiterei nicht betrafen, sondern nur das sich mühsam vorwärtsarbeitende Fußvolk, erfuhr Cinna erst am Abend während der Besprechungen davon, dass es den Barbaren einige Male sogar gelungen war, Gefangene zu machen.

»Der Feind befindet sich nur wenige Meilen vor uns«, berichtete einer der Kundschafter. »Sie haben haltgemacht, ein Lager befestigt und sichern die Umgebung. Ihr Lagerplatz ist auf einer Anhöhe hinter einem Tal, das sich wohl als Schlachtort eignen könnte.«

»Aus alledem kann man wohl schließen, dass sie sich in den nächsten Tagen der Entscheidung stellen werden«, sagte Germanicus nach einer kurzen Pause. »Weist dieses Tal besondere Eigenheiten auf?«

»Die Hänge sind bewaldet, und auf der einen Seite fließt ein Fluss«, erwiderte der Kundschafter. »Der Talboden ist eine nahezu vollkommen ebene, feuchte Wiesenaue, an einigen Stellen sumpfig. Dem Fluss gegenüber begrenzt ein Wall den Hang zum Wald hin, der sich über etliche Meilen hinzieht. Dieser Wall ist an vielen Stellen bereits unterspült, die darauf errichtete Brustwehr aus geflochtenen Zweigen in weiten Teilen niedergerissen oder verwittert. Der Boden ist feucht und sehr schwer, aber einen besseren Ort für eine Entscheidung haben auch wir im weiteren Umkreis nicht gefunden.«

Hellhörig geworden hatte Cinna den Ausführungen des

Decurios gelauscht, dem Germanicus mit einem knappen Nicken dankte. Sumpf, Wald, schwerer Boden, dazu ein Wall… eine Palisade ließe sich schnell errichten, man müsste den Gegner nur ablenken, mit Geplänkeln beschäftigen. Eine Gelegenheit, so manchen jungen Krieger zum Helden zu machen, während im Hintergrund die Falle gebaut wurde.

»Ich bitte um die Erlaubnis, meinen Leibwächter Iulius Actala rufen zu lassen.« Cinna war vorgetreten, und erst als er im Kreis der Vertrauten stand und die vorwurfsvollen Mienen ringsum sah, erkannte er, dass er voreilig handelte.

Mit einem Wink entsandte Germanicus einen anwesenden Gefreiten, und innerhalb kurzer Zeit betrat Ahtala das Stabszelt und blickte sich suchend um, als der Gefreite ihn in den Kreis führte.

Germanicus zog die Brauen hoch. »Und nun?«

»Ich möchte hören, was er zu der Schilderung der Kundschafter sagt«, erwiderte Cinna.

Mit Germanicus' Erlaubnis zogen sie sich zum Eingang zurück, wo der Kundschafter seine Schilderung wiederholte und Ahtalas halblaute Fragen beantwortete.

»Er versucht es schon wieder«, murmelte Ahtala.

»Was versucht er?«, blaffte Germanicus.

»Herr … Arminius weiß, dass die Legionen sich auf nassem Boden schwertun. Er wird mit einer kleinen Streitmacht todesmutiger Krieger auf dem Schlachtfeld antreten und sich nach dem Angriff rasch zurückfallen lassen, um den Wall und das Gelände dahinter zu nutzen. Das ist, als müssten wir eine Burg berennen.«

Finster entschlossen blickte Germanicus in die Runde. »Ich bin nicht gewillt, das zuzulassen. Hat jemand einen Vorschlag?«

Endlos lang hatten die Legionen in Aufstellung warten müssen, die Reiterei versetzt hinter ihnen. Arminius war tatsächlich mit einer auffallend kleinen Schar den Hang heruntergekommen, und Cinna fragte sich, ob er tatsächlich glaubte, niemand würde Verdacht schöpfen. Vollkommene Stille herrschte über dem Tal, Schwalben schossen über den glänzenden Helmen dahin, in den Tümpeln quakten Frösche, ließen sich nicht stören vom Schnauben der Pferde und den gelegentlichen Rufen der Boten.

Mit dem ersten hellen Ton einer Tuba ging eine Welle über das Fußvolk hinweg, flatterten ringsumher aus Gras und Binsen die Vögel auf, als Tausende genagelter Schuhe gleichzeitig auf die schwere, dunkle Erde stampften. Pfeilhagel pfiffen durch die Luft. Hörnerklang setzte die Reiter in Bewegung, die Abteilungen schwenkten geschlossen zur Seite, und anstatt, wie die Aufstellung hätte vermuten lassen, hinter dem Fußvolk vorzurücken, brachen die Reiter zur Seite aus und preschten zum Waldrand, stürmten unter dem Donnern zahlloser Hufe in den Schatten der licht stehenden Bäume.

Cinna nahm den Schild fester und klemmte die Lanze an den Körper, lenkte Alkyon leichthändig zwischen den grauen Stämmen der Buchen hindurch. Er kniff die Augen zusammen, sandte ein Stoßgebet zu den Göttern, da prallten sie auch schon mit einer Schar Feinde zusammen.

Die Gegner hatten dem überraschenden Angriff nur ihren Mut entgegenzusetzen. Cinna ließ sich hinter das erste Treffen zurückfallen, die Brust seines Pferdes war gesprenkelt mit Schaum und Blut, ebenso wie sein Kettenhemd, sein Schild, die dicken Lederstreifen an seinem Gürtel und die Beine. Die Zeit schien stillzustehen, und er zwang sich, nicht nachzudenken, kämpfte mit dem ekelerregenden Gestank des Mordens ringsum, als ihn ein Bote erreichte, ihm den Befehl gab, gemeinsam mit der Ala des Titus Pontius dem Feind an den Wällen in den Rücken zu fallen; die Legionen drängten die Barbaren den Hang hinauf.

Benommen vom Getöse der Waffen, den Schreien, dem Stöhnen der Verletzten, dem Wiehern der Pferde, kaum fähig, die Hornsignale richtig zu deuten, stürmte Cinna an der Seite seiner Ala den Hang entlang. Brach in das Getümmel hinter dem Wall, ehe er dessen gewahr wurde.

Ein Schrei durchdrang das Getöse, Hrabans Stimme. Cinna hielt sein Pferd zurück, sah sich suchend um, bis er den Cherusker erblickte, der ins dichteste Gemenge der Feinde deutete. Ein hünenhafter, bärtiger Mann trieb sein Pferd dort hinein, drückte die Gegner mit der Brust des stämmigen Tieres und dem Schild vor sich her, während er mit der Lanze auf sie einstach. Cinna erkannte Inguiotar, erkannte, auf wen der alte Cheruskerfürst zuhielt, den hochgewachsenen, prächtig gewappneten Krieger, unter dessen Helm rotblondes Haar hervorquoll: Inguiotar hatte es auf Arminius selbst abgesehen.

Mit einem Schrei gab Cinna Fronto zu verstehen, die Feinde in kleinen Trupps zusammenzutreiben und einzukesseln. Dann stieß er Alkyon die Sporen in die Flanken und raste auf Hraban zu, unter dessen Befehl die verbündeten Cherusker einen Regen kurzer Wurfspieße auf die Krieger niedergehen ließen, die Inguiotar umzingelten. Ein lang gezogenes Heulen zerschnitt die Luft, als Alkyons Hufe einen feindlichen Krieger beiseiteschleuderten, der sich ihm in den Weg geworfen hatte.

Hraban kämpfte sich ebenfalls auf die wogende Menge zu, in der Inguiotars Pferd herumgeworfen wurde wie ein Boot auf stürmischer See. Fäuste zerrten an dem Mann,

Blut flammte auf dem Arm auf, während er jetzt mit dem langen, weiß schimmernden Schwert nach seinen Gegnern hieb, um sich einen Weg zu bahnen. Eine ganze Schar feindlicher Reiter wimmelte um ihn, und inmitten der Männer schwang Arminius sein Schwert, schüttelte die Faust. Er lachte wild, als er Inguiotar erkannte und die, die ihm nachdrängten.

Ein Wurfspieß flog von Hrabans Hand, prallte an Arminius' Schild ab, traf einen anderen Mann, der vom Pferd rutschte. Endlich erreichte Cinna Hraban, und sie zwängten sich Seite an Seite mit ein paar Getreuen durch die Reihen der Reiter. Hraban brüllte nach seinem Vater, doch der hielt unverwandt auf den Feind zu, holte mit der Lanze aus, als er Arminius erreichte. Öffnete die Deckung.

Hraban schrie auf, als Arminius Klinge durch die Luft sauste, Inguiotars Schulter traf. Der alte Fürst erstarrte, wankte leicht. Jede Bewegung schien erlahmt, jeder Laut verstummt, zurück blieb nur ein dumpfes, fernes Echo. Hände zerrten den Getroffenen von seinem Schimmel, stachen das um sich schlagende Pferd nieder. Inguiotars Körper versank im Gewühl der Feinde, während Arminius nach einem höhnisch grüßenden Wink zu Cinna und Hraban entwich.

Als sie die Feinde endlich von der Stelle vertrieben hatten, an der Inguiotar zu Boden gegangen war, und abgesprungen waren, fanden sie ihn halb begraben unter seinem zuckenden Pferd, dem Cinna nach kurzem Zögern die Kehle durchschnitt. Mit vereinten Kräften zerrten einige Reiter der Ala des Pontius das tote Tier beiseite, dann sank Hraban neben seinem Vater auf die Knie und legte das Ohr auf dessen Brust. Cinna rang nach Atem, während er auf den Gefallenen hinabsah, dessen Schal von Blut getränkt war, Blut, das das Kettenhemd besudelte, die lederne Hose und den schützenden Rock aus Lederstreifen. Selbst der Bart war um den Mund rotbraun verfärbt.

Hraban warf den Kopf hoch. »Er lebt! Holt einen Medicus – schnell! Einen richtigen, nicht einen von diesen Knochenbrechern!«

Langsam ging Cinna neben dem Kopf des Verletzten in die Hocke, während Hraban mit fliegenden Fingern das Helmband löste, vorsichtig den Helm von seines Vaters Kopf schob. Der Alte schien zu blinzeln. Ein Auge war nur noch blutiger Brei, das andere funkelte wild. Er rang nach Atem, hustete, spuckte Blut, das in seinen Bart sickerte. Er umklammerte Hrabans Arm.

»Mein Sohn …«

Cinna sah sich um. Sie konnten hier nicht bleiben. Auch wenn alles danach aussah, dass die Alen die Reihen der cheruskischen Reiter völlig auseinandersprengten, sie zur Flucht trieben, musste er bei seinen Männern sein. Er wollte aufspringen, als er Inguiotars kalte Hand auf seinem Arm spürte.

»Meine Söhne, helft mir … aufstehen.«

»Was?« Hrabans blutverschmierte Miene spiegelte Fassungslosigkeit.

Der Verwundete röchelte, in seiner Brust steckte die abgebrochene Spitze eines Wurfspießes, nur ein kurzes Stück ragte aus dem Körper. Die Spitze hatte die Ringe des Kettenhemdes gesprengt. Als Cinna darauf wies, machte Hraban Anstalten, nach dem heraussstehenden Ende des Spießes zu greifen, als wollte er ihn herauszerren.

»Tu das nicht!«, flüsterte Cinna.

Behutsam legte er den Arm um Inguiotars Schulter.

»Was machst du?«, rief Hraban.

»Er will aufstehen.«

»Bist du von Sinnen! Du bringst ihn doch um!«

Cinna hielt inne, sah Hraban eindringlich an, dessen Handgelenk Inguiotar umklammert hielt. Die Lippen des Alten zitterten, er war außerstande zu sprechen. Hilflos scharrte er mit den Füßen im niedergetrampelten Gras, während sein Mund Worte formte, seine frühere Bitte lautlos wiederholte. Hrabans Augen schwammen in Tränen, als er seinen Arm von der anderen Seite unter Inguiotars Rücken schob, und gemeinsam hoben sie ihn vorsichtig auf die Füße, hielten ihn aufrecht. Stumm tastete der alte Fürst nach seinem Schwert. Cinna zerrte es unter dem Körper eines getöteten Feindes hervor, legte Inguiotars schlaffe Finger um das Heft. Der Verwundete atmete ruckartig und wankte leicht. Plötzlich machte er einen Schritt vorwärts. Taumelte mehr als dass er ging. Wies mit der Spitze der Klinge auf die vor den römischen Reitern fliehenden Feinde. Cinna legte seine Hand auf Hrabans Schulter, um ihn sanft daran zu hindern, seinem Vater nachzulaufen, als dieser ein heiseres Brüllen ausstieß, sich an die Brust griff, nach einer schnellen Bewegung verstummte, erstarrte und zusammensackte.

Als die beiden ihn erreichten, lag er auf dem Rücken, starrte aus dem erloschenen Auge in den Himmel, in der Linken das Schwert, in der Rechten den abgebrochenen Spieß.

XXIII

In großer Hast wurden die eigenen Gefallenen bestattet und inmitten der toten Feinde ein hoher Erdwall aufgeschüttet, auf dem die erbeuteten und nutzlos gemachten Waffen aufgestellt wurden. Nachdem der gegnerische Wall eingebrochen war, waren die Barbaren in alle Richtungen geflohen, die einen retteten sich in die Wälder, andere rannten ohne jeden Zusammenhalt zum Ufer des Flusses. Arminius war trotz seiner Verwundungen mit der Hilfe seiner Reitern längst entkommen. Auch seinem Oheim und Mitstreiter Inguiomerus war ein weiteres Mal die Flucht gelungen; nicht aber den vielen, die sich der allmählichen Umzingelung durch die Reiterei nicht mehr hatten entziehen können und Mann für Mann niedergestochen worden waren.

Die Nacht kroch bereits heran, als Cinna in Begleitung von Cassius und Ahtala über das Schlachtfeld eilte, um Hraban zu suchen, der seit dem Bezug der Quartiere von seinen Männern vermisst wurde. Völlig außer sich sei er gewesen. Cassius presste eine Hand auf den Mund, während er zwischen den Leichen vorwärtstaumelte, immer wieder musste Cinna ihn am Arm weiterziehen und bereute es, den Jungen mitgenommen zu haben, dem der Geruch von Blut, Kot und Urin und der Anblick der übel zugerichteten Körper zusetzte. Mit jedem Schritt den sie taten, versanken ihre Füße im Morast, der sie nur widerwillig mit einem schmatzenden Laut freigab. Irgendwo blieb Cassius stehen, um sich würgend und hustend zu übergeben, bis Ahtala ihn ungeduldig weiterschob.

Sie waren nicht die Einzigen, die über das sumpfige, niedergetrampelte Schlachtfeld streiften; zahllose Laternen blinkten ringsumher. Kleine Einheiten waren damit beschäftigt, die Gefallenen zu durchsuchen, eigene Tote zu bergen und sämtliche Waffen aufzulesen. Schließlich stieß Ahtala einen Ruf aus, deutete auf einen einzelnen Mann, der nicht weit von ihnen gebückt umhergegangen war, als suchte er etwas, und sie jetzt hoch aufgerichtet erwartete. Als sie näher kamen, erkannte Cinna Hraban, der ein Schwertgehänge in den Händen trug. Seine Miene war härter, kantiger als Cinna sich je hätte vorstellen können. Anstatt einer Begrüßung streckte er ruckartig die Hand vor, welche die Waffe hielt.

»Es ist deines«, stieß er hervor. »Ich fand es bei einem der Toten.«

Rasch umklammerte Cinna die klebrige Scheide, nahm den Tuchfetzen, den Ahtala ihm reichte, und wischte über die blutverschmierten getriebenen Silberbeschläge, ließ im Licht der Laternen die Akanthusblätter glänzen und die Wölfin; die Figuren der beiden Knaben unter ihrem Bauch waren entstellt und Stücke herausgebrochen worden, als habe jemand versucht, die Bedeutung der Darstellung zu ändern. Cinna hängte sich den Riemen über die Schulter, umarmte Hraban und dankte flüsternd.

»Komm jetzt mit zurück«, bat er ihn.

Nach kurzem Zögern nickte Hraban knapp, und sie machten gemeinsam kehrt.

»Du solltest deiner Mutter und deinen Schwestern schreiben«, sagte Cinna nach einer Weile. »Sie werden es ohnehin in wenigen Tagen erfahren, dann brauchen sie Trost.«

»Meine Mutter kann nicht lesen, und ich tue mich schwer, in unserer Sprache zu schreiben. Die Zeichen taugen nur für euer Latinisch.«

»Saldir kann es ihr vorlesen. Sag ihnen, er starb nicht umsonst, nicht ehrlos, sondern so, wie er es wollte.«

Neben ihm legte Hraban den Kopf in den Nacken, seine Kiefermuskeln schwollen an, und sein Kinn zitterte, verriet, dass er mit den Tränen kämpfte. Doch er gab keine Antwort, kehrte mit weiten, auffallend steifen Schritten zum Lager zurück.

Die meisten Offiziere hatten das Zelt bereits verlassen, aber Cinna hatte den Wink des Beneficarius bemerkt und war ebenso an seinem Platz stehen geblieben wie Stertinius und einige andere Offiziere und Freigelassene, die Germanicus zu seinen Beratern zählte. Ein sonderbares Gefühl beschlich Cinna; obwohl er hätte Stolz empfinden müssen, war ihm auch nach wiederholter Teilnahme in dieser Runde unwohl unter den langjährigen Vertrauten des Heerführers.

Vor dem Lager schütteten Soldaten einen Wall aus Holz und Erde auf, ein zweites Denkmal, auf dem die erbeuteten Waffen der Feinde weithin sichtbar aufgestellt werden sollten. Die Worte der Inschrift hatte Germanicus zuvor weitergegeben. Als er zudem Stertinius den Befehl erteilt hatte, mit dem Hauptteil der Reiterei in das Gebiet der aufständischen Angrivarier einzufallen, um deren Unterwerfung entgegenzunehmen, hatte dieser Befehl auch Cinnas Ala und die des Titus Pontius eingeschlossen. Nun blickte sich der Heerführer erwartungsvoll in der Runde um. Das Lächeln konnte den verkniffenen Zug um seine Mundwinkel nicht verbergen; immerhin hämmerten sie eine Tafel an das Gerüst, die besagte, dass nach dem Sieg über die Stämme zwischen Rhenus und Albis das Heer des Tiberius Caesar dieses Mahnmal Mars, Iuppiter und Augustus weihe. Noch immer hatte er kein Wort über die Ausrufung des Tiberius zum Imperator verloren, die ihn zwang, sich zurückzunehmen und ihn an die drängenden Briefe erinnerte, von denen jeder in dieser Runde wusste.

»Es ist uns gelungen, die Grenzen, die mein Vater Drusus gesetzt hatte und die durch meineidigen Verrat eingerissen wurden, wiederaufzurichten«, presste Germanicus angestrengt hervor. »Dieser Teil meines Auftrags ist erfüllt. Aber noch befinden sich zwei der drei geraubten Adler in den Händen des Feindes, und der Mann, dessen feige Hinterlist drei Legionen und zahllosen treuen Verbündeten den Tod brachte, ist immer noch frei. Stachelt immer noch die Barbaren gegen uns auf und bleibt eine finstere Bedrohung für Frieden und Ordnung.«

Er trat in die Mitte der Runde, sein Blick wanderte von einem Gesicht zum nächsten, bis er auf dem seines inzwischen ranghöchsten Reiterführers haften blieb. »Lucius Stertinius, du dienst mir im dritten Jahr, warst verwundet, hast in der Bedrängnis viele Männer verloren und bist dennoch unbeirrt geblieben in deiner Treue und deiner Kampfbereitschaft. Und ich weiß, du wirst mir auch weiterhin die Treue halten, was immer ich dir befehle.«

Und so fand er lobende Worte für jeden seiner Vertrauten, bis er sich Cinna zuwandte, dessen Hände während dieser Ansprachen feucht und klebrig geworden waren und der unter den Augen des Heerführers stocksteif dastand und schluckte. »Und du Gaius Cornelius, der du durch einen heimtückischen Überfall beinahe das Leben verlorst und ein Jahr in der Gewalt der Barbaren schmachtetest, dientest dem Tiberius Caesar drei Jahre lang und nun mir eine ebenso lange Zeit. Lange hast du darauf warten müssen, Rache nehmen zu dürfen, weil es dem Tiberius Caesar gefiel, zunächst den Rhenus und die Drei Gallien gegen Angriffe der Barbaren zu befestigen und mir die Bestrafung der Aufständischen zu überlassen und die Wiederherstellung der Grenzen, die mein Vater Drusus gesetzt hatte. Ich weiß, dass du darauf brennst, die Schmach zu vergelten, und du wirst diese Gelegenheit bekommen.«

So still wurde es im Zelt, dass Cinna die Atemzüge aller Anwesenden zu hören glaubte, als Germanicus sich nochmals unter ihnen umsah.

»Er ist mir entkommen«, flüsterte Germanicus und verengte seine Augen. »Aber ich will ihn haben! Ich will ihn Tiberius Caesar und Senat und Volk von Rom im Triumph vorführen, bevor er im mamertinischen Kerker die verdiente Strafe erleiden wird. Und wer von euch diesen Mann meiner Gewalt übergibt, den werde ich mit Ehren und Reichtum überschütten bis ans Ende seiner Tage!«

Das Schwert, das Cinna nach vielen Monaten wieder trug, hing schwer an seiner Schulter. Stunden hatte er darauf verwendet, Leder und Silber mit reinem Öl von all dem verkrusteten Schmutz und Blut zu reinigen, das daran klebte und die feinen Beschläge verunstaltete. Der Mann, dem es zeitweilig gehört hatte, war offenbar sorgfältig damit umgegangen, denn die Klinge wies kaum Scharten auf.

Da die vorausgeschickten Boten unversehrt zurückgekehrt waren und mitteilten, die unweit versammelten Fürsten seien mit allen Bedingungen einverstanden, hatten sie sich Zeit gelassen. Auf dem Hof einer armseligen Burg nahm Stertinius den Kniefall der Barbarenfürsten entgegen, gewährte ihnen im Namen des Tiberius und des Germanicus Verzeihung und forderte die jüngeren Söhne der Fürsten als Geiseln, bevor er anderntags mit seinen Soldaten dem Heereszug folgte.

An der Amisia trennten sich die Wege der Legionen. Germanicus führte den größeren Teil des Heeres, darunter auch die Fünfte Legion, am Fluss entlang zum Meer; er würde die Aufgebote der Chauken erst in ihrem Land entlassen und Besatzungen unter den Stämmen verteilen, bevor er Soldaten und Tross einschiffen ließ. Zwei Legionen und die Reiterei würden wie im vergangenen Herbst über die wiederhergestellten Dammwege im Land der Brukterer marschieren. Stertinius zog mit seiner eigenen Ala zu den Marsern, deren Unterwerfung ebenso beiläufig erfolgte wie zuvor die der Angrivarier. Tatsächlich galten nun alle Stämme zwischen Rhenus und Albis als besiegt – nur die Chatten im Süden bewahrten Schweigen gegenüber dem Friedensangebot des Germanicus.

Obwohl Cinna sich überaus unwohl fühlte, während sie die Sümpfe durchquerten, in denen sie im Vorjahr aus dem Hinterhalt angegriffen worden waren, brachten sie die endlosen Bohlenwege hinter sich, ohne einen einzigen Krieger zu Gesicht zu bekommen. Die Äcker waren verwüstet, die Dörfer verlassen.

Am achtzehnten Tag nach der letzten Schlacht an den Wällen der Angrivarier meldeten die Kundschafter den Rhenus in Sichtweite. Die Vorhut, der Cinnas Ala angehörte, beeilte sich, um durch den letzten Wald zum Fluss vorzurücken. Die Brücke stand unangetastet.

*

Nachdem alle Verpflichtungen erfüllt, die Soldaten untergebracht und verpflegt, alle Gänge erledigt waren und Cinna sich gerade anschickte, zu Bett zu gehen, klopfte es an der Tür. Er seufzte schwer, er hatte keine Schritte gehört, und obwohl er niemanden mehr sehen wollte, glitt er vom Bettrand und näherte sich der Tür, entriegelte sie und zog sie einen Spaltbreit auf. Eine Hand legte sich um das Holz, die Hand einer Frau. Sie schob die Tür auf, schlüpfte hinein, geradewegs an seine Brust. Sunja. Er fragte nicht, wie sie ins Lager gelangt war, schloss die Arme um sie, seine Wange an ihrer, atmete den Duft ihres Haares, ihrer Haut, einen Hauch von Rose und Veilchen und Mandelöl, und etwas anderes, den Duft süßer Milch. Sie hatte ihn nicht umarmt, nur eine Hand unter seiner Achsel durchgeschoben. Er hielt sie von sich, sah das Bündel an ihrem Busen.

»Wenn du sie nimmst, ist sie deine Tochter«, sagte sie leise.

Er schnappte nach Luft. »Meine Tochter?«, flüsterte er.

Sie hob ihm das Bündel entgegen, drückte es ihm sanft in die Hände. Er sah in ein winziges Gesicht mit einer winzigen Nase, die Augen fest geschlossen, die fein geschwungenen Lippen ein wenig gespitzt, als erwarteten sie einen Kuss. Einen Augenblick lang glaubte er, das Blut an seinen Händen zu riechen, den Dreck des Schlachtfeldes, er wagte kaum zu atmen, doch das zarte Gesichtchen überdeckte all den Schrecken.

»Cornelia …?«, begann er leise.

»Wir haben noch zwei Tage Zeit«, erwiderte sie. »Deine

Schwester wäre überglücklich … Hast du etwas von Firmus gehört? Seit zwei Tagen bleiben die Nachrichten aus, und Lucilla macht sich die größten Sorgen.«

Das Kind regte sich leicht, öffnete die Augen, tiefblaue Augen, wie Lucius und Gnaeus sie gehabt hatten. Inständig wünschte Cinna sich, diese Augen mögen hell bleiben, strahlende Sterne, die ihn aufmerksam musterten, sein Gesicht abzutasten schienen. Er trug das Kind zum Bett, wo er es neben den Kandelaber legte, während Sunja ihm langsam folgte.

»Geht es dir gut?«, fragte er leise, schlug das schwere Wolltuch auf, in das das Kind gewickelt war. Seine Tochter. Sie hatte winzige Füße und daran Zehen wie Perlen.

Kühl legten sich Sunjas Finger an seine Wange, strichen darüber. »Es war leicht. Sie wollte ans Licht, keine Stunde musste ich mich anstrengen.« Sie holte hörbar Luft. »Schade, dass Vater sie nicht mehr sehen kann.«

Er umarmte sie wortlos, spürte, dass sie allmählich schwerer wurde, ihre Finger sich in seine Tunica krallten und ihre Tränen den Stoff an seiner Schulter tränkten. Ratlos strich er ihr über den Kopf, während vor ihm die Gestalt eines alten Mannes erschien, der im schmutzigen Kettenhemd, das blanke Schwert in der Hand, davonschritt. Schlachtfelder traten ihm vor Augen, aufgewühlter Morast, bedeckt mit dunklen Bündeln, und ein bestialischer Gestank schwebte darüber, der Gestank eingesperrter Raubtiere, Kot und Fleisch und Schweiß. Er kniff die Lider zusammen, presste die Zähne aufeinander und hielt den Atem an, er klammerte sich an Sunja, als könnte der Schrecken dadurch vergehen, doch selbst die Sonne, die ihm wirbelnd und funkelnd erschien, ließ die Bilder nur greller hervortreten.

Ein zitterndes Schnaufen weckte ihn, ein Glucksen, dann ein leises Wimmern. Sunja schob ihn sanft von sich.

»Sie ist hungrig«, flüsterte sie, trug das Kind zu einem Sessel, auf dem sie sich niederließ, öffnete den Chiton an der Seite und löste die straffe Brustbinde, um das Kind anzulegen.

Er wunderte sich selbst darüber, wie sehr ihn dieser Anblick beruhigte, die junge Frau auf dem Sessel, das Kind haltend, das kaum hörbar keuchte vor Anstrengung, die Stille wurde ihm leicht und das Halbdunkel der nächtlichen Kammer hellte sich auf.

Plötzlich klapperten schnelle Schritte auf dem Gang, nagelbewehrte Sohlen, Posten rannten hin und zurück. Cinna stieß sich vom Bett ab und ging zur Tür und schaute hinaus in den erleuchteten Gang. Ein Gefreiter in noch ungegürteter Tunica rannte ihm entgegen.

»Ein Seesturm!«, beantwortete er Cinnas stumme Frage. »Die Flotte ist in einen Seesturm geraten!«

Die Worte trafen Cinna wie ein Schlag in die Magengrube. Er fuhr herum, schlug die Tür zu und lehnte sich von innen gegen das Holz. Bewegungslos starrte er vor sich hin, unfähig, einen klaren Gedanken zu fassen. Die Bilder der beiden vergangenen Jahre stürzten über ihn ein wie Brandungswellen, raubten ihm den Atem. Es konnte nicht sein. Wie durch einen Schleier bemerkte er, dass Sunja ihn aus weit aufgerissenen Augen anstarrte. Es schien, als wollte sie etwas sagen, wagte aber nicht, es auszusprechen.

Cinna barg das Gesicht in den Händen, rieb sich die Wangen, zerrte dann seinen Umhang vom Haken und trat zu ihr, wo er stehen blieb, schließlich hilflos die Achseln zuckte.

»Es gibt viel zu tun«, murmelte er.

»Sag mir, dass das nicht geschehen ist«, flüsterte sie, »dass ich das geträumt habe.«

Ihre Augen in dem schreckensbleichen Gesicht schwammen in Tränen, als er sich neben ihr niederließ und sie rasch umarmte, ihr Haar küsste.

»Keine Angst, Sunja. Der Feind ist geschlagen. Sie können nichts ausrichten, weder hier noch in Mogontiacum.«

»Das weiß ich. Darum geht es nicht. Die Fünfte Legion ist mit der Flotte unterwegs, und Lucilla ist krank vor Sorge um Firmus.«

Ratlos hielt er sie fest, während das Gefühl, mit gefesselten Händen dazusitzen, nichts, gar nichts tun zu können, in ihm einen schwelenden Ärger entzündete.

»Germanicus hat den Zorn der Götter erregt«, presste er hervor. »Er sollte sich zufrieden geben mit dem, was er erreicht hat, und auf Tiberius hören, um nicht noch Schlimmeres heraufzubeschwören.«

Mehrere Boten berichteten im Kreis der befehlshabenden Offiziere von dem Unheil, das über die Flotte hereingebrochen war. Am dritten Tag des Auslaufens hätten sich Wolken gezeigt und starke Böen sei aufgekommen, doch Germanicus habe aus glücklichen Vorzeichen die unverbrüchliche Unterstützung des Iuppiter und des Mars herausgelesen und die Warnungen der erfahrenen Seemänner in den Wind geschlagen. Im Laufe des Tages habe sich der Sturm verschlimmert und die Richtung geändert, Regen sei hinzugekommen, Wasser in die Schiffe gelaufen, die auf den Oceanus hinausgetrieben wurden. Man habe Schiffe kentern sehen, viele Soldaten hätten ihr Heil den Wellen anvertraut, aber man habe nicht alle aus dem wild wogenden Meer fischen können, und so seien am Abend viele Leichname ans Gestade gespült worden und hätten Grund zu Klagen und Trauer gegeben.

Dass die Erste und die Fünfte Legion zu dieser Zeit bereits am See Flevo angelangt waren, ließ Cinna hörbar aufatmen. Noch während der Besprechung gab er Befehl, seinen Fuchs zu satteln, und eilte schließlich zu Firmus' und Lucillas Landgut.

Im Flur rannte ihm Lucilla mit aufgelöstem Haar entgegen, er hatte sie die Treppe herunterpoltern hören, als er das Haus betreten hatte.

»Kein Angst, die Fünfte ist nicht betroffen«, rief er, noch ehe sie ihn erreichte. »Firmus ist unversehrt und wird in wenigen Tagen zurückkehren.«

»Den Göttern sei Dank, meine Gebete wurden erhört.«

Sie war stehen geblieben und griff sich an die Brust. Rasch umarmte Cinna sie, küsste sie auf beide Wangen, ließ sie los, als er Sunja hinter ihr erblickte.

»Wenn du nichts dagegen hast«, sagte er zu Lucilla, »lasse ich einen Teil meines Gepäcks herbringen.«

»Im Gegenteil – du bist herzlich willkommen. Hoffentlich stören dich die Kinder nicht.«

»Das kann ich mir nicht vorstellen.« Cinna lachte und folgte Sunja durch den großen, hellen, zugleich angenehm kühlen Wohnraum, dessen Doppeltür weit offenstand, in den Garten hinaus. Unter dem Dach des Säulenganges hatte sie ihren Webrahmen aufgestellt. Nanthis, die mit dem Spinnzeug im Halbschatten saß, beugte grüßend den Nacken und lächelte ihm schüchtern zu. Von einem Deckenbalken hing der Korb, in dem der Säugling lag, seine Tochter, vielleicht das Einzige seiner Kinder, das niemals Tod und Leid über andere Menschen bringen würde. Auf einer

Decke saß Gnaeus vor einem windschiefen Turm aus Holzklötzen und musterte ihn aus großen schwarzen Augen. Jäh wurde Cinna klar, dass etwas eingetreten sein könnte, das er nie gewollt hatte, denn er schien diesem Kind ebenso ein Fremder zu sein, wie sein eigener Vater einst ihm.

Sunja war durch den Garten gegangen bis zum gegenüberliegenden Ende, wo sie über die niedrige Brüstung hinweg einige Male nach Lucius rief. Es dauerte eine Weile, bis der Junge über die Treppe heraufeilte, ehe er stutzte und jubelnd auf Cinna zu rannte. Bald darauf saß er mit Lucius und dem Kleinen auf der Decke, und während Sunja im Haus Vorbereitungen traf, erzählte er das eine oder andere vom Feldzug, darauf bedacht, die Schrecken von den Kindern fernzuhalten, obwohl Lucius keine Ruhe gab.

»Und dann habt ihr gekämpft und die Barbaren besiegt? Habt ihr sie alle totgeschlagen?«, fragte der Kleine schließlich.

Den forschenden Blick des Kindes erwidernd, nagte Cinna an der Unterlippe; er dachte lange nach, was er sagen sollte, wie er seinem Sohn begreiflich machen konnte, dass dieser Sieg kein fröhliches Spiel gewesen war. Wieder hatte er den Gestank von rohem Fleisch in der Nase und ertappte sich dabei, dass er unwillkürlich seine Hände an der Decke abwischte.

»Hast du schon einmal ein Tier getötet?«, fragte er schließlich.

Lucius sah ihn aus großen Augen an. »Ameisen«, erwiderte er. »Mücken, Fliegen. Und zugesehen, wie Caligula das Kätzchen totschlug. Und einmal wie die Sklaven Lämmer schlachteten.« Er ließ den Kopf hängen. »Aber ich hab nicht mitgegessen.«

»Hättest du die Lämmer schlachten können?«

Ein heftiges Kopfschütteln war die stumme Antwort.

»Einen Menschen zu töten ist viel schwerer«, sagte Cinna. »Aber wenn es nur diese Wahl gibt, um zu verhindern, dass dein Feind hingeht und deine Familie quält und tötet, wenn du siehst, wie dein Feind deine Freunde umbringt, deinen Großvater, dann findest du die Kraft zu töten. Trotzdem …«, er strich dem Jungen, der sich eng an ihn schmiegte, übers Haar, »ein Spiel ist es niemals. Deshalb waren wir sehr froh, als die Angrivarier und Marser sich am Ende kampflos ergeben haben.«

Lucius wollte wissen, welche Stämme jetzt unterworfen waren, fragte nach den Namen der Fürsten, und soweit Cinna diese kannte, nannte er sie seinem Sohn, auch den des Fürsten der Marser, Mallovendus, als Nanthis einen erstickten Schrei ausstieß. Klappernd fiel die Spindel zu Boden, rollte den frischen Faden ab. Sie saß stocksteif in dem mit Kissen ausgepolsterten Korbsessel, und ihre Augen wirkten riesig in dem kreidebleichen Gesicht, das sie halb mit den Händen bedeckte.

»Kennst du ihn, Nanthis?«

Sie starrte wild vor sich hin, kniff dann die Lider zusammen und schüttelte heftig den Kopf, um gleich darauf aufzuspringen und schluchzend ins Haus zu stürzen.

Als Cinna sie die Treppe hinaufrennen hörte, stieß er einen leisen Fluch aus, wandte sich Lucius zu. »Sei ein guter Junge und pass auf deinen Bruder auf. Ihr rührt euch nicht vom Fleck, bis ich zurück bin!«

Lucius nickte ernst und zog seinen kleinen Bruder fest an sich. Darauf sprang Cinna auf und folgte dem Mädchen ins Obergeschoß. Sie zu finden war leicht, ihr lautes Weinen führte ihn geradewegs in eine winzige, halbdunkle Kammer, deren Tür nur angelehnt war. Das Mädchen lag auf dem Bett, drückte den Kopf ins Kissen und hämmerte mit den Fäusten auf die Matratze. Kaum setzte er sich auf den Rand des Bettes, fuhr sie herum und zerrte die Decken an sich, als könne sie sich damit schützen. Beschwichtigend hob er beide Hände. Sie musste doch wissen, dass er niemals auch nur den leisesten Versuch gemacht hatte, sich an ihr zu vergreifen.

»Kennst du diesen Mallovendus?«, wiederholte er vorsichtig

»Darf nichts erfahren …« stammelte sie. »Darf nichts erfahren …«

»Was meinst du?« Ihm ging auf, dass er noch nie einen zusammenhängenden Satz aus ihrem Mund gehört hatte. Dass sie überhaupt so gut wie kein Wort gesprochen hatte, und er fragte sich, ob das nur in seiner Gegenwart so war.

»Vater«, flüsterte sie tonlos.

Er stutzte, legte die Fingerspitzen an die Schläfen. »Warte … du meinst, Mallovendus ist dein Vater?«

Sie bewegte langsam und nachdrücklich den Kopf hin und her. »Darf nichts erfahren … sonst … tötet er mich.«

Verwirrt musterte Cinna das Mädchen, erinnerte sich daran, dass Sunja, gleich nachdem er sie in sein Haus gebracht hatte, ihn darauf hingewiesen hatte, das Mädchen habe weiche Hände, nicht die einer Magd. Ratlos legte er eine Hand auf ihre Schulter, tätschelte sie sacht.

»Er wird es nicht erfahren – nicht, wenn du es nicht willst.«

*

Der Hang senkte sich vor Cinna in das weite Tal, durch das die schmale Straße sich wie ein straff gespannter Faden zog, geradewegs zu dem zweiten Hügelkamm, auf dem das Legionslager von Vetera mit seiner Mauerkrone und seinen Türmen thronte. Stundenlang war er mit den Wachstafeln, die ihm Hraban hatte schicken lassen, durch den Garten gewandert, ringsum, dann die beiden Wege, die das Areal längs und quer durchschnitten. Immer wieder. Der Brief sollte ihn nur in Kenntnis davon setzen, dass Hraban beschlossen hatte, Saldirs Wunsch zu entsprechen und ihr zu erlauben, im Herbst im Gefolge des Germanicus nach Lugdunum zu reisen, von da aus nach Massilia, dann auf dem Seeweg bis hinunter nach Alexandria. In Begleitung ihres griechischen Lehrers Androkleos, der nach Vetera gekommen war, um ihn, Hraban, den Bruder und inzwischen Oberhaupt der Familie, selbst um seine Einwilligung zu bitten.

Cinna hatte den Unterricht inzwischen geduldet, schließlich hätte er den Grund für seinen Widerwillen offenlegen müssen, aber er war nicht imstande, die Schande, die ihm widerfahren war, jemandem zu enthüllen. Er musste Androkleos selbst davon abbringen! Ein Mädchen allein in Alexandria, ohne den Schutz ihrer Eltern, ohne den eines Mannes, der für sie sorgte, stattdessen in der Obhut des Androkleos – der Gedanke ließ ihn schaudern. Wie hatte Hraban nur Vertrauen zu dem Griechen fassen können?

Cinna trieb Firmus' Dunkelfalben die Straße zum Lager hinauf; das Pferd, das auf dem Hof sein Gnadenbrot erhielt, war nach vielen Gefechten und Feldzügen müde und alt geworden. Aber Alkyon erholte sich zusammen mit seinen beiden anderen Pferden auf den Weiden, sodass nur dieser alte Klepper bereitstand, der ihn spürbar verdrossen zum Lager Vetera trug.

Im Hof der Herberge brachte er das erschöpfte Tier zum

Stehen, übergab die Zügel einem Sklaven, der den Gaul in den Stall führte, und eilte zur Stube. Als er dem Wirt, der seinen Schanktisch wischte, den Namen des Griechen nannte, deutete dieser wortlos nach oben und kreuzte dann zwei Finger. Cinna eilte wieder hinaus, hastete die Treppe hinauf zur Galerie und fand die Tür mit der Zehn am Ende des Ganges.

Seine Faust zuckte zurück, ehe er das Holz der Türe traf, dann hörte er Schritte, und schon im nächsten Augenblick wurde die Türe aufgerissen. Androkleos stand im Türrahmen, stutzte und starrte ihn an, bevor er ihn unversehens umarmte und an sich zog.

»Den Göttern sei Dank! Du bist tatsächlich unversehrt zurückgekehrt«, flüsterte er in seiner attischen Mundart an Cinnas Ohr.

Brüsk stieß Cinna ihn zurück, starrte ihn wütend an und hatte Mühe, des brodelnden Zornes Herr zu werden. »Was erlaubst du dir? Was fällt dir ein, hinter meinem Rücken das Vertrauen der Familie meiner Frau zu erschleichen, um deren Tochter in deine Hände zu bekommen?«

Er schob den Griechen ins Zimmer, schlug hinter sich die Tür zu und lehnte sich dagegen, um den Riegel vorzuschieben. Aus Androkleos Augen leuchtete der Schrecken.

»Ich verstehe nicht …«

»Das solltest du aber! Ich werde dir nämlich nur ein einziges Mal sagen, dass ich dich verfolgen und töten werde, falls du es wagen solltest, das Mädchen mit dir zu nehmen!«

Androkleos tat einige Schritte rückwärts, strauchelte, taumelte, kam auf einem der beiden Betten zu sitzen. Bestürzt blickte er Cinna an, der sich vor ihm aufbaute, und hob die Hände in einer beschwichtigenden Geste.

»Sie ist meine Schülerin, eine sehr begabte Schülerin. Ich glaube, ich hatte nur einmal in meinem Leben einen ähnlich begabten Schüler wie dieses Mädchen.«

Verächtlich schürzte Cinna die Oberlippe. »Erspare uns beiden derlei billige Schmeicheleien!«

»Das ist keine Schmeichelei«, stammelte Androkleos. »Als ich dich zum ersten Mal sah, warst du ein hübscher Junge in der Schülerschar eines Rhetors, der euch in den Lehren des Zenon und Chrysippos unterrichtete. Du warst der Einzige unter den Zuhörern, der Fragen stellte und Einwände brachte, vorsichtige, aber kluge Fragen, die der Lehrer lächelnd überging. Deshalb habe ich alles drangesetzt, dich mit nach Athen zu nehmen.« Er blickte ziellos zur Decke und knetete die Hände. »So viele von euren jungen Männern kommen nach Athen, nach Rhodos, um die Zeit totzuschlagen. Die meisten sind ebenso jung und reich wie eingebildet und dumm. Sie vertun die Nächte bei ausgelassenen Gelagen und verschlafen tagsüber den teuren Unterricht, den ihre Väter bezahlen. Du warst einer von den wenigen, die kommen, um zu lernen.«

Abrupt stand er auf, ging zum Fenster hinüber, öffnete die pergamentbezogenen hölzernen Flügel und blickte auf die Straße hinunter. Langsamer Hufschlag tönte herauf, schwatzende Barbaren gingen unten vorüber, und ein Hund schlug an. Schließlich wandte Androkleos sich wieder um, verdunkelte das Fenster.

»Solange ich in der Akademeia unterrichtete, hatte ich immer Lieblingsschüler, und ich glaubte an die erzieherische Kraft des Eros, wie Platon ihn einmal beschrieb. Ich dachte, wenn man sich vollkommen aufeinander einlässt, als Lehrer und als Schüler, als Mann und als Jüngling, dann bringt das all das Gute, Wahre und Schöne hervor, nach dem wir streben.« Der Kopf war ihm auf die Brust gesunken, und die Arme hingen kraftlos an den Schultern; dann tat er einen Schritt auf Cinna zu und hob beschwörend die Hände. »Apollon ist mein Zeuge, dass es niemals in meiner Absicht lag, dir zu schaden, dass ich im Gegenteil das Licht, das in dir verborgen glomm, hell erstrahlen lassen wollte. Du warst wie geschaffen dafür, als dritter Sohn eines reichen und einflussreichen Vaters hättest du ebenso gut ein Gelehrter werden –«

»Das ist genug!«, rief Cinna, dem abwechselnd heiß und kalt geworden war, während Androkleos gesprochen hatte. »Willst du mir etwa weismachen, in jener Nacht, als ich mit der Nachricht vom Tod meines Bruders zu dir kam, sei der lichte, nüchterne Apollon über dich gekommen?«

Wie vom Donner gerührt war Androkleos mitten in einer beschwörenden Geste erstarrt, und seine Miene verriet, dass das Gerüst aus Begründungen und Erklärungen, welches der Grieche sich schon vor langer Zeit, vielleicht sogar schon am Morgen nach jener unseligen Nacht zurechtgezimmert hatte, mit einem Mal in Trümmern vor ihm lag. Aber der allzu verspätete kleine Triumph klebte schal auf der Zunge wie eine Neige verstaubten, vom Vorabend übrig gebliebenen Weines. Nichts drängte Cinna dazu, dem niedergeschlagenen Mann vor ihm in irgendeiner Weise Leid zuzufügen, als gäbe es nichts, was die Erkenntnis, mit welch fadenscheiniger Lüge dieser versucht hatte, sein eigenes Gewissen zu knebeln, übertreffen könnte.

»Es tut mir leid«, flüsterte Androkleos tonlos. »Es tut mir leid. Ich war rasend vor Angst, ich könnte dich verlieren, wenn du dich verpflichtet gesehen hättest, deines Bruders Platz einzunehmen. Ich dachte, ich könnte dich auf diese

Weise endgültig und für alle Zeit an mich binden, dein zukünftiges Leben durch und durch prägen.«

Mit einem unglücklichen Lächeln erinnerte sich Cinna, dass er dem ersten Ruf seines Vaters nicht gefolgt, sondern in Athen geblieben war. Dass er binnen eines Monats die Akademeia verlassen und sich den jungen römischen Nichtsnutzen angeschlossen, die Nächte mit Hetairen, Wein und Würfelspiel vertan, das lange sparsam zurückbehaltene Geld verprasst und sich hoch verschuldet hatte. Eine schändliche Niederlage in einer Rauferei, weil einer ihn wegen seines zärtlichen Lehrers gefoppt hatte, war zum Anlass geworden, dass er einen Söldner als Fechtlehrer mietete, denn niemals wieder wollte er einem anderen wehrlos ausgeliefert sein, so wie diesem Mann, der jetzt auf dem zweiten Bett saß, sich langsam die Oberarme rieb und trübsinnig vor sich zu Boden sah.

»Im Grunde ist es dir sogar gelungen«, sagte Cinna. »Allerdings ganz anders, als du erhofft hast.«

Androkleos hob den Kopf. »Was wird nun?«, fragte er matt. »Ich kam hierher, um mit dir zu reden. Saldir bat mich darum. Sie möchte nicht gegen deinen Willen gehen, obwohl du gar nicht für sie verantwortlich bist. Aber so gesehen kann ich es dir nicht verdenken, dass du sie nicht mit mir ziehen lassen kannst.«

Nachdenklich musterte Cinna den Griechen. Er war keinen Fingerbreit von seiner Entscheidung abgewichen, mit diesem Mann durfte das Mädchen nicht fortgehen, und er fragte sich, ob sie überhaupt fortgehen durfte. Üblicherweise hatten sechzehnjährige Mädchen andere Sorgen als komplizierte mathematische Beweise und die Gesetze der Logik. Dass sie durch den Unterricht bei Androkleos die Feinheiten der latinischen und griechischen Sprache gelernt und sich inzwischen auch mit Literatur beschäftigt hatte, war bedeutungslos, da sie wohl einen adligen Barbaren heiraten würde oder einen wohlhabenden Händler, aber niemals einen Mann, der diese besonderen Kenntnisse zu schätzen wusste. Es erschien Cinna absurd, diese Ausbildung weiter voranzutreiben, obgleich niemand einen Nutzen daraus ziehen konnte. Er wandte sich zur Tür, seine Finger schlossen sich um den Türgriff.

»Ich kann eine Eilnachricht unbemerkt in wenigen Tagen geradewegs in die Hände des Tiberius Caesar legen lassen«, sagte Androkleos leise hinter ihm.

Überrascht hielt Cinna inne, drehte den Kopf ein wenig zur Seite. Dass jemand, der zum Gefolge des Germanicus zählte, ihm vorschlug, eine Nachricht zu Tiberius zu schaffen, machte ihn schlagartig hellhörig.

»Ich habe Germanicus nicht ohne Hintergedanken zugeraten, dich einzuladen«, fügte Androkleos hinzu.

Argwöhnisch harrte Cinna weiterer Erklärungen, schließlich konnte Androkleos nicht darauf rechnen, von ihm Auskünfte über Germanicus' Pläne zu erhalten.

»Er ist in Gefahr, Gaius Cinna, in großer Gefahr.«

»Wozu sagst du mir, dass du eine Eilnachricht in wenigen Tagen geradewegs in die Hände des Tiberius Caesar legen lassen kannst, und das unbemerkt?«

»Du bist nicht der Einzige, der es für Wahnsinn hält, weitere blutige Feldzüge in der Germania zu führen. Ich habe mich über Land und Leute kundig gemacht. Germanicus kann nicht gewinnen. Er wird das Lebenswerk seines Vaters eher auf alle Zeit restlos zerstören als es wiederherzustellen.«

»Aber wozu brauchst du mich?«

»Ich bin Ethnograph und Forscher, kenne mich nicht aus

in Kriegsdingen, weiß nicht, wie die Lage auf dem Marsch ist. Ich brauche jemanden, der die Dinge wirklich beurteilen kann, jemanden, dem auch Tiberius vertraut.«

Cinna spürte, dass ihm das Blut aus dem Gesicht wich, als er erkannte, dass Androkleos ihn ausersehen hatte, Tiberius über die tatsächliche Lage, die anders war als die geschönten Berichte aus Germanicus' Stab ihm weismachen wollten, ins Bild zu setzen. Darüber nachgedacht hatte auch Cinna schon einige Male, war jedoch davor zurückgeschreckt; die Eilboten zu benutzen, wäre aufgefallen, die Gefahr ertappt zu werden, war zu groß. Weniger weil es sein eigenes Leben gekostet hätte, sondern das Unbeteiligter, Unschuldiger.

»Und wenn die Sache auffliegt, wenn die Botschaft abgefangen wird, bist du fein raus, weil ich derjenige bin, der den Brief geschrieben hat.«

»Nein, Gaius Cinna. Den Brief schreibe ich, und dein Name muss nicht genannt werden. Ich brauche nur irgendeinen Hinweis, aus dem für Tiberius Caesar deutlich wird, dass die Nachricht wahrheitsgemäß ist, weil er erkennt, von wem sie stammt. Germanicus ist bei Volk und Senat ungemein beliebt, Tiberius könnte es niemals wagen, ihm eine Ehre nur auf Verdacht zu entziehen.«

Während Androkleos sprach, lehnte sich Cinna mit vor der Brust verschränkten Armen an die Tür und musterte ihn argwöhnisch. »Woher weißt du, dass Tiberius mir vertraut?«

»Das ist kein Geheimnis. Allerdings würde ich auf ein Gerücht allein nicht vertrauen, ganz gleich wie verbreitet es ist.« Der Grieche lächelte dünn. »Es war mein alter Freund Munatius Plancus, der mich auf dich verwies.«

»Plancus? Den ich vor zwei Jahren zu Germanicus gebracht habe?«

Androkleos nickte stumm, ohne den Blick abzuwenden.

»Du hattest es also von langer Hand geplant, mich in den Kreis der Berater des Germanicus zu schleusen.«

»Das hatte auch Plancus, aber von ihm wusste Germanicus schon damals, dass er dem Tiberius nahesteht. Doch im folgenden Jahr gelang es dir ja durch deinen eigenen Einsatz, dich verdient zu machen. Mein Vorschlag war nur noch der letzte Anstoß.«

»Ich sollte also für dich … kundschaften.« Obwohl er den Griechen ohnehin um eine Handbreit überragte, reckte Cinna sich, um ihn angewidert von oben herab zu mustern. »Soeben sagtest du, du habest mich ihm empfohlen, weil er in großer Gefahr sei – was ist denn nun wahr? Was soll ich dir glauben? Vielleicht hast du ja auch das Mädchen nur an dich gezogen, um auf diese Weise mein Vertrauen zu erschleichen und mich dann für deine doppelzüngigen Machenschaften zu benutzen.«

Reglos stand Androkleos vor ihm, den Mund leicht geöffnet, die Handflächen ihm zugewandt. Cinna öffnete die Tür, trat auf die Galerie hinaus, als er sich noch ein letztes Mal umwandte.

»Du wirst mich niemals wieder benutzen, Androkleos, Sohn des Pheidippos.«

XXIV

Als sich hinter Cinna die Tür schloss, befand er sich allein in dem schmucklos eingerichteten Raum. Er bemühte sich, die Hände unauffällig an der Tunica abzuwischen; der Befehl hatte ihn während einer Musterung der Pferde ereilt, und auf dem Weg ins Stabsgebäude hatte er keine Gelegenheit gefunden, sich zu säubern, so eilig hatte der Bote es gehabt. Während Cinna darauf wartete, dass Germanicus sich zeigte, beschlich ihn die Sorge, dieser hätte von seiner Unterredung mit dem Griechen Wind bekommen oder – schlimmer noch! – Androkleos ihn aus Rache ans Messer geliefert. Angestrengt verfolgte er die gleichförmigen Rankenmuster an den Wänden, richtete dann seine Aufmerksamkeit auf den flirrenden Staub, der im schräg hereinfallenden Sonnenlicht tanzte.

Unversehens flog die Tür am anderen Ende des Raumes auf, und Germanicus trat ein, eilte strahlend auf Cinna zu und reichte ihm beide Hände, in die Cinna nur zögernd einschlug, da er fürchtete, dass seine noch immer schmutzig waren; aber das schien Germanicus nicht zu bemerken. Hinter ihm näherte sich Agrippina, deren Leib sich unter dem Gürtel kräftig wölbte.

»Ich freue mich, dass du Zeit für mich hast.« Germanicus bot Cinna mit einer einladenden Geste eine der beiden Klinen an und nahm selbst auf der anderen Platz, als zwei Sklaven einen großen Mischkrug und Henkelbecher aus sichtlich schwerem Silber hereintrugen. Sie schenkten ein, reichten ihnen mit artigen Verbeugungen nacheinander die kühlen Becher, aus denen der feine Duft italischen Weines aufstieg. Agrippina setzte sich steif gleich neben der Tür auf einen Stuhl mit hoher Lehne, der für sie hereingetragen worden war, und legte die Hände auf die Oberschenkel.

»Wir wollen zuvor Mars, des Rächers, gedenken.« Feierlich goss Germanicus einen dünnen Strahl in die bereitgehaltene Schale. Cinna folgte seinem Beispiel, dann tranken sie einander wortlos zu, während Agrippina nur flüchtig an ihrem Becher nippte.

»Wir haben Großes mit dir vor, Gaius Cornelius«, begann Germanicus mit erhobenen Armen. »Du wirst an meiner Seite reiten, um den zweiten Adler zurückzuholen, über dessen Verbleib uns der Marser Mallovendus unterrichtet hat.«

Als Cinna an Germanicus' flüchtigem Zwinkern bemerkte, dass er vergessen hatte, den Mund zu schließen, schluckte er rasch.

»Aber damit nicht genug«, fuhr Germanicus fort. »Ich habe vor, dich im kommenden Feldzug zu einem bedeutenden Reiterführer zu machen. Ich möchte, dass du nach Stertinius' Rückkehr in die Italia die Alen befehligst, wenn wir den Letzten der drei Adler der unglücklichen Legionen des Varus einfordern und den Verräter in unsere Gewalt bringen, um die Herrschaft des Senats und des Volkes von Rom in den Gebieten zwischen Rhenus, Danuvius und Albis endgültig und für alle Zeit festzuschreiben. So wie mein Vater sie einst hinterließ.«

Er reckte das Kinn in die Höhe und lächelte, wie nur jemand lächeln kann, der schier unbegrenzte Machtfülle besaß.

»Schon im Winter beschloss ich, deinen Rang wiederherzustellen und dir dein väterliches Erbe vollständig zurückzuerstatten, damit du nach meinem Triumph zu hohen Ämtern gelangen und dereinst all diese Würden an deine Söhne weitergeben kannst.«

Nach einigen verhaltenen Atemzügen wagte Cinna, sich auf den Gedanken einzulassen, er könne tatsächlich Herr in seines Vaters Haus in Rom werden, Herr über die Villa in Perusia, das Gestüt und die ausgedehnten Ländereien. Unversehens war der ferne Traum, Sunja dieses kleine Königreich in den sonnenwarmen Hügeln Umbriens zu Füßen zu legen, in greifbare Nähe gerückt, und er glaubte seine Kinder über die Wiesen tollen zu sehen.

»Ich bin auch entschlossen, dir zu einer angemessenen und rechtmäßigen Ehe zu verhelfen, Gaius Cornelius«, sagte Germanicus. »Schließlich soll doch jemand als dein Erbe den Ruhm deiner Familie mehren.«

Beinahe wäre der Becher Cinnas Hand entglitten, als er hochfuhr. »Ich bin bereits rechtmäßig verheiratet und habe zwei Söhne.«

»Mit der Tochter eines Barbaren, der Schwester eines Decurio.« Germanicus zog die Brauen hoch. »Wir haben dir gestattet, dass diese Frau dich nach Lugdunum begleitet und ihr Sohn unserem Jüngsten einige Tage lang die Zeit vertreibt. Aber du kannst doch nicht allen Ernstes glauben, dass du, der einem alten hochedlen Geschlecht entstammt und zahlreiche Consuln in seiner Ahnenreihe vorweisen kann – dass du solche Ehren an die Sprösslinge einer Barbarin verschwenden darfst!«

Kopfschüttelnd hob Germanicus seinen Becher, nippte daran und ließ die Zunge über die Lippen schnellen, die ein anzügliches Schmunzeln umspielte. »Du kannst die kleine Barbarin ja behalten, wenn sie dir so herrliche Liebesdienste leistet, dass du darauf nicht verzichten willst. Heiraten sollst du, um deine Stellung zu festigen und deinen Reichtum zu mehren. Und die Hoffnung auf zwei, drei stramme Jungs wird dich schon davon überzeugen, ein paar Nächte im Bett deiner zukünftigen Gemahlin zu verbringen.«

Bestürzt gewahrte Cinna, dass er seinen Becher geleert hatte.

»Agrippina und ich haben entschieden, dass sie dir eine Braut suchen wird. Wir beide wollen uns zunächst um den bevorstehenden Feldzug ins Land der Marser kümmern und um die letzte Jagd nach dem Verräter.«

Obwohl Cinna benebelt war von dem zu rasch getrunkenen Wein und der verstörenden Eröffnung, bemerkte er, dass Agrippina sich von ihrem Stuhl erhob und den Kopf leicht neigte. Er erwiderte diesen Gruß und glaubte, ein tückisches Funkeln in ihren Augen zu erkennen, als sie sich umdrehte und hochaufgerichtet hinausging.

»Du musst dich entscheiden«, sagte Germanicus, als die Tür sich hinter ihr geschlossen hatte, »ob du dieses Leben auf unbestimmte Zeit, ja vielleicht sogar bis zu deinem Tod fortführen willst, ob du es ertragen kannst, ein Mann ohne jegliche Bedeutung zu sein, oder ob du den Rang wieder einnehmen willst, der dir von Geburt an zusteht.« Er lehnte sich vor, seine Augen wurden schmal. »Du musst dich entscheiden zwischen Tiberius und mir.«

Anlässlich der glücklichen Heimkehr ihres Mannes hatte Lucilla sich einmal mehr selbst übertroffen. Auf der niedrigen, mit Blumengirlanden geschmückten Tafel, die in der Mitte der drei Klinen stand, drängten sich Körbe, Schalen und Schüsseln mit Köstlichkeiten aus ihrer Heimat: Eier auf vielerlei Art zubereitet, Suppen mit Fleischbällchen und geschmorte Zwiebeln, würzig eingekochte Aprikosen und gebratene Schnecken, über allem lag der Duft von Pfeffer, Fenchel und Kümmel, und das waren nur die Vorspeisen. Hausbewohner und Gäste lagen schmausend um dieses bunte Allerlei, selbst Caecina, der nach einer ungewohnt leutseligen Begrüßung mit Handschlag, halber Umarmung und Schulterklopfen mürrisch geworden war, als Lucilla und Sunja zur Freude der übrigen Herren blieben, schien zumindest die aufgetischten Speisen zu genießen. Durch die weit geöffneten Türflügel drangen abendlicher Vogelsang von Amseln und Rotkehlchen und das Gurren der Tauben, wetteiferten mit den Darbietungen zweier junger Frauen, die sanfte, dunkle Weisen auf ihren Doppelflöten erklingen ließen, während zwei hübsche Mietsklaven den Vortisch gegen den Fischgang austauschten.

Als eine Patina aus Birnen, Eierkuchenstreifen und Dörrobst von Datteln und Feigen die Speisenfolge schließlich abrundete, waren die meisten Gäste schon merklich zurückhaltend geworden.

»Meint ihr nicht, dass diese vorgezogene Siegesfeier ein wenig zu üppig ausgefallen ist?«, fragte Stertinius mit einem Seitenblick auf Flavus, der die Backen aufblies und sich den Bauch hielt.

»Es ist zumindest eine gute Grundlage für das, was uns noch erwartet«, witzelte Firmus und bewegte den Kopf in Richtung des Säulenganges, wo die Mietsklaven einen großen Mischkrug aufstellten.

Für Sunja und Lucilla war dies das Zeichen, sich zurückzuziehen. Als Cinna nach einer Weile die satte und trunkene Fröhlichkeit nicht länger ertrug, nutzte er die Unaufmerksamkeit der geladenen Männer und verließ das Triclinium, mochte das auch äußerst ungehobelt wirken. Er lehnte bereits geraume Zeit mit verschränkten Armen an einer der hölzernen Säulen und blickte ziellos über die Ebene, als jemand eine Hand auf seine Schulter legte.

»Du machst dir Sorgen«, sagte Firmus neben ihm, und es klang fast wie eine Frage.

Achselzuckend wandte Cinna sich wieder der abendlichen Landschaft zu. Aus dem Speiseraum in seinem Rücken drangen die trunkenen Stimmen und das Lachen der übrigen Gäste, während schwerer, süßer Rosenduft sie umwehte.

»Lucilla ist das Herz dieses Hauses«, seufzte Firmus. »Überall, in jedem Raum spürst du ihre Hand, die alles formt und ordnet – und ganz besonders im Garten …«

Leise lachend schüttelte Cinna den Kopf. »Es ist nicht das erste Landgut, auf dem sie Herrin ist.«

»Eine Frau zu haben, die Haus und Hof besorgt, während man im Feld ist, gehört zu den besten Gaben, die einem die Götter bereiten können.«

»Noch besser wäre es, wenn Frieden herrschte«, murmelte Cinna. »In den vergangenen beiden Jahren ist mir vieles entglitten …«

Firmus steckte die Daumen in den Gürtel und scharrte einige trockene Blütenblätter mit den Füßen zusammen. »Germanicus Caesars Eifer ist beunruhigend. Die Ausrufung des Tiberius zum Imperator auf dem Feld von Idistaviso hätte ihn zur Besinnung bringen sollen.«

»Er ist besessen«, entgegnete Cinna. »Sieh dir an, was um uns herum geschieht! Germanicus hat zurückgeholt, was unter seinem Vater erobert und unter Varus verloren worden war – aber um welchen Preis? Und werden wir es halten können?«

Nach einer Weile zuckte Firmus ergeben die Achseln, tätschelte nochmals Cinnas Schulter und schob ihn zurück ins Triclinium, wo Flavus ihm einen randvollen Becher in die Hand drückte und ihn zum Würfelspiel einlud. Halbherzig beteiligte Cinna sich am Spiel, verlor unter dem Gelächter der Gäste etliche Asse, während er die Geschichten über sich ergehen ließ, die sie einander erzählten, Feldzugsanekdoten. Aber kein Wort fiel über die Kämpfe und weder Germanicus' noch Arminius' Name wurde genannt.

Schließlich forderte Bacchus seinen Tribut; Flavus schnarchte auf der einen Kline, Caecina auf der anderen. Als Firmus seine Sklaven anwies, die Gäste auf ihre Zimmer zu bringen, zog auch Cinna sich zurück, kroch neben Sunja unter die angewärmte Decke und schloss die Augen. Doch er fand keine Ruhe, wälzte sich herum, bis er in der dunkelsten Stunde der Nacht mit einem Öllämpchen die knarrende Treppe hinuntertappte, um die Latrine aufzusuchen. Durch die Tür einer der Gästekammern drang dumpfes Ächzen, ein Mädchen quietschte, und nackte Haut klatschte in schneller Folge aufeinander. Grinsend erinnerte Cinna sich daran, dass Stertinius ein Auge auf eine der Tänzerinnen geworfen hatte, die sich nun wohl ein paar Asse dazuverdiente.

In die Schlafkammer zurückgekehrt, die Sunjas leise Atemzüge durchwehten, ließ er sich auf dem Rand des Bettes nieder. Als er die Hand auf Sunjas Schulter legte, seufzte sie und drehte sich zur Seite, wachte aber nicht auf. Im Licht eines einzelnen Öllämpchens schimmerten die Arme, mit denen sie das Kissen umschlang. Mit der Rückseite seiner Rechten strich er behutsam über ihre Wange, wünschte sich insgeheim, sie würde aufwachen. Germanicus' Pläne kamen ihm wieder in den Sinn, und es war ihm, als schnüre etwas seine Brust zu. Er atmete tief durch. Er hatte ihrer Mutter dereinst geschworen, sie mit seinem Leben zu verteidigen. Er würde diesen Eid niemals brechen, auch nicht um zurückzuerlangen, was man ihm auf unrechte Weise vorenthielt.

*

»Dieser Krieg ist falsch«, sagte Cinna, als die Tür sich hinter ihm geschlossen hatte.

Germanicus, der ihm zur Begrüßung beide Hände entgegengestreckt hatte, blieb abrupt stehen. »Was sagtest du?«

»Der Krieg, den du für das kommende Frühjahr planst, ist falsch«, wiederholte Cinna, und als Germanicus ihn scharf musterte, fuhr er fort: »Der Triumph war dir längst zuerkannt, schon nachdem die Toten bestattet waren und einer der Adler sich wieder in unseren Händen befand. In diesem Frühsommer hast du das Gebiet zwischen Rhenus und Albis …«, er stockte, zögerte weiterzusprechen, das Unternehmen als so verlustreich zu bezeichnen, wie es tatsächlich gewesen war, »zurückgewonnen, wenn auch unter hohen Verlusten auf allen Seiten. Der Seesturm sollte dir jedoch gezeigt haben, dass du das Wohlwollen der Götter überbeansprucht hast.« Er streckte Germanicus beschwichtigend die Hände entgegen. »Es ist an der Zeit, diese Jagd zu beenden, Germanicus Iulius Caesar. Auch auf dich warten bedeutendere Aufgaben als ausgerechnet diese.«

Schweigend blickte Germanicus ihn aus verengten

Augen an, und ein verächtlicher Zug breitete sich auf seinen Zügen aus.

»Sollte Agrippina recht behalten?«, sagte er. »Schon bevor wir uns begegneten, warnte sie mich vor dir. Auch dein Vater war ein aufsässiger Mann, der sich der Macht des Augustus nicht beugen wollte – stellst du dich jetzt gegen die Erben des Augustus?«

Cinna spürte die Gefahr, in die er sich mit seinen vorschnellen Worten gebracht hatte, wie einen eisigen Luftzug im Nacken.

»Wenn ich deinen Untergang wollte, würde ich dich in dein Unglück rennen lassen. Noch einen solchen Feldzug stehen wir nicht durch. Die Truppen sind ausgedünnt. Keine unserer Provinzen ist imstande, die verlorenen Pferde zu ersetzen. Unsere Forderungen nach Getreide, Fleisch und Käse überfordern sie ebenfalls. Der Feind sammelt sich jenseits des Albis, und der Zorn der besiegten Barbaren wird dafür sorgen, dass ihm die Herzen zufliegen.« Er hatte dies an den Fingern abgezählt, verstummte dann und zuckte nach einer Weile die Achseln.

»Ist das alles, was du dazu zu sagen hast?«, entgegnete Germanicus scharf. »Wir haben die Barbaren längst besiegt! Es geht nur noch darum, den Stolz derer zu brechen, die uns die gebotene Unterwerfung verweigern. Deshalb werden morgen die Legionen und ein Teil der Hilfstruppen aufbrechen und mit Legat Gaius Silius in das Gebiet der Chatten einfallen, um Äcker zu verheeren und Dörfer niederzubrennen, bis sie um Gnade flehen. Und das Gleiche wird den Stämmen widerfahren, die in ihrem Trotz verharren, wenn wir ausziehen, um den zweiten Adler zurückzuholen. Denn du wirst mich begleiten, Gaius Cornelius – allerdings nicht an meiner Seite, sondern als einfacher

Praefect einer Ala, weisungsgebunden gegenüber denen, die meinen Stab bilden. Von dem du kein Teil mehr bist!«

Schemenhaft erkannte Cinna den Reiter, der sich langsam auf seinem Maultier näherte, zu langsam. Er trommelte mit den Fingern auf seinen Oberschenkeln. Der Falbe, den er heute ritt, spürte seine Unruhe offenbar, denn obwohl das kühle Wetter die Fliegen vertrieben hatte, peitschte er seine Flanken, die immer wieder ein Zittern durchlief, mit dem Schweif. Das Pferd war jung und unruhig, Cinna würde noch viel Mühe mit ihm haben. Daher konnte niemand Verdacht schöpfen, als er seinem kleinen Stab mitteilte, er werde zum breiten Sandufer an der Biegung des Flusses reiten, um dort mit dem Tier zu arbeiten.

Androkleos saß auf dem Maultier, an dessen Seiten Körbe hingen, die mit seinen Gerätschaften gefüllt waren. Wie Cinna in seiner Nachricht gebeten hatte, war sein Aufbruch als Teil seiner Forschungen getarnt. Als der Grieche wenige Schritt von Cinna entfernt sein Reittier anhielt, begrüßten sie sich stumm, stiegen aber nicht ab. Eine Braue hochziehend, verschränkte Androkleos die Arme vor der Brust und musterte Cinna, der sich unbehaglich fühlte.

»Du weißt, warum ich dich hierher gerufen habe?«, begann Cinna stockend.

»Mir kam tatsächlich der Gedanke, du hättest die Absicht, mich in dieser Einöde zu töten.« Androkleos lächelte schelmisch.

Cinna zog die Brauen zusammen. Es war mühsam gewesen, eine Nachricht unauffällig zu dem Griechen bringen zu lassen.

»Wie lange braucht einer deiner Briefe, bis er in Tiberius' Hände gelangt?«

»Wenn ich es will, ungefähr zehn Tage.«

Hastig griff Cinna in die Satteltasche, zog das kleine Heft aus Papyros hervor, das er bereits versiegelt hatte, hielt es in der Rechten, zögerte. Dann trieb er den Falben zwei Schritte auf das Maultier zu, streckte ruckartig die Hand mit dem Brief vor.

»Was ist das?«, fragte Androkleos, anstatt zuzugreifen.

»Du sagtest, du brauchst einen vertrauenswürdigen Bericht über Germanicus' Absichten.«

Cinna wedelte mit dem Heft, bis Androkleos schließlich danach griff.

»Es ist bereits versiegelt«, sagte er. »Woher soll ich wissen, was darin steht?«

»Du wirst mir vertrauen müssen – so wie ich dir.«

Sie musterten einander argwöhnisch, und Cinna fühlte, wie die Angst, Androkleos könne diesen Brief gleich an Germanicus weiterleiten und nicht nur ihn, sondern auch seine Familie damit zum Tode verurteilen, ihn würgte. Er krampfte die Finger um die Zügel, um das Zittern zu verbergen.

»Stecke es in eine Wachstafel, versiegele diese und liefere sie in meinem Beisein bei den Boten ab«, forderte Cinna.

»Das ist nicht möglich, Gaius Cinna. Es wäre auffällig, wenn man uns zusammen sieht. Ich habe Germanicus' Vertrauen noch, du hast es verspielt. Du wirst mir vertrauen müssen – so wie ich dir.«

Der gepanzerte Heereswurm war dem Lauf der Lupia von einem befestigten Lager zum nächsten gefolgt, ohne auf Widerstand zu stoßen. Die Menschen, die sich am Wegrand reihten, wirkten ausgemergelt, und die wenigen Kinder, die man sah, verfolgten die Soldaten mit düsteren Mienen. Aus ihren Gesichtern konnte Cinna lesen, dass sie nichts so sehr herbeisehnten wie ein Ende der Feldzüge, denn dann nähme die Zahl der Soldaten ab, und es bliebe mehr Getreide und Vieh für die Einheimischen übrig. Und so mancher verstohlene Glanz in den Augen verriet den Wunsch, die Soldaten mögen ganz verschwinden.

Täglich argwöhnte Cinna, dass ein Bote mit seiner Nachricht abgefangen, die Nachricht in die falschen Hände gelangt sein könnte. Am fünften Tag des Marsches, einer Strecke, die Cinna nicht zum ersten Mal entlangritt, meldeten Kundschafter, ein Trupp prächtig herausgeputzter Reiter nähere sich ihnen, begleitet von Kriegern in Waffen, aber sie sähen nicht so aus, als beabsichtigten sie einen Kampf. Cinna, dessen Männer die Spitze der Vorhut bildeten, benachrichtigte Stertinius und scharte seine Leibwächter sowie Cassius und Valens um sich. Ein leiser Argwohn saß ihm im Nacken, und je länger Stertinius auf sich warten ließ, desto mehr kam Cinna zur Überzeugung, dass er sich umsonst auf die Begegnung mit dem marsischen Fürsten, den er unter den sich nähernden Barbaren vermutete, vorbereitet hatte.

Nach kurzer Zeit traf Stertinius mit einer kleinen Abordnung an der Spitze der Vorhut ein. Breit grinsend winkte er Cinna zu sich, ohne anzuhalten, und so ritten sie nebeneinander, ihre wenigen Begleiter folgten ihnen als geordneter Schwarm.

Die Barbaren erwarteten sie inmitten übersichtlichen Ackerlandes, über dem eine kleine, schwach bewehrte Burg thronte. Der Mann, den Cinna als ihren Anführer erkannte, ließ sein Pferd ihnen langsam entgegentraben, bis sie sich auf Rufweite gegenüberstanden. Er war ein ungeschlachter Mann mit auffallend großen Händen und Füßen, doch aus dem von grauen Locken und einem sauber gestutzten Bart gerahmten Gesicht strahlten zwei wache, kluge Augen. Ohne Scheu näherte er sich auf seinem Schimmel, grüßte mit einer leichten Neigung des Kopfes. Vergeblich bemühte Cinna sich, in seiner Gestalt und seinen Zügen Ähnlichkeiten mit dem Mädchen Nanthis zu finden.

»Ich kann euch nur eine Handvoll Krieger anbieten«, begann er, nachdem sie sich einander vorgestellt hatten. »Mein Volk wurde durch die Kriege ausgeblutet, und nur wenige kampffähige Männer sind bisher zurückgekehrt.«

»Wir sind nicht gekommen, um Aufgebote einzufordern«, erwiderte Stertinius. »Darüber werden wir sprechen, wenn sich der Adler wieder in unserer Hand befindet. Warum hast du ihn eigentlich nicht mitgebracht, wenn du seinen Verbleib ohnehin kennst?«

»Ich sagte bereits, dass mir nur wenige Krieger zu Gebote stehen. Den Hain, in dem der Adler verborgen wurde, bewacht eine große Schar Schwerbewaffneter.«

Stertinius wiegte nachdenklich den Kopf, schwieg jedoch, ohne den Barbarenfürsten aus den Augen zu lassen, der kaum merklich mit den Fingern der Linken auf dem Oberschenkel trommelte und häufig zwinkerte.

»Ich habe alle meine Kinder in diesem Krieg verloren«, sagte er rau. »Als Erbe ist mir nur ein schwachsinniger Sohn meiner Schwester geblieben. Zu vielen geht es inzwischen wie mir. Unsere jungen Männer stehen im Feld, viele sterben. Greise, Frauen und Kinder müssen Äcker und Vieh versorgen. Hunger breitet sich aus, die Menschen haben alle Kraft eingebüßt. Sooft ihr den Rückweg über das Meer antretet, werden eure Schiffe zerstört – uns plagen Hungersnöte und Winterfrost. Es ist der Wille der Götter, diesen

Krieg zu beenden. Deshalb werde ich euch zu dem Hain führen, in dem der Adler aufbewahrt wird. Aber holen müsst ihr ihn selbst. Auf diese Weise bleibt euch die Ehre, dieses geweihte Kleinod durch einen Sieg über den Feind wieder erbeutet zu haben.«

Stertinius senkte anerkennend den Kopf. »Wir werden dich zu Germanicus Caesar begleiten, damit du dein Anerbieten selbst vortragen kannst.«

Herumliegende Näpfe voller Speisereste, achtlos umgestürzte Tränkkübel und halb abgebrochene Zelte zeigten, dass die Barbaren sich überstürzt in den dichten Wald in der Nähe des Heiligtums zurückgezogen hatten, bevor Cinna mit seinen Soldaten den Lagerplatz nicht lange nach Sonnenaufgang erreichte. Die Flüchtenden hatten nicht einmal ihre Spuren verwischt.

Cinna verließ das Lager und lenkte Alkyon auf den Hang. Die Turmen hatten sich unterhalb des verlassenen Lagerplatzes zu einem schnellen Angriff in tief gestaffelten Treffen geordnet. Vom Hang aus blickte Cinna über die waldigen Hügel, in denen die Barbaren sich verbargen. Sie dort anzugreifen, wäre Selbstmord gleichgekommen, aber das war auch nicht sein Auftrag. Sie würden durch das weite, nahezu baumfreie Tal reiten, als wollten sie dort zum Angriff auf das jenseits des Baches liegende Heiligtum übergehen. Mit dieser Kunde war Mallovendus zwei Tage zuvor auf seine Burg zurückgekehrt – allerdings war ihm nicht gesagt worden, wie bald die dazu ausgewählten Einheiten ausrücken und wie schnell sie marschieren würden. Das letzte Stück Weg hatten sie sogar während der Zeit der dritten Nachtwache zurückgelegt und damit die Barbaren geradezu beim Frühstück überrumpelt. Und niemand hatte dem Marser von den Fabri erzählt, die die Verwirrung dieses Angriffs ausnutzen sollten, um die wertvolle Trophäe aus dem Hain zu stehlen.

Als Cinna mit ausgestrecktem Arm in Richtung des Tales deutete, antwortete ihm ein vielstimmiger Chor, und die Turmen setzten sich in Bewegung. Er trieb sein Pferd den Berg hinunter, reihte sich in der Mitte des Reiterzuges ein, gefolgt von Fahnenträger und Hornist, um den Schwenk vorwegzunehmen. Insgeheim fürchtete er, ein guter Beobachter könnte bemerken, dass er sich nach diesem Schwenk in einer Linie mit den hinteren Treffen befinden würde, und daraus schließen, dass es sich um eine Finte handelte. Ringsum übertönte das Donnern der Hufe jeden anderen Laut, nur das Schmettern des Horns durchschnitt den Lärm, die Reiter wendeten ihre Pferde geschlossen dem Fluss zu, der Feldzeichenträger senkte zum Angriff die Lanze mit dem Wimpel.

Gebrüll brach hinter ihnen aus dem Wald. Cinna blickte zurück. In ungeordneten Scharen stürmten Krieger aus dem Wald, viele saßen zu zweit auf ihren Pferden. Als die wimmelnden Barbarenhaufen den Talboden erreichten, befahl Cinna die Wende, und das Horn tönte ein zweites Mal. Vollkommen geordnet kehrten die Reiter um, und es war diese Gleichförmigkeit, welche die heranrennenden Barbaren, die zum zweiten Mal an diesem Tag überrascht wurden, stutzen ließ. Ihr Angriff geriet ins Stocken, während die Reiter unbeirrt auf sie zuhielten.

Dann erschallte ein weiteres Horn halb im Rücken der Barbaren, zwischen zwei Hügeln erschienen weitere römische Einheiten, Stertinius' Reiter preschten heran, und die Barbaren liefen sichtlich verstört zusammen, nur wenige stürmten unbeirrt weiter und schüttelten drohend Schild und Schwert gegen Cinnas Reiter, die auf breiter Front ausschwärmten, die Krieger umzingelten und schließlich, als Cinna den Arm hob, in einen langsamen Trab fielen. Die wenigen, die mit dem Mut der Verzweiflung den sicheren Tod suchten, fanden ihn unter den Schwerthieben der angreifenden Reiter.

Sie brachten die kleine Schar als Gefangene zu Germanicus zurück, der im Marschlager bei den Legionen geblieben war; vorneweg beeilten sich die Fabri, an ihrer Spitze ein Soldat, der stolz den auf einen notdürftig gefertigten Lanzenschaft gesteckten Adler vorantrug. Germanicus empfing sie am Haupttor, angetan mit der prächtigen Purpurtoga, im Kreise seines Stabes, der Auguren und einiger Freigelassener aus seinem Hofstaat, den er diesmal mitgeführt hatte. Cinna und Stertinius flankierten den stolzen Überbringer des Adlers, den Mann, der das Versteck des kostbaren Stücks ausfindig gemacht hatte. Würdevoll verharrte Germanicus auf der Stelle, bis die drei in ehrerbietigem Abstand stehen blieben und sich verneigten; dann trat der Mann mit dem Adler vor, rammte den eisernen Lanzenschuh in den Boden.

»Iuppiter, dem Besten und Größten, gehört unser Dank!«, rief Germanicus. »Er lenkte unsere Schritte, führte uns zu dem unheilvollen Ort, an dem die Barbaren ihre Beute vor uns zu verbergen suchten, was ihnen nicht gelingen sollte, und mit seiner Hilfe besiegten wir diejenigen, die den Raub bewachten. So haben wir nun den zweiten der drei schändlich geraubten Adler zurückgewonnen und sind der Erfüllung unserer Pflicht ein weiteres Stück näher gekommen. Ein Adler steht noch aus, wenn er denn nicht am Ort des Hinterhaltes in den Sümpfen versank. Und unsere vornehmste Aufgabe wird es sein, den Verräter in unsere Gewalt zu bekommen, denn unser Griff nach diesem Adler«, er umklammerte den Lanzenschaft, der den Adler trug, riss ihn aus dem Boden und stemmte ihn hoch über alle Köpfe, dass der goldene Vogel im Licht der schräg stehenden Sonne funkelte, »wird ihn aus seinem Bau locken und in unsere Hände spielen!«

Unter dem Jubel der Soldaten krampfte Cinna die Finger um die Zügel und warf einen Blick auf Stertinius, der schwer atmend mit geschlossenen Augen und vorgeschobenem Kinn auf seinem Schimmel saß. Germanicus mochte den Soldaten nahe sein wie kaum je zuvor – seinen Offizieren war er entfremdet.

*

Die Blätter waren dürr geworden in der späten Sommerhitze und würden sich nicht mehr erholen, ehe der Wind sie pflückte. Rings um Mogontiacum waren die Felder abgeerntet, das Heu gemäht, und die Garben trockneten auf den welken Stoppeln.

Die Zweite Asturische Ala verbrachte den Tag mit Kampfübungen an den weiten Uferständen in der Biegung des Rhenus. Eine Turma spickte die Böschung im Vorbeigalopieren mit schnell aufeinanderfolgenden Salven von Wurfspießen; eine andere hatte Aufstellung genommen vor einer Reihe mannshoher Strohfiguren, die sie nacheinander angriffen und mit hölzernen Übungsschwertern bearbeiteten. Wieder andere übten sich darin, Formationen zu halten und Richtungswechsel so genau durchzuführen, dass sich die Gruppe wie ein Mann bewegte. Die übrigen Einheiten verteilten sich am Ufer auf einer Länge von zwei Meilen.

Als Cinna nach einer Begutachtung der Übungen einige

Soldaten instruierte, eine Kampflinie zu bilden – er wollte den Rappen, den er gerade erst gekauft hatte, ein junges, noch sehr unruhiges, aber gelehriges Pferd, einmal mehr im Nahkampf gegen Fußsoldaten trainieren –, bemerkte er den einzelnen Reiter auf der Böschung, der die Hand erhoben hatte und winkte. Cinna erkannte Hraban, hieß die Soldaten warten und lenkte sein Pferd die Böschung hinauf. Je näher er dem Freund kam, desto deutlicher sah er, dass dessen Gesicht angespannt wirkte, was ihn argwöhnisch machte.

»Du sollst dich sofort bei Legat Silius melden«, sagte Hraban, als Cinna ihn erreichte. »Germanicus wird in einigen Tagen nach Lugdunum aufbrechen. Er gibt dem Drängen des Tiberius nach.«

Cinna hielt den Atem an und schloss die Augen; die Erleichterung lähmte ihn geradezu. Er ließ die Zügel durch die Finger gleiten, sodass der Rappe sich streckte und schnaubend den Kopf schüttelte, stieß die Luft zwischen den Zähnen aus und blickte Hraban an.

»Wer wird sein Nachfolger?«, fragte er rau.

»Aus den Briefen des Tiberius geht hervor, dass Germanicus seinem Adoptivbruder die Ehre überlassen solle, diesen Krieg zu beenden. Mehr weiß ich nicht.«

»Drusus Caesar war zwar im vergangenen Jahr Consul, aber er ist sehr jung, jünger als ich, und hat keinerlei Kampferfahrung, abgesehen von einigen Verhandlungen mit meuternden Truppen in Pannonien. Das bedeutet, dass im nächsten Jahr vermutlich keine Feldzüge stattfinden werden.«

»Und ich weiß nicht, ob ich mich darüber freuen oder ärgern soll«, erwiderte Hraban. »Vater hoffte, dass ein Sieg über Arminius uns in die Lage versetzen könnte, unseren angestammten Platz in der Heeresversammlung unseres Volkes wieder einzunehmen.«

Cinna lächelte und nickte leicht. »Warte hier! Ich werde meinen Offizieren Bescheid geben, dass sie die Soldaten nicht mehr so hart rannehmen müssen.«

Nachdem er Fronto Anweisungen gegeben hatte, machte er sich mit Hraban auf den Weg, vor Augen die Anhöhe, die das Lager mit Mauern und Türmen krönte, überragt von dem Turm, der zu Ehren von Germanicus' Vater errichtet worden war. Die Aufbauten des Theaters glänzten weiß in der Sommersonne zwischen den zahllosen Dächern, die sich an den Hängen drängten.

Schweigend ritten sie im Schritt nebeneinander her; seit dem Tod seines Vaters war Hraban still geworden. Cinna ahnte, wie sehr er um Inguiotar trauerte, obwohl er es nicht zeigte. Anders als Thauris, die sichtlich unter dem Verlust ihres Mannes litt; Sunja hatte ihre liebe Not damit, ihre Mutter zu trösten, indem sie ihr einen Gutteil der Sorge um ihre beiden Söhne überließ, denn immer wieder brach Thauris unvermittelt in Tränen aus oder starrte teilnahmslos vor sich hin.

»Wann kehrst du nach Vetera zurück?«, unterbrach Cinna die unbehagliche Stille.

»Darüber wird wohl noch beraten«, erwiderte Hraban mit einem matten Achselzucken, ehe er wieder in sein dumpfes Brüten verfiel.

Cinna lockerte seinen Griff um die Zügel, während er darüber nachdachte, wie lange seine Nachricht an Tiberius unterwegs gewesen war, durch wie viele Hände sie gegangen sein mochte. Androkleos hatte offenbar Wort gehalten; von sich aus hätte Germanicus niemals Abstand genommen von seinem Vorhaben, den Krieg weiterzuführen, bis er Arminius' habhaft geworden wäre – oder endgültig alles verloren hätte. Der Rappe streckte den Hals und schüttelte schnaubend den Kopf.

»Ich werde nie imstande sein, meinen Vater zu ersetzen«, murmelte Hraban, »weder als Haupt meiner Familie noch als Anführer meiner Männer.«

»Du musst ihn nicht ersetzen. Niemand kann einen anderen Menschen ersetzen. Wenn du das Andenken an deinen Vater bewahrst, versuchst, dich seiner würdig zu erweisen, wirst du deinen Platz finden.«

»Als Decurio einer Hilfstruppe!« Hraban spie die Worte förmlich aus, und Cinna sah sich an sich selbst erinnert, an den nagenden Ehrgeiz, das Gefühl der Erniedrigung, die ihn lange umgetrieben hatten. Er richtete sich im Sattel auf, atmete tief durch, und während ihm bewusst wurde, dass die Feldzüge vorüber waren, spürte er den lauen Wind in seinem Haar, hörte das Bellen eines Hundes, Kinder jauchzten und kicherten, tollten auf einer Wiese. Die Menschen, die ihren Weg kreuzten, erschienen Cinna gut gelaunt, fröhlich, als wäre die Nachricht schon bis hierher gedrungen, und in der Nähe ihrer Gasse musste er sich fast zwingen, keinen Abstecher nach Hause zu machen, anstatt sich befehlsgemäß bei Silius einzustellen.

Als sie vor dem Stabsgebäude abgesessen waren und Cinna den Rappen einem bereitstehenden Posten anvertraut hatte, trat er zu Hraban, der mit hängenden Schultern neben seinem Pferd stand.

»Du stehst zwischen den Welten, nicht wahr?«

Hraban sah ihn an, und als er sich nach einer Weile straffte, umspielte ein dünnes Lächeln seine Mundwinkel. »Damit kennst du dich ja aus.«

Zögernd hob Cinna eine Hand, legte sie auf Hrabans Brust und nickte.

»Sunja wird heute Abend ein Festmahl zubereiten lassen«, setzte Hraban hinzu. »Du solltest also nicht zu lange ausbleiben.«

Er tätschelte Cinnas Oberarm, drehte sich um und ging mit seinem Pferd davon, während Cinna ihm noch eine Weile gedankenverloren nachschaute.

Im Stabsgebäude traf Cinna einen übel gelaunten Gaius Silius an, der ihn über den Briefwechsel zwischen Germanicus und Tiberius in Kenntnis setzte; Germanicus habe seine Verdienste hervorgehoben und seine unerschütterliche Zuversicht geäußert, den Krieg im kommenden Sommer zu einem glücklichen Ende führen zu können, weil viele der aufständischen Fürsten sich mit dem Gedanken an einen Friedensschluss trügen, Tiberius hingegen habe die Erfolge für ausreichend befunden, man möge die Barbaren nach all den Verlusten ihren eigenen Händeln überlassen, und so es denn zu einem weiteren Feldzug käme, stünde es dem Drusus Caesar, seinem Sohn, wohl zu Gesicht, diesen Lorbeer davonzutragen, da die Germania die einzige Gegend des Reiches sei, in der noch Kriegsruhm und der Titel eines Imperators erlangt werden könnten. Auf Germanicus warte die Ehre eines weiteren Consulats an der Seite seines Vaters, womit Tiberius sich selbst meinte.

Mit diesen Nachrichten erreichte Cinna am späten Nachmittag sein Zuhause, wo ihm Sunja im vorderen Innenhof um den Hals flog. Ihre Schultern zuckten leicht, und als er sie von sich hielt, standen Tränen in ihren Augen, während sie zugleich lachte.

»Ich habe es nicht mehr geglaubt«, stammelte sie. »Ich fürchtete schon, dieser Krieg würde nie zu Ende gehen.«

Lächelnd zog er sie an sich, küsste sie, schob sie dann in den Arbeitsraum. »Niemand weiß, was das nächste Jahr bringt. Die Feldzüge nicht fortzusetzen bedeutet, dass wir uns wieder auf die Vorgehensweise verlegen werden, die Tiberius für angemessen hielt. Wir werden mit den Barbaren verhandeln – und irgendjemand wird diese Verhandlungen führen.«

»Warte!« Hastig eilte Sunja zum Tisch, nahm ein versiegeltes Päckchen, bestehend aus zwei Wachstafeln, und reichte es Cinna. »Das brachte heute Mittag ein Bote.«

Cinna stutzte, als er das Siegel erkannte, die im Profil dargestellte Göttin des Friedens, auf einem hohen Stuhl sitzend, eine Lanze als Szepter in der Rechten und einen Olivenzweig in der Linken. Die winzigen, kaum lesbaren Buchstaben, die den Rand des Siegels bildeten, wiesen den Absender als Tiberius Caesar, Sohn des göttlichen Augustus, aus. Verwirrt sah Cinna Sunja an, die diesen Blick ebenso ratlos erwiderte. Sie zuckte kurz die Achseln.

»Soll ich dich allein lassen?«

»Nein, bleib hier.« Er zerriss die Schnüre, wobei das Siegel zerbrach, und als er die Tafeln auseinanderklappte, fiel ein kleines Heft aus Papyros zu Boden. Während er es aufhob, begann er zu lesen, erfuhr, dass er sich zu Beginn des Winters in Lugdunum einzustellen habe, wo für ihn und die Seinen ein Haus bereitstehe. Aufgrund seiner Kenntnisse und Erfahrungen solle er dem zukünftigen Statthalter, der noch zu bestimmen sei, und dessen Stab beratend zur Seite stehen bei der Neuordnung der Grenze zur Germania. Kopfschüttelnd stand Cinna in der Mitte des Raumes, das kleine Heft in der einen, in der anderen Hand die Tafeln, die er Sunja wortlos überreichte. Dann schlug er das Heft auf, das eine andere, raumgreifendere Schrift bedeckte als die steilen, sorgfältigen Buchstaben eines Schreibers.

»Lugdunum?«, stieß Sunja erstickt hervor und machte große Augen. »Ein eigenes Haus in Lugdunum? Für… uns?«

Nickend vertiefte Cinna sich in die zweite Nachricht.

»Es ist mir eine Freude, dich deinem Wunsch ein wenig näher zu bringen, ihn zu erfüllen steht mir derzeit nicht zu Gebote. Ob mein Drusus sich nach Gallien begeben oder in Illyrien bleiben wird, ist noch nicht entschieden. Germanicus soll seinen Triumph haben, da es zu viele Gefahren birgt, ihn weiterhin in der Germania seiner Jagd nachgehen zu lassen. Ich hatte gehofft, er würde nach dem Feldzug des letzten Jahres klüger sein und sich nicht auf einen langen, verlustreichen Krieg einlassen mit einem Gegner, der leichter sich selbst besiegt, als dass ein anderer seiner Herr wird. Denn die Germanen rotten sich zusammen, wenn sie einen gemeinsamen Feind haben, doch überlässt man sie ihrem Schicksal, werden sie sich untereinander bekämpfen, weil keiner den anderen als Herrn über sich dulden will.

So werden sie früher oder später auch Arminius, dem sie jetzt noch zujubeln, töten.«

Leise Schritte hatten sich der Tür genähert. Aufblickend erblickte Cinna Saldir, die sich stumm an den Türrahmen schmiegte. Sie hatte sich von ihm ferngehalten, ihm deutlich zu spüren gegeben, dass er sie enttäuscht hatte, und er fragte sich insgeheim, wie lange sie wohl nicht miteinander geredet hatten, während ihn die wehmütige Erinnerung an gemeinsame Lehrstunden heimsuchte. Er hatte keine Zeit für sie gehabt, aber es hatte sich eine Lösung gefunden. Eine Lösung, die er nicht ertrug.

Androkleos hatte Wort gehalten. Jener Brief, in dem Cinna Tiberius mitgeteilt hatte, wie die Dinge standen und was er befürchtete, war nirgends abgefangen worden, sondern geradewegs in Tiberius' Hände gelangt. Gemeinsam hatten sie vielleicht den entscheidenden Anstoß für die Rückberufung des Germanicus geliefert.

Gemeinsam.

Cinna schluckte. Er hatte sich nicht vorstellen können, jemals wieder etwas gemeinsam mit dem Griechen zu unternehmen. Er presste die Lippen zusammen.

»Es ist heiß um diese Jahreszeit in Alexandria«, sagte er mühsam. »Es ist eigentlich immer heiß dort. Du darfst auf keinen Fall in die Sonne gehen.«

»Du warst doch nie dort!«, entgegnete sie, und ihr verblüfftes Gesicht lockte ein Lächeln auf seine Züge.

»Man hört und liest so einiges.«

Noch immer unbehaglich angesichts der Reise, die Saldir antreten sollte, kehrte Cinna vom Hafen zurück, als er einen rotblonden Mann auf der Böschung am Ufer des Rhenus kauern sah, der kraftlos kleine Steine über den Uferkies warf. Cinna erkannte Flavus, zügelte sein Pferd, um abzusteigen; die Zügel überließ er Cassius, der ihn begleitete, und näherte sich dem Cherusker, ließ sich neben ihm auf dem Boden nieder. Erst nach einer Weile wandte Flavus sich ihm zu, und er blickte in dessen ausdrucksloses Gesicht.

»Du wirst also nach Lugdunum versetzt«, begann Flavus nach einer Weile schwerfällig.

Cinna nickte.

»Ich werde mit Germanicus nach Rom gehen«, fuhr er fort und blickte über den träge dahinfließenden Rhenus auf die fernen Höhen des Taunusgebirges. »Hier gibt es nichts mehr für mich zu tun.«

»Deine Männer …?«

»Ein anderer wird den Befehl übernehmen. Germanicus ist überzeugt, dass mein Platz jetzt in der Umgebung des Tiberius ist.« Achselzuckend grub er nach einem weiteren Steinchen und schleuderte es weit von sich über den Uferkies. »Wir haben den Krieg verloren«, brummte er.

»Das wird sich zeigen«, erwiderte Cinna. »Arminius ist ein Kriegsherr – ohne einen Krieg wird er nicht lange über die Stämme herrschen.«

»Glaub mir, sie werden bald wieder ihre alten Sitten annehmen, Gallien mit ihren Räuberbanden überfallen und für Unruhe sorgen.«

Lächelnd musterte Cinna den Cherusker, der schicksalsergeben neben ihm auf der Böschung saß, und bemerkte die feinen grauen Strähnen in dessen kupfern glänzendem Schopf. Dann legte er ihm die Hand auf die Schulter. »Unsere Aufgabe ist beendet, Flavus. Wir gehören nicht mehr hierher.«

In Flavus' Augen flackerte etwas auf.

»Geh mit deiner Frau nach Rom, finde ein Heim und sorge für ein paar Kinder, damit du weißt, wofür du lebst«, fügte Cinna hinzu und erhob sich, als Flavus müde nickte.

Cassius wartete zwischen den Pferden, streichelte den Hals seines Rappen und drehte sich um, als Cinna sich näherte.

»Er geht fort, nicht wahr?«, fragte er zögerlich.

»Wie wir alle«, erwiderte Cinna und verzog die Lippen zu einem dünnen Lächeln. Nur die Cohorte, in der Hraban diente, sollte weiterhin bleiben, sodass Hraban für seine Familie das Haus in Mogontiacum übernehmen konnte.

Verwundert bemerkte er, dass Cassius seine Schuhspitzen betrachtete und zugleich das Gewicht langsam verlagerte. »Ich habe dir zu danken, Gaius Cornelius«, murmelte er, warf dann den Kopf hoch. »Ich habe viel von dir gelernt und …«

»Und?«

»Ich wäre nicht heil aus der Sache herausgekommen«, schloss er.

»Du hättest eine nützliche Geisel abgegeben, die man bei den Verbündeten hätte vorführen und ein bisschen ausquetschen können, bevor man sie wegwirft oder gegen einen Batzen Gold tauscht.« Grinsend klopfte Cinna Cassius auf die Schulter. »Das konnte ich halt nicht zulassen, kleiner Consul.«

Saldir stand am Kai, die große, schwere Korbtasche mit ihren kostbarsten Habseligkeiten unter den Arm geklemmt. Der Wind blähte den schweren Umgang, den Thauris wieder zurechtzuzupfen versuchte, was sie nur tat, um ihr Kind nicht loslassen zu müssen. Aus Saldirs schwerfälligem Nicken las Cinna den Schwall ernster Ermahnungen, welche die Mutter über ihr ausschüttete. Das Schiff, das hier angelegt hatte, war ein bauchiger Dreiruderer, dazu ausersehen, einige weniger wichtige Gefolgsleute des Germanicus zu befördern. Androkleos hatte absichtlich dieses Schiff ausgewählt, um seinen Schützling von der unmittelbaren Umgebung des heimkehrenden Statthalters und Heerführers fernzuhalten.

Als der Schiffsmeister an Cinna vorbeiging und zur Eile mahnte, ließ Saldir noch einmal die ledernen Träger von der Schulter rutschen und umarmte zuerst Hraban, dann Sunja. Schließlich stand sie mit gesenktem Kopf vor Cinna, ein inzwischen hochgewachsenes Mädchen mit klaren Gesichtszügen, ein wenig zu braun gebrannt. Die grauen

Augen blickten ernst wie immer, wenn sie etwas Wichtiges sagen wollte. Doch sie kniff nur leicht die Lippen zusammen, während sie Cinna von unten her anblickte.

Unversehens flog sie ihm um den Hals, drückte sich so fest an ihn, dass er sie um die Mitte fassen musste, um nicht das Gleichgewicht zu verlieren.

»Ich danke dir«, stammelte sie an seinem Ohr. »Die Götter mögen dich für alle Zeit segnen und behüten.«

»Sie haben erst einmal genug damit zu tun, dir auf deiner Reise beizustehen«, erwiderte er.

»Ich werde Briefe schreiben.«

»Natürlich, ich will schließlich wissen, was du alles lernst, und ob es sich wirklich lohnt, dich so weit wegzuschicken, damit du klüger wirst, als du ohnehin schon bist.«

Sie stand vor ihm, wischte sich die Tränen aus den Augenwinkeln und nagte an den Unterlippe. Als Androkleos zu ihr trat und den Arm um ihre Schultern legte, verspürte Cinna einen Stich und straffte sich. Zu spüren, dass Sunja ihren Arm unter seinen schob und sich an ihn lehnte, half nichts gegen den Anflug von Bitterkeit. Der Gedanke, er würde den Griechen bis ans Ende der Welt, bis über den Styx hinaus verfolgen, wenn dem Mädchen etwas zustieße, war so laut, dass er glaubte, jeder müsste ihn hören können.

»Ich werde sie behüten wie meine Augäpfel«, sagte Androkleos, und Saldirs Gesicht leuchtete auf, während sie eifrig nickte.

»Ich freue mich doch auf diese Reise!«

Cinna schluckte den Hinweis auf mögliche Gefahren hinunter, davon hatte Saldir sicherlich von Thauris einiges zu hören bekommen. Stattdessen zwang er sich, die Rechte auszustrecken. Androkleos vergaß den Mund zu schließen, sagte aber nichts, sondern schlug nur ein; seine Finger schlossen sich um Cinnas Hand, drückten sie leicht, bis Cinna den Druck erwiderte. Sie nickten einander zu, und Cinna erwiderte sogar, wenn auch etwas widerwillig, das Lächeln, das über das Gesicht des Griechen flog und einen Strahlenkranz aus Fältchen um dessen dunkle Augen legte.

Vom Schiff ertönte ein scharfer Ruf. Saldir drehte sich um, umschlang noch einmal ihre Mutter, die ihr die Tasche umhängte und am Mantel herumzupfte. Dann eilte sie die Planken hinauf. Die Taue wurden gelöst, während Androkleos mit den letzten saumseligen Reisegästen an Bord ging, Befehle schallten über das Schiff hinweg, das langsam der Strömung folgte. Saldir stand beim Heck, wild mit beiden Armen winkend, und schien zu schrumpfen, während die Ruderer ihre Arbeit aufnahmen. Thauris umklammerte ihren Sohn, barg ihr Gesicht an seiner Brust, während er mit zum Abschiedsgruß erhobener Hand am Kai stand.

Zum ersten Mal spürte Cinna den nagenden Schmerz, zurückbleiben zu müssen; es lähmte ihn, Saldir in ein ungewisses Schicksal zu entlassen, denn sobald er sie aus den Augen verlor, würde er nichts mehr für sie tun können außer beten. Darauf zu vertrauen, dass seine Drohung auf Androkleos ausreichend Eindruck gemacht hatte, fiel ihm schwer.

»Sie folgt ihrer Bestimmung«, sagte Sunja leise neben ihm. »Wie wir alle.«

»Welche Bestimmung soll das sein, die ein Mädchen wegführt von ihrer Familie?«

Sunja lachte hellauf. »Was denkst denn du? Alle Mädchen verlassen ihr Elternhaus und müssen in zunächst fremden Häusern mit fremden Menschen zurechtkommen, und die wenigsten werden vorher gefragt, ob sie dahin gehen wollen, wohin man sie schickt.« Sie schmiegte sich an seine Seite, sodass ihre Wange an seiner Schulter lag.

Er sehnte sich nach dem Frieden, der vor ihnen lag. Den Winter würden sie im wärmeren Lugdunum verbringen, weit entfernt von dem Fluss, der auf Jahre, vielleicht Jahrzehnte hinaus als Grenze gesichert werden sollte, um den Frieden zu wahren und zu stärken und die Barbaren ihren eigenen Händeln zu überlassen. Zu dieser Grenzsicherung würde er seinen Teil beitragen, den künftigen Statthalter und seinen Stab beraten.

Sunja schob ihn sanft von sich. »Hraban und ich bringen Mutter nach Hause. Sie wird Trost brauchen. Ich hoffe, du leistest uns heute Abend Gesellschaft.«

Flüchtig berührten seine Lippen ihre Schläfe, dann legte er die Hände um ihre Wangen, küsste sie auf den Mund, ohne sich um die Umstehenden zu kümmern, nickte schließlich und ließ sie gehen, die hochgewachsene, schlanke Frau im dunkelblauen Manteltuch, das sie geschickt über den Kopf gezogen hatte. Er selbst machte sich auf den Weg zur Hafenstraße, vorbei an Lagerhäusern und Mietställen für Lasttiere, herumlungernden Tagelöhnern und schäbigen Tabernen. Zwischen zwei windschiefen Fachwerkhäusern wartete Valens mit den Pferden; den Fuchs, der unruhig auf dem Gebiss kaute, hielt er am langen Zügel.

Mit der Hilfe seines Gefreiten sprang Cinna in den Sattel und lenkte Alkyon zur Heeresstraße. Vor ihm erhob sich der von Häusern schier überwucherte Hang, auf dem die Mauern und Türme des Lagers thronten. Krampfhaft wandte er dem Fluss den Rücken zu, er hörte, dass Valens'

Pferd gemächlich hinter ihm einhertrabte, und aus der Ferne trug der Wind die Rufe herüber, mit denen die Ruderer sich anfeuerten. Ein feiner Schmerz, als zerre eine Schnur an einer einzelnen Sehne in seiner Brust, zwang ihn schließlich, sich im Sattel umzudrehen. Das Schiff glitt auf den trägen Wellen in die weite Flussbiegung, und ein Teil von ihm wollte glauben, dass er unter den Schemen auf dem Deck Saldir erkannte. Valens' Miene zeugte immer noch von großer Unruhe.

»Sprich!«, ermunterte er den Gefreiten, der sofort errötete.

»Wann wirst du aufbrechen?«, fragte Valens.

»Nicht so bald. Es sind noch viele Vorbereitungen zu treffen. Ein Umzug von hier nach Lugdunum erfordert einige Anstrengungen, selbst wenn dort ein bezugsfertiges Haus auf uns wartet.«

Valens nickte nachdenklich.

»Machst du dir Sorgen darüber, was für ein Kerl mein Nachfolger wird?« Cinna fing einen schnellen Blick auf und lachte. »Die Ehre wird vermutlich Gnaeus Firmus zuteil werden. Zumindest habe ich diese Bitte vorgetragen.«

Das Schiff verschwamm in der Ferne, schien mit dem glitzernden Fluss zu verschmelzen, und selbst als er die Augen zusammenkniff und mit der Hand beschattete, konnte er es nicht mehr deutlich erkennen. Hoch in der Luft trillerte eine späte Lerche, während die Strahlen der Morgensonne warm seine Arme streichelten. Er wandte sich dem Gefreiten zu.

»Aber du hast damit ohnehin nichts zu tun.«

Er sah, wie Valens stutzte und den Kopf ein wenig schräg legte, wie ein Hund, der darauf wartet, dass man den Stock wirft, den er dann zurückbringen soll.

»Ich habe beantragt, dass du mich als Beneficarius begleiten sollst.«

Cinna wendete sein Pferd und ritt mit verhängten Zügeln weiter. Die breite Straße war voller Menschen, Bauern, die auf Kiepen und Karren ihre Waren zum Markt brachten. Zwei dralle Weiber zankten um einen hochauf beladenen Esel, der mit hilflos herabhängenden Ohren die Hufe in den Boden stemmte. Mehrere kleine Mannschaften trabten ihnen in schweißdunklen Tunicen entgegen, vorneweg die Gefreiten, die sie mit abgehackten Rufen vorwärtstrieben.

»Nach Lugdunum?«, stammelte Valens neben ihm. »Ich?«

»Ich habe mich einfach an dich gewöhnt«, erklärte Cinna grinsend. »Das bedeutet ein bisschen mehr Sold – und du musst sicherlich nie wieder in den Kampf ziehen.«

»Ebenso wenig wie du«, entgegnete der Gefreite und deutete auf seine Augen. Doch der kecke Zug in seiner Miene verblasste, während Cinna ihn musterte.

»Du meinst, meine Kampffähigkeit lasse nach?« Cinna lachte leise. »Wenn du willst, können wir ja einen Abstecher zum Übungsplatz machen und es auf einen Versuch ankommen lassen.«

NACHWORT

Weder Tiberius noch einer seiner Nachfolger (zu denen auch Germanicus Sohn Gaius, genannt Caligula, gehörte) unternahmen einen erneuten Feldzug zur Rückeroberung der Gebiete zwischen Rhein und Elbe. Lediglich ein schmaler Streifen im heutigen Mittelhessen, vom Rhein-Main-Gebiet bis an den Rand der Gießener Senke wurde nach dem Untergang der Chatten dem römischen Imperium einverleibt und der Limes als Grenze vom Oberrheintal in den Odenwald und von da aus bis zur Donaulinie vorgerückt.

Nachdem weitere römische Feldzüge ausblieben, wendete Arminius sich noch 16 n. Chr. gegen den mächtigen Markomannenkönig Marbod, den er besiegte; Marbod verbrachte vermutlich den Rest seines Lebens im Exil in Ravenna. Dort wurden möglicherweise auch Arminius' kurzzeitige Frau Thusnelda und sein Sohn Thumelicus untergebracht, nachdem sie im Mai des Jahres 17 n. Chr. im Triumphzug des Germanicus mit vielen anderen adeligen Gefangenen der nun als besiegt geltenden Barbaren dem Volk von Rom vorgeführt worden waren.

Arminius selbst wurde von den Römern nie gefasst, sondern fiel wenige Jahre später einer Stammesfehde zum Opfer; der Täter stammte offenbar aus seiner eigenen Verwandtschaft.

Obwohl die Grenze zwischen römischem Imperium und

der Germania nie ein Eiserner Vorhang war, entstand hier eine sprachliche und kulturelle Grenze, die zwar während der Völkerwanderung leicht nach Westen verschoben wurde, aber dennoch Europa fast zwei Jahrtausende lang teilte – die Grenze zwischen dem romanischen und dem germanischen Kulturraum. Im Zuge der Reformation wurde der Mythos des Arminius zum ersten Mal wieder ans Licht geholt, als Ulrich von Hutten ihn zu einem »teutschen Helden« stilisierte. Während der Entwicklung des deutschen Nationalstaats aus der Kleinstaaterei der frühen Neuzeit galt Arminius als Begründer einer Einheit der germanischen Völker gegen die »welschen« Römer, die für die romanischen Länder, allen voran Frankreich, standen – zu einer Zeit, als in Frankreich der Nationalgedanke durch eine Rückbesinnung auf die Gallier genährt wurde, deren symbolträchtigste Figur Vercingetorix wurde.

Nachdem die völkisch und schließlich sogar rassistisch geprägte Nationalidee des 19. und 20. Jahrhunderts im Zweiten Weltkrieg auf dramatische Weise gescheitert war, verloren auch die Nationalhelden ihre Bedeutung.

Was bleibt von einem ausrangierten Nationalhelden? Welche Bedeutung kann er für uns Heutige haben? Gibt es an einer Figur wie Arminius und dessen Geschichte irgendetwas, das über die historischen Ereignisse hinausweist und Relevanz hat für unsere Gegenwart? Ein historischer Roman als Gewebe aus erschlossenen Fakten und literarischer Fiktion kann diesen Fragen nachgehen. Auf der Jagd nach einem Gegner, der als persönlicher Feind stilisiert und vielleicht sogar so empfunden wird, ganze Länder mit Krieg zu überziehen – das scheint eine geradezu erschreckende Aktualität aufzuzeigen.

Lücken und Unsicherheiten, die aller Sorgfalt zum Trotz auch die akribischste wissenschaftliche Forschung nicht schließen kann, werfen allerdings Probleme auf, insbesondere bei der Datierung und Lokalisierung von Ereignissen oder Orten. Die Gleichsetzung des Stützpunktes Aliso mit Haltern auf der Karte folgt zwar einer gewissen Plausibilität, bleibt allerdings willkürlich, da ein unumstößlicher Beweis aussteht. Das Gleiche gilt für die Angaben über die verschiedenen Schlachtorte einschließlich der Lokalisierung der Varusschlacht am Fuße des Kalkrieser Berges. Nichtsdestotrotz taugen diese Angaben als Orientierung, schließlich beschreiben sie Möglichkeiten, die ernsthaft diskutiert werden.

Die weißen Flecken auf der Landkarte der Historie bieten der Phantasie Gelegenheit, sie mit Leben zu füllen. Leben, das nicht nur unterhaltsam ist, sondern Fragen berührt, die sich auch heute noch stellen. Denn, um mit Gertrud von le Fort zu sprechen, »ich habe das Historische nie als eine Flucht aus der eigenen Zeit empfunden, sondern als einen Abstand, von dem aus man die eigene Zeit schärfer erkennt«.

Viele Menschen haben zu diesem Unternehmen beigetragen; sie alle namentlich aufzuführen, um ihnen zu danken, würde jeden Rahmen zu sprengen. Deshalb möchte ich stellvertretend nur wenige hier nennen: Neben meinem Mann Helmut und meiner Tochter Katharina, die mich ebenso tatkräftig wie geduldig unterstützen, meinen Agenten Andreas Brunner, der auch in stürmischen Zeiten zu mir hielt, und Charlotte Lyne, die mir in vielen Textfragen beratend zur Seite stand.

ANHANG

Personenverzeichnis

(Im Roman auftretende Personen fett, historische Personen bzw. deren Namen kursiv gedruckt)

Gaius Cornelius Cinna – Sohn des *Gnaeus Cornelius Cinna Magnus*, aus alter Patrizier- und Senatorenfamilie, Praefect einer teilberittenen Hilfstruppeneinheit
Sunja – seine Frau, Tochter des cheruskischen Fürsten Inguiotar
Saldir – deren jüngere Schwester
Lucius – älterer Sohn(geb. 12 n.Chr.)
Gnaeus – jüngerer Sohn (geb. 15 n.Chr.)
Reika – Dienerin in Cinnas Haus
Nanthis – ebenso
(Iulius) Flavus – germanischstämmiger Offizier, Praefect einer Ala, Bruder des *Arminius*
Lucilla – Cinnas Schwester
Gnaeus Domitius Firmus – Primipilus (ranghöchster Centurio) der Fünften Legion (»die Lerchen«), deren Mann
Lucius Cassius Longinus – Enkel eines der Caesarmörder, Contubernalis (»Volontär«) in Cinnas Stab
Lucius Messius Fronto – ranghöchster Decurio (Reiterzugführer) in Cinnas Einheit
Iulius Ansmerus – zweiter Decurio in Cinnas Einheit
Galerius – Decurio asturischer Herkunft in Cinnas Einheit
Ahtala (**Iulius Actala**) – Cinnas Leibwächter cheruskischer Abstammung

Duvius – Cinnas Leibwächter asturischer Abstammung
Sosius Valens – Gefreiter in Cinnas Stab
Germanicus Iulius Caesar – (vor der Adoption durch Tiberius: *Nero Claudius Drusus Germanicus*) Oberbefehlshaber der entlang des Rheins stationierten Truppen, designierter Nachfolger des *Augustus*
Vipsania Agrippina – dessen Frau, Tochter der *Iulia*, der einzigen Tochter des *Augustus*
Gaius Iulius Caesar Germanicus (genannt **Caligula**, »Stiefelchen«) – dritter Sohn des Germanicus, während der Fehldzugsjahre in Germanien Liebling der Soldaten
Gaius Silius – Legat des obergermanischen Heeres, Freund des Germanicus
Aulus Caecina Largus – Legat des untergermanischen Heeres
Lucius Stertinius – Reiterpraefect unter Germanicus
Albinovanus Pedo – Reiterpraefect, kommandierender Offizier der römischen Reiterei
Lucius Apronius – Offizier im Range eines Legaten
Ermanamers (**Arminius**) – cheruskischer Fürst, Sohn des Segimers (*Segimerus*), römischer Bürger und Angehöriger des Ritterstandes, als Tribun Befehlshaber über einheimische Hilfstruppen, enger Vertrauter des *Publius Quinctilius Varus*
Inguiotar – Sunjas Vater, cheruskischer Gaufürst
Thauris – seine Frau, Schwester des Wakramers (*Ucromerus*)
Inguhraban (**Iulius Ravanus**) – deren Sohn, Anführer eines cheruskischen Aufgebotes
Catufleda – dessen Frau, Tochter des chattischen Fürsten Thiudawili
Thiudareiks – ihr Bruder, Scharführer unter Arminius

Wakramers (Ucromerus) – chattischer Adliger, Bruder der Thauris
Segigastis (Segestes) – cheruskischer Fürst, mit *Arminius* verfeindet
Thiudasnelda (Thusnelda) – dessen Tochter, Frau des Arminius
Segimunths (Segimundus) – dessen Sohn, zeitweilig im Gefolge des Arminius
Androkleos – athenischer Geograph im Gefolge des Germanicus, früherer Lehrer und Freund Cinnas
Lucius Munatius Plancus – römischer Senator, Consul 13 n. Chr. gemeinsam mit Germanicus, 14 n. Chr. Gesandter des Senats

Historische Daten

16 v. Chr. Das keltische Siedlungsgebiet in der heutigen Steiermark (Noricum) gerät in den römischen Herrschaftsbereich; Legat Lollius erleidet am Rhein eine schwere Niederlage gegen die germanischen Sugambrer, Usipeter und Tencterer, die nach Gallien einfallen (*clades Lolliana*).

15 v. Chr. Die Stiefsöhne des Augustus, Tiberius und Drusus, erobern das Alpenvorland bis zur Donau; Gründung der Garnisonsstadt Augusta Vindelicorum (Augsburg); Tiberius nimmt das rätische Gebiet (Tirol, Graubünden) ein. Augustus im Herbst bei den Truppen im Norden, schließt Friedensverträge mit den o.g. germanischen Stämmen und gründet weitere Garnisonsstadt Augusta Treverorum (Trier).

13 v. Chr. Drusus gründet Garnisonsstadt Mogontiacum (Mainz) auf keltischer Siedlung.

12–9 v. Chr. Tiberius unterwirft mit brutaler Gewalt und unter Einsatz germanischer Hilfstruppen Pannonien (Jugoslawien/Ungarn); zur selben Zeit zieht Drusus durch das germanische Gebiet zwischen Rhein, Main und Elbe. Marcomannen unter König Maroboduus werden tributpflichtig und unterwerfen sich; viele Verträge mit germanischen Fürsten, u.a. den mächtigen Cheruskern Segestes und Segimerus (Vater des Arminius) etc.

11 v.Chr. Gründung von Aquae Mattiacae (Wiesbaden) als Kurort für Soldaten und Kolonisten.

9 v.Chr. Drusus gründet nach seiner Rückkehr die Hilfstruppengarnison Confluentes (Koblenz) und stirbt nach einem Reitunfall. Indessen fallen die Marcomannen mit römischer Billigung in das keltisch besiedelte Gebiet des heutigen Böhmen (Tschechische Republik) ein.

7 v.Chr. Zensus des Quirinius, an dem Christi Geburt festgemacht wird. Einrichtung der römischen Provinz Germania mit dem Hauptzentrum Ara Ubiorum (die spätere Colonia Claudia Ara Agrippinensis, heute: Köln); Segestes' Sohn Segimundus dient später dort als germanisch-römischer Priester. M. Vinicius, Vertrauter des Augustus, hervorragender General, Statthalter. Sommerresidenz in Feldlagern im rechtsrheinischen Gebiet.

2 v.Ch. Augustus erhält den Ehrentitel *pater patriae*; die Erdbevölkerung beträgt etwa 160 Mio. Menschen, ca. 25% davon leben im römischen Weltreich. Große Reformen in der Verwaltung des *imperium Romanum*; Umgestaltung der Prätorianergarde von einer städtischen Polizeitruppe zur kaiserlichen Leibgarde; das römische Heer besteht aus

	25 Legionen à ca. 6000 Mann (römische Bürger) und Hilfstruppen, zusammen ca. 300000 Mann.
Zeitenw.	L. Domitius Ahenobarbus (verh. mit Antonia maior, einer Nichte des Augustus; Großvater Neros) *legatus Augusti pro praetore* (Statthalter) in Germanien; Bau der *pontes longi* (Heeresstraße als Bohlenweg durch Moore, Lage bislang ungeklärt); gescheiterter Versuch einer Rückführung der von anderen Stämmen vertriebenen Cherusker in ihre angestammten Siedlungsgebiete.
1–4 n. Chr.	M. Vinicius, Statthalter (*leg.Aug.pr.pr.*) in Germanien; nach der Umsiedlung der Cherusker breiten sich blutige Aufstände unter den Stämmen im heutigen Münsterland aus, deren er nicht Herr wird.
4 n. Chr.	Augustus adoptiert Tiberius und ernennt ihn zu seinem Nachfolger; Tiberius schlägt die Aufstände im heutigen Münsterland nieder.
5 n. Chr.	Tiberius besiegt die Langobarden an der Mündung der Elbe; Sicherung der Gebiete zwischen Rhein, Nordsee, Elbe und Donau durch ständige Militärpräsenz, aber keine Kämpfe. Lagerbauten entlang der Lippe, an der Weser, in der Wetterau, verstreute Straßenposten, mindestens eine Koloniegründung (Waldgirmes zwischen Wetzlar und Gießen).
7 n. Chr.	Ernennung des P. Quinctilius Varus (verheiratet mit einer Großnichte des Augustus und Günstling desselben) zum Statthalter

(*leg.Aug.pr.pr.*) der *tres Galliae*, zu denen Germanien gehört. L. Nonius Asprenas (Freund des Tiberius; Neffe des Varus) wird Kommandant über das Voralpengebiet und die Truppen in Mainz und Augsburg (*legatus exercitus*).

7/8 n. Chr. Aufstände in Pannonien; der Cherusker Arminius, inzwischen wohlhabender römischer Ritter, dient hier als Hilfstruppenpräfekt und Tribun (etwa im Rang eines Obristen).

9 n. Chr. Der Cherusker Segestes fordert Varus wiederholt auf, ihn selbst, Arminius und etliche andere Fürsten sofort zu verhaften, da eine Erhebung bevorstehe; Varus glaubt ihm jedoch nicht, da er Arminius unter seine Vertrauten zählt. August/September: Eine germanische Verschwörung, die von den offenbar seit Pannonien nicht entlohnten Hilfstruppen ausgeht und Teile mehrerer Stämme (Marser, Brukterer, Cherusker, vermutlich auch Sugambrer und Angrivarier) einschließt, überlistet den Statthalter; die Meuterer und Rebellen vernichten drei Legionen (ca. 18000 Mann) restlos, Tross und Hilfstruppen gehen verloren. Die historische Überlieferung dieser sich über drei Tage hinziehenden Schlacht lässt kaum eine andere Deutung als die eines Massakers zu. Varus tötet sich selbst, seine Adjutanten versuchen, den Toten zu verbrennen, werden jedoch überrascht; Varus' Leiche wird verstümmelt;

den Kopf schickt Arminius dem Markomannenkönig Marbod, der ihn zur Bestattung nach Rom überstellt (Marbod stellt sich ebenso wie Segestes nicht gegen die Römer). Zwischen Elbe, Donau und Rhein befindet sich kein römischer Soldat mehr.

10 n. Chr. Tiberius übernimmt den Oberbefehl am Rhein; Zusammenziehung großer Truppenkontingente (5 Legionen, 10 Hilfstruppeneinheiten) an Rhein (Mainz, Köln) und Donau (Augsburg). Erste Geplänkel an den Grenzen. Die Taunusgrenze (Wiesbaden) wird gehalten.

14 n. Chr. Germanicus wird Stadthalter; Tod des Augustus; Meuterei unter den Legionen in Köln und Xanten, die niedergeschlagen werden kann; im Herbst Straffeldzug gegen die Brukterer und Marser, der für die Germanen sehr blutig verläuft; Massaker im Heiligtum Tamfana.

15 n. Chr. Frühjahrsfeldzug durch die Wetterau ins Chattenland; Eroberung der wichtigsten Stadt Mattium; Germanicus schickt Segestes, der von Arminius belagert wird, Entsatz; Segestes unterwirft sich dafür; dabei gerät seine schwangere Tochter Thusnelda, Frau des Arminius, in römische Gewalt.

Herbstfeldzug teils durchs Münsterland, teils von der Nordseemündung her. Durch eine Zangenbewegung soll Arminius zu einer Entscheidung gezwungen werden, aber dieser hält sich zurück, verfolgt die römischen Heereszüge nur mit kleinen Guerillaangriffen; einer der unter Varus verlorenen Adler wird gefunden; nach der Entdeckung des Ortes der Varusschlacht werden die Toten bestattet; es kommt zu einem Treffen, das keine Entscheidung bringt. Germanicus kehrt über die Ems und die Nordsee zurück, verliert dabei Soldaten durch eine Sturmflut. Sein Legat Caecina gerät bei den *pontes longi* (vermutlich im heutigen westl. Münsterland) in einen Hinterhalt, kann allerdings seine vier Legionen unter Preisgabe des Trosses und hohen Verlusten retten, nachdem er Arminius' Truppen abgewehrt hat. Germanicus ignoriert die Aufforderung des Tiberius, die Feldzüge abzubrechen und zu einer vorläufig defensiven Strategie zurückzukehren.

16 n. Chr. Im Frühjahr dringt Germanicus mit den Truppen bis über die Weser vor, stellt Arminius' Heer bei Idistaviso, nachdem weitere Stämme sich dem Widerstand anschließen. Die Aufständischen werden zwar besiegt, aber Arminius und seinem Onkel Inguiomerus gelingt mit Teilen des Heeres die Flucht. Germanicus verfolgt sie und erzwingt eine weitere Schlacht am Angrivarierwall. Wieder treibt er den Gegner vom Schlachtfeld, kann ihn aber nicht in seine Gewalt bringen und auch nicht entscheidend schlagen.

Zumindest Teile der Marser unterwerfen sich und liefern den zweiten der drei in der Varusschlacht geraubten Adler aus.

Germanicus wird endgültig abberufen und kehrt nach Rom zurück.

17 n. Chr. Triumphzug des Germanicus, in dem u. a. Arminius' Frau Thusnelda und ihr Kind vorgeführt werden. Nach der prachtvollen Veranstaltung reist Germanicus in den Osten des Reiches.

Arminius führt Krieg gegen den Markomannenkönig Marbod, den er besiegt und ins Exil zwingt.

19 n. Chr. Germanicus kommt nach schwerer Krankheit zu Tode; er selbst und später Agrippina behaupten, er sei einer Palastintrige erlegen, die letztendlich von Tiberius ausgehe.

Arminius kommt zwischen 19 und 21 n. Chr. durch einen Anschlag aus den Reihen seiner Angehörigen zu Tode.

47 n. Chr. Unter Claudius wird ein in Italien aufgewachsener Sohn des Flavus zum König der Cherusker ernannt, kann sich aber nicht durchsetzen; der Stamm ist inzwischen weitgehend bedeutungslos.

50 n. Chr. Bei einer Strafoperation gegen die Chatten, deren Raubzüge nach Gallien wieder überhand nehmen, werden einige während der Varusschlacht in Gefangenschaft geratene Männer befreit.

Die Gebiete zwischen Rhein und Elbe geraten nie wieder unter direkte römische Herrschaft, bleiben aber bis zum Untergang des Limes unter dem politischen Einfluss Roms.

Glossar

Geographische Bezeichnungen

Albis – antike Bezeichnung der Elbe

Aliso – Stützpunkt an der Lippe; die Gleichsetzung mit dem heutigen Haltern ist willkürlich und umstritten

Amisia – antike Bezeichnung der Ems

Ara Ubiorum, **Civitas Ubiorum**, **Ubierstadt** – linksrheinische Ansiedlung, das heutige Köln, i. e. die spätere *Colonia Claudia Ara Agrippinensis* (*CCAA*), 9 n. Chr. eine Siedlung der als loyal geltenden Ubier mit einem Tempel für Iuppiter, Roma und Augustus, daneben ein einfaches Feldlager

Arar – gallisch-römischer Name der Saône

Danubius – antike Bezeichnung der Donau (bis Regensburg, von da an Ister)

Drususkanal – (lat. *fossa Drusi*) von Germanicus' leiblichem Vater Drusus künstlich angelegter Wasserweg zwischen dem Alten Rhein bei Utrecht (lat. Traiectum) und dem Ijsselmeer (lat. ***Flevo lacus***).

Illyricum, Dalmatica, Pannonia – römisch besetzte Provinzen im Gebiet zwischen Kärnten und Nordgriechenland

Lugdunum – h. Lyon, militärisches und administratives Zentrum im römischen Gallien

Lupia – antike Bezeichnung der Lippe

Massilia – h. Marseille, ehemals griech. Kolonie, später Hauptstadt der südgallischen Provinz (*provincia*, h. Provence)

Mattium – größte und wichtigste Siedlung der Chatten, oft mit dem heutigen Maden bei Fritzlar (Hessen) gleichgesetzt, da sich dort noch im Mittelalter ein Gerichtsort befand

Mogontiacum – das heutige Mainz, von Drusus gegründetes Legionslager im Mainzer Rheinknie auf dem Fürstenberg, ursprünglich eine Siedlung der dort ansässigen Vangionen mit Heiligtum ihres Heilgottes Magun/Mogon; einer der beiden militärischen Hauptstützpunkte zur Sicherung der neuen Provinz Germania magna und der gallischen Provinzen

Noviomagus – h. Speyer, röm. Stützpunkt

Oceanus – antike Bezeichnung des weltumspannenden Meeres, zu dem die Nordsee gezählt wurde

Perusia – h. Perugia, befestigte Kleinstadt, die geographisch zu Umbrien gehört, aber Etrurien zugeschlagen wurde; Geburtsort des Augustus, 40 v. Chr. im Perusinischen Krieg von diesem zerstört, aber als *Augusta Perusiana* wieder aufgebaut.

Rhenus – antiker Name des Rheins

Rhodanus – gallisch-römischer Name der Rhône

Rigomagus – h. Remagen, röm Stützpunkt am Mittelrhein

Vesontio – h. Besançon, röm. Straßenposten im westlichen Gallien

Vetera – beim heutigen Xanten gelegenes Legionslager, h. Birten; neben Mogontiacum der zweite Hauptstützpunkt.

Visurgis – antiker Name der Weser

Militärische Begriffe

Ala (*ala* ~ Flügel) – Hilfstruppeneinheit, meist beritten; in der Schlachtordnung an den Flügeln aufgestellt zum Flankenschutz und um einen unterlegenen, flüchtenden Gegner von hinten aufzurollen. Eine normale Reiterala besteht aus 16 Turmen zu ca. 30 Mann.

Beneficarius – Gefreiter (*immunis*, d.h. von Schanzarbeiten u.ä. freigestellt), der einem höheren Offizier zugeteilt wurde, insbesondere im Stabsdienst. Beneficarier verrichteten ihren Dienst als Schreiber (Sekretäre) und Archivare. Häufig ein Austragsdienst für Invalide.

Bucina – antike Naturtrompete, die als Signalinstrument verwendet wurde.

Capsarius – Soldat im Sanitätsdienst, benannt nach dem Etui (*capsa*), in dem er Verbandsmaterial und Intrumente trägt.

Centurio (*centurio*) – Mannschaftsoffizier, kommandiert eine **Centuria** (~ Hundertschaft), entspricht rangmäßig ungefähr dem heutigen Hauptmann.

Cohorte (*cohors*) – Regiment des römischen Heeres, bestehend aus 10 Centurien; Legionen wurden taktisch in Cohorten untergliedert. Üblicherweise spielt der Begriff vornehmlich bei den Hilfstruppen (*auxilia*) eine Rolle, die aus 6 bzw. 10 Centurien bestanden. Bei den gemischten Cohorten (*cohortes equitatae*) kamen noch jeweils 10 bzw. 6 Züge Reiterei (*turmae*) hinzu. Auxiliarcohorten wurden aus Soldaten gebildet, die in den Provinzen rekrutiert wurden. Meist erhielten die Soldaten das römische Bürgerrecht erst nach ihrer Dienstzeit als Veteranen; Einheiten, die sich durch besondere Leistungen ausgezeichnet hatten, wurde manchmal kollektiv das römische Bürgerrecht verliehen.

Contubernalis – Offiziersanwärter im Stab eines Führungsoffiziers; Bezeichnung rührt daher, dass dieser Volontär auf Feldzügen im Zelt (*taberna*) des Offiziers wohnt.

Contubernium – (»Stube«), kleinste militärische Einheit, die miteinander ein Zelt bzw. eine Stube teilt.

Cursus Publicus – das Nachrichten- und Fernmeldenetz, das Rom mit den Provinzen, speziell mit den militärischen Operationsgebieten verbindet; die Stationen des C. P. bestanden aus Leihställen, Werkstätten und Herbergen, um die sich häufig Handwerkersiedlungen bildeten. Sie waren üblicherweise im Abstand eines Tagesmarsches voneinander entfernt.

Decurio – Mannschaftsoffizier bei der Reiterei, kommandiert eine **Turma** (~ Schwadron, Zug) von ca. 30 berittenen Soldaten.

Faber (pl. **Fabri**) – »Pioniere«; speziell ausgebildete Soldaten, die einen ausgekundschafteten Lagerplatz für den eigentlichen Lagerbau präparierten, darunter Landvermesser und andere technische Berufe speziell im Bauwesen.

Legat (*legatus* ~ Gesandter, Botschafter) – kommandierender Offizier einer oder mehrerer Legionen (*legatus legionis/exercitus*) oder höchster administrativer Beamter einer Provinz (*legatus pro praetore/consule*).

Legion (*legio*) – Division des römischen Heeres, bestehend aus 60 Centurien, deren jeweils 6 eine Cohorte bildeten.

Lituus – von den Etruskern übernommenes römisches Blechblasinstrument, das als Signalinstrument verwendet wurde; ähnlich dem späteren Zink oder Krummhorn.

Manipel – (lat. *manipulum*) aus zwei Centurien bestehende Untereinheit der Legion.

Medicus – Gefreiter im Sanitätsdienst, verfügt über ärztliche und vor allem chirurgische Grundausbildung.

Optio – höchster Unteroffiziersrang im Mannschaftsstand; der Optio war Anwärter auf Beförderung zum Centurio, wurde einem solchen direkt unterstellt, um sich zu bewähren.

Praefect (*praefectus*) – 1. kommandierender Offizier z.B. einer Hilfstruppe von ca. 500 bzw. 1000 Mann. – 2. Lagerpraefect (*praefectus castrorum*): der für das Lager (*castra*) verantwortliche Offizier, kümmert sich um Bau, Ausstattung und Unterhalt, Verpflegung der Insassen, Quartierung etc., evtl. vergleichbar mit einem Quartiermeister.

Praepositus – kommandierender Offizier aus dem Mannschaftsstand, meist der ranghöchste Centurio einer Hilfstruppeneinheit, der in Abwesenheit des Kommandanten die Soldaten befehligt.

Primipilus – der ranghöchste Centurio einer Legion.

Signifer – Feldzeichenträger, »Fähnrich«; da im Getöse des Gefechts Befehle kaum durchdringen, war der Signifer als Koordinator der wichtigste Mann in der Einheit, auf den alle achten mussten. Befehle wurden vom befehlshabenden Offizier direkt an den Signifer weitergegeben, der sie durch bestimmte Stellungen des Feldzeichens an alle Soldaten weitergab. Von daher waren die *signiferi* stets ein wichtiges Ziel des gegnerischen Angriffs, und man übertrug diese Aufgabe ausschließlich bewährten Soldaten.

Tribun (*tribunus militum*) – Stabsoffizier oder kommandierender Offizier im Rang eines Stabsoffiziers; einer Legion waren jeweils fünf ritterliche Tr. (*tr. angusticlavii*) und ein dem Kommandanten direkt unterstellter Tr. aus senatorischer Familie (*tr. laticlavius*) zugeteilt.
Tuba – große Naturtrompete (später: Fanfare), die als Signalinstrument diente.
Valetudinarium – Lazarettgebäude, Militärkrankenhaus.
Vexillum – (»Fähnlein«) Feldzeichen der berittenen Truppen.

Sonstiges

Akademeia – die 385 v. Chr. von Platon als Kultgemeinschaft im Dienste des Apollon und der Musen gegründete philosophische Hochschule in Athen; sie wurde 86 v. Chr. bei der Einnahme Athens durch L. Cornelius Sulla bis auf die Grundmauern zerstört, aber wieder aufgebaut. 529 n. Chr. ließ Kaiser Justinian die heidnische Akademeia schließen.

[illegible]um – Umkleideraum im römischen Bad.

[illegible] kleinste römische Münzeinheit (4 Asse = 1 **Sestertius**, 4 Sestertien = 1 **Denarius**); einfache Legionäre verdienten zur Zeit des Augustus 225 Denare im Jahr (ca. 10 Asse pro Tag), mussten davon allerdings auch viele Unkosten bestreiten.

Augur – Priester, die sich mit der Vogelschau (lat. *auspicia*) beschäftigen.

Auspicien – (*auspicia*) Vogelschau: mantische Technik, die aus dem Verhalten bestimmter Vögel auf den Willen der Götter und den in der Zukunft liegenden Verlauf des Schicksals schließt.

Caldarium – Heißbad.

Census – Volkszählung zur Feststellung der Höhe der Tributzahlungen und anderer Abgaben.

Frigidarium – Kaltbad.

Idus – Pl. Iden, Monatsmitte, ungefähr am 15. Tag eines jeden Monats.

Kalenden – Monatserster.
Kline – Liege, meist eine Art Chaiselonge, die alternativ zu Stuhl oder Sessel beim Ausruhen und Essen, aber auch bei der Arbeit Verwendung fand.
Latinisch – Sprache der Latiner, der Bewohner von Latium (h. Lazio, das Umland von Rom).
Lupanar – Bordelle für Soldaten, ärmere Bevölkerungsschichten und Sklaven.
Manen – Totengeister im römischen Volksglauben.
Nonus – »Neunter« (nach heutiger Zählung achter!) Tag eines Monats.
Phalera – scheibenförmige silberne Ehrenabzeichen für Mannschaftsoffiziere, werden auf der Brust getragen.
Scruputum – kleinste röm. Maßeinheit für Längen und für Gewicht, ca. 1,1 g.
Stadium – antikes Längenmaß, ca. 185 m (1/8 römische Meile von ca. 1,5 km).
Tablinium – Arbeitsraum, »Büro«.
Tepidarium – Warmbad, meist ein Ruheraum.
Torques – offene Reifen aus in sich gedrehter Bronze oder Silber, die als Ehrenzeichen dienten.
Triclinium – Speiseraum, meist kaum mehr als eine Kammer oder Nische, in der drei Klinen in Hufeisenform aufgestellt oder sogar gemauert sind.